中国共产党百年华诞巨献

100

筑梦京华

起百位青年企业家
激荡逐梦路

青春·梦想·融合·担当

北京市工商联青年企业家专门委员会 策划

李剑风 主编

中华工商联合出版社

图书在版编目（CIP）数据

筑梦京华：记百位青年企业家激荡逐梦路 / 李剑凤
主编 . -- 北京：中华工商联合出版社，2021.12
ISBN 978-7-5158-3255-5

Ⅰ . ①筑… Ⅱ . ①李… Ⅲ . ①纪实文学－中国－当代
Ⅳ . ① I25

中国版本图书馆 CIP 数据核字 (2021) 第 261075 号

筑梦京华：记百位青年企业家激荡逐梦路

主　　编：	李剑凤
出 品 人：	李　梁
责任编辑：	李红霞 李　瑛
装帧设计：	仰　亮
责任审读：	李　征
责任印制：	迈致红
出版发行：	中华工商联合出版社有限责任公司
印　　刷：	天津久佳精控印刷有限公司
版　　次：	2021 年 12 月第 1 版
印　　次：	2021 年 12 月第 1 次印刷
开　　本：	787x1092 开 1/16
字　　数：	300 千字
印　　张：	25.75
书　　号：	ISBN 978-7-5158-3255-5
定　　价：	288.00 元

服务热线：010 － 58301130 － 0（前台）
销售热线：010 － 58302977（网店部）
　　　　　010 － 58302166（门店部）
　　　　　010 － 58302837（馆配部、新媒体部）
　　　　　010 － 58302813（团购部）
地址邮编：北京市西城区西环广场 A 座
　　　　　19 － 20 层，100044
http://www.chgslcbs.cn
投稿热线：010 － 58302907（总编室）
投稿邮箱：1621239583@qq.com

《筑梦京华》编辑委员会

主　　编：李剑凤

副 主 编：张渝华　朱昌文　姚凤明　孙秀明

编　　委（按姓氏笔画排序）：

　　　　　许泽玮　李仁星　李剑凤　张洪亮　张　磊

　　　　　陈中阳　原伟超　梁博聪　鲍啸峰

联　　络：侯胜杰

策　　划：北京市工商联青年企业家专门委员会

鸣　　谢：北京洪鹏盛世教育科技有限公司

目 录

目 录

| 序言

激扬新时代 奋斗正青春
在高质量发展热土上茁壮成长

| 赵玉金 / 文

百年大党风华正茂，年轻一代扬帆起航。

2021年，中国共产党迎来百年华诞，为彰显年轻一代创业者的蓬勃力量，继承和发扬改革开放精神，北京市工商联青年企业家专门委员会组织编写了记述100位青年企业家创新创业心路历程的《筑梦京华》一书，首次集中呈现了北京青年企业家优秀代表真实、生动的创业故事，展现了北京青年企业家群体爱国、敬业、创新、守法、诚信、奉献的精神面貌。让岁月见证伟大，传精神永励后人。

回首一百年前，我们伟大的党也只有58名党员，中共"一大"召开时,13名代表平均年龄是28岁，最年轻的仅19岁。而如今，我们党已经发展成为一个走过百年光辉历程、在最大的社会主义国家执政70多年、拥有9500多万党员的世界上最大的马克思主义政党。一百年来，中华民族从站起来、富起来到强起来的历史进程中，一代代中国青年敢于斗争、敢于胜利，写下了一篇篇可歌可泣的动人篇章。

青年是祖国的未来、民族的希望，青年企业家是中国民营企业家群体的前途和希望。习近平总书记十分关注青年企业家成长，多次做出重要指示，提出殷切期望，习近平总书记在庆祝中国共产党成立100周年大会上的讲话中强调："未来属于青年，希望寄予青年。一百年前，一群新青年高举马克思主义思想火炬，在风雨如晦的中国苦苦探寻民族复兴的前途。一百年来，在中国共产党的旗帜下，一代代中国青年把青春奋斗融入党和人民事业，成为实现中华民族伟大复兴的先锋力量。新时代的中国青年要以实现中华民族伟大复兴为己任，增强做中国人的志气、骨气、底气，不负时代，不负韶华，不负党和人民的殷切期望！"

北京市工商联认真落实党中央及市委重要指示精神，加强顶层设计，充分发挥青年企业家专委会和市区工商联青年企业家商会组织的主体作用，建立上下联动，横向协同的市、区两级年轻一代工作网络，连续7年举办专题培训班，着力培养一支优秀的年轻一代民营经济人士队伍。围绕学习习近平总书记"七一"重要讲话精神和伟大建党精神，我有几点体会想与青年企业家朋友们共勉。

青年企业家要不负青春、以史为鉴，传承红色基因

历史是最好的老师，中国革命历史是最好的营养剂，青年企业家要认真学习党史、新中国史、改革开放史、社会主义发展史，善于从伟大历史中汲取精神滋养，从历史大逻辑中感悟中国共产党的伟大，做到知史爱党、知史爱国，坚持爱国和爱党、爱社会主义相统一。习近平总书记在庆祝中国共产党成立100周年大会上庄严宣告："经过全党全国各族人民持续奋斗，我们实现了第一个百年奋斗目标，在中华大地上全面建成了小康社会，历史性地解决了绝对贫困问题，正在意气风发向着全面建成社会主义现代化强国的第二个百年奋斗目标迈进。"中国共产党领导人民，通过改革开放的成功实践，彻底改变了中华民族贫穷落后的面貌，实现了中华民族从站起来到富起来的历史性飞跃。今天，青年企业家处在中华民族发展的最好时期，要把热爱祖国作为立身之本、成才之基，要传承红色基因，以实现中华民族伟大复兴为己任，增强做中国人的志气、骨气、底气，把自己的理想同祖国的前途、把自己的人生同民族的命运、把企业的发展同国家的大局紧密联系在一起，以行动践行爱国主义精神。

青年企业家要不负时代、修身立德，高扬理想风帆

革命理想高于天，理想信念之火一经点燃，就会产生巨大的精神力量。100年前，在国家和民族危急时刻，以毛泽东、周恩来、李大钊为代表的进步青年，选择了马克思主义信仰，走上了救国救民的革命道路。当前，世界百年未有之大变局加速变化，面对世界的深刻复杂的变化，面对各种思潮的相互激荡，面对纷繁多变的社会现象，青年企业家要学会思考、善于分析、正确抉择，树立正确的世界观、人生观、价值观，时时注意雕琢自己，反躬自省，持之以恒地修养德行。理想指引人生方向，信念决定事业成败。年轻一代要从党史中吸收伟大先烈身上所蕴含的信仰之力，从历史长河、时代大潮中认清发展的时与势，从老一辈的拼搏开拓中汲取接续奋斗的力量，进一步树牢"四个意识"，坚定"四个自信"，做到"两个维护"，在新的长征路上，抱定必胜信念，朝着中华民族伟大复兴的目标，砥砺奋斗、破浪前行。

青年企业家要不负韶华、苦练本领，锐意拼搏创新

梦想从学习开始，事业靠本领成就。青年人正处于苦练本领、增长才干的黄金时期，要让勤奋学习成为青春远航的动力，让增长本领成为青春搏击的能量。当今时代，知识更新不断加快，社会分工日益细化，生产和消费从工业化向自动化、智能化转变，新技术、新模式、新业态层出不穷，云计算、大数据、人工智能等行业蓬勃发展。这既为青年企业家展现才华与风采提供了广阔舞台，也对能力素质提出了新的更高要求。年轻一代要与时俱进，紧跟形势发展需要，用知识充盈自我。要努力学习马克思主义立场观点方法，努力掌握科学文化知识和专业技能，通过学习知识，掌握事物发展规律，通晓天下道理。建设社会主义现代化强国，创新是第一动力，办一流企业，创新是必由之路。当前，北京正在率先建设国际科技创新中心，抓好"两区"建设，建设全球数字标杆城市，以供给侧结构性改革创造新需求，深入推动以疏解北京非首都功能为"牛鼻子"的京津冀协同发展，"五子"联动的高质量发展牵引作用正在发力，这为民营企业提供了千载难逢的新机遇。青年企业家要拿出"初生牛犊不怕虎"的锐气，把创新作为价值追求，致力于"卡脖子"关键核心技术的攻关，做国家科技创新突破者和行业原始创新引领者。为北京"五子"联动实现高质量发展贡献力量。

青年企业家要不负期望、勇于担当，履行社会责任

习近平总书记在党的十九大报告中强调："中国梦是历史的、现实的，也是未来的；是我们这一代的，更是青年一代的。"新时代赋予了青年新的责任与使命。青年企业家在做好企业、创造物质财富的同时，要心怀"国之大者"，敢于担当，善于作为，在关键时刻冲得上去、危难关头豁得出来，在祖国和人民需要时能挺身而出，彰显年轻一代企业家的使命感和责任感。要主动担起新时代企业家的责任，自觉遵纪守法，践行亲清政商关系；依法生产经营，促进劳动就业，优化工资薪酬分配，构建和谐劳动关系；自觉践行"义利兼顾、以义为先"理念，参与光彩事业，积极投身乡村振兴，主动参与社会治理，履行社会责任。习近平总书记曾经说过，青年一代有理想、有本领、有担当，国家就有前途，民族就有希望。站在建党百年的新起点上，作为新时代青年企业家，要深入学习贯彻习近平总书记"七一"重要讲话精神，不负时代，不负韶华，不负党和人民的殷切期望，听党话、感党恩、跟党走，勇于担当，开拓创新，积极践行新发展理念，主动融入新发展格局，为北京"四个中心"建设和高质量发展做出新的更大贡献！

（作者系北京市委统战部副部长 市工商联党组书记）

万千深情赋桑梓

于欣华

1981年9月出生，汉族，籍贯北京怀柔，北京市委党校工商管理系工商管理专业毕业，硕士研究生学历，无党派代表人士，1999年12月参加工作，先后在建国国际酒店、权金城集团、唐人街集团担任部门总监、总经理等职务，职业经理人。2010年，响应党的政策返乡自主创业。主要社会职务：北京市新联会常务理事，怀柔区新联会会长。

> 但行好事，莫问前程。做事情正确的方式应该是：用心态换状态，用状态换脑袋，用脑袋赢口袋。事业是否能成功，首先要热爱，唯有热爱才能产生满腔热情，唯有满腔热情，才是创造一切事业成功的基础。怀柔是我的家乡，家乡的山水风光，历史人文，都是融入我骨子里的基因。这也是我在做文化产业的时候，能够持续引发共鸣的原因。
>
> 于欣华

参加新中国成立70周年大庆

家乡情怀在，一朝返故土

　　于欣华是北京怀柔人，1981年出生，典型的"80后"。"80后"并不是一个标签，而是一个群体的代名词。他们有着传统计划经济体制下的成长经历，又受到市场经济的浸润，这使得他们在干事创业过程中，表现出一种兼具传统意识和创新意识的拼搏精神。

　　16岁那年，于欣华考入了一所中专院校。在那个年代，只有成绩优异的人才能被中专录取，由国家安排工作。他有幸成为最后一批计划体制下的中专生。毕业后，他被分配到酒店，从最基层的服务人员一路做到领班，两年多之后，又升职为销售部经理和餐厅经理。

　　这个阶段，于欣华把所有精力都放在了工作上。从2005年到2010年，从建国国际酒店、权金城管理集团到唐人街集团，从总经理到CEO，最多的时候，他手下管理着4000余人的团队。有管理理论的基础，又有实践经验的积累，他迅速成长了起来，处理各种棘手的问题都能做到游刃有余。

　　就在事业风生水起之时，在北京城里飘了10多年后，决定回乡创业。

　　这并不是他第一次萌生这样的念头。他对家乡始终有一种情怀，尽管怀柔距离北京市区的距离并不远，但是，他还是经常惦念那个有他成长所有记忆的地方，这种惦念埋在心里、刻在骨里。回到家乡自主创业，成为那个时期他心心念念的想法。而且"管的人再多，也是给别人打工，我能不能自己创业？"

　　2010年，他辞去市区的工作，回到怀柔。

身为协会会长的于欣华带领爱心企业资助喇叭沟门满族乡小学

　　刚开始的时候，很多人都不理解：放着那么好的工作和大好的前景都不要了，非要回到家乡"瞎折腾"！是瞎折腾吗？于欣华不晓得。但是他知道，做任何事情都要遵从自己的内心，那段时间似乎总有一个声音在不停地催促他：快回来吧！

　　自主创业，干什么呢？他决定从自己最熟悉的服务行业做起，先开小型饭店，当时还是农家院儿，现在叫"民宿"。小规模起步，投资不大，也能够积累经验。

借助互联网，成就新事业

　　创业中的各种坎坷和辛酸并没有让于欣华觉得痛苦和艰难，反而让他感到了一种前所未有的新鲜感，以及无法形容的拼搏奋斗的快感。餐饮业做得比较成功，很多回头客，没事儿就过来聚。有顾客就劝他，应该做个公众号，把这个农家小院儿推广出去。说者无心，听者有意，他开始逐渐关注起移动互联网行业。

　　当时的怀柔，自媒体从业者已经比较多了，当然也鱼龙混杂，有做得相对正规的，也有打擦边球的。于欣华开了民宿之后，就默默经营着属于自己餐饮企业的公众号，一直不温不火。而当时的"怀柔团购网"转型到了微信端，已经有十几家同行在一起做，但是基本上都处于圈粉丝卖广告赚钱的低端水准，利润微薄，根本谈不上内容的质量。于是，他就想和其他公众号经营人员一起合作，整合自媒体资源，发挥各自优势，一起努力把自媒体行业做强，打造出一个本地民间媒体大号。这样一来，无论是商业价值，还是社会责任，都能实现最大化。

　　他把怀柔十几家做自媒体的同行都请来座谈研讨，不厌其烦地讲合作共赢的发展模式、光明前景，没想到大家反应强烈，沟通交流的氛围也很活跃。这次的成功，让于欣华很兴奋，他觉得自己的想法获得了大家积极地回应，这就是一个良好的开端，接下来只要完善一些细节，就一定能够达成最初的构想，于是，他第二次聚起大家，希望能够跟大家一起沟通交流，完善合作细节，为下一步合作打下基础。而这一次，让于欣华实在有些懵了，因为这次只来了七个人。第三次再聚，就更惨了，只剩下四个人……正式签合作协议时就只剩下于欣华一个人了。

　　机会总是留给有准备的人，既然他们不愿意做，那就自己做！说干就干，到了2016年，于欣华和妹妹，加上一个兼职，总共两个半人，开始了传媒企业的创业之旅。

刚开始的时候，公司发展并不顺利。于欣华整宿整宿睡不着觉，身心俱疲，很多亲友和同行的质疑声不停响彻他耳畔，一时间对他不利的舆论甚嚣尘上。对于这些质疑和不解，他没有过多的解释，因为事实胜于任何滔滔不绝的雄辩。

他开始认真地做市场调研，从认真做好内容开始，配文字，拍图片，拍视频，主题就是怀柔的历史人文，美食美事。确定了这样的主题和发展方向，于欣华开始招人组建团队、磨砺技术、积累经验。事实证明，于欣华的选择，是正确明智的。目前，旗下"怀柔说""怀柔通"等微信公众号已形成自媒体矩阵，覆盖粉丝总数 20 万以上，常有阅读量十万加的文章，而且全部是原创。"怀柔说"微信公众号和"怀柔攻略"短视频平台成了怀柔本土民营品牌的"头条"自媒体。

作为新联会会长的于欣华带领协会在"八一"期间慰问看望驻怀柔的 95801 部队并组织慰问演出，捐助图书以及开展座谈会

一心馈桑梓，热情颂故乡

宣传怀柔，该从哪里做起？于欣华认为，怀柔是自己的家乡，很多乡亲觉得自己生于斯长于斯，对于家乡最熟悉不过，然而事实正好相反，正因为大家都是这样的想法，所以怀柔的文化宣传并不充分。他开始以家乡的地域文化和本地资讯作为抓手，重点突破，打开局面。

以怀影魅力文化传媒公司为龙头，一大批怀柔人茶余饭后谈起的本地公众号——说怀柔历史，品怀柔美食，知

怀柔之事……从地域文化和地域信息的各个方面入手，全面开花。于是，一篇篇经过精心采访、写作、拍摄和编辑的精美自媒体文章和视频就出炉了，惊艳四方。"怀柔攻略"短视频平台累计播放已经达到 1.2 亿次，占所有怀柔题材总播放量的 80% 以上。

传媒企业的影响力在怀柔越来越大。而且得到了官方支持与鼓励，因为企业不仅宣传怀柔资讯和文化、历史、美食，

于欣华连续数年购买米面油等生活物资，免费赠送给宝山镇养鱼池村 60 岁以上的老人

对一些谣言以及不负责任的舆论也进行了坚决的反击和澄清，为还原客观真实，维护怀柔的形象和权益做出了贡献。

这些作品中所呈现的"地域文化"特性，高度契合怀柔儿女的精神因子，承载着一代代怀柔人的理想、文化与记忆。在回望历史的过程中，当下的怀柔人通过企业推送的"喇叭沟门满族乡2017第二届金秋红叶文化节""秋水秋天秋色——怀柔琉璃庙"等一批反映区域文化的微信文章，从而获得文化身份的重构和定位。

此外，网络上的精神家园也是于欣华精心打造的文化品牌。他宣传怀柔的文化和旅游，从来不收取任何费用，靠的就是服务家乡的满腔情怀。推出"怀柔美食"品牌栏目，免费拍摄特色餐厅和民宿视频，自在溪谷、曦元小院和大水峪家乡肠、满族二八席、河防口红肖梨等一批民俗品牌和怀柔特色美食，通过腾讯、爱奇艺等视频平台传播到全国各地，阅读点播率累计达几百万人次。

助力科学城，公益富乡亲

是党的创新驱动政策催生了企业，是怀柔区经济社会的发展成就了企业，发展了的企业一定要回报家乡。

从2016年企业初创时的兄妹开荒，到现在已发展为100余人的战斗团队，业务横跨新媒体、影视拍摄、会展服务、广告制作、文化创意等众多关联领域。企业始终坚持党建引领，诚信经营，员工思想稳定，业务工作稳中有进。积极探索"4+1"党建工作模式，企业党支部领导工会、共青团和妇女之家开展工作，成立思想骨干队伍，加强理论学习，搞好思想教育，是怀柔区非公党建示范点。

家乡怀柔，面向世界科技前沿和国家重大需求，积极建设世界级原始创新承载区和开放科研平台，引导和推动高端创新资源要素加快集聚，打造科技创新中心新地标。"科学一百年，奋斗每一天"。科学城的建设，既需要五大科技装置类的参天大树，也需要众多小微企业提供具体的服务对接，共同构成完整的生态系统。于欣华回顾自身创业历程，可谓九死一生，对民营企业的困难和痛点，感同身受，非常了解。于是依托怀柔新联会的智力人才优势，整合各项资源，成立了怀新企业服务中心，为服务科学城建设的小微企业提供法律、财务、税收、审计、人事、信息等方面的专业指导和服务，要为家乡，为科学城的建设尽上一份绵薄之力。

旗下的设计公司，在党建室设计、民宿设计、景观园林规划和校园文化等方面颇有建树，区内民宿设计施工200余套。在餐饮旅游方面，作为怀柔区饮食服务行业协会的副会长，旗下有数家品牌酒店和连锁餐饮，均是区内标杆企业。企业逆袭成功，让很多人认识了于欣华，更认可了传媒企业，通过企业的宣传也认识了怀柔，这个山美水美、历史文化深厚的北京近郊。很多省内外的民宿和旅游景点，在认知企业的文化策划和宣传品牌之后，争相诚邀帮助宣传策划。企业成功了，而于欣华并没有因此停下探索和奋斗的脚步，因为他还在为公益事业而奋斗着。

一直以来，企业致力于公益事业的投入，无论是人力物力还是财力，总是倾尽所有。近年来，共组织及拍摄公益活动232场、捐赠物资价格50余万元、免费宣传怀柔美食和民俗文化上百次。这背后，正是于欣华服务桑梓的家乡情怀在支撑，他热爱自己的事业，但更热爱自己的家乡！

【采访手记】

于欣华是一个非常注重情怀的人，家国情怀在他身上表现得异常浓烈。他在北京城里，与家乡近在咫尺，却有浓浓的乡愁，他在家乡，却对祖国怀着无限的热爱，每次遇到国家大事，国旗升起，他都会激动万分，甚至泪流满面。在创业之后，他认为"由己及他"是分内的事，家国情怀是中国人的基因，永远无法抹去。用文化建设家乡，用情怀回报桑梓，这就是于欣华，为他的坚持和执着，点赞！

姚凤明／文

把梦想照进现实的创业者

马建伟

1983 年生，内蒙古人，中共党员。系 UPLIFE 品牌创始人；北京市工商联青年企业家专门委员会委员；北京市物流商会副会长；慧宇希望小学工程爱心大使；北京宏邦安达物流有限公司董事长；北京中辽国际物流有限公司董事长。

> 创业者如沙漠中的旅行者，最可怕的不是眼前无尽荒漠，而是心中没有绿洲！
>
> —— 马建伟

参加全国工商联十二届三次执委会议

2020 年，马建伟（右二）与其他三位主持人一起主持第四届物流人春晚

在底层打拼终见阳光

马建伟在高中的时候是体育生，高考之后考上了北京体育大学。这在当时是了不起的成绩，然而，面对农村贫困家庭和每年 8000 多元学费，他只能含泪放弃读大学。但是，即便没有条件去北京读大学，他也想去看看北京究竟是个什么样儿，减少一些人生的遗憾。

于是，二十出头的马建伟，怀揣着家里给的 200 块钱，在 2002 年的夏秋之交，乘坐绿皮火车，从内蒙古通辽一路摇晃，到达了北京北站。当时的北站还没有重新建设，看到破破烂烂的北站，马建伟想：北京怎么跟印象中差别这么大？这火车站与老家通辽的车站也差不了多少嘛。

初来北京，没有任何社会经验，举目无亲。看到别人坐车，他也不管三七二十一，逮着车就上。一路坐到通州八里桥终点站了。乘务员提醒他到了终点站，他这才意识到该下车了。可是，下车之后去哪儿呢？人生地不熟的，身上钱也不够，没办法，他只能在立交桥底下住了半个月。

之后，他找到一份业务员的工作。可是他不认识路，每次跟着大家一起出门，晚上回来，往往所有人都到了，只有他还在外面迷路难回。甚至很多时候只能走回单位。业务员的工作干了一个月，他发现自己不能胜任这份工作，而这份工作也不足以让他在北京立足。于是，他只好离职。下一步怎么办？他想着得先有个吃饭的地方，于是，饭店成为他找工作的首选。很快在一个饭店找到份打扫卫生的工作，只是他粗枝大叶，打扫卫生也不仔细，又是一个月，负责人说他不适合这份工作，把他辞退了。

两次求职失败，之后他断断续续干了好多工作，但都时间不长。于是，马建伟开始从自身找原因。首先他一口地方话，比较生硬，其次，他自认为情商比较低，说话做事比较直，不婉转，很多时候让其他人不适应，甚至很难接受。

没办法工作，就为自己工作。于是，他就开始自己做一些小生意，在一个类似夜市的地方卖毛鸡蛋，卖了两个多月，攒了点钱。但是他觉得这个生意并不能长久，首先是这个食品的卫生不过关，他生意越好，心里越不安；其次，这个生意也不太好做，赚钱也很艰难。不久，他发现很多商铺都在用塑料袋，当时也没有"禁塑令"，他觉得这个生意可以做。于是就私下打听，获得了货源，开始给市场配送塑料袋。因为他经常给商铺们帮忙，人缘不错，所以生意还挺好。做了一年多，获得了人生第一桶金。2004 年，他觉得网吧生意不错，就用配送塑料袋赚得的这笔钱，开了一间网吧。但是因为没有正规手续，他还是觉得这不是长久之计。于是，他又加入了餐饮行业的大军。为了获得更多的利润，他上午卖早餐，65 岁以上老人免费吃，正常时间经营饭店卖家常菜，晚上卖烧烤，生意一度火爆。饭店几乎一天二十四小时开业。这时候，马建伟才真正感觉到，自己在北京的人生终于有了起色。

谋划新的投资布局

马建伟取得了小成功，但是他仍然觉得这不是他要追求的成功。因此，在北京申奥成功之后，他果断关停了旗下的歌舞厅、台球厅以及网吧等产业。可是，这时候跟着他一起干事创业的下属们想不通了：好不容易一点一滴地努力，获得了目前一点成绩，说不干就不干了，还说他"寒了兄弟们的心"。马建伟没办法，因为他知道，如果按照之前的路数走下去，迟早要被时代淘汰。此时，马建伟一方面安抚下属们，另一方面寻找着新的项目。

在底层摸爬滚打几年，马建伟认识了不少人，经过咨询和比对，也经过自己的理性判断，他发现空运物流行业是一个不错的产业，不仅正规，而且能够安顿跟着自己多年的兄弟们。

说干就干，租房子、跑手续……北京宏邦安达物流有限公司在北京市顺义区正式成立，万事俱备，只差立即开展业务。原先与马建伟一起创业的一帮兄弟，如今只剩下四个人。每天四人一起上班，一起下班，可是根本没有生意，甚至还遭到对面公司的奚落。由于长时间没有生意，几个人已经把这些年打拼攒的钱全部投入公司，甚至连基本的生活都不能维持，没有生意怎么能行？马建伟意识到必须尽快发展业务，让公司运转起来。

于是，为了扩大知名度，扩大业务范围，马建伟留下一个合伙人留守公司，其他三个人带着公司的名片"扫街""扫楼"，一栋楼一栋楼地发名片，一户一户地敲门，其间被保安追、被住户骂、被人羞辱的事情经常发生。很多时候，马建伟走完一整栋单元楼，一张名片都没发出去。跟他出来的两个合伙人情况也大致如此。为了不影响士气，马建伟下楼前将名片装进另一个兜里，强装自己已经发完名片而精神抖擞的样子。

这无疑给同伴们带来了精神上的鼓舞，忍受着各种白眼和厌恶，坚持了很长时间。渐渐地，公司的电话再也不是"鸦雀无声"，开始有人打电话来，甚至有电话要求发货，并让他们报价。可是一群人根本不知道价格行情，怎么报

价？于是，他们又跑物流区，去取经，获取最基本的行业信息。当时买了一辆二手面包车，每次加油只能30元、50元地加，够跑就行，因为他们根本没有太多钱。

业务逐渐有了起色，公司也有了一个固定客户。可是很多时候货运公司根本不知道客户运送的货物是否合规合法，这就有很多法律风险在里面。在运送某文化公司的光盘时，这批光盘因为版权问题出现了纠纷，继而导致该公司最终倒闭，而且，麻烦还不仅如此，该公司欠着马建伟40多万元的运送费用，相关部门还将所有涉及参与光盘业务的人都进行了调查。最终的结果是，运输费用不仅一分钱没要回来，而且还欠下了很多运输客户的钱。

又一次危机让马建伟非常沮丧，这条创业路究竟应该怎么走？未来到底在哪里？他陷入了深思，面对客户讨债，公司财务状况已经极端恶化的情况下，他没有选择逃避，而是直面困难。他一家客户一家客户地拜访，跟对方承诺还钱，并写下欠条。大部分客户选择了谅解，有些则表示要他立即还钱。无奈之下，马建伟东挪西凑，总算暂时渡过了这场债务危机。

2021年3月，全国民营经济人士理想信念教育基地在南通揭牌，马建伟（一排左四）作为首批年轻一代民营经济人士在张謇企业家学院充电赋能

风云再起又遇波折

2021 年 10 月 25 日，马建伟（右三）在拉萨参加京拉企业结对暨项目签约活动

为了尽快发展业务，还清债务，马建伟和三个合伙人一起，又开始了新一轮的"扫楼行动"。功夫不负有心人，还真找到了一个做飞机配件的德国合资公司。双方合作得很愉快，而马建伟借着这块业务，很快还清了债务，同时也获得了一部分积累和业务。

之后，宏邦安达又陆续开展了飞机牵引车等业务。飞机牵引车是在机场或者航母甲板上牵引飞机的保障设备，是必不可少的特种车辆之一。牵引车业务是宏邦安达成立以来能盈利的业务。然而好景不长，牵引车业务最终还是出了问题。当时国内最先上线的空客 A380 客机的牵引车造价甚至高达上千万元。全车有 11 台电脑来协助驾驶员操作车轮，其中 6 个特制的轮胎与独特的逆向转弯车轮驱动系统能够尽可能地减少转弯半径。如此巨额的造价车辆交给宏邦安达运送，让马建伟慎之又慎。他跟合作的企业再三叮咛要买保险，就怕出问题。

因为是新车上市，在临出发前还要召开一个新闻发布会，马建伟也在参加之列。在现场要用吊车将整个车辆吊起来。马建伟千叮咛万嘱咐下属要用承载力较大的吊车钢丝，就担心出问题。然而怕什么来什么。就在新车展示的现场，车辆被吊起来的一瞬间，吊车的吊绳发生了断裂，

车辆重重地砸在了地上，事发地点与参会人员咫尺之间。

马建伟当时的脑子就蒙了。等他清醒过来，第一件事是环顾一周，不幸中的万幸是没有任何人受伤，只是车辆受损严重。事情发生之后，他立即去找保险公司，然而保险公司却告知他：车辆必须与运送车有接触才在理赔范围，吊起来不算！马建伟欲哭无泪：人生最痛苦的事情不是没有希望，也不是看不到希望，而是把灾祸隐藏在希望之中，在追逐希望的过程中，被灾祸横扫。尽管如此，马建伟始终认为，在创业的路上不管遇到什么事，诚信是做人做事的唯一标准。

由于这次意外事件，宏邦安达的业务发展也受到了较大的影响，最初的四个合伙人，也只剩下三个人。唯一让他坚持下来的理由是：这是一个可以托付的事业，也是能实现自己人生理想的事业。尽管前路艰难，马建伟依然对未来充满希望，满是期待。因为他知道，在这个竞争激烈的世界生存，必须有自己独特的生存法则。诚信是一个，另一个，他还在摸索。

【采访手记】

马建伟一直都是乐观的。他相信缘分，该来的一定会来，该去的一定会去。就如同他经常收到那些曾经被他资助的孩子们的信息和电话，有的上了大学，其中有一位是在邯郸中学当了副校长、区政协委员，而这些孩子他们长得什么样子，具体是在什么样的情况下资助的，他基本记不起来。唯独始终坚持的，就是在自己力所能及的时候，定要为这个社会贡献自己的力量。

姚凤明 / 文

义利相和守正道

——记阿尔法沃夫（北京）加速器科技有限公司董事长王乃琛

王乃琛

中关村智能硬件企业加速器创始人，国家卫健委全国卫生健康示范基地项目总负责人，中国共青团"五四青年"奖章创新创业标兵，北京市工商联代表。

本科就读于北京外国语大学，研究生就读于美国伊利诺伊大学香槟分校，擅长英语、俄语、德语、立陶宛语等多门外语。曾荣获《财富》杂志 2015 年"中国 40 位 40 岁以下的商界精英"、新华社 2015 亚洲最具影响力科技先锋人物、"中国中小企业杰出企业家"称号。

> 从本质上来讲，我们创业的初心就是把企业的科技服务干好，我们真正能够提供的价值就是让企业不断成长。
>
> ——王乃琛

2014 年 12 月，中关村智能硬件企业加速器成立于中关村鼎好电子大厦，王乃琛与合伙人 Peter Broeder 教授和黄文博士

（一）

2015 年 6 月，由国家发改委等 11 个部委联合组织的首届中国智慧城市国际博览会在京举办，全国智能制造领域的专业性科技服务公司阿尔法沃夫（北京）加速器科技有限公司作为协办方全程参与了这届展会。坐标北京中关村的这家刚刚成立半年的"无名小卒"如何担当如此重任？是拥有强大的背景还是具备领头羊的基因？且让我们慢慢道来。

"智慧城市"这四个字在今天听起来算不上什么，但在六年前，这几个字对绝大多数人来说就是一串妥妥的"火星文"。王乃琛没有发蒙，在他的精神世界里，未来城市的面貌应该更接近于科幻电影中所呈现的那样。关键的是，其中涉及到一些技术，他已经亲眼见到了。

当时，距离 AlphaGo 横空出世一炮打响仅有 8 个多月的时间，人工智能技术已经初步崭露头角，显现出强大的"吸附"能力。在万物互联概念的驱动下，国内如海尔，国外如 IBM 等一众有识之士尝试着依托其强大的科技基因在此领域保持优势地位，在这个赛道上占据一席之地。

中关村作为北京科技创新中心，最不缺少的就是对未来科技探索的热情，"当时，我们找了好多中关村的企业去参展，与海尔、IBM 这些巨头不同，我们都是初出茅庐的小公司，但初生牛犊不怕虎，我们代表了中关村最新的科技。"央视的眼光向来敏锐，在众多参展企业中发现了隐藏在皇城根下的这朵"奇葩"。当年 9 月份，王乃琛接到《新闻联播》节目组打来的电话，11 月 26 日，《新闻联播》以《创新发展带动经济转型升级》为题将山东济宁、四川成都等几个典型做了专题报道。公司成立不足一年时间，就收获此等赞誉，王乃琛的心里还是挺美的，看来，自己的路算是走对了。

自此之后，这个来自山东青岛的年轻人便接到了来自全国各地大小招商局的电话，不用详述内容便知是邀请王乃琛前往当地做孵化器。"《新闻联播》的专题节目播出之后到春节之前，我的电话就没闲着，很多地方政府开出了非常优厚的条件，比如给我们免费的园区让我们去运营。说实话，就是做二房东，我们立马就能赚钱。"到某地的

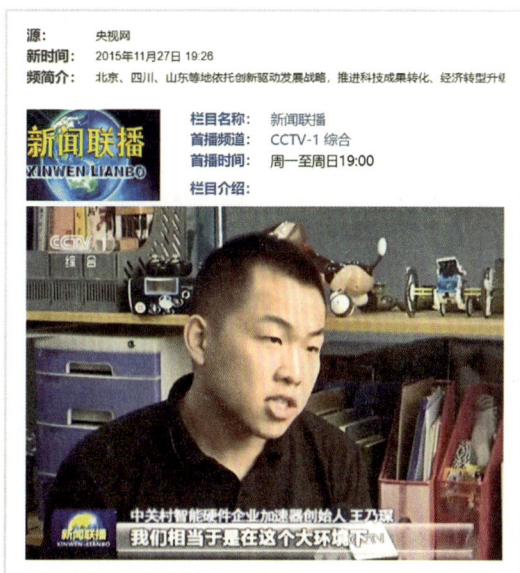

源：　　　央视网
新时间：　　2015年11月27日 19:26
频简介：　　北京、四川、山东等地依托创新驱动发展战略，推进科技成果转化、经济转型升级

栏目名称：　新闻联播
首播频道：　CCTV-1 综合
首播时间：　周一至周日19:00
栏目介绍：

中关村智能硬件企业加速器创始人 王乃琛
我们相当于是在这个大环境下

2015 年 11 月，王乃琛和公司被中央电视台《新闻联播》作为 2015 年"创新发展带动产业升级"的全国典型案例进行展示

园区挂个名，然后拿到政府配套的免费资源分包出去，这无异于空手套白狼唾手可得的商机让王乃琛陷入了沉思：如果单独成立团队做企业孵化器，那么创业的初心在哪里？"我就是想踏踏实实做点事情，把企业的科技服务这件事情干好，要么就认认真真服务企业，要么就踏踏实实打磨内功，单纯做个'二房东'的这种事，我们还是不做的好。"深受儒家思想熏陶的王乃琛没有在突如其来的荣誉面前沉沦，而是清醒地认识到，在力所能及之处如何发力才能走向最初设定的目标。

这正如他在学生时代便规划好了自己未来的方向一样。

（二）

曾经一段时间，中国被称为"世界工厂"，很多人曾经为此沾沾自喜，倍感自豪，但其背后却是充满了用苦力换取技术的心酸。2008 年的金融危机让很多企业在一夜之间陷入四面楚歌的窘境。当时的高三学生王乃琛在放学回家的路上看到平日里人头攒动的阿玛尼、新秀丽、LV 等世界知名品牌的代工厂门可罗雀，进而关闭，便心生感慨：一个国家，没有自己的核心技术必定受制于人。

"我是理科生，因为参加奥赛取得了保送资格，当时我都选了西北工业大学的飞行器动力工程专业，可是后来我就不太想学理科了，因为我总觉得自己的人生如果照这样发展下去就有点偏差，不够均衡。"某一方面过于突出，而在另一方面太弱，正如木桶理论所讲，那样的人生是他所不能接受的。除去先发优势不谈，为什么国外的科技水平能够发展得这么好而我们不行？人家是如何摸到这些路的？既然他们已经找到了这样的路子，为什么我们不去学习一下，然后回来把自己的路子趟出来呢？1842 年，魏源提出的"师夷长技以制夷"，在 166 年之后，重新在另一个中国青年的脑海中形成，同一个半世纪之前稍有不同的是，王乃琛有足够的条件和机会躬身践行。

"青岛学生有学德语的传统，我们平时学的是英语，当时觉得世界上就中美俄三个大国，我要再学个俄语，那这些主要的大国我就都能去了。所以，报志愿的时候我就选择了北京外国语大学俄语专业。"有实力，可以任性；实力不行，只能认命。北外俄语学院在山东第一年的唯一一个招生理科生名额就这样被王乃琛收入囊中。

如果抱着俄语这个饭碗，王乃琛一样可以吃嘛嘛香。但对他而言，语言仅仅是个工具，他的目标还是要弄明白"美国人到底是如何把科技成果转化到市场上的"。所以，伊利诺伊大学香槟分校就成了他的下一个驿站，因为这里是美国从学校到市场科技成果转化率最高的大学，排在其后是斯坦福和麻省理工。想为中国科技腾飞助力的王乃琛将自己的奋斗目标定位在为国搭建科技平台，集世界范围内优秀的科技成果为我所用。

"我不管全世界谁在研究什么东西，只要我们国内的创业环境好，或者我们的商业环境好，我们就可能通过这个平台把国外好的技术引到中国来，因为我们中国有世界上最大的市场。"自不量力也好，年少轻狂也罢，谁会在乎一个书生的三言两语呢？可是，王乃琛在乎。他不但在乎，而且还真的就让一帮吃瓜群众差点惊掉了下巴。2013 年上学期间，王乃琛便在香槟分校参与成立了科研孵化器，有样学样地做起了科技中介——搭建实验室和市场之间的桥梁。

"2014 年我带着国外谈好的技术回国，就直接去敲了科技部的大门，后来又去了青岛、宁波的科技局，也找了北京中关村科技委，反正能敲的门我都敲了一遍。"虽然，最后项目没落地，但这一扇扇门敲完之后，王乃琛明白了一个道理：如果中国大学的科研机构都去敲门的话，政府相关主管机构每天就只能不断地开门和关门了。"所以，在政府和大学之间缺少一个把科研成果商业化的桥梁。"

2019 年 11 月，王乃琛于国家卫健委接受"国家卫健委·全国卫生健康技术推广传承应用项目示范基地"的平台授牌

（三）

2014 年，学成回国的王乃琛带领团队在中关村管委会的支持下成立中关村智能硬件企业加速器，为智能硬件类的企业提供科技加速服务。"纸上得来终觉浅，绝知此事要躬行。"至此，在脑海中时隐时现的未来已经在王乃琛的一番"折腾"之下清晰呈现。"比如说企业需要市场，需要科研服务，需要跟国外的企业、科研院所沟通，我们就做这个科技桥梁，就是要把国外好的技术带到国内来，同时把国内好的产品推广到市场上去，推广到国外去。"

在当下的中国市场，一个好的创业项目必须具备紧盯政策导向，解决社会痛点，填补市场空白，引领行业发展这四条当中的至少一条才有可能获得成功。在"大众创业，万众创新"政策的激励之下，科技创新的浪潮呈井喷之势，广阔的市场前景犹如一幅多彩的画卷展现在王乃琛的面前。

子曰："富而可求也，虽执鞭之士，吾亦为之；如不可求，从吾所好。"这段话的意思是如果富贵合乎于道就可以去追求，即使是给人执鞭的下等差事，我也愿意去做。如果富贵不合于道就不必去追求，那就还是按我的爱好去干事。孔子的义利观是儒商鼻祖端木赐一生行商的基本遵循。

"二房东模式从商业逻辑上来讲是走不通的。抛开道德层面，这种模式就是利用政府给的优惠政策去赚创业者的钱，没有可持续性，干这个事就是白白浪费自己的精力和时间。最关键的问题是，我们创业的初心是做企业服务，为企业提供真正有价值的服务，助力企业快速成长。"北京中关村成千上万家企业，真正能够冠名"中关村"三个字的少之又少，这就好比是至尊宝在成为孙悟空之后，拥有了无边的法力同时也戴上了紧箍咒。只有充分爱惜自己的羽毛，才有可能把自己塑造成为心中最美的样子。

"2015 年，当时 5G 还只是一个概念的时候，有一个企业开始试水 5G，探索 5G 的移动应用场景。这明显超越发展阶段的技术其结局可想而知，差点就成为'先驱'了。"王乃琛利用自己的渠道帮助他们进行推广和呼吁。汶川地震时，震区与外界的联系被迫中断，如果当时能够使用无人机搭载小型移动基站，解决通讯信号的问题，通过精确定位省去搜寻的时间，必能极大地节省人力物力资源救出更多的生命，也会有更多同胞在第一时间通过手机联系外界获得生的

王乃琛参加"2020 年 APEC 工商领导人中国论坛"

机会。天灾非人力所能左右，"但通过这一场浩劫我们国家的应急救援能力建设必须要让科技助力，提升几个台阶和层次。"王乃琛说道。

思路决定出路。在王乃琛的帮助下，这样的设想被呈报到相关部门手中，这个企业成功地搭上了这趟快车，在这样一个狭窄的赛道上开足了马力向前奔。

科技服务听上去似乎高大上，有些遥不可及，可是类似移动基站这样的案例，既能够帮助国家补齐短板，又能够帮助企业找到订单，这便是妥妥的"中介"服务。带着企业走到海外，在海外寻找科技"猎人"嫁接给国内企业，王乃琛的科技平台做得越来越"顺溜"，"这几年下来，我觉得公司干大干小是我们团队的能力问题，但是我觉得我没忘初心，也取得了政府部门和社会给我们的荣誉，我觉得特别开心。"

子曰："君子喻于义，小人喻于利"。中国古文化所倡导的商道便是义利相和。"义"就是承担责任，做应该做的事情，把应该做的事情做到位；"利"就是利益均沾，合作共赢。对王乃琛而言，义利相和，行必致远。

【采访手记】

王乃琛的语速很快，他的思维非常活跃，整个采访过程感触最深的是，他在不经意之间流露出来的"走正道"的价值观，给人以力量，让人心悦诚服。王乃琛的故事很长，篇幅所限不能尽述。他的精彩还在继续，未来将书写多么华丽的篇章，笔者和所有人一样都很期待。

朱昌文／文

创业路上选择
比努力还更重要

王小伟

1980 年 10 月生，山西运城人，1999 年开始参加工作，中学教师。2004 年赴京，先后创立观听网信息技术（北京）有限公司、共享家信息技术（北京）有限公司、共享家（天津）网络科技有限公司。

王小伟曾就职于清华大学建筑设计院，就读于北京大学汇丰商学院。现任观听网信息技术（北京）有限公司董事长、北京市工商联青年企业家专门委员会委员、中关村中小型科技文化企业促进会副会长。2008 年、2009 年连续两年获得中国（北京）国际文化创意产业博览会光华龙腾奖——中国创意产业年度大奖中国创意产业高成长企业 100 强企业家。

> 双创时代的到来，带来一波波创业浪潮，无论进行什么样的创业，企业级服务将会是一个永恒的主题，而且市场巨大。
>
> ——王小伟

2021 年公司团建挑战库布齐沙漠

创业遭遇滑铁卢

王小伟从师范毕业之后，做了几年的中学老师。对一眼看到底的工作生活一直心怀芥蒂的他，又一次感到了内心的巨大波动。"人生不该如此，也不能如此"，按照这个想法，他毅然决然地辞去了在当时被认为是"铁饭碗"的教师工作。24 岁，他从晋南一个小县城，托运了四大包行李，然后只身前往举目无亲、一个熟人都没有的北京。

到北京做什么？怎么生存下来？他完全没想过。但是他也乐观：先找个地方安顿下来再说，找工作什么的，且走且看。因为大学学的美术教育专业，所以他先报了一个跟美术相关的三维动画制作培训班，培训期满之后，去了一家有着日资背景的游戏动漫公司做游戏美工。

整整一年时间，他每天的工作就是与电脑画图打交道。在这一年的工作中，由于参与了很多大型游戏的设计工作，积累了一些工作经验，他深知打工只是起点，创业才是他的终极目标，他内心中那个创业的想法开始萌动了。

创业做什么产业呢？他从数字艺术培训开始做起，毕竟轻车熟路。于是，开始招收一些大学生进行数字艺术培训，另一方面接一些游戏开发等与数字艺术有关的业务进行制作。2005 年年底，王小伟就成立了自己的数字艺术工作室，并在之后的 2007 年成立了北京六丁动画设计有限公司。从事三维动画培训、动画制作、校企联合办学等业务。随着

业务量不断增加，六丁动画开始在全国招生，扩大规模也赚了自己人生的第一桶金。

2008 年正值北京奥运之年，各个企业都摩拳擦掌，准备借奥运的东风大干一场，王小伟以为按照目前的商业模式，进行复制就能有更大的发展，于是公司在几个月之内迅速扩充到 100 人左右规模，并准备和北京城市学院合作成立一个动漫培训学院，王小伟觉得这是一个扩大业务规模的绝佳机会。他把这几年赚的 100 多万资金全部投入之后，却因为各种各样的原因无法达到预期效果，甚至还要继续再投入几十万元，如果没有继续投入，前面投入的资金便要打水漂，而之前答应投资的机构却因为金融危机的影响而毁约。王小伟陷入了创业以来最大的难关。

2008 年经历创业以来的第一次失败，让王小伟陷入了沉思。他总结创业 4 年来的经历，冷静下来之后发现，此次失败并不见得是坏事。因为前期扩张太快，企业根基不稳，而很多参与艺术主业无关的业务也逐渐加入进来，让整个公司的业务尾大不掉。而联合办学也正是基于这样的思维下做出的一个不理智的投资。于是，经过一段时间的思考，王小伟决定及时止损，果断砍掉之前与主业无关的业务，把最赚钱的业务保留——动漫制作。

行业选择胜努力

从 2008 年年底到 2009 年年初，王小伟开始了缓慢的恢复期。因为经历过一次失败，对于投资他开始变得更加谨慎，全心全意开展动漫制作业务，一点一点积累着人气。慢慢地企业有了一定的知名度，在业内也获得了很多认可。很多影视机构都和王小伟的工作室有过合作，包括好莱坞很多电影的动画效果以及南非世界杯的动画都由六丁动画来做。之后又跟各大电影公司甚至央视都有过合作。

尽管名号响亮，合作的也都是大公司，但是王小伟依然觉得这只是代工，而并不算真正参与到电影制作，自然也无法获得高额的电影收益分成。于是，在后来的制作中，公司也开始逐渐参与制片，与其他机构联合制片。

然而，文化创意产业方兴未艾，而动漫制作在其中属于劳动密集型产业，属于"艺术民工"，最终产业上游分流给最基层的利润和收益越来越少。2009 年到 2013 年这几年时间，企业虽然业务不少，每天都有活儿干，但是收益不足以体现员工们的辛勤劳动。而企业根本没有利润可言，拿到的报酬甚至不足以给员工发工资。因此，在那几年，很多时候做一单赔一单。最终实在无以为继，2013 年，王小伟和所有员工商量之后果断将公司关闭了，告别了创业十年的动漫产业。

从 2013 年开始，王小伟开始接触不同的行业，一方面去北京大学汇丰商学院 EMBA 班进修，另一方面在清华大学建筑设计院从事规划项目的政府商务工作。在这两个地方，王小伟积累了大量的人脉关系。

在学习和与外界交流的过程中，王小伟从创业失败的阴霾中逐渐走出来了。他对于自己创业也进行了深入的分析：究竟创业这条路是不是走对了？究竟是自己的问题还是行业本身的问题？这些问题重新考虑清楚之后，王小伟得到了自己想要的答案：文化创意产业固然是新兴产业，属于服务行业的范畴，利润固然可观，然而动画制作却属于"代工厂"性质，属于行业的最低端和最底端，因此，在企业达到一定规模之后，利润一定会越摊越薄。于是，他开始考虑重新创业，他当时已经很清楚，在创业方面，选择大于努力。

借助北大和清华的两个平台寻找资源，王小伟准备第三次创业，他陆续接触了很多行业，恰逢国家的双创时代新的一波创业浪潮到来，他尝试过办公家具租赁、明星合伙人等创业，没能成功，而在线教育平台项目，坚持一段时间之后也无疾而终。

在线教育平台如今非常火爆，可在 2015 年前后，那可是个非常超前的新鲜事物，王小伟是较早接触线上教育的投资人。当时的北京教育出版社想要通过互联网推广内容资源，通过网易的资源做一个基于青少年在线直播和音视频的平台，有内容，有流量，有直播。整个事情由王小伟牵头，产品很快研发出来了。经历了资本市场的萎缩动荡之后，几个合作方最终对未来的研判不很乐观，及时止损，果断将业务停掉了，而最终错失了后来的机会。

2017 年，王小伟（左）在北京大学总裁班培训课上与尹卓将军合影

服务企业为初心

在一次偶然的机会中王小伟的一个朋友聊起企业的发展问题，他的一个观点让王小伟茅塞顿开。这个朋友认为，从改革开放初期的下海经商，到后来的房地产暴热、股市暴热，再到后面的互联网经济和共享经济……各种经济形式层出不穷，但是最终的结果是，每一次投资机遇都是在一波一波地培育企业，是企业在发展。因此，针对企业的服务是永恒的主题。

王小伟有着广泛的人脉关系，无论是自己创业还是求学，期间认识的企业关系特别多，而在清华建筑设计院的工作经历，更让他积累了很多政府资源。有这两个巨大的资源，王小伟创立企业服务平台的底气足了很多。

这一次创业，王小伟少了一分焦躁，多了一分从容。他首先详细了解企业服务行业的各种要素，了解不同企业的不同诉求，甚至研究党和国家的大政方针，进行政策解读，从而有的放矢，给创业一个精准的定位。

他通过大量的市场调研发现：在信息无限，精力有限的时代，企业的发展需要各种行政许可、资质认证，并且手续繁杂！任何企业在发展过程中都离不开政府事务，各个大公司都在近几年成立了政府公共事务部，然而中小企业的政府公共事务基本上都是老板在做，可是老板平时重心都在业务发展上，政府公共事务又是个非常烦琐细致的工作。这样一来，企业如何把更多的时间和精力专注于核心业务成为企业发展新的痛点。抓住这一痛点之后，王小伟将自己的公司定位成"企业政府公共事务一站式服务平台"。

他通过对知识产权、科技创新、文化创意、工业产业化、商业流通、农业、金融业等方面的政策抓取、解读及宣导，提高创业者行业经济的认知和项目投资的洞察力及远见，为创业者提供更多的投资选择和决策参考，为企业匹配有利政策，降低市场风险，激活潜在价值。通过知识产权咨询、资质认证咨询、资金申报咨询、金融财税咨询等一系列专业服务，协助企业解决发展过程中所遇见的各类公共事务问题，让企业把更多的时间和精力专注于核心业务，帮助企业整合资源，助力企业发展。

2021年7月22日，北京市工商联青年家专委会委员授牌仪式，王小伟（左二）与赵玉金书记及委员合影

2016年年底，王小伟成立了观听网信息技术（北京）有限公司，专注于政府公共事务咨询服务，把资质认证、政府资金申报、金融财税服务产品化，服务中小企业。尽管做了大量的功课，王小伟依然谨小慎微。他在第一年投入了150万，没想到做得非常成功，盈利接近300万；到了第二年，服务企业的立项金额就达到了1亿元；第三年，又增加了财税服务的项目，营业额更是突破了2亿元。王小伟的创业逐渐进入佳境。

经过五年的发展，公司目前已经在北京、上海、天津、青岛、江苏等地设立了业务公司，营业额已经超过3亿元。王小伟终于在屡次创业中找到一条适合自己发展的创业道路。

【采访手记】

王小伟是一个典型的工作狂。如果说勤奋是创业成功的必要条件，那么王小伟无疑是最具备这个必要条件的。在六丁动画创业阶段，他很少凌晨两点之前睡过觉，即使是春节这样的节假日，他也在忙碌地安排着各项事务。找准定位之后，他觉得创业似乎也并不一定非要心力交瘁地去拼搏。这两年，王小伟喜欢上了越野，工作之余，经常穿越于各种无人区，他的理想就是未来几十年，车轮上走遍中国，用相机记录每一个真诚和美丽，只有在路上，心才是自由的。因此，他始终认为，在创业方面，很多时候，选择比努力还更重要。

姚凤明／文

创业路远
澄怀观道正有时

——北京市欧宇达经贸有限公司董事长王文宇创业感悟

王文宇

北京市欧宇达经贸有限公司董事长，北京清谊厚泽投资有限公司 CEO，清华大学高级工商管理学硕士，中国民主建国会会员，现担任北京市工商联执委、北京青年企业家创新发展协会常务副会长、顺义区政协委员。

王国维说"古今之成大事业、大学问者，必经过三种之境界"。我辈创业者亦自勉：衣带渐宽终不悔，为伊消得人憔悴。这是拼搏实干的过程。众里寻他千百度，蓦然回首，那人却在灯火阑珊处。这是思考发现的过程。昨夜西风凋碧树。独上高楼，望尽天涯路。这是澄怀观道，境界提升的过程。从此境而过，方能悟创业真谛。

—— 王文宇

2017 年 7 月 2 日，王文宇（左）参加清华大学经济管理学院硕士毕业典礼

　　声如雷霆，势如破竹，刘伯承将军在电影《大决战》中说过这样一段话："这个孩子的步伐总是走得太快"，这段话用来形容王文宇的创业历程再恰当不过。短短的十多年间，王文宇从一家小型电脑公司做起，凭着敏锐的商业嗅觉和执着的闯劲儿，先后在电子产品、房地产开发、典当、金融投资等领域做得风生水起，有声有色，形成多元化发展格局，完成了一次次从量变到质变的飞跃。

上下求索，为伊消得人憔悴

　　2003 年，大学毕业的王文宇一门心思要"创业"，开公司当老板，商海弄潮，岂不快哉！然而在父母看来，考公务员，旱涝保收，"就业"才是最稳妥的道路。双方各执己见，一向尊重父母意见的王文宇不惜立下军令状"一年为期，干出点儿模样"！最终父母妥协了，父亲拿出 5 万元钱，拍了拍他的肩膀："年轻人有自己的想法，这是好事"。

　　获得了家人的支持，王文宇更加干劲十足。6 月份大学毕业，9 月份就注册了一家公司，从自己最熟悉也最擅长的电脑维修服务开始做起，顺带为客户供应纸张、墨盒等耗材。学生时代，王文宇从 386、486、586 到奔腾机型都学过，是真正在学习中见证了计算机在中国的发展与普及的一代人。当时他推出了电脑一站式服务理念，一年 600 元的维修费，即可享受高级 VIP 待遇，每天 24 小时随叫随到，上门维修。王文宇知道创业艰难，可是没想到会那么难。斥"巨资"投放的第一波广告如泥牛入海，没有引起任何波澜；每天跑市场拉客户，说得嗓子都哑了，得到的回复也只是"再想想"；没有客户，留不住员工，所有的事情都得亲力亲为，5 万元钱很快见了底儿。然而困难并没有让王文宇退缩，对

事业发自内心的喜爱与追求，让所有的坎坷都成为成长的基石。面对困境，他一方面拓宽业务范围，专门去学习复印机一体机的维修维护，把办公设备一把抓，甚至做一些小型门户网站；另一方面着重发展大客户，为目标群体免费进行计算机检测、维护，并承诺专人驻场、立时响应的快速解决方案。功夫不负有心人，苦苦挣扎半年后，客户慢慢多了起来，事业左冲右突，服务有口皆碑，公司终于扭亏为盈，渐渐有了起色。

　　都说万事开头难，现在回想起来，有太多让王文宇记忆犹新的片段。一次，他刚西装笔挺地谈妥了一个客户，就接到送打印纸的紧急订单。来不及换衣服，他和一位员工推着自行车好不容易到了地方，才发现办公室在五楼。没有电梯，只能轮番拎着纸箱往上送，一趟两趟三趟，几个回合下来，汗水浸湿了衣服，腰都直不起来了。还有一次，接了一个写字楼网络布线工程，没有经验，王文宇就带着员工拿自己的办公室当试验田练手，碰到疑难杂症，就到处请教，甚至找装修师傅"偷师"。工程验收的时候引得客户连连夸赞，还给他介绍了新的项目。

蓦然回首，商机无处不在

宝剑锋从磨砺出，梅花香自苦寒来。2005 年王文宇迎来了第一次快速发展期。一次偶然的机会，他得知一家三星售后服务中心要转让，立刻意识到这是个千载难逢的机遇。彼时，三星手机风靡一时，全球市场占有率接近 20%。如果可以拿下三星产品的官方售后服务，不仅业务发展不用发愁，更可以由此打响公司的招牌。辗转联系到这家店的老板，整整 10 个多月，王文宇一趟趟地跑，一次次地谈，可最终还是在巨额的转让费面前败下阵来。然而，山重水复疑无路，柳暗花明又一村。10 个月的钻研，让他成了一个三星通：北京有多少家售后服务中心，服务等级、地域辐射、营销特点是什么，他都能如数家珍；10 个月的沟通，也让三星电子的负责人对他赞赏有加：这个面庞稚嫩、言语稳重的年轻人有着像火一样的激情，正如三星在中国手机市场的发展，光芒闪耀。于是，他们给了王文宇一个机会——在顺义开一家新店。面对"馅饼"，王文宇没有自鸣得意，他和团队踏踏实实跑市场、做调研，花了两个月的时间，提交了一份详细的可行性报告书。终于，顺义三星电子售后服务中心挂牌营业了，成功的喜悦涌上心头，王文宇回想创业两年来的辛苦奔波，总算苦尽甘来，但他并没有停下探索的脚步。

几年的商海拼搏，王文宇逐渐练就了一双投资的慧眼。他认为只要留意，商机无处不在。一次，王文宇在观看电视节目时，发现镜头扫过的中央空调管道内部积尘严重，仿佛一个被遗忘的角落。他一下子看到了巨大商机：为了健康安全，我们年年都给自己家里的空调洗澡消毒，更何况这种人员密集、使用频繁的中央空调呢？当机立断，王文宇立刻着手购置清洗中央空调的专业设备，全程机器人监控、清理、消毒、拍照、检测。正所谓机会是留给有准备的人，2007 年，北京市下发了《关于加强公共场所集中空调通风系统卫生监督管理的通知》，要求公共场所经营者每两年对集中空调通风系统进行一次全面检查、清洗或消毒。一时间，空调清洗的订单纷至沓来，公司业务迅猛发展的同时，也为 2008 年北京奥运会的筹备工作贡献了一份微薄之力。

2018 年 2 月 2 日，王文宇参加企业上市仪式

更上一层楼，望尽天涯路

　　风正帆悬正可期，勇立潮头唱大风。取得众人眼中艳羡的成绩，圆了自己"老板梦"的王文宇并没有沾沾自喜，他依旧在创业的道路上不断创新不停前进。这一次，他把目光投向了典当行业。

　　典当是中国最古老的富有以物抵押性质的金融术语，在我国已有1600多年的历史。2006年甫一接触典当业，王文宇就敏锐地感觉到这一古老却富有新鲜生命力的行业，将成为未来最便捷的缓解资金短缺的金融补充模式。几年的摸索筹备后，2010年欧宇达典当行开业了，并先后在大兴、顺义开设两家分店。多年来，欧宇达典当行雪中送炭，为解客户燃眉之急提供了诸多便利，连续11年被评为A类企业。

　　2015年，34岁的王文宇已独自在商海中闯荡了十余年，事业小有所成，却也似乎进入了瓶颈期，无法再找到新的突破。百无聊赖之际，王文宇决定报考清华大学EMBA。他说，我大学毕业开始创业，是一个纯粹的"经验派"，然而要想真正把公司做大做强，必须要有系统的管理理念做支撑，所以萌发了回到学校的想法。希望通过学习交流，掌握更多专业知识，找到促进事业蓄力发展的切入点和突破点，让自己看得更高更远。在清华大学学习期间，王文宇紧追"互联网+"的时代潮流，在实体典当行的基础上开发了"乂掌柜"APP，将典当业务搬到了线上，并创新性地开设虚拟物品、情感物品典当模块，客户通过手机就可以完成交易过程。此外，他还与同学共同出资成立北京清谊厚泽投资有限公司并担任CEO，以Pre-IPO为主要投资阶段，为企业提供一站式综合金融服务。虽然投资业务品类繁杂、工作量大，

2021年6月26日，王文宇（中）向北京海淀外国语实验学校捐赠一万棵观赏油松

每年都要从近千个项目中筛选出稳妥的投资方案，但是随着工作格局的不断扩大，创业境界也进一步提升。

　　如今，王文宇依旧没有停下学习的脚步和前进的势头，在不断实现自我价值的同时，他也开始更多地回馈社会。参加狮子会，成为一名志愿者；为家乡捐款，开展扶贫项目；支持教育事业，捐赠10000棵油松育树成林，等等。在王文宇看来，真正的成功，不仅是累积的货币数字，更是不断做出的社会贡献；高境界的创业，不仅是事必躬亲的直接参与，更是高瞻远瞩的全局把控，是在商海浮沉中始终澄怀观道，看江湖路远，潮起更潮落……

孙秀明／文

主粮革命 健康中国

——谷丰源董事长王启一的使命

王启一

谷丰源董事长；北京市东城区工商联执委；北京市东城区和平里商会理事；北京市南锣鼓巷商会副会长；北京市东城区工商联青创会副会长；北京市青年企业家商会副会长；辽宁省工商联青年企业家商会常务副会长；北京市青年企业家专门委员会委员，全国工商联青年企业家专委会委员。

2019年，谷丰源荣获2019中国农业博鳌论坛年度影响力农业区域品牌及2019第四届中国农业博鳌论坛"神农杯"年度优秀农产品创新品牌。2020年1月10日，王启一荣获北京市东城区青年企业家创业创新协会颁发的特殊贡献奖。

我们多生产一份优质农产品，消费者就能多一份健康；多建设一处优质农产品示范基地，就少建一家医院；病从口入，食药同源，在中国传统文化视域下，为2030健康中国尽绵薄之力。

王启一

2019 年 12 月 14 日王启一董事长参加在海南召开的第四届中国农业（博鳌）论坛——熹之夜

国以民为本，民以食为天，食以安为先。在中国传统文化中，饮食是一个文明的核心问题，它不但关系到一个国家的发展战略，更是人民幸福健康指数的风向标。随着国家发展的强劲步伐，我国社会的主要矛盾已经从"人民日益增长的物质文化需求同落后的社会生产之间的矛盾"转化为"人民日益增长的美好生活需要和不平衡不充分的发展之间的矛盾"。从饮食健康层面上说，逐步从吃得饱到吃得好，吃得健康为第一要位。王启一正是在这样的时代背景下，在食品安全、医疗卫生、农业发展三重维度下，重新审视新的发展空间，打造三维一体的健康产业生态链，为 2030 年健康中国逐步实现，辛勤耕耘，抛洒汗水。

大米胚芽化 杂粮主粮化 主粮营养化 产品订单化

对于中南大学企业管理系毕业的王启一来说，做农业是带着一种情怀与使命。2003 年，王启一开始创业，从酒水类行业起步，因为薄利广销，人缘好，逐渐在商业界声名鹊起。

俗话说："一斤酒，五斤粮""酒是粮食精"；中国文化中酒与粮息息相关；对于喜欢传统文化，注重健康产业的王启一来说，仿佛找到了人生探索的根本点。王启一注意到，当代人虽然生活条件好了，吃得饱，穿得暖，但却更容易生病，很多人都处于亚健康状态，医院也是人满为患，而归根结底，则是"病从口入"。粮食作为人类生存的基本物质，它的品质好坏无疑是人类健康的前提。当时，谷丰源已经是很多食品公司的 B 端原材料供应商，在各种食品企业要求下，不断提高原材料品质标准，谷丰源也注重高品质、原产地、低价位、大体量的长期供应，赢得业内人士的好评。

此时的王启一似有所悟，既然能拿到中国最好的大米、小麦、稻谷等原产地的优质材料，为何不做一款自己的农产品品牌；实现从 B 端到 C 端的越位。但此时，粮油市场还一直在传统消费理念下，形成价格激烈竞争的局势；B 端看的是优质服务，C 端老百姓看的是品牌与价格。从文化与健康的角度看中国人民对主粮的消费还存在很多不科学、不健康的习惯，于是王启一结合健康专家的建议，经过深思熟虑，提出"主粮革命"的经营策略。

所谓主粮革命，即是大米胚芽化、杂粮主粮化、主粮营养化、产品订单化为代表的第四次主粮革命。作为稻作文化的发源地，大米是中国人最重要的粮食。如何最大限度地保留稻谷中的固有营养成分，纠正加工过程中过度精细化的弊端，越来越得到市场的认可和人们的重视。胚芽米作为健康主粮，不但保留了糙米的大部分营养，口感也与精白米相差无几，且出米率在 70% 以上，比精白米高出 5 个百分点，符合从"吃得好"到"吃得营养"的消费升级要求，因此实现对精白米的部分主粮替代消费是大势所趋。

在我国传统饮食中，杂粮也是重要的一分子，且有着悠久的食用历史。但是，杂粮普遍口感不如细粮，而且食用不便，近几十年来随着精米白面的普及，越来越边缘化。然而杂粮营养丰富，自古便有"五谷为养"的说法，主粮革命主张通过精深加工，如打破杂粮原料原有物理外形，重塑为更适合现代饮食需要的新型创新产品，或者杂粮营养粉深加工，既可以有效增加膳食纤维和多种营养成分的摄入，也可以改善杂粮烹饪不便、食用体验不佳的缺点，实现部分主粮替代。比如市场上流行的代餐粉、杂粮复合米、燕麦胚芽米、谷物杂粮营养米等创新产品，就是杂粮主粮化的成功案例。据有关资料显示，2020 年，中国杂粮总产量在 26804.5 万吨，随着加工技术的不断创新，未来如果有十分之一的杂粮原料实现主粮化，市场规模预计也将在千亿以上。

主粮革命推动订单农业发展

在人民对幸福美好生活的向往中，主粮革命是推动新时代人民健康生活的保障；但是，要保证这些农产品的优质与原产地，其核心则是产品订单化，通过订单农业的方式，在需求侧的消费模式上进行变革，改变以往被动的消费方式，由深刻理解主粮全产业链运营习惯的企业作为市场主体，在农作物播种之前以契约式订单向供给侧下单，约定好品种、产地、生产标准、加工标准等，实现以需求侧的要求为标准，牵引供给侧的农业一、二、三产各个环节照单生产、加工、服务。这样，通过全产业链监控模式，有效保障消费终端的产品质量和生产源头的经济利益，让农民乐于施好肥、种好粮，生产企业加大研发投入，不断推陈出新，向市场输出好产品，达到主粮消费市场的健康良性循环。在此思想指导下，谷丰源提出"为食者谋利，为耕者造福"的理念，不断拓展优质的农产品生产基地，在湖北仙桃、四川成都、黑龙江等自然风景区，设立大面积的水稻生产农业示范园，通过明星代言，市场拓展，其旗下的熹品汇已成为家喻户晓的知名品牌。此举解决了多年来农业发展两头难的痛点，消费者吃到放心的粮食，让农民提高收入，对精准扶贫、乡村振兴有着更加现实的促进作用。

2018 年 6 月王启一参加企业家私董会

希望田野与健康未来

《论语·乡党第十》中说："齐必变食，居必迁坐。食不厌精，脍不厌细。食饐而餲。鱼馁而肉败，不食。色恶，不食。臭恶，不食。失饪，不食。不时，不食。割不正，不食。不得其酱，不食。"在中国文明发展历史上，孔子不但是一位大教育家，还是一位美食家，他的饮食观至今对我们依然有着极具科学的指导意义。王启一在立足农业的基础上，又多元化发展投入教育与医疗，结合中国医科大学的专家团关于食疗、养生、大健康方面的课程，进一步推广饮食与健康，如何吃得更科学、更健康的健康饮食理念，比如，结合中医养生理念，根据 24 个节气，为消费者配比相应的蔬菜食品，把个人饮食起居与自然变化融合为一，达到天人合一的养生理念。此外，王启一悉心发现人们在日常饮食习惯中除了粮食、离不开菌类食品，尤其

褐蘑菇中含有人体所需的多种微量元素，并且是天然有机富硒食品，是人体中硒元素很好的来源，食用两个褐蘑菇（约 200g）即可满足人体每日所需。于是他投身于以高档食用菌双孢菇基料生产、种植、深加工与销售为一体的农业高科技食品领域，国内首家引入了欧美成套种植设备，菌种从美国 sylvan 和 Lambert 公司进口，从源头确保食品品质与安全，目前实现产量在中国乃至亚洲最大的体量。在生产过程中，以农耕畜牧中产生的天然废料（麦秆）为原料，并且自建隧道发酵堆肥厂，精心挑选原料，通过现代化模拟自然发酵过程，将"绿色垃圾"中的有机物分解转化，为蘑菇生长提供充足营养。全程进行三次发酵，除人工采摘，无人工参与，科学堆肥，环保高效。给地方政府和百姓创造了税收和就业岗位，为国家实现美丽乡村和共同富

裕做出了应有的贡献。现褐蘑菇在香港地区市场占有率达80%，同时正在打开日本、韩国、东南亚等市场。他坚信多建设一处优质农产品示范基地，就多一分希望。

王启一又立足"科技创新·共建共享·品质服务·全民健康"的理念，利用"互联网＋物联网＋医疗健康"的方式，从健康管理、远程问诊、绿色通道就医、智慧营养、合理用药医学知识普及等多层面提供智慧应用解决方案，推动医疗资源诊前优化再配置，提高整体综合就医服务体验。

2018年，在辽宁省推出医大人健康网络平台，采用健康大数据的远程实时监控，定点采集消费者的血压、体温、呼吸等数据，及时传送至大数据问诊中心，每天分析消费者的健康状况，做出相应的饮食调理与搭配。如果发现消费者出现病症，问诊中心就会及时联系家人，通过医院绿色通道及时就医。目前，该平台已与中国医科大学、辽宁中医药大学、辽宁省人民医院、辽宁省肿瘤医院、中国医科大学附属第一医院、沈阳市肛肠医院、盛京医院、沈阳市骨科医院等医学高校及医院达成战略合作关系。这对于一些儿女不在身边的空巢老人，无疑是贴身的健康福星。

正是在中国传统文化朴素哲学观下，王启一热心公益，奉献爱心；2019年1月，新春佳节之际，王启一走进了北京南锣鼓巷东城区的贫困家庭，送去了一万公斤面粉。他说，想通过这种方式给乡邻们带来一些温暖，也给家家户户的

2019年新年第一期《焦点访谈》报道王启一董事长为东城区贫困户捐献一万公斤面粉

2021年6月2日，全国青年企业家峰会玄武湖论坛在南京召开，王启一作为年轻企业家对话嘉宾进行分享

人们送去一份健康和安心。王启一在走访中发现，城市贫困家庭大多都是因病致贫，可以说一人有病，全家遭难。最根本的解决办法，就是从食物源头让大家吃得更健康，活得更幸福。

可以说，王启一带着新时代企业界的情怀与使命，投入到利润微薄的农产品行业，以国家政策导向作为人生创业的方向，以国民健康作为自己的奋斗目标；在主粮革命这个漫长的大赛道上，产、学、研各界共同发力，循序推进，逐步实现饮食护佑人生健康，文化自信未来的饮食文化生态链。

从人类健康发展史的角度看，主粮革命不仅是主粮消费上的巨变，更是小至细分行业、大至整个产业上的一次巨大变革，将为农业产业化、品质化提供源源不断的市场动力，实现主粮全产业链的全面升级，把中国人的饭碗牢牢端在自己手中。

中国是一个农业大国，地大物博，资源丰富，希望的田野，人民的健康，绿水青山变为金山银山，更需要像王启一这样的有情怀、有担当、有使命感的企业家，生产优质农产品，为人民健康保驾护航。

孙秀明／文

雄心壮志冠京华

——冠京集团总经理王若雄的创业哲学

王若雄

1989 年 9 月生，河北衡水人，无党派人士。北京冠京集团总经理，北京市丰台区政协委员。

作为新时代的建设者，应该在老一辈的创业思想传承中，融入自己的智慧与才华；紧跟时代步伐，在新时代的文化理念中，秉承"诚信、务实、开拓、创新"的企业精神。长风破浪会有时，直挂云帆济沧海。

王若雄

借助改革开放的春风，经过 28 年的长足发展，北京冠京投资管理有限公司已经发展成为一家集投资管理、酒店管理、信息咨询、物业管理、货物运输、出租汽车、媒体广告、教育服务等于一身的多元化集团公司。北京冠京饭店、北京冠京先河建筑公司、北京冠京物业管理公司、北京冠京汽车出租公司、北京冠京中煌文化艺术公司、北京冠京嘉元酒店等，构成了集团公司的台柱与基石。对于"80 后"的青年企业家王若雄来说，要接手这样一艘庞大而多元的企业航母，并让它在新时代的创业大潮中乘风破浪、稳步前行，显然充满了各种挑战。

被打"折扣"的经理决策

澳大利亚拉筹伯大学建校于 1967 年，在世界享有盛誉，王若雄正是在这里完成了他的酒店管理学课程，他并没有像别的留学生那样留在国外做一位高级白领，而是毅然放弃海外生活，选择回国，回到家族企业，从基层管理做起。

王若雄从冠京饭店工程部经理做起，熟悉整个饭店的运营流程，再到财务部经理，投资公司财务经理等，在整个过程中，王若雄感受到管理公司不仅仅是理论上说的那么简单，关键是人心的管理。王若雄清晰地感受到，他的一些管理指令并没有得到很好的落实，甚至一些人表面应承，而背后还是该怎么办，就怎么办。对于学习酒店管理的王若雄来说，本来想全面接手管理这家酒店，但一直在静静观察他的父亲却说："你还是历练不足，在这里没人会听你的，你还是到建筑公司再干几年吧。"

这家建筑公司也是父亲创业初心的起点，由于这么多年公司规模不断扩大，父亲也没太多精力直接管理，留下的二三十人也都是父亲的老部下，都是王若雄的长辈与亲戚，这也给王若雄的管理带来更大困难。但这次王若雄有了充分的耐心，并且也有了更多的经验。当时，公司接了一个大工程，总包按照原来的惯例会把大工程分成好多标段进行分包，比如，钢筋、电路、防水等，都分包给不同的公司去做。在一次核算中，王若雄发现防水的价格有点不对劲，就在网上

随意查了一下，竟然比市场价高出百分之三十到四十，对于一个 1000 万元的工程来说，一下高出了三四百万的支出。王若雄就说："这家公司这么多年真把咱们糊弄了，今年咱们公开招标，选择新的承揽方。"事情很快安排下去，按照正常的招投标进行，王若雄感觉这次做得应该很不错。但等到工程开工，王若雄却惊奇地发现，干这次工程防水的还是那家公司，但价格却恢复到了市场正常价。王若雄就找到负责人问怎么回事，负责人却说："谁干都是干，这个人干了这么多年，干活细，质量好，害怕换人工程出现质量问题，还是让他干吧。到时向甲方交不了楼，才是大事。"然而，王若雄发现，公司很多外包的工程，防水是他，装修还是他，只要有活，基本都是他们在干。王若雄彻底无语了，他忽然感觉到，自己虽然坐在副总的位子上，但绝不是一个令下如山倒的人，他的决策被打了多少折还真是一个未知数。王若雄经过认真的思考决定，在公司分包工程时，必须引入竞争机制，优胜劣汰，人品有问题者不用；偷工减料，投机取巧者不用。在这样的机制下，公司业绩逐年攀升，工程质量也得到甲方的一致认可。

物业公司自主再创业

物业是建筑公司的子公司在中国还真是一个惯例，所谓近水楼台先得月。王若雄当时承包了一家医院的建筑改造工程，由于工程质量得到甲方的认可，甲方就说，要不物业管理这一块也交给你们管吧。在这样一个机会下，王若雄开始成立自己的物业公司，虽然项目不大，但却是自己起始创业的难得机遇，一年三四百万元的物业费，应该也足够使公司运营下去。

说干就干，王若雄聘用了一个专业经理，开始招兵买马。完全按照专业化标准每个岗位设置齐全，各个工作岗位人员齐备，一个30多人的团队迅速组建完成。一年下来，物业服务得到了院方的好评，花草修剪专业，垃圾清运及时，水电维修及时到位，王若雄感觉到一丝成就感的同时却发现，公司一年下来根本没有盈利，几乎处于空转状态。王若雄通过认真调查发现，公司存在机构臃肿、职位超员的问题，本来两个人就可完成的工作，一下安排了四个人，工作人员搭伙干活，边玩边干，工作成效不高。这种情况对公司发展极为不利。于是，王若雄开始精简人员，提升绩效工资，一年下来，员工工资提高，公司略有盈余，逐步走入良性发展的势态。人生自主创业的第一桶金让王若雄真正体验到，做一个真正的创业公司负责人有多难。但这也给了他一个很大启示，在这个庞大的家族企业中，运营机制存在各种弊端，怎样随着时代的发展进行改革才是他人生面临的重大课题。

参加北京市丰台区第十届政协委员会第四次会议

心系员工 责任第一

作为企业的负责人，王若雄时刻心系企业安全经营生产，筑牢防护的第一线，安全无小事，隐患猛于虎；宁愿磨破嘴，跑断腿，也不能让隐患出现。他定期参加安委会的各项巡检，在巡检的过程中，向有经验的安检员学习技术知识，同时了解各种可能存在的安全隐患。

2020年新冠疫情爆发期间，各项工作陷入停滞状态。王若雄时刻关心企业员工及家人的身体健康，及时购买了疫情防护用品，并做好了充足的防疫储备，在严峻的考验下，顶住压力，严格按照市区各部门下发的防疫要求，即便损失再大也要保护企业员工不能有一人被传染。当时国内防疫物资紧缺，王若雄积极协调，从国外购买防疫物资及时捐赠给丰台区政府、中西医结合医院以及河北商会等；并向公司长期帮扶的内蒙古自治区扎赉特旗捐赠扶贫款50000元。

在王若雄心里，建设一家有温度的公司，让员工感受到公司的人文关怀，是他的一个目标。他情系职工业余文化生活，注重研究员工职业与公司发展双向影响。他组织建设员工活动室、阅览室，制定员工职业生涯规划；定期组织外出及国外的旅游，让员工看看大千世界的美好。几年来，冠京集团员工不但走遍了祖国的大好山河，而且脚步也遍及世界各地，日本、韩国、美国、加拿大、泰国、新加坡、马来西亚、挪威、澳大利亚、俄罗斯、瑞典、芬兰，甚至非洲，都留下冠京集团员工的身影与欢声笑语。

蓄势待发 勇冠京华

作为丰台区民营企业的佼佼者，冠京集团始终坚持党的领导，不忘初心、牢记使命。连续多年被评为"构建和谐劳动关系"先进单位、"安康杯"先进单位、"先进基层党组织"等。在父辈的指导下，王若雄致力于运用市场化手段配置创新资源，坚持资源与资本相融合、空间与产业相联动，以资本运作和多元服务为手段，形成"产业投资＋服务创新"协同发展的运营模式，举好产业投资的旗，做好城市更新的事。增强全区民营企业发展势能，建设成为全区标杆性的综合型民营企业公司。

王若雄在几年的历练中终于感悟到，公司的发展离不开人的主观能动性，更离不开党的精神引领。在依法治国的新时代，积极学习、勇于创新才是公司永葆生命力的根本要素。

在一种高度的事业心及责任感下，王若雄积极推动劳动合同、集体合同、工资集体协商、职代会等协调劳动关系机制和民主管理机制建设。建立以职代会为基本形式的民主管理制度；规范厂务公开制度，企业依法建立职工董事和职工监事制度。积极学习国内有关法律法规，尤其是《劳动法》与新的《劳动合同法》的关系及区别。因为企业有一部分兼并厂职工，所兼并的企业部分是当年的大集体企业，有很多历史遗留问题。怎样在新时代下寻求不同时期的法律适用，协调各种关系，发挥职工的能动性，让职工与公司共同成长，更是王若雄面临的实际问题。

青年引领新风尚，政协路上勇担当。王若雄在集团的发展道路上，坚持党的领导，不断推进党的事业在公司各条战线上发扬光大。2017年在区工商联的推举下，成为中

考察下属物业公司工作情况

国人民政治协商会议第十届北京市丰台区一名年轻的委员。在履职期间，积极建言献策，充分发挥提案的针对性；多次被评为"优秀提案"，连续五年被评为"优秀委员"。

在习近平新时代中国特色社会主义思想指导下，王若雄正蓄势待发，勇攀高峰，适应新时代新发展，贯彻新时代新理念，努力绘就冠京集团事业发展的美好蓝图，为祖国的发展做出新的贡献。

孙秀明／文

开窗人

——记"凯叔讲故事"品牌创始人 /CEO 凯叔

凯叔

凯叔（本名王凯），1979 年 3 月 14 日生于北京，2001 年，毕业于中国传媒大学播音系，曾担任中央人民广播电台主持人；2014 年 4 月，创办"凯叔讲故事"品牌。2018~2019 年期间，担任湖南卫视《声临其境》 发声者。凯叔曾获书业年度评选"年度阅读推广人"、首届国际早幼教峰会"2017 年度儿童教育行业风 云人物""2019 书业年度数字出版人"等荣誉。

我们给孩子传递国学，不能只站在成人的视角，而是真的俯下身，蹲在孩子面前，抬着头问他，你听懂了吗？你喜欢吗？只有这样，国学才能真正走到孩子的心里。

凯 叔

凯叔公益开放日

蜀之鄙有二僧，其一贫，其一富。贫者语于富者曰："吾欲之南海，何如？"富者曰："子何恃而往？"曰："吾一瓶一钵足矣。"富者曰："吾数年来欲买舟而下，犹未能也。子何恃而往？"越明年，贫者自南海还，以告富者。富者有惭色。

康乾才子彭端淑《为学》中记载的这个故事告诫人们：人之立志，宜长而不宜常。自从小学三年级迷上评书大家田连元之后，凯叔便沉浸在声音描绘的世界里。1999年，还是中国传媒大学播音系大二学生的凯叔立志成为一名配音演员，并从这一年开始穿梭于八一厂、北影厂、新影厂、科影厂的录音棚。在学以致用的同时，也在为自己的未来谋求更多的可能性。

声音是人们对这个世界的重要认知方式之一。"没声音，再好的戏也出不来。"这是著名影视表演艺术家李雪健老师的一句广告语。在声音刻画的世界里，人们可以领略暴风骤雨的急切、名山大川的雄浑、将士鏖战的悲壮、神仙爱侣的真情。在2004年跨入央视的大门之前，凯叔用他的声音和这个世界相爱，并在日积月累中臻于至善。

从《文艺之声》《财富故事会》到《走遍中国》《国际艺苑》再到《地球故事》《影视留声机》，近十年时间，凯叔辗转在几十个不同的栏目之间，主持场景不断变换，唯一不变的是他浑厚的声音随着电波传遍神州大地，被天使吻过的嗓音俘获了广大观众的听觉系统。节奏或急或缓，音量有高有低，人们在影与音的切换中享受着凯叔带来的视听盛宴。

"我的大女儿像个'故事吃货'，每天至少要听三四个故事。她对故事的需求量大，每次出差前，我都要给她录好一批故事，让她能有录音听。"久而久之，随着女儿问的问题和反馈信息，凯叔愈发了解孩子需要什么，凭感觉就能抓取故事的吸睛点。凯叔还把故事录音发到女儿幼儿园的家长群中，引得家长朋友们非常好的反馈。"我又把它放到微博上，每个故事的转发量都有好几百，之后便形成固定的社群。当时这事纯属无心插柳，当用户达到一万时，我突然发现这个社群就已经建成，给我带来无限的幸福感。"

2013年，凯叔告别了奋斗近8年的央视节目，他感慨"决定不容易，但说出来就是春暖花开。"随后，他凭借对配音的热爱及主持的扎实功力，从河北卫视的《中华好诗词》到湖南卫视《声临其境》的发声者，一路为自己的未来掌舵。

2014年4月21日，"凯叔讲故事"品牌正式创立，专注于打造中文领域的优质原创儿童内容。"我在创作过程中，一定会拿我家女儿做'小白鼠'。基本上我每写完一章就会拿文稿讲给她听，当她提出问题时，我会做好标记以便修改。"孩子的人生经历和成人不同，他们听不懂的地方，往往是大人们想不到的。凯叔给女儿讲《西游记》孙悟空出世那一幕，"抬头看到一条瀑布，孩子会问瀑布是什么？那你要去改文案，要解释瀑布是什么。"女儿的一个又一个提问，让凯叔在体察孩子内心世界的同时，也在帮助他用孩子们能够接受的视角完善这个故事。

在凯叔看来，"凯叔讲故事"就是自己陪着广大家长和孩子们一起成长的过程。"最早用户几千的时候，有好多妈妈'投诉'，你讲故事太生动了，孩子听你讲故事时是在睡前，听完一个故事就兴奋了，一遍又一遍地听，你说孩子睡眠质量能好吗？"一千个读者就有一千个哈姆雷特。众口难调，这是意料之中的事情。家长的吐槽既是对凯叔的肯定，也给凯叔提了一个新的要求：如何解决听完故事后，孩子们乖乖去睡觉的问题。在流量为王的时代，任何一个用户的需求都需要认真加以考虑。"我做了一个实验：宝贝，今天故事快要讲完了，现在凯叔给你读一首诗，把眼睛闭上。每一首诗每一天我会读上七遍，每一遍比上一遍声音小一点点，直到最后一遍似有似无，到了一周诗是不换的，故事是换的。"三天之后，"凯叔讲故事"微信公众号的后台就爆了，家长们纷纷留言点赞，更有家长表示，孩子们不但能够快速入眠，一周之后能够把听到的古诗背诵下来了。"这个时候只要你不给他压力，他愿意浸泡其中，这样的营养可以滋养他的一生。"

就这样，凯叔一点一滴地在用户需求的指引下改良他的产品，"凯叔讲故事"随着时间的流逝逐渐成长为该领域内的知名品牌，吸引了包括黑马基金、挚信资本、淡马锡等著名投资机构的青睐。一位知名企业家在接受媒体采访时说道："'凯叔讲故事'对孩子的价值体系、行为体系、

想象力、好奇心、独立人格、自由思想、对美感的敏感性将产生巨大的影响，这种体系刚好是我特别希望孩子们拥有的东西。"

由一个自媒体文化工作室成长为一个高质量儿童内容产品的生产者，公司的发展壮大除了民间资本的加持外，更重要的是凯叔家的团队对平台内容产品的精雕细刻和匠心独运。"凯叔讲故事"同国内科学、诗词、编剧、音乐、绘画方面的专家团队联手打造内容产品，让孩子能听得懂、有兴趣的同时，在故事中融入想要传达给孩子的知识点，这被称为"知识宝船"的原则已经成为凯叔家打造优质儿童内容的核心"指导方针"。

"《凯叔西游记》是我们最受欢迎的内容之一，截至2021年，收听次数8亿+。它是如何打造的？"作为一部家喻户晓的文学作品，《西游记》拥有巨大的市场，每个人都能讲出其中一两个故事情节。市面上儿童版的绘本、青少版的简化本比比皆是，内容质量参差不齐。"我3年写了70万字，交付给孩子们的时候删减到了40万字，一共43小时的音频。一开始讲给我女儿听时，我发现自己根本讲不下去，因为她在不停地提问。我就把女儿提出的28个问题写出答案，再将这个答案揉在情节里。不等她问我就讲出来了，再讲又有新问题，再改再揉。"《凯叔西游记》可以做到让一个三四岁的孩子听起来没有任何情节上的障

凯叔讲故事7周岁

碍。成千上万个孩子们独坐一隅聚精会神地聆听凯叔为他们描绘的西游世界，分辨善恶美丑，体验八十一难，然后再和家长们分享自己的所思所感，这便是对"凯叔讲故事"最大的认可。"我从来没有感受过，做一件事对方能对我产生这么强的依赖感，这是我做主持人从来没有的感受。"

从 2014 年《凯叔西游记》、2017 年《凯叔三国演义》、2020 年《凯叔水浒传》到 2021 年 3 月上线的《凯叔红楼梦》，历时 7 年集齐四大名著，用极致的内容，带孩子们领略名著的风采；用每一个音节的跳动，带着孩子们窥探声音的力量。此外，《凯叔声律启蒙》《凯叔讲历史》《神奇图书馆》等多部题材涉及国学、历史、科普等领域的优质内容产品，帮助孩子们在快乐中成长。

2020 年 1 月 4 日，凯叔携首创音乐会"北京儿童新年音乐会——凯叔交响童话之夜"登上北京人民大会堂的万人大礼堂，以"管乐团 + 故事演绎 + 沙画互动 + 合唱团"等多重方式，呈现了一场融合中国传统诗词 + 管乐的文化跨年演出。麦小麦作为凯叔讲故事 App 里诗词国学产品《凯叔诗词来了》声音剧中的标志性 IP 人物，首次在舞台现身，为现场观众带来精彩绝伦的跨年表演。该场音乐会作为"凯叔讲故事"探索线下亲子互动、儿童教育"剧场版"的全新模式，"'凯叔童话之夜'是献给孩子们的新年成长礼，也是每年元旦和孩子们的约定。"

"那些经典故事、民间艺术和通俗文学就像是一扇一扇的窗，每一扇窗他都想拉开，都想探头往里面看一看，想到窗后面的花园中徜徉。窗户背后，我们已经搭建起了一个小花园；在这个小花园背后，还有整个人类文明搭建起来的更大的花园。现在，花园是足够大了，但窗户少，那我们就做这样的开窗人。至于孩子们最后想进到哪里、能走到哪里，他们自己说了算。"

2021 凯叔魔幻童话之夜

【采访手记】

凯叔忙着给孩子们讲故事，没有时间讲述自己的故事。本文由凯叔过往的受访新闻、公开演讲和相关资料攒成。笔者想了想还是要写下他的"采访手记"，因为在搜集资料、消化资料的过程中，我尝试着走进凯叔的内心世界，尽最大努力去领略其思想的宽宏和心灵的纯净。对笔者而言，这个过程就是在名师的指导下再次学习如何跟孩子相处，如何更好地陪伴孩子成长的故事。

朱昌文 / 文

初心是什么

——记吉永达（北京）控股集团有限公司董事长王炜吉

王炜吉

北京密云人。现任吉永达（北京）控股集团有限公司董事长、北京市工商联专委会会员、密云区青年企业家联合会副会长、密云区金融行业协会监事长。

企业要想获得持续发展，取决于人们在多大程度上依赖你所提供的产品和服务。

王炜吉

2019 年 12 月 18 日，在阳光假日酒店组织"我与企业共成长"演讲比赛

2003 年，"80 后"密云青年王炜吉听闻，一位远房亲戚因买房被骗了 2 万元中介费，这让他心里有些难过。虽然初中毕业之后便在洗浴中心、修车铺和地摊上真实地体验过人情冷暖以及这个社会带给他的伤害，但普通工人家庭出身的他，心中依然保留着工人阶级的淳朴和善良。2003 年这笔钱对一个家庭来说，差不多要攒一整年，放到 18 年后的今天，2 万块钱也抵得上一个普通打工族几个月的收入。"那会我就想要做一个有良心的房产中介公司，作为土生土长的密云人，人头熟，地头更熟，一定要让交易信息变得透明，解决老百姓买房难的问题。"

千禧年之后，中国经济水平持续保持高速发展，人民群众对于美好生活的向往随着钱包渐渐鼓起来，各方面需求也在逐步提升，这其中最大的刚需便是拥有一个温馨的家。有家必先有房。中国城镇化进程的提速，让房地产市场迎来了快速发展的"春天"。这些，王炜吉看到了，很多人都看到了。于是，如雨后春笋般的房产中介在一夜之间占据了大街小巷。

"我把密云称为'小气候地带'，因为在密云几乎是人情套着人情，大家基本上都是沾亲带故的，都是亲人。"那时的房价远不像今天这般"高不可攀"，虽然大家的收入水平也不高，但对于一个双职工家庭而言，攒一套房子还是可行的。"十几万一套的房价，两个点的中介费，算下来也就三千块钱左右。很多时候根本收不上来两个点，卖一套房子收千把块钱的服务费是常事，和租一套房子的中介费差不多。"

从 3 个人一间屋起步，王炜吉凭着"做一个有良心的房产中介"，艰难前行。理想很丰满，现实很骨感。虽然抓住了房产市场的势头，但如何破局依然是仁者见仁、智者见智。而王炜吉的"一招鲜"就是密云这片他所热爱的土地以及世代生活在这片土地上的父老乡亲。靠心来暖心，靠情来化情，靠真诚赢得信任。巧借东风好行船的王炜吉渐渐把自己的房地产中介公司做得小有名气。2006 年，北京吉永达房地产经纪有限公司正式挂牌成立，王炜吉的身份也从之前的房产服务部负责人摇身一变成为公司总经理。在他的眼中，从游击队成长为正规军的过程，是"吉永达"这个品牌被老百姓逐步接纳的过程，更是个人的商业价值观在日复一日的业务操作过程中被实践成功检验的过程。

2008 年，席卷全球的金融危机爆发，这次由美国次贷危机引发的金融海啸让全球经济进入了寒冬期。房地产市场首当其冲受到了巨大震动，作为中国经济的支柱产业，房地产市场的上下游关联行业无一能够幸免。"基本上就是月月亏钱，这种情况持续了有十个月的时间，连起步时就跟着我干的'左膀右臂'都去洗车了。"看不到希望，不知道"乌云背后的幸福线"何时到来。员工有家要养，这无可指责，在严峻的生活面前，一切憧憬和理想都是幻象。靠着之前几年的利润，王炜吉苦苦支撑，没有放弃。

2008 年 11 月，为了全面应对国际金融危机带给我国的风险，中央出台了应对国际金融危机的一揽子计划，这其中为人们所熟知的便是国家在此后的几年内面向基础设施投资四万亿元，以此提振市场信心。"一揽子计划"犹如一剂"强心针"，让中国很快便从金融危机的阴霾中成功突围。

"2009 年，房产行业的势头就开始起来了，也就是从这年起，我开启了新的业务领域——金融。""很多买房客户都需要贷款，所以我就成立了小额贷款公司，专门服务于我的客户，让他们在我这里体验'一站式'的服务，除了最后的过户手续需要到政府部门办理之外，其他的业务在我这里都能搞定。"

如果说 2008 年金融危机是小试牛刀的话，那么 2013 年、2014 年这两年便是真正的"盲人瞎马，夜半临池"。2013年 2 月 20 日，楼市宏观调控的"新国五条"正式实施，3 月初，国务院《关于进一步做好房地产市场调控工作有关问题的通知》中，将二手房交易的个人所得税由交易总额的 1% 调整为按差价 20% 征收。作为专门从事二手房交易的吉永达，这一政策的调整无异于釜底抽薪，二手房交易市场瞬间变成"门前冷落鞍马稀"。当时的 100 多名员工，人人心里长草，个个脚底"长毛"，对未来前景的忧虑和当下生活的焦躁让大家度日如年。"公司持续亏损，我压力大得睡不着觉，也曾有过放弃的念头，但是一想到这些一起打拼的员工也都有家要养，我必须撑起来。"

危机、危难中有机遇。逃避，是正常的反应，趋利避害是人之常情；苦熬，也是一种选择，守得云开见月明也是常有的事儿；迎难而上，需要勇气和智慧，与其坐以待毙不如主动出击，或许能抓住一线生机。王炜吉选择的是第三条路。"那时候，很多同行都闭店了，而我们不但没有闭店，反而又开了两三家门店。"每个人对市场都会有自己的判断，同行在悲观主义的指导下退出的市场空白，正是他扩大影响完善网点布局的绝佳机会。

从某种意义上来说，楼市是中国经济的晴雨表。楼市走低，人们的手里就紧巴；楼市向好，大家就可以放心地"玩耍"。靠着小额贷款公司和典当行，王炜吉找到了房产中介和金融服务三个公司之间的平衡点。"楼市不好的时候，用钱的人就多，我的金融服务公司的业务量就会上升，这样就能把房产中介的亏空补平。"

在国家持续不断的调控下，房地产市场的暴利时代已经渐行渐远，同其他众多行业一样，回归到"房住不炒"本质之后的房地产市场才能真正让人们想爱就爱。对于从业者来说，客户购房之后的附加服务才是凸显人性之美的"良心工程"。"我们把房产中介升级为 2.0 版本，通过'社区客厅'这么一种形式，为社区居民提供公共娱乐、休闲和互相交流的空间。"孩子们可以喂养小兔子，老人们可以打牌下棋；年轻妈妈带着宝宝参加蛋糕 DIY，周末爸爸陪着孩子参加乐高比赛……在"达人在身边，有事您言语"这一口号的指引下，以王炜吉为代表的"吉永达"人成了密云老百姓身边的服务员。金杯银杯不如老百姓的"口碑"，"让'吉永达'这个品牌深入人心，把它做成百年老店，这就是我做企业的目标。"

密云区三面环山，簸箕形的地势开口西南，直面北京城区。境内燕山山脉环抱，古长城绵延在崇山峻岭之上，亘古不变；被誉为"华北明珠"的密云水库碧波荡漾，是首都北京的重要水源；潮白河纵贯密云全境，成为连接京津冀三地的"大动脉"。如何在文创领域让"八山一水一分田"的密云成为独具特色的城市名片？如何在世人面前展现密云的无穷魅力？ 2018 年，吉永达旗下品牌"平安文创"正式成立。"密云有一个通航机场，我就想着是不是可以把密云打造成以航空为主题的特色小镇。"换一个视角饱览燕山山脉的壮美、司马台长城的蜿蜒、密云水库的浩瀚、古北水镇的浪漫，

2020 年 9 月 9 日，吉永达控股集团作为青企联会员单位之一赶赴青海玉树捐资助学

与广大游客而言是一种前所未有的体验。围绕密云的景点打造一个空中游览的路线，就像一个飞鱼，赋予密云这片古老而又年轻的土地以全新的灵魂。《飞渔·凌云之城，创建未来》这一创意产品荣膺北京市文创大赛密云赛区一等奖，同时入围北京赛区文创百强企业。

"我们规划设计了云创体育产业园，将现有的体育产业业态进行整合，建设公共开放空间，形成了集百姓休闲娱乐、体育健身、企业孵化于一体的生态产业园。"做任何事都不能忘了老百姓，这就是王炜吉的初心。"密云是个小地方，虽然属于北京市，但这里的孩子和市里的孩子相比，教育资源和眼界都差一截。如果孩子们考到北京，他跟同学们谈种地吗？"必须要有更为高大上的谈资方能凸显密云教育的特色。"所以，我们就依托通航机场开展了航空大课堂这个项目。"密云的 2000 多名师生已经成为这个项目的直接受益者，未来，这些从小便被植入航空基因的孩子们中间能否走出第二个"杨利伟""聂海胜"也未可知。

密云人民为了保护密云水库这盆净水，退耕还林，做出了巨大的牺牲和贡献，为了帮助解决这部分劳动力就业难问题，王炜吉成立了盛世大道（北京）商贸有限公司，每年解决密云区本地农村劳动力就业 1000 余人次，农村劳动力人均年收入近 10 万元，真正做到了任何事都不能忘了老百姓。

王炜吉始终认为，企业发展取得的成绩和荣誉，除了自身努力，还离不开政府的支持和社会各界的帮助。因此，企业壮大的同时，王炜吉积极参与各项社会公益事业，用爱心回报社会，每年资助贫困学生，还定期组织员工到养老院慰问等，累计捐款达百余万元。此外，集团积极赞助密云区少儿才艺大赛；并在密云区委统战部带领下，赴青海省玉树市开展捐资助学活动，致富思源，精准扶贫；2020 年 11 月密云青企联消费季，集团响应政府号召，结合自身优势拿出百万补贴回馈社会，旨在降低百姓购房成本、回馈密云百姓；今年全球疫情防控形势严峻，绝大多数公司严重亏损，集团默默扛下了所有，坚持不减员，保障员工利益，并不断谋取新的发展。

刚刚过完 15 岁生日的"吉永达"，从最初的一家小门店发展到如今的集团化经营，在外人看来，这仅仅是一段历史，但在王炜吉的眼中，这是每个"吉永达"人勠力同心的战绩，若非亲历，绝难体察其中的酸甜苦辣。对于一个凡事追求完美的人来说，王炜吉要解决的难题还有很多，想要为密云的

2021 年 6 月，吉永达控股集团与中国长城资产管理有限公司陕西分公司签约特殊资产战略合同

乡亲父老做的事情亦有很多。"力求完美，就注定了永不停歇，这是一种态度，是一种自律，是一个企业永葆生机和活力的内在动力，更是获得密云百姓持久关注的不二法门。"

【采访手记】

　　坐在笔者面前的王炜吉面容谦和，嘴角挂笑。讲述自己的故事如溪水汩汩，或急或缓皆有自己的章法。作为吉永达控股集团的"掌门人"，王炜吉在密云的这片故土上深耕细作，历十五年而不懈怠，初心不改。

朱昌文／文

C 位之路
——记傲林科技有限公司联合创始人、董事王洋

王洋

2000-2006 年,清华大学本硕连读

毕业后以全球管培生身份进入法国路易威登公司,后在欧洲区域任高管

2008 年入职麦肯锡(德国)咨询公司,担任高管

2011 年进入投资领域在欧洲从事中欧技术并购投资

2014 年起专注于工业科技和金融科技领域投资,孵化了此赛道 10+ 家全球领先的"独角兽"企业,如 RPA 技术公司

2019 年于北京创立傲林科技有限公司,致力于推动中国制造业企业的数字化转型

不要固守壕沟,去创新、去突破边界,去攻下更多山头。

王 洋

王洋女士在 2021 跨国公司投资广东年会专题论坛做主题演讲，介绍企业级数字孪生技术助力企业数字化转型

2006 年，即将从清华大学硕士毕业的王洋，穿着从师姐那里借来的西装和一双被称为"别扭"的高跟鞋，坐在了一位法国女面试官面前。在极度紧张中完成了对行业理解、蓝图规划的表达，王洋意外地用"质朴"和"热忱"打动了见惯技巧性表达的面试官，在路易威登开启了自己的职业生涯。

"我从清华毕业第一份工作是做路易威登的全球管培生，那段经历对我心智的培育、格局的提升、思维方式的塑造有非常大帮助，直接影响了我此后的职业生涯。"

初入社会的王洋告诫自己：从课堂上学习的知识只能成为职场的底色，要想绘制更为精彩的人生，必不可少的要素是保持继续学习的执念，然后将学习能力转化为能量向外界释放。

"做管培生期间，我经历过一次非常难忘的课程——无授权管理。当时，导师给我们小组分配了一个任务：针对某区域销售业绩下滑制定解决方案，涉及供应链等非常多的环节，要求两天内完成。组内几十人来自很多个国家，因为是无授权管理，所以没有人被任命为组长。但如果最终结果不好，所有人的分数都会受到影响。"事隔多年，谈起当时的那段经历，王洋记忆犹新，似乎又回到了现场。缺乏经验的新手们花费了一天但并无进展，王洋第一次鼓足勇气站出来给的方案并未被认可。但王洋并没有放弃，

她在任务结束前半天再次对组员进行动员并获得了认可。

对于当时的王洋，完成任务让大家不要被影响分数是第一要务，但在导师的复盘中，这是一次领导力的训练，主动站出来统领全局的她，成为大家心中默认的"组长"。这是王洋第一次尝试着从边缘走向中心，来自小组成员的质疑和挑战不可避免，将这些障碍踩在脚下的时候，C 位就站稳了。

"勇于担当"四个字，也成为王洋在事业起点上最醒目的标签，成为日后她不断拓展工作边界的生动注解。

浪漫之都巴黎的生活五光十色、多姿多彩，每天画上精致的妆容穿梭在挥金如土的奢侈品王国，让骨子里依然淳朴的王洋感觉这些太不真实。2 年的路易威登集团高管经历之后，她选择了离开。"因为感觉这份工作进入舒适区，逐渐缺乏挑战性。我知道我是谁，不会被虚荣心带偏。"

2008 年年底，王洋加入了全球顶级咨询公司麦肯锡欧洲分部。一个全新的行业，她从 C 位心甘情愿地将自己放逐，站在舞台的边缘，只不过这个舞台更大，视野更宽，对于舞者更加挑剔。

在欧洲、华人、年轻女性等标签，给王洋的咨询管理工作带来一定程度的挑战，她坦言的确在大型会议上遇到过"有色眼镜"，被质疑。但她不惧怕挑战，乐于突破边界的王洋在理科生思维的加持下，更注重用哲学的思辨能力去分析问题、寻找答案。

"与多行业、多国别人士的多种沟通经历帮我积淀了处理复杂沟通的经验，使我受益良多。"更为重要的是，在咨询管理实践中，王洋近距离接触了各种类型的企业经营数据，看到了大量的因为数据和业务脱节导致的费效增加案例，也观摩到了一些"隐形冠军"企业在增加人效产出上的优异表现。

"当面对一个陌生的行业，如何快速建立高效的模型框架，去发现问题、找到根因，对我们的学习方法要求非常高……在麦肯锡，我接触到了非常多的企业，聆听他们的问题，分析产生问题的原因，然后给出解决方案。这个过程快速锻炼了我建立方法论和对复杂事务'抽丝剥茧'、做减法进行提炼的能力。"

在深度分析了数以千计的企业之后，王洋发现，欧洲很多中小型企业在垂直领域做得"小而美"：企业发展秉承做成百年老店的目标，产品技术壁垒非常深厚，但又同时在高人效、低费效上做得非常出色。也正是这个过程中，王洋开始意识到，产业的数字化转型，应当是未来经济发展的一个重要赛道，而且是科创企业与巨头同场竞技脱颖而出的机遇。同时，结合欧洲市场高度分散、中小型企业占据了全部企业数量的90%以上的特点，王洋认为，以提升人效降低费效的产品服务中型或者腰部企业的工业科技项目，必然会创造出巨大的价值。于是王洋开始将精力更多投放在新领域——工业科技和金融科技领域科创企业的投资孵化。

事实证明，她的判断是正确的。王洋投资孵化的RPA（机器人流程自动化）类技术公司，通过将重复性劳动进行自动化处理以实现业务提效，其中一家企业在5年时间里快速成长为估值超几百亿美金的行业翘楚，并成功上市。

欧洲科创领域投资生涯期间，王洋已经积极关注国内发展。从《中国制造2025》开始，利好政策频频发布，中国工业高质量发展浪潮蓄势待发，王洋对此信心满满，她认为全球已迎来第四次工业革命浪潮，数字化、智能化是未来的发展趋势，数智化转型是我国经济实现跨越式追赶的历史机遇。

把在海外积淀的经验用在国内，帮助不同自动化和信息化水平的企业实现数据业务化，把数据提炼成能够指导业务的管理思想和管理支撑，以小成本帮助企业创造大价值！这是王洋在反复的观察和论证中坚定的信念。

的确，数据显示，我国泛工业领域的占比GDP52%的产业仍处在数字化转型的早期阶段，相当多的企业面临数据沉睡、拍脑袋决策的困境，管理者被"困"在信息系统中甚至没有体系化的信息系统。市场普遍在做业务数字化的事情，但只有让"数字化"了的业务发生变革，才能让企业得到最大的价值。

经过70多年的发展，我国成为全世界唯一拥有联合国产业分类中所列全部工业门类的国家，如此庞大的工业基础的背后是分布在960万平方公里土地上的千千万万个企业。随着中国人口红利的逐渐消失，中国的企业更需要用科技力量提升数据治理和应用的能力，改变企业的费效、人效结构。尤其随着市场渐渐成熟，国家正加大力度营造更加健康的数字化发展环境，同时还以投资者、开发者及消费者的角色积极提供支持，中国的数字经济产业急需一批远见卓识之士加入其中。

王洋女士接待政府领导考察傲林科技并介绍公司荣誉资质

王洋女士受邀出席 2021 跨国公司投资广东年会专题论坛暨数字经济主题峰会

2019 年，王洋作为联合创始人创立了傲林科技，一个致力于为企业挖掘数据价值，提升企业数智化水平，为国家数字产业经济做出自己贡献的年轻企业。王洋给公司取英文名"ALL IN"，中文全力以赴之意，她自己也以"007"的工作模式全情投入傲林科技，推动公司产品在钢铁、石化、煤炭、汽车制造等领域落地。王洋坦言，她想让傲林科技服务制造业企业的软件更加"接地气"，让人在系统面前，更有话语权，更希望傲林用企业级数字孪生技术和首创的"事件网络"技术，为中国制造业转型升级贡献自主可控的数字化管理方案，把"人"从管理中释放出来，去发挥创造性的价值。

不可否认，王洋从踏入职场伊始，便立在一个很高的平台上，无论是奢侈品行业，还是管理咨询或是投资领域，她一次次地从舞台的边缘走到聚光灯下，在不同的秀场上秀出闪闪发光的自我。

对她而言，路易威登的职场经历就好比是汽车，在这辆车上她领略到了沿途的美景和形形色色的路人。麦肯锡的职场经历好比是飞机，她不再忙于欣赏窗外，更多的是透视自我，探索自己未知的边界。战略投资行业的经历好比是火箭，终于可以离开地面，以一个不同的视角观察这个世界，领悟这颗星球。不过，无论是汽车、飞机还是火箭，她终究是一名乘客。创办傲林科技，王洋的身份有了转变，从一名乘客成为掌握自己命运、实现自己理想、完成时代使命的驾驶员。

尽管初出茅庐，但傲林科技作为高新技术企业，在国家"科教兴国、人才强国"方针指导下，正在努力担当起相应的企业社会责任感。成立仅一年半，傲林科技已与东北大学联合成立了"智能化生产运行与决策系统联合实验室"，同时，也和北京邮电大学、北京理工大学、北京航空航天大学相关学院高频地开展"工业互联网数字化转型行业 know-how 产品化"课题的联合科研。未来，傲林科技还规划了与高校共同设立人才实践基地、奖学金，安排品学兼优的困难大学生来公司实习实践等助学项目。

在数字化时代，中国有企业的强需求，有政府的强支持，有广阔的应用场景，像傲林科技这样的中国制造业软件企业是很有可能参与数字化时代的巨头之位角逐的，这也将是中国互联网的星辰大海。

而这片星辰大海，王洋希望能够尽自己的绵薄之力托举中国的年轻一代加入其中，并成长为中流砥柱。

也许在别人眼里，王洋过去 15 年足够优秀，始终站在 C 位，但在王洋自己眼里，回国创业、参与中国互联网的星辰大海，才算得上是人生最华丽的绽放，才值得称道为 C 位！

朱昌文 / 文

早起的鸟儿有虫吃

——记北京新兴雪松科技发展有限公司
董事长王冠林

王冠林

1980年8月生于北京大兴，北京新兴雪松科技发展有限公司董事长。北京市工商联青年企业家专委会委员、大兴区工商联会员、大兴区新联会会员。

对我来说，不断拓展新的行业还是很累的，但我还是想挖掘自己的潜能，探索更多的可能性。

王冠林

（一）

兄弟两人商量公司经营及发展方向

千禧年仲夏，大学毕业的王冠林进入一家私企从事财务工作。作为一个有想法的年轻人，这种一眼看到退休的日子无论如何也抵御不住一颗年轻的心对于未来的向往。在铁路上从事技术工作的大哥也不满足于每天跟那些铁疙瘩"耳鬓厮磨"，决定辞职创业。俗话讲，打仗亲兄弟，上阵父子兵。哥俩一碰即和，干脆一起辞职创业，反正都年轻，这个社会饿不死勤快人。

都说三百六十行，行行出状元。大哥是学制冷的，王冠林是学财务的，要是开一家财务公司的话，很明显，仅仅具有两年工作经验的王冠林的资质和经验都不太够。而从制冷行业入手，比如说给空调做售后维修，这样的门槛相对来说要低很多。天下难事必作于易，天下大事必作于细。由易到难是常理，也能够保证兄弟俩的这第一脚顺利地踢出去。

"客户报修，然后客服安排我们上门服务。"起早贪黑，这是情理之中的事情。兄弟俩除了一把子力气和一颗滚烫的心，其他没啥根基。如果想知道桃子是什么滋味，就要亲口尝一尝。慢慢摸出空调售后服务的门道之后，再加上客户的积累，从修到卖也仅仅是往行业的上游前进了一小步而已。更何况，在人们的心目中，肯踏踏实实扑下身子干活的年轻人总是给人一种安心的感觉。

2004年年底，随着客户越来越多，王氏兄弟的第一家空调专卖店正式开张了。"我们的专卖店就挨着苏宁电器。"利用苏宁电器强大的虹吸效应分一杯羹。"我们是直营店，拥有价格优势，根据老百姓货比三家的心里，我们肯定不愁客源。"此后的四年多，销售数据折线一直在向上向好的态势发展，销售品类也从当初的空调专卖向全家电方向发展。

2008年，京东商城完成了空调、冰洗和电视等大家电产品线的扩充，在其创立十周年之际完成了3C产品的全线搭建，成为名副其实的3C网购平台。京东商城火了，王冠林的家电大卖场就惨了。也正是这一年，金融危机全面爆发，为了扩大内需市场，刺激消费，当年12月国家宣布了积极的财政政策救市方案——家电下乡。意即非城镇户口居民购买彩电、冰箱、移动电话和洗衣机这四类产品，国家将会按照产品售价的13%给予补贴。

借着这股"东风"，王冠林一口气在大兴区辖内的乡镇开了7家门店，算是抵御了京东商城给线下实体店带来的第一波冲击。2009年，家电下乡政策在全国推广，产品门类又新增了摩托车、电脑、热水器和空调，进一步拓宽了农村居民选择的空间；2010年，再次增加了微波炉（电磁炉）和电动自行车。与家电下乡同期实行的另一项政策是"以旧换新"，旧家电折价卖到政府指定的回收点，然后补足差额购置新的电器。受益于此，王冠林的家用电器专卖店规模逐步扩大，销量不断增加，收入自然也是水涨船高。

好景不长，"随着政策影响力的减弱，我们的销售量又开始下降，京东商城的竞争力越来越大，我们不得不收缩战线。"其实，在2010年之后，国内家电市场已经成为几大互联网电商平台的鏖战之地，彼此之间的刀光剑影从年初打到年末，被人为创造出来的"618""双十一"等购物狂欢节，早已成为买家的眼泪、商家的狂欢。王冠林不愿坐以待毙，他必须重新开疆拓土方能续命。

（二）

2012 年年底，中国共产党第十八次全国代表大会召开，"八项规定"作为这次会议的其中一个议题成为党改进工作作风、密切联系群众的有力抓手。同时，各级对所属单位的财务审计工作日渐加强，各部门在采购方面的流程逐步规范，政府集中采购成为常态化工作。"家电零售的销售量下降之后，我们就开辟了政府采购的第二战场。"依靠奋斗 8 年积累下来的良好口碑，王冠林的雪松公司成功入围政府采购的大名单。

除此之外，"我们还穿插了几块业务，比如说首都机场、大兴机场的捷运系统，就是由我们负责维保。"购买独立第三方的服务，对机场而言，可以减轻人员管理的压力，对于王冠林来说，这是专业的人做专业的事情。"因为捷运系统的摆渡车所用的技术属于制冷这个大系统当中的一部分，涵盖弱电到强电，所以从技术上来说，这与我们之前做的空调售后算是一脉相承。"

2010 年年初，中央以 1 号文件的形式明确阐述了"菜篮子"工程的相关意见，虽然这项政策从 1998 年就开始实施，但受制于思想认识、技术水平、社情民意的局限，各地发展水平并不均匀。"其实，从我们做电器的时候就比较关注民生领域的事情。"做超市，做餐饮，做菜市场，农民出身的王冠林一直想着的就是服务普通百姓。"为了让老百姓打车 5 分钟就能采购到生活必需品，我们铺了七八十家社区菜店。"

中央有政策，地方政府有要求，老百姓有需要，这便是最好的发展契机。借用市场的力量，推进民生领域的发展，这是多方受益的好事。"不管整个社会的经济形势如何，老百姓的生活必需品是任谁也躲不掉的，这是正常的生活开支嘛。"家用电器毕竟是耐用品，重复消费的周期长，可是对于餐桌上的食品，这是每天都要重复消费的，只要秉承良心做事，人民群众的认可和支持是早晚的事情。"虽然现在的社区团购对我们实体店有些影响，但是中央不会不管，《人民日报》不就点名批评了吗，'别只惦记着几捆白菜，科技创新的星辰大海更令人心潮澎湃'，所以，我们的社区菜店未来一定会在，从现在的销售数据来看，已经开始回暖了。"

在政府脱贫攻坚的指挥下，王冠林通过政府牵线搭桥，把内蒙古的肉制品运到北京销售，助力牧民脱贫，让北京市民吃上正宗的来自大草原的牛羊肉。把对口扶贫地区的农业合作社、菜农的菜品搬上北京老百姓的餐桌，实现多赢的局面。"虽然做这个事情比较辛苦，但我觉得这行是能够做长久的。"

从网上搜索"北京王冠林"这几个字，首页便能看到某著名企业信息资料网站上关于王冠林的身份介绍，与之关联 7 家公司分别开展不同领域的事业，可以说是大忙人一个。可即便如此，从小就爱好踢球的他每个周末都会呼朋引伴来一场酣畅淋漓的绿茵之行。2016 年，王冠林成立了自己的足球俱乐部，主要是面向青少年儿童，提高孩子们的体质，培育他们对体育活动的兴趣爱好。刚开始的发展情况虽然不那么令人满意，但能把自己的爱好当作事业来做，经济上的收获倒在其次，主要是精神上的愉悦感更能滋养心灵。随着今年国家"双减"政策的落地，这个青少年足球俱乐部的春天还会远吗？

王冠林经常巡查蔬菜水果店面

（三）

年逾不惑的王冠林从辞职的那一刻起，便选择了一条崎岖的路。在完成了一个又一个行业转换之后，他在一次次自我加压和挑战中，不断突破自己潜能的极限，挑战自己去面对那些突如其来的新生事物，以此来探索人生更多的可能性。"原来，我就没有周末的概念。现在都说是'996'，对我而言就是'007'，从当日0点到次日0点，一周七天不休息。"

人过四十之后，明显感觉精力和体力开始下降，虽然保持规律的运动，但身体机能的下降带给个人的感觉便是心态需要相应地做出调整。"我现在要做一些减法，把精力投入到那些能够长远发展的领域，慢慢地把它做深做细做好，对那些江河日下的板块，慢慢地切割掉。"看上去，这是一个企业管理者在对自己的业务方向做出战略调整，其实，这是王冠林在人生进行到中段时所进行的二次规划。

米兰·昆德拉说，"人永远都无法知道自己该要什么，因为人只能活一次，既不能拿它跟前世相比，也不能在来生加以修正。没有任何方法可以检验哪种抉择是好的，因为不存在任何比较。一切都是马上经历，仅此一次，不能准备。"每一次抉择都有可能是人生高度的"垫脚石"，无论是好的还是不好的、积极的还是消极的。"到我退休的时候，如果我的孩子觉得，'我爸还不错'，我就心满意足了。"

深知学习是立身之本

【采访手记】

初见王冠林，40岁的年纪看上去不像个"80后"，近20年的操劳让他过早地呈现出疲态来。都说男人脸上的每一道皱纹里都镌刻着岁月的痕迹，那里面蕴藏着的都是人生的故事。王冠林的故事很长，可从他嘴里讲出来的却很短。

朱昌文／文

霓裳亮人心 质洁品自高

——记北京方圣时尚科技集团董事长王涛

王涛

汉族，1980年10月21日出生，山东莒县人，研究生学历。北京方圣时尚科技集团有限公司董事长，北京市东城区青联第六届委员、中国青年企业家协会常务理事、中国纺织工业企业管理协会副会长、中国纺织职工思想政治工作研究会特邀副会长，北京纺织服装协会副会长、山东服装协会副会长，西安工程大学客座教授、北京航空航天大学MBA学院校外指导老师。荣获2017年全国优秀纺织青年企业家、中国纺织行业年度创新人物、2018年全国优秀纺织企业家、第三十四届"北京青年五四奖章"、2020年中国纺织工业联合会抗击新冠疫情先进个人等荣誉。

> 经营企业不能靠撞大运，下一步要做什么，必须能看得见，这才是对员工、对股东、对企业负责的态度。
>
> 王 涛

2021年7月1日，王涛受邀参加在北京天安门广场举行的庆祝中国共产党成立100周年大会

（一）

"女为悦己者容。"《战国策·赵策一》中记录的豫让复仇失败之后留下的这句千古绝唱，因为能够描绘出女性在服饰选择上的心理活动而被人们广泛引用。"服装，在不同的历史时期中，除了满足人们的消费需求之外，更多的是满足人们的精神需求。"金融专业科班出身的山东汉子王涛对时尚拥有自己独特的理解。

大学毕业之后，王涛既没有选择按照父辈的意愿进入公务员体系，也没有接过长辈肩上的担子承担起家族企业的责任，而是选择了留学加拿大，去看看外面的世界。经过了孔孟之道的洗礼，又实地感受了西方文化的烟火气，他所探求的"不一样的人生"，已经打下了不一样的基础。

"2006 年春天回国之后，和十几个朋友一起在北京投资创业，主营互联网餐饮。"那个时候，王兴还在为人人网的未来殚精竭虑，王涛的主要对手是在今天的中国互联网餐饮江湖中依然占有一席之地的大众点评。这个叫作"雅座在线"的互联网餐饮软件承载着年轻的王涛和他的小伙伴们的梦想开始起航。开局不错，但道阻且长，结局似乎如它的名字所蕴含的气质一样，虽精致而舒适，但仍难以"飞入寻常百姓家"。

互联网时代的商场比热兵器时代的战场更加惨烈，烧钱和赚钱的速度都是以秒计算。"大众点评先于我们拿到了投资，所以，我们只能退居 B 端。"

识时务者为俊杰。

"不撞南墙不回头"除了落下一个头破血流的惨状之外，其他的似乎都不值一提，适时改变企业的战略走向或许能够在另一条赛道中存活下来，虽然这条赛道有点窄。王涛的初次"试水"或许并没有达到他所追求的"不一样的人生"，但对于年轻人而言，从中切实感受到创业的体验，积累职场认知，其价值堪比黄金万两。

"这个阶段对我产生非常大的影响，这是我职业生涯的起步阶段，可以说是一个很好的铺垫。"三年时间打下

2019 年 5 月 13 日，2019 中国时装周开幕式在北京举行，王涛董事长致辞

的基础，其中的每一天、每一点付出都会积聚成为喷薄欲出的力量。"我的父亲是改革开放之后最早一批下海经商的，做纺织加工，服装制造。"有了自己的创业实践，父辈在山东老家已经搭好了大展拳脚的平台，是时候扮演家族企业接班人的角色了。

"No."这是王涛的回答。

"我还是想留在北京，毕竟舞台不一样，机会也不一样，能够学到的东西也不一样。"年轻的心，拼搏和闯荡是底色。虽然没有接过父亲的担子，但从小耳濡目染让他对服装这个行业并不陌生，对这个行业的人也是熟悉得很。

（二）

1979 年，法国著名时装设计师皮尔·卡丹将法国时装引进中国。这让尚处在"灰、黑、蓝"世界的国人目瞪口呆，多姿多彩的皮尔·卡丹服饰揭开了中国服装的"红盖头"。2018 年 11 月 14 日，为展现改革开放 40 周年的伟大变革，中国国家博物馆精心筹备了一场"改革开放大型展览"，其中一展就包含了近 40 年的服装变迁史。"改革开放之后，中国的服装产业从满足人们基本需求逐渐过渡到市场化，然后从以产品为主发展到以品牌和渠道为主，现在是以运营为主。"干一行钻一行，王涛对近几十年中国服装发展历程如数家珍。

"国人对皮尔·卡丹这个品牌有感情，虽然在过去几十年中它几经沉浮，但作为一个成功的品牌，它有自己核心的 DNA 和价值观。如果把这些最有价值的表现力和商业结合，我觉得一定能够重新赋予这个品牌新的生命力。"思路决定出路，出路决定脚下的道路。

"从 2009 年到 2011 年，我在北京服装学院泡了三年。不谦虚地说，在那三年中，我在北服食堂吃饭的次数比在校学生都要多。"王涛选择了这个捷径让自己借助外脑在最短时间内掌握专业知识，成为业内人士。一周四五天的时间，在没有课业压力的情况下，他有选择地从开设的课程中学习自己需要的知识。"从专业的、商业的角度去学习，公司运营过程中的问题可以随时得到老师的指教，那两三年的时间，我又把纺织服装产业的专业知识学了一遍。"输入和输出同时进行，学习和使用同程推进，品牌运营和公司管理有机结合，方圣时尚随着王涛在北服学习的结束蓬勃发展起来。

无论是出于人们的审美疲劳还是品牌自身的江河日下等原因，老品牌在很多人的心目中的印象就是难以焕发新的生机。殊不知，那是运营者的心思未到，没有把握住品牌的时代内涵，没有沉下心去细细体察。在王涛的眼中，曾经三次荣获法国高级手工时装创新大奖"金顶针奖"的皮尔·卡丹先生一直走在时尚的前沿，紧紧扼住时代的脉搏，给全世界的爱美人士带来不一样的时尚体验。"他给我们

留下了什么？对时尚界的影响和贡献是什么？他的核心基因是什么？"在一连串的自问中，在和北服的师生学术交流中，这些问号渐渐被拉直，皮尔·卡丹服装品牌在他的手中，重回人们的视野，重新占领了人们的衣柜。

"方圣时尚从创立发展到今天，我觉得有两件事我做得很好。第一是跟院校的合作，北服当然就不用说了，其他的像清华美院、西工大、北航和山东的一些大学，都随着企业的发展建立了诸如像实习基地、项目合作及学术交流一类的联系。第二就是跟行业协会的合作，这是一种企业归属感的需要。相当于找到组织、找到娘家的感觉。协会作为半官方的组织形式，可以在把关定向、资源共享等多个方面为企业助力。"企业家忙于日常事务，没有更多时间关注宏观政策以及在此之下的微观调整，无论是院校还是协会都能够提供智力支持。王涛从不同的视角观察时代，以跨界合作的模式，借助大量的外脑助力企业发展，产业结构调整也好，时尚风向有变也罢，他都能够在第一时间洞察玄机，从容应对。

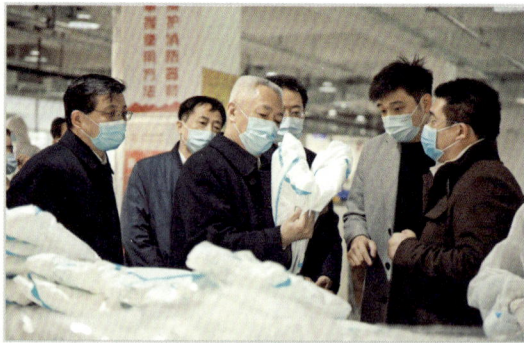

2020 年 3 月 12 日在山东日照莒县，王涛（右一）陪山东省领导参观视察山东产业园区防疫物资生产情况

（三）

2020 年春节，突如其来的新冠肺炎席卷神州大地，武汉首当其冲成为举世瞩目的焦点。疫情的快速蔓延让举国上下正在欢度春节的人们变得谨小慎微，封路、封村、封城，很多城市在一瞬间按下了暂停键。正值春节放假的王涛坐在电视机前，看着新闻频道滚动播出的来自抗击新冠疫情前线的快讯，身为企业家的社会责任感让他觉得自己应该做点什么。

捐赠，是第一反应。可是，国家尚未建立起通往武汉的"绿色走廊"，采买到手的各类防疫物资无法到达武汉。"我们做服装和防疫物资之间还是有结合点的，为什么不能转型做防疫物资呢？我们讨论这个问题的时候，国家还在处理这一突发公共卫生事件，对防疫物资的生产运输环节还没腾出空来规划，市场也没有做出反应。"管理层质疑的声音是可以理解的，虽有相通之处，但毕竟是隔行如隔山。对于王涛来说，这座"山"并不难翻越，派人出去学习就是了。

"当时正值春节期间，我们初二派人去学习的，到初八我们的第一件防护服打样就出来了，用了不到一个礼拜的时间。"在地方政府的帮助和支持下，王涛带着他的工人们开始复工转产。随着疫情形势日渐严峻，多地相继披露的疫情信息让防疫物资成为当时最大的消费产品，价格成倍、十几倍的疯长。"产品生产出来之后，他们说这个卖给谁，我说谁也不卖，先捐赠到有需要的地方。"从大年初八第一件防护服生产出来到 3 月 10 号武汉方舱医院关闭，方圣时尚累计向全国多个地方捐赠了价值一千多万的防疫物资。

"我们本是消费产业，疫情对我们的打击是致命的。当时我们正好发不上工资，这时候是最难受的，一面要顶着巨大的经济压力，一面还要承担社会责任。"没有人要求一个濒临绝境的企业去做出这种选择，但一个企业家的良知告诉他，这是正确的选择。企业内部的反对声音在一批批物资推出去之后逐渐平息，临时开通的两部热线电话反馈回来的消息，触发了每个人心底的那份爱国心、同理心——国难当头，匹夫有责！

"刚开始组织生产的时候，人歇机器不停，24 小时连

2020 年 5 月 5 日，王涛董事长（前排右）代表集团与航天科工集团在北京签署战略合作协议

轴转，每个人都干得热火朝天，这是在为国出力，我们再苦再难，也不能留有遗憾。"2020 年 3 月 10 日，武汉最后一个方舱医院宣布关闭，中国抗击新冠疫情取得了阶段性的胜利，王涛和他的小伙伴们热泪盈眶。"为什么我的眼里常含泪水，因为我对这土地爱得深沉。"著名诗人艾青的这句名言，此刻最能诠释方圣时尚所有员工的心绪。"我们生在一个美好的时代，这个时代要求每个人按照自己的分工做好分内之事。未来，我们会继续为了满足人们对于美的追求，力所能及地做出我们的贡献。"王涛说道。

【采访手记】

王涛的办公桌上摆放了很多书籍，左侧是写字的条案，右侧的书架上各类书籍占满了从下到上的每个格栅，间或有专利证书、获奖证书及照片挡在前面。作为一个学习型的企业家，向员工赠书已经成为他带团队的"秘籍"之一，甚至连追剧都成为获取时尚风向信息的手段。东西方文化在他脑海中进行一番激荡之后，能够开出多么绚烂的时尚之花呢？未来还没来，但绝对值得期待。

朱昌文／文

平凡之路见真情

——记北京良乡盛通家居广场市场有限公司 总经理王萌

王萌

38 岁，北京人，2006 年 9 月 1 日参加工作，2004 年 12 月加入中国共产党，理学学士学位。北京良乡盛通家居广场市场有限公司，北京恒润嘉禾创业园运营管理有限公司，北京盛通红木文化馆总经理。北京市妇女代表，北京市工商联青年企业家专门委员会委员，房山区政协委员，房山区青联委员。

> 人生就是不断地寻找更适合的出发点和出发方向，很多事你只要去期待，脚步不停，定会有一个好的收获。

王 萌

（一）

清晨的第一缕阳光斜照窗棂，刚刚伸展开的梧桐嫩叶染上一抹金色的光晕，大地从沉睡中渐渐苏醒过来。王萌伸了一个懒腰，啜一口杯中的柠檬茶，把书翻到昨天看到的地方，开始享受新的一天中这难得的宁静时光。接下来的一整天，她会被公司的、协会的、家庭的各种事务"五花大绑"，很难再有净心独处的机会。对她来说，一年中360天都是如此度过。

她，原本可以不用这么"虐待"自己。

大学毕业之后，她考上了公务员，司职区工商行政管理局某办公室，在四平八稳的体制内凭着自己的能力依然能够把生活过成诗情画意。可是，崇尚"进攻，是最好的防守"的王萌并不愿选择诗意生活，因为，源自心底的"远方"不时地在呼喊：你还可以做得更多！

青春做伴须尽欢，莫待岁月空蹉跎。年轻的生命最不缺少的便是干劲和激情，唯独缺一个说服自己的理由。对王萌来说，这个理由在她出生的那一刻便已成立——独生子女。由父亲一手打造的家业未来必须交到她的手上。就像父亲当年辞职创业一样，踏着父亲的脚步，王萌站在了人生的新起点上。"我觉得辞职的那一刻，才是我人生精彩篇章的开始。"

万丈高楼平地起，精彩人生靠自己。看上去很美的企业真正由自己操持，那还真不是光靠想象就能对付过去的。"企业不是我一手创立的，但是我觉得在企业经营过程中的心酸和所要面对的压力，不是所有人都能够承受的。"

2012 年，辞去公职的王萌刚好赶上一个机会，在大众创业、万众创新的时代背景下，北京市团市委号召各区兴建创业园，采取租金、税收减免等政策，通过提供便利的营商环境，吸引那些有想法、有能力，但没有经济基础的青年创业人才，孵化一批创业项目，让创业者在零压力的情况下轻装启程。"团委和区里边的意思是想委托一家公司，这家公司又能做物业方，又能做创业服务方，刚好我们的条件比较合适，所以就这么机缘巧合地做了创业园区。"

初次试水，便站在一个很高的起点上。在波诡云谲的商海中，性格中的倔强因子被充分激发出来，为创业者提供创业咨询，帮助他们注册、注销公司，协助他们处理相

2019 年参加助残志愿服务单位座谈

关繁杂事务。王萌就像一只陀螺，忙得脚不沾地。"在服务他们的过程中，其实也是给了我一些思考，这是带给我提升多元化认知的一个机会。"

8 年时间，2000 多名创业者从这里进进出出，1500 多家企业历经风霜雨雪生存下来，"仅去年一年，我们园区就交了一个多亿的税，我觉得过去的辛苦没有白费。"

创业园区逐渐长成，王萌也在逐渐成长。"我父亲 36 岁辞职创业是从家居建材卖场起家，在收获个人财富的同时，我也在思考如何带领企业转型，以更加适应当下的国家政策和市场环境，思来想去，让传统古典家居贴上文化的标签更能够符合人们的消费习惯。"在原来 3 万多平方米的基础上，另辟佳地，建成了 16000 平方米的传统红木家居馆，并将代表中国传统文化的篆刻、雕刻、精秀等传统手作引入其中。这招"筑巢引凤"吸引了百余位非物质文化遗产传承人的加入，原本的家居馆因此摇身一变成为文化产业园，在主管部门的帮助下，逐渐演变为一个文化产业的服务平台。

方向对了，剩下的就是继续往前走。"我们把房山的新材料产业园、高端制造业产业园、循环经济产业园这些路线做了梳理和开发，把这些比较璀璨的珠子穿起来，组成房山的文化旅游景点和研学线路，交给区文旅局。虽然我们做这件事现在不挣钱，甚至还亏钱，但我觉得这是一件特别有意义的事情。"

（二）

创业难，守业更难。对于一个企业来说，创业成功之后要想继续秉承初心，带领企业向更高层次发展，这对于后来者是个更大的挑战。一着不慎满盘皆输的例子，古今中外比比皆是。

"我刚从体制内出来的时候，和父亲之间有一个长达四年的磨合期。刚开始，和父亲争辩，他经常就把我嚷哭了，然后我就出去转一圈，去看看丰台、海淀的园区，有新的思路了，回去接着干。"没有谁对谁错，分歧源自每个人都站在自己的角度表达对同一问题的看法。一次次哭过之后，王萌逐渐成熟起来，考虑事更加周全，既然硬刚解决不了问题，那就换一种温和的方式阐述自己的想法，"效果还不错，父亲更加理解我的想法，逐渐认可了我的理念。"

2014年8月，父亲召集公司领导层开会宣布交班。"其实当时我是没有信心的，虽然已经工作了两年多了，情况也搞清楚了，但是对于自己能不能成为像父亲那样的掌舵人，没有底气。"有父亲在，王萌还有靠山、有退路，这次交权之后，她的靠山和退路只能是自己。

为了更好地锻炼王萌独当一面的能力，父亲搬出了办公室，在房山的一个小湖边上住了下来，给她腾出足够的空间让她"野蛮生长"。"父亲说，不管你做得对不对，都勇敢地做下去，万一你觉得有什么乱了，再向我求助就好了。我现在有能力管你，纠正你，如果我没有能力了，恐怕对公司来说是一个更大的损害。"接力棒传至王萌的手里，一同接手的还有父辈的期望和深情。

盛通总经理、党支部书记王萌，带领盛通先后荣获首都文明标兵、青年文明号、房山区基层服务型党组织建设示范单位等荣誉称号

（三）

盛通家居广场有 300 多个商家 1000 多人，很多人在这里干了一二十年，已经和王萌成了亲人。这些来自五湖四海的商家各有各的脾气秉性、喜怒哀乐，他们会操着不同口音的普通话来找王萌诉说自己的愿望和诉求。"这个商家找你减免租金，那个商家找你投诉隔壁的不正当竞争行为，我这一年 365 天，除了春节闭市的 7 天，其他时间我基本上都在工作。"用王萌自己的话说，这里更像一个自然村，而她就是这个村的党支部书记和妇女主任，把该管的不该管的都管起来了。

2020 年，合作了 18 年的一个商户突然提出撤场，原因是孩子一侧的肾力只有 20%，经过专家诊断，如果肾力持续保持在这个水平，只能摘掉。这对于一个家庭来说，无异于晴天霹雳。"当时我就找各种关系帮他约了东直门中医院的专家号，虽然我是通过他们撤场才知道的这个事，但我觉得我们之间已经成了亲人了啊，亲人有事我们不能袖手旁观吧。"孩子的病在一天天好转，王萌的心踏实下来。

累并快乐着的王萌要做当好企业一把手，要做个好妈妈、好女儿、好妻子、好儿媳，"我就觉得每天都很忙碌，每天就是在拼命地做时间管理，可还是感觉时间不够用。"上苍并没有因为她的优秀而分给她哪怕是多一秒钟的时间，时间上的科学管理只能是在单位时间内提高工作效率，以挤出更多的时间分摊到更有意义的事情上去。比如说，为房山山区内的 8 所小学送去最优质的非遗课程。

"房山现有 8 个山区学校，总共才 1500 多个孩子，他们是没有能力走出山区的，与城市的孩子们相比，他们更需要优质的课程。"在资助 95 个孩子的过程中，王萌逐渐发现了山区儿童培育方面的痛点，"有些事情做下去之后才会发现，可做的事情其实更多"。永远闲不住的大脑随时都在思考"是不是还可以多为他们做点什么"。

作为一个土生土长的房山人，她把自己最真挚的情感和心意留给了房山。盛通家居是房山老百姓心中的老品牌，得益于家乡人民的捧场走到今天，是时候回报桑梓了。对

2020 年 1 月，王萌（左）在盛通红木文化馆非物质文化遗产展厅研究传统文化传习工作

于当下的她而言，无论是盛通一家志愿者服务队进社区免费为百姓排忧解难，还是利用周末时间为山村教师免费做茶艺培训，都是她爱乡情感的表达方式。没有惊天地泣鬼神的豪言壮语，只有平凡之路在脚下延伸，她心中的"远方"就在不远处，那是一幅画、一抹景、一片情。

【采访手记】

一张讨喜的圆脸，一头干练的短发，一副黑边眼镜，一身职业女装，给笔者的感觉这定是房山最靓的小姐姐。

打破铁饭碗，让自己在商海浮沉；引入非遗文化，为古典红木赋予文化内涵；串起房山的文化明珠，打造研学课程；遍洒爱的甘露，回馈乡亲父老的支持。就像许三多一样，她的使命不仅仅是为了赚钱，而是做更多"有意义"的事情。

王萌的故事虽短，但感情线却很长。

朱昌文／文

韶华不负卿
陋室著华章
——陋室华章总经理王馨的管理观

王馨

1981 年 11 月生，陋室华章（北京）国际传播有限公司总经理，中国民主建国会会员，民建中央朝阳二支部副主任委员，朝阳区工商联执委委员，北京市朝阳区优秀青年创新榜样。

> 接班接的是传统，但当今时代，经营理念每时每刻都在发生变换，怎么用变的思维去调整产业的发展方向，使企业立于不败之地，是我这几年思考的重要课题。
>
> 王 馨

一座 15 万平方米的文化产业园，一座 2000 多亩的农业示范园，一家经营多年的成熟商贸公司构成了王馨事业的多维空间。这位笑起来像刘亦菲的女孩，是人们羡慕的富二代，是人人心仪的白富美，但她却给自己打上创二代的标签，用自己的吃苦耐劳、坚毅不屈的精神，开拓出新的人生空间与精彩华章。

创业难，守业亦难

英姿飒爽，勇敢坚强，这是对军校女生的最完美表达，但在王馨的眼神中，却感受到一种婉约派女词人的侠骨柔情。王馨毕业于素有"陆战之王的摇篮"美称的中国人民解放军装甲兵工程学院，四年的军事学院培养锻造了她吃苦耐劳、踏实沉稳的优秀品质。大学毕业后，为了更好地拓宽自己的视野，王馨选择了去国外留学深造，学习金融与会计，研究生毕业后她选择在一家银行工作。但王馨清醒地认识到，家族企业的责任才是她实现人生华章的坚实土壤；看着父亲两鬓逐渐斑白，她毅然回国，从父亲创办的企业基层做起，逐渐提升到总经理的位置。

创业难守业更难，王馨在管理理念的碰撞中逐渐寻求自己的人生突破点。可以说，王馨在接班的过程中，不断感悟传统与创新思维的矛盾与统一，王馨说："接班接的是传统，但当今时代，经营理念每时每刻都在发生变换，怎么用变的思维去调整产业的发展方向，使企业立于不败之地，是我这几年思考的重要课题，如同'治大国若烹小鲜'的道理一样。"王馨知道，公司管理上不能大拆大建，只能随着原来的发展轨迹，调整到最有利于公司发展的轨道上。

成立于 2004 年的东村国际创意文化产业园坐落于北京市朝阳区豆各庄乡西马各庄开发区一号，周边有中国传媒大学、北京第二外国语学院、三间房动漫基地等，形成资源优势互补的文化产业氛围。从一片破旧的厂区到科技融合产业园，在多年的建设与精心运营下，倾注了王馨父辈更多的心血。多年以来，园区致力于打造国际一流的文创科技融合产业园，逐渐形成文化传媒、艺术创意、文创科技及影像制作等相关产业链上下游交叉入驻，业务资源互补，共赢发展良性发展文化生态。王馨在继承了父辈诚信、朴实、厚德、宽容的基础上，逐渐把军校形成的责任明确、

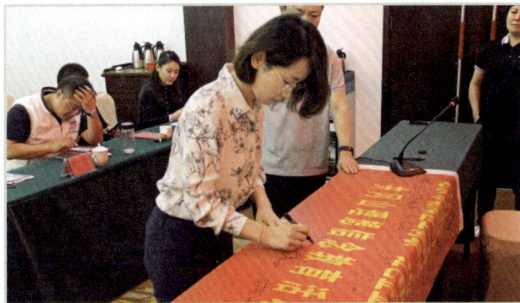
2019 年 6 月 18 日，王馨参与朝阳区工商联井冈山活动

雷厉风行做事风格，金融业的绩效考核作为公司管理的核心；把创新思维、服务精神作为公司发展的动力。

俗话说："新官上任三把火"，王馨的三把火还没有烧完，就已经在公司深入人心；她不但把新的管理理念带到公司，并以一个文化产业平台的责任与使命，来孵化更多的文化公司，为他们提供更多的政策，资金扶持，把文化产业园作为大型孵化中心，吸引更多的文化艺术界人士实现自己的创业梦想。目前，园区已经吸引 140 多家文化设计、艺术类知名企业，被认定为朝阳区科技企业孵化园区、区科技孵化器联盟单位、区众创空间，孕育了许多优质企业和项目。2018 年，又入围朝阳区第一批鼓励总部经济及服务业发展引导资金拟支持项目，与阿里巴巴、北京科创空间、戴姆勒（中国）创新科技 有限公司等企业一同被列为"先行先试政策试点"；为数千家国内外客户提供了企业发展与商务合作的平台，为朝阳文创产业贡献了年产值 50 多亿元。

新冠无情，人间有爱

　　2019 年 12 月，新冠疫情爆发，武汉成为重灾区，这对于所有企业都面临着一个前所未有的生存挑战。当时朝阳区颁布了一个国有企业减免租金的政策，东村国际创意文化产业园积极响应，第二天就开始为园区企业减免租金，在疫情期间，为园区企业减免租金达到七八百万元人民币。而此时的园区面临双重压力：一是，积极配合抗疫工作，落实抗疫的各项基本政策，比如消毒、检查等，保证抗疫各项指示得到落实。曾记得，当时晚上 11 点接到一个乡里发来的入户调查表，要截至凌晨四点结束，王馨和她的团队积极连夜落实，大家冒着严寒，经过几个小时的辛勤工作，终于圆满完成任务。二是，一方有难，八方支援。园区积极响应国家提出的捐献号召，为抗疫人员捐献棉衣、口罩；并把农业产业园刚丰收的几千斤蔬菜全部捐献给抗疫一线人员，并亲自送到他们手中。

　　可以说，在疫情期间，为了保证抗疫环节有效落实，园区的人员也在超负荷运营，运营成本也在变相增加，但王馨咬紧牙关终于挺了过来。王馨表示，疫情来得那么突然，又持续那么久，这是接手这个文化园面临的最大挑战，但机遇与挑战并存，虽然有一些企业因为业务问题离开了文化园，但却有更多的一部分企业很快入驻。目前，整个文化园正在文化空间拓展、文化消费提升、文化贸易促进、文化品牌集成、服务平台共享以及文创人才兴业等方面，打造北京文化创意生态圈，充分发挥平台效应，传承优秀传统文化，弘扬社会主义核心价值观，为新时期文化创业产业贡献力量。

2021 年 5 月 4 日，王馨荣获朝阳区工商联"青年创新榜样"称号并发言

都市新农业，一份情怀一份担当

中国是一个农业大国，几千年来，先民在这片黄土地上辛勤耕耘，繁衍生息，创造出辉煌灿烂的中华文明。2016 年，王馨的父亲正是带着这样的情怀，带着对土地的无比眷恋，打造北京都市农汇农业科技产业园。这片位于朝阳区东五环外占地 2000 亩的农业生态园，在多年的投入与建设中，逐渐成为北京地区唯一实现大面积"南果北种"并全年无碳化运营的特色农业高科技园区。园区目前由三十座共八万多平方米的生态无碳温室大棚组成，每座科技无碳温室大棚由阳光温室种植区和多功能立体种植区组成，独特的建筑结构，巧妙解决了北方冬季无法种植的难题，而且不需要燃煤和外部电力，仅利用太阳光的热能，进行两个区域间的热能存储和循环运作，就可以保障农作物的正常生长，此项设施拿到了八项国家级发明专利。都市农汇农业科技产业园也被誉为都市型现在农业发展业态引领者。

园区在 2016 年和 2017 年被北京市妇联评为"双学双比"示范基地，每年带动百余名农村妇女、30 户低收入户实现就业增收；企业也于 2018 年被评为国家高新技术企业。

正是在这样的光环聚焦中，王馨开始深入管理这家规模巨大的农业产业基地。在几年的博弈中，她越来越感觉到，在北京发展农业是一项奢侈的行为。农业等于种地的发展模式，还在中国人的定势思维中发挥着顽强的作用；父亲用商业反哺农业发展思路显然带有更多的情怀，但这种情怀却要以巨大的资金投入为代价，但产出却非常缓慢；发展农业，在北京这个寸土寸金之地，不但土地成本高、人员开支大，还面临着坚不可摧的政策壁垒。

但王馨知道，父亲已经在这块土地上倾注了太多的情感，父亲每天早起，在这片土地上看工人们春播夏种，浇水剪枝、除草施肥，再到瓜果飘香、硕果累累，父亲总是满脸幸福和喜悦；她深深地感受到，自己没有退路。王馨说："农业对于父亲来说，就是他的初心；但对于我，就是一种责任，这种责任融合了父女情深与家国情怀，目前，随着国家对农业的高度重视，一定会有新的转机。"

2021 年 5 月 18 日，王馨日参加朝阳区工商联建党一百周年"五四"主题活动录制

其实，在王馨的心目中，农业的发展模式可以因地制宜；以色列沙漠农业化腐朽为神奇，点亮了农业发展模式的新思路；在大都市的周边，农业与商业、环境与建设、产出与投入、政策与市场已经是针锋相对、和谐发展的变量。王馨也将用自己在金融业所形成的市场思维，重新审视都市农业的发展方向，并逐步迈出探索的步伐。她将用一种平台化创新发展思维，力求汇聚多种特色农业产品、科技农业企业，为他们提供一个可深耕北京的农业公共服务平台。

陋室著华章，筑梦更辉煌。商业王国、文化创新、农业生态，这三种业态在王馨的思维中已经形成了资源互补相融发展的三驾马车。在多年的经营与打造中，倾注了两代人的心血与汗水。不忘初心，牢记使命，"十四五"时期是北京市落实首都城市战略定位、建设国际一流的和谐宜居之都的关键时期，王馨作为一名民营企业家，将进一步探索多业态发展创新之路，为首都的发展贡献自己的一份力量。

孙秀明／文

用顶尖的决策优化技术赋能本土企业创新发展

——杉数科技王曦的创业思考

王曦

北京市特聘专家，杉数科技联合创始人兼首席产品官（CPO），美国斯坦福大学决策分析与风险分析博士，LinkedIn（领英）年度影响力人物。曾担任 Google（谷歌）全球商业运营高级经理，Google Fi 创始团队成员，联合国维和行动部决策科学顾问。现同时担任联想工业互联网研究院专家委员，三一集团数字化转型高级顾问，以及北京大学、厦门大学等国内著名高校业界导师。

2019 年 4 月 1 日王曦在北京参加将门 2019 年度创新峰会

2008 年，北京大学数学系毕业的王曦带着对故土的眷恋，踏上了飞往加利福尼亚的飞机，此时的他，心情充满好奇，又满怀希望，他将在美国斯坦福大学深造。可以说，在父辈师长的眼中，王曦一直都是品学兼优的学霸式人物；他在读高中期间就写了入党申请书，并通过组织考验，成为一名合格的共产党员；在千军万马过独木桥的高考拼搏中，他蟾宫折桂，考上了北京大学；本科毕业之际，他又获得美国斯坦福大学的最高级别全额奖学金，直接攻读决策分析与风险分析博士学位。可以说，一路上的荣耀，离不开这位北大才俊的不懈努力和对梦想的追求。

联合国维和行动总部实习生

斯坦福大学位于美国加州旧金山湾区南部帕罗奥多市境内，临近高科技园区硅谷，是世界著名私立研究型大学。这里不但有世界最美的黄金海岸，更是辐射世界的学术中心，SLAC 国家加速器实验室、胡佛研究所等机构奠定了其独一无二的学术高地。资料显示，有 84 位斯坦福大学的校友、教授及研究人员曾获得诺贝尔奖。斯坦福大学更为硅谷的形成和崛起奠定了坚实的基础，培养了众多高科技公司的领导者，其中包括谷歌 Google、惠普 HP、雅虎 Yahoo 等公司的创办人。王曦正是在这样的学术氛围下，师从美国国家工程院院士、现代决策分析创始人 Ronald A. Howard 教授，研究不确定性条件下的战略决策、决策分析、风险分析等课题，并在危机决策分析领域的博士研究成果中创造性地提出了危机图谱、最优等待时间、动态建模价值函数等核心心理论，填补了决策科学的学科空白；并顺利完成了学业和研究，获得美国斯坦福大学决策分析与风险分析博士学位。

战争是人类历史进程中不可避免的惨痛记忆；朝代更迭，一治一乱，每次战争总会出现一些运筹帷幄，决胜千里的人物，如汉之张良、三国之诸葛亮；他们精于运筹，造福于苍生黎民。2011 年，正在读博士的王曦被选拔为联合国维和行动总部实习生，并与维和行动部合作，通过对历史真实维和行动的建模、

2020 年 9 月 28 日，王曦在成都参加全球科技创新论坛

研究与场景模拟，为维和部队派遣的决策建议提供系统性的逻辑支持与优化部署。这样的实践应用，让王曦真切体验到在大数据时代，数据驱动的决策技术对于政府、组织和企业的巨大价值，以及通过决策科学造福社会、造福人类的深远意义，同时也令他深刻领悟到了"学而致用"的本质。这也为王曦后来入职 Google 以及回国创业埋下伏笔。

入职 Google，首"创业"

2013 年，王曦正式就职于 Google 美国总部，任全球商业运营高级经理，并主持多个全球战略项目；2015 年，王曦加入 Google Fi（虚拟运营商初创项目）创始团队，直接向 COO 汇报并主持创建商业分析部，设计并主导基于大数据分析和人工智能算法的战略决策建议，成为公司产品调优及市场分析的统一标准。在 Google Fi 创始团队中，王曦第一次感受到创业的艰辛付出与丰硕成果：虽然是在 Google 大平台下的一次创业，但王曦与他的团队始终以饱满的热情对待。不到两年时间，为公司创造接近两亿美金的年营业额，成为 Google 旗下能与无人驾驶相媲美的重要创业团队。

从就业到首"创业"，王曦一直在一个高端平台上。发挥着自己专长的同时，也在不断积累经验。在此期间，王曦发现决策科学的理论和起源于二战的运筹优化的算法应用在欧美已经比较成熟，并以产品的形态广泛应用于企业运营和发展；相比之下，彼时的国内不管是决策科学的企业服务，还是运筹优化的业务场景应用，其接受度、广泛度、认可度都还处于初期阶段。看到如此大的国内外差异，不知不觉中激发了王曦心底的一颗种子开始萌芽、生长。

与校友共铸创业之梦

2015 年，随着大数据应用技术在中国的落地，产业生态初具雏形，人工智能也锋芒初现，被以互联网为首的行业头部企业率先引入，作为业务瓶颈突破的新力量和企业二次高速发展的新动能。据相关调研机构数据显示，2015 年中国人工智能市场规模已突破 100 亿元，并预测 2016 年市场规模将超 140 亿元，同比增速将超 25%。正是这些信息的不断触达，加之在众多师长鼓励下，让远在异国他乡的王曦和其他创始团队成员意识到时机已至，是时候将这一套运筹优化的方法和决策科学的理论应用于祖国千百业，为国内的企业赋能，为祖国社会发展贡献一份微薄之力。

于是 2016 年初，王曦决定回国，并于 7 月与其他三位斯坦福大学师兄弟共同创立了杉数科技并担任首席产品官（CPO），负责公司产品战略的制定和产品研发的管理。王曦说："我们之所以叫'杉数'是因为我们四个合伙人都是斯坦福大学毕业的，取斯坦福校徽里的那棵智慧树，杉树的'杉'字，数据科学的'数'字，作为我们公司的名字。我们希望能够将世界领先的决策技术率先落地华夏九州，并借助过去在国外所积累的工作经验和

创新技术为中国企业赋能，用一套全新的人工智能技术为企业找到一条发展的新路径。"

拥有前沿的创新技术并不意味商业的成功。在 Google 工作多年的王曦深知这一点，因此在团队创立初期就会选择其技术所适宜的业务场景，并通过与标杆性客户的深度合作，加深对于关键场景的理解和快速对技术方案本身的迭代和优化，致力于为客户打造高度模块化的决策优化技术方案和服务。

如此循序渐进，成立第一年，杉数科技就在国内开疆拓土，从服务电商头部品牌京东到互联网领先企业滴滴，一路砥砺前行，赢得众多企业认可；同时开始打造属于自己业务模式的决策优化产品体系，面向不同行业客户推出覆盖库存管理、运输优化、选址优化等若干场景的多个核心模块化产品。因此，杉数科技也成为中国智能决策优化领域第一个"吃螃蟹的人"，无疑也为国内企业数字化升级开辟出一条全新的创新发展之路。

从初创到行业新锐企业

从初创到如今的行业新锐企业，杉数科技的不懈奋斗，恰恰证明了我国的一句古话——"乘众人之智，则无不任也；用众人之力，则无不胜也。"

转眼，在喜迎中国共产党百年华诞之际，杉数科技也即将迎来五周岁生日。王曦欣喜地表示："这五年来我们高速的成长和旺盛的生命力说明，我们的选择、我们所做的事情是正确的、是有意义的；不禁开始期许下个五年，杉数科技将大有可为。"

五年来，王曦通过结合自己所掌握的决策优化技术和在科技巨头企业丰富的产品管理经验，设计并推广了杉数科技的一系列解决方案产品平台，其中包括：杉数智慧链®智能决策平台，将企业级大数据处理能力、决策模型算法模块以及业务场景解决方案一站式整合，通过一系列行业性决策解决方案，解决企业所遇到的供应链管理难题；杉数数弈™工业互联网智能决策系统，构建面向设备管理、面向生产制造、面向运营调度以及面向产业链服务全流程的工业互联网智能决策系统，为广大制造业企业提供实时高效的协同计划与智能调度能力；PonyPlus®智能运输优化系统，以解决企业所面临的运输成本高、调度智能化程度不足等问题；StockGo®智能配补货系统，以解决企业面临的库存优化和配补货管理难题。

从调度优化到提供端到端的优化解决方案，从零售快消到深耕工业制造，再到如今成功服务20个细分行业的超百家行业龙头企业，杉数科技用这套智能决策优化技术开辟出一条独有的创新之路，不仅帮助企业解决了业务上的痛点和难题，还为企业数字化发展提供"智能决策大脑"，愿以幕后科技推动者的角色助力企业模式创新和产业变革。

坚定初心，攻破技术壁垒

在2018年中国电子商务大会论坛上，王曦发表了题为《黑科技重塑"企业大脑"》的演讲。他指出，杉数科技希望做好三件事：第一，能够让企业供应链通过数据驱动的方式更加透明。第二，通过人工智能的算法，让供应链自适应、自学习，寻找出一个可行的、更好的解决方案。第三，真正通过建模和算法，把最优解求出来，能够告诉企业在什么时间做什么样的事情。

经过服务诸多行业头部企业，王曦和杉数创始团队发现真正要做好上述三件事情并非易事，首先最难的就是要攻破数学规划求解器的技术壁垒和国际垄断。于是，杉数科技下定决心研发属于中国自己的、拥有自主研发产权的、可以比肩欧美顶尖求解器的商用数学规划求解器。随之，杉数科技以投入占到公司70%的人力和财力，经过多年研发攻关，于2019年5月正式推出国内首款大规模商用优化求解器 Cardinal Optimizer（COPT®），且一经发布即登上世界求解器权威公测平台线性规划单纯形法榜单榜首。时隔两年，杉数再次自我突破，于2021年6月9日正式向全社会开放推出 COPT2.0 版本的整数规划求解器，并取得了整数规划求解器测评榜单上的亚军位置。线性规划与整数规划对于航空航天、能源电力、智能制造、供应链管理等国家关键领域应用尤为重要，比如电网机组组合优化、5G基站功率动态调整、产业链多工厂协同、并行计算大规模优化等多种场景。

杉数 COPT® 的问世在一定意义上，填补了我国在关键领域"建模与仿真"技术最重要的基础模块 —— 数学规划求解器的空白，也彻底打破了欧美品牌长期垄断的技术壁垒。据 Hans Mittelmann 测试平台2021年5月28日最新数据显示，杉数优化求解器 COPT® 在线性规划单纯形法、内点法和大规模网络问题三项的测试中均取得世界第一的优异成绩；同时助力我国数十家传统大型企业优化资源配置，解决业务发展中的诸多难点，进一步实现降本增效，向数字化加速转型。例如，国内某 ICT 制造巨头为了实现多工厂生产线的协同调度，曾特地购买国外一套数学规划求解器及相关解决方案，但在实际应用中，却出现速度缓慢、数据不精准、需要人工调整等问题，更是无法达到预期目标；最后，该企业就找到王曦和他的团队，经过数月生产场景和流程的深入研究，最终杉数基于其优化求解器 COPT® 为客户打造出一套高效的多工厂协同生产的计划系统，不仅帮助该企业每年节省数亿元运营资金，还被国内权威机构评为"互联网 + 绿色制造优秀案例"。

2020年11月26日，王曦在广州参加第八届 VCI 供应链智慧生态创新峰会

一群聪明的人用最傻的方式干一件大事

谈到杉数科技的企业愿景，王曦坚定地表示，通过人工智能决策优化技术驱动企业数字化转型和产业升级，让中国企业拥有定制化的决策能力。而这一愿景的实现，杉数需要打造一个能够在满足企业的个性化需求和保持技术的高度标准化两个矛盾需求之间的一个完美平衡点，所以将是一场技术创新的耐力战，但恰恰杉数就善于打持久战。

在企业社会责任方面，杉数科技除了每年都会为在校应届毕业生提供数十个实习岗位、进行定向的培养之外，还积极响应政府政策号召，参加多个政府平台的标准制定，例如杉数科技是国家标准《食品冷链物流交接规范》制定方之一，是工信部"面向人工智能领域的产业技术基础公共服务平台建设"AI技术落地标准的服务商之一，还是工信部《工业大数据白皮书（2019版）》的参编单位。

在2020年，新冠病毒疫情全球爆发，武汉作为重灾区，成为世界关注的焦点；一方有难，八方支援，武汉封城之际，各种医疗物资、生活物资迅速从全国甚至世界各地接踵而至，当时的武汉红十字会因为医疗物资分配问题被迅速推到舆论的风口浪尖上。当时有相关领导找到王曦说："物资分配、车辆调度等问题你们能解决吗？"王曦一口答应说："必须全力支持。"于是杉数科技立刻免费开放物流运输平台，并在春节期间组建远程技术团队，为武汉的医疗物资供应调配、车辆路线规划等问题制定多种优化方案，以确保快速解决物资调配难、时间长等棘手问题。王曦表示，虽然我们的能力有限，但能通过杉数的决策优化技术为战胜疫情贡献一份力量，我们都会感到无比欣慰。

而企业文化，在王曦的思维中，是一个公司的灵魂，是一个"操作系统"，是一个能使企业自动运行的源动力。王曦用一句极具哲学意味的话来形容表述这一思想："杉数科技，是一群聪明人用最傻的方式干一件大事。"首先，在公司的研创团队中，有一半以上是博士、研究生等高学历人才；其次，在服务企业过程中，特别是在初涉制造行业时，为了能够了解真实生产流程和采集第一手需求，王曦带领他的团队用"最傻"的方法深入工厂车间库房观察学习，并详细记录各个环节发现的问题，最终为客户制定出更加符合企业真实生产场景的决策优化方案。比如，杉数科技助力安徽六国化工的智能经营决策升级，将营销、生产、工贸、企管等多部门信息打通并实现优化调度，实现产销协同效率的大幅提升；更为客户直接带来上亿元的库存占用资金节约、超过15%的生产效率提升以及15%客户满意度的提高。

可以说，在工业互联网时代，大数据+人工智能决策已经是推动企业发展的重要技术手段，在杉数科技的客户列表中，不乏富士康、海尔、上汽通用、舜宇光学、铜化集团、六国化工、国家电网、南方航空等多个行业的龙头企业。杉数科技以中国首款自研优化求解器COPT®为技术引擎，以完整的技术能力和高

2021年7月9日，王曦在北京参加熙诚致远首届数字经济论坛

度模块化的产品架构，致力于为客户提供灵活、轻便、高效的决策优化服务，助力企业打造"智能决策大脑"，不断优化升级，勇立行业创新潮头。

雄关漫道真如铁，而今迈步从头越。王曦和他的团队也时刻带着创业时的热忱和初心，去感知这个风云多变的时代。在王曦的创业历程中，仿佛一直在帮助企业求解一道道非常复杂的应用题；他用他的沉着、朴实、智慧和热情为中国的千行百业不断破解各种难题，制定最优方案。2021年，在中国共产党百年华诞之际，在"十四五"规划开局之年，祝愿王曦与他的杉数团队不忘初心，坚持科技创新强国之路，运用前沿的智能决策优化技术，赋能企业创新发展，推动供给侧结构性改革，为民富国强贡献更大的力量。

孙秀明／文

新爱琴
心爱音乐之人
——北京新爱琴乐器城总经理艾尔肯江音乐创业记

艾尔肯江

艾尔肯江·阿布都热合曼，优秀共产党员，北京新爱琴乐器城总经理。朝阳区工商联执委，朝阳区香河园街道商会副会长，朝阳区香河园街道党代表。

> 天籁之音，需要心灵在极静中感受她的迸发；与琴弦对话，方知其刚与柔；与音符交流，方知其美如画；新爱琴，心有灵犀，演奏最美旋律。
>
> 艾尔肯江

《论语·泰伯》中说："兴于诗，立于礼，成于乐"。大教育家孔子以诗书礼乐化天下的文化教育思想一直是传统文化的核心。他把音乐教育放在与礼同等重要位置，认为一个人的修养与人格的进一步完善，音乐教育至关重要。来到北京新爱琴乐器城，一阵阵悦耳动听的旋律回旋在耳边，钢琴、古琴、古筝、琵琶、二胡等乐器，在富有节奏的灵魂之手弹奏下，优美旋律萦耳绕梁，令人陶醉。北京新爱琴乐器城总经理艾尔肯江·阿布都热合曼正是在音乐的力量下，从钢琴调律师做起，立足音乐教育事业，开创一片新的人生空间。

新爱琴乐器师生走进光熙门北里长者公寓慰问老人演出

用心灵倾听音乐的调音师

20世纪90年代末，艾尔肯江带着对首都北京的热切向往，离开新疆，凭着对音乐的热爱，心灵与旋律交辉的乐感，追随中央交响乐团的王卫东、马桂林两位老师学习钢琴调律。调律并非一件容易的事，他需要调律师对音乐有极高的敏锐度，并且心境空灵，能迅速捕捉到最理想的音色。艾尔肯江刻苦勤奋，乐感强，在老师的指导下，渐入佳境，几年下来，在调试中，能很快找到最美的音色，并多次为著名的钢琴演奏家调试音律，最终成为一名优秀的钢琴调律师。

2005年，艾尔肯江创立了自己的调律服务工作室，用诚信、满意、周到的服务赢得客户的好评。在工作中，艾尔肯江了解到北京钢琴调律行业还有很多不规范之处，一些音乐演奏家或音乐爱好者不太重视和了解钢琴的保养常识，而使钢琴的使用寿命大打折扣。于是爱尔肯江在调整音律的基础上，推出钢琴保养服务，他给调整音律的客户都留有钢琴保养卡，一年两次保养调律，时间一到就主动打电话提醒客户钢琴需要调律保养了。凭着艾尔肯江专业、诚信、厚道的服务精神，他调整保养后的钢琴都保持最好的音色，客户越来越多，北京几个大的录音棚、琴行都成了他的长期客户，并与几家琴行签署了售后服务合同，专门做他们的售后服务。

由于艾尔肯江懂调律，懂钢琴，一些客户需要新钢琴时，总是向艾尔肯江咨询，艾尔肯江总是很认真地为他们介绍，时间长了，艾尔肯江便有了开一家琴行的想法。但是，租房、进货都需要一笔不菲的资金，作为靠调律维持生活的艾尔肯江来说，根本拿不出这么多钱来。艾尔肯江便凭着自己良好的口碑，与一家钢琴厂家签订代销协议，并在老师的帮助下在东直门南小街租了个小院子，开始了新爱琴乐器的创业历程。通过十多年的发展，新爱琴乐器已经在原来以钢琴销售为主，逐渐发展为中国传统乐器销售并立的格局。并在此基础上，开发出新爱琴音乐公益课，让音乐爱好者感受到新爱琴乐器的大爱情怀。

让爱心与国乐一同飞翔

可以说，新爱琴乐器的发展之路，也正是新爱琴不断奉献、开展公益事业之路，更是弘扬中国传统文化，播撒国乐风华的历程。中华民族从周朝开始，就以礼乐治天下，又称礼乐之邦；孔子曾"闻韶乐，三月不知肉味"；白居易《琵琶行》中有："大弦嘈嘈如急雨，小弦切切如私语，嘈嘈切切错杂弹，大珠小珠落玉盘"的美妙诗句；从古琴的宫商角徵羽到古筝的美妙旋律，中国古人对民族乐器的发明创造博大精深；从2006年开始，新爱琴就开始注重推广弘扬中国传统民族乐器，古琴、古筝、琵琶、柳琴、阮、三弦、扬琴等；而随着文化自信新时代的到来，新爱琴陆续为全国各地乡村儿童捐赠多架古筝；并为残疾孤儿院赠送钢琴，以帮扶残障儿童和贫困儿童。

一个民族的文明程度，音乐教育至关重要，音乐可以在一定程度上塑造一个人的性格与品行，提高其综合修养。新爱琴在乐器销售的同时，更注重音乐美育的提升；从2009年开始，新爱琴通过互联网平台，融合北京顶尖音乐学院优秀师资和先进授课方式，自费录制公益乐器课程，以经典民乐为教学内容，借以推广古筝、琵琶、二胡等中国民族乐器，让欣赏者、学习者真正地认识民乐，了解民乐，感受民族音乐的艺术魅力。截至目前，已录制2000余集课程视频，在各大视频平台拥有上百万粉丝，视频日播放量10W+，总播放量过亿，让祖国各地热爱音乐、热爱民族乐器的朋友们足不出户，也能得到优质的教育资源。

从音乐的原始意义来讲，是自然界的天籁之音，从人文角度讲，音乐是人类用来表达喜怒哀乐、抒发内心情感的重要艺术形式。来自世界各民族的人们可能语言不同，但却能通过音乐获得共鸣，形成有效的人文交流。正是带着音乐无国界的理念，从2018年起，新爱琴以沿"丝绸之路"国内外民歌为素材，制作了"一带一路"主题公益课程，在不同民族民歌欢快优美的旋律中，让人感受到音乐文化的博大精深，促进民族之间更加团结，让中华文化随着"一带一路"的文化热潮，播撒全世界，饱受广大音乐爱好者广泛好评。

特别是2020年新冠疫情席卷全球时期，当全国大专院校中小学停课期间，新爱琴大力度参与了由中央广播电视总台推出的综合性视听新媒体，中国首个国家级5G新媒体平台"央视频"提倡的"云充电"公益项目，助力疫情期间"停课不停学"活动，加班拍摄视频课程，加快更新速度，为广大用户提供了优质的免费课程资源，受到了中央广播总台视听新媒体中心的赞赏。

2021年7月，新爱琴在乡村振兴、共同富裕时代呼声引领下，把公益之路伸向更加偏远的农村，分别为新疆喀什地区岳普湖县也克先拜巴扎镇曲如奇村小学捐赠一架钢琴，为云南省红河州石屏县牛街镇他腊小学捐赠两架钢琴，助力偏远地区孩子们在学习音乐道路上，更上一层楼。除了不断地提供公益课程、捐赠民族乐器以外，新爱琴还提倡其他热心公益事业，诸如无偿献血、赈灾捐钱、给贫困儿童捐学习用具等。可以说，新爱琴用音乐为载体，形成了爱心传递，集体上下同心，不遗余力来帮助最需要帮助的人们。

2018年，艾尔肯江被评为北京市社会领域优秀共产党员

奏响红色乐章，不忘初心跟党走

2021 年是一个令人欢欣鼓舞的一年，中国共产党成立 100 周年，作为一名共产党员，艾尔肯江更是积极筹备建党 100 周年为主题乐器演奏公益课活动，从 2021 年 4 月开始，新爱琴全国各地网络云学生希望能通过系列红色主题，红色激情乐章的演奏，歌颂党的恩情，讴歌革命先行者的奉献精神，为党送出衷心的祝福。

本次系列活动采用传统乐器与钢琴教学相辅相成的教学手法。其中，琵琶演奏教学有《唱支山歌给党听》《绒花》《我和我的祖国》等；古筝演奏教学有《今天是你的生日》《太阳最红毛主席最亲》《万泉河水清又清》《我爱你中国》《珊瑚颂》等脍炙人口的红色经典；钢琴演奏教学《唱支山歌给党听》《我和我的祖国》《我的祖国》等。一首首优美的乐曲，红色旋律再次奏响，唤起我们对党的崇敬，党的恩情永难忘。

艾尔肯江从遥远而美丽的新疆来到首都北京，经过十几年学习与拼搏，以音乐为载体，打造一片音乐新空间。在努力发展事业的同时，艾尔肯江始终不忘自己是一名共产党员，在他所居住的香河园地区，他积极参加社区的党组织活动，积极参与党员献爱心活动，遇到社区活动困难，慷慨捐助；社区组织群众文艺演出，缺少伴奏的钢琴，他便捐赠价值 1 万多元电子钢琴；社区举办各类大型文艺演出，新爱琴员工总是吹拉弹唱，积极参与。社区举办"祖国在我心中"的演讲比赛，新爱琴员工声情并茂的配乐诗朗诵获得了三等奖；"职工风采展示""和谐融入展风采·凝心聚力中国梦""学雷锋做好事·服务社会我先行"等活动，都能见到新爱琴员工的身影。几年来，艾尔肯江所做的一切，得

2021 年被评为北京市城乡社区共建先进集体

到了当地群众和党组织的肯定，多次被评为地区两新组织带头人，获得"优秀共产党员"等光荣称号。《音乐生活》杂志还专门为他做了一期《肯江.我的音乐北漂生活》专题报道。

工欲善其事，必先利其器；音乐作为中华美育的重要组成部分，最美的音质音色需要良工调制，艾尔肯江正是匠心独运，心有灵犀，让音乐旋律正雅飞翔。

孙秀明／文

一名青年党员的使命与担当

申明杰

1986年生，中共党员，现任北京国明控股集团有限公司总经理、党支部书记；北京市工商联执委、顺义区工商联执委、顺义区青联委员。

> 不忘创业初心，百折不回，勇于创新；热心公益，扶弱济困；一位企业家就要义不容辞，砥砺前行，风雨一肩挑。
>
> —— 申明杰

2019年10月1日，申明杰董事长受邀参加中华人民共和国成立70周年庆典

2020 年 6 月 15 日，申明杰董事长（左二）受邀参加北京市残疾人福利基金会组织的"庆祝国际残疾人日主题公益活动"

逆境中坚守，顺境中兼济，在时代洪流中，他始终坚守初心、诚信经营、勇担使命、砥砺前行。

传统文化的启蒙与引领

中国儒家思想是中华传统文化的重要组成部分，其关于贫穷与富贵的辩证观点，德与道相辅相成的思想深刻地影响着他，正是在这样的文化思考中，申明杰以一位共产党员的初心，铁肩担道义、扶危济贫、热心公益，奉献着他的大爱之心。

灰色童年激励创业人生

创业改变命运，穷困激励人生；申明杰过早地尝尽了生活的艰辛，更懂得珍惜辛苦创业带来的幸福美好人生。在他的童年记忆中，一种被贫穷蒙蔽的灰色基调充斥在他的脑海中。记忆中，一个下雨的午后，一个衣衫褴褛的乞丐敲响了家门，母亲没有因为自家的贫困将他拒之门外，而是将仅有的一些食物分给他，从那一刻起，他真正理解了穷不失义的道理，也改变了对父母的浅显看法。中国劳动人民最朴实、最善良的一面暗暗地激励着他以创业改变人生的初心。

初入社会多坎坷

2007 年，初入社会的申明杰由于经验不足，陷入了一场骗局，几年的辛苦付诸东流，但他并不认输，儿时留存在血液中的那股韧劲和抗压能力，让他重新振作起来。

立足农业，创业初见成效

2009 年，正处在痛苦中时，一个偶然的机会，申明杰通过农业创业，掘到人生第一桶金。此后，没有停下探索脚步的他，把眼光放在了国际贸易上，开始与同学打造投资管理有限公司。不论是高中、大学、北大 EMBA 时期还是创业过程中，都彰显了他卓越的组织、协调及沟通能力，因为超强的工作才干以及独特的人格魅力，吸引了很多优秀的合作伙伴，他现在创业公司的业务，才得以有了高品低价的竞争优势。

2020 年 9 月 6 日，申明杰董事长（一排左一）受邀参加顺义区发展和改革委员会、顺义区商务局、顺义区工商联联合举办的"市区联动消费扶贫，顺义线上消费扶贫"活动

责任担当回馈社会

穷则独善其身，达则兼济天下。作为一名年轻的共产党员，申明杰努力践行党员职责、履行党员义务，以自己的执着、爱心和胆识谱写了自己精准扶贫、扶残济弱的暖心故事。

在一次工作中，随区残联及工商联首次来到了内蒙古通辽科左中旗，望着当地坑坑洼洼的道路和村民淳朴无望的眼神，他当即认购了贫困人员的 50 只草原羊。这些羊经过处理后又送到了北京，通过顺义区残联转赠给了残疾低保户和重度残疾贫困户家庭，他用自己的这种双向扶贫的创新做法，再一次将扶危济困的企业家精神发挥得淋漓尽致。

一直以来，他时刻牢记自己的初心使命，在公益的道路上越走越坚定。2017 年以来，先后向北京市残联、顺义区团委、区残联以及贫困地区等捐赠了 90 余万元。2020 年，新冠肺炎疫情全球爆发，他第一时间向相关部门及单位捐款 20 万元和众多物资，以实际行动彰显了一名共产党员的使命担当。

投资赚钱，只是基本诉求，而把爱事业上升到爱公益，扶危济困，才能体现企业的文化价值。十几年创业，一路坎坷，申明杰已经习惯了在逆境中奋进；以儒家思想作为自己的人生信条，用自己的朴实、忠厚与实干，一步一个脚印，书写出自己靓丽的人生风景。

孙秀明 / 文

2021 年 5 月 2 日至 2021 年 5 月 5 日，申明杰董事长在甘肃酒泉瓜州县参加第十六届"玄奘之路"商学院戈壁挑战赛

领跑时代算我一个

——记北京中航智科技有限公司董事长兼总经理田刚印

田刚印

1981 年 5 月生于江苏，2005 年毕业于北京理工大学飞行器设计与工程专业，现任北京中航智科技有限公司董事长兼总经理，中组部"万人计划"创业领军人才、北京市政协委员、全国工商联科技装备业商会常务副会长、当选 2019 年度"北京榜样"年榜人物。

"

超越对手很容易，超越自己也很容易，可超越时代很难。

田刚印

2017 年田刚印在新厂区办公室

2035年的某天清晨，阳光透过树叶的缝隙洒在你脚下的土地上，脚边不知名的小花正努力伸展腰肢，扎根大地，拥抱太阳，迎接这来自上天的恩赐。你环顾一下自己的庭院，背后的树屋隐藏在一片山林中间，就地取材的建筑和整个自然融为一体，门前一大片略有起伏的山地上，花花草草长得"恣意妄为"，山地的尽头是让人目眩的悬崖。你握了握手中的公文包，推了推鼻梁上的眼镜，快步向悬崖走去，那儿是你工作日期间每天起飞的地方。停机位上的一架自动驾驶载人直升机正在按照你的语音指令启动。然后，它将在一个小时内把你带到距家850公里的办公室里开始一天的工作……

这不是科幻电影中的某个场景，这是田刚印对未来世界的描绘，这是他的"中国航空梦"。

从儿时便埋下的种子，让这个来自江苏农村的孩子为之努力了三十多年。"记得有一段时间，我家附近的河上经常有飞机低空掠过，那是我第一次看到真实的飞机，当时就觉得非常喜欢"。那段日子，同村的小伙伴们都会在一个相对固定的时间，呼朋引伴地跑到河边等待飞机掠过河面。大家都喜欢，别人的喜欢可能仅限于大饱眼福或是止于谈资，但对于彼时的田刚印来说，他的这种喜欢似乎没有什么不同，又好像有哪点不太一样。

著名作家柳青说，"人生的道路虽然漫长，但要紧处常常只有几步，特别是当人年轻的时候。"对于田刚印来说，岁月的指针指向了2001年，他已经走到了人生的第一个十字路口。高中毕业即将进入大学校门的田刚印有两个人生的方向，一个是计算机通信，另一个是飞机。"这两个我都很喜欢，之所以后来选择了飞机，是因为我觉得计算机凭着自己的工资可以买得起，但是飞机必须是要依靠国家才能搞定。"虽然年届不惑，但谈起二十多年前的这个人生决策，田刚印依然腼腆地笑了。

北京理工大学飞行器设计与工程专业毕业之后，人生的第二个十字路口摆在了他的面前，本来已经签好了一个工作，但是"刚好有一个公司从国外购买了一架无人机，因为涉及保密的原因，不能聘请外国人进行操作，我就参加了这个项目组。本来计划两个月的工作，一拖再拖最后把我签好的工作拖黄了。"

失去工作的田刚印此时有三个选择：一是考研，这对他来说几乎没有什么难度；二是像其他许多同学一样出国

2007年，田刚印在中关村不足10平方米的地下室创业

深造，继续学习飞机相关的知识，但接触到飞机核心技术的可能性极小；三是找个可以接收往届生的单位，但那样就可能干不了最喜欢的飞机这个行业了。

两害相权取其轻。既然出国和找工作都不是最好的选项，那么考研似乎是一条最接近理想的路径。可是，上个项目结束的时候是2005年的11月份，当年的考研机会已经错过，次年的考研时间尚早，这对于闲不下来的田刚印来说，必须要找到一个可以打发空闲时间的出口。

回想起大学期间在航模协会研究的飞行控制器，何不利用考研前的这段时间动手做一做属于自己的飞行控制器呢？通过"截留"父母给自己准备结婚的钱作为启动资金，成立了今天北京中航智的前身拓云海科技有限公司。几个月之后，他便成功地将自己的飞行控制器销售到了中科院，挖到了人生的第一桶金。"当时没想到这个能赚钱，只是自己喜欢而已。"顺利越过了从0到1的墙，那么从1到N的路就好走多了。"有了客户，开始是兴奋，后来是更兴奋。"2012年，企业账户上就积累了2亿元的资金。

"那几年，经常有客户拿着从国外买过来的无人机到公司里进行改装，因为国外的产品不太符合国内客户的实

际需求。"在帮助客户按照其需求改装无人机的过程中，田刚印团队逐渐积累了无人机制造所需的技术和经验。

此时，田刚印来到了人生的第三个十字路口：继续做飞控赚取更多资金，还是破釜沉舟转做飞机，以实现自己多年的梦想。"2012 年 3 月 8 日，公司女同事放假，剩下的团队成员也处于半休息状态。既然没法干活了，不如停下来大家讨论一下公司未来的发展方向：干不干飞机？"三十出头的田刚印依然是"曾经那个少年，没有一点点改变"。"我们有钱，有技术，客户有需求，此时是进军无人机的最佳时机。"当时，他的决策方式是壮士断腕，果断停掉飞控项目，全力以赴进军无人机产业。

反对，来自投资人，如果做不成怎么办？质疑，来自真金白银可能打水漂的恐惧，这无可厚非。"我当时没有更多想法，就是一根筋地想把这个从小到大一直想干的事干成。现在都讲底线思维，就是你把最坏的风险想清楚了，然后朝向最好的方向努力。对我来说，最坏的就是 2 个亿没了。但是，这些钱就是用来干事用的，不让我干事，比没这个钱都难受。"初生牛犊不怕虎。豪气源自他对国外同行的"愤愤不平"，对个人梦想的执着，对国产无人机未来的期冀，"不能让老外把咱们中国人看扁了。"

破釜沉舟，只为心无旁骛地奔向目标。当初的十余人团队果断停掉日进斗金的已经处于全国领先水平的飞控项目，一头扎进无人机的研发当中。国外有句谚语，年轻人犯错误，上帝都会原谅。"全力以赴一年可能就赶出来，如果三心二意的话，可能要三五年，时间紧任务重，必须不遗余力。"可是，这个冒险的决策在今天看来，依然充满了"明知山有虎，偏向虎山行"的胆魄。"如果这个决策放到现在，应该会考虑拓展规模而不是破釜沉舟"。

所幸，在十个月花掉 2 亿元之后，他带领团队成功地制造出了承载着所有人梦想和希望的无人机。

2012 年年底，田刚印团队带着第一架无人机样机参加了新加坡航展。满怀希望的新加坡之旅给热血沸腾的团队兜头浇了一盆冷水——无人问津。钱，花完了；产品，做出来了。但是，企业的窘境也随着产品一并摆在面前。天

2018 年，田刚印在公司厂房外 3 吨无人机前

无绝人之路，时值新加坡正全力发展航空业，当地的一家投资公司看中了田刚印公司的前景，经过估值准备予以投资，但附带三个条件：一是注资 11 亿人民币，占股 40%；二是把公司的品牌和结算中心放到新加坡；三是拥有追加投资优先权。

"我当时很犹豫，首先是我不需要那么多钱，5000 万就差不多了；其次是把品牌和结算中心放到国外，总感觉受制于人；再次是如果我还需要钱，他们继续投资，那这个公司将来是谁的就不一定了。"隐藏在心底的民族情结最终抵挡住了巨额资金的诱惑，但迫在眉睫的困境并没有丝毫纾解。既然国外有人愿意投资，那国内说不定也会有这样识货的人。经过艰难的跋涉，田刚印的无人机最终争取到了北京市支持企业发展的统筹资金 5000 万。即便人生路上有贵人相助，也首先需要自己有足够的实力，取得让人家侧目的机会。事实证明，这个实力，田刚印已经具备了。

2013 年 5 月，田刚印的无人机亮相北京市科技博览会，受邀参与第一款无人直升机的竞标。"当时，我们的样机性能与招标要求还有很大的差距，改进工作量和难度挑战很大，竞标所需的相应资质也不具备。"

困难，客观存在；目标，就在前方。既然开弓没有回头箭，那就向未来奔跑吧。

2014 年，田刚印的无人直升机面世，相关的资质全部办理完毕。

2015 年，中标。

他，又赢了。团队也快速成长为中国乃至全世界最大的无人直升机团队。"我做这个事情不是心血来潮，我研究整个航空发展史，与飞机相关的知识和行业我都会去了解。"知史方能鉴今，而田刚印对历史的研究不仅仅是为了当下，而是预见未来。"我不会心血来潮做什么事情，我会考虑前后几十年，进行长期的积淀，每一个阶段都进行规划，这件事历史上是怎么样的，根据历史的发展和当前的技术水平预见未来可能会是什么样子的。"

百年航空史造就了无数个有名字的英雄，像莱特兄弟，但更多的是无名英雄。在历史的长河中，在属于他们的那个节点上创造了一个又一个奇迹，无数人为了整个人类的飞天梦想而前赴后继，但像鸟儿一样自由翱翔在蓝天白云间至今仍是绝大多数人的一个梦。当前 5G 通讯的快速发展，使得自动驾驶飞机走出实验室"飞入寻常百姓家"成为一种可能。就像本文开始所描述的那个场景一般，自动驾驶载人无人机的出现，在未来将会改变人们的出行方式，极大地拓展城市的版图，以及千百年来人类对居住地选择的标准。"我能给未来社会添加什么东西，是助一臂之力还是充当一个绊脚石？这是我需要认真思考的，并且会付诸行动的。"

如何平衡当前的业务与未来的梦想之间的关系，这是摆在田刚印面前最大的问题，也是他所面临的最大压力。互联网的出现改变了人们的沟通和生活方式，飞机汽车火车的出现改变了人们的出行方式，无人机的出现可能会改变未来战争的基本形态，那么自动驾驶载人飞机的出现能否领先时代发展，成为改变人们生活方式的一种形态？田刚印在探索。

【采访手记】

儒雅清瘦的田刚印给人一种柔弱的感觉，但这只是表象。在他的精神世界里，有强大的力量支撑着他沿着自己设定的方向前进。

朱昌文 / 文

2019 年，田刚印荣获"北京榜样"称号，在北京电视台接受颁奖

戏里戏外皆人生

田鸿硕

1989年生于山东东营，毕业于天津外国语大学国际贸易专业。北京市东城区青联委员，北京市东城区工商联会员，北京市东城区青年企业家创业创新协会会员，北京市东城区党外知识分子联谊会常务理事、副秘书长，北京鸿岩文化发展有限公司创始人兼CEO。

参与电影《杀破狼之贪狼》的全球投资；2017年年底成功投资电影《狂兽》；2018年初，投资电影《暗黑者》；2018年9月成功出品电影《济公之神龙再现》，2019年2月出品《济公之降龙有悔》。

> 要想获得成功，一定要有常人所不具备的坚持和毅力。人世间再多的苦难都敌不过一个放弃希望的人，唯有一颗坚强的内心，能化解任何艰难困苦，才能翻越各种高山峻岭，能蹚过水流湍急的河流。人生贵在坚持，唯有坚持才能成功。
>
> ——田鸿硕

怀揣梦想闯北京

田鸿硕是典型的山东大汉，他健谈而又深沉，智慧而儒雅。他毕业于天津外国语大学，所学专业为国际贸易。大学毕业之后，田鸿硕来到北京发展。而正是在这个时候，他认识了一个亦师亦友的老板——翔海置业集团的董事长王明，成为他的助理。王明慧眼识英才，看到了这个淳朴善良、勤劳踏实、敢想敢干的山东小伙的与众不同：他有着一般年轻人不具备的坚强毅力，以及把每件事做到最好的执拗。正因为如此，董事长更将企业旗下的电子商务和旅游产业交给田鸿硕打理。

田鸿硕每天勤勤恳恳、兢兢业业地完成董事长交给的任务。他悟性极高，董事长助理的工作烦琐而无序，而他每个工作都能安排得井井有条。因为工作出色，董事长在很多重要的社交场合都会带上他，一方面让他多接触一些业内人士，另一方面开阔他的眼界、认识更多的成功人士，获取事业成功的经验。这些历练，让他接触和了解到房地产开发、物业管理、旅游项目开发等行业，为他以后在这些领域里创业并深耕奠定了基础。

两年多的董事长助理生涯，让田鸿硕从一个职场小白变得成熟而稳重。而此时的他，却心心念念都是儿时的电影梦。在田鸿硕很小的时候，他就特别喜欢看电影，从小学到大学，再到参加工作，只要一有空闲，他一头扎进电影院，无论是国产电影或者国外电影都看得津津有味，看完之后还不过瘾，还要写观后感，然后上网看影评。

他看过那么多的电影，却能把很多优秀电影的每一个场景、每一个片段，甚至每一句重要的台词，都记得清清楚楚。因为有着这样的情怀，他时时刻刻都在关注影视方面的信息。而在负责集团旅游产业时，他就尝试引入影视行业。

2017 年，在王明的支持下，他终于如愿以偿成立了专门的影视公司——北京鸿岩文化发展有限公司，由他来担任 CEO，开始正式进军影视行业。借助之前的一些人脉和对影视行业了解，田鸿硕如鱼得水，加上他本人的兴趣所在，

2020 年 9 月，东城区工商联青创会向化德县特布村捐赠物资仪式

他对影视行业发自内心的兴趣，让公司早期的投资非常精准，先后投资了电影《杀破狼之贪狼》《狂兽》《暗黑者》《济公之神龙再现》《济公之降龙有悔》《西游之四探无底洞》……这些影视作品无论是内容还是制作，都堪称精良，市场反响很大，更验证了田鸿硕的投资眼光。

之后，田鸿硕更担任郑恺主演的短跑题材体育片《超越》的联合制片人和足球题材体育片《主场》的制片人，获得主流媒体以及金融机构的高度关注。对于影视行业，他有着自己的理解，更有着近乎偏执的判断准则：内容为王。必须有好的内容，这是他的兴趣和爱好使然，更融入了他的情怀在里面。因此，他始终坚持以生产优质内容为企业核心竞争力，目前推出的数十部优质影片，无疑不秉承"内容为上"的原则。

子曰：知之者不如好之者，好之者不如乐之者。唯独兴趣是触发事业成功的最优催化剂，正是因为有着巨大的兴趣，田鸿硕才会在影视行业不断坚持，即使其中有过各种各样的困难和坎坷，他也决不放弃，想尽一切办法解决困难，力求把事情做到最好。

中国故事讲述者

随着中国经济社会的全面发展，影视文化成为传播中国核心价值、传播中国声音的重要载体。而要实现中华民族伟大复兴，是当代中国最宏大、最精彩的故事。向世界讲好中国故事，首先就要讲好中华民族伟大复兴的故事。

对于田鸿硕这样一个对中华传统文化有着虔诚信仰、对影视有着敬畏之心的创业者而言，讲好中国故事，传播中国文化，甚至成为他的责任和义务。他始终认为，电影人应该充分挖掘中国文化、中国元素、中国精神，创作出有爱国情怀和民族精神的作品。在产业配套上、在人才队伍建设上、在知识产权保护上、在了解市场趋势上，中国电影人需要不断努力，去创造，去学习，去主动创新。只有这样才能做大做强中国电影。

田鸿硕认为，国内影视行业多年的发展取得了一定的成绩，但是问题也不断暴露出来，对于很多电影人而言，这些问题都是需要特别重视的。而目前很多行业乱象，是一部分影视人迷失自我的结果，是"利益为上"的从业原则导致的恶果。因此，田鸿硕希望能够坚持自己的初心，保持对电影的情怀和敬畏之心，这是一个合格电影人的初心，创作出好的作品，讲好中国故事，是一个中国电影人的担当和使命。

正是讲好中国故事的初心和使命，让鸿岩文化在影视行业里独树一帜。既有着专业化的运营团队、IP 管理体系，又因为坚持投资和制作能够打动人心的影视作品，鸿岩文化获得了业内和观众给予的良好口碑。

话剧《有多少爱可以胡来》商演创下了超过 2200 场次的记录，该剧以其丰富的情节、感人至深的情感表达以及扣人心魂的情节打动了亿万观众。鸿岩文化很快跟进，并开始了电影、网剧、短视频等版本的改编，力求通过多种形式来推广这样一部优秀内容的作品。这部剧是对当下中国普通人情感世界的艺术化描述，几乎所有人都能在该剧中找到自己的影子，并且产生强烈共鸣，而这部作品更融入了很多哲理性的思考在里面，具备优秀影视作品所具备的内容特质。

讲述中国故事，讲好中国故事，不只是一句口号，而是需要实实在在地投入和付出。田鸿硕满腔热情，投入了自己最爱的行业，更把自己的情怀和担当融入其中。这是英雄的悲壮？还是殉道者的执着？或许是兼而有之。

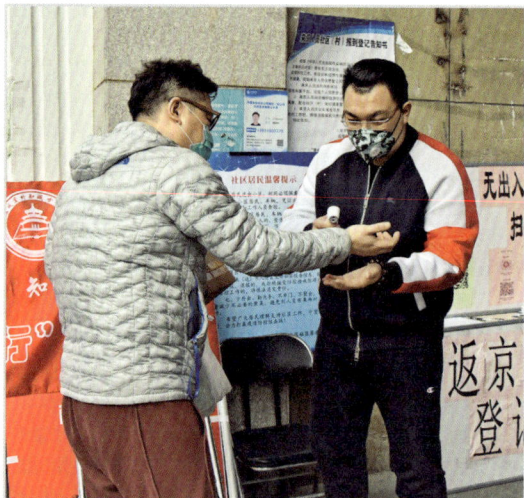

2020 年，新冠肺炎疫情发生以后，田鸿硕不仅捐款捐物，发动艺人宣传正能量，还深入社区一线值守

满腔情怀为公益

事业的发展并没有让田鸿硕迷失在资本的世界里，他的感官愈发清晰。他清楚公司未来的路子该如何去走，也清楚自己身负的使命和担当。因此，他是一个家国情怀的践行者，一个真真正正的勇士。

新冠疫情肆虐期间，北京市东城区青年企业家创业创新协会在区委、区政府的领导下，全力以赴，防控疫情。田鸿硕是东城区青联委员，他立即响应区委区政府号召，全身心地投入防疫抗疫工作，他捐款捐物，更发动自己身边的艺人通过网络向公众普及防疫知识，慰问奋战在一线的医务工作者，利用自己的影响力和号召力，呼吁全民齐心战"疫"，以实际行动为武汉加油，为中国加油！

东城知联会"知·行"守护岗在郭东社区开展志愿服务，当时田鸿硕的孩子出生，尚未满月，需要他的照顾。那是最忙碌的一段时间，每天在社区值守，协助社区工作人员检查出入证，测量体温，之后回家照顾妻儿，尽管身体很累，但是他的内心却感到前所未有的满足和满满的成就感。

2019 年 8 月，北京市东城区工商联和东城区青创会举行的"手拉手 共成长"资助百名品学兼优贫困学生活动，田鸿硕积极响应，慷慨解囊，向贫困学生奉献爱心。作为一名创业者，作为一名有着家国情怀的企业家，他深知教育事业的发展对一个国家和民族的复兴意义重大，他希望用自己的实际行动，把公益助学作为事业的一部分，把这种情怀一代一代传递下去。他勉励贫寒的学子们，坚持自己的理想，专心学业，唯有坚持才是克服一切困难的不二法宝。

田鸿硕热心公益，积极参与青少年有关的公益活动，更通过自己的社会影响力，影响和感染了一大群人投入到公益事业。除了捐款资助之外，田鸿硕还利用自己的专业，为广大学生的爱国主义教育助力，关注广大青少年的养成教育和成长教育。由田鸿硕出品的均是爱国教育题材的少年综艺节目《雏鹰特训团》更是以国防教育和爱国主义教育为背景，以激励广大青少年学生不怕苦、不怕累的精神，以军人作为蓝本，严格要求自己，养成良好的学习和生活习惯。

2021 年 1 月，新冠肺炎疫情期间，田鸿硕作为赞助商完成老年人"微心愿"，提供上门理发服务 30 次

在田鸿硕看来，青少年是国家和民族的未来，他们的精神面貌、学识和素质，直接影响到国家的未来发展和民族的复兴，更是国家参与世界竞争的中坚力量。所谓教育是最廉价的国防，这句话一点不假。唯独助力教育和培养青少年，让他们具备良好的身心素质，才能获得最大最好的回报。

未来，田鸿硕还将继续在影视行业发挥自己的光和热，在讲好中国故事的前提下，把助力青少年成长作为事业的重要组成部分。

【采访手记】

田鸿硕是一个非常儒雅的人，他似乎有着永不衰竭的精力。他对这个世界保持着最初始的情怀，用一颗赤子之心，和这个尘世相处，包容这个世界的复杂和多变。他以"不积跬步，无以至千里"的执着，在人生和事业的道路上，虔诚地跋涉、奔波。

姚凤明 / 文

奋斗的底色是坚持
——记旷视科技联合创始人兼 CEO 印奇

印奇

安徽芜湖人。本科毕业于清华大学姚期智实验班，2011 年赴美国哥伦比亚大学攻读计算机博士学位，旷视科技联合创始人兼 CEO。2015 年到 2017 年，连续三年入选《财富》"中国 40 位 40 岁以下的商界精英"榜单，福布斯亚洲 30U30 青年领袖，《麻省理工科技评论》"2018 全球 35 岁以下科技创新 35 人"榜单，世界经济论坛（达沃斯）2019 年全球青年领袖，国家新一代人工智能治理专业委员会委员。先后荣获北京"五四青年奖章"，共青团中央第九届"中国青年创业奖"创业新星，中国经济年度人物新锐奖，第 24 届"中国青年五四奖章"等荣誉。

> 我是一个有恒心的人，用热忱来做人工智能这份事业。
>
> 印　奇

在 2020 年 WAIC 上，印奇做旷视 AI 治理实践报告

旷视科技邀请姚期智院士（中）任学术委员会首席顾问

2020 年年初，钟南山院士宣布新冠病毒可能在人与人之间传播，坐在电视机前的印奇突然就想到，人工智能可以助力这场"战疫"。随后，旷视百余人的"突击队"组建完成。10 天后，旷视明骥 AI 智能测温系统上线，并陆续交付北京各大地铁、超市、政务大厅等场景试用。

马赛尔·普鲁斯特说："真正的发现之旅，不在于寻找新天地，而在于拥有新眼光。"以"用人工智能造福大众"作为公司使命的印奇，坚信科技不但可以改变人们的生活，还可以做得更多。

1988 年生于安徽芜湖的印奇，从小对于阅读、电影充满了兴趣。一部由罗宾·威廉姆斯主演的科幻电影——《机器管家》，让他初识机器人的"善"；由阿诺·施瓦辛格主演的《终结者》系列电影，则让他认识了机器人的"恶"。同样是机器人，一正一反的两角色让少年印奇对于机器人和科技充满了好奇。而正是这份好奇心，成为激发他未来学习和创业方向的原动力。

"科幻电影里对机器人有那么多的想象，有好的有坏的，我希望自己能够变成其中的一员，做一点贡献能把它往更加与人为善的方向迁移。"考入清华大学自动化系之后，

印奇在入学的第二年迎来了与人工智能亲密接触的机会。以世界著名计算机科学家、唯一的图灵奖华人获得者——姚期智命名的"姚期智实验班"（简称"姚班"），在清华大学公开选拔和培养国际顶尖的创新计算机科学人才。经过层层选拔，印奇如愿以偿地加入其中，在这里开始学习人工智能的基础理论。也正是在这个班里，他遇到了日后创立旷视科技的两位伙伴——唐文斌和杨沐。

三个人的相遇能擦出什么样的火花？对于彼时的他们而言是无法预知的。不过可以肯定的一点就是，共同的志趣爱好，共同的热血激情，擦出火花是迟早的事。

世间的很多事情都逃不过"偶然"二字。

"2011 年暑假，我们三个用 AI 交互技术联合开发了一款游戏放到苹果商店，让用户免费下载使用。没想到这个游戏非常成功，后来进入苹果软件商店免费应用排行榜的前十名。"虽然依靠这个游戏并没有赚到什么钱，但小试牛刀带给他们的自信远比赚钱更能激励团队。"做完这个游戏之后，就开始陆续有天使投资人找上门来，愿意对我们投资。几个人讨论了一下，决定干脆就开始干吧。所以，旷视的诞生有一定的偶然性。"

2011 年 10 月，印奇与唐文斌、杨沐一起决定创业。旷视科技，这只 AI 领域的"独角兽"正式亮相。

但公司成立不久，印奇就作出了出国留学的决定。"当时，深度学习开始引领新一波的人工智能发展浪潮。我觉得，这就是人工智能的核心技术。但是，人工智能必须要将软件和硬件进行结合，才能发挥最大的价值。所以，我意识到要继续积累硬件方面的知识。"本来已经创办了公司，在这个时候领头人要出国学习，这个决策过程让人充满了好奇。"我们对人工智能技术的前景是认可的，但是当时国内并没有这样的技术水平，所以必须出去学习。当时，美国哥伦比亚大学在这方面拥有最好的师资力量，是这个领域全球最顶尖的学校之一。所以我决定去这里继续攻读计算机博士学位，专注于智能传感器方向。"印奇的海外留学生活同很多具有同样经历的人基本一样，唯独多了一个深夜电话会议。"受时差影响，我们经常在深夜开会，讨论公司的大小事务，从人员招聘、制度建设，到财务和项目，还是比较辛苦的。"这个跨越半个地球的连线见证了企业初创时期的艰辛，好在大家都是年轻人，最不缺少的就是挥斥方遒的创业激情。

2013 年，印奇结束了海外留学生活回到国内。当时，虽说业内都认为深度学习是一个特别有前景的技术方向，但是，如何把这个技术应用在产品上，业界还在探索的路上。"我感觉我们的技术不过关，深度学习的框架没有做好，我就带着团队做技术攻关，诞生了我们的第一代产品 Face++。"已经处于全球同等水平的产品做出来了，但不知道谁会用，用在什么场景下，这又是一个难题。好在国外有先例，"我们把这个技术放到网上开放出去，让所有人免费使用。所有人都可以用我们开发出来的 AI 算法，来开发他们自己的应用。"Face++ 平台在很长一段时间内，包括现在都是全球领先的计算机视觉开放平台。

这是一个双赢的举措。对于用户来说，可以省去前期大规模人财物的投入，直接把这个具备世界领先水平的产品免费拿来使用；对旷视来说，在并不清楚自己的产品到底能用在何处的情况下，可以通过用户的反馈逐步完善产品。

一个基于深度学习框架的基础算法并不能够满足所有人的需求，在与客户接触的过程中，他们逐渐发现拥有定制化需求的行业客户越来越多。2016 年，旷视开始面向企业客户，量身打造适合其需求的产品。当时所有爱美之人

改革开放 40 周年暨中关村创新发展 40 周年，旷视印奇（右二）接力中关村创新之火

手机里必装的一款美图软件成为他们的第一个客户，这是旷视进入消费物联网领域的第一个场景。自此之后，旷视又陆续面向手机厂商推出了刷脸解锁、拍摄超画质等产品。同时，旷视基于 Face++ 平台推出面向泛互联网领域的在线身份验证等产品，让人们可以在日常生活中，在消费电子设备上体验 AI 带来的便捷、安全和美好。

相比于科技创新的星辰大海，这些产品在印奇设想的世界里，距离他梦想中的数字化、智能化的世界还算是刚刚起步。下一个场景，他瞄准的是城市物联网，这个拥有更多用武之地的领域可以接纳一切的可能性。旷视的技术在智慧城市领域诸如公共安全、智慧建筑、智慧交通等多个行业得到广泛应用。"在城市物联网方面，旷视希望从超级应用做到操作系统，有效打通城市管理等行业应用和社区园区、公共建筑等块空间应用的数据壁垒，实现城市治理和居民生活的双赢。"

在产业数字化加速发展的大背景下，很多企业低效率高消耗的生产模式急需改变，否则就会在工业 4.0 的浪潮之中沉没。在数字经济和实体经济融合发展的政策导引下，如何为这些传统和新兴产业插上腾飞的翅膀，这是印奇最新的关注点，也是业内同行的目标所指。印奇认为，人工

智能与物联网的融合，将会是未来十年科技创新的最大机遇之一。

从2013年学成回国到今天，印奇把过去的8年时间分成三个阶段。第一个3年是Face++阶段。第二个阶段是消费物联网和城市物联网阶段。第三个阶段则是供应链物联网阶段。在印奇的带领下，旷视全球首发了河图智慧物流操作系统，通过IoT技术连接生产侧各环节的不同智能终端和执行单元。在中央平台调度下，通过整合河图认证生态链中的优秀伙伴，为客户提供工业生产全场景的智慧生产、解决方案和服务。这款产品可以同时实现"货到人""订单到人""车到人"等智能搬运、拣选以及几种方案的混合应用。

作为一家人工智能公司，AI能力始终是最核心的技术能力。而旷视推出的AI生产力平台——Brain++，则是旷视AI核心技术能力的集中体现。随着AI不断深入到行业，各行各业对于AI算法都有非常碎片化的需求。通过Brain++，旷视实现了算法的规模化供给，使得客户得以高效地产生算法、实现应用规模化落地。"如果把算法看成一道菜的话，'Brain++'就是一个中央厨房，它可以很规模化地、流水线化地生产美味佳肴。"

在印奇看来，旷视的团队依然处于快速成长期。在旷视的文化体系中，技术信仰、价值务实、科技向善从三个不同的侧面诠释了印奇对于人工智能的理解。"科技改变

生活"不只是一句口号，而是现在已经深刻地改变人类生产生活的方方面面。对技术的推崇不能只是拿来主义，而是从内心深处相信技术创新可以改变世界，对技术有信仰，创新方能无止境。"价值务实，就是我们要和产业合作伙伴很好地连接，开发出来的技术和产品要切实地为客户创造价值。我们要想从客户那里赚取合理的收益，就要关注你到底给客户创造多少价值，永远的逻辑是，客户把自己赚到的100块钱分一小部分给你。如果以价值为纲，大家就是连接的，而不是简单的上下游的零和博弈。"印奇说。

在印奇的带领下，旷视成为国内最早成立AI治理委员会和AI治理研究院的企业，并把AI治理工作深入应用在企业日常经营中。"人工智能就像人类发明了火一样，如何去善待和利用好这样一项技术，对这个产业的发展非常重要。"而对于科技向善的来源，笔者揣测可能是和《终结者》系列电影有关。这把双刃剑必须要掌握在能够正确使用它的人手中，实现"用人工智能造福大众"的理想。

在印奇的设想中，旷视的明天未必一定是世界500强，但一定是希望成为一家受人尊敬的科技企业。通向未来的道路，是由长期主义的坚持和持续不断的学习铺就的。诚如韩非子所言："虽无飞，飞必冲天；虽无鸣，鸣必惊人。"已过而立之年的印奇还在腾飞的路上。

【采访手记】

青年强则国强。这是结束印奇的采访之后，笔者的直观感受。以笔者文科生的思维，很难在一个小时内完整理解印奇要做的事情到底有多强。在印奇的未来世界里，他将成为行业的引领者，为人们带来更加美妙的生活体验。

朱昌文／文

旷视科技印奇在两岸青年峰会发表主旨演讲

世界是草原
我是马

——记北京京东科技有限公司总经理冯志宇

冯志宇

1985 年生于北京，英国斯特林大学国际经济与贸易系投资经济专业国际商务学、投资分析学双硕士，北京京东科技有限公司总经理。现任北京市工商联青年企业家专门委员会委员，民建北京市委民营企业委员会委员，通州区工商联执委，民建北京市通州区工委副主委等职务。曾荣获"全国归侨侨眷先进个人"、北京市"抗击新冠肺炎疫情先进个人"、通州区"优秀科技工作者"等荣誉。

做企业，信念是第一位的，
然后才是目标。

冯志宇

2018 年，中国侨联、国务院侨务办公室授予冯志宇"（左二）全国归侨侨眷先进个人"荣誉称号

泰戈尔说，只有经历过地狱般的磨砺，才能练就创造天堂的力量；只有流过血的手指，才能弹出世间的绝响。"80 后"青年冯志宇生活的年代没有地狱之苦，殷实的家世也保他衣食无忧。作为一个"创三代"，他的人生记忆中，绕膝于父母身侧的欢爱如昙花一现，珍贵时短暂。"我 7 岁的时候就已经住校了，两个星期回家一次。"那时，刚刚从爷爷手上接手京东医疗的父母每天忙得如同陀螺一般，平常人准时准点的一日三餐于他们而言都是奢望。为了他的健康成长，父母只能让他住进能够保证他正常学习、生活的国际学校。

熬过了黑夜中的害怕，打败了噩梦中的怪兽，学会了濯洗衣物鞋袜，习惯了枕着思念入睡……半年时间，冯志宇才能自主控制泪腺的分泌物，并习惯于这样的安排。衣服洗不干净，小朋友见了会嘲笑，下次就会洗干净了；被小伙伴欺负受了委屈，下次就知道该如何与他们做朋友。在 2011 年结束国外留学生活回到父母身边的这 19 年时间里，冯志宇学会了打理自己的生活，学会了认识周围的环境，学会了如何在这个世界里与自己讲和。

"我印象最深的就是二年级的时候，我的脚受伤了，从医院回家，我妈让我爸背我上楼，我爸说，今天背他上楼，到学校谁背他？"在泪眼婆娑中看着幼子艰难攀爬的背影，"心狠"的父亲知道，让孩子早些认识这个世界的真相，永远比留恋在父亲温暖的后背上享受短暂的安慰更重要。

中国有句俗话叫作"老子英雄儿好汉"。这里不仅有血脉的传承，更有意志和品格的锤炼。对于父母的这种教育方式，

"我小时候不理解，但我到了英国之后，我觉得他们对我的教育是正确的。"如山的父爱需要每个孩子历经攀登的艰辛之后，才能站在父亲的山上一览高处的无限风光。"那时，我的身边有很多中国的朋友，因为我会做饭，会帮助他们修理电器，会照顾他们。"

"京东科技从创立到现在已经走过了 38 年的历程，现在回头看看我走过的路，发现我的父母从小就有意识给我这方面的引导，不管企业规模是大是小，我们更注重的是传承，从教育到家族文化，再到企业的传承。"在英国学习期间，有一件事让冯志宇觉得心里很不爽，这件事也间接成为他把家族企业带上世界舞台的原动力。"2009 年，一个菲律宾老师在课堂上说，中国的廉价劳动力市场做出来的产品价格便宜，产品质量不好。作为一个中国人，对这个话就感觉接受不了。我的国家存在很多问题，我们老百姓可以说，但是别人不能说。"

2015 年，冯志宇正式接手家族企业京东科技成为第三代掌门人。在"大众创业，万众创新"的滚滚洪流中，如何让一个成熟的医疗器械企业再次焕发生机和活力，如何借助科技发展的大势助力企业腾飞，如何把中国制造升级为中国创造，如何让产品走出国门花开全球……对于企业家来说，从 0 到 1 固然存在破局之难，但从 1 到 9 中的每一步都需步步惊心，一着不慎满盘皆输的案例不胜枚举。而这，更难。

"当时觉得这事儿并不复杂，但做起来之后才发现遇到了很多的困难，第一个问题就是国际标准的问题。"必须要承认差距才能缩小差距。中国标准的医疗器械，并不符合欧美国家的标准。产品实际尺寸比设计尺寸长了2毫米，不合格，必须重来。标准的背后是民族文化。中国人讲究的是中庸之道，而西方社会则是以"契约"立身，这两者没有对错之分，只是民族文化心理作祟而已。中国产品奔赴国外市场，社会契约必须取代中庸之道，方能成功打开人家的大门。

企业变革的副作用是员工队伍的动荡。

一部分老员工不干了。原本一天可以拿到50个产品的计件工资，按照新的标准，一天5个都做不出来。企业的转型升级就像蛇蜕皮重生一样，必须向自己"开刀"才能成长。对于员工来说也是一样，跟着企业一起转型升级的就能生存，适应不了的就只能在企业的发展过程中被淘汰。

"我第一站去的就是欧洲，德国。当时想的是我就挑一个最难啃的，只要把它啃下了，全世界任何一个国家用你的产品都是没问题的。"初生牛犊不怕虎也好，小伙子睡凉炕全凭火力壮也罢，冯志宇选择了一条最难的路。所谓"取乎其上，得乎其中；取乎其中，得乎其下；取乎其下，则无所得矣。"正如先贤所讲，无论立事还是治学，要放宽视野，高定标准，这样才能实现预期目标。

"我们当时在国内高端医疗市场已经占据了将近50%的份额，进军国外市场，绝不仅仅是为了赚取额外的份额，而是要把我们的产品以高端制造的标准做成民族品牌。如果从德国市场往下做，国际市场就会认为我们的产品是高端以质取胜的；如果从印度市场往上做，人家就会认为我们的产品是低端走量的。"德国和日本作为欧亚两洲高端医疗器械的发源地，是一个企业产品能否被国际社会广泛认可的标杆。包括产品经理在内的所有一线工人们对待这次的外贸订单都打起了十二分的精神，但在冯志宇的眼中，这样的产品依然不能顺利通过客户的检验，"因为我在日本和德国都有同学，我知道他们的标准。"但冯志宇仍会花费成本让工人们在一次又一次的否定中学会慢慢成长。对他来说，这是企业成长转型升级的代价，更是包括他在内的全体员工随着企业共同成长的必要开支。这个精益求精的过程也是助力全体员工拓宽视野，逐步走向世界一流精工制造水平的过程。作为引领和主导企业变革的领头人，冯志宇

没有弯路可走。

"从第一个样品开始，到真正批量出货，我们用了将近10个月。期间，我们邀请日本客户来了三趟，直到最后一次改到客户满意。"最硬的骨头啃下来了，剩下的就是顺水推舟了。"我一年飞了20多万公里，飞行记录App显示，我的飞行距离超过了全球99.5%的用户，真的是以命相搏。"感受过越南的贫困，见识过叙利亚的战火，享受过战乱国政府的特警保护，体验过在德国生病时的无助……京东科技的医疗器械成功进入全球70多个国家和地区，以北京为原点的航程轨迹记录着冯志宇的辛勤劳作、开疆拓土的壮举。

2015年年初，中央要通过疏解北京非首都功能，调整北京的经济结构和空间结构。2017年9月30日下午五点，原本计划在2018年年底完成工厂整体搬迁的京东科技突然间接到当地政府的命令：2017年12月31号之前全部搬走，并且从接到命令的那一刻起，企业全部停产。

虽然早有心理准备，但当这一刻真正到来的时候，还是打

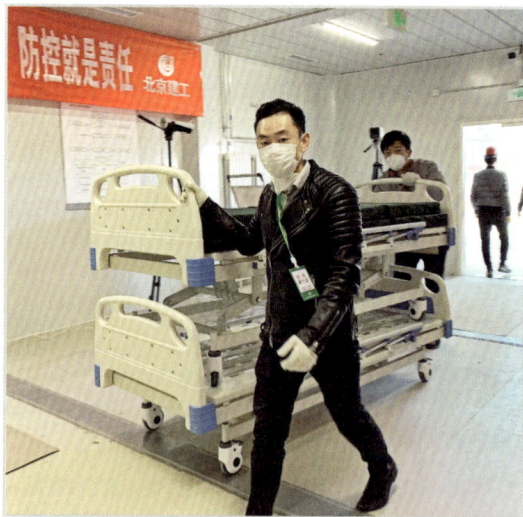

2020年，冯志宇在北京参与小汤山医院家具配送行动

了冯志宇一个措手不及。"那天晚上，我和父亲一起吃饭，喝了点酒，我们心里非常难受。"被半温，睡不稳，一夜无眠连晓角，人比梅花瘦几分。接踵而至的难题像一座座大山扑面而来，无处闪躲。大量的机器设备需要搬迁到河北乐亭，可是乐亭的厂房还在图纸上，只能先租个简易厂房凑合；原本七八十人的生产团队只有六个人愿意出京，大量的赔偿金对于本来现金流就紧张的京东科技来说犹如雪上加霜，只能把亲朋好友家的房子抵押贷款予以偿还；工厂停工了，但订单上的承诺还在，又是一笔数额不菲的违约金……简易厂房漏雨，生产经理和几个随去的班组长自己动手抢修；当地招聘的工人来不及培训直接上岗，由此导致的产品质量问题让客户火冒三丈；所有人冬天住在施工方提供的简易工棚里，滴水成冰的三九严寒，早晨洗完脸之后都要蹲在地上缓一会，"水冰得人心慌的感觉，我这辈子也忘不了。"

温斯顿·丘吉尔说，坚持下去，并不是我们真的足够坚强大，而是我们别无选择。2018 年的冯志宇没有退路，作为家里的顶梁柱，他没有别的路可以走，只能"咬着冷冷的牙，报以两声长啸"，然后在人们怀有不同内涵的注视中孤独地前行。"这个企业未来能不能存在那是后辈们的事情，但是，它不能在我的手里没了。"这是传承中信念的力量，这是基因中韧性的坚守。

"近 40 年的时间，到今天为止我都敢拍着胸脯说，我们三代人没欠过员工一分钱工资。最难的时候，微信当中的微粒贷最高 20 万的贷款额度，我和我爱人、我的父母、岳父母的微粒贷全部把钱提出来给员工发工资。"如此行事，是因为爷爷曾有言在先，如果连着三个月不能给员工发工资，那就把企业关了吧！

2019 年年中，厂房建好了，机器更新了，住宿办公有地方了，员工培训成熟了，一切都走上正轨了，冯志宇的"彩虹"快到来了。顺心的日子仅仅过了半年，一波疫情再次让全世界措手不及。企业停工、商铺停业、院校停学。北京小汤山医院时隔 17 年之后再次启用，急需病床、药柜、推车等医疗设施。"那时候，乐亭的一百多工人过不来，在京的都是财务、销售的员工，我就带着从来没干过这些活的员工进驻小汤山医院，奋斗了 40 天，

2020 年，冯志宇（前排中）参加上海 CMEF 展会

完成了任务。完事之后我们企业也捐助了一批物资给疫情紧张的地区。"

2021 年，冯志宇正在京东科技的第 13 个"三年规划"指导下奋力前行，正在全力奔向把京东科技带往"民族品牌"的大道上。如果把世界比作一片浩瀚的草原，冯志宇这匹骏马从独立驰骋的那刻起，便注定要历经沟壑、险滩、平地和高山，拉着身后京东科技这辆大车踏平沟壑险滩，掠过平地高山，驶向那心中的最美乐园。

【采访手记】

　　采访中，笔者不经意地发现冯志宇的手在轻微地颤抖。起初并没在意，但随着采访时间的流逝，手抖的情况一直在持续，遂问其故。原来是 2017 年那场突如其来的变故给他留下的"纪念品"。欲戴王冠，必承其重，欲握玫瑰，必承其伤。就像他自己说的那样，"现在回想起来，我都觉得有点心疼自己。"说者未见衰容，听者唏嘘不已。

朱昌文／文

航拍中国 自由飞翔

——北京龙脉鑫利科技发展有限公司创始人吉正的创业历程

吉正

中国首席明星飞手，龙脉航拍创始人，1983年生，北京人，二十四年专业遥控无人机驾龄，前中国国家航模队遥控直升机F3C职业运动员。

当心灵随着镜头遨游在蓝天白云间，创业之梦正是跃跃欲试的飞翔之梦；俯瞰祖国大好河山，用自己的心灵飞过每一寸土地，记录下每一个震撼画面，美妙瞬间；龙脉鑫利，航拍中国，给您精彩！

吉 正

2006 年，吉正代表中国国家航模队参加国际比赛

当我们欣赏中央电视台大型纪录片《航拍中国》中，俯瞰祖国大地，万里河山尽收眼底的震撼画面时，总是油然而生一种民族自豪感，那澄怀观道的高远，俯冲的视觉冲击，也让我们重新认识祖国的壮丽河山，新时代发展的蒸蒸日上，繁荣昌盛。作为中央电视台的合作伙伴，《航拍中国》很多震撼画面正出自北京龙脉鑫利科技发展有限公司创始人吉正与他的团队之手。多年来，吉正凭着对航拍飞行的执着精神，带领他的团队飞行轨迹遍布祖国 600 多个城市，用俯瞰视角，拍摄无限风光，让我们重新感受江山如此多娇的壮美豪情。

航模爱好者的飞翔之梦

自古以来，出于对自由飞翔的渴望，人类从未放弃对飞行的探索。几千年来，许多先行者为飞行作出了种种努力。古代人认为人之所以不能飞，是因为缺少翅膀，早在中国西汉，就曾有人用鸟的羽毛制成翅膀，绑在身上从高台上跳下并滑翔了几百步。历史上还曾出现过不少类似的"飞人"，他们大都绑上自制的飞翼或翅膀，然后从高处跳下滑翔，然后像鸟儿那样直冲云霄，来体验俯瞰大地、居高临下的视觉体验。

对于少儿时期的吉正来说，飞翔就是一个伟大梦想，他六岁开始接触航模，在北京市少年宫严铭峻老师的指导下，学习航空模型制作。幼时的他经常仰望太空，希望能驾驶手中的小飞机翱翔在蓝天白云之间。随着手中的航空模型转变为遥控直升机，吉正的飞行梦想逐步实现。他在青少年时期就多次获得北京市航模比赛遥控直升机组冠军、全国模型公开赛遥控直升机组冠军等各类奖项。2000年，吉正正式进入北京市航模队成为专业运动员，2001年，进入北京信息工程学院机电一体化专业学习，2003年，荣获全国模型公开赛遥控直升机组冠军，同年正式成为中国国家航模队专业运动员，曾荣获全运会亚军，并多次代表中国队参加国际比赛取得优异成绩，有数万次飞行起落经验。

无人机航拍，就是让无人机带着我们的眼睛去遨游，2001年，吉正开始探索遥控直升机航拍工作，第一次看到以俯瞰视觉航拍的画面时，那种与飞鸟同行，群山万壑皆

在脚下全新画面感觉到前所未有的震撼；这期间，吉正作为中国国家队、北京航模队职业运动员，凭借优秀的飞行技术受邀中央电视台等媒体的委托开始进行航拍作业，并且受到中央电视台的好评与认可。

随着科技的发展，电视台对画面清晰度的要求越来越高，怎样拍摄出全高清的画面素材已成为一个关键问题。2005年，吉正赴日本雅马哈学习大型遥控直升机操控航拍技术，并担任雅马哈 R-MAx 无人机航拍组组长，受邀拍摄多部电影、纪录片、新闻节目，完成了第一次画质的升级与设备的更新换代。

2017年，吉正首次使用无人机航拍天安门广场

倾心动力三角翼，有情人终成眷属

如果说，无人机的航拍只是带着我们的眼睛去飞行，那么动力载人三角翼飞机才能让我们真正享受飞翔的激情与速度。但是，驾驶动力三角翼需要通过严格的培训，获得驾驶资格才能飞行；吉正就参加北京的一家飞行俱乐部进行学习，但他这种举动却遭到全家人的反对，因为每次飞行都面临高风险。

但吉正执意要学，谁也挡不住。俗话说，吉人自有天相。在吉正学习飞行技术期间，发生了一件让人后怕的事。当时，吉正已经约好教练去十三陵水库学习飞行，因朋友结婚赴宴饮酒无法成行，当时教练就让另一名学员接受训练。但在那天飞行中却因飞机机翼解体，三角翼顿时失去平衡，造成学员重伤，教练当场死亡的严重事故。当新闻爆出后，

很多亲朋好友迅速给吉正打电话，但吉正正好醉酒在家关机睡大觉，这更急坏了在国外工作的父母。当吉正醒来打开手机，信息、未接电话瞬间爆屏，吉正了解后才知道，自己逃过一劫。此事发生后，父母坚决不让吉正再学动力三角翼飞机了。为了能顺利完成动力三角翼的飞行训练时间又不让父母担心，吉正便借助到内蒙古出差航拍的机会，悄悄学完了整个飞行训练课时。可以说，动力三角翼的飞行瞬间能让吉正找到"空中飞人"的速度与激情，那种俯瞰大地、万物皆在脚下的凌空优越感，真正让他的身心自由飞翔。并且，随着他飞行技术的娴熟，业务也越来越多，经常受到中央电视台等媒体邀请进行航拍作业，并每年两次为南水北调工程进行全线航拍，直至2015年工程全线通水。

由于业务的繁忙与职业的高风险性，吉正没有时间照顾家庭，甚至冷落了新婚的妻子，特别是一些紧急新闻事件，接到通知要第一时间赶到新闻现场。最重要的是，高风险的飞行总让人没有安全感，最后，吉正的第一次婚姻宣告失败。那一段时间，吉正的心情很郁闷，为了放飞心灵，他更喜欢飞行。他感觉，只有驾驶着飞机像鸟儿一样在天空遨游，才能忘掉生活中的各种烦恼。很快，在拍摄团队中，一位负责航拍导演工作的女孩走入了他的视线，女孩甜美、大胆，也喜欢跟吉正一块上天兜风，对这位大哥哥有一种天生的依赖感。终于，在一个夏日午后，在落霞与孤鹜齐飞的美丽天空中，吉正向女孩进行了真情告白，有情人终成眷属。

可以说，这一时期，吉正迎来了爱情与事业的双丰收。在载人动力三角翼的基础上又学习了载人直升机，并成为CCTV央视新闻独家航拍合作伙伴，主要服务央视新闻频道、央视一套、央视四套新闻节目；曾参与大型特别节目《江山多娇》《劳动的力量》《还看今朝》《我爱我的祖国》等重大新闻的一线航拍报道。中标拍摄《航拍中国》全案拍摄。参与拍摄央视大型新闻节目《还看今朝》，拍摄北京核心区天安门、故宫等北京87个重要地标。

目前，龙脉公司拥有SHOTOVER F1、FREEFLY ALTA8等顶尖航拍设备以及数十架便携式无人机航拍设备。在吴京主演的电影《战狼2》中，完成开场海上追逐一镜到底的拍摄方式，展现出吉正卓越的飞行技巧。在公司团队的不断扩

2021年，公司在拍摄中央电视台大型纪录片《航拍中国》第四季

展中，已形成多个工作组可同时为多部影视剧、电视节目、广告、提供航拍服务。近期作品有电影《战狼2》，《航拍中国》第三季山东、山西、安徽、天津、吉林，《航拍中国》第二季四川、甘肃，湖南卫视《快乐大本营》《天天向上》《我家那闺女2》《我家那小子2》《我家小两口》《运动吧少年》《怦然再心动》等，北京卫视《上新了故宫2》《我在颐和园等你》，电视剧《芝麻胡同》等。

作为中国当代航空影像事业的引领者，二十年来，龙脉航拍为上百个公司及机构提供设备技术及航拍服务，飞行轨迹遍布全国600多个城市，完成航拍镜头数万条，目前仍保持零事故飞行。

可以说，在一种自由、专业精神引导下，龙脉鑫利公司创始人吉正立足航拍事业，引导我们的眼睛飞过城市夜空，感受新时代的繁荣与璀璨；航拍山川河流，感受自然造化之力；拍摄文化古城，感受人类文明的底蕴与震撼；拍摄南疆北国，让我们的心灵在广袤的国土飞翔；拍摄大海涌浪，感受自由与蔚蓝；拍摄沙漠戈壁，感受地老洪荒的力量；他用一种俯瞰的审美视角，飞翔在山河上空，寻求最美的人文构图，挖掘视觉冲击的美妙瞬间。在欣赏这些震撼画面时，我们也默默祝福："山河无恙，人间皆安，吉祥如意，正泰和雅。"

孙秀明／文

唯有利他 才能利己

刘保魁

山东省聊城市阳谷县人，生于1983年。2013年10月创立北京兴业阳光登记注册代理事务所，2014年12月成立北京兴业阳光会计服务有限公司，2017年3月创立北京兴业驿站登记注册代理事务所，2018年北京兴业阳光登记注册代理事务所成为海淀区双创大厅服务单位，2018年刘保魁加入北京市海淀区统战部下属北京市海淀区新社会阶层人士联谊会，2019年加入海淀区工商业联合会，2019年7月创立北京通州益众社会工作事务所。

> 做企业首先要做好人，人做不好，企业一定做不好。要在取舍之间，掌握好平衡，一味索取，必不能长远，唯有利他，才能利己。
>
> 刘保魁

被一场意外改变的人生轨迹

刘保魁少年时代活泼好动，尽管思维活跃，敢想敢干，但也容易搞出一些"意外"来。初中那年，他风风火火地骑着自行车一路飙车，撞到了一个路人。尽管当时社会风气还比较淳朴，路人并没有讹他，但是对方的医药费却要他家里来出。对于相对贫寒的家庭而言，这无疑是一笔不小的数字。家里拿出几乎所有的积蓄把事情了结了。但是这件事情给刘保魁造成的心理影响久久不能弥合。

这件事严重影响了他的学习成绩，原本成绩很好的他中考发挥失常，原本能稳步进入重点高中的他最终只能抱憾去了一所普通高中。在高考竞争激烈的山东省，进入重点高中尚不能保证能够没有任何压力地考上大学，遑论普通高中了。有鉴于此，刘保魁放弃了求学升学的道路。他几个月除了吃饭就是睡觉，连大门都不出，出门的时候都能感到阳光刺眼。家人看到他这个样子，只能唉声叹气，出于对他未来负责，家人也就支持他退学去外面闯荡。正是这样的决定，让这个少年早早地步入了社会，开始为自己的人生和事业打拼。

当时正好北京有一个招工的机会，刘保魁和家人商量之后，决定去北京打工，他第一次走出家乡，来到了北京这样的大城市。一切都是新鲜的，一切也都是陌生的。尽管如此，换了一个环境，他的心情也好了很多，观察世界的视角也发生了变化。

这是一家中日合资企业，刘保魁在车间里做流水线工人。机械而繁重的劳动对于一个好动的人而言简直是一种折磨。尽管如此，经历了之前一系列事件之后的刘保魁还是选择了坚持。因为他知道，在家乡的时候，还有家里人为他保驾护航，可以为他遮风避雨，在这里不比在家里，一切都得靠自己。

2019 年，刘保魁给贫困儿童家庭送蔬菜、口罩等日用品

他感到自己的学历太低了，他迫切地想提升自己的学历，就在生产线上一边工作，一边自学工商管理的相关知识。但是因为底子太差，知识面太窄，很多内容他看得并不太明白。在工厂的三年多时间里，他一方面读书学习，一方面锻炼身体，因为他还是想留在工厂，而工厂对于员工的体能要求严格，一旦一个员工年纪大了，干不动了，必然要被淘汰，为了避免被淘汰，刘保魁把之前作为体育生的优势展现了出来。

后来一个偶然的机会，他考到了一个健身教练证。这竟然成为他在北京安身立命、甚至后来创业的基础。

投身健身行业的山东小伙

刘保魁对于健身非常喜欢。能把兴趣作为职业，也是一件非常难得的幸事。2004 年，他来北京已经三年多了。他开始恶补关于健身的知识，很快就在这个行业里崭露头角，成为一个健身达人，受到健身爱好者的喜欢和认可。

随着健身行业竞争的全面恶化，会员制的弊端不断暴露。刘保魁与经营管理者的管理理念发生冲突。在他看来，提前收取会员费，固然早期能够获得较大的资金流，可是如果后续会员发展受到阻挠，资金流量就会很危险。而且，很多健身机构利用这种模式套取资金，然后人去楼空玩消失，这让刘保魁失望。

于是 2014 年年底，刘保魁和爱人共同创立了北京兴业阳光会计服务有限公司。原来，早在他给客户做私人健身教练的时候，他就留意到客户聊到办理企业以及代理服务方面的信息。说者无心，听者有意，他觉得这是一个有市场需求的行业。在调查之后，他决定开始创业。稳妥起见，他让妻子创立公司，而自己依然在健身房打拼，因为刚开创企业，名不见经传的小公司没有业务，而运营成本却一分不少，这是一笔不小的开支，两个人都守在这里，能不能坚持到成功是一个未知数。于是，用他在健身房工作的薪水来维持早期公司的运营，成为他的不二选择。因为他

知道，自己输不起，此次创业，只能成功，不能失败。当兴业阳光的业务开始实现收支平衡的时候，刘保魁果断从健身行业抽身，投入到自己的创业中去了。

在企业经营方面，刘保魁有着自己独特的经营理念，这一方面得益于他十余年在健身行业的管理经验，一方面由于他深入的思考和坚持不懈的学习。兴业阳光不仅仅开展代理业务，更在代理的同时，为创业者提供很多可行性的建议，而这些建议原本并不是他们的职责所在。而刘保魁认为，创业者都是非常不容易的，一着不慎满盘皆输。所以能给他们提供善意的提醒，避免他们在创业之初就摔跟头显得尤为重要。加上当时"大众创业，万众创新"的大背景下，兴业阳光的业务稳步发展，并且在会计业务之外，开启了注册登记代理等业务。在定价方面，他不走低端拉客、继而绑架客户开展其他业务的路子，而是把价格定在一个相对合理的中位数上，然后让客户自己选择是否继续由他们提供服务，而公司为每一项业务做到最好的服务，以诚信和服务留住客户。这样一来，公司的业务越来越多，员工也由最开始的四五个人，发展到如今的 3030 多人，刘保魁的创业开始步入正轨。

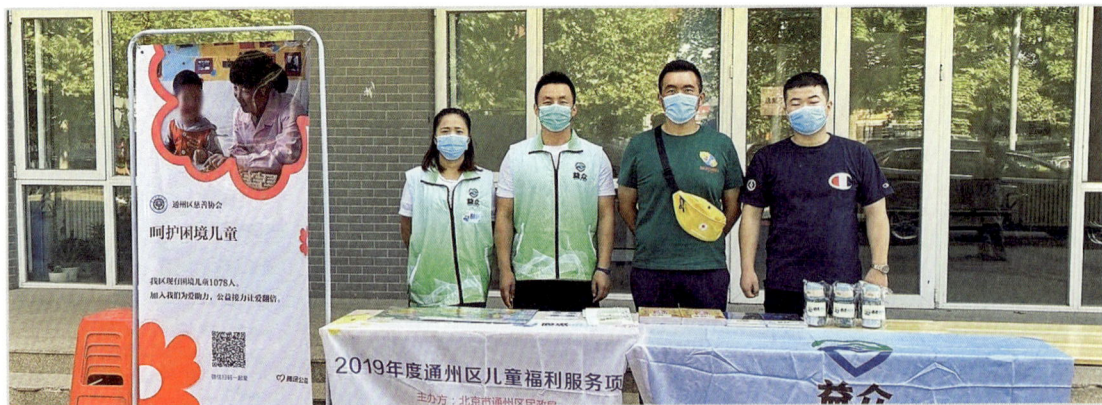

2019 年，通州慈善协会组织的呵护困境儿童募捐活动台湖镇募捐现场

不忘初心热心公益

刘保魁深知一个企业家身上所担负的责任。他是一个从底层打工者的身份依靠自己的聪明才智和不屈的奋斗创业的成功人士，但是他从来不认为这完全归功于自己的能力和勤奋努力，而是整个社会给他提供了创业成功的机会。他在创业成功之后，第一件事情就是要回馈社会，支持社会公益事业。因为一个企业的社会责任和社会担当体现的是一个企业家创业的初心，也是一个企业家的良心和良知。

2018年，刘保魁加入到了海淀区双创中心，通过打造线上线下平台，精准对接企业需求，针对不同类型的企业，如小微企业、初创企业等，免费提供高品质、专业化的帮办、代办和咨询服务。对于一名毕业之后就想创业的大学生，那种对未来充满期待的创业激情感染着刘保魁和公司的每一个人。为了帮助他创业，兴业阳光抽调了精干的业务员专门为他组建了帮办小组，免费为他办理营业执照的工商登记等各项业务。

2017年，刘保魁的一帮朋友在关注贫困儿童的公益活动。他们向贫困地区和福利院的孩子们经常捐助一些物资和学习用品。刘保魁关注到这方面之后，主动加入了其中。而在捐助的过程中，他的不安分思维又一次发挥了作用。因为依靠这种志愿者随机性的捐助，并不能达到真正帮助这些孩子的目的，因此，他为此专门成立了一个组织——北京通州益众社会工作事务所。用这个公益组织的运营来推动整个公益项目的长期化，提升公益项目的有效率。经过近一两年的运营，益众社会工作事务所组织的多项社会公益活动，取得了良好的社会效果，很多弱势群体在事务所的活动中切切实实地受到了帮助。

在疫情防控期间，兴业阳光与北京市通州区台湖镇各社区基层党组织保持密切联系，根据社区需求，捐助一批又一批的爱心防疫物资，举办了丰富多彩的活动，比如开展防疫知识学习，开设儿童情绪成长教育课程等，用心用情呵护困境儿童的成长。

2019年单位团建，登平谷石林峡顶UFO玻璃栈道

刘保魁始终以"初心"来创办和经营企业，始终以"初心"来从事公益，回馈社会。他认为，企业和社会是鱼和水的关系，水能载舟亦能覆舟。因此，一个企业家，只有保持自己创业的初心，企业才能走得更加长远。

【采访手记】

刘保魁是一位草根创业者，但是他有着非常聪慧的头脑，有着非常敏锐的市场洞察力，也有着诚信朴实、善良勇敢的秉性，因此，他的创业之路，一步一个脚印，行得直、走得稳。他的管理技巧很新奇，却也并不高深，说白了就是两个字——利他。有舍才有得，舍得之间，有人糊涂，有人迷失，而刘保魁异常清醒，所以，他成功了，靠的就是"秉承初心"！

姚凤明／文

三段式精进

——记北京柠檬微趣科技股份有限公司董事长齐伟

齐伟

1982 年生于湖南株洲。2004 年和 2006 年分别于清华大学计算机科学与技术系获得学士及硕士学位。北京柠檬微趣科技股份有限公司党支部书记，公司创始人、董事长兼 CEO。北京市优秀共产党员、北京市西城区互联网行业党委委员、北京市抗击新冠肺炎疫情先进个人、西城区青联常委、西城区青年优秀经营管理人才、五四青年"崇义友善之星"，以及国际青年成就中国部"十年志愿者服务"奖获得者。

> 只要我们坚定信心，采取一些有效的方法沉淀三年，定可以给人生带来很大的改观。
>
> 齐 伟

（一）

1994年，湖南株洲小学毕业生齐伟以第一名的成绩考入黄龙镇初级中学。虽说是义务教育，但这个成绩至少能够说明，齐伟的小学学业还不错，至少能给自己一个完美的交代。父亲的格局、母亲的情绪是一个健康孩子成长过程中最重要的影响因素。"我爸是一个非常重要的人物，他不断地在能力范围之内让我去认识外面的世界。"是骡子是马拉出来遛遛。看着沾沾自喜的齐伟，父亲带着他去了县城的重点中学，同高水平的同龄人比试一下。"结果是差两分没考上。我爸就给我起了个外号，'山中的猴子'从'山中无老虎，猴子称霸王'这里引申出来的。"没有遇到真正的高手之前，一味地夜郎自大只会毁了自己。

作为一个农村娃，"面朝黄土背朝天、晒得屁股冒青烟"的农村生活，在齐伟的心中留下了非常深刻的印象。"我从7岁开始就要跟着大人下地干活，记得那时的水特别烫，脚下到水里烫得很疼。当时我就下定决心，要走出农村。"中国的教育体制给每一个有志青年提供了一个实现阶层跨越的机会。天赋在勤奋的加持下，齐伟的学业水平随着时间的流逝水涨船高。

贵人相助的前提是每个人都要具备"千里马"的潜质。"这时，我人生的第二个重要人物出现了，他就是我初中的班主任高原平老师，他给了我人生第一本课外书，类似于拓展拔高题。"三年之后，齐伟如愿以偿以第三名的成绩考入了县重点高中。"我爸又来了，他说不要做'山中的猴子'，带你去省里看看。"湖南师大附中作为名校，面向全省招生90人，有1500学生报名参考。"那些考试题很多我都没见过，估计也就能考三四十分的样子，我又成了分母里的一个。"相同的经历再次上演，稍有不同的是这次的平台更高，竞争更加激烈。意料之外的打击，让青年齐伟第一次明白了"人外有人，天外有天"的道理。

"我的高中班主任许建明是一个非常了不起的化学老师，他使用非常规的办法做一个实验，用现在的话说就是'尖

2018年5月，齐伟在内蒙古喀喇沁旗王爷府蒙古族学校参加教育扶贫公益活动

子生计划'。"不按照常规的教学计划亦步亦趋，而是超越教学大纲的"拔苗助长"。不用写作业，不受任何约束的自主学习让齐伟有更多的时间完成"迭代"计划——先攻克一门，然后以此类推。"所以，我整个高三这一年就是查漏补缺，最后以株洲地区第一、全省第九名的成绩考入了清华。"

三，是个神奇的数字。《道德经》云：道生一，一生二，二生三，三生万物。鲁迅先生的"三味书屋"中的"三味"含义是：布衣暖，菜根香，诗书滋味长。桃园三结义，助力刘备攻城略地终成三足鼎立之一足。"只要我们坚定信心，采取一些有效的方法沉淀三年，可以给人生带来很大的改变。"齐伟用了两个三年达成了与一众"高手"站在同一水平线的目标。

（二）

采铜说，精进就是用持续精确地努力，撬动更大的可能；稻盛和夫说，精进就是一心扑在工作上，专注于眼前的工作，达到砥砺人格、提高修为的目的。"在清华的压力还是很大的。因为每个人都是佼佼者，都想保持自己在学业上的领先优势，这是一种心理惯性也是年轻人不服输的体现。"

不敢丝毫放松是因为对自己有所要求和期待。在高手如林的环境中，任何时候的一丝松懈都会让残酷的竞争啪啪打脸。"我大二的时候就跟着我的导师进了实验室，那个时候就是两耳不闻窗外事，一心只编 C++。"专业技能水平稳步提高，整体学业水平稳定在头部三分之一的位置上。在这个飞速发展的时代，任何人进入任何领域都会发现，个中高手早已环伺左右，如果想闯出一番属于自己的天地来，必须静下心来，专注于眼前的事情，直至做到最好。"如果能够在一个方向上沉下心来，三年时间搞出一个成果还是有很大的可能性的。"

"在现实生活中，有这样一些人，他们有丰富的工作经验，但工作业绩一直平平；他们具有吃苦和打拼的精神，但每每都以失败告终；他们满腹才华，却平庸地度过了一生……命运似乎在捉弄着这些人，殊不知决定他们命运正是他们自己，因为一个人成功与否，很大程度上取决于他是否能发现自己的优势，并将它发挥出来。"这段话来自《现在发现你的优势》这本书的前言部分。这本书颠覆了"木桶理论"带给人们的固化观念，从另一个视角鼓励有志者放大自己的优势，把自己的长处发挥到极致。

"经过测试，我在追求卓越、自信、沟通、专注和取悦这五个维度具有优势，那时我就在想，我有这么多优势，如果只是编写程序，好像有点浪费，我需要做一点和这些优势相关的事情。"大四学生齐伟首先进入清华学生职业发展协会，锻炼自己的组织沟通能力；参加了"龙腾中国"龙门书局北大清华高考状元全国巡回报告会，通过向学弟学妹们传授自己的经验来提升个人的演讲水平。"这个过程直接改变了我对自己职业发展方向的认识和定位，不能光写程序，我觉得产品经理可能更适合我。"

2006 年 9 月，清华硕士研究生毕业的齐伟入职微软亚洲工程院，成为一名项目经理。作为世界范围内的知名企业，微软的实力毋庸置疑。成熟的管理体制、浓厚的创新氛围、严谨的组织结构，给职场新人齐伟以巨大的思想冲击。东西方文化的差异让齐伟收获良多。"首先来讲就是国际化的视野，因为它的业务是面向全球的嘛。其次就是对如何管理这样成熟的企业有了一些直观的认知。"

"入职后不久，我就被安排到美国总部出差，那是我长到二十多岁第一次出国，说实话有点忐忑。"从北京飞到旧金山，然后转机到西雅图的微软总部。看似简单的过程，其主要障碍是语言。虽然学了多年的英语，但中国学生强于应试而疏于表达，这对从初中才开始接触 ABC 的齐伟来说，挑战还是存在的。占地 200 公顷的微软园区所处的雷德蒙德 (Redmond) 小镇位于华盛顿湖的东面，超过 100 栋错落有致的建筑承载了 4 万多名各种肤色的员工。第一次踏入总部园区，齐伟的第一感觉是"大丈夫当如是"。种子，自此便种下了，破土而出之日便是自立门户之时。

2020 年 9 月，齐伟在柠檬微趣公司内录制《党课开讲啦》，给公司党员和群众讲党课

（三）

2008 年，齐伟心里的种子开始发芽了，柠檬微趣正式成立。"那时候我刚好有些想法，有个清华的师兄跟我聊过几次之后比较看好我，所以开始给我投资。"投资，主要看人，然后才是行业。人对了，投资成功；人错了，血本无归。"我给你投三次，第一次失败了我会投第二次，第二次失败了我投第三次。第三次再失败我就不投了，因为这是清华教育的失败。"虽然是玩笑话，但齐伟记在了心里，并没有让自己有第三次失败的机会。

"第一笔启动资金 100 万花完之后，产品没有做出来，然后我们开始转型做社交游戏，师兄又投了几十万，基本上我们就能做到盈亏平衡了。"有人说，人们当下所经历的所有痛苦放到三年之后都不是事儿。熬过了第一个三年的创业挣扎期之后，齐伟回过头看了看自己，"我觉得自己之前的那些优势跟现实情况相距十万八千里，那时候我们对这世界的理解太过浮于表面了。"西方世界有句谚语，年轻人犯错误，上帝都会原谅的。2011 年的齐伟还年轻，不断的试错过程，其实就是运用排除法为自己接近正确的方向寻找突破口。

"公司进入第二个阶段的快速发展期后，因为业务量的增大导致所有人都很拼，这也掩盖了一些管理上的问题。"2013 年，一次普通的员工离职直接让齐伟停下来，开始思考如何"以人为本"构建自己的经营哲学——极厚道而事可成。"意思就是满足员工正常的需求和诉求，然后才能一起把事情做成。"

"要正确地看待每个人对自己的付出和回报之间的关系，而不能只是站在创始人的立场来看问题。创始人觉得这是你的事业，但不是每个人都认为这是他的事业，你没有理由要求别人无怨无悔地跟着你干，这是违反人性的。"在齐伟的员工需求"五可"理论中，可忍、可期、可过、可喜、可爱是一个由低到高的发展过程，在每一个不同的职业发展阶段，都要为员工匹配不同的价值体现形式，让其自发地成为企业的忠实拥趸，伴随企业一起成长。"马斯洛的需求理论是解决全世界范围内的普适性问题的，而我只负责解决我的员工现实问题。"

2021 年 6 月，齐伟参加北京市"三有一线"表彰大会，获"北京市优秀共产党员"

公司进入到第三个阶段的稳定成熟期之后，齐伟开始让自己慢下来，但他的思考却没有停止。读毛选、学党史，让他获益匪浅。"如果不是蒋介石发动了反革命政变，毛主席的'枪杆子里出政权'也不可能总结出来，也就不会有现在的中国。"只有"踩过坑、蹚过雷"，才会在企业的发展过程中不断完善和提升自己的经营管理水平。柠檬微趣是齐伟的舞台，在这个舞台上，他纵横捭阖闯出一条属于自己的赛道，朝着心中"内圣外王"的目标绝尘前行。

【采访手记】

　　齐伟健谈，滔滔不绝。缜密的逻辑思维让笔者听他的故事有身临其境之感。起承转合，前因后果，无有遗漏。他的企业经营哲学是一篇极好的文章，虽然还未形成一个完整的体系，但初露端倪的框架还是让人闻之侧目。本文受限不能还原全貌，难免留下遗憾，笔者也期待择机专门采集成文，以飨读者。

朱昌文／文

青春热血护夕阳

闫帅

北京市人，1987年生，全国青联委员、全国敬老爱老助老模范、北京市青联委员、北京市劳动模范、北京榜样（年榜）、房山区人大代表、北京长阳普乐园爱心养老院院长。北京春座木年科技有限公司CEO。

> 养老服务连着千家万户，事关百姓福祉，是重要的民生。优化养老环境，完善智能养老服务平台，坚持养老产业与科技产业相结合的新发展理念，打造老百姓可以住得起，有幸福感的养老院。加强党建引领下的社会化养老服务，力争为企业员工解决后顾之忧。
>
> 闫 帅

从"顽主"到院长

在朋友的眼里，年轻时候的闫帅（19 岁之前）是典型的"富二代"，他热衷于蹦迪、街舞，整夜泡吧……出手阔绰。

他不爱读书，就爱玩，玩音乐，玩舞蹈，玩时尚……梦想是组建自己的乐队。然而，他这一切爱好在父亲闫志才看来，属于典型的"不务正业"，因为没有一样爱好是实实在在的，也没有一样爱好是可以踏踏实实过日子的。闫志才说儿子忤逆，闫帅说父亲老古董——啥也不懂。父子俩不在一条维度上，见面就掐。唯独每次跟父亲要钱的时候，闫帅的面子被父亲狠狠地踩在脚下摩擦。这也让闫帅憋着一口气：一定要做出一番成绩！

从学校毕业之后，闫帅签约了一家音乐公司，开始铆足了劲儿准备在娱乐圈发展。为了收住儿子"脱缰野马"一般的不务正业的心，闫志才老两口给闫帅找了个对象，却遭到闫帅当面回怼：包办婚姻！此时的闫帅，与家庭的关系更加疏远。

就在他通往音乐梦想的半道上，家里出事儿了。父亲闫志才直闯闫帅练歌房："你妈妈查出宫颈癌，没多少日子了。你这个败家子，多陪陪她吧。"此时的闫帅已经被这突如其来的消息彻底搞蒙了。癌症意味着什么，他比谁都清楚。看着钢铁硬汉的父亲在他面前掉下眼泪，此时此刻，什么音乐梦想，什么娱乐明星，什么演艺事业，在他内心中全部都化作一缕烟云。他从来没有如此急切地想回到家里，回到父母的身旁。

2015 年 5 月 28 日，闫帅为院内老人做康复

在陪侍母亲的这段日子里，闫帅才得知，父亲一直以来在房山经营的养老院早已经入不敷出，甚至欠下了 240 万的巨额债务。也正是因为如此，母亲在身体感到不适时，也没能及时去医院治疗，因此耽误了时日，错过了"早发现，早治疗"的时机。看着病床上的母亲，看着来回奔波而日渐衰老的父亲，闫帅很自责，猛然发现，19 年来，他根本没有关心过父母，根本没有给家庭付出过，而只是一味地索取。这一刻，闫帅长大了，成熟了。尽管他此时只有 19 岁。

父亲奔波着项目合作的事，母亲在医院要手术治疗，养老院还有四个老人没人照顾，父亲对养老院的事情愁眉不展。此时，潘蕾也得知消息来到医院照顾"准婆婆"。看着父母的愁容，闫帅主动请缨："我去养老院吧。"从这一天起，北京长阳普乐园爱心养老院多了一个 19 岁的少年院长。

艰难的创业路

与其说继承了父母的事业，倒不如说是闫帅重新创业。因为当时的养老院，早已经无以为继，千疮百孔。

到了养老院之后，闫帅的心都凉了，养老院里剩下的四个老人生活都不能自理，完全依靠护工维持正常的吃喝拉撒。表决心容易，一句字正腔圆、铿锵有力的话语就可以做到，可真正做起来难上加难。遑论是闫帅这个"富二代"公子哥。平时在家里，他可是连一双袜子都不用洗的。他不仅要给老人们洗衣、喂饭、擦洗身体，更要给他们端便盆，一切的一切都需要自己亲力亲为。

开弓没有回头箭，既然已经把话说出去了，父母的身体都不好，养老院也确实需要人接手，再怎么难也要坚持下去，要不然怎么对得起跟父母的承诺？他从一点一滴做起，学着做护工，做集体灶的饭……为了更好地照顾老人，他还专门学习了"老年人的日常护理"等专业课程，任何一件小事都力求做到最好，让老人们获得更好的照顾。

正是这样无微不至的关怀，养老院的老人们和闫帅几乎成了家人一样的关系。在闫帅看来，虽然很多老人生活不能自理，但是他们的头脑都很清醒，每个人都有说不完的故事，也有很多人生的经验和哲理，跟他们相处久了，内心的棱角渐渐被磨平，他也开始不断接受养老院这样一份事业，并且把养老事业当作一件很有意义的事情来做。

闫帅的真心付出，让养老院的老人们得到了实实在在的关爱。然而，父母当初创建这所养老院的初衷是"让普通人住得起"，如今却成了闫帅几乎无法背负的沉重负担。养老院一直都是负债经营，无法盈利，为了节约成本，闫帅和妻子长年累月地兼任护工，什么脏活累活都干。有一年冬天，因为没钱买煤，他和妻子甚至每天早上五点天不亮就起身，去附近一家工厂的煤渣堆里捡煤核。这个旧社会穷人家的孩子补贴家用、消失了很久的一项辛酸活动，在21世纪的富二代闫帅身上得以重新演绎。其中的辛酸，唯有他自己能够体会。

为了获得更多的收入，闫帅甚至开过旅游大巴，每月赚取几千块钱，投入养老院。他甚至拿出家里的所有积蓄，只为把父母辛辛苦苦建立起来的养老事业继续下去，甚至做大做强。

正当养老院的盛誉逐渐上升并获得更多人认可的时候，2009年9月，他的儿子出生了，然而命运又一次打击着这一家人。这年冬天，父亲闫志才突发脑梗，住进了医院。闫帅此时才二十出头，刚刚当上父亲，他经历了人生最好

的日子，也经历了人生最灰暗的日子。父母病倒，他就是家里的顶梁柱。那段日子里，他根本不知道什么叫累，不仅要照顾好父母和孩子，更要兼顾养老院的日常运营，还要忙着在外面兼职赚钱。每天忙得脚丫子都冒烟儿了。可是他根本不敢停下脚步。因为他知道，他是一家人生活和事业的核心，他停下了，一切就都停摆了。

2019年9月7日，闫帅（右四）参加金星《一起来跳舞》活动

在至暗时刻找寻光明

生活的重担并没有压垮闫帅，反而让他越战越勇。为了让养老院能够扭亏为盈，闫帅四处考察学习，希望通过改变经营策略来实现收支平衡。经过考察之后，他开始对养老院进行大刀阔斧的改革。首先降低收费标准，并且允许短期入住，按月收费，因为一直以来服务周到的口碑，让养老院的人气逐渐上升，入住人数上升到了三位数。正当一切都朝着好的方向发展的时候，父亲闫志才被查出尿毒症，而且拒绝治疗，甚至产生了轻生的念头，因为他担心给闫帅又增添一堆债务。

这犹如晴天霹雳一般，让闫帅防不胜防。为了劝说父亲配合治疗，闫帅几乎寸步不离父亲，甚至叫来亲友们前来劝说。在闫帅的坚持下，父亲终于答应配合治疗，而就在此时，父子二人的关系已经完全冰雪消融，之前的隔阂也不复存在，变得亲密无间。不养儿不知父母恩，初为人父的闫帅此时才明白，父亲对他表面严厉，一直吼他，其实是另一种爱的表达。看着日渐消瘦的父亲，闫帅忍不住眼泪夺眶而出。他发誓一定要把养老院办好，让父母能够放心。

母亲的身体逐渐恢复，不仅能帮闫帅带孩子，甚至还能在养老院搭把手。这让闫帅感到欣慰。而他最担心的还是父亲的身体状况和养老院的经营管理问题。一直以来，养老院的所有工作他都亲力亲为，一直坚持在一线做护理，带学徒。可是，一切都需要钱，为了筹钱，闫帅没有睡过一个囫囵觉，他把自己绷得紧紧的，一刻也不敢停歇。

养老院人旺财不旺，引发了一些投资者的关注。有人愿意出资2400多万元收购养老院，包括这块地。闫帅动心了。然而却遭到父亲闫志才的反对，父亲语重心长地道："这样的机会有很多，我都没答应，为什么？一旦走出这一步，养老院的那些老主顾，就养不起老了！"这一句话深深地刺痛了闫帅，他这才明白，父母的养老事业，从一开始就不是单纯为了盈利。他拒绝了这笔投资，转而希望寻找其他的机遇来盈利，反哺养老事业。

机会来自一个手机推送的一条关于人工智能短视频。闫帅突然有了灵感：何不设计一款智能养老系统，能大大节省人工，还能实时监控老人状况。他开始着手向几家科技公司发出请求，希望合作开发，然而石沉大海。他不死心，小心翼翼地向阿里发送了邮件，没想到获得了对方的积极回应，并且很快联合云起智能给养老院安装了智能系统。尽管父亲对此并不理解且不赞同，但是闫帅认为养老系统是未来的大趋势，依然坚持。到2018年年底，闫帅和阿里联合举办了推广智能养老理念的发布会，赢得了许多同行的称赞。

2019年5月20日，北京长阳普乐园爱心养老院的创始人闫志才因病去世，没有留下任何遗言，更没能看到儿子在养老事业上的不断成功。15年风雨沧桑，吃过多少苦，受过多少累，早已经无法计算。而闫帅却无法原谅自己，因为他没能兑现对父亲的诺言。

受到智能养老系统的启发，闫帅成立了自己的科技公司。开发与养老相关的智能软件，有鉴于父亲离世前没能留下遗言，他主导研发了一款"电子遗嘱"App，却意外拯救了近百名抑郁轻生人士，获得了巨大关注。科技公司也获得了知名度，获取的利润用以补贴养老院。

2019年年底，闫帅还清了所有的债务。而他的养老事业，才刚刚开始走完万里长征的第一步。

【采访手记】

闫帅的成长经历曲折而坎坷，他享受过最好的生活，也见识过生活最大的苦难，但是他始终未曾放弃，这是责任使然，是自己的人生责任，是对家庭的责任，更是对社会的责任。正如他所言，养老事业是爱心事业，唯有最大程度地付出爱心，才能让老人们有一个安详的晚年。闫帅做到了，当养老院无以为继的时候，那位老人把压箱底的存折交给他救急的时候，他就知道，养老院这个爱心事业，他已经成功了。

姚凤明／文

2020年1月6日，闫帅（左一）成立韩青书记工作室

不安分的人生最值得回味

江龙亮

1979 年 8 月出生，安徽桐城人，环境艺术设计专业，高级工程师，超选集团创始人、董事长，北京超选智能科技研究院院长，北京上善社会工作发展中心（NGO）副理事长。兼任中国人才研究会经济人才专业委员会常务副会长，中国流通管理政研会专家委员会主任，中国建筑业协会专家委员会委员，中国林业和环境促进会垃圾处理工作专家委员会委员等。

> 人生是一场旅行，唯有不断超越自己才能看到更美的风景。
>
> ——江龙亮

2018 年 12 月 4 日，超选科技总裁江龙亮赴米兰达芬奇科技博物馆参加由中国科技部和意大利教育大学科研部共同主办的第九届中意创新合作周

从小工到老板

江龙亮的创业之路堪称励志经典。1997年，放着家里的工厂不去经营，不满20岁的他只身一人闯荡北京。因为他觉得，只有在这样的大都市，才会有更多的机遇和空间。一没文凭，二没技术，做什么呢？江龙亮首先进入建筑工地成为一名小工。因为不懂技术，也没有社会经验，他在工地里也备受冷眼和奚落。因为在老家有工厂，从小就耳濡目染地懂一些机电方面的技术，动手能力也不错，他下决心要学好技术，扬眉吐气，彻底超越这些轻视他的人。

他是一个有心人，同时也是一个很聪明的人。工地上的活儿，别人三天还掌握不了，他看一遍就敢上手操作。因此，他进步特别快，仅仅一年时间，对工地上的各个工种都了然于胸，很快成为工地上出类拔萃的技术大拿。水、电、暖各项技术都掌握了，再也没人敢轻视他了。而他也顺利成为一个小"包工头"，负责一部分工程的建设，开始带着一群比他岁数大很多的民工干活儿。一年后，他觉得光有技能上的提升还不够，还需要理论知识来完善自己，于是就花半年时间，脱产去参加了一个项目经理的学习班，完成培训并考取了相关资质。就这样，江龙亮通过不懈的努力和奋斗，从一个小工实现了逆袭，成功进入行业的管理层。

2000年8月，又不满于现状的江龙亮成立公司开始了创业。彼时，他才刚刚从一个懵懂的少年进入建筑行业3年时间，这种进步速度，令很多业内人士侧目汗颜。凭着自己对行业的认知以及对市场的分析，他把业务主要放在了装饰装潢方面。

果然不出所料，公司创立之后，业务源源不断，企业也很快进入稳步发展的轨道。2003年他把公司资质做到了三级，2005年做到二级，2007年更是做到业内一级，形势一片大好。可是就在这个时候，江龙亮又开始了新一轮的"折腾"。因为他觉得，这个行业发展到这个阶段，已经对他没有吸引力了，顶多是再多承接一些业务，多干一些活儿，多赚一些钱。对他而言，这个领域能经历的都经历过了，

2019年11月26日，超选科技总裁江龙亮在北京参加由中国科技部和意大利教育大学科研部共同主办的第十届中意创新合作周

再做下去已经索然无味。因为他的性格，就是要经历不同的境遇，感受不一样的人生，生活必须要有挑战性，而不是一成不变。

这种想法的产生，主要源于他父亲的一场意外。2005年，江龙亮的父亲因为车祸住院，他从北京赶回老家在医院陪侍。整整一个多月的时间，他在医院看遍了人情冷暖，更深刻地思考了人生、生命等相关的哲学命题，并彻底审视了一下自己之前的人生。他觉得，之前的几年是事业发展最快的几年，同时也是他最忙碌的几年。一年365天，他全年无休，每天连轴转，要么在工地，要么在去工地的路上。没有任何休息，没有任何属于自己的时间，每天的目标就是工作和赚钱。而事实上，他当时对金钱的欲望并非那么强烈，然而他竟然忙到没有时间去花钱。

有了陪父亲住院这段时间的思考，他决定开始改变自己的人生状态。他需要通过自己的亲身实践，来给人生和生命的终极命题一个完满的答案。

身体和心灵至少有一个在路上

2007年开始，江龙亮开着车在世界各地驰骋，领悟当地风土人情、探索人与自然的共处之道。2009年拿到越野拉力的赛车执照，开始参加各项越野比赛及无人区穿越活动；2010年拿到AOWD潜水执照，开始去各国参加潜水运动。百万余公里的旅途、各种极限运动，让他非常享受这种在路上及挑战极限的感觉。所谓"读万卷书，行万里路"，用十多年的时间去自驾旅行、极限运动，对于一个常人而言，是非常不容易的，其中的艰辛和危险一般人难以想象，而江龙亮做到了。在十多年的旅途中，江龙亮几次与死神擦肩而过，好多次遇到各种危险，但最终都能平安归来，他的阐述就是：期待旅途中所有的不期而遇，无论好坏，

好的欣然接受、坏的坦然面对然后积极解决。这种跌宕起伏的人生经历，最符合他的性格，也符合他的追求。

要说真正让他领悟人生的真谛，他自认为还远远没能达到。因为在路上的一些思考，固然非常深刻，也很有意义，但是并没有给人一种"醍醐灌顶"和"恍然大悟"的感觉。如果说人生是一场修行，那么走无人的路、看无人的景，也许是特立独行的一种境界，却绝对不是修行的捷径，因为人生的修行不存在捷径。他钟情于一切不确定的未来，那种未知却要征服的感觉令他痴迷。在一次又一次的挑战中，他对人生和生命的思考和领悟，也更加深刻。

他也开始主动接触社会新生事物。之前因为工作的关系也接触过很多人，但是这种单方面的接触对他自己而言并不是生活的意义，只是工作的需要。因此，他放下心中背负的包袱，开始沉下心来与社会拥抱，积极参加各类极限挑战运动，目的就在于通过这些运动回答内心对于人生和生命的诸多疑问，同时与一些志同道合的人一起挑战自我，一起交流人生。这让他的内心感到充实而平静，也让他感受到更加真实的生活经历，获得更加放松的身心状态。

2015年年初，他停下周游世界的脚步，觉得要思考重新为社会去做点什么了，于是创立了"超选"品牌。超选，即"超越自我，优中择优"，这是一种能力，也是一种使命。在企业经营方面，他同样乐于尝试新鲜事物，了解未知领域。因为之前没有功利性地接触社会，他反而获得了很多优质资源。自2016年开始，他基于对智能科技的了解和应用，针对装修行业存在的诚信难保、品质存疑、创新不足等现实问题，开始了移动互联时代的O2O2O的探索与实践。他带领超选团队，以人性的本能诉求及市场真实需求为出发点，打通设计、产品、施工和后市场等环节，打造了"超选一站式智慧装修平台"，让烦琐的装修简单化，为用户提供极致的场景化体验。

江龙亮常说：认知决定未来，唯一不变的就是改变。超选集团从创立那天起，就频频尝试跨行业发展，集合各种先进的经营理念和模式，多元化开展共享和共建。十余年的"飞驰人生"，不仅没有让企业发展停滞下来，反而是让事业越做越大，路子也越走越宽。当然，企业发展过程中也在不断地做着取舍，在企业融合多种经营模式的过程中，5年时间里江龙亮前后投入了8000多万元进行探索和实践。对此，他轻描淡写地称之为"交学费"。

如今，他一手创立的超选集团已经发展成为全球领先的生态场景技术与服务提供商，紧紧围绕党和国家战略部署，本着以人为本、利他无我的理念和生态共同体的价值观，超选集团汇聚专家资源和头部企业，以研究为引领，以数字孪生等物联网科技为支撑，以职业教育和人力资源服务为核心，用生态平台协同，用金融资本助力，为职业教育、产业园区、区域发展提供系统解决方案，促进传统产业转型升级，推动经济社会健康发展。

新时代要实现高质量发展，更离不开高质量的人才，江龙亮响应国家号召，秉承"弘扬工匠精神、打造技能强国"的方针，基于行业和社会发展需求，与行业协会合作、与地方龙头企业联动，承接部委相关课题，并积极组织相关机构编制行业标准、制定管理办法，构建了一整套智慧化线上＋线下的职业教育平台，建立了集"教、学、练、评"于一体的培训体系。同时，为了解决人才与岗位的精准高效对接问题，创新构建了"线上人力资源服务平台＋线下人力资源产业园"的一体化模式，推进校企合作、工学结合和产教融合，大力开展"订单式"人才培养，实现"招生即招工、入校即入企"，助推形成"让无业者有业、让有业者乐业"的良好局面。

目前，这套智慧化教育平台及培训体系已在住建部及建筑行业协会的指导下，于建筑工人培训工作中率先落地实施，一期已在全国20多个省建立了50余个线下实体服务基地，为全国5400多万位建筑产业工人职业技能提升提供新路径、打开新局面，真正实现"技能培训有技能"，助力建设行业加快培养更多高素质技能人才、能工巧匠、大国工匠。同时，这套"培训＋就业"体系在乡村振兴、生态安全、家政康养等领域也在稳步推进。

实施乡村振兴战略，是党的十九大作出的重大决策部署，是全面建成小康社会、全面建设社会主义现代化国家的重大历史任务，当前更是我国在举全党、全社会之力推动的战略。针对乡村振兴，江龙亮带领超选研究院，汇聚多领域专家力量，秉承生命、生态、生活"三生合一"的发展理念，构建了"1+6+N"的方案体系，即依托智慧乡村数字可视化综合管理服务运营平台，以方案研发中心、科技创新孵化中心、人才服务中心、产业运营中心、金融服务中心、品牌传媒中心为支撑，结合数字农业产业园、智慧培训平台、人力资源服务平台、电商直播平台、农产品质量监管平台等N个组件绘制一张发展蓝图，实现了乡村振兴生态场景的构建，促进了资源与需求的高效精准匹配，有效解决了单一资源难以支撑区域发展的现实问题，并为城乡发展提供深度运营服务。

也恰恰是他这种跨时空、跨领域、跨行业融合共生的思维和能力，让这套体系在陕西富平、山西长治、吉林长春、雄安新区等地落地实施，结合当地实际建设乡村振兴融创基地，有效推动了区域发展，助力更多人民过上幸福美好的生活。

回报社会是人生的要义

做一个有使命感的人，用自己的力量对这个社会和群体产生影响，并形成更多积极反馈——这是江龙亮参与公益事业的初衷，也是他追寻生命意义的人生旅程之一。

自 2006 年起，江龙亮开始频繁出现在一些公益组织的活动中，各类慈善活动也能看到他的身影。此时此刻，他用一个旁观者的思维去审视这个世界，又用自己的力量去帮助一些身处窘境的人，继而对这个世界做出一些改变，让自己的内心更加充实。

2008 年，组织人员参与汶川地震现场救援，为灾区捐赠救灾款项和物资；2012 年，组织车队携带救助物资前往果洛藏族自治州达日看望贫困孤寡老人及留守儿童；2014 年，鲁甸地震时作为现场总指挥协同"北京狮子会"及艺术界爱心人士举办赈灾义演；2015 年，天津"8·12"爆炸时组织 130 多人献血，组织救灾物资并带队送往爆炸现场。

在江龙亮的带领下，超选集团积极投身社会公益事业，对全社会进行反哺，这是一种典型的"利他"思维，也是江龙亮长时间用读书和自驾对人生进行思考的一种结果。无论是在路上，抑或是在极限挑战中，他总能有所领悟，同时把这种领悟付诸实践，在企业管理和企业经营中，这种思维体现得特别明显。

他始终认为，作为一个企业，作为一名企业创始人，必须具有"利他"思维，才能让企业走得更远，让人生过得更有意义。如果像之前那样，把自己封印在一个固定的范畴和行业里面，路只会越走越窄，赚再多的钱也没有任何意义。

2020 年 10 月，超选研究院院长江龙亮受邀出席中国社会企业与影响力投资论坛年会并荣获 2020 抗疫特别贡献企业奖

2021 年 6 月 7 日，江龙亮应邀出席中国食品报主办的"世界食品安全日"主题活动

新冠肺炎疫情发生后，江龙亮费尽周折采购回六台全自动口罩机，帮海淀区建成了北京第一家口罩厂，有效缓解了北京当时的"口罩荒"的问题。同时，为了响应政府号召，缓解防疫物资供应难题，投资 1000 余万在房山区新建了超选口罩厂，积极研发防疫保健及抑菌新技术，生产一次性平面防护口罩、KN95 系列口罩、新型亲肤抑菌口罩等系列产品，并取得了俄罗斯、美国等地的出口资质认证。在助力国内疫情防控和复工复产的同时，也对国际疫情防控做出了积极响应。

同时，超选第一时间协调海外资源，采购大量防疫物资捐赠给科研机构、医院等，成为"北京市疫情防控重点企业"，并获得 2020 抗疫特别贡献企业奖。通过这点点滴滴，超选践行了社会责任，得到了广泛好评，也响应了江龙亮说的话：要做一个有使命感的人！

【采访手记】

江龙亮的身上有很多标签：创业者、企业创始人、奋斗者、赛车手……而最明显的标签就是"一个不安分的人"。他思维活跃，行动更活跃，雷厉风行，敢想敢干。他一直想要追求的是一种不确定感，他认为，人生如同山峰一样才好看，才精彩。反之，如果人生是一马平川，一眼望到头，没有任何波澜起伏，那才是人生最大的悲哀。在生活和事业中，他始终保持这种"不安分感"，勇于尝试新鲜事物，力争创造更多价值。超选人的"超越自我，永远在路上"，确实是实至名归。

姚凤明／文

金融科技的"风语者"

——记 91 科技集团董事长许泽玮

许泽玮

1983 年 9 月生于北京，中共党员，正高级经济师，2006 年毕业于北京航空航天大学法律专业，2011 年创办 91 科技集团。现为 91 科技集团董事长、CEO。现任共青团十八届中央委员会委员、北京市十五届人大代表、厦门银行独立董事、北航投资公司副董事长、中国和平发展基金会理事会理事、北京市政府特邀建议人、北京团市委常委、北京市工商联常委、北京市延庆区工商联主席、北京市互联网金融行业协会党委书记、全国工商联青年企业家委员会常务秘书长、全国工商联国际合作委员会委员、北京市工商联青年企业家专委会主任等职务。

曾荣获中组部、人社部国家"万人计划"领军人才，中宣部"时代楷模"荣誉称号，科技部"科技创新创业人才"，共青团中央 2016"全国向上向善好青年"，2017 年度"北京榜样"年榜人物，第二十九届"北京青年五四奖章"，第八批"北京市优秀青年人才"，北京市高层次创新创业人才支持计划领军人才，2017 年首都劳动奖章等荣誉。

> 对创业者而言，你拿不到投资，说明你见的人太少了。
>
> ——许泽玮

许泽玮作为党员企业家代表，受邀出席国新办举行的中国共产党基层年轻党员代表中外记者见面会

港在國家發展戰略中的地位和作

主辦機構： 全國港澳研究會　　北京大學港澳研究中心
一國兩制研究中心　　香港中文大學香港亞太研究

協辦機構： 香港中國商會　　香港華菁會　　　香港青年協會
香港專業人士協會　　中山大學港澳與內地合作發展協同創新

2015年9月20日

许泽玮出席"香港在国家发展战略中的地位和作用"论坛

2011 年 9 月 1 日，已经在互联网行业沉浸 6 年多的产品经理许泽玮决定离开老东家新浪创业，方向是在企业和银行之间搭起一座桥梁，成为双方在资金业务方面畅通无阻的纽带。91 科技集团开始登上中国互联网的舞台。

出生在"银行世家"的许泽玮从小耳濡目染的就是和"金融服务支持企业发展"有关的人和事。众多影视作品中都有这样一些镜头：企业家为了申请银行贷款不得不托关系找门路，甚至请客送礼以争取到企业发展所需资金。体制的壁垒犹如一面"玻璃墙"，让处于市场中的企业"看得到却得不到"。"我将来能否做出一个平台，就像中介一样，来帮助这些企业遴选不同的金融产品或者服务？"种子一旦埋下，假以时日必然生根发芽。

以北京为例，上百家银行几千个网点遍布四九城各个角落，虽然都在国家政策的指导和监管之下，但每家银行都有针对不同群体而设计的金融产品。对于企业尤其是中小企业而言，贷款利息越低、手续越便捷、额度能够满足需求的金融产品是企业最中意的。"但是，一个企业家不可能同时认识所有银行的贷款业务员，更不可能了解所有银行的金融产品，他没这个精力，更没这个必要。"

当下的中国，在"大众创业，万众创新"的政策引导下，人们的创业激情被充分激发出来，每天都有数以万计的新企业诞生，同样，也有数以万计的企业消亡。对于创业者而言，"赛道"的选择至关重要。紧盯政策导向，解决社会痛点，填补市场空白，引领行业发展这四个条件中，创业公司占据其中任何一条都会增加成功的概率，91 科技集团至少占据其中的三条。这就能够解释为什么经纬中国的投资人能够果断、快速地决定给许泽玮投资了。

对银行而言，贷款有风险，需要慎之又慎，每家银行都有自己的风控标准。对于企业来说，"借鸡生蛋"解决现金流的瓶颈，促进企业良性发展，是最理想的选择。"同等条件下，企业为什么能够拿到这家银行的贷款而拿不到那家银行的贷款，其中的过程他们是不知道的。"在信息不对称的情况下，如何保证企业拿到所需的资金且付出最低的成本，如何帮助银行推出的金融产品让更多企业受惠，这是银企双方的痛点，也是许泽玮创业的初心。

第一个吃螃蟹的是英雄。

拥有 IT 从业背景的许泽玮敏锐地意识到，将金融产品数据化，搭建类似"金融产品超市"的平台，供企业货比三家，让企业各取所需。"我 9 月份决定干这件事儿，10 月份经纬给我的钱，11 月份完成的公司注册。"银行的资源有了，IT 的团队是现成的，创业所需的启动资金有了，剩下的就是大刀阔斧地干上一场了。

团队磨合，产品开发，寻找客户，完成服务……任何一个环节都在考验所有人的快速学习能力和执行能力。"我是不碰钱的，这是我的初心。银行把金融产品放到我的平台上，我不收钱；企业通过我的平台选择金融产品，在没有完成交易之前，我也是不收钱。"如此，大家便可以放下戒心，抱着试一试的态度来接纳这个新生事物。"91 科技集团"号列车在很多人狐疑地注视下，就这样开动了。

作为"列车长"，许泽玮还需要为这趟专列寻找更多的资源。"我是 2011 年底拿到的第一笔投资，但直到 2013 年才完成第二轮的融资，一年半的时间内我见了 169 家 VC 机构，最后只有两家给我投资。"换句话说，在一年半的时间内，许泽玮被 167 家投资机构、近 500 人拒绝过。"我觉得我创业最艰苦的不是从 0 到 1，是从 1 到 3 这个过程。"满怀期望出门却铩羽而归的这段经历成为他创业迄今最刻骨铭心的记忆。尼采说，打不倒你的必使你强大。有了这 167 碗苦酒垫底，什么样的酒他都能喝下。此后的 91 科技集团开启了光速发展阶段。

2014 年春节，微信红包的使用改变了传统金融业的发展方向，腾讯公布的 2014 年财报显示，绑定银行账户的微信支付和 QQ 钱包账户超过 1 亿，金融科技开始在中华大地蓬勃发展。微信红包成为金融科技行业的代言明星，其巨大体量和市场潜力让所有的投资人垂涎三尺。许泽玮站在了金融科技的"风口上"。"到了 2014 年，第三轮融资的时候，我就特别从容。因为之前见的那些投资机构发现，我跟他们讲的那些故事都在一步一步地实现，所以就有 7 家要给我投钱。而对于我来说，我只需要选择其中的一家即可。"最后，海通证券成为 91 科技集团的股东。

金融科技的巨大商机彻底搅乱了资本市场，一时间各种此类创业企业如雨后春笋般冒出来，一众互联网龙头企业开始创建自己的模式，毫无顾忌地"跑马圈地"，扩大市场份额。许泽玮没有受到这股潮流的裹挟，而是在股东们的支持下，在细分市场领域，增加自我的造血功能。"我特别感谢当时我的国有企业股东们，他们的判断是正确的。一是让我坚定地听政府的话，他们让我干的事我才去干，而不是先干了再去请求谅解；二是企业以追求利润为目标，而不是盲目地扩大企业规模。"

许泽玮和对口帮扶的新疆墨玉县爱心学校学生合影

事实证明，在经历了第一波野蛮生长之后，那些妄图大赚一笔的企业在国家政策的调控之下黯然离场，唯留一声叹息警醒后来者。一系列金融行业监管层政策的收紧和实施，让这个行业开始走向正规化。"在规范的前提下创新，不用突破性创新，你是在框架里头做事。风来了，你会享受到各种好处，因为各方面的资源都来了。如果风停了，我也会照旧做下去。"

从2016年开始，许泽玮的91科技集团开始滚雪球一般的发展起来。最大的变化就是，许泽玮不必再踏入银行的门槛求人家入驻平台，而是在国家政策和市场需求的催生下完成了身份转变，变成了银行主动找上门来谈合作。三十年河东三十年河西，世事的发展总在以人们意想不到的方式变化着。"监管越来越严，市场逐渐规范起来，在众多同行艰难度日的情况下，我们达成了与国家社保基金的融资合作。"国家队入场背书，91科技集团在金融科技行业的江湖地位得到极大的支持和认可。"当时，我就提出了一个经营策略就是'听党话、跟党走'，多做对社会有责任有意义的事情。"

2017年10月，许泽玮作为企业家代表参加了十九大中外媒体见面会。作为国家最高权力机关所认可的行业代表，这次经历让他更加明确了自己和91科技集团未来的方向：承担企业家的社会责任，把公司做成能够更好地服务于人民、服务于社会的企业。"一个企业的发展不仅是经济规模在发展，其社会责任也是逐渐增长的。"精准扶贫，万企帮万村，只要是政府部门倡导的，91科技集团责无旁贷。"其实企业发展和承担社会责任这两者不矛盾，而是相互促进的。"

北京市工商联推出了金融小助手，许泽玮和时任主管副市长共同出席发布会，电视台报道，工商联发文号召旗下企业予以支持。"有政府背书，我们就不用去做广告了，所以业务量一下就上来了，跃居第一名。"此后的许泽玮担任包括北京市人大代表、共青团中央委员、延庆区工商联主席在内的诸多职务，收获了很多荣誉。

"把企业的发展、个人的成长和国家的发展要求相融合，你要努力让自己成为国家战略的一部分，或者你去发

许泽玮与比尔·盖茨亲切交谈

展符合国家战略需要的那一部分，你才能有更好的发展的可能，或者说是机会。"许泽玮感慨道。经过十年的发展，91科技集团已经在全国包括上海、西安、武汉、天津等多个城市设有分支机构，业务范围从单一的金融信息服务及交易业务拓展到众创空间、文创、传媒娱乐、创业投资等领域。"我经常跟一些年轻的创业者讲一个观点，那就是创业千万不要孤立地看待自己，一定要自觉融入社会，主动分担国家之难，人民群众之忧。"许泽玮说。

【采访手记】

　　聆听许泽玮讲述自己的故事是一种幸福的体验。严密的逻辑，流利的叙述，每一个字仿佛春风化雨般潜入笔者的听觉系统，给人以启迪，发人深省。其中既有创业的故事，也有对整个互联网生态系统的窥视和反思，更有对一个企业的生存根基、前进方向、支持力量等要素精妙的论述，还有对后来者的谆谆告诫和诚恳建议。篇幅所限，不能尽述，唯愿91科技集团在许泽玮的带领下开枝散叶，树长百年。

朱昌文／文

逐 日

——记中经云数据存储科技（北京）有限公司董事长孙茂金

孙茂金

1981 年 12 月出生，祖籍山东，工学博士、清华大学 EMBA，中经云数据存储科技（北京）有限公司董事长。北京市工商联青年企业家专委会委员，中国信息协会量子信息分会副会长，中国信息协会大数据分会理事。北京建初公益基金会、上海多阅公益文化中心主要发起人。

这时代变化太快了，所以我一直向前奔跑，只有这样才能与这个快速变化的时代保持同频。

孙茂金

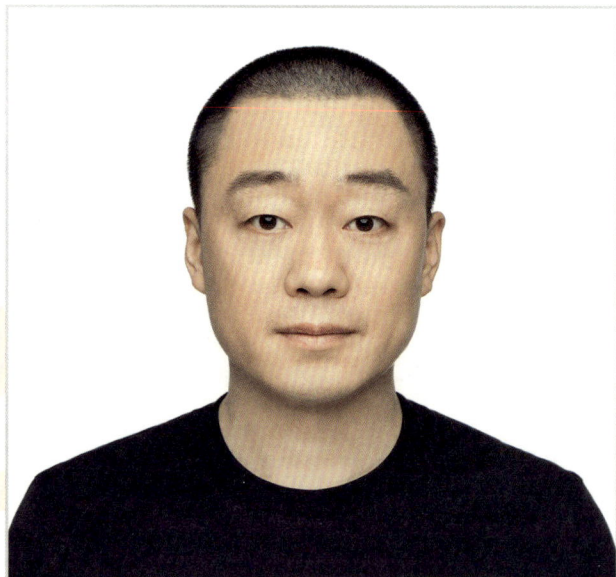

2016 年 10 月，孙茂金董事长参加中国信息协会量子信息分会成立仪式

爱尔兰剧作家萧伯纳说，一个理智的人应该改变自己去适应环境，只有那些不理智的人，才会想去改变环境适应自己。但历史是后一种人创造的。

1981 年 12 月，孙茂金出生在山东寿光的一个农民家庭。这个如今全国人民的"菜篮子"在他出生的那个年代尚寂寂无名，远没有今天这般名气。"我记得小时候，家庭条件好的才能顿顿吃白面，一般家庭都是白面掺着玉米面摊煎饼吃。"虽然生活条件一般，但对于孙茂金来说，农村的广阔天地却是他儿时最好的娱乐场所，上树掏鸟窝，下河摸鱼虾，基本上是 80 后农村男孩子的必修课。套用一句时下的流行语，谁要是没在这些娱乐项目上有点绝活，都不好意思说自己是农村人。对于孙茂金来说，最让他期待的便是能够坐在大伯身边，听听这个抗美援朝的战斗英雄讲讲打仗的故事。听一次，能够回味好几天，甚至在梦中都能笑醒。

得益于在潍坊市国营建筑公司工作的父亲助力，初中一年级的孙茂金举家迁到市里，他成了城里人。"一个大院里什么都有，宿舍楼、澡堂子、小卖部、电影院、篮球场、大食堂，这里俨然就是一个微缩版的小社会。"换了一群陌生的小伙伴，换了一个陌生的生活学习环境，孙茂金的眼睛无时无刻不在打量着眼中的一切。不同的场景，不同的人，不同的事，都会在他的脑海中重新编织成为一个全新的网络，然后用自己有限的知识进行连接，储存成为记忆中最原始的数据。

　　"受大伯的影响，高考的时候我就想考军校，但是因为身体条件不行，父母就不让去，后来就考了大连海事大学计算机专业。"人生路没有笔直的，关键的是没人知道会在哪个岔道口转弯。面对高考这个十字路口，很多人都会在命运之神的拨弄下，迈向不可预知的未来。不管是鲜花丛还是荆棘路，都会在不远的前方等待着每一颗蓬勃跃动的雄心。

　　大连海事大学是一所半军事化管理的学校，能给军校梦未遂的孙茂金以些许的抚慰。计算机专业课程对于从初中开始就学习电脑的孙茂金来说，完全没有压力。在轻松的大学生活之余，孙茂金尝试用自己的视角去理解大连这个北方的时尚之都。"我从农村到了一个小城市，又到了一个大城市，这种变化对我来说太快了，需要不断地去调整适应。那时候就感觉一直在学习、适应各种新鲜的东西，这对我之后的影响就是我能够在短时间内适应新的环境和新的事物。"

　　没有了学业的压力，闲不住的孙茂金开始在校内的计算机协会和志趣相投的同学们一起研究网络安全技术，在校园网上搭建 Linux 服务器，架设 FTP 服务器、局域网，同学们可以在局域网上通过 FICQ 聊天，可以观看免费电影，玩游戏。这些差不多是同时期的各个大学不约而同的"规定动作"，孙茂金也在忙得不亦乐乎的"琐事"中第一次体会到了被人需要的快感。

　　二十多年前，曾有媒体人士对当时的职场人才所必须掌握的通用技能进行梳理，最后发现计算机是最为炙手可热的技能。"当时，非计算机专业的同学都流行计算机等级考试，我们就开始举办培训班，每个学生收二三百块钱。所以，我从大二开始就不用花家里的钱了。"需求在哪里，市场就在哪里。从做校内的计算机等级考试培训开始，逐步拓展到校外、网站、数据库搭建、办公自动化软件开发、网页设计，校外的订单随着大连海事大学计算机协会名气的大涨而纷至沓来，每年几十万的固定收入让孙茂金尝到了甜头，原来技术和商业之间的鸿沟并没有想象中的那么深不可测嘛。

　　2004 年，日本一家知名公司在大连设立分公司，刚刚本科毕业的孙茂金作为首批员工被录用。"我们要经常去日本出差，到那儿学习两个多月，回国过两个礼拜之后再去，相当于我在日本学了一年时间，大连的公司弄好了，我就回到海事大学继续读研了。"对于孙茂金而言，顶头上司的月工资也就三万多元钱，作为未来职业生涯的"天花板"，这样的"远方"难免让人窒息。虽然这一年并没有在职业生涯上有什么起色，但对于时刻准备着的他来说，开阔了视野，扩大了"朋友圈"，特别是认识了一帮志同道合的朋友。

　　此后的日子里，孙茂金一直在技术领域尝试着放飞自我的多种可能性，直到坚信技术至上的他突然间发现，原来所有的技术都可以被破解和克隆，"赚钱，不是纯靠技术，还得懂商业。明白了这个道理之后，我的笔记本就不用了。"甩开了专业的局限，孙茂金便有了大把的时间用于思考商业逻辑、运营销售的问题。正准备拳脚大展的他也就在这个时期遭到了当头棒喝，之前的积蓄被骗了个精光。这一脚踏进的商海大坑差点让他就此沉沦。在此后的一年时间内，他钻进书中寻找自我救赎之道。"那时候，我早晨起床爬山，白天晚上没事就看书，儒释道的典籍，古典文化精品，连《黄帝内经》都看，慢慢看懂了之后，我也就想明白了。"西方文化有句谚语，年轻人犯错误上帝都会原谅的。二十多岁的年纪，横跨几个行业的经验，犯不着为了这点钱放弃自己。

2016 年 11 月，孙茂金董事长参加中日佛教交流活动

　　2013年4月，在朋友的劝说下，孙茂金开启了"京漂"生涯。"一个朋友带我去发改委的一个下属单位组织的会议，我是技术出身，所以朋友就让我一起过去听听。"面对越来越大的数据存储量，传统的存储手段已经受到巨大的限制，无论是国家层面还是公司层面，对数据安全和数据存储的需求出现了爆发式的增长。传统的磁盘存储越来越不能满足互联网时代高速发展的需求。"那个时候还没有大数据，恰巧我有个同学在美国留学，之前我们聊过这个问题，就是改用光盘存储数据。这个方案的好处就是数据不会消失，不能修改。"

　　熬过了一段不算漫长但绝对是足够灼心的等待，孙茂金的解决方案最终获得了主办方认可，中经云应时而生。根据维基百科提出的定义，大数据是指无法使用传统和常用的软件技术和工具在一定时间内完成获取、管理和处理的数据集。其实，早在2008年，大数据这个概念便诞生了，早在谷歌成立10周年之际，美国《自然》杂志出版了一期专刊，专门讨论未来大数据处理相关的一系列技术问题和挑战，其中就提出了"Big Data（大数据）"的概念。在业内人士看来，今天的大数据概念早已超过了它诞生之初的仅仅着眼于数据规模定义的范畴，成为信息技术发展到一个崭新时代的代名词。

　　官方的项目落地了，可是公司还要生存下去。国内的大数据产业也就是近几年才声名鹊起，成为行业宠儿，在中经云成立之初的那两年，人们对于数据的认识远未达到今天的高度。"那时候，人们对于数据存储就没有什么概念，存在那里根本没人管理，都没有看到数据背后的价值。我们去找国内那些比较大的数据公司，人家根本就不理我们。"

　　饭，要一口一口吃；路，要一步一步走。已经站在行业潮头认清发展方向的孙茂金认定了这个行业光彩夺目的远景，便一头扎进了大数据的海洋，恣意遨游。2021年，北京经济技术开发区的70多亩地上，中经云的数据存储机房静静地横卧在这片古老而年轻的土地上。机房内置的50多万个传感器时刻监视着温度、湿度、微量气体等诸多参数，智能化管理的机房让大大小小的客户和参观者叹为观止。从诞生之初便有官方加持的中经云，经过7年的发展，现在已经成为国内诸多名企、央企的合作伙伴，"我现在就

2018年9月，孙茂金董事长参加中华人民共和国成立69周年国庆招待会

是向外出租算力，借着我们良好的基础设施，不断向外拓展，尝试更多的可能性。"

　　在孙茂金未来的商业版图上，利用其强大的数据存储、运算能力，打造属于中国的文化IP将是下一步的努力方向。中华民族优秀的传统文化将成为中国以更加开放的姿态展示其文化自信的原点，在通往文化强国的征途上，孙茂金躬耕不辍，逐日不歇，为了迎接那片最绚烂的阳光而全力奔跑。

【采访手记】

　　初见理工男孙茂金，与电视剧中演绎的企业家的形象差距甚大，混在人群中完全就属于没有什么特点的程序员。深聊之后才发现，这个山东汉子不一般，长袖善舞，纵横捭阖，处于百年未有之大变局的时代，便能借势而起，做出一番大事业。

朱昌文／文

科技赋能　智慧未来

——贝塔智能科技 CEO 张开翼科技赋能之梦

张开翼

中共党员，贝塔智能科技（北京）有限公司党支部书记、创始人、董事长，中关村创业大街党委委员，中关村新阶层副会长，北京联合大学、山东曲阜大学等多所院校创业导师。

> 流水不争先，争的是滔滔不绝；顺势而为，创业型公司必须源源不断地创造价值，才能在不同的境遇中，永葆生命活力，立于不败之地。
>
> 张开翼

作家郑渊洁的科幻小说《舒克与贝塔》中环游宇宙的故事，承载着中国一代人的科技梦想，也唤起了人们对未来科技的无限向往；转眼 30 多年，中国科技迅猛发展，日新月异；特别是智慧物联时代的到来，5G 高速传输将带给人们新的科技体验。贝塔智能科技有限公司 CEO 张开翼正是在这样的时代背景下，满怀科技梦想，倾注智慧公园，融合文化科技，赋能体育健康，促进文商旅融和发展，为人们幸福美好生活贡献着智慧与力量。

打造中国公园智慧运营第一股

张开翼经历了多元化的学习历程，他上过大学，当过坦克兵，热爱互联网行业，各大比赛奖项拿到手软的同时受邀到各大学府深造……他丰厚的人生阅历必然决定了往后的坦途之路，怀揣鸿鹄之志，也有科技匠人之心，将帅之才往往在做抉择时方能显现本色，这条科技的未来之路，他会走得更远。

作为技术型人才，早期的创业更偏重于对技术壁垒的突破与研究。早年，他专注于物联网智能硬件的研究，并注册了一家公司，一年后，公司被成功收购；张开翼也掘到了人生第一桶金。随后在 2016 年，张开翼全身心投入到增进现实与 AI 相关的技术研发，并命名为贝塔智能，为百度、京东等公司做内容应用场景的创新增值服务；在增进现实虚拟空间的广泛应用中，为平台带来更多更灵活的广告投放量。

未雨绸缪的他，每一天都在思考着如何做一家更有灵魂的公司，而不只是服务于品牌客户，当时贝塔智能同时在做的 AR 业务很多元化，从软件开发到硬件开发都会有所涉及，分散不集中，他就慢慢开始在其中思考规模化的产品，直到一个场景扣动了他的心，那就是公园——这个不大不小的城市细分市场。

他留意到从 2014 年开始国家就在推动智慧城市的发展，可是这个概念太大了，到了 2016 年国务院正式印发了全民健身计划，2017 年中共中央办公厅、国务院办公厅印发了《关于实施中华优秀传统文化传承发展工程的意见》，2018 年又推出了百万公里健身步道工程实施方案……这里面有一个点是共通的，那就是这个应用场景是在公园内的，而这里面缺少的就是智能的场景，因此，张开翼走访了各地大大小小数十个公园，总结研究了当前公园内被赋予的新的意义与市民新的诉求，经过了半个月的思考，当即做了决定，打造智慧公园的智能化产品。

破而后立，他做了第一个吃螃蟹的人。站在智慧公园的风口，浪潮推动着早已建船立帆的贝塔智能，一座座智慧公

张开翼（右一）为海淀区工商联领导介绍体态识别算法

园拔地而起，以星火燎原之势投入我国的智慧建设当中。贝塔智能立足科技为民，巧借自然生态，为人们游园场景定制一系列的场景应用。比如，在重庆礼嘉公园，打造智慧园成渝潮流新地标，建设投入 50 个智慧体验场景，可以说是国内项目最全的智慧公园打卡地；在北京人文底蕴深厚的海淀公园，立足创新打造全球首个 AI 科技主题公园，在游赏中，体验科技与城市生活交织的时尚公园美景；在小桥流水、水墨画境的浙江乌镇，融合江南人文风情，建设全国首个新基建+智慧互动体验融合的生态公园，成为新晋网红打卡点；在杭州湘湖，以共生为主题，打造首个城郊智慧公园，科技、自然、历史人文和谐共生的休闲综合体。

为经济赋能，为生活添彩，贝塔智能不断地向城市公园智慧升级提供进化风向标，树立了业界的榜样。据了解，短短几年时间，贝塔智能已经在深圳莲花山公园、河北雄安公园、天津南翠屏公园、西宁体育公园、山西阳泉北山公园、天津绿道公园、郑州中原区叠翠园、成都天府明珠公园、深圳园博园粤清园、湖南长沙洋湖湿地公园等 113 家公园完成人工智能项目的建设。

赋能健康，传承文化

十九届五中全会通过的 2035 年远景规划目标明确指出，中国要建设成为文化强国、教育强国、人才强国、体育强国、健康中国，国民素质和社会文明程度达到新高度，国家文化软实力显著增强。在这一目标指引下，贝塔智能一直探索人工智能与传统文化相结合的新时代应用。

贝塔智能率先将人工智能技术与中国传统武术文化相结合；推出多款 AI 武术大屏，聘请多名武术大师录制权威教学视频，让每一位市民都能享受到科技创新的魅力和业界专家的专业教学，藉此能够促进全民健身，推动体育产业高质量发展。

贝塔智能推出的 AI 武术大屏，融会贯通，集百家之长，让国粹更加普适。比如，五步拳、少林拳、初级长拳、咏春拳、查拳、劈挂拳、通背拳、南拳、八段锦、功前热身、引导养生功、八极拳、五禽戏、五行拳、形意拳、易筋经、八卦掌、螳螂拳等；在人机互动，多形式参与下，成为众多武术爱好者，切磋交流，学习提升的"华山论剑"宝地。

在此基础上，贝塔智能又推出 AI 太极大屏，汇聚太极各门各派功夫，比如，养生太极扇、养生太极棒、滋肾补脾养生太极掌、吴氏太极拳、杨氏太极拳、陈氏太极拳、孙氏太极拳、太极八法五步、二十四式太极拳、四十八式太极拳、太极精炼八式、太极剑、杨氏太极扇、太极小套路等大类 14 子项，全门类内容体系全部融合，自由选择切换，并且贝塔智能"自研"肢体识别算法代替传统 KINECT 室外解决方案，破解 KINECT 强光无法识别难题，更适应户外环境，使参与者更容易全身心地融入。

张开翼为中建八局各领导介绍太极大屏

着手科技民生，立足可持续发展

几年来贝塔智能依托国务院和国家部委制定的《体育强国建设纲要》和《百万公里健身步道工程实施方案》，坚持自主研发，掌握了相关技术的核心科技，切实将政策有效落实，并且有效利用城市公共空间，结合人脸识别、空间模型算法、大数据分布式计算等多项智能技术，专业为景区及公园游客提供便捷、智能跑步体验的智慧步道系统、AI虚拟骑行、智慧光影助跑、单车互动喷泉、AR切水果游戏等生动有趣、喜闻乐见的智能健身项目，让游园者体验到高科技改变生活的同时，更体验到户外健身源源不断的乐趣与获得参与感。

科技与生活息息相关，为体现科技智慧可持续发展的理念，贝塔智能还开发出人工智能座椅、人工智能储物柜、人工智能卫生间、智能音乐互动喷泉、智能无人售货机、智能钢琴步道、智能灯杆、智能机器人、智能园林绿化养护等，充分体验新能源、节约能源带给人们的改变。

在这些人工智能的后台，是智慧公园可视化管理平台的强大支持，平台整合智慧化应用构建园区全场景的服务内容，并对公园服务、设备、客流、物业、环境等各业务线进行数字化构建，在提供可视化管理和智慧化决策能力的基础上形成的公园数据资产，驱动公园各业务条线的可持续运营。

可以说，智慧公园的打造，充分体现科技赋能生活的时代大趋势，贝塔智能利用物联网、云技术、大数据、移动互联网、5G、人工智能等新技术，全力打造公园服务与管理两大体系，为公园提供完整的信息化服务、管理及规划建设，以提高公园管理的人性化、精细化和智能化，提升公园整体服务与管理水平，打造安全、高效、人性化的城市公共空间。

在贝塔智能的宏伟蓝图中，不仅致力于人脸识别、行为识别、纹理识别、物体识别等算法研发和硬件生产，同时赋能智慧园区以及智慧健身各个领域，拥有多项自主研发产品及自主知识产权，形成了成熟的智慧步道系统、AI武术大屏、AR太极大屏以及智慧场景健身综合体。贝塔智

张开翼在重庆礼嘉公园智能大屏讲解

能是智慧步道领域一站式解决方案服务商，也是行业内最具实力的集技术、产品、运营和大型项目策划、管理、施工、安装、验收及售后服务于一体的领军型企业。

2021-2025年是"十四五"规划关键发展期，为了夺取全面建设社会主义现代化国家的新胜利，国家新颁布了一系列政策和指导文件，以期能够更好地把握全球新一轮科技革命和产业变革机遇，推动智慧型新兴产业的高质量发展。公园作为城市生态系统、城市景观、城市文脉传承等重要组成部分，必将跟随城市建设的脚步走向智慧化。贝塔智能也将以技术创新者、文化赋能者、模式开拓者的三重身份，利用自身AI技术优势，结合人文传承和地理符号，打造可持续发展的"绿色＋智能化"智慧公园场景，让大众能够切身感受到科技智能应用带来的美好和幸福。

孙秀明/文

一个教育者的侠骨豪情

张洪亮

1985 年 2 月生，北京洪鹏盛世教育科技有限公司、董事长，联考中国华侨港澳台培训学校创始人。北京市工商联文化专委会秘书长，北京市青年企业家协会副秘书长，北京市工商联青年企业家专门委员会委员，北京市海淀区工商联执委，北京市海淀区青年联合会常委，北京市海淀区青年企业家联谊会副会长兼秘书长，北京市海淀区海外联谊会副会长，北京市海淀区新社会阶层人士联谊会理事，北京市海淀区侨界创新发展产业联盟理事，江苏省侨联青年委员会委员，中国青年企业家协会会员。

> 无论是什么职业，都应该具备家国情怀。这是胸襟，也是气魄，更是一个中国人最令人敬佩的品质，也是把一个事业做到最好、做到极致、做到长周期的前提。
>
> —— 张洪亮

张洪亮（二排左二）组织并参与北京市海淀区工商联格局天下活动

剑走偏锋办教育

他是一个师范生，最初的梦想是成为一名教员，无论在乡村还是城市，也无论是中学还是小学，献身教育似乎已经在步入大学那一刻成为他的宿命。如果时代选择他成为一名教师，那么他会毫不犹豫地去践行这个使命担当。然而，机缘巧合之下，他成为一名创业者，而他所从事的行业，恰恰还是教育。他是张洪亮，一个充满家国情怀的教育创业者。

张洪亮 1985 年出生于黑龙江一个普通的军人家庭，是地地道道的"80 后"。成长于八九十年代，他骨子里既有着计划经济时代"又红又专"的思维，更有着改革开放新一代的"创新"思维。正是这样截然不同的两种思维，造就了他不同于常人的求学和创业经历。

2007 年，刚刚从大学毕业的张洪亮，有些迷茫地走在北京的大街上，看着来来往往的人群，他对自己的未来陷入了深深的思考。涉足教育培训机构是他的专业和兴趣所在，也是他唯一擅长的领域。凭借着曾经在中小学培训积累的经验，他认为教育培训行业一定大有作为，只是要二次创业，就必须对市场进行细分，找到一个还没有机构涉足的领域。

然而，初来乍到的张洪亮，无钱、无人、无关系，是典型的"三无人员"。怎么打开局面？怎么选择市场？怎样进行规划？这一切都得从头开始。京城里大大小小的培训机构，早已经把市场抢占完毕，从竞争激烈的行业中寻找机会，一方面要懂政策，另一方面要剑走偏锋。他选择了一个其他机构没有涉足的领域——华侨及港澳台地区的学生的教育培训。

选择为华侨及港澳台地区的学生提供教育服务，张洪亮有着自己的考量。第一，国家设置了"为吸引华侨及港澳台地区的子女到内地大学深造"的华侨港澳台联考。这是国家层面的利好消息；第二，中国不断提升的综合国力、国际影响力吸引着华侨港澳台学生这一非常庞大的群体，加深彼此的了解和互动，是利国利民的好事；第三，中国高等教育近年来发展迅速，教育教学的规模和水准，获得越来越多的国际认可，对于这一群体有着非常大的吸引力；第四，国家在政策层面，对于华侨港澳台学生教育有着非常大的倾斜力度；第五，华侨港澳台学生对国家的联考政策了解并不深入，而这种信息不对称，正是教育培训机构大显身手的机会。

天时地利谋人和

在张洪亮看来，选择好的创业方向，属于天时；而培训地点的选择则是地利；不断提升培训学校的教育教学质量，提升学校的软实力，扩大学校在海外华侨群体中的知名度和美誉度则属于人和。占尽天时、地利、人和之便，事业没有理由不成功。

在选择办校地址的时候，张洪亮几乎跑遍了整个京城。在启动资金不足的情况下，远离闹市的郊区似乎更适合建校。可张洪亮知道，企业要有长足的发展，在选址上决不能大意。资金不足，也要"八尺抻一丈"，选一个地理位

张洪亮（右四）作为优秀校友受邀参加哈尔滨师范大学七十周年校庆活动

置绝佳的校址。他最终选择了地理位置优越而价格也较高的海淀区中关村作为校址。这里高校遍布，学府林立，更毗邻国家级高新技术产业开发区，浓浓的学术氛围和产业氛围，对培训学校而言，都有着"近水楼台先得月"的地利优势。

2008年，张洪亮创立了北京洪鹏盛世教育科技有限公司，并于同年创办了联考中国华侨港澳台培训学校。学校致力于华侨港澳台联合招生考试的专业培训，专门为港澳台地区的子女和海外侨胞提供教育培训服务。

因为专门针对华侨港澳台学生的教育培训在京城几乎都属于新鲜事物，没有培训机构从事过专业的培训，前人经验根本无从借鉴，一切都得从零开始。没有教材，没有培训规划，就自己设计，就自己规划。第一批招收的15名学生，一定要取得好成绩！为了实现这个目标，张洪亮每天只睡三四个小时，研究政策、制定教学规划、分析招生规则，提出应对措施……熬夜加班就是家常便饭，即使几个小时的睡眠，也经常被电话叫醒，醒来后第一件事即奔赴工作现场。

苦心人天不负，张洪亮拼命三郎的工作作风，带领团队成功将第一批学生送入了理想的高校，学校迅速在行业中崭露头角，并积累了人气。可是用他的话说，刚开始创业的那段经历，是辉煌与苦难并行。他从来没有把盈利作为创业的首要目的，而是把"事业"和"兴趣"作为自己的初心。正是因为这份兴趣和初心，才让他在一次又一次的磨难中挺身坚守，并最终"守得云开见月明"。这便是苦难和辉煌。

学校各项工作逐渐步入正轨，而张洪亮仍然没有丝毫放松，他深知，这只是万里长征走出了第一步。他希望用十年时间，只求做好华侨港澳台学生培训这一件事，十年磨一剑，才是打造一个"百年品牌"的基础。在创业中，他遇到各种各样的人，有好人，也有坏人；有贵人，更有小人。他也经历过各种各样的事，有好事，也有坏事；有幸福，更多的是苦难。而这一切经历，都转化为成就事业发展的基石。

张洪亮（右）拜访多米尼克国驻外大使馆

家国情怀是初心

张洪亮创业的初心依然是"家国情怀"，在他看来，教育是一个良心行业，如果单纯以盈利为目的，一定办不好教育，遑论成就"百年企业"了。只有抛却杂念，认认真真做好华侨港澳台学生培训、切切实实为华侨港澳台学生服务，把国家对华侨港澳台学生的教育培训政策落到实处，才是洪鹏盛世教育的初心和目的。

张洪亮出生在一个军人家庭，接受的是传统的家庭教育，成长于20世纪八九十年代那个"承上启下"的历史时期。在家国情怀上，他的身体和灵魂上都打下了祖辈深深的印记。因为父辈们早已用实际行动，向他诠释对党和国家的忠诚，对人民的热爱，家国情怀已经成为他的家族基因，融入了他的血液，更深深地影响着他的行事风格。

他自幼崇拜军人，却因为学业的原因没能穿上军装，一度令他非常遗憾。创业之后，他加入预备役，总算是圆了自己的部分"军旅梦"。他特别崇尚军人的勇武和忠诚，更崇尚军人的"令行禁止"的"服从天职"，他把军人的"自律和规范"融入自己的事业，在工作和生活中，一丝不苟，尽心尽力，力求把每一个细节都做到极致；在创业过程中，他勇于拼搏，坚守初心，守信守法，不敢有任何偏颇。

他更崇拜古代的侠客：侠之大者，为国为民，称得上英雄的侠客，往往并不是武功最高强的，而是"最守信重义"的。他深信"狭路相逢勇者胜"。侠义、守信、勇敢——是他倍加推崇的侠义精神。在企业参与激烈的市场竞争的过程中，他始终恪守"侠义"精神，更将侠义精神作为企业文化的重要元素。

军人守忠，侠客重义。忠义两全，修身齐家治国平天下，是一个中国企业家应该具备的素养。而"忠义"恰恰是家国情怀的最重要的体现。没有家国情怀的人，就没有感恩之心，没有感恩之心的人，不足以托付大事。也只有把"家国情怀"融入企业文化中，才能在市场中立于不败之地。

在培训学校开办起来之后，他深刻地意识到，在提高华侨港澳台学生的知识层次的同时，必须让学生们了解祖国大陆翻天覆地的变化和改革发展成就。培训学校是统战工作的重要窗口，是加强海内外交流和互动的重要纽带。因此，

张洪亮（左）受邀参加2020年京港交流万圣节迎新活动

在教育教学中，学校往往扮演了"内地宣讲员"的角色，"讲好中国故事"成为培训课程中重要的一项。正是通过洪鹏盛世教育，很多华侨港澳台学生真正认识到了中华大地发生的巨大变化，增进和加深了了解，效果斐然。

能力越强，责任越大。由于面对广大华侨港澳台学生，张洪亮逐渐接触到了侨务工作，并出任北京市海淀区海外联谊会副会长、北京市海淀区侨界创新发展产业联盟理事、江苏省侨联青年委员会委员。他在用自己的热情、智慧、能力，为国家的统一战线工作不断贡献着自己的力量。

【采访手记】

在采访张总时，感觉对面坐的是一个学者，也是一个智者。在工作和生活中，张洪亮崇尚"静净敬境"：静乃心止，非身不动。心静可以专注，可以集中，实乃成就大业之先决；身心一体，心不净身亦不净，疾病易得，健康难求；敬天知命，敬畏自然；境是心境，是层次，是境界，也是升华。宠辱不惊，看庭前花开花落；去留无意，任天外云卷云舒。

姚凤明／文

蜗牛上山

——记中体盛世（北京）国际体育管理有限公司董事长张辛泽

张辛泽

河北雄安人，出生于 1986 年，毕业于首都体育学院，现任中体盛世（北京）国际体育管理有限公司董事长，北京市青年榜样宣讲团宣讲员、北京市工商联青年企业家专委会委员、北京市校外少先队辅导员。北京市社区体育协会理事、共青团北京市通州区第六届委员会委员、北京市通州区第三届青年联合会委员、北京通州区永顺镇第六届党代表、北京市通州区工商业联合会理事、曾获评北京青年榜样年度人物·时代楷模称号、华信国际信用评级授予"诚信企业家称号"、北京市通州区委宣传部授予通州榜样及年度优秀志愿者等荣誉。

> 作为企业家来讲，只有在国家有这种大的灾难的时候，才能体现你的企业担当和社会责任。
>
> 张辛泽

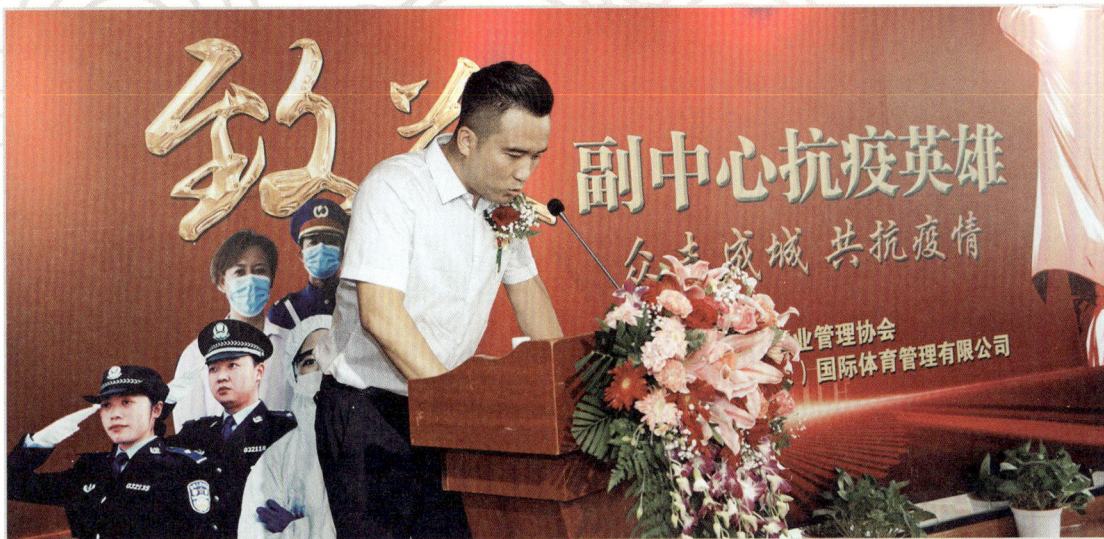

2020 年 8 月 6 日，张辛泽董事长在中体盛世淘宝城店与通州区委统战部、区政协联合举办的捐赠防疫物资活动现场

小蜗牛决心要征服一座大山。它不知道遇到了多少困难，也不知道经过了多少个日日夜夜，最后，终于爬上了山顶。小蜗牛站在大山的最高处，望着远方美丽的风景，兴奋得手舞足蹈。一只后来上山的兔子看见小蜗牛的样子，很不屑地对小蜗牛说："你有什么值得骄傲的，我登上这座山顶，才用了两天的时间。"小蜗牛听了兔子的话，感到沮丧极了。可是，山顶的松树爷爷却鼓励小蜗牛说："孩子，你一定不要看轻自己。你知道吗？大自然赋予我们每个生物的能力是不一样的，能爬上这座山的蜗牛，多年来只有你一个，而能登上这座山的兔子，那就多如牛毛了。"

2004 年，河北白洋淀 16 岁的农家青年张辛泽怀揣着对未来生活的向往只身来到北京打工。作为从小在白洋淀泡大的农村娃，熟识水性似乎是每个白洋淀的小伙伴们与生俱来的"超能力"。全球知名民意测验和商业调查、咨询公司盖洛普高级副总裁马库斯·白金汉在《现在，发现你的优势》一书中认为，知道自己的优势是什么，并在自己的生活和工作中发挥出来，这样你才会成功。寻遍浑身上下，张辛泽能够拿得出手的似乎只有这个"超能力"，于是，他到北京的第一份工作便和游泳结缘。

"在玉泉路中铁建大院的游泳馆做安全员，因为没有救生员资格，所以只能从安全员做起。"在同事的引导和帮助下，加上自己的学习，一年多的时间，张辛泽便考下了救生员资格证和游泳教练员证书。"现在想来，在人生的起步阶段，遇到名师指点，我是很幸运的。"白天在玉泉路上班，晚上下班之后骑车到公主坟附近的另一处游泳馆做教练，年轻的张辛泽靠自己的努力逐渐为他的未来找到了一条出路。

唯物辩证法认为，内因是事物发展的关键因素，外因对内因的影响具有促进或迟缓作用。"当时的总教练和我关系很好，他就问我下一步有没有什么目标。"看到身边专业运动员出身的许多同事都在自考首体，初中毕业的张辛泽便心向往之。快速成功的方法便是复制别人的成功模式，这样可以让自己少走弯路，省去在黑暗中摸索的时间。定下目标之后，张辛泽的生活由原先的两段式变为三段式，增加了每天的复习备考板块。

"因为我是初中毕业，所以我选择考首体的大专班，第一次就考上了。"2006 年，一边工作一边自学的张辛泽成功被首都体育学院全日制大专班录取，这便意味着他必须放弃经过两年的努力工作换来的经理职位。在人生的岔路口，每一次选择都是人生方向的调整，无所谓对错，唯有心中的梦想不可以辜负。

梦想高远，但现实骨感。张辛泽在北京的花销除了不太富裕的家庭给予力所能及的支持外，还需要他利用业余时间赚点零花钱以减轻家庭的负担。"我就在管庄找了一份游泳培训教学部主管的工作，这就遇到了我生命中的第二个贵人，就是我的项目经理。"介绍完自己的情况，说完个人的想法，项目经理在充分认可眼前这个年轻人的同时，在自己的职权范围内帮助他解决了诸如点卯、开会等一系列的问题。从管庄到学院路，每天往返几十公里，张辛泽骑着自行车跑了半年。"自行车丢了之后，就开始坐公交车，我跟老师把学校的课程做了一些调整，反正我尽量在下午三点前把当天所有的课程修完，然后再回去上班。两年时间，就是这么拼下来的。"

125

2008年仲夏，大专毕业的张辛泽又面临一个新的选择。是留在管庄继续做项目主管还是跑单帮自己干。"因为我教了几年时间，积累了不少的学员资源，所以就有了自己创业办游泳培训班的想法。"年轻，最不惧怕闯荡。"北工大通州校区有个50米的池子要对外招租，我就去跟学校的领导沟通，人家一看我是小孩，又没有公司，就不怎么愿意搭理我。"13年前的通州远不像今天这般热闹，作为北京的远郊，距离被确定为城市副中心尚有近10年的时间，虽然已有远见卓识者在此进行商业开发，但尚未形成蓬勃发展的大气候，相比于北京城区的繁华和富庶，彼时的通州着实有些冷清。也正是这个原因，让张辛泽敢于把这里当作首次创业的基地，"因为便宜"。

初次没有谈成，没关系，坚持下去。体育从业者身上最不缺的就是韧劲。"之后，我就遇到了创业时的贵人，就是当时那个场馆的中心主任。"万事开头难，张辛泽带着之前的同事做宣传招生，当教练，收学费，打扫卫生，所有的事全都自己干。从第一个学员报名，到慢慢保持盈亏平衡，再到进入快速发展期，张辛泽经历了接近3年的时间，期间的曲折和反转、焦虑和沮丧若非亲身经历，很难体察一二。但即便再难，他也没想过放弃。"首先，我对这个行业有信心，任何时候都有需求；其次就是这个地域虽然比较偏，但北工大的名气在这里，当时这是四环外唯一一家50米泳道的池子。"市场预热需要时间，学生和家长的认可需要时间，口碑的传播更需要时间。用3年时间等来了一个"守得云开见月明"的景象。

"作为创一代，没有背景，没有资源，除了精心维护各方面的关系之外，我们别无他法。所以，从我到北京的第一天，就没有周六周日休息的概念。"张辛泽犹如一枚上紧了发条的陀螺，每天在不同的场景中旋转穿梭。苦心人，天不负。在他的精心运营下，游泳馆的市场迅速扩大，家长们的好评一度把他顶上了百度热搜榜榜首，并且持续了很长一段时间，"通州张教练"俨然成为一张名片。

上山的路，从来都没有一马平川。老祖宗总结出来的"物极必反，否极泰来"的道理无论是放到国运兴衰还是搁在人生起落上都能找到适当的契合点。"第三个年头，我们同北工大的合同到期，人家就不再续约了，说要把场馆收回去自己干，这对我来说是一个巨大的打击。"场地的转换，意味着客源的流失，甲方的釜底抽薪之举对张辛泽来说无

异于灭顶之灾。从另一个方面来讲，危机的背后也是转机。"2011年，那时我已经积累了一些人脉资源，有个同事给我推荐了海淀区的一个停业出兑的健身场馆，我也就转型开始做健身。"

有了第一次的经验，在海淀的第二次创业要轻松许多，复制自己已有的成功经验总比模仿别人的更便捷。2013年，张辛泽再次回到通州，"还是对通州有感觉，这里是我的福地。"随着北京的城市病越来越重，特别是城区房价的不断攀升，通州迎来了快速发展的"天赐良机"，如雨后春笋般矗立的高层住宅在竣工后不久便迎来熙熙攘攘的年轻住户。对于长期做办公室的中产阶层来说，利用闲暇时间到健身房、游泳馆去体验一下挥洒激情和汗水之后的畅快淋漓的感觉，实在是保持完美身材、提升职场竞争力的绝佳手段。当健身成为人们的一种习惯，剩下的便是张辛泽施展绝技的空间了。

进入快速发展和高速扩张期的公司，让张辛泽这个陀螺旋转的速度又上了一个量级。逐步占据市场优势份额的中体盛世让张辛泽得到通州区政府的注意。"公司现在的员工都以'90后'居多，团委领导过来考察之后就让我们直接在公司成立团委。"作为非公企业党建的重要组成部分，在非公企业成立团组织，张辛泽和他的中体盛世算得上是第一个"吃螃蟹的"。

2020年12月6日，张辛泽董事长荣获"北京青年榜样·时代楷模"称号

"我的姥爷当年是白洋淀区小队的队长，我的爷爷是我们村第一任村支书，我的叔伯、堂哥们很多都在部队工作，都是党员。"从小耳濡目染熏陶，让张辛泽在解决了生存和发展的问题之后，开始思考如何向党靠拢的问题。借用时下的一句网络流行语式，如果说自己不是共产党员，过年回家都不好意思和叔伯兄弟们在一张桌子上吃饭。2015年，张辛泽正式加入中国共产党。

2020年春节，突如其来的新冠疫情让原本洋溢在节日氛围中的整个中国瞬间陷入沉寂，人们噤若寒蝉地守在电视机前，等待官方发布的那一串串冰冷的数字。张辛泽首先想到的是需要站出来，做点事情。"当时，大家都不敢出门，我认为我的团队还是很勇敢的，他们跟着我到处去买消毒液、测温枪、防护服和口罩，我们就挨个社区、办事处、乡镇送防疫物资，很多人也给我发信息要口罩，其实我也没有啊。"经过官方媒体的报道，已经名声在外的张辛泽每天都在焦头烂额的买口罩、收口罩和发口罩这样的循环中苦苦应对，"我们最难的时候，公司的市场总监去韩国东拼西凑了两万个口罩运回来往下发。"公司账面上的流动资金用完了，用自己的房产抵押贷款1000万"给自己续命"。

疫情，考验的绝不仅仅是国家对公共卫生事件的应急处置能力，对每一个人都是一次人性的检验。在全民抗击新冠疫情的大背景下，一幅幅众生相随着媒体的曝光逐渐浮现出来，借机敛财者有之，坑蒙拐骗者有之，但更多的还是让人动容的"最美逆行者"，让人尊敬的城市志愿者，让人欣喜的科研工作者，让人感动的慷慨捐助者……

"从我自身来讲，我觉得这是一个报效国家的机会。对企业发展来说，我们所做的一切也是在为企业的发展助力。"疫情过后，人们对于维护自身健康的需求让中体盛世的业绩迎来了一次爆发，之前需要销售人员苦口婆心才能谈下来的单子，现在几乎无须多费口舌，因为每一个前来的客户都明确地知道，自己所花的钱、所流的汗，都会成为抵御病毒的良药。

2021年7月1日，张辛泽董事长受邀参加在天安门广场举行的庆祝中国共产党成立100周年大会

登山的生命不是容易的生命，因为登山是"危险"的冒险；但是，对张辛泽来说，最大的危险或许是根本不去尝试经历这些冒险。正如全球顶级极限登山家托马斯·布本多尔夫在《人生如登山》一书中所说的那样，"上山的时候，我没有想其他，只想着下一步，只考虑应该把下一步放到哪里，该怎样迈出下一步，考虑这些无数的步伐会把我引向何处。我完全沉浸在对下一步的思考之中，也许有生以来第一次超越了自我。"

【采访手记】

跑步运动员在赛场上唯一的目标就是超越跑在自己前面的那些人。从张辛泽的讲述中，笔者感觉得到，他目前的竞争对手或许就是自己，因为他在不断地自我加压，不断地为了全民健身的目标施展更多的"魔法"。

朱昌文／文

路在脚下

——记北京锐杰仁和影像技术有限公司董事长张岩

张岩

北京锐杰仁和影像技术有限公司董事长。北京市工商联青年企业家专委会委员、北京市工商联小微企业工作委员会委员、石景山区青年企业家商会副秘书长、石景山新联会新媒体分会秘书长、石景山区八角街道商会副秘书长、石景山区老街坊养老事业发展促进会理事、八角街道新联会副会长。

> 人，只要勤奋就不会被饿死。
>
> 张 岩

　　"也许人生原本就不是自发的自我发展吧，而是一长串的机缘、事件和决定，这些机缘、事件和决定在它们实现的当时，其实是取决于我们的意志的。"中国著名摄影家谢海龙在其自传《捧起希望》中如是说。张岩的意志是辞去公职时要面对的来自父母的强烈反对、领导的诚心挽留，而这也是源于他所经历的"一长串的机缘、事件和决定"。

　　2001 年仲夏，从首都师范大学应用电子技术专业毕业的张岩顺利进入北京市石景山区劳动局成为一名公务员，为劳动局新建机房提供技术支持。生性腼腆的他每天陪在一堆机器左右，端着"铁饭碗"，闲暇之时打打游戏度日，倒也是优哉游哉。

　　2008 年，北京承办夏季奥运会，年轻干部张岩在劳动局的推荐下成为志愿者，以司机身份加入 T3 车队，负责为中外媒体记者在不同场馆之间的转场提供服务。"我觉得这是对我人生的一个很好启发，让我觉得别人能做的事我也能做好。"除了计算机技术这个专业，他此前的人生经历还没有在其他领域得到过认可。几个月忙碌而充实的志愿者经历，在一次又一次的服务被认可之后，自信就这样悄悄地在心底滋生。"担心和恐惧是有的，毕竟我们代表的是中国，服务好了是为国旗添彩，服务不好就是给中国抹黑。"

出发之前永远是梦想，上路之后永远是挑战。"优秀志愿者"的称号不但是对他在过去几个月里所有付出的肯定，更是对一个年轻人心理和性格的重塑。"有一年单位搞一个诗词大会，让我做主持人。这事可比当志愿者还难。"不管是领导器重还是赶鸭子上架，理科男张岩就这么被推上了人生的另一个舞台。"那是我第一次站在一个陌生的舞台上，印象特别深刻。其实，我的内心是抵触的，但却有一种莫名的兴奋感。"对于从小偏理科的他来说，大量的记忆简直就是如噩梦般的存在。"我自己准备了一段小诗，没想到在台上还真的背下来了，没打磕巴。"

这次经历让张岩开始关注自己的内心。为什么接到任务之后，心里会抵触？那是因为此前并没有类似的体验，自我否定让本来是一块璞玉的他认为自己就是一颗普通的石头。为什么精神上又是愉悦的呢？除了自己的专业之外，他能做好的事情可能还会有很多，自己的世界也可以活得很精彩。"我想尝试一下，看看我的人生到底能站在多大的舞台上。"

作为刚入行的年轻人，很多没有明确分工的杂事都是单位青年群体的"自留地"，"单位很多时候需要把开展的活动、会议等工作通过影像记录下来，我就是捎带手地帮忙做一些摄影摄像的工作。"连光圈和快门都搞不清楚的张岩那个时候还是一个摄影"小白"，纯粹是完成任务，所以谈不上什么兴趣。真正让他受到刺激的2009年劳动局组织的一次活动，"当时一个大姐在外面学摄影，看着我拿着相机，觉得我是专业人士，所以她就跟我聊快门、聊光圈。我那时候啥也不懂啊，这直接就把我聊郁闷了。"

"好学近乎知，力行近乎仁，知耻近乎勇。"年轻人的争强好胜心让张岩开始关注摄影知识，彼时的心理状态或许是：不管技术上有没有用，至少和同行聊天时，不能说外行话，不能一问三不知。在朋友的带动下，张岩拥有了人生的第一台相机，也正是从2009年起，"我才真正进入摄影这个圈子，那时候就玩论坛，什么蜂鸟网、京内网、聚乐网，我都是很活跃的。"在这些专业的论坛和网站上，张岩结识了一众业内"大咖"级别的人物。俗语讲，下棋找高手。同大师交流学习，让初出茅庐的张岩进步神速，摄影技术的提升让他的自信心再一次升华到更高的层级上。

摄影，是一门实践性很强的艺术。闭门造车除了徒增笑尔之外毫无用处。劳动局机房的工作得心应手，周末的时间便可以与三五摄友相邀采风，一来交流一下技术，不断提高认知水平和技巧，二来还可以小酌一杯，密切兄弟情谊，偶尔还可以应摄友之邀到婚礼现场挣点酒钱。

舞台大了，心也就大了。端了13年的铁饭碗，似乎已经不再具有当初的吸引力。镜头中的天地绚烂迷离，不同的光圈和快门组合，会呈现出不同的效果，就如同人生一样，30岁时端的"铁饭碗"到退休之前还是一样的味道，可是若换一套组合说不定就会有不一样的人生体验。"那时我已经是副科长了，按照那条路往前走，一辈子稳稳当当也能过得去。但是，这种一眼就能看到60岁的日子，没有刺激感，太平淡了。"

罗曼·罗兰说：大部分人在二三十岁上就死去了，因为过了这个年龄，他们只是自己的影子，此后的余生则是在模仿自己中度过，日复一日，更机械，更装腔作势地重复他们在有生之年的所作所为，所思所想，所爱所恨。

张岩不愿意在体制的铁轨上徐徐前行，他想另辟蹊径去翻越属于自己的那座山。他决定辞职。

他的这个决定对于在体制内待了一辈子的父母来说无异于晴天霹雳。父母坚决反对，是预料之中的事情；领导诚心挽留，也算不上意外。知夫莫若妻。一句"我挺你"让张岩从"安乐窝"里放心地走了出来。

不留退路才会有出路。"刚出来的时候，可选择做计算机，这是老本行，也可以选择摄影，就看哪个行业的机会先来。"虽然嘴上这么说，2014年的时候，张岩要想找个互联网公司上班应该不是什么难事。他在等待属于他的那个机会，那个只存在于光影世界中的机会。

"我觉得自己能够走到今天得益于爱交朋友，不是喝酒吃肉的那种朋友，而是一群志趣相投的朋友。他们在朋友圈看到我从体制内出来准备创业了，给我介绍了很多机会。"机会，是一种奢侈品。对于普通人来说，创造机会很难，但等来机会并且把握住机会实现逆袭并非是痴人说梦。"只要给我机会，我可以不要钱，先把产品做出来，愿意给钱就给点，不愿意给我就当是锻炼自己了。"

用一颗平常心踏踏实实地丰满自己、沉淀自己，用长远眼光来挖掘潜在的客户群体，张岩赌的是人心向善！全国工商联组织干部培训，张岩去讲摄影知识；众泰新款车型上市前夕组织试乘试驾，张岩白天跟拍，晚上熬夜修图，有时还兼职司机；航空、电网、铁路，慢慢地都成了自己的大客户。他赢了！用兴趣养活自己，把个人爱好当成事业去做，摆脱了体制束缚的张岩活成了时下很多年轻人梦中的样子。

"一个人创业太难了，拍片对接财务人事哪样都要干，必须要有所取舍。"在资源整合的时代，单打独斗已经很难生存下去，让专业的人做专业的事，这种强强联合才能够存活下来。"这个取舍过程损失了很多客户。因为客户当时只认我，我去拍行，换一个人去就不行。"但即便这样，张岩也要下决心从拍摄的第一线退下来，原因很简单，作为公司的董事长，他必须把公司的管理做好，而且也只能他去做。捡了芝麻丢了西瓜的事情每天都在不同的群体中上演，但他不允许今天的张岩重复昨天的自己。

一幅照片记录一抹回忆，一抹回忆牵出一个故事，一个故事代表一段岁月。从2016年至今，经过5年的发展，张岩率领下的锐杰仁和业务量持续增长，从静态图片到视频影像，从广告发布到自媒体，团队不断扩大，一众有识之士不断滋养和壮大着锐杰仁和。"这个行业永远都不会消失，它不会被AI代替，但现在是利润太薄，能够维持就算是不错的了，我们也在不断挖掘新的增长点。"

诸多有识之士在研判新冠病毒之后的世界格局和行业趋势时都会形成一个共识，那就是疫情将重塑世界。当前，包括美国在内的很多国家疫情依然严峻，"风景这边独好"的国内各行业正在中国共产党成立100周年的激励下蓬勃向上，未来的光影行业如何实现凤凰涅槃般的重生，需要张岩带领他的小伙伴们不懈探索。心中有梦，脚下有路，必能创作出令人满意的作品。

【采访手记】

初见张岩正值他大病初愈，身体尚虚。长期的自由摄影师生活给他的身体造成了伤害，主要原因是为了随时捕捉转瞬即逝的精彩画面，他必须要减少上厕所的次数，有时甚至除了吃饭时间根本就不补充水分。善于学习，乐于付出，敢拼敢干是张岩身上的高光点，也是他能够成为今天的自己的独特之处。

朱昌文／文

做中华文化的传播者

张春景

山东菏泽人，出生于1981年，毕业于北京电影学院。现任北京盛世顺景文化传媒有限公司董事长，第十三届全国青联委员，北京电影学院客座教授，黄冈师范学院客座教授、硕士研究生导师，中国青少年新媒体协会常务理事，中国科普作家协会理事，民建北京市委石景山区工委副主委、民建北京市委宣工委副主任、文化委委员，北京中小企业国际交流协会会长，北京青年企业家专委会委员，北京光彩事业促进会理事，北京市石景山区青年企业家商会会长。

> 我们中国有着源远流长的历史，有着丰富灿烂的民族文化，如何把这些优秀的文化用一种方式传播出去，这是我的使命和责任，我通过我所学的专业，要用动漫这种形式，向世界展示一个奋发图强，蒸蒸日上的中国，向世界展示一个有着五千年历史延续的中国丰富的历史文化积淀。
>
> —— 张春景

立志传播中华文化

张春景毕业于北京电影学院动画专业。早在上学的时候，他就开始了社会实践，从事与动画相关的工作。毕业之后，因为有了之前的从业经验，所以就没有选择就业，而是选择用创业，当然，他所选的行业是动画制作行业。北京盛世顺景文化传媒有限公司正式成立，张春景的创业历程也正式开始拉开帷幕。

最开始的时候，主要是做一些外加工片，当时就看到我们很多优秀的传统文化都被国外拿去，成为他们创作的素材，那我们的文化何以传承？张春景就开始琢磨自己团队原创的内容。当时在学校的时候，他就有过这样的思考和尝试：是否可以通过自己所学，把我们中华传统文化、红色文化和社会主义先进文化更好地来呈现和传播？说干就干，正是这些传统文化和红色文化的原创内容，让张春景的文化公司在业内声名鹊起。党和国家的各种重大活动或者节日，其中包括党的十八大、十九大、中华人民共和国成立七十周年献礼等一系列重大活动的宣传工作，很多都交由张春景的团队来完成。

团队的业务不仅动画制作，更涉及纪录片、宣传片、高科技的展览展示。当时由张春景团队策划和完成庆祝建党 95 周年"天安门快闪"，以央视知名主持人尼格买提的吉他演唱引入，众多明星参与，引发大量的关注和评论，一度成为当时的热点，更被网友称之为"全宇宙最牛快闪"。

与此同时，张春景和市委宣传部合作，拍摄了一部《正道沧桑——社会主义五百年》的纪录片，在北京电视台播放之后，影响力巨大。随后张春景又拍摄了《中国梦——365 个故事》，在电视台播放之后，影响力更大，并且成为北京市外宣工作的重要成果展示，重点在国外推广，作为世界了解中国、了解北京的一个重要窗口。

趁着热度，张春景带领团队又开始了新的文化探索。紧锣密鼓地策划了一个项目叫"北京地名故事"，通过北京的地名，然后展示城市每一处地名背后的历史故事，包含的历史文化底蕴。这个项目被国家广播电视总局列为重点扶持项目，更被北京市列为"文化走出去重点项目"。很多主流的媒体，包括平台也都做了大量报道。

张春景说，早在 2014 年前后，他就开始策划这个项目了，当时他正在跟上海美术电影制片厂的老师们交流，介绍了自己的想法，得到了老师们的认可，并给予项目很多有益的支持，包括完善策划等，让整个项目更加具有可操作性。

而张春景并没有考虑收益问题，他有着一种天然的使命感和责任感。作为北京市委宣讲团的一员，他给自己的

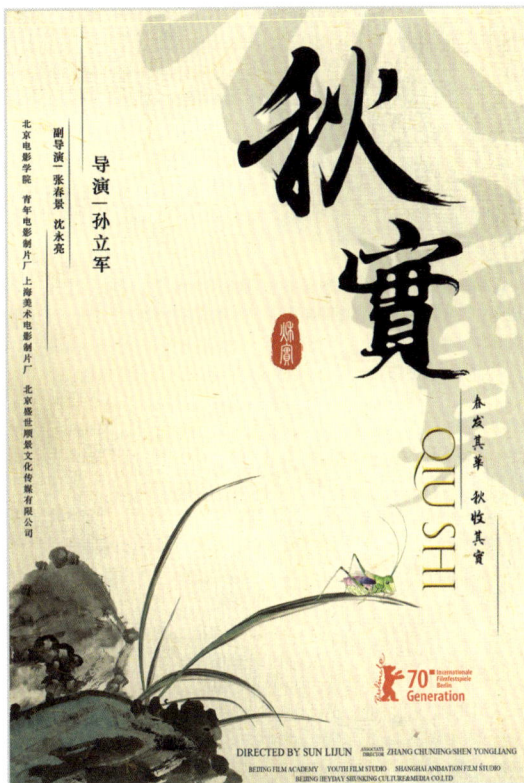

全球首部 8K 中国风艺术影片《秋实》入围柏林国际电影节官方海报

定位就是要通过动漫这种形式，向世界展示一个奋发图强，蒸蒸日上的中国，向世界展示一个有着五千年历史延续的中国丰富的历史文化积淀。

用文化和科技相融合，把传统文化用创新模式进行表达。这个创意成为公司团队研发的重点。2017 年，团队推出了全球首部 8K 中国风的艺术影片《秋实》，该片由导演孙立军带领团队历时两年创作完成，在当年的日本大阪举行的 G20 峰会上大放异彩，这是中国动画第一次以国家队的名义走出去。影片也获得了第十六届中国国际动漫节"金猴奖"，并入围第 33 届中国电影金鸡奖最佳美术片奖。包括入围第 70 届柏林国际电影节新生代单元，成为中国水墨动画时隔 35 年再次获得柏林国际电影节的提名，把中国传统的文化在世界范围内狠狠地秀了一把。

植根传统记初心

随着业务的不断增多，团队制作水平也不断提升，盛世顺景的知名度也越来越高，很多客户点名要求他们团队制作视频。在商业的大浪潮中，张春景依然坚守者传播中华传统文化和传播红色文化的光荣使命。

他带领团队创作出第二部8K影片——《立秋》，这又是一部展现传统中华文化的力作，不仅制作精美，而且耗资巨大，第三部传统文化为主题的8K影片《门神》也纳入了议事日程。创作之初，他的目的并不是票房有多高，能够赚多少钱，获得多少收益，他考虑的是一种精神层面的启迪，一种精神的富足。或者说，这是一种情怀，甚至是一种使命，更是张春景及其团队的初心。事情往往是这样，上天不会亏待用心去做事的人，所以到最后张春景团队都能取得经济效益和社会效益的双丰收。

不仅如此，他还带领团队创新思维，开发出各种高科技展示的组合设计研发，在具体的应用中，主要面向党建展厅、企业文化展厅这一类高科技展厅。在中国共产党成立一百周年的历史时刻，张春景用数字化的设备为各种红色历史展厅、党建展厅注入了更多的生机和活力。用AR、VR、全息或幻影呈像多方式、多角度呈现展厅内容，打造沉浸式体验，为党建和党的红色教育提供了非常丰富的创新模式，为参观学习的广大党员干部提供了不一样的学习感受，这种沉浸式的学习，让广大观众能够更加深刻地体会我们革命取得胜利的艰难历程，更加珍惜现今幸福生活的来之不易，取得了较好的学习教育效果。

在长征胜利80周年之际，张春景带领团队成员重走了一遍长征路。在这一个月的时间里，团队所有的成员不仅感到身体体能达到了极限，精神也更加疲惫，但是他们最重要的感受还是感动。在如今科技高度发达的情况下，重走长征路还困难重重，曾经那么艰难的环境下，广大红军战士需要怎样坚定的信仰和执着的信念，需要怎样一种精神才能完成这样的人类壮举？

为了能够把长征精神发扬光大，传承下去，团队人员一边走一边策划，最终创作了一部《重走长城路》的VR影片，这是中国首部红色题材VR影片，可以直观地体验长征路上的各种艰难险阻，包括爬雪山、过草地，拥有非常真实的沉浸式体验。

2020年中国电影金鸡奖颁奖典礼在厦门举行，张春景（中）荣获金鸡奖最佳美术片提名奖

不计成本担责任

2019 年年末，一场突如其来的疫情打破了世界的宁静。2020 年春节，大年初二晚上，张春景从山东老家赶到了北京，当时还有很多同事没有离京，于是，团队一干人等就在线上开始了作业。因为疫情期间信息不畅，各种谣言网上乱飞，所以给防疫抗疫工作造成了极大地困扰。

张春景认为，这个时候最需要宣传抗疫，普及科学防疫知识。于是，他自费带领团队，在网上奋战多个昼夜，制作出一部部品质精良的防疫抗疫宣传短片和漫画作品，这些宣传防疫抗疫的漫画和动画，在网上获得了诸多网友的关注和评论点赞，消弭了很多谣言的不利影响。张春景自觉、自费宣传防疫抗疫，且取得了非常好的宣传效果，因此，他和团队获得了"抗击疫情突出贡献奖"。对于张春景和团队而言，奖项并不是最重要的，能够利用自己的专业为社会、为国家、为防治疫情做出自己的一点贡献，才是最幸福的。

在做好宣传工作的同时，张春景还带头向医务工作者捐献口罩、捐献消毒液。在疫情发出的第一时间，他带领团队第一时间向医务工作者捐献了 3 万个医用口罩，之后又捐献了几十吨消毒液。通过实际行动，参与疫情的防控。

不仅如此，他经常带领团队深入贫困地区捐资助学，为贫困地区的人民群众做宣传，为他们的产品代言，提升他们的收入水平而不计报酬，不计辛苦，通过自己的努力，一点一点地改变着世界。不仅为脱贫攻坚工作做出了一个企业应有的贡献，也承担了企业应有的社会责任。

2021 年 10 月 1 日，张春景作为五四奖章获奖者代表受邀参加在天安门广场举行的庆祝中国共产党成立 100 周年大会

【采访手记】

张春景身上有着艺术家的丰富想象力，也有着非常活跃的思维，他时时刻刻都在思考，也时时刻刻在跳跃思维。大约他眼里的世界，是一幅幅山水画，是一幅幅漫画，是一帧一帧的艺术作品。他的童心和好奇心为创作和策划提供了非常精彩的思路，他的坚守和执着让他的作品又时时刻刻展示着中华传统文化的精神内涵。他是一个创业者，更是一名艺术家，一个通过艺术、通过动漫来表达内心，表达中华传统文化，表现红色文化，并且把这些文化推向世界的践行者。

姚风明 / 文

电力储能
为新能源之路保驾护航

——北京海博思创科技股份有限公司董事长
张剑辉创业谈

张剑辉

1978 年生，博士，中共党员，教授级高级工程师，北京海博思创科技股份有限公司董事长，北京市第十一届青联常委，政协北京市海淀区第十届委员会委员，北京市海淀区工商联商会副主席，中国能源研究会储能专业委员会专业委员，中美绿色能源促进会董事。

> **"**
>
> 创业是一种情怀，一种使命；只要在初心使然下，披荆斩棘，人才聚集，团队合作，自然水到渠成，人生更精彩。
>
> —— 张剑辉

2015 年 9 月在北京开展公司活动

汉朝许慎《说文解字》中说："电，阴阳激燿也。"电作为一种能源，被人类成功运用之后，它的存储空间与释放过程一直是科学研究的尖端课题，怎样让这些电池发挥更好、更大的能量，克服环境、温度造成的木桶效应或衰减等，一直是张剑辉博士和他的创业团队孜孜求索的重要课题。

海归赤子中国心

2000 年前后的中国，出国留学成为一个热潮。作为清华大学电机系电力系统自动化专业毕业的张剑辉来说，也带着一个出国深造的梦想来到美国加州大学伯克利分校，攻读电气工程与计算机科学技术博士学位。并以优异的成绩拥有了美国加州大学伯克利分校电子工程博士头衔，毕业后进入美国国家半导体公司工作，四年内连升三级，从工程师做到了高级设计经理，并且拥有公司优厚的股票期权。可以说，张剑辉以他的勤奋与智慧，完成了知识改变命运的人生第一步。

在美国国家半导体公司，张剑辉负责两项重要的技术研发，其中一项是电动汽车电池管理系统研究，后来这一系统应用在上海世博会电动大巴车并取得成功。随着国家对环境保护意识逐渐增强，张剑辉敏锐地看到，新能源汽车一定是今后发展主要方向，而新能源汽车的核心是蓄电池，电池管理技术必然是电池发挥更好性能的新课题。看到祖国蓬勃发展的新气象，张剑辉似乎听到祖国母亲的召唤，作为一位技术型人才，张剑辉清楚地感受到回到祖国母亲的怀抱，才能真正发挥自己的才能，一种回国创业的冲动总是萦绕在他的脑海中。当时，正值西门子中国有限公司智能电网集团全球招聘首席技术官，张剑辉便凭着自己的技术实力，成功入驻西门子公司成为一名高管，但张剑辉的最终梦想还是自己创业。2010 年，张剑辉毅然放弃国外的优渥生活与股票期权，携妻带子，协同自己的合作伙伴，回到山河梦萦的祖国。

秉承着清华人"厚德载物，自强不息"的精神，张剑辉在 2011 年创办北京海博思创科技有限公司，顾名思义，海归的博士想创业。启动资金几乎来自张剑辉个人在西门子做首席技术官的收入，对个人来讲，七位数的年薪相当不菲，但是作为技术研发投入就显得捉襟见肘，然而就是挤在从朋友处借来的只有几十平方米的办公室里，他们完善了具有自主知识产权的电池管理系统。当系统拿到湖北

2015 年 11 月在北京举行公司周年庆

东风汽车公司进行实车测试时，测试结果却令人惊叹，电池效能提高 30%，行驶里程提高近 20%，测试数据超过国内同行的最好水平。东风汽车很快就确定了购买意向，正是这份订单，奠定了张剑辉对自己研发技术的自信与未来前景的无限看好。张剑辉认为，做技术只能让自己的人生能力发挥 50%，创业才能让人生的另一个 50% 完美呈现。

做最优化的储能系统

碳中和（Carbon neutrality）是节能减排的专业术语，是指企业、团体或个人测算在一定时间内，直接或间接产生的温室气体排放总量，通过植树造林、节能减排等形式，抵消自身产生的二氧化碳排放，实现二氧化碳的"零排放"，而碳达峰则指的是碳排放进入平台期后，进入平稳下降阶段，就是让二氧化碳排放量"收支相抵"。2020 年 9 月 22 日，国家主席习近平在第七十五届联合国大会一般性辩论上表示，中国将提高国家自主贡献力度，采取更加有力的政策和措施，二氧化碳的碳排放力争于 2030 年前达到峰值，努力争取到 2060 年前实现"碳中和"。

2016 年 1 月在北京举行的公司年会上

而电作为最环保的能源，通过风力、光、水流皆可产生，但其缺点就是来之快，去之愈快，所谓快如闪电也。怎么能把这些电储存起来，并合理的应用，已经是节能减排的重要战略。张剑辉带领他的团队正是面对这一时代课题，为电网开发最优质、最稳定的储能系统。张剑辉表示，风电、光伏，波动性很大，对电网是一个冲击，这套储能系统，能减小新能源发电对电网的冲击与不确定性；据数据显示，2020 年海博思创的储能系统装机容量位列国内排名第一。

随着新能源电动汽车全面普及，汽车的动力电池系统成为一个热点。其电池效能、续航能力、充电速度、数据显示等，已经成为整个行业的焦点与难点，而其最根本问题就是电池。张剑辉表示，当今能源领域，储能技术是一大瓶颈，电动汽车如此，新能源发展也是如此。目前，储能电池运用最多的是锂电池，由于单体电池都只有三伏左右，而电动汽车动力需要 300 至 600 伏，因此，必须把几百块电池串并联起来成为一个电池包。

电池包的最大难题就是解决木桶原理，几百块电池中只要有一块出问题，就会影响到整体，就像我们用的手电筒一样，有一节干电池出问题，手电筒就不亮了，需要换掉全部电池才行，这样对于电动汽车来说，成本太高了。所谓电池管理系统，就是在电池系统内部，通过热管理系统与电池的电气管理，把几百块电池的充放电过程管理得像一块电池一样，实现电池之间的均衡一致性，延长电池寿命。

在行车过程中，对电池剩余电量的精确计算至关重要，估算精度越高，不但避免中途抛锚，更重要的是可以避免电池的过放和过充，从而延长电池的使用寿命。海博思创创新出独特的计算法，对电池剩余电量的估算，可以精确到 3% 以内，而国内的水平是 5%~8%，这相当于把国内的水平提高了近两倍。

十年磨一剑，辉耀快如电；张剑辉带领他的研发团队，以国家意志作为自己的创业方向，在 3060 远景规划目标指引下，立足电力能源存储。从三人的创业团队逐步发展成为

2021 年 9 月，张剑辉在青海省最大规模储能电站——宏储源格尔木储能电站开工仪式上致辞

多元化发展大型集团公司，与国家电网、东风汽车等建立良好的合作关系，在北京、武汉设立专项研发中心，在北京房山、山东济南、湖北襄阳建设自己的工厂；逐渐形成辐射全国的大格局，技术在国内遥遥领先。

张剑辉秉承清华学人的良好传统，注重高端人才的聚集。在他的创业理念中，公司格局与高度是创业成败的关键，一家以经济利益为至高追求的公司，注定不会长久；只有把公司的发展与国家宏观调控，远景目标紧密结合在一起，无论是从新能源角度来讲，还是从碳的排放量来讲，最终目标是让我们的环境越来越好，人民幸福指数越来越高，生活越来越幸福；作为技术型人才，当前最重要的问题依然是解决科研难题，解决技术上"卡脖子"的问题；如果这些问题解决了，就是帮国家解决了新能源问题，至于经济效益，都是水到渠成的事。

作为一名共产党员，作为北京市海淀区工商联商会副主席，张剑辉热心社会公益事业，积极组织各种形式的捐赠活动，他认为，一个公司发展到一定程度，必须要有社会担当，不管在新冠疫情期间，还是在河南抗洪时期，张剑辉都带领公司积极捐赠善款物资，以解灾情之急，体现一种大爱精神。

爱因斯坦曾经讲过，科学研究领域就像一个圆，圆圈画得越大，知道得就越多，而同时，未知的领域会更多；中国的新能源之路才刚刚起步，作为电力存储的高端研发与实践应用的团队，海博思创也将会面临更多的科研难题与更为广阔的发展空间；海阔凭鱼跃，天高任鸟飞，我们相信，在张剑辉的领导下，海博思创必定会有更为美好的发展蓝图，为我们的动力新时代保驾护航。

孙秀明 / 文

追光者

——记北京华仁尚医健康管理有限公司董事长张洋

张洋

1982 年出生，北京华仁尚医管理有限公司创始人及董事长。北京青年企业家商会会员、北京通州区红十字协会理事、北京钟南山创新公益基金会科技成果基金管理委员会理事。

> 在当下的这个时代，既然有新兴的产业就必然有衰败的产业，我们必须紧跟这个时代的步伐，才能创造属于自己的奇迹。
>
> 张 洋

我竖起我的第七根肋骨
向来自四海八荒的风起誓
这世上必定有一个
与我一样的灵魂
怀揣着一颗破碎的心
狠狠地爱着这世上的一切美丽
新生的草芽　初绽的芙蓉
林间的山泉　山巅的月光
都是我第七根肋骨上的钙质
我须以最烈的酒　来祭我的这根肋骨
以最动听的歌喉　来歌颂它的坚硬

以神山上的白雪　来洗濯它的圣洁
还要以满山遍野的鲜花
来装饰它的永生
我要把它竖立在东方最高的山峰上
让它能迎接清晨的第一缕阳光
我还要给它裹上厚厚的松脂
让它不断燃烧　在黑暗中指明方向
让我能找到另一颗相同的灵魂
这样
我就可以赶在冬天来临前
在所有的废墟上　建起繁美的花园

（一）

每个孩子都是这个世界上独一无二的存在。

父母们这么看，是因为他们爱娃心切，总觉得自己的孩子优于这世界上任何一个生命体。而年幼的孩子们自己并没有这样的优越感，在他们的眼中，对陌生世界的探索远远比认识自我更带劲。这是普遍的情况。但，芸芸众生中总有特例。"从小到大，我总觉得自己跟别人不太一样"。具体哪里不同、有什么样的不同，张洋一直在探索中。

"我的学习成绩一直不错，可能与妈妈是老师有关系，她对我的要求比较严格。"但一直司职前锋的"足球小子"张洋，骨子里一直想"搞事业"，不想"搞学业"，但在父母的要求下，还是心不甘、情不愿地按照 80 后独生子女的常规路径完成了人生之初的"规定动作"。但一直颇有想法的张洋，终究没能按捺住想早日大展拳脚的热情，而让大学学业买了单。

"那时候压力还是很大的，因为我一直挺要强的。"相比于还在大学课堂徜徉着、幻想着这个美好世界的同学来说，不到 20 岁的张洋人生第一次体会到了"心酸"的滋味。"为了磨炼自己，我投了一些简历，误打误撞地进了中外运物流数据部，一年之后调到了中外运总部的配送中心。"这两个办公室的工作并不能激发张洋的兴趣，原因很简单，拿固定工资还特别累，这与销售部的弹性工作时间及多劳多得的工资收入不可同日而语。"我就想通过内部招聘转岗去销售部，笔试面试都过了，可是领导就是不放，我就离职了。"

著名作家柳青说，人生的道路虽然漫长，但要紧处常常只有几步，特别是当人年轻的时候。没有一个人的生活道路是笔直的，没有岔道的，有些岔道口譬如政治上的岔道口，个人生活上的岔道口，你走错一步，可以影响人生的一个时期，也可以影响整个人生。彼时的张洋再一次走

2013 年 6 月 17 日，张洋在广州国际照明展览会上获得照明百强公司奖项

到了人生的岔道口，举目望去，三百六十行，哪行都可以一展拳脚，却又不知道到底该迈哪只脚进哪个门。"刚好有个朋友在广告行业，他就建议我入行。"不懂，不怕，学就是了。"我就进了一家做户外广告的公司实习半年，算是一知半解了吧，然后就出来凑了 1 万块钱开了自己的广告公司。"这个时间节点是 2005 年。

广告业细分门类很多，但除了电视广告之外，其他的室内外广告的入行门槛并没有多么高不可攀，能在这个行业立足，拼的是资源和人脉。那时，二十几岁的张洋没有人脉，没有资源，要想站稳脚跟，只能"死磕"。"我记得很清楚，第一个客户是泰和房产，他们要在地产项目附近做一个指路性的标识，中间通过朋友牵线和自己公关，我挣到了人生的第一个 10 万块钱。"起步就是开挂模式，此后的张洋在房产圈内纵横捭阖，同国内诸多房地产公司合作，北京的四九城多个广告项目都留下了张洋的印记。借着房地产行业的高速发展，已经占据了地产行业广告份额八成市场的张洋一时间风头无两。

（二）

2008 年，在中国历史上是一个痛并快乐着的年份。被称为"世界第八大奇迹"的奥运会在北京成功举办，是为国人之乐。在此之前发生的汶川地震成为国人心中永远的痛。波及全球的金融危机让世界各国噤若寒蝉，经济下行的压力如一团乌云笼罩在人们心头。中国政府及时抛出四万亿人民币加强基础设施建设犹如乌云背后的"幸福线"，再一次照亮了国人的眼眸。

"奥运会举办前，北京市政府要整治城区环境，让天空亮起来，五环内所有的广告全部取消，这个行业遭受到了重创。"风口已过，再硬撑下去，结局必然是江河日下。审时度势方能在潮头立住脚。中央四万亿救市的政策如一剂强心针，激励了市场，振奋了人心。"为了奥运会，城里能拆的基本都拆完了，我就想接下来该轮到通州了吧，所以我就成立了工程公司，此外，当时中央号召让城市亮起来，全国各处都在打造城市夜景，我又成立了景观照明公司。"依靠从业几年房地产行业广告所积累的人脉和资源，张洋成功转型做起了市政工程。

随着中国经济率先复苏，各行各业在四万亿基础设施建设专项资金的带动下成功走出低谷。喜爱哲学的张洋对中国的优秀传统文化有着自己的执念。嗅觉敏锐的张洋在文化强国战略的号召下，果断投身文化产业。2013 年，张洋与通州区政府跨领域合作，承办通州运河文化庙会。这一被纳入北京十大庙会的文化盛事让张洋再次转身进军文化产业。"通州区文化委、旅游委主办的运河文化庙会自开始一

直由我们来承办，深挖运河文化的传统内涵，把运河文化庙会办成北京市乃至全国的文化盛宴，回馈家乡父老乡亲，这是我们的责任和使命。"2014 年，张洋承办了通州体育局牵头举办的运河冰雪嘉年华，"虽然我们在做文化产业的时候前期是亏损的，依靠勤俭持家，到近两年才能持平，但我们还是要坚持做下去，因为通州的老百姓能得到在传统运河文化的熏陶之下带来幸福的享受。"

在这个波诡云谲的时代，大到世界格局变动，小到行业洗牌，变化每时每刻都在上演着。无论是东风压过了西风，还是西风盖过了东风，立于不败之地的永远是"追风"。很多朋友最佩服张洋就是，他敢做别人看不懂的行业。"我们熟知的行业不一定能干，虽然说容易上手，但它会越做越窄，并且一定会被新的东西所取代，只是时间早晚的问题。我没有必要把时间浪费在一个窄口的行业上。"

2014 年 4 月，通州区红十字会授予公司人道事业支持奖状

（三）

2018 年 1 月 23 日，大寒之后的第三天，也就是腊八的前一天。这对张洋来说是一个刻骨铭心的日子，在这一天，父亲因病驾鹤西去，气候的寒冷抵不过内心的悲凉，"对我的打击太大了"。生命的脆弱让张洋开始关注大健康领域，他需要以亡羊补牢的心态拯救更多生命。"转过年，我立马就投了通州的一个国医馆。"这个由京城四大名医之一施今墨后人执掌的国医馆，成为张洋奔赴下一站的出发地。

"中医只是我们健康板块的一个项目，这两年我们准备在通州成立一家中西医结合医院，惠及更多通州百姓。"没有专业背景，那就请专业的人来做专业的事。"邀请京城中医泰斗到通州来，这里毕竟是城市副中心嘛，从哪个角度来说都是具备一定的吸引力的。"健康体检同专业的上市公司爱康国宾体检中心合作，中医药同另一家上市公司养生堂合作。"我不做莆田系的模式，而是把各行业最顶尖的团队放到我的平台上来。做这个事情我觉得不是在做生意，而是做事业！"

如果人们想吃鱼，下网捕鱼和水边垂钓都是可取的方式。两种方式的不同点在于，下网能够快速达到目标，垂钓则更注重享受过程。"做健康产业这事不能急，得慢慢来，而且一定要有情怀，这个过程不是捕鱼而是钓鱼，需要放长线。"

2021 年 6 月，全国第七次人口普查结果显示，全国15~59 岁人口为 89438 万人，占 63.35%；60 岁及以上人口为 26402 万人，占 18.70%（其中，65 岁及以上人口为19064 万人，占 13.50%。）60 岁以上老龄人口较 2020 年上升了 5.44 个百分点。"65 岁以上的现在有 1.9 亿，如果再过 5 年，这个数字就变成 3 个亿。今年国家又放开了三胎政策，未来的教育和医疗将是国家最沉重的负担，所以我们现在的大健康产业布局要瞄准国家的痛点。"医疗行业门槛太高，但前端的健康维护没有严格的年龄限制，人人皆可享受。风口已来，当年足球场上的那个"追风少年"张洋再次站到了第一梯队。

2021 年 7 月 1 日在通州万达 C 座接受《筑梦京华》大型图书采编记者采访

有人说，这个时代的速度太快，跟得太累。街边往来的人群中，有人步履匆匆在追赶时间，有人慵懒闲适在享受当下。疾行者，心中有梦，脚底生风；闲逛者，眼中有光，嘴角带笑。无论是快还是慢，张洋都在循着自己对这个世界的认知勇敢前行。繁华没有尽头，喧嚣没有终点，只要不停下脚步，生命之光必然照亮寰宇。

【采访手记】

"急性子"张洋语速很快。心底的坦荡让他没有过多顾忌，朴实的语言随着时间的流逝沁入人心，让笔者产生听事迹报告会的错觉。张洋今日的成就无论是天赋也好，还是有名师指点也罢，一切都得益于自身的修行。年龄的增长在一些人身上，仅仅是生命的年轮又长了一圈，但在张洋的生命中，这是生命的厚度和张力，智慧的累积和沉淀，眼光的沉稳和悠长。

朱昌文／文

诚信立本
健康又美丽

——天坤康美医疗器械有限公司董事长 张晓茜的爱心之旅

张晓茜

北京市天坤康美医疗器械有限公司董事长，爱心企业家，中国民主促进会会员，北京市工商联青年专委会朝阳区秘书长，朝阳区民进第三届青委会委员，北京市朝阳区工商业联合会会员，北京市朝阳区和平街街道商会秘书长，北京市青年企业家协会会员，北京市青年专委会朝阳区秘书长，第四届北京市青年企业家协会会员。

> 创业历程，既是使命担当的历程，又是爱心传递的历程；立足健康产业，提供优质的医疗器械精品，救死扶伤，治病救人；爱心撒播在幼小心灵，燃起希望，放飞梦想。
>
> ——张晓茜

2021 年 5 月 16 日在湖南省毛主席故居

一位企业家的心灵有多纯净，她的事业就有多美丽；北京天坤康美医疗器械有限公司董事长张晓茜在多年的创业历程中，怀着一个健康为民的初心，奋斗在外科医疗器械领域，并成为业界翘楚；她热心公益，奉献爱心，让爱浇灌贫困儿童干涸的心灵，让希望美好飞翔。

诚信赢天下，巾帼当自强

年轻的张晓茜与其他女孩一样，有着爱美、爱玩的天性。早期在东北开了一家美容院，但在消费水平相对偏低的小城市，能去做美容的人寥寥无几，美容院也是举步维艰，最后只好放弃。张晓茜曾有一段时间待业在家，在一家工厂做会计的母亲又因工厂倒闭下岗，生活无疑雪上加霜。当时母亲去一家公司帮忙，张晓茜也被推荐到这家公司做业务员，凭着自己的勤奋和苦干精神，一直非常优秀。

张晓茜创业的念头，正是来自公司经理的一次不守信用。当时为了提高销售业绩，经理就口头承诺说，这个月谁能突破 100 万的业绩，我就奖励奖金 10 万元。张晓茜带着一股劲，每天加班加点打电话联系客户，功夫不负有心人，月底张晓茜的竟然做到了 100 多万的业绩，一举夺得公司销售额第一。可当她带着满脸兴奋去找经理要 10 万元奖金时，经理却矢口否认说："我没说过这样的话。"张晓茜瞬间被浇了一盆冷水，她没有抱怨争辩，也没有据理力争，而是在心里暗暗下定决心："与其相信别人的鬼话，不如相信自己。"于是就开始了自己艰难的创业历程。

张晓茜围绕健康产业，秉承"服务客户、敢于创造、优化管理、诚信立本"的理念，带领她的团队脚踏实地，一步一个脚印，走出一路美好风景。多年来，本着打造业内名牌企业的目标，坚持团队协作、规范管理、健康发展、效益经营，为北京市及全国部分地区的医疗客户提供优质便捷的服务，成为客户信赖的合作伙伴，得到业内人士的广泛赞誉。

救死扶伤，治病救人，外科是研究外科疾病的发生、发展规律及其临床表现，诊断、预防和治疗的科学，是以手术切除、修补为主要治病手段的专业科室。主要分为普通外科（简称普外）、心胸外科、肝胆外科、泌尿外科、矫形外科、神经外科、烧伤、整形科、显微外科等。在外科手术治疗中，对医疗器械的要求也越来越专业精细；张晓茜带领公司团队，深入了解外科医生在手术操作中的实

2021 年 6 月 28 日，北京市朝阳区工商联和朝阳区工商联合会员企业庆祝中国共产党成立 100 周年党建文化活动

际需求，精选国际领先的高科技、高品质医疗器械，以保证手术的安全顺利进行，保障人民群众的健康。

比如，公司精选的日本奥林巴斯公司的外科系统，SonoSurg-G2 X 的锥形探头显著降低了伴随超声输出的空化效应，这种新特点提高了手术效率，减低了组织器官意外损伤的风险；还有德国贝朗公司的介入式治疗耗材，德国迈迪公司的医疗压力绷带，武汉金柏威公司消融电极手术室系列产品等，都具有领先的技术水平与临床实用的可靠性、安全性，受到临床外科医生的广泛好评。

多年来，天坤康美公司在张晓茜的领导下，以"致力医疗器械，服务人民群众"的宗旨与使命，诚信立本于人类健康领域，历经数年的坚守和市场耕耘，公司在普通外科、神经外科、骨科、心脏外科及消化科等外科领域的品牌优势日益凸显。其中有北京大学人民医院耳鼻喉科采用的咽部酸碱度检测系统，潞城医院采用的中医体质辨识检测系统，首都儿科研究所附属儿童医院采用的神经外科颅脑外引流系统，安贞医院心外科采用的消融电极系列，解放军总医院第七医学中心采用术后固定保护器等，都来自天坤康美公司，从而奠定了坚实的行业地位，在业界享有较高的知名度和口碑。

俗话说："病从口入"，饮食科学与人的身体健康有着紧密的联系，本着"取之于民，用之于民"的宗旨，天坤康美与天坛普华医院食堂、朝阳区街道社区开展了助餐配餐两项合作，为广大的医护人员老年人提供专业化规范化健康饮食服务，满足不同人群，供餐就近，供餐营养等多方面的需求；可以说，张晓茜立足健康产业，以诚信立本的原则，兢兢业业，终于开拓一片幸福美好的健康空间。

热心公益，爱心美丽传递

2020年，新冠疫情全球爆发，对于一直在健康领域奋战的张晓茜来说，无疑有着更大的使命与担当，当时消毒用品紧张，口罩买不到，酒精断货，张晓茜凭对医疗器械市场的熟悉，以最快时间购买到消毒凝胶、医用口罩、医用消毒酒精等防疫物资并捐赠给朝阳区委统战部、朝阳区工商联合会、朝阳区民进区位等单位，体现一种大爱之心，公益使命。

在社会主义和谐大家庭，每一个孩子都是美丽天使，他们带着人们对生活的希望与生生不息的力量来到人间，给每个家庭带来欢乐。但对于一些因家庭变故而陷入贫困的孩子们来说，天使折翼，欢笑不再，他们孤苦伶仃，人生陷入一片迷茫。如何点亮这些孩子的人生梦想，重新燃起生活的希望，正是社会爱心人士关注的焦点。北京通州区爱心棒球基地，正是带着对这类困境儿童的关爱而启动

2021年7月15日在贵州四渡赤水陈列馆

的一个精准扶贫项目。2020 年 6 月 8 日，北京市朝阳区民进社法支部会员张晓茜带着满满的爱心与关怀，来看望这些来自山区的小棒球队员，给他们带来好吃的，好玩的和学习用品。当看到他们生龙活虎地在球场上训练时，眼神中充满自信与力量，张晓茜真正感受到爱的倾注对他们的人生多么重要。

可以说，张晓茜在公益之路上是一位长跑健将，她对孩子们的关注、关爱是长久性的，就像一根缠绵悠远的常青藤，相隔千里，互相牵挂，越牵越远；并在这个过程中，与孩子们产生了深厚的情谊，孩子们对这位北京的亲人更是有一种情感依赖。自 2016 年开始，张晓茜长期资助沧源佤族自治县勐来乡英格村两名贫困学生，几年来从未间断过，并根据今后在学校读书期间，根据学籍的升高，每学期以不同数额资助款作为孩子生活费用，直至大学毕业为止。

2020 年疫情期间，她资助的孩子赵金辉的来信中这样写道："我已经上五年级了，在勐来中心学校读书，我们已经快三年没见过面了，记不清楚你们的样子，但是我忘不了你们对我的爱。疫情的出现让我们小心翼翼地做事，每天消毒，但是你们那边的情况我一无所知，我担心你们的健康，我常常想起你们对我的关爱，你们的资助减轻了我们家的负担。我告诉你们一件好事，我的学习越来越积极，我常常对自己说，我要好好学习，努力锻炼，考上军校，当上一名特种兵，报效祖国，做一个像你们一样有爱心的人。"可以说，公益事业的精神就是爱的传递，张晓茜用自己的爱心，感化孩子的心灵，让他们坚强，内心充满希望，并在这个基础上，树立崇高理想，依然把爱心无限传递。

可以说，在多年的创业历程中，张晓茜始终以人民群众的健康作为自己的目标与追求，不忘初心，一心跟党走，并以其感人的事迹被誉为爱心企业家。2017 年，张晓茜成为北京市朝阳区工商业联合会会员；2018 年 11 月 12 日，经

2021 年 7 月 22 日在北京中国共产党历史展览馆

中国民主促进会北京市委员会批准为中国民主促进会会员；2019 年，张晓茜成为第四届北京市青年企业家协会会员。2019 年 6 月 15 日，张晓茜来到江西省井冈山市参加北京市朝阳区工商联"红色企业精英"教育活动，从井冈山精神中不断汲取信念与力量，勇立时代潮头，争做时代先锋。

如果说，创业是一种攀登的旅程，那么无限风光在险峰，越到山顶风光越美；如果爱心是一缕阳光、一捧鲜花，那么一路遍洒的皆是希望与七彩辉煌；张晓茜在创业的路程上，不但改变了自己的人生之路，更用自己的爱心点亮了众多贫困儿童的人生之路；满满人间真情在，一路风景美如画……

孙秀明／文

十年磨砺见真知
不忘初心归本行

——动信通集团董事长张恩阳的创业人生

张恩阳

动信通（北京）科技集团股份有限公司董事长。

荣获"百名英才"荣誉称号

如果把 2G 时代与 5G 时代看作两个多次元的维度空间，信息作为这些时空维度的血脉流动，总是滋养维系着人与社会的多维关系。从简单的手机报到信息时代的多媒体、微信通讯高速时空，中国的手机互联发生了巨大的变化；动信通集团张恩阳正是在这样的逐级变化中，弄潮于信息时代的高速洪流之中，观澜沧海之一瞬，顿悟人生之多艰。

创业第一桶金

张恩阳的第一桶金来自手机运营商增值业务。2011 年，手机的基本功能还是通话，最省钱的交流就是短信息。有钱没文化，就用诺基亚，此时的手机增值业务，是一个未曾开垦地的荒地。张恩阳从编辑手机报开始，每天把各种热点新闻汇集成短信息形式，定期发送到用户端；张恩阳说："手机报基本类似于今天的《今日头条》，但比这可早了 10 年。"

2015 年，是移动互联网的元年，随着 3G 网络的普及，华为、小米等智能手机的各项功能日新月异，此时的手机报瞬间被手机网页碾压，而取而代之的是 APP 带来的大规模圈地运动；张恩阳也带领他的团队迅速转型到 APP 的开发中来。当时全国上下都在讨论 APP，连做包子、卖豆腐的都要做一款自己的 APP，把守一个路口，获取流量用户。张恩阳很快发现，流量才是 APP 的血液，没有用户，APP 也只是一个空壳；怎样获取更多的用户？各行商家采用送大礼包、打折、免费送会员等各种优惠政策，张恩阳觉得这些都不是很理想的方法，通过公司团队深入分析，大家一致认为，发红包是一种快速获取用户的直接方法。于是每天整点发，几秒时间红包瞬间被抢空。在这个过程中，大流量的客户资源涌入，为动信通进一步的商业推广奠定了雄厚的基础。

而半年之后，微信开始模仿这种方式迅速积累客户，很快便成为当时最大社交平台；这些事件使张恩阳看到，自己团队的思维，已经走在手机互联发展的前列，此时的公司发展，在突飞猛进中已经进了新三板。

张恩阳发现，资源固然重要，但怎样利用资源才是公司最有效的盈利点。于是，公司开始开发一款"零钱夺宝"的购物平台，以一元众筹模式，边游戏边购物。这种方式一度很火爆，达到每天千万级用户；但很快被网易一元购模仿，使公司处于被动地位，最后干脆把"零钱夺宝"并购给了网易。

动漫游戏双创基地

两次项目开发的经验，让张恩阳看到新的着力点，于是他把眼光投入到客户流量的渠道与分发上，成立 APP 分发中心，并提出精准营销的概念；同时搭建两个平台，一个是 SSP 分销 TC 平台，往下按效果分销；一个是 DSP 大数据分析 TB 平台。这两种方式在业内远远领先，等到其他企业开始模仿时，张恩阳和他的团队已经开始做最时尚有效的场景营销了。张恩阳说："所谓场景营销，就是在某种特定的场景，如体育馆、大学、菜市场等生活场景，给这些特定场景的人推相关信息。如体育馆以健身、赛事为主；大学以辅导班、课程为主；菜市场以生活类信息为主；在精准营销的基础上，更富有针对性。"在精准营销与场景营销的两个板块的带动下，动信通在新三板的市值很快超过了 30 个亿。

惨痛教训猛回头

2017 年，张恩阳已经在行业内立足，但因一直在做渠道，大部分通过后台操作，在一线却没有什么品牌知名度，甚至拿不出一款属于自己的专有产品；这让张恩阳和他的合伙人重新思考了未来的发展方向，于是两人一致同意，要收购一个一线品牌网站。

当时安卓系统三大品牌网站，91 助手、豌豆荚、机锋网正是火爆时期，成三足鼎立之势；91 助手以 90 多亿美金卖给了网易，豌豆荚以 14 亿美金卖给了阿里巴巴，机锋网当时正在寻求买主，经过几番谈判，动信通以不到一亿的价格并购了机锋网。

因为渠道营销管理的基因模式与一线品牌网站管理的基因模式格格不入，到手的机锋网的经营也遇到了一些困难，增长缓慢。到 2019 年，机锋网原来的团队只剩下十几个人。张恩阳意识到，公司的发展亟须新的定位与着力点。

北京市副市长卢映川考察动信通

如今迈步从头越

2019 年，对于张恩阳来说，是一个重新反思定位的一年，两年来，他在机锋网的管理上花费了大量的精力，却没有取得预期的结果。痛定思痛的张恩阳重新把眼光关注到大数据的挖掘上，拿出看家本领，把三大运营商累计 100 多亿条数据进行长达七个月筛选与脱敏，形成一个庞大的数据库。在这个庞大的数据库中进行各式各样的变现，以商业化的模式分发给各大平台。

2020 年，新冠疫情全球爆发，张恩阳觉得这正是公司调整布势的机会，便在后海周边长期租赁了三栋办公楼，开始投资文创与短视频通讯模块；在立足本行的基础上，开展多元化发展格局。2021 年 1 月，在公司的股东大会上，一致通过："不忘初心，回归本行，聚焦运营商，发力大数据"的发展战略。在未来的几年里，公司将会在 5G 基站的大数据运营上占领新的制高点，重新推动移动互联的飞速发展。

十年磨一剑，笑傲江湖风云端。可以说，在手机互联营销这场没有硝烟的战争中，张恩阳带领他的团队左冲右突，砥砺前行，一直以引领的姿态，不断被模仿，不断被超越。但张恩阳总能化险为夷，不断寻求新的增速空间；张恩阳用一句真切的话语，道出了创业的真谛："不忘初心，构建自己的核心竞争力，聚焦聚焦再聚焦。""小发展，

西城工商联非公企业党委

大困难；不发展，最困难；大发展，没困难。"几句朴实的话语，展示出张恩阳迈开大步求发展的雄心壮志。我们相信，在 5G 发展的高速路上，动信通一定会在张恩阳的带领下，雄关漫道真如铁，而今迈步从头越，老骥伏枥志千里，本格初心创宏业。

孙秀明／文

为企业行稳致远保驾护航

张珺

1983 年生于北京。中共党员，中国人民大学国际金融硕士，CFA。现任北京启悦科技咨询有限公司总经理。历任万家基金管理有限公司北方机构业务部总监、华安基金管理有限公司机构业务部总监，从事高科技企业投融资业务。兼任北京山西企业商会、中国营养保健理事会副理事长、北京忻州商会副会长，获得诚信企业家荣誉证书、诚信经理人荣誉证书。

> 创业者开办企业，不仅仅要熟悉业务，熟悉市场，更要熟悉政策，熟悉企业发展的规范。很多创业者在自己的业务领域深耕许久，却对与企业发展息息相关的政策和规范层面的业务知之甚少，甚至在融资等方面犯一些低级的错误。因此，企业发展需要规范，就如同一个孩子的成长一样，从一开始，就要教他遵守规则甚至利用规则。
>
> 张　珺

致力于服务企业

张珺是北京人，典型的"80后"，思维活跃，善于思考，工作起来更是杀伐决断，处处体现出一个企业家的专业和干练。

张珺出生于河北，尽管她的祖父是地地道道的北京人。但是因为工作需要，只能在河北落户。这种京城和地方之间的差异，在最初的时候并不那么强烈，至少张珺是这么认为的。然而，到了高考的时候，她感觉到了压力。倘若在北京，以她的学习成绩，考上一所国内顶尖的大学几乎易如反掌，然而，在历年来蝉联"全国高考竞争最激烈的省份"的河北，张珺依然感受到了压力。

当然，作为一名学霸，从全国高考竞争最激烈的中考上一所大学，并不是难事。在高考之前她就想过：我一定要考回北京！只是，命运捉弄下，这一愿望未能第一时间得以实现，大学毕业之后，她报考了中国人民大学的研究生，并且顺利考入人民大学，获得国际金融专业硕士学位，实现了自己回到北京的誓言。

因为拥有国际金融的专业背景，2007年7月，张珺进入地方国资委直属资产管理公司，负责所在机构的市场业务。张珺有着丰富的专业知识，但是她的实战经验却近乎零。在资产管理公司，她如饥似渴地实践着书本上学到的知识，理论联系实际。尽管如此，很多情况下，书本上的知识并不足以解决现实中的问题，于是，她虚心向老员工请教，不断丰富自己的阅历，提升着自己的金融管理经验。

因为业务能力突出，张珺在公司如鱼得水，不仅业务能力得到了极大的提升，加上她待人平和，谦虚谨慎，受到了上级领导和同事们的一致认可。在企业里，张珺的职位不断上升，并且很快就能独当一面，带领团队负责公司重要业务板块运营。

张珺是一个特别有心的人，她在从事金融工作期间，

2019年4月17日，张珺总经理作为"科技＋金融"服务代办受邀参加第八届世界健康产业大会

非常关注高新技术科技企业的发展历程。国内科技企业的发展面临诸多困难，不仅要面对来自国际视野的技术垄断，还要经常应对企业运营资金、研发投入资金短缺的局面，只有少数企业在"天时、地利、人和"的条件下突破瓶颈，实现企业跨越式增长，大多数科技企业都在艰难地前行。如果科技企业扶持政策能够通过科技服务行业有效、广泛地触达，并能够将科技政策服务与科技企业金融服务关联起来，那些受制于发展过程中资源短板的、拥有"硬科技"的企业将会得以更快、更好地发展，从而推动"科技兴国"这一伟大战略目标的实现，也能够真正地发挥金融行业的本质，服务于实体经济、服务于祖国的经济建设。

换一种方式去工作

张珺的父亲最早是一名公职人员，在某科技部门从业二十余年，一直热衷专业，兢兢业业。他把自己的青春和满腔的热血献身给了党和国家，一心扑在科技成果转化、科技企业扶持、科技情报研究等方面的工作上。他亲历了国家科技兴国战略实施的重要历程，目睹了众多高技术产业的崛起，更参与了其中重大、先进技术成果的转化应用。因此，对于高科技企业的创业和成长，他非常有话语权，更是这方面的权威和专家。

20世纪90年代初期，一股"下海潮"席卷中华大地。张珺的父亲亦有所想法。这个时期恰逢国家大力推动科技服务业发展，助力科技创新和科技成果转化、促进科技经济深度融合，鼓励科技服务业推动科技创新引领产业升级、推动经济向中高端水平迈进的重大战略推行。有了国家政策的支持和鼓励，张珺的父亲从体制内辞职，投身到科技服务业的创业大潮中，创办了"启悦科技"。他秉承一个科技工作者的使命和职责，力求将二十余年的科技企业扶持经验与市场经济相结合，通过市场化运作将高水平的科技服务工作覆盖更多地区、领域，竭尽自身之全力为国家科技兴国伟大事业贡献一份力量。

在父亲看来，此次辞职下海，并非对事业和追求的"背叛"，而是换一种方式，更好地为企业服务。因为是一名老党员，父亲希望通过市场经济的模式，为企业服务，继而为国家服务。对于下海创业的思路是否正确，张珺的父亲制定了一个原则，即利用改革开放总设计师邓小平先生的"三个有利于"来评判。倘若三条都符合，那么创业的思路就是正确的，是经得起时间和客观规律检验的；倘若有一条不符合，那说明思路有问题，要立即纠偏，或者及时止损。

在启悦科技创立之初，张珺的父亲带团队进行了艰苦卓绝的创业历程。为了快速建立形成有效的科技服务体系，启悦从科技成果转化服务着手，与高校联合进行科技成果转化工作，为了沟通便利将办公室设置在某高校校区内。彼时的高校的房子还是20世纪五六十年代甚至更早的历史时期遗留下来的建筑，基础设施陈旧，破损严重。冬季几乎没有供暖，室内温度只有3℃左右。即使穿着厚厚的棉衣，在冬天的办公室里依然冷得瑟瑟发抖。

恶劣的工作条件对于张珺父亲带领的团队而言并不算什么。五十年代的人早就经历过比这更加艰苦的条件。因此，团队把所有精力都放在了市场拓展方面。克服了前期的市场认知培育难的问题，最终与中石油集团、中节能集团、金隅集团、三友集团等央企和上市公司合作，实现了公司快速成长。为企业的稳步发展奠定了坚实的基础。

实践是检验真理的唯一标准，17年的艰苦奋斗，启悦科技从小到大，从弱到强，为千千万万个科技企业发展提供了崭新的思路，帮助无数个高科技企业扫平了发展中的障碍，甚至渡过了难关。

2019年6月12日，张珺总经理带队与建行中关村分行签署战略合作协议，开启科技金融服务新篇章

十年磨剑试霜刃

企业的发展，需要不断输入新鲜的血液。启悦科技 17 年的发展和沉淀，通过实践反馈总结出一套行之有效的实战策略，形成了"启悦金字塔服务体系"，并通过该体系服务了全国 2 万余家高新技术企业，为企业提供"0-1-N-∞"的成长发展扶持服务，在全国 7 个地区开设分子公司，服务京津冀、长三角、珠三角等地区。

而正在这时，启悦科技的管理层依然是张珺父亲带领下的广大创业团队为主。企业未来发展面临严重的"人才断层"。而在外历练 10 年的张珺，在 2017 年 6 月加入了"启悦科技"。她有着极强的专业背景，加上在国资机构下属企业积累的丰富的业务经验和管理经验，开始负责启悦科技的全面业务，将科创企业的投融资业务与科创企业政策服务、科技成果转化业务相融合，为科技企业提供"科技＋金融"资源支撑平台，在京津冀、山东、江苏、广东众多地区为优秀科技企业、产业园区提供了必要的支撑服务，深受客户信任。10 年的职业生涯，在此刻终于得到了淋漓尽致的发挥，张珺的父亲也敢于放权，任由张珺在企业里大展拳脚。

张珺深知，企业 17 年的经营发展，时刻不忘创业初心，秉承企业的担当和责任。启悦科技秉承"为广大科技企业提供发展过程中重要的、必备的、前瞻性的、关键性的服务资源支撑，解决科技企业发展过程中特有的问题，协助企业聚焦核心业务、快速成长。"这是启悦科技的核心价值，必须一以贯之。因此，即使在刚刚生产完，孩子还不足俩月的情况下，张珺即回到岗位，开始了繁忙而有序的工作，因为她知道，有很多企业需要她，有许多工作还在等着她。

2019 年，在张珺的主导下，公司的科技情报、科技成果转化业务迈出国际化的第一步，调研美国、韩国最新一代基因检测技术和产品，并与国内相关行业企业、金融机构、国家知识产权局联合调研国内技术应用情况，落实先进技术引进回国。

作为公司带头人，张珺深刻体会到作为一名企业家的责任：永远保持清醒、敏锐，勇于担当，带领团队在正确

2019 年 7 月 2 日，张珺总经理（左）与河北省政协副主席陈秀芳女士合影

的方向上快速奔跑，让团队每一名成员都在获得充分价值体现的同时都能过上体面的生活。也正是在这样的理念下，公司团队不断壮大，也在商海浮沉中历练成为一支"能打仗、能打胜仗、打不垮拖不烂的队伍"。

新思路，新举措，启悦科技在张珺的引领下，迅速打响知名度，成为各大高新科技企业、高新科技园区的"科技＋金融咨询服务专家"。

【采访手记】

张珺是一个学者型的企业领导人。在企业经营、企业管理等方面，都展现出她温文尔雅的一面。她的睿智，她的健谈，她的思维，她的逻辑……在管理中展现得淋漓尽致。她的语调是温和的，却是不容拒绝的。在很多涉及大原则的问题上，温和的语调背后是不容商量的决绝和坚定。我们有理由相信，张珺带领下的启悦科技，一定能够在未来的行业发展中，撑起属于自己的一片天空。

姚凤明／文

引燃青年头脑风暴的领军者

张萌

畅销书作家，青创智慧科技董事长，微信视频号头部创作者，微博知名博主，全网粉丝量超1500万。代表作：《引爆视频号》《让你的时间更有价值》《从受欢迎到被需要》《精力管理手册》《加速》《人生效率手册》，曾担任北京奥运会火炬手，被评为亚洲新锐先锋、全国巾帼建功标兵、北京市劳动模范、北京市优秀中国特色社会主义建设者、北京市三八红旗手，北京师范大学荣誉校友。现担任北京市工商联执委、朝阳区政协委员、朝阳区工商联商会副会长、北京市创业导师、中国管理科学院智库专家、高校兼职教授。多次参加APEC CEO峰会、博鳌亚洲论坛，受李克强总理、时任英国首相卡梅伦、时任美国国务卿希拉里·克林顿等近30位中外领导人接见。

> 一个刚刚走出校园的社会青年，一缺资源、二缺项目、三缺资金、四缺市场、五缺人脉、六缺渠道……最关键的是"缺想法、缺创意"，只有一腔热情，但是，没有人能够仅仅凭借满腔热情就实现创业成功的，他们需要指导，需要培训，需要有经验的前辈教给他们"应该怎么做"。
>
> 张 萌

2021年7月1日，庆祝中国共产党成立100周年大会在北京天安门广场举行，张萌作为嘉宾现场观礼

畅销书作家张萌第 12 本书《引爆视频号》荣登全国当当影响力榜单第一名

引入导师培训机制

能够成为引燃青年头脑和智慧风暴的领军人物，是张萌始料不及的，因为这与她读大学和读研的专业相去甚远。在北京师范大学读本科的时候，她学的是英国语言文学，而研究生专业则是功能语言学与脑认知心理学，属于神经认知科学范畴。真正让她开始接触"青年创业和就业培训"这个行业，源于她读书时候的几次机遇。

张萌能够走上创业的道路，很大程度上是受到了一些知名企业家的思维影响。而她能获得这样的机会，得益于她活跃的思维和开阔的眼界。作为一名优秀大学生，张萌曾经是北京奥运的火炬手，更获得了宋庆龄基金会的奖学金，机缘巧合之下，她有机会在参加（APEC）亚太经合组织峰会，在峰会上她了解到，亚太经合组织有一个针对全球青年的组织，叫作"未来之声（Voices of the Future）"，她在这个组织中接触到这些顶尖级的导师培训，包括企业家马云、时任英国首相卡梅伦、时任美国国务卿希拉里·克林顿等知名人士，成为她的创业和人生导师。在未来之声中，张萌开拓了视野，开始有了创业的念头：她希望把导师培训的思维和创业就业扶助模式复制并引入国内的高校。

于是，一个致力于提升和助力青年就业创业的组织建立起来了。通过组建团队，张萌通过线上线下两种方式，将知名的学者和导师输送到高校讲课，授课内容以提升竞争力、开拓视野、创业和就业技能指导为主。这些导师智库大都来自 500 强企业的 CEO 或者高层，对于青年创业就业，有着非常强的公信力。

刚开始的时候，张萌带领团队主要通过线下的方式做活动，包括开办各种沙龙和论坛，主题以创业和就业指导为主。业务遍及各大高校，从社会创业成功人士和用人机构的角度去指导毕业生的就业和创业，让青年开阔眼界，启迪青年以另一种思维去构筑自己的职业规划。由于定位准确，也切实能够提升广大青年毕业生的创业和就业认知，让他们更加清晰地找准自己的定位，从而在毕业之后的就业选择中更加理性。因而受到了广大高校和毕业生的青睐和认可，更获得了国家教育部门的认可。

线上思维杀伐决断

张萌受邀出席中国互联网大会并做主旨演讲

刚刚创业的时候，张萌和团队获得了一些资本沉淀。2015 年，张萌果断出手，促成了极北咖啡（Hypervic Coffee）正式进入中国，并在北京市朝阳区的 CBD 开了第一家店。白天的时候，咖啡店正常营业，到了晚上，咖啡店就变成了"头脑风暴"的创业沙龙，成了青年创业者的聚会圣地。几乎每一家门店都参与了组织沙龙，全年至少有 200 场沙龙，一时间极北咖啡组织的沙龙在青年创业者的圈子里迅速打响名头。张萌趁热打铁，在 2015 年组成了一个线上服务小组，组织了一场 10 多万人同时在线的线上论坛。也正是这个线上论坛让张萌意识到互联网力量的强大：极北咖啡单店一年的人流量也不一定能达到 10 万人以上，如果能够用从线上引流，或者干脆只做线上业务……一个大胆的想法在她脑海里挥之不去，她开始不断地转变思路，要用互联网思维去创业，超越固有的时间和空间思维。

2015 年年底到 2016 年年初，张萌开始把主要精力转移到线上。实体门店逐渐关闭，彻底退出传统的经营模式。当时很多人对她的决定非常不解，甚至有人劝她：投资这么多，很多门店还正在装修，而且员工们都不懂互联网，轻易就放弃渐入佳境的实体店经营，可能会对创业的未来造成不利的影响。可张萌不这么认为，她觉得互联网思维是第四维，甚至第五维，而实体店只是三维思维，传统的经营模式不仅费时费力，甚至会在未来的互联网经济大潮中处于不利的局面。她坚持己见，迅速转型。

于是，利用线下论坛以及沙龙活动聚集起来的线上人气，张萌开始邀请一些导师，希望通过线上分享的模式去给年轻人指导。然而，当时的技术端并不成熟，很多导师对此也颇为难，他们并不看好这种在线分享模式。毕竟之前一直以论坛讲授模式为主，面对面交流更有真实感，无论是早稻田大学、东京大学、新加坡国立大学，也无论是哈佛大学、牛津大学等这类世界顶尖大学，尽管都开设了张萌主导的论坛，却没有一家是通过线上分享的，在导师们看来，讲授的现实感和可触碰感是线上分享无法比拟的，即使面对 10 多万人的流量。况且当时的平台连视频都没有，甚至是音频发布。

面对困难，张萌没有放弃。没人愿意做第一个线上分享导师，她自己做。但是难度相当大，因为她一直在中后台，从来没有站在前台面对听众，该怎么找选题，怎么用话题带动主题，怎么活跃气氛……一切都要从头开始。她没有退路，只能硬着头皮上。于是，第一堂"时间管理空中课堂"就做起来了。几堂课做下来，竟然吸引了很多受众，于是，班子里的四人线上团队，就着"时间管理"这个领域，硬是把线上分享的生态做起来了，并且很快就扩大了规模，影响力日益提升。

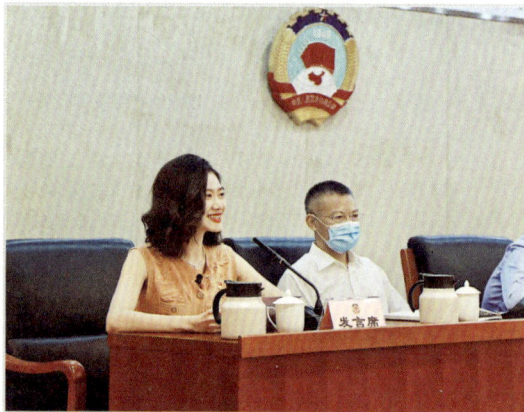

朝阳政协委员张萌在常委会上讲述"七一"在天安门广场观礼的学习心得

经历风雨才见彩虹

关闭传统的咖啡门店，退出极北咖啡的实体经营，这些损失都是巨大甚至是惨烈的。而要开辟互联网市场，更需要前期的投资和坚持。这不仅需要独到的眼光、雷厉风行的行事风格、坚韧不拔的毅力和勇气，更需要异于常人的抗压能力。这些张萌都做到了。也正是这次惊险绝伦的转型，让张萌的创业之路更加宽广，并且逐渐步入正轨。她也彻底被互联网经济所带来的巨大便捷所折服。之前开实体店各种线下资源和人力成本、资金成本、协调成本，如今在互联网的加持之下，只需要一个小小的账号，加上自身的丰富知识储备，创作出优质的原创内容，就能引发青年学生的头脑风暴，对他们的职业规划和创业规划带来巨大的改变。无论在喜马拉雅还是樊登读书会，无论是在微信视频号还是抖音、微博上，他们都能做到叱咤风云，引领潮流，并在业内做到了多项榜单第一。对于一个刚刚走出校园的毕业生，或者一个普通人而言，互联网杠杆能显著增强他的职场能力，更能通过低成本的方式去撬动一个细分市场。

尽管低调的张萌并不喜欢聚焦在聚光灯下，随着粉丝量的几何级增长，她更加坚信当初转型的及时，如果不是那次"壮士断腕"般的转型，后面就不会再有这样的机会。

2016年，张萌正式开启互联网创业之旅，截止到今天，粉丝达1500万人，成为真正的"线上大V"，更与朝阳区人力资源和社会保障局劳动服务中心联手开展"寻找青创客计划"，举办创业导师论坛，助力青年创业，手把手陪伴式辅导青年创业的全过程。经过辅导培训，青年初创者实现了创业起步，张萌和团队更加坚定了助力青年实现创业梦想的新年。她首次提出"微创业"的概念，同时在培训过程中逐渐创建并完善了"学习五环法"理论，通过"学、思、做、教、赢利"五个步骤，上线微信创业的三大技能课程：互联网营销师、在线学习服务师，直播销售员，力求创业和就业培训落到实处，见到实效。

在张萌看来，一个刚刚走出校园的社会青年，一缺资源、二缺项目、三缺资金、四缺市场、五缺人脉、六缺渠道……最关键的是"缺想法、缺创意"，只有一腔热情，但是，没有人能够仅仅凭借满腔热情就能实现创业成功的。而优秀青年往往存在一些误区，总是把创业的激情和热情，误认为是创业的才能。所以，张萌所在的青创在培训中反复强调，如果一定要领导创业，仅仅依靠培训是远远不够的，更需要一个系统的打造，理论加实践的历练，通过创业技能＋供应链赋能，将培训效果最大化。张萌更希望通过自己的模式，对培训效果做到实时追踪。

作为青创智慧党支部书记，张萌时刻谨记一名党员的担当和责任、初心和使命。为充分利用好互联网全新的平台，扩大党在互联网领域的号召力和凝聚力，在她的倡导下，提出了开展争创"跟党一起创业"党建品牌的实践活动，坚持以创新代替沿袭，用实践体现成效，探索出了适应互联网企业组织建设的"三建三做"和"三个融合"工作机制，使遍布在创业群体中的党员青年由"最大变量"为"最大增量"，使党建的引领由"前沿阵地"为"红色阵地"，使理论学习和教育由"零敲碎打"为"系统推进"，形成了线上"辅导＋实践"和线下"活动＋互动"的党建工作新体系、新机制，通过以青创智慧"课程体系"为切入，创造性地组织和开展了"互联网党建＋党建活动室""流动党员驿站"和"党建服务中心"，努力打造集学习教育、党员交流、志愿服务等功能于一体的党员教育活动阵地，引领广大创业者群体中的党员成为各项工作的带动者和实践者，从党建引领高度去助力青年创业群体能力的全面提升，打造了青创智慧党建引领教育服务的红色品牌，实现了党建与创业工作同向发力、互促共进，有效激活了创业者学习与奋斗的内驱力。

2020年，参与张萌团队培训的创业者达到10万人，她本人也对互联网经济更加熟稔。她也非常注重对人生的总结，更加注重思考和分享。她把创业多年以来的心得整理成册，出版发行，把多年来关于"时间管理""创业培训"的内容也整理成册，推向市场，希望惠及更多的青年人，给他们的思想带来启迪，给他们的思维带来一场风暴，给中国的知识青年提供一个更加丰富多彩的思路，因为青年始终是国家富强和民族复兴的中流砥柱。

【采访手记】

对于事业上的成功，张萌并没有感到太大的成就感，就如同她稍显内敛的性格。她更关注社会公益，热心公益事业，曾发起"助学字典公益行动""青年大会"等公益活动，并荣获2018年度、2019年度、2020年度先进党组织与党建示范单位。在抗击疫情的过程中，张萌认真执行各级党组织和政府规定，积极响应组织号召，主动向武汉红十字会基金会、湖北省妇幼保健院捐款捐资数十万元，为疫情防控做出了自己的贡献。

姚凤明／文

健康的守护者

张磊

1983 年 1 月出生，北京人，民建会员，高级经济师、高级人力资源管理师，东北财经大学工商管理硕士研究生毕业，现任惠佳丰健康产业集团有限公司董事长。现任全国第十三届青年联合会委员、北京市第十五届人大代表、民建北京市委委员、北京市第十一届青年联合会委员、中国家庭服务协会病患护理专业委员会副主任、北京市工商联合会商会执委委员、北京青年企业家创新发展协会副会长、北京市西城工商联合会商会（副会长）、北京市西城区第二届青年联合会常委、北京市西城区青年企业家联合第一届理事会副会长、工商联天桥街道商会会长。荣获 2015 年北京市劳动模范，2018 年西城区第三届"百名英才"，2019 年北京市和谐劳动关系先进个人，2020 年民建全国优秀会员、北京榜样，2021 年中国好人、西城区青联优秀委员等称号。

> 企业无论发展到什么程度，都要时时刻刻铭记社会责任，要时刻秉承干事创业的初心，常怀感恩之心，服务社会，反哺社会，这样才能走得更远，飞得更高。
>
> —— 张 磊

2018 年，张磊（左）被授予西城区百名英才称号，时任西城区区委书记、现任北京市副市长卢映川与获奖者合影留念

不想让父亲太辛苦

张磊的父亲原本是一名国企员工，早在 20 世纪 80 年代就辞职下海，一直在商海打拼，逐渐把目光转向了医疗卫生行业。在行业里奔波了多年，积累了丰富的行业经验和一定人脉，2003 年的 8 月 13 日，在北京市西城区创立了北京市惠佳丰劳务服务有限责任公司，主要业务是为医院的住院病患提供生活护理服务。

当时的张磊二十出头，正是天不怕地不怕的年纪，专科毕业之后在一家汽车公司做销售，做得风生水起。车企的销售经历，让他积累了一定的市场销售经验，思维也在不断活跃。

2006 年年底，张磊看到父亲逐渐年迈且身体欠佳，不忍心再让他耗费心力管理公司，就放弃了正处于上升期的车企工作，回到父亲身边，正式开启了他在医疗健康行业的事业跋涉和人生历练。

医院护工行业是一个偏冷门的行业，护理病人也是一个不起眼的服务工作，很多人都看不上眼。但是，这确实是一个新鲜事物，在国内的发展也不过是近 20 年的事。从市场的稀缺度和需求来研判，护工行业是一个朝阳产业。

如何打开行业局面，张磊有自己的思考。事实上，早在惠佳丰成立之前，就已经有人在从事相关业务，但基本上处于散兵游勇，难成大事，行业发展受到局限。

张磊首先想到了要加强对公司人员的管理，加强对护工的专业培训，并通过摸索制定和完善了一套针对护工管理、服务的规章制度。一整套管理改革下来，惠佳丰服务人员的形象得到显著提升。紧接着，他利用自己在汽车销售方面获得经验，主动出击，加大企业宣传，寻找合作机遇。在他看来，服务类行业也要注重广而告之，必须主动出击，一定要善于走出去推销自己，不能坐等业务，守株待兔只能死路一条。

张磊主动联系各大医疗机构，跟他们洽谈"病患守护业务"的合作问题。初步接触，自我营销，让自身常年处于护理人手不足，加之无组织的护工常给医院带来医疗安全隐患的医疗机构，对这个年轻小伙子的思路非常认可。在医院急需经过专业化培训的护工以及其背后正规的管理团队时，惠佳丰适时以自己崭新的形象成为很多医疗机构的首选，当时还没有一家如此管理正规、专业过硬的护工服务机构，能够很好地协助医院规避散工的乱象和用工风险，于是很多医疗机构和惠佳丰签署了服务外包合同，由企业派出统一着装、经过专业培训、体检合格的护理人员进驻医院。

拓展医护外勤运送业务

2018年9月，张磊与父亲一同参加西城区工商联开展的庆祝改革开放40周年访谈，畅谈企业和个人发展体会

护工是医疗辅助服务之一，主要是通过为病人提供生活护理和部分基础护理配合医护人员服务临床。在张磊的主导下，惠佳丰做得越来越好，在2010年前后，就有20多家医疗机构与惠佳丰建立了合作关系，业务量逐步增大，企业也越做越强。因为管理科学、人员素质高，为医院带来了切切实实更好的服务，也为病患提供了无微不至的关怀照护，一时间受到各方的认可。

而张磊却居安思危。他认为，护工服务形式比较单一，且难有突破。如何拓展服务项目？张磊有着自己的思考。当他看到绿茵场边的外国医护人员抬着担架把受伤运动员送上救护车，并跟车进入医院，跑前跑后，拍片子、送样本，甚至送仪器、信件和检查报告等等一系列外勤服务……深受启发，他心动了。这项服务，在医疗辅助项目中被称作外勤运送服务，当时多数医院是引入外企在做这方面业务。他想咱们中国人为什么不能开展这个项目呢？病人是我们本土本地人，而我们本土企业为什么不能做这事儿呢？服务中沟通应更无障碍且成本还可降低，何乐而不为？于是，张磊利用两到三年的时间，开始组建自己的团队，积极开展外勤业务的培训和相关专业学习。

时机成熟，张磊又一次主动出击。2010年，他找到北京友谊医院，向对方表达了要开展外勤运送业务的想法，充分的前期准备让他有足够的信心把这件服务拿下来。张磊的管理团队中，有多名从外企跳槽到企业的专业人士，他还有

一群不怕困难想做事的伙伴，更有沟通无障碍、服务本土化以及更低廉的价格优势，这些让他对新业务信心满满。

北京友谊医院对惠佳丰公司的企业文化已比较了解，对公司的护理业务也比较满意，因此就答应给张磊一个机会，看他能不能做好。张磊抓住这个机会，组织团队全力以赴拓展新业务，最终他们圆满地完成了这一次"试水"，获得了院方、病患和病患家属的一致认可，从而拿下了该项业务。张磊在调研和运维中发现，外企在中国的服务明显水土不服，合同里没有的内容不能及时做调整，管理模式教条，不能以服务需求为导向，而医院担负治病救人的职责，各种突发状况特别多，需要的就是及时满足医疗需求，而这也恰恰是外方企业的软肋。张磊的业务团队打破了这些条条框框，企业与医院双方在合约中明确责任和权利，服务细节约定双方随时商洽追加，只要是甲方有需求，病人有需求，惠佳丰团队就尽可能地调整、跟进、满足，实现了院方、执行方和病患的三赢局面。借着北京友谊医院成功的东风，惠佳丰运送项目团队迎来了更多的合作医院。企业的发展也随之步入了一个新的台阶，经历这样两场大的改革、推动，惠佳丰逐渐成为北京医疗服务行业的一个明星企业！

2018年至今，张磊坚持参加内蒙古喀喇沁旗小牛群镇"手拉手"助学扶贫活动

发展不忘社会责任

在张磊及其团队大刀阔斧的改革以及惠佳丰全体人员的不懈努力之下，企业获得了长足的发展，无论是管理能力还是培训能力，无论是市场研发、拓展能力抑或企业美誉度和知名度，都得到了大幅度提升。

2015 年，惠佳丰健康产业集团成立，集团旗下拥有医院管理公司、劳务服务公司、家政服务公司、网络科技公司和园林景观工程公司等子公司；劳务服务公司下属又有山东等 11 家外埠子公司和分支机构。致力于企业人才培养和劳务培训的职业技能培训学校，更被北京市人力资源和社会保障局认定为 A 类 - 职业技能培训学校。每年数以千计的劳务人员通过这个培训学校，走上了适合自己的工作岗位，解决了大量的就业人群。

目前，惠佳丰集团一线工作人员已经达到 5000 余名，成立了两个党支部、工会。每年为 50 万名住院病患提供贴心的陪护服务。同时，集团还与北京大学第三医院、北京大学人民医院、首都医科大学天坛医院、首都医科大学友谊医院等 40 余家医疗机构建立合作关系，具有病患陪护（含护理员）、母婴护理、助理护士、劳务派遣、中央配送、物业服务和保洁服务等完整保障业务链；与西城区展览路、新街口街道等中心城区养老机构建立了友好合作关系，建有机构、居家养老和社会生活保障等服务体系。

而这一切，张磊还觉得不够。作为"80 后"，他深知当下年轻人面临的社会压力，上有小，下有老，"996"甚至"白加黑"，一旦家中有人生病，根本没有时间和精力去照顾，否则牵一发而动全身，之前所有的努力都有可能化为乌有。因此，他要把惠佳丰的服务理念从北京推向周边省市乃至全国，他还把企业未来的发展规划推到了"养老健康"方面，以应对即将到来的老龄化危机。

企业要发展，离不开国家和政策的支持，更离不开社会各界的支持和鼓励。张磊深知，企业无论发展到什么程度，都要时时刻刻铭记社会责任，要反哺社会，常怀感恩之心，才能走得更远，飞得更高。在新冠疫情期间，医护人员的口罩都无法保证，当时一个医用口罩已经炒到了 10 多元钱，而且还不一定有货，尽管集团管理人员们想尽一切办法寻找货源，短缺仍严峻，怎么办？正当时，在北京市政府的支持下，张磊拿到了平价口罩，解了企业的燃眉之急。

在新冠肺炎防控中，张磊带领企业 2000 余名服务人员坚守 30 余家大型医疗机构保障一线，承担病人的陪检工作、隔离区等标本和物资运送工作、门急诊疏导工作、住院病人陪护工作等；响应政府号召，承担近 2500 人因防疫需要不能返京人员的成本支出；带头捐款、捐物慰问天桥街道及部分医院防疫和医务人员。

惠佳丰集团历来注重承担社会责任，集团利用职业技能培训学校专业教学资源，年均为 1600 余名就业人员提供培训机会；企业为 1200 多名失业或低收入人员提供再就业机会，为 2000 多名农民工提供工作机会。惠佳丰集团还坚持参加各类社会公益事业，近年为持续为社会捐款、捐物。为帮扶贫困地区打赢脱贫攻坚战，企业更是出资 20 万元，支援内蒙古和甘肃贫困地区，切实为祖国脱贫攻坚尽心尽力。

2019 年 1 月，张磊（左）在参加市第十五届人大第二次会议期间向陈吉宁市长（右）汇报了医院护理员向居家养老护理员延伸服务的设想

【采访手记】

张磊是一个非常大气的企业家，更是一个意志坚定的创业者。他把一个企业从弱小引领到强大，把一个行业从零散、无序改造到正常的发展轨道，他有思路，有想法，有魄力，有干劲，更高瞻远瞩，勇于承担社会责任。我们有理由相信，张磊带领下的惠佳丰集团，一定能够引领医护行业，走向一个更高、更远、更深、更稳的发展道路。

姚凤明／文

助力幸福,打造信息化养老服务平台

——北京爱侬养老科技发展股份有限公司执行董事张穆森的探索历程

张穆森

北京爱侬养老科技发展股份有限公司执行董事。

> 专业化服务是家政服务的发展趋势,爱心是推动家政服务的根本动力;爱侬正以公益精神,以人道之心服务于社会各界有需求的客户群体,为千家万户提供专业化的家庭护理方案,致力打造全生命周期的家庭服务品牌。
>
> 张穆森

2019 年 5 月 12 日,国家财政部、商务部在爱侬召开推进家政行业发展座谈会,爱侬执行董事张穆森向国家财政部经建司领导汇报工作

　　在中国传统文化中，儒家思想成为中华美德中最富内涵的精华篇章；其中关于尊老爱幼的思想，大教育家孔子提出："故人不独亲其亲，不独子其子，使老有所终，壮有所用，幼有所长，鳏寡孤独废疾者皆有所养。"在此基础上，孟子在描述他所理想的社会时说："老吾老以及人之老，幼吾幼以及人之幼。"可以说，孔孟思想一直在指导着社会遵从一种尊老爱幼的正能量思维，北京爱侬养老科技发展股份有限公司执行董事张穆森正是立足这一文化之源，多年来倾注爱心，在专业、暖心、高标准的服务理念中，把养老事业作为一种能助力和谐社会，增加老年人幸福指数的着力点，奉献着自己的智慧和才能。

打造家政服务信息平台

　　毕业于英国社会学专业的张穆森，提早看到了中国老龄化社会的发展趋势，在他的心中一直有一个梦想，怎样去寻求一种更为完善的养老服务模式，来改善传统的家庭养老不专业的问题，从而减轻家庭负担，助力社会的幸福和谐。

　　2010年，张穆森回到国内，经过了几年的从业历程，终于找到自己心仪的事业——爱侬养老服务。他带着一种大爱之心，带着一种情怀，把这么多年积累的人力资源、社会学、企业管理知识，全部用到爱侬养老服务管理与模式探索中。

　　20世纪80年代以来，中国的家政服务一直处于一种散沙式的随机务工模式，月嫂、保姆、小时工等在有所需的状态下，业态应运而生，但这种新兴的服务行业存在家政服务员信用信息档案不健全、服务不专业等安全隐患。并且，随着中国低出生率与社会快速发展，中国将很快进入到一种老龄化社会，张穆森很清晰地看到这一点。目前，随着电子信息技术的日新月异，一个大数据时代即将到来，怎样让传统的家政服务模式更加适应快速发展的新时代，张穆森开始认真思考。其中具有创新意义的是劳动用工关系的改变，使平台管理模式与服务人员的工作时间更有弹性协调机制，以平台接单，服务监管为模式的新业态模式应运而生。

　　张穆森把养老作为公司的核心业务，把专业考核作为家政服务的基本点，配合北京民政局"2017年在北京建设1000家养老驿站"目标，很快打造出五家养老院，二十多家养老驿站，探索大城市养老，点与面结合的全覆盖模式。同时，爱侬养老更注重养老大数据的收集与梳理；一个小区有多少人要步入老年，他们的具体年龄、男女比例、健康指数、家庭情况、经济状况、养老需求等，都作为一种

2020年，爱侬执行董事张穆森及爱侬董事长穆丽杰接受北京文艺广播电台采访

大数据输入区级养老服务指导中心，这样更有利网格化模式下，养老资源的分配与调置。此外，在民政部门的指导下，还专门开设老年呼叫中心96083，实现养老应急呼叫，更方便快捷服务于社区。可以说，这一系列举措基本实现了三级全方位网络覆盖的养老模式，区一级建立养老服务指导中心，街道一级建立养老照料中心，社区建立养老驿站，并辐射居家养老。提出9064原则，90%的居家养老，6%的社区养老，4%是机构养老；这套体系得到北京市民政部门的认可，并很快推广到怀柔、延庆、密云等地区，更好地服务社区老年人。可以说，随着时代的发展，家政养老服务逐渐发展为一种新的业态；许多年来，爱侬养老一直在与国家发改委、人社部等单位探讨家政服务的行业发展；并在2019年参与制定国家发改委联合商务部发出的"家政36条"，以政策调控方式促进、规范家政行业的健康发展。

专业化服务才是家政服务的根本点

在张穆森的家政服务观中，专业始终是第一位的。第一是服务流程的规范化，比如服务保洁，前期上门手机定位打卡，服务前后拍照，成交订单完全在手机上完成，客户签字，提交满意度等情况最后系统结算。对违规、超时、定位不准、客户投诉等，进行相应的处罚。通过这些信息化的管理，既对服务质量进行了监管，又对数据进行综合分析，比如服务人员的年龄、学历、订单、培训记录，以及客户的服务需求、工资水平、消费能力等进行分析和画像，以期对整个行业做出正确预期和把握。

第二，服务内容的专业化，特别是一老一小护理这两个板块。养老服务人员与育婴人员除了前期培训的基础上，还要进行专业度评估与考核。比如对于一些长期卧床的老人，一些不规范的操作可能会给被照顾对象造成伤害，甚至会给服务人员造成伤害。比如，搀扶动作，如果不规范就会引起不适甚至摔倒，一些行动不便、体重较重的老人，养老护理员搀扶或抱起的动作不规范，也有可能对养老护理员的腰椎造成伤害，甚至在必要情况下，要用相应工具辅助。随着服务需求的升级，这些都成为家政服务人员必备的专业技能，从而更好地服务于社会。

第三，在服务人员身份核验方面，做到专业、健康、安全的可控在控；从而改变传统家政服务未进行身份信息的审核就上岗，造成事故找不到人的弊端。2020年春节前夕，新冠疫情突然爆发，武汉封城之后，北京的疫情防控可谓是重中之重；随着返乡人员开始流动，平台的信息化优势就开始显现，当时爱侬平台就做了一个小程序，用以追踪家政人员的行程轨迹，只要家政人员一到北京，就有一个定位打卡，必须居家隔离14天，每天上传体温记录以及身体状况；当时掌握了7万多条家政人员健康信息，为家政服务提供了一道健康屏障。

2021年10月，爱侬当选中国家庭服务业协会第二届养老护理专业委员会副主任委员单位，爱侬执行董事张穆森上台致辞

新冠无情，爱侬有意

爱心是爱侬养老的文化与灵魂，张穆森认为，在这个行业，如果你不带着爱心去工作，你是坚持不下去的。在爱侬养老的家政服务工作历程中，处处洋溢着暖心故事，端午节与老人们一块包粽子，过年与老人一块吃饺子，八月十五给老人送上可口的月饼，温情满满，感人心扉。

还是在疫情期间，由于养老照料中心封闭管理，前期老年人的情绪还比较稳定，但随着时间的推移，老人的情绪日渐出现焦躁、不安、想念亲人的情况，有些老人甚至为了见儿女装病。为安抚老人的情绪，养老护理人员每天穿梭于老人房间与老人聊天，告诉老人这次疫情的严重性和预防措施，帮老人转接视频电话，拍小视频发往家属群里，每一条带有温度的视频瞬间，安抚老人情绪的同时也让其家属更加的安心。

随着战疫形势的严峻，老年人基础病的就医也因为封闭管理显得困难重重；一位老人在前年施行了膀胱造瘘手术，每月需要定期到医院更换管路，疫情期间，定期的管路更换就成了个大难题，老人行动不便，如果到医院换管后就需要回家隔离 14 天后才能返院，但是家庭的照护能力有限，面临无法照料老人的困难。时间一点点的推移，再不及时更换管路，随之而来的感染、堵塞将引起老人更多的并发症。在一筹莫展之际，爱侬家政通过多方协调，终于促成了首例远程指导养老机构膀胱造瘘患者换管操作，为老人解除了痛苦。新冠无情，人间有爱，在爱侬的大家庭中，正因为有了爱心传递，才让社会养老事业做得如此有声有色。

家政服务人员的供需关系一直存在着一个瓶颈，一是大城市资源紧缺，一是偏远农村劳动力剩余。一是刚需老人花钱找不到好的人选，一是干活利索的农村妇女找不到好的就业渠道，导致家庭贫困；于是家政扶贫成为一举两得的供给侧结构性改革的创新模式。爱侬养老深入山西、四川、河北等地的偏远农村，在重点贫困地区开展家政服务培训，提出

2021 年 10 月，爱侬执行董事张穆森受邀出席由北京市商务局主办的"2021 北京消费季银发节"启动仪式

"一人从事家政服务，全家脱贫"的口号，积极引导当地农村妇女就业。很多妇女通过家政服务平台，走出大山，融入大城市就业洪流，一个月 1 万多元的收入，使原来年收入不到 5 千的贫困窘境得到了根本转变。她们淳朴、勤劳、踏实能干的传统美德，也得到城市老人们的高度认可。

最美不过夕阳红，潇洒又从容。爱侬养老在近 30 年的发展历程中，与共和国一同成长，在新时代人民对幸福美好生活的向往中，爱侬养老正是带着一种公益精神，以人道之心，服务于社会老幼病残等社会各界群体，在科技＋信息化＋大数据的赋能下，不断探索新的社会养老模式，更好引领养老服务的创新与发展。

孙秀明／文

戏里戏外 创业人生

——演员李桓的文艺创业观

李桓

影视演员、毕业于中央戏剧学院，现供职于中国儿童艺术剧院。李桓因电视剧《血色湘西》中的"石三怒"走进观众视线，2009 年，获年度娱乐星锐榜十佳星锐奖。代表作品：《血色湘西》《雾柳镇》《遍地狼烟》，《风车》《娘要嫁人》《映山红》《刀之队》等影视剧。

人生就是一场戏，每个阶段就是一段传奇；在戏里演好每一个角色，在生活中做好自己；演绎红色经典，传承红色基因；云烟过处，方知情真意切；只争朝夕，人生渐入佳境。

—— 李 桓

对于一位生长在部队大院的"红三代"来说，他是《血色湘西》中的石三怒，他是战火纷飞中的青年叶剑英，他是《觉醒年代》中的易白沙；演艺之余，他积极参与其他领域的思想追求，不断学习探索；从传统书画的求索中，他体悟出电影美学的构图与色彩；他把创业作为体验人生的戏外功，从艰苦坎坷的创业历程中，感受人生之多艰；人生如戏，戏如人生，不畏浮云遮望眼，英雄儿女自多情。

红色基因，演绎英雄多情

1980 年 11 月，李桓出生在一个革命家庭，祖父李人林为开国将军，戎马一生，参加过土地革命、抗日战争、解放战争、抗美援朝战争等；自幼受到祖父的言传身教，他始终坚持初心，矢志传承红色基因。李桓一直在军队大院成长，父亲为了更好地锻炼李桓，总是在暑假期间，让李桓接受训练，如篮球、拳击、散打、跆拳道等，为其以后的演艺事业打下了坚实基础。

2000 年，在张光北老师的精心指导下，李桓顺利考入中央戏剧学院表演系，四年的专业学习，打下了过硬的基本功；在系统学习演艺知识的基础上，迅速提高了演员的自我修养。毕业之后，他考入了中国儿童艺术剧院，做了一名话剧演员；主演了《饼干人》《马兰花》《韶山出了个毛泽东》等剧目，深受观众以及青少年儿童的喜爱。

2006 年，可以说是李桓演艺生涯的转折期，当时他出演了电视剧《行走的鸡毛掸子》中的蒋克儒，把这位内心复杂，对爱情执着的悲剧性人物演绎得淋漓尽致，表现出深厚的演艺功力。

同一时期，他又参演了湖南台抗战历史大型史诗《血色湘西》，并扮演男一号石三怒，这个角色不管从性格上，人物形象上，都很适合李桓的性情。随着《血色湘西》热播，具有家国情怀的石三怒瞬间成为人们心目中的抗日英雄与

《青年叶剑英》影片中李桓饰演的叶剑英

真心汉子；他敢爱敢恨，率真自我，粗犷彪悍，义胆双全。为了田穗穗，为了爱情，他可以抛弃杀父之仇，可以抛弃排帮的当家位子，可以挨黑枪、受乱棍、过火海、跳刀山，甚至献出自己的生命。

随着知名度的提高，李桓也不断出演各种题材的电影、电视剧。期间他出演电影《孔子》中的卫国太子蒯溃；又在电视剧《荣河镇的男人们》中饰演万鹏，在《蓬莱八仙》中饰演宋文宗，《娘要嫁人》中饰演王东等。此外，还在《黎明前的暗战》中饰演程博乾，《遍地狼烟》中饰演赵猛子，《映山红》中饰演童瑞赣，《觉醒年代》中饰演易白沙，在《刀之队》中饰演苏克等。因其生活在红色革命家庭，在红色文化的熏陶中，深刻理解革命党人对党的忠诚，对祖国、对人民的热爱，一些英雄人物在他的本色出演中，内心把握到位，传神自然，呼之欲出，受到观众的一致好评。

"我想演一位英雄模范人物，想成为年轻人的榜样。"在李桓看来，表演不是个人秀，演员也不是为了名利。保留一份敬畏在心中，努力以艺术创作形式向革命先辈致敬才是自己的毕生追求。

2021 年 8 月 1 日由李桓（前排右六）主演的电影《青年叶剑英》首映式在京举行，陈昊苏、陈知建、周秉德、叶向真等各界人士参加首映式

刻苦钻研，诠释叶帅风云

2018 年，李桓的机会终于来了。因其长相与叶剑英元帅相似，电影《青年叶剑英之锻剑》片方找到李桓，请他去试镜。李桓第一时间发去定妆照，当天就收到了反馈结果。叶剑英女儿叶向真在几百人的照片里一眼就挑中了李桓。

长相硬朗的李桓的确与叶剑英有几分形似。为了完成他在剧中十六七岁到三十多岁的跨度，李桓用一个月时间健身，掉了二三十斤肉，硬生生变回了肌肉分明的健硕青年身材。

吃点苦，对李桓来说不算什么，关键是怎么才能与这位开国元帅神似。李桓找来《叶剑英传》，从头到尾仔细研读，与戏份有关地方一一标注做笔记。他还专门拜访叶帅女儿叶向真，悉心了解叶帅生活起居，点滴细节，力求做到准确生动传神。

等戏开拍了，李桓白天扑在片场，晚上跟着编剧、导演打磨下一场戏的剧本和细节，力求真实地再现历史，还原一代伟人从少年到青年历经坎坷的成长经历。

"毛泽东对叶帅的评价是每逢大事不糊涂。正因为坚定信念，他在人生中每一个重要抉择面前下定决心，选择了正确伟大的道路。"李桓说，理解了叶帅的这种信念，也就理解了他的言行，为何从广东梅县一个追求进步的青年学生，成长为带领同学反抗恶霸军阀，逐渐走上革命道路，最终坚定追随中国共产党。

这部戏有许多战火纷飞的真实场景。有一场戏，叶帅东征冲锋在前，带领大家杀进城里。实际拍摄时，几十个爆点炸开，浓烟灰尘四溢，他举着枪，冲在第一个边跑边喊，空气中被炸起的灰土，直往李桓脸上扑来。一个镜头下来，他的眼里和嘴里全是灰土木屑，眼睛被各种飞进去灰尘磨得一直流泪，得拿四五瓶滴眼液往眼里灌，把灰尘冲出来，眼睛才能睁开，睁开眼睛就以最好的状态投入到第二遍拍摄中，几遍下来用掉十几瓶滴眼液，红肿的眼睛布满血丝，看东西都已经模糊了。

还有个场景，李桓要在战火中徒手刨砖土解救被压的战友。坍塌的砖石泥土实在太多太厚实，战友被埋得很深，一时无法救出，为表现焦急与心痛，李桓奋力用双手刨着砖土，被炸碎的砖块非常锋利，一场戏下来，十个手指全被磨破流

2021 年 8 月，李桓（中）与周恩来侄女周秉德（左）、叶剑英女儿叶向真（右）合影

血，但为了表现人物，全情投入是他的一贯作风，他也从来不会把这点小伤当回事。

毅力和汗水换来令人欣慰的回报。在 8 月 1 日举行的《青年叶剑英》首映礼上，叶向真对演员的动情演绎十分认可，"真实展现了叶帅从少年到青年时期的一段革命历史，对当代的广大青少年坚定理想信念有着积极的教育意义。"能得到叶帅家人的肯定，让李桓备受鼓舞。

注重戏外功，创业丰富人生厚度

台上一分钟，台下十年功。李桓在演戏之余，更注重戏外功的锤炼，他为了增加自己的美学修养，拜国家画院院长卢禹舜为师，临池挥毫，丹青绘事大进。在学习书画的过程中，李桓感悟到很多色彩美学与构图方式，这些用之于电影中，非常实用；同时，李桓也感受到中华文化的博大精深，在对水晕墨章、墨分五色等笔墨哲学理念的思考中，也在体悟现实生活中的矛盾与困惑，在一种人文睿思中，找到生活中的和谐与平衡。

拿破仑曾说，不想做将军的士兵不是好士兵。同理，不想做导演的演员也不是好演员。李桓创办了自己的公司，以宣传红色题材为导向，从生活中寻求灵感，从创业中去拓展思想宽度。什么样的作品是历久弥新的？哪类角色真正受观众认可和喜爱？这些年，虽然远离娱乐圈一拥而上的热闹，李桓对文艺事业的追求和思考从没有减少。他发现，这些作品都有一个共性，饱含中华民族传统美德与精神力量，能让没有经历过动荡年代的现代青年深切地感悟到幸福生活的来之不易，从而珍惜当下。

有感于祖父身上在革命战争年代留下的 14 个弹孔，"每一处伤疤都是一次生与死的考验。"李桓深入挖掘这些弹孔背后的红色激情故事；积极策划、筹备《九个弹孔》影视剧，以祖父身上的 14 个弹孔的故事为原型，讲述一位开国将军身上九个弹孔背后的故事，希望给予年轻人正面鼓舞，感受革命信仰的力量。

李桓作为北京市工商联委员，除了履行委员职责献言献策之外，一直热衷于公益事业，2019 年海淀区工商联青年

李桓在中国国家画院的展览上被中国美术家协会主席范迪安赞评后合影，背景为李桓作品

李桓参加并主持全国工商联举办的全国年轻一代民营经济人士理想信念教育培训班活动

企业家联谊会帮扶张家口赤城县贫困学生捐资助学行动，李桓积极为当地孩子捐赠学习用品，合力解决贫困孩子上学问题。2020 年年初，疫情肆虐，在海淀区工商联的号召下，李桓一人为武汉捐赠口罩 1 万只。2021 年 7 月 28 日，李桓积极参与海淀区工商联举办的河南水灾爱心捐赠活动。

路漫漫其修远兮，吾将上下而求索。李桓以演艺事业为基础，不断寻求人生的闪光点，通过光影传奇，传承红色基因；他积极深入生活，以书画文化作为戏外功，增强人文底蕴；他以人生创业为另一场博弈，尝尽人生的酸甜苦辣；他以勇者气魄，智者辩证；在荧屏的流光溢彩中，演绎戏如人生的魅力风景。

孙秀明 / 文

时间不负努力奔跑的人

——新能源领域之光热、光伏、分布式新能源站行业的一位专注者

李仁星

1987 年生人，2009 年毕业于香港城市大学建筑学专业，后入北京大学工学院攻读硕士。现任北京天普新能源有限公司总经理，未来碳中和研究院执行院长，全国青联委员，中国农村能源行业协会副会长，北京新能源与可再生能源协会太阳能热利用专委会主任，北京市工商联青年企业家专委会副主任。

> 从踏入可再生能源利用行业起，坚定不移一直走到今日，我更希望我是一个新能源事业的"践行者""拓荒者"，用我从业者的担当，开拓新能源产业的高质量发展，在实现碳达峰、碳中和的目标过程中积极行动，投身研究、投资布局，用切实的行动推动实现清洁零碳目标。
>
> 李仁星

　　天普新能源是北京市大兴区可再生能源行业对外的一张响亮的名片。经过行业的洗礼与高速发展，从稚嫩中走向成熟，在砥砺奋进，阔步前行中不断壮大，迈向卓越。实施的经典项目遍及国内外各行各业，取得了非常瞩目的成绩。

创新与变革中增添动力

　　创新是企业生存和发展的第一要务，是压力更是动力。国家工业化发展进程从粗放式建设转变为新型工业化形态，在新的发展理念格局下，企业要想从市场激烈的竞争环境中脱颖而出，就必须要有胆识和魄力，以及敏锐的市场洞察力和判断力。处于这样的时代背景下，李仁星作为天普新能源的"掌舵者"，他通过执着的信念，带领天普以坚持清洁绿色能源为导向，坚守"提升人类生活品质，与自然和谐相生"的价值观，逐步在时代激流奋进中成为客户提供高品质热水、采暖制冷及清洁电力的新能源综合服务企业。

　　凭借现代化的智能管控和完善的售后体系，依靠太阳能光热、热泵及光伏发电为核心的新能源解决方案，为民用建筑、商业建筑、公共建筑、农业建筑、工业建筑等领域提供全方位、全系统、设计施工一体化服务，快速响应并解决客户多方面要求。实施项目分布于国内众多省份。建立并拥有天津、浙江、武汉三大生产基地，产品供应配套完整，市场占有率位居行业前列，覆盖全国经销商和坐拥三十多个工程服务中心的分销服务网络体系，为客户持续提供着高品质产品和保障服务。

　　在"煤改清洁能源"利好政策推动下，天普在"新农村建设领域"通过煤改空气源热泵、地源热泵、热泵热风机、太阳能＋清洁能源解决方案与太阳能跨季节蓄热整村改造解决方案为"零碳示范村镇"夯实了坚实的基础。2012年，北京首个"无煤村"刘家铺清洁采暖工程获得地方政府高度赞誉及肯定。北京市延庆区康庄镇小王家堡村清洁能源区域供热项目，属于整村燃煤替代工程，设计供暖（建筑）面积19000平方米，其中包含50年代建房31处。150栋住宅、1栋村委会。现有村民223户450人，房屋182处，改造前主要采用传统散煤供暖方式，建成后实现"清洁能源区域供热"模式，即以村为单位形成统一供热系统。

　　在新农村"公共服务设施"建设领域，采取分布式新能源作为多能互补解决方案。天普承建的大兴榆垡农业服务中心，总建筑面积约8000平方米，项目内容包括采暖、制冷、热水、光伏分布式发电(200KW)等，整体建筑实现"零能耗"。并委托中国建科院，进行全方位的太阳能季节蓄热技术研究，并建立"碳中和能源管理平台"，对相关项目进行智能化管理，长期数据采集，为乡村清洁能源改造示范的发展做更多的积累。

2020年李仁星总经理接受新浪地产百年匠心企业家采访

　　在积极响应政府"深化供给侧改革"的政策下，天普凭借自身科技和研发实力，以优化产品结构、提升工程品质为导向，从产品本身和市场需求着手，为客户缔造高品质产品助力。在服务房地产行业的过程中，天普通过技术研发优势及精准的市场把控度开发了光燃结合热水采暖系统、太阳能冬季伴侣、无水地板辐射采暖系统等适合不同建筑类型的多种系统解决方案。迄今为止，天普已在全国打造了超过数万个精品标杆项目，在新能源行业、房地产行业屡获大奖，连续八年成为中国房地产开发企业综合实力500强太阳能系统类首选供应商。受到国内同行业的广泛持续关注。同时，天普坚持以"创造能源新文化"的差异化品牌定位，在科技研发、智能制造、碳中和等层面也获得行业内外的一致认可，专注于新能源领域，天普与诸多知名房地产商、设计院、科研单位建立了战略合作关系，实现集团化、多区域、多项目的稳定合作伙伴关系，实现技术培育、前期设计研究、中后期服务保障、项目联合推广等领域的深度合作。

　　在他的带领下，天普通过不断地开拓创新，在中国新能源行业一枝独秀，颇令人注目。由此，也让业界对天普新能源"操盘手"李仁星刮目相看。

与时俱进中走向低碳发展新时代

2021 年我国将进入"十四五"时期，"碳中和"目标的提出，促使能源结构快速向清洁低碳化加速转型，非化石能源占一次能源消费总量的比重需快速提升，在碳中和大背景下，改变的不仅仅是环境、气候，而是广泛深刻的经济社会系统性变革，是对全球乃至中国经济版图与生产生活方式的重新定义。天普领头人李仁星清醒地意识到所处的产业发展将进入一个崭新的阶段。

根据清华大学、国家发改委能源所等研究表明，为实现碳中和，在能源供应、工业、建筑、交通总低碳投资总需求在 2020~2050 年间会达到 170 万亿元，用来产业转型、发展新能源等，这一投资额大概占我国每年 GDP 的 2.5%。能源相关基础设施投资规模会达到 100 万亿以上。近中期的投资落实是实现长期转型的基础，研究表明，一个中型省级行政区在工业节能、交通电动化、城市绿色发展、零碳建筑以及可再生能源各方面在未来十年的投资需求达到 7 万多亿，这是一个巨大的新的增长点和新的发展机遇。据《零碳中国·绿色投资》报告分析，2020~2050 年，将有 70 万亿元左右的基础设施投资因此被撬动。

如何捕捉到自身所在领域蕴藏的机遇，成为天普首要的战略定位。通过推进产业结构调整和优化，把碳达峰、碳中和纳入企业转型升级的建设整体布局，撬动社会资本共同参与碳中和相关基础设施建设，探索可持续发展的市场化运作模式。以高质量发展为导向，加强光热、光伏、分布式能源应用与其他产业的深度融合。主动摒弃高碳生产方式，以区域为主推进碳中和，统筹布局区域内产业及科研力量，协调多能互补、物质综合利用新方式，实现生产方式的变革、生活方式的转变。

同年 5 月，"明湖论坛之城市与建筑碳中和"峰会上，李仁星代表天普新能源携手北京建筑大学联合节能减排与城乡可持续发展省部共建协同创新中心、中国建筑节能协会、北京市应对气候变化研究及人才培养基地等一批重点科研单位、行业协会，北京建工集团、泛华集团等业界龙头企业共同成立了"碳中和联合创新中心"。

参与创立的"碳中和联合创新中心"，旨在加强碳中和重点领域和关键环节的科技攻关，促成科技成果转化。通过多维合作的新模式，主动实践低碳绿色转型发展的新举措，积极开发促进"碳达峰、碳中和"的新技术、新方法，打造集聚人才培养、科学研究、成果转化、产业带动和科学普及为一体的联动创新平台。中心的成立，以建筑产业园区建设为接口，以建筑产业联盟为载体，围绕以"绿色城市"建设为核心的碳中和技术创新，中心拟布局建筑、交通、环境、管理四大碳中和技术研发方向，为政府部门决策实施、企业机关发展提供学术参考、

智力支持和技术支持。中心远期目标将致力于解决绿色低碳技术产业化和人才、平台共享协同机制创新等问题，积极发挥合作各方优势，推动绿色低碳科研成果高效转化为创新生产力，在建设建筑产业园、碳中和示范园区、探索创新研发组织建设模式、构建产学研融合机制等方面加强合作，培育创新型的企业和潜力企业，催生并促进一批发展潜力大、带动作用强的创新型产业聚集。期望推动区域相关产业进一步提升集聚效应，不断扩大碳中和"朋友圈"。

在深入推进乡村能源革命，促进农村地区新能源综合应用推广，与地方政府共商和推进以乡村振兴、美丽中国建设为重要内容的区域协作新路径。天普于 2021 年 5 月，在中国农村清洁取暖博览会上正式启动实施《天普"零碳"新农村、新能源三年行动计划（2021—2023 年）》（以下简称行动计划），助力地方政府在农村能源消费结构、农民生产生活用能方式的改变。充分发挥农村利用新能源条件便利的优势，推动"碳中和"在农村生根发芽，构建清洁绿色的农村能源供给体系，赋能乡村经济，大力开展新农村建设。天普通过新能源综合服务商"资源优势＋核心产业"的优质机制推进实施，搭建以光热、光伏、热泵、储能等新能源综合建设作为振兴乡村的新动力，并通过创新模式使之成为乡村基层组织和经济实体可靠、可持续的经济体系。

"行动计划"项目将按照三步走方式开展，2021 年开展试点，2022 年复制推广，2023 年全面铺开，选择重点区域，利用光伏、太阳能热水器、地源与空气源热风机、储能设施等技术有机规划组合，使新能源在乡村设施、乡村公建、农业设施

李仁星代表北京青联参加"港澳青年北京汇"启动仪式并致辞

等领域的全面应用，探索新能源与新农村融合建设应用新模式，使之成为农村经济高质量发展新的增长点；重点抓好实施一批"乡村零碳行动"实践项目、创建一批示范样板工程；采取创新合作经营模式，携手银行以提供优惠融资与贷款、开展"农村能源合作社"等多种模式，建设打造一批"零碳示范村镇"。力争用三年时间探索创新出一批好的经验和做法，在全国打造出"乡村零碳"的新模式、新样板、新标杆。

6月，中国房地产业碳达峰发展高峰论坛峰会上，携手房地产知名企业共同启动"地产科技开放创新平台"，更好地将新能源真正赋能房地产行业。围绕"光伏+应用"进行整体设计，构建光伏屋顶综合利用、分布式光伏屋顶、光伏建筑一体化全力打造"产业高地"。助力地产行业在碳中和的道路上展开一幅最美的蓝色画卷。

在天普发展历程中，始终伴随着碳中和在国际舞台上的发展，行业的每一次兴衰其实都与国际碳中和发展起落存在一定的关系。天普为此也在积极开展一系列工作，未来碳中和研究院是天普贯彻落实习近平总书记关于我国碳达峰、碳中和愿景表态和北京市争当碳达峰、碳中和"领头羊"目标的重要举措之一。研究院由中国能源研究会、北京大学能源研究院、天普等发起成立。中科院电工所、中国节能投资公司、国家能源集团等大型央企、清华大学、北京建筑大学、华北电力大学、中科院等科研机构等行业组织参与到了研究院的各项工作中。研究院将建造顶尖的碳中和与绿色发展智库，为碳中和产业发展和国际论坛提供研究支撑。研究院致力于连接政府、企业及产学研各方，为政府提供政策建议、发现产业资源；为企业搭建合作平台促进协作交流；同时发布城市、区域碳中和研究技术产业成果和实践案例，强化相关工作社会效应和国际影响力。同年天普还要将所储备的8万多平方米的工业用地进行规划为碳中和科技园，基于天普的理念和想法，按照"零碳园区"的理念，希望能够建造成为能够引导碳中和产业发展的高地，能够推动行业和区域发展。天普也会陆续将新技术运用到房地产行业，结合理念，研发了碳中和管理平台，平台把天普光热、热泵、光伏等新能源技术所节约的碳排放做出统计，在未来开放碳交易之后能够为业主方等撮合碳交易，真正将平台实现落地，目前平台植入超过10万左右的碳排放因子，每个行业排多少碳都将进行量化，这些数据也将被接入做出比较客观真实的碳排放数据，最终将新能源的减碳量帮助其业主实现碳交易。结合上述成果，天普会继续将新能源技术系统地为各行业赋能，为全面实施绿色建筑城市"碳中和"做出贡献。

2021年7月1日，李仁星参加庆祝中国共产党成立100周年大会

【采访手记】

在采访的最后，李仁星期许业内共同携手推进新能源技术进步，助推产业发展，期待更高效产品的出现。同时，李仁星强调，实现低成本高效的可再生能源利用产业化是我们的最终目标，企业创新转型的步伐还在不断加快，未来能为行业带来怎样的惊喜，还让我们拭目以待。言谈举止间透出他独有的冷静、沉稳与睿智，严谨、认真与果敢，坚守初心的态度与责任，淡定而从容，内在的坚韧与成熟表现令人为之动容。眼神淡定，姿态坦然中感受他对所追求的新能源事业的无比热爱。期望天普新能源在李仁星的带领下，能够在实现低碳转型新技术、新市场竞争激烈赛跑中打头阵、当先锋、作表率，加快低碳、零碳技术研发和推广应用，担起社会责任，助推经济社会高质量发展。

姚凤明/文

广厦千万间
信息服务靠基站
——北京广厦网络公司总经理李壮的创业人生

李壮

汉族，中共党员，北京邮电大学通信工程硕士、北京大学经济学双学士，现任北京广厦网络技术股份公司董事长、总经理。2017年荣获"海淀区杰出青年企业家"称号；2020年5月，第十七届"海淀青年五四奖章"获得者。

> 做中国领先的民营通信基建运营者，与中国铁塔战略协同，做有力补充。
>
> 李 壮

2019年上海MWC大会上，广厦网络参选的"基于5G融合组网的智慧社区解决方案"，荣膺《人民邮电报》5G创新先锋奖

随着时代的发展，信息传播已在原来的 2G 基础上，迅速提升到 3G、4G，甚至已经走在 5G 的信息高速路上，在与各种智能终端互联中，已经形成了一张高速运行的信息网，而这些网络的支点，还是要靠一个物理节点——基站，来进行基本的信息传输。

对于北京广厦网络技术股份公司董事长李壮来说，伴随着中国信息互联时代的发展，已经走过了十多个年头，他以东北人的豪放与热情，在这个领域摸爬滚打，求索创新，终于以民营通信基建运营者的姿态，占有一定的市场份额，赢得业内的好评与赞赏。

一个初心，一生使命

李壮，一位名副其实的东北大汉，但却才思敏捷，谈起话来滔滔不绝。出生于哈尔滨的李壮，青少年时期学习成绩优异，怀抱一个去北大读书的梦想，但在涂答题卡时却出了问题，被北京邮电大学录取，从此怀抱着这个初心，一直奋斗在祖国的通讯事业领域。一次偶然的机会，北京大学经济研究中心要招收校外学员，李壮欣然报名，并以优异成绩蟾宫折桂，从而圆了学生时代的一个梦想。于是李壮在北京邮电大学通信工程专业与北京大学经济学双学位光环中，开始自己的人生求索之路。

20 世纪 80 年代，无线通信在中国处于刚刚起步状态，大家还沉浸在《永不消逝的电波》剧情中去理解通信事业。李壮也像其他毕业生一样，被招聘至京投旗下的北京信息基础设施建设股份有限公司工作，这是北京唯一一家有北京挖路建设通信管道资质的公司。几年的工作历练，让李壮对于通信基础设施行业非常精通，为之后的事业发展打下了良好的基础。

易县捐资助学活动

作为活动嘉宾发言

2007 年，在移动、联通、电信三大运营商迅速崛起的年代，李壮因专业对口，来到北京移动工作，从而更深层次地了解通信运营商的底层需求。

移动通信延续着每十年一代技术的发展规律，已历经 1G、2G、3G、4G 的发展。每一次代际跃迁，每一次技术进步，都极大地促进了产业升级和经济社会发展。从 1G 到 2G，实现了模拟通信到数字通信的过渡，移动通信走进了千家万户；从 2G 到 3G、4G，实现了语音业务到数据业务的转变，传输速率成百倍提升，促进了移动互联网应用的普及和繁荣。从原来的长波良好的穿透力，到现在短波通讯无与伦比的带宽，移动通信对基站的需求也迅速提高；在这段中国通信事业的迅速发展期，李壮作为通信基础设施的建设者，也正参与并见证了这一历程。

从大管家到"一站式"基站服务

2010年，李壮加入广厦网络，之前，广厦网络虽已经成立，但却没有一个长期能作为公司基础运营的项目，人员也就二三十人。从2010年到2021年，李壮始终以小股东、实际运营人的角色，用自己的实干精神推动广厦网络的迅速成长；从几十人的小团队，发展为三四百人的规模，从原来每年一千多万的合同，发展到如今每年三个多亿的收入，广厦网络作为铁塔公司的协作者和补充者，中国联通、中国移动、中国电信三大运营商的通信基建综合技术服务商，已在中国新时代的通信领域，占有一席之地。

基站建设属于电信事业的物理层，也是最底层的基础设施建设，只有基础设施做好了，才有数据链路层、网络层、传输层、会话层、表示层、应用层的各种应用，如果基础设施有问题，也会出现掉线、传输不畅、网络拥堵等弊端。可以说，原来的长波发射，比如广播电台103.9兆赫，整个北京几个大功率的发射塔就能搞定，而随着智能手机的发展，通信传输逐渐向短波长，高频率发展，承载量越来越大，穿透力却越来越小。而此时，作为保证信号畅通的移动通信基站，逐渐以全方位覆盖的模式，建设在我们生活社区周边，密度也越来越大，甚至为了达到更好的通信质量，百米范围就需要一个通信基站。此时，铁塔公司也应运而生，短时间内在全国各地建设大量基站；而作为民营企业的广厦网络，也凭着在通信界的信誉与实力，在这样的夹缝中，寻求到民营资本的发展空间。

李壮表示，在起步时期，移动运营商采用招标的方式来建设通信基站，比如物理空间需要招标，设备采购需要招标，链路传输需要招标，通信施工也需要招标，而广厦前期做的就是解决物理空间问题，负责基站房屋的购买或租赁，而在这个过程中，需要与设备、传输、电力等各个专业打交道，因为一个基站从建设到完成需要较长时间，并且程序烦琐，业务衔接也容易出现问题；主要是这个"管家"做得太辛苦，什么心都要操。其实，业务磨合的过程，也正是化繁为简的过程。对于精通通信行业各个环节的李壮来说，开始提出更为合理的建议："围绕终极目标基站的建成与使用，把一切环节化零为整，实现向移动运营商提供'一站式服务'的交钥匙工程。"在此过程中，李壮始终保证诚信经营，不投机取巧；不但保证工程质量高品质完成，还要让参与基站建设的公司有一定的盈利。

广厦网络被授予"北京市非公有制经济组织党建示范单位"荣誉称号

李壮认为，基站的建设，始终是关乎百姓幸福，国家信息安全的大事。在这个过程中，需要的是伴随中国通信事业发展的长跑健将，而不是投机取巧的短跑冠军。在这个过程中，李壮也体验到低价倾销，给整个行业带来的劣币驱逐良币的恶劣竞争，也遭受到别人不理解的眼光；但是，实践是检验真理的唯一标准，短跑者总会在急速的发展之后，因过度消耗公司体能与信誉，陷入举步维艰的境地。而此时的广厦网络便开始接手这些难以为继的基站，从而使公司稳步拓展。在此基础上，广厦网络还接手基站的资产运营，比如，高速公路建设时，需同时建设基站，而建设方不知道如何运营，李壮便帮他们运营管理，以行业内分工的优势实现资源利用最大化。可以说，十几年来，李壮与通信运营商、铁塔公司之间都形成一种良好的共存共赢关系，共同推进祖国通信事业的发展，满足老百姓对幸福美好生活的向往。

畅想智慧 5G 的高速时代

华为董事长任正非曾说："华为 5G 技术已经领先世界，在西方通信技术的铜墙铁壁上撕开了一道口子。"可以说，在当今时代，每个国家都在 5G 的高速通信的赛道上赛跑，中国华为能领先世界，也正展示出中国人已经走出了落后就要挨打的时代，在世界通信技术上遥遥领先。5G 作为一种新型移动通信网络，不仅要解决人与人通信，为用户提供增强现实、虚拟现实、超高清 (3D) 视频等更加身临其境的极致业务体验，更要解决人与物、物与物通信问题，满足移动医疗、车联网、智能家居、工业控制、环境监测等物联网应用需求。最终，5G 将渗透到经济社会的各行业各领域，成为支撑经济社会数字化、网络化、智能化转型的关键新型基础设施。

作为 5G 基站的建设参与者，李壮也开始带领公司在 5G 应用层探索创新，铸就以网络技术迭代为基础，以数字化转型为依托，以智慧化应用场景建设为核心的业务子品牌——"广厦智慧"。比如探索基站与社区公共设施的完美融合，李壮举例说："我们生活中常用的垃圾箱，随着 5G 的到来，不但能与基站融合，更能智能化，实现垃圾分类。""广厦智慧"旗下已注册"蓝鲸鱼"智能环卫品牌，相应的智能垃圾分类回收终端及系统管理平台已在海淀部分社区投入应用，收获广泛好评。

但 5G 带给人们的还是高清真实的视觉感受，5G+8K 也成为人们最具有前瞻性的观影模式。2020 年 10 月，在第八届中国网络视听大会上，《5G ＋ 8K 超高清国产化白皮书》明确指出，5G+8K 供应链包括视频采集、视频制作、网络传输与分发、终端呈现、内容供给、辅助支撑等多个环节的国产化替代，已经是大势所趋。李壮认为，5G+8K 虽然是大势所趋，但却对网络传输基础设施要求极高，5G 信号的覆盖，并不等于这样的超高清视频能快速传输，特别是一些人群密集地区，还是极富有挑战性的。曾经参与奥运会鸟巢等场馆及奥运核心区通信基础设施建设的李壮认为，奥运核心区地下通信管网完全按照当时的高标准打造，也经受了奥运会近 10 万人参加的开幕式考验。如果地方政府支持，这样的地方完全可以打造成一个 5G+8K 的高端技术展示基地，可支撑上千名网红实时高清直播，如果再辅以室内外高覆盖率的 8K 级大屏，将打造一个超越纽约时代广场的世界级品牌发布地标，成为 5G+8K 体验的网红打卡地。"我们的'广厦智慧'将致力于推动全社会数字化、网络化、智能化进程，促进新经济形态蓬勃发展，推动城市高质量发展，助力'数字中国'建设。"李壮如是总结。

李壮不忘初心，牢记使命，在通信基础设施服务领域执着探索，伴随中国通信事业共同成长。身为党支部书记，李壮带领广厦网络走在党建工作与企业发展互促共赢的路径上，铸就了"红色基建人"党建品牌，把党建工作切实融入公司业务发展。在红旗渠、延安、西柏坡、长沙的一次次红色学习之旅中，广厦人用我党"艰苦奋斗、团结协作"的精神以及在奋斗过程中凝练的创新理论武装头脑，助力企业在 5G 新基建领域不断发展突破。

李壮始终把"惟精惟一，允执厥中"作为企业宗旨，以"成长、务实、高效"的企业精神，带领广厦网络全体同仁肩负起"让人人感知时代脉动，让世界尽享信息文明"的时代使命。广厦网络也在二十年的发展历程中，打造出成千上万的通信基站，让满载着人间冷暖，美好祝福的信号，飞进千家万户，广厦万间。

孙秀明 / 文

和光弄影舞人生
——记新动力创新研究院常务副院长李晟

李晟

清华本科、加州大学戴维斯分校硕士研究生、北大博士研究生、美国东北大学博士研究生；北京华力必维股份有限公司创始人，新动力创新研究院常务副院长，广西师范大学（中国）新业态发展研究中心主任，致公党中央法治建设委委员，北京朝阳区政协委员，中组部国家重大人才计划特聘专家，北京市海聚工程特聘专家，中宣部宣传思想文化青年英才，北京市五四奖章，北京市优秀青年人才。

> 作为一个创新型企业家，要时刻保持好奇心、同理心和责任心。好奇心就是要关注变化，保持敏感；同理心就是站在服务对象的角度，理解他的思考；责任心就是要负责到底。
>
> 李　晟

2020年1月，李晟在北京与鉴证同事正在对海捞瓷片的胎釉元素进行分析比对，以此采集不同年代陶瓷成分数据形成数据库

（一）

2017 年 12 月 3 日，《国家宝藏》第一季在央视开播，那些沉寂千年的文物通过影像走出地库和展台，呈现在世人面前，诉说着属于它们的那段历史。让国宝开口说话离不开光影技术的发展。就像在漆黑的夜里，人们看不到任何物体一样，目之所见皆是光在其中操弄的结果。如何让珍贵的文物、精美的艺术品以最美的身姿呈现在人们面前，这是李晟一直追求的"初心"。

李晟本科毕业于清华大学。出身三代"华侨世家"的李晟，血液中蕴含着沿着祖辈的足迹去丈量世界的基因。"毕业之后，我就去国外了。"一家国际知名检验机构，成为李晟职场的第一站，在这里他主攻图像技术研发。"在这个过程中，我发现我们国家在图像处理领域有很多的技术空白。"核心技术是国外的，相应的检测设备也是国外的品牌，李晟觉得属于自己的机会来了。

在国外效力接近五年，李晟觉得时机成熟了。2013 年，他决定回国创业，用自己的技术填补国内艺术品第三方检测的市场空白。2014 年 1 月，北京华力必维文化服务有限公司应运而生，主营"艺 +1"智能大数据，面向艺术品市场提供认证备案、检验鉴定、价值评级和交易金融等服务。经过 16000 多次实验之后，适合于中国市场的艺术品检验技术破茧而生。"图像采集效果如何主要取决于两个要素，一个是镜头，另一个是光源。国际同行主要做镜头和分析算法，而我的团队做的是光源和分析算法。"

望京的那个 30 平方米的开间自建成之日起，见证过一波又一波的年轻人挥洒青春和激情，这是李晟和其他几个创始合伙人一同守望未来的地方。虽然只有短短四个月的时间，这个只能摆下 5 张办公桌的房间，如同比尔·盖茨家的车库一样，在几颗机敏头脑的加持下，多年之后注定会成为李晟创业史上最重要的一块"界碑"。

"在国外的时候，一年挣 20 万美金是没有问题的，即便在国内找一个年薪三五十万的工作也是可以的，但和我一起创业的几个清华、北大校友，我们每个月就拿一万块钱工资，那时候还是很艰苦的。"技术瓶颈的突破需要花费大量的时间和精力。一边做技术研发，一边要寻找客户

2020 年 12 月，李晟参加公司在四川大凉山组织的 2020 年昆山喜朝局招聘会暨劳务输出战略合作签约仪式

做市场，"我记得那时我们四五个人去深圳出差，坐早上六点一刻的飞机，十点钟见客户，午饭后同事找个地方整理数据写报告，我再去拜访两三个新客户，然后我们再坐晚上九点的飞机回京。就是为了省下几个人一晚上的住宿费。"回忆起那段为梦想拼搏的岁月，李晟的脸上露出一丝羞赧。

不当家不知柴米贵。家境殷实的李晟在选择独立自主、自力更生之后，吃苦受累注定是这条路上最常见的风景。"我记得赚第一个 10 万块钱的经历。我们给一个深圳的客户出鉴定报告，当时我们还是个不起眼的小公司，人家问我为什么要找我做，我说第一我们服务好，第二效率高，别人要 7 天，我们 3 天就可以。然后团队几个人三天三夜没合眼把报告赶出来了。"如释重负的感觉就像那天早晨的朝阳一样，让人充分体会到了美好的生活已经扑面而来，连空气都清新了许多。

2015 年，经过一年多的拼搏，华力必维迎来了茁壮成长的快速拓展期：核心技术在经过多次实验之后日趋稳定；取得多项发明专利和自主知识产权；参与制定了国内首个艺术品鉴证质量溯源类标准《艺术品鉴证质量溯源规程总则》；收到第一笔投资。

也正是在这一年的年中，习近平主席在中央政治局第二十三次集体学习时强调："我们要加强考古工作和历史研究，让收藏在博物馆里的文物、陈列在广阔大地上的遗产、书写在古籍里的文字都活起来，丰富全社会历史文化滋养。""让文物活起来"成为包括文物工作者在内的全社会的"心头好"。"其实这就是我们的工作，主要是用技术手段去帮助文化机构做好图像采集，获得更真实、更接近于自然状态的图像本身。"李晟的春天到了。

2015 年，华力必维获得质检部门进出口商品检验鉴定机构授权，5 月获得宣传文化部门授权，开展艺术品鉴证工作，此后几年，公司陆续获得文物、版权、经信和文旅等 8 个部门的 9 项资质。2018 年完成新三板股改之后，"2019 年我们整个收入规模就超过了 5000 万，在这个行业内，我们在资质、数据总量、持续研发能力和市场占有率这四个指标上都是属于第一梯队的。"李晟自豪地说。

2021 年 5 月，李晟在贵州贵阳参加中国国际大数据产业博览会并发表主题演讲

（二）

"小时候，我常伏在窗口痴想 /——山那边是什么呢？妈妈给我说过：海 / 哦，山那边是海吗？……在山的那边，是海！是用信念凝成的海……"《在山的那边》描绘了现代诗人王家新的精神世界。在那里，越过层峦叠嶂的山之后，必能到达诗人日思夜想的海。在诗人所构想的人生中，不断超越自我，探求新的世界成为民族精神的最佳注脚。对于李晟而言，走出舒适区，寻找下一片属于自己的蓝海，永远是他孜孜不倦的追求。

技术，日臻成熟；应用场景，需要不断拓宽。

"社会上有数以亿计的灵活就业者，如何对这个群体进行有效的识别和监管，对政府部门来说是一个大课题。我在北京市侨联指导下创办新动力创新研究院，就是为了用我的技术更好地服务于这个群体，同时和政府部门共享数据，拥抱监管。"对于类似白天送快递，晚上做代驾的灵活就业群体而言，如何确保灵活就业者所录入的信息能够反映其本人的真实意愿是一个技术上的难题。李晟领衔的新动力创新研究院依托"灵活就业服务模式"，以互联网人力资源新模式为突破点，通过对注册人员声音、表情、语速等数据的分析和识别，为供需双方提供独立、精准的判定，从而保护和支持各方的利益不被侵占。研究院获得行业普遍认可，从北京走到贵阳、桂林、昆山等地，在当地主管机关的指导下创办落地的研究机构。

共享经济平台在前端可以帮助个体劳动者解决办公场地、资金的问题，在后端帮助他们解决集客的问题。同时，平台的集客效应促使单个客户可以更好地专注于提供优质的产品或服务。"贵州外卖行业骑手有 30 多万人，这是个庞大的群体，他们没有经济实体，很多人没有社保和劳动合同，政府监管没有抓手。但是，一旦发生意外情况，他们到政府上访，就会给政府部门带来很大压力。所以，对于灵活就业者群体的规范化管理，不仅仅是一个经济的问题，更是一个维稳的问题。"通过共享经济平台，新动力研究院将数据主动向政府部门开放，打通了部门壁垒，拥抱监管。

习近平总书记指出：就业是最大的民生。李晟创办的华力必维积极资助新动力创新研究院的研究工作。不仅在李晟擅长的图像识别技术、智能大数据等领域持续创新，参与多项国家标准、省级地方标准和团体标准建设，取得了百余项

2021 年 7 月，李晟应邀参加在北京天安门广场举行的庆祝中国共产党成立 100 周年大会

专利等自主知识产权，而且积极从事行业创新研究，先后承接多项国家和省部级课题，对于灵活就业创新保障体系、个体商事主体注册登记制度改革等前沿热点建言献策并提出创新思考。李晟当选全国共享经济标准技术委员会（TC587）理事，积极参与我国第一部共享经济标准建设。他致力于运用技术标准规范行业创新发展，为质量社会建设保驾护航。

"从小妈妈就教育我，财富不能传承，但是创业的精神可以传承。我妈妈这一辈子就是在不停地创业，所以到我这儿就是不断创新，瞄准社会快速发展变化中的新需求，找到与这些不同场景相匹配的解决方案。"打开李晟的行程安排表，几乎每天都在不同的场景之间进行切换：上午还在某金融论坛发表主题演讲，下午便出现在北京市侨联的座谈会上；晚上又参加广西师范大学的颁奖典礼……正如他所言：美国的生活一眼可以看到 30 年之后，而在中国，3 天之后的生活都看不清。

生活，是战斗着的快乐。李晟用高尔基的这句名言为自己的人生注解。

【采访手记】

长着一张娃娃脸的李晟看上去就像一个尚在象牙塔中的大学生，虽已成绩斐然却不失敦厚淳朴。爱因斯坦说，"我从来不把安逸和快乐看作是生活目的，这种伦理基础，我叫它猪栏的理想。"年轻的李晟把自己的人生活成一首写满了追求和奋斗的诗篇。华丽的人生用青春和战斗佐证，用激情和汗水浇灌。

朱昌文/文

马兰花开别样美

——记北京市门头沟区工商联青年创业发展协会 会长 李晨萌

李晨萌

2014 年毕业于英国北安普敦大学，民革党员，现任北京亨美利嘉山水居农家乐文化有限公司总经理，北京市门头沟区青年联合会常委、北京市门头沟区工商业联合会执委、北京市门头沟区工商联青年创业发展协会会长。

> 顺境时善待别人，逆境时善待自己，如果身处绝境，千万不要沮丧，要像万丈天坑底部的一棵狗尾巴草，虽然死无出路，但也要昂起毛茸茸的头颅，向着太阳灿烂地微笑。
>
> 李晨萌

2017 年 11 月 16 日，李晨萌当选为门头沟区青联常委

马兰花
明·舒芬

涧边幽谷有奇葩，笑问东风第上纱。
一片冰心凝紫色，请将山梦寄天涯。

2018 年 5 月 4 日门头沟双创大赛落幕

2011 年，从英国北安普顿大学国际市场战略专业研究生毕业的李晨萌回到母亲身边。"从我六岁时父亲意外去世，母亲就一直陪伴着我。为了给我更好的生活，她从做家具建材市场开始慢慢创业，后来转型做起了农家乐。"女子本弱，为母则刚。失去了家里的顶梁柱，为了给孩子的将来打下更好的基础，母亲不得不收起所有的娇气、孱弱，独自为年幼的女儿撑起一片天空。亲眼看见母亲一路艰辛的创业过程，李晨萌发自内心地心疼母亲，"其实，我都没有考虑过要把母亲肩上的担子接下来，我妈也不愿意让我接她的这份事业。"

世界知名大学的硕士毕业生，回家操持农家乐，怎么说都觉得别扭，甚至有点暴殄天物的感觉。按照正常的职业发展路径，李晨萌应该是找个外企或者进入某大公司做个白领或是金领。但世间的事，往往不是按照剧本的设计而向前发展，一个微不足道的事件都有可能改变人们的人生走向。"快回国的时候，母亲身体不好，需要住院。当时突然就觉得，如果母亲多年辛苦打拼的事业不能继续下去，肯定会有点遗憾。"在李晨萌的眼中，母亲的这份事业犹如她的姊妹，不能就这么让母亲多年的辛苦付出付诸东流。

"在英国的时候，我也经常去英国的许多农场帮人家干活，采摘果蔬，喂养牛羊等，然后就可以不用花钱混上一顿吃喝。"这种沉浸式的体验带给李晨萌不一样的感受，就像孩子在课堂上通过自己的努力挣到了老师手中的糖果一样，就是比花钱买到的甜。"我就和母亲聊这个事，她觉得很好，然后我们就从十多亩地的农家乐逐步扩大到120 多亩地的度假村，开展菜地认养、体验农家饭制作过程等业务。"它山之石可以攻玉。把自己的经历转化为新的事业发展方向，从哪个方面说，这几年的留学生活没有白白浪费。

长江后浪推前浪，一浪更比一浪强。在这个迭代的过程中，作为"后浪"的李晨萌自然而然地受到来自"前浪"母亲的质疑和阻力。"我是那种做事比较稳重的性格，会把这件事所有的细节从头到尾都考虑清楚了，然后再开工；而她的性格就是风风火火，只要有个觉得还不错的点子，就动手开干。"没有谁对谁错，只是做事风格不同而已。李晨萌属于学院派，在逻辑上论证清楚、走通了之后，事情便可以在掌控中按照个人意愿持续发展下去；母亲属于江湖派，不管能否走通，先出发再说，然后在这个过程中依靠自己的经验、能力和人脉资源解决各类突发问题。在母亲眼中，李晨萌这种做事风格，会错失很多机会；但在

2019 年 10 月 1 日，李晨萌参加庆祝中华人民共和国成立 70 周年观礼活动

李晨萌的眼中，母亲的行为方式会浪费很多金钱和时间。两个思路截然不同的人做同一件事情时，就只能使用"归一法"。"我跟她说了我的想法之后，我还在等设计图，她就直接把施工队叫来要开干，她不需要设计师的意见。而我就连这里放一盆什么样的花都要想清楚，在形成整体的思路之后才会动手。"日子，就在母女俩不断地"斗争"中流逝。有道是胳膊拧不过大腿，很多时候这种针尖对麦芒式的沟通最终都以李晨萌的妥协而告终。

2017 年，李晨萌开始全面接手度假村的整体运营。"我们度假村的地理位置不算好，周围没有什么景点，就是有山有水。"如何吸引客人前来消费，如何留住客人的心，这是李晨萌需要思考的问题。既然不能成为起点，那么把度假村做成人们在一番游玩之后的落脚点，不也是一个不错的选择吗？"我们这里什么都有，除了吃饭和住宿之外，我们提供的服务还有很多。"如果自驾到门头沟游玩，白天亲山近水，一顿酒足饭饱之后，晚上连夜开车回家，难免让人觉得这样的旅程是走马观花，虽有遗憾但并不清楚这遗憾源自何处。

"我们就建了一个轰趴馆，开辟了拓展训练的场地，引入了婚庆公司同我们合作，利用大面积的草坪，承接不同风格的婚礼服务等。"母亲引入了门头沟当地的西路皮影社团，深受小朋友们的喜爱，只此一项便吸引众多亲子游家庭入住山水居，为的就是让孩子们体验一下皮影的魅力。"每逢周末，我们会邀请陈氏太极拳传人路海老师来教客人打太极，后来逐渐形成了一批专门在周末过来学太极拳的固定客户群体。"她又创建了孔子基金会第 706 号孔子学堂，作为山水居重要的文化依托。李晨萌的才华在 120 多亩地的空间内肆意挥洒，山水居也从一个休闲农家乐摇身一变，成为人们休闲娱乐、放松身心、强身健体、亲子游玩、大型集会的场所。

2017 年，李晨萌和一众有识之士共同发起成立了门头沟区工商联青年创业发展协会，并担任会长。"和同龄的青年企业家多一些交流，能够让我了解不同的行业，从他们的身上学到了很多我不具备的东西，开阔了眼界。"2017 年年底，门头沟区双创大赛开始筹备，这个面向大学生、青年创业者和企业家进行项目培训与指导，旨在让有志青年有所作为的平台，得到了门头沟区团委和区工商联的大

2021 年 7 月 20 日，李晨萌参加门头沟青联四次常委会

力支持。经过四个月的紧张筹备和预热，2018 年 4 月 16 日，双创大赛正式拉开帷幕。"作为大赛的承办方负责人，那段时间非常忙，每天的工作日程排得满满的，还要随时处理不同类型的突发情况，同协会聘请的专家、顾问和创业导师沟通，带领团队一遍又一遍地推演大赛的流程和细节。"功夫不负有心人。2018 年 5 月 4 日，在五四青年节这天，门头沟区首次双创大赛圆满落幕，大赛取得了不俗的效果和社会影响力，李晨萌长出了一口气，"总算是为家乡做了点力所能及的事情"。

2018 年年底，为配合区"绿水青山门头沟"的建设，李晨萌忍痛拆除了经营多年的度假村。2020 年，为积极响应区委区政府"一园四区一小院"的发展思路，李晨萌瞄准了妙峰山镇下苇甸村闲置的废旧瓦厂，准备将山水居农业实践科普、户外体验等项目嫁接到瓦厂旧址，用村企合作的模式，提高村集体的经济效益。在可以预见的将来，打上李晨萌烙印的"门头沟小院＋实践拓展"将作为公司新的发展模式重新亮相门头沟。

"马兰花，马兰花，风吹雨打都不怕，勤劳的人在说话，请你现在就开花。"这首质朴的童谣随着儿童舞台剧《马兰花》成就了一代人的经典记忆。生长在西山脚下的李晨萌无论是在外国的月亮下面遐思，还是在故乡的水井旁沉思，都是在努力地寻找乌云背后的金丝线。一如胆小的她站在舞台中央的那一刻，冲破乌云笼罩的心绪，绽放最美的笑脸。再如河边的一簇马兰花，虽有东风吹打，依然枝挺花绽。根，深扎于泥土之中；花，迎着太阳微笑。

【采访手记】

轻声细语的李晨萌柔弱得好像一阵风便能吹倒，但走进她的精神世界，那里却是城墙高筑，玉石林立。她说自己胆小，在笔者看来，那是对这个世界心存敬畏；她说自己执拗，笔者认为，那是在坚守自己的底线。她向往外面的世界，但她更愿意植根于自己的家乡，用世界来装点家乡是她的梦想，更是她的宿命。

朱昌文／文

为企业发展保驾护航

——记北京欣悦众成科技孵化器有限公司董事长李雷

李雷

1985年9月出生于陕西西安，2003年12月特招入伍进京，在部队荣获嘉奖多次，荣获优秀士兵、优秀党员，2007年转业后进入孵化器行业，2015年被国家科技部评为"国家级火炬创业导师"。现任北京市丰台区政协委员、丰台区青联常委。

李雷是科技部中国火炬创业导师、科技部国家级孵化器评审专家、科技部国家级众创空间评审专家、河北省科技厅特聘创业孵化导师、湖南省科技厅特聘创业孵化导师、中关村"高聚工程"创新创业领军人才，还担任北京市商务局专家库专家、北京市文资办专家库专家、北京市楼宇联盟办公室主任。

> 孵化服务，一定是从服务对象出发，找准基于区域产业相关的资源链接，通过孵化器链接资源达到一个磁场效应，吸引更多价值资源引入来帮助资源的供方和孵化企业及区域产业协同发展。因为能够解决被孵化企业根本问题的往往来自企业内部，是所谓"内生动力"。从哲学的角度讲，内因是事物发展变化的根本动力，而外因只是对事物发展变化起到促进作用。所以，激发企业内部的原生动力，往往是企业成功被孵化的重要因素。
>
> 李 雷

2016年受中国写字楼网特邀，参加中国楼宇管理年会主讲嘉宾

2019 年，李雷作为特邀嘉宾受北京市科委特邀参加北京孵化 30 周年大型活动

从部队到企业的蜕变

李雷是陕西西安人，1985 年出生。18 岁那年应征入伍来到北京。在部队的几年时光，李雷把满腔的热血都献给了部队，在部队入了党，还被评为优秀士兵、优秀党员。2007 年，李雷服役期满，面临复员问题。当时摆在他前面有两条路，一个是回西安，以他在部队的表现，安排一个不错的工作是没有问题的；另一条路是留在北京打拼。

李雷选择留在北京闯荡。然而，他在北京举目无亲。留在北京的第一件事就是吃住。那段日子，他每天浏览招聘网站，然后去人才市场找工作。倒是找到一些工作机会，有的待遇还很可观。但是考虑到未来的职业规划，他并没有急于一时的就业，而是寻找着一个机会，寻找一个能够长期从事且具有发展前景行业的机会。

好饭不怕晚，好工作更经得起等待。一家孵化器公司的面试电话让李雷瞬间找到了"触电"的感觉。尽管当时，他对于孵化器公司所涉及的业务、工作流程以及行业发展现状等，还都没有概念，然而，等他跟企业负责人经过几次交流之后，他对这个行业已经有了初步的认识，也下定决心：这就是我苦苦等待的事业！于是，他义无反顾地加入了"孵化器"行业。

刚开始入行，他还无法很快适应公司的节奏，对于公司所涉及的业务也是一知半解。开始做业务的时候，他连行业介绍都犯了难。他无论如何也没法说清楚"企业孵化器"是个什么样的行业。甚至有朋友误以为是跟养殖相关的"孵化器"，以为他从事"小鸡孵化"工作，令人啼笑皆非的是，很多人还每每这样问："你们的孵化基地在哪儿？""年孵化多少小鸡？成功率是多少？能耗有多大？"诸如此类。这让李雷感到汗颜：如果连行业介绍这样简单的事情都做不好，怎么能把孵化行业作为事业来做？

于是，他鼓足勇气重新开始学习。不管是上班路上，还是下班空挡，一有机会就了解行业相关政策、相关信息、发展动态……对于不懂的地方，他就记下来，然后向同事和领导请教。他甚至把之前的项目材料拿出来，一条一条地了解、对比、记录。功夫不负有心人，在同事的帮助下，他做成了几单业务，逐渐开始在行业里站稳了脚跟，也逐渐了解了整个行业，更融入了公司这个集体。

李雷是一名军人，他在工作中处处表现出军人的素质，他也是一名党员，在工作中冲锋在前，遇到困难不退缩，很快就成为公司的业务能手，并逐渐在行业里崭露头角。

快速成长创佳绩

李雷 2020 年参加丰台区两会

李雷到现在依然很怀念在部队的日子，部队教会了他很多，更锻炼了他坚强如铁的意志。而这些优秀的品质让他在孵化行业里如虎添翼，很快就掌握了业务要领。因为工作能力出众，业绩优异。李雷成为孵化器的合伙人和创业者，再到创立欣悦众成孵化器，此时的李雷，对于行业的理解又有了质的变化。他重新架构了自己对孵化行业的理念和理解，更是通过自己的理解和实践，对行业发展的现状和未来进行了总结。

在工作的过程中，李雷通过业务关系结识了很多创业者，也深入了解了很多企业在创业之初的状态和困境。这其中不仅包括个人创业，也包括团队创业，更有企业高管辞职创业的……形形色色的创业者，让李雷认识到，孵化行业必须从更高的维度去服务企业，必须要有更高层次的思考和作为，才能提供最好的服务，才能为创业者提供更专业和切实可行的规划和建议。

在他看来，孵化器最大的职能就是搭平台建通道整合资源，通过平台的作用，是创业者最温馨的港湾和发展助力的加速器。孵化器可以实现企业与企业之间、创业者与创业者之间，行业与行业之间互通有无，从而最大限度地、合理地调配资源，实现资源的最优化配置，共同抵御风险。提升创业的成功几率。

对于创业者如此，对于成长中的企业也同样适用。在这样的思想主导下，李雷带领团队有针对性地打造出"创业苗圃""企业孵化器""企业成长加速器"，从而构建大中小企业融通孵化生态体系，为企业各个阶段的发展提供全方位的跟进和指导。

从硅谷归来的张亮团队，刚刚回国创业，面临不少困境，为了尽快打开局面，李雷带领团队为其创业出谋划策。通过各种资源给初创企业做推广，甚至通过专门渠道帮助创业团队对接业务，最终促成了张亮团队和华为的合作。企业从此走向飞速发展的阶段。李雷带领团队还帮助完美世界和搜狐新媒体等成熟企业建立内部孵化生态系统，为企业转型和发展提供建议和规划，取得了很好的成绩，获得了企业的认可。在多年的孵化器运营发展中，更是把业务推出国门，走向了世界——实现了在硅谷成功创立孵化基地。

最好的孵化来自企业内部

在与孵化的企业打交道的过程中，李雷逐渐发现了一个最关键的问题：无论孵化器理念如何先进，无论团队人员多么努力，最终能够解决被孵化企业根本问题的往往来自企业内部，是所谓"内生动力"。从哲学的角度讲，内因是事物发展变化的根本动力，而外因只是对事物发展变化起到促进作用。所以，激发企业内部的原生动力，往往是企业成功被孵化的重要因素。

李雷深知，无论是创业者还是创业团队，一旦入孵到孵化器中，即希望通过孵化器来解决他们当下面临的困境，然后助力企业加速发展。但是，冰冻三尺非一日之寒，企业陷入困境、面临瓶颈，或者创业者面对困境，都不是单一原因造成的，更没有"一招鲜、吃遍天"的灵丹妙药。创业者和企业高管一定要认识到，一切问题都是一个一个小问题积累起来的。要解决这些问题，必须追本溯源，从企业自身存在

的先天问题开始检讨。然后依靠政策解读，从企业注册到资本化需要的第三方资源库、行业、大中小企业融合带动等各种手段，帮助企业解决问题，实现创业者的生存、入孵企业的发展、孵化器的持续进阶。

在这样的理念的指引下，李雷的团队孵化的企业都能获得再生动力，从而实现发展和进阶。对于孵化器行业的认知，李雷也更加深刻。

孵化器行业从 1987 年开始在国内出现第一家机构，历经 34 年发展，在全国遍地开花，方兴未艾，是实实在在的朝阳行业，未来发展前景一片光明。从早期的高新技术创业服务中心（即国有孵化器），到民营企业的国家级孵化器，然后发展到国际化和专业化，行业发展正处在上升期，借着"大众创业、万众创新"的东风，孵化器行业越发被外界关注。更多与行业相关资源、人才和理论研究开始融入行业，未来的孵化器行业一定能够朝着科学有序、稳步发展的方向前行，也会朝着更加专业化、垂直化和国际化的方向发展，更会撬动更多的新技术、新成果、新业态，从而加速创新转化及应用，为企业创造更好的发展环境，为企业发展创造更多的机遇，为企业创造更多的价值。

李雷 2020 年参加丰台政协全会

【采访手记】

李雷从部队复员到孵化器行业，心里却从来没有忘记自己曾经是一名光荣的人民子弟兵，更没有忘记自己是一名共产党员。部队多年的教育让他始终秉承谦虚谨慎、不骄不躁的工作作风，面对困难从不轻言放弃，有毅力，有韧劲，不服输，就是他的个人标签。他不仅善于思考，善于学习，更善于实践，善于总结。对于事业，他始终保持敬畏之心，永远保持一颗新兵的上进心。

姚凤明／文

野百合的春天

——记京西杂谈（北京）科技有限公司董事长杨旭

杨旭

毕业于日本杏林大学国际协力研究科，研究生学历、硕士学位。中国民主建国会会员，北京市新的社会阶层人士联谊会理事，门头沟区新的社会阶层人士联谊会副会长，门头沟第十届政协委员，门头沟区第四届青联委员，北京市门头沟区光彩公益发展中心理事长，京西杂谈文化宣传服务集合体创始人，京西杂谈（北京）科技有限公司执行董事。

> 判断一个人的人生价值，并不是他拥有多少财富，而是他能为社会做出多少贡献。
>
> 杨　旭

2019 年区新联会年终总结会作为副会长发言

2012 年夏天，北京市门头沟区青年杨旭从日本杏林大学国际协力研究科毕业，结束了八年的留学生活回到祖国，供职于一家中字头的杂志社，开启了人生的第二个篇章。

"因为家庭条件一般，去日本勤工俭学 8 年，还是很辛苦的，一个星期只睡 5 天觉是常有的事，除了打工就是上学，没有任何娱乐时间。"回国后的工作似乎并没有想象中的那样"苦尽甘来"。体制内的工作四平八稳，难以承载一颗激情澎湃的心脏对这个世界的渴望。有个机会让他能够在体制外历练一番，可没承想，"听起来一个很伟大的银行项目，让我作为首批员工加入，但等了半年却是啥也没干，每个月 5000 块钱的工资白养着我。"对于一个渴望一展身手的年轻人来说，此时的杨旭好比是被关在笼子中的猛禽，纵有浑身解数，难有用武之地。身边的同龄人大都已经在职场上小有成就了，反观自己却还是一潭死水般的波澜不惊，难免有心灰意冷之感。"当时非常沮丧，

感觉人生到了一个灰色的边缘，整个世界都是灰色的。"彼时的杨旭如同灵山脚下的一株野百合，虽然一直在拼命伸展着腰身，向这个世界展示自己，无奈天公不作美，甘露并未降临半点。

朋友，是每个人失意时的良药。周末邀三五好友小聚，难免会扯到当下的处境、未来的打算这样的话题。"有一个朋友说咱俩开一个文化传播公司吧，另一个朋友说咱俩合伙开个饭馆吧，我就想着那就干脆合起伙来咱们仨一起干呗。"2015 年 2 月，北京西典投放文化传播有限责任公司【后改名为京西杂谈（北京）科技有限公司】正式成立。那个时候，微信公众号正值鼎盛时期，平时愿意舞文弄墨的杨旭为了增加公司和饭馆的曝光量，更是为了宣传门头沟，亲自操刀上阵，开启了练号模式。"记得刚开始上班的时候，我一说自己是门头沟的，人们的第一感觉就是'好远啊'。不管我怎么解释，这种根深蒂固的印象很难从他

们心中消除，我就明白门头沟与他们之间的距离，不是公里数的问题，而是心理上的太远了。"作为生养自己的那片土地，门头沟承载着杨旭最美好的回忆、最深沉的爱。"既然我一个人没有说服力，我就找一个让一万个人帮我说话的方法"。就这样，以介绍门头沟、赞美门头沟、宣扬门头沟为使命的"京西杂谈"微信公众号面世了。

众所周知，自媒体这种借助朋友圈的分享进行裂变式的传播，颠覆了人类社会之前的所有传播模式。一篇上等佳作会以指数级增长的点击量和阅读量在短时间内被广而告之。"我的第一篇文章是在门头沟存了40多年的一家人人皆知的包子铺的图文消息，通过我自己朋友圈8位好友的分享，在24小时内获取近8万的点击阅读量，成功吸粉500多人。"一炮打响的背后是杨旭的文字勾起了门头沟父老乡亲们的情怀，以及藏在图片背后的来自味蕾的回忆。

受到巨大鼓舞的杨旭以每天一篇的频率不间断地输送更多关于门头沟的图文消息，"京西杂谈"在一个月内吸粉逾万人，平台文章浏览总量破百万。"当时，我爸非常不理解，问我'你写它干吗？'，我说我也不知道为什么写它，但就是感觉特别有意思，特有成就感。每天那么多人看，这就是对我的认可。"

这时，"一个可以让一万个人替我说话的机会来了"。随后，《公元2046年，我在门头沟的一天》《总有人说门头沟远，到底是谁在远？》《被误解的一句话，家有半碗粥不来门头沟》《门头沟到底有多远？那只是一种心理的距离！》等文章陆续投放，把门头沟的历史、现状和未来逐一勾勒出来，通过微信公众号平台内数以万计的粉丝分享出去，让更多人了解门头沟、爱上门头沟。

"当时，我们的饭馆正在装修期间，有另外的朋友看到我的文章，就让我给他们的饭馆写点宣传类的软文，我就带着情怀，以一种'探店'的感觉去推他们的菜品，结果他的饭馆一下子爆满，成了网红店。"朋友的朋友介绍过来，要求推一下酒楼，又成了"爆款"。杨旭火了！京西杂谈正式开启了商业化操作模式，前来公司洽谈业务、

寻求合作的人也越来越多。"我们的互联网广告业务就这样干起来了，一直持续到现在。"

公司成立之初，由于资金、人力等方面的限制，杨旭只开设了广告宣传、户外广告制作与新媒体网络科技这几方面的业务。2016年，为了吸引更多人才开发新的业务领域，杨旭以"京西杂谈"品牌为窗口，集合了本区及外区的一些优质企业，联合创办了"京西杂谈文化宣传服务集合体"。一个集活动策划与落地执行、视频拍摄与后期制作、舞台搭建与灯光舞美、新媒体技术应用与开发等一条龙服务的"大集体"模式，让报团取暖、合作共赢、专业的人做专业的事在短时间内成为展现"更好的门头沟"的前沿阵地。借着这股东风，集合体又陆续在京西地区相继创办了多个自媒体平台，使"京西杂谈"真正地成为了北京西部地区最具影响力的新媒体创作团队之一。杨旭所创办的公司也在2020年和2021年连续两年入围北京市消费者协会诚信承诺服务单位名单。并在2020年获得诚信承诺服务先进单位称号。

2021年门头沟政协大会

乘势而上方能扶摇九万里。为了更好地转化平台的影响力，杨旭带领团队先后还投资开办过家政服务公司、农家乐、岩板加工厂等，为公司的多元化发展不断深耕。之前和朋友投资的餐馆业已发展成为拥有 7 家餐厅的连锁店。虽说在后来疫情期间他的餐厅遭到了重创，但他没有气馁，基于曾经积累下的资源和条件冷链配送也被纳入他的商业版图之中。

"判断一个人的价值，并不是说你将来能挣多少钱，而是你能为社会、能为别人做多少贡献。"小时候，父亲说的这句话，杨旭一直记在心里。在公司的营收基本解决生活所需之后，如何利用现有资源去做一些更有意义的事情？杨旭再次陷入了思考。"咱们不能是给人的感觉就是一篇文章闯天下，咱们得落地，得做实体！"基于所创办的这些区域自媒体平台有着传播速度快、覆盖人群精准等特点，把线上的网友全都串联起来，一起去发挥余热为社会传递一些正能量，做点力所能及的事情，这样才算是"落地"啊。2016 年 7 月，在之前的人生中没有做过一天志愿者的杨旭牵头成立了"京西杂谈志愿服务队"。"当时就是灵光一闪，然后我就觉得这事可以干。如果不做这个事，充其量我也就算是一个有点作为的人，可是做了这个事，我觉得自己对这个社会、对他人是有价值的。"

中国的志愿服务在 2008 年北京奥运会之后如雨后春笋般地火起来，志愿意识已经潜藏在国人的心中。在解决了温饱之后，更多人愿意为这个社会更加美好贡献一份爱心和善念。"打个比方，我们要去哪里搞一场什么活动，我在文末附上二维码，瞬间就可以把想参加志愿服务的人聚拢到一起。就这样我们用了 3 年多的时间，志愿服务队的参与人数就超过了 1500 人。"京西杂谈志愿服务队在网络安全、助老助残、助学帮扶、环境保护、社区服务、医院志愿引导等多个版块设立了 19 个固定的公益岗位，年均开展活动 400 多场次，形成了"公益活动 - 正能量辐射 - 吸纳新成员"的良性循环，社会影响力与日俱增。2018 年 4 月，京西杂谈志愿服务队被北京市知名志愿服务品牌"门头沟小伙伴"组织授予最佳服务队称号。杨旭作为"门头沟小伙伴"的团队代表与相关部门一起开展"互联网新媒体 +

党外代表人士线上培训

精准帮扶"方面的志愿帮扶活动。2019 年初，在共青团门头沟区委员会的监督指导下，杨旭同一众社会爱心公益人士共同创办了"北京市门头沟区光彩公益发展中心"，致力于打造一个集公益组织资源对接、志愿服务理论研究等为一体的创新性公益平台，现已开展了"医疗进企业""志愿百家饺子宴""公益扶贫摄影行"等多个项目。

杨旭成了门头沟的名人。加入民建担负宣传职责；履职区政协积极建言献策；当选青联委员为门头沟旅游文化休闲产业赋能；当选第四届北京市新的社会阶层人士联谊会理事，在新媒体从业人员和网络意见人士组绽放风采……灵山脚下的那株百合在波诡云谲的时代，靠着自己的坚韧和信念，迎来了属于自己的春天。

【采访手记】

"大块头"杨旭有大智慧。他思路清晰，对过往事情的描述既没有过于拖拉，也没有颠三倒四，一切似乎是水到渠成般的流畅。作为一个实干派，杨旭并不太愿意凸显自己的成就，反而更愿意把自己当成家乡的一粒石子，尽微薄之力以告慰父老，足矣。

朱昌文／文

爱尚健身
为全民健康赋能

——爱尚健身董事长杨尚雷的创业历程

杨尚雷

北京爱尚健身集团董事长，中国高等教育学会体育专业委员会第八届理事会常务理事、北京体育休闲产业协会健身产业分会副会长、长江商学院第十五期总裁班学员。

> 流水不腐，户枢不蠹，生命在于运动；科学健身，时尚引领，健康体魄是民族自信的基础，是国家蓬勃发展的重要保障；爱尚健身，伴您一路同行。
>
> 杨尚雷

2019 年 8 月 16 日，杨尚雷董事长受邀参加北京市体育休闲产业协会会议并荣膺健身产业分会副会长

2019 年 10 月 16 日，杨尚雷董事长代表长江商学院第十五期总裁班去河北保定虎山小学公益助学

　　《礼记·杂记下》曰："张而不弛，文武不能也；弛而不张，文武弗为也；一张一弛，文武之道也。"在中国博大精深的传统文化中，武学文化积淀深厚，南拳北腿，少林武当，太极咏春等各大门派，在强身健体的同时，承载着中华民族屹立东方的铮铮铁骨；爱尚健身董事长杨尚雷自幼习武，文思并进，在健身领域追求专业、科学、健康的养生理念，开拓一片阳光健身新空间，为 2035 远景规划目标健康中国助力加油。

尚武精神，少年刚强

　　谭嗣同在《少年中国说》中说："少年强则国强，少年智则国智，少年独立则国独立。"20 世纪 80 年代的中国，为了保家卫国，强身健体，山东、河南等地盛行习武之风。一些有志向的青年往往是白天干活工作，晚上跟师父习武练拳。杨尚雷正是在这样一种氛围下，10 岁开始拜师学艺，走上习武健身之路。开始在济宁的一所武校学习，凭着自己的吃苦耐劳，身捷体健；很快考入枣庄市薛城区体校，在一种自强不息的民族精神指导下，杨尚雷不断参加武术类多项赛事，打完山东省十九届，多次荣获冠军；并被武汉体育学院竞技体校择优选拔录取；2001 年，杨尚雷又以优异的成绩考入首都体育学院民族传统体育系；在一种尚武精神指导下，系统学习五千年文化积淀下的中华武学精髓，从文化的角度，从教育的角度，从历史的角度，从民族自强、保家卫国的角度，重新思考武术在新时代文化自信中的定位与民族特色；从而也悟出多年武术生涯中"武以止戈"的哲学内涵。

　　首都体育学院民族传统体育系毕业之后，杨尚雷以私人教练的身份，指导众多武术爱好者科学健身，并开始关注全民健身行业，为创业蕴蓄力量。

为全民健身保驾护航

随着时代的发展，人民生活水平逐步提高，肥浓甘脂的不健康饮食，每天运动量减少，超强工作压力等，对身体造成很大伤害，肥胖病、高血压、高血脂等富贵病越来越多。1995 年，中国首部《体育法》颁布，同年国务院出台《全民健身计划纲要》，倡导全民做到每天参加一次以上健身方法，每年进行一次体质测定。正是在这样的时代背景下，杨尚雷看到全民健身的热潮中，还有很多不科学、不规范的健身方式，作为一位专业的健身教练，有着义不容辞的引导作用。从 2005 年开始，杨尚雷就开始接触健身行业，2009 年，开始创建爱尚健身品牌，并逐渐连锁式多元化发展。以爱尚健身直营健身俱乐部为平台，下设北京逐步环球体育文化发展有限公司，涵盖逐步环球健身学院、互联网体育、体育教育、体育赛事四大板块；形成线上线下全覆盖，教育与赛事双结合，并驾齐驱，融合发展。

俗话说，好的身体是革命的本钱；没有一个好身体，一切都是空谈。健康，作为一个衡量人生幸福指数的标准，永远都是首要前提。爱尚健身首先提出大健康理念，倡导一种健康的生活方式，帮助会员从透支健康、对抗疾病的方式转向呵护健康、预防疾病的新健康模式。2018 年，爱

2020 年 10 月 30 日，杨尚雷董事长受邀参会并被聘请担任中国教育学会体育专业委员会第八届理事会常务理事

尚健身新增"爱尚乐土"健康园项目，重金打造了"睡眠 + 运动 + 营养"的大健康新模式。

随着科学技术发展的日新月异，健身借助科学健康的体育训练器械，让健身变得更科学，充满乐趣，并能提高训练的强度与效果；爱尚健身提出"科技健身，以人为本"的口号，并引进领先的健身产品。爱尚健身在 2017 年引进 X-BODY 电脉冲训练仪，用它锻炼 20 分钟就能达到平时 2 个小时的效果；2018 年，引进能听音乐观景的 VR 动感单车、身体体位评估仪等最新科技产品，以供使用者针对性的调整训练计划，达到趣味健身、科学健身的目的。

身心愉悦，时尚健谈；健身不但是锻炼身体的过程，更是促进人与人之间交流，增进情感的渠道；爱尚健身打造超级用户模式，为满足会员的社交需求，爱尚健身相继成立"爱尚缘""爱尚青少年交流会""爱尚长寿会""爱尚旅游""爱尚商务"等精准化主题社群，通过线下相亲会、夏令营、音乐会、文化沙龙、艺术品品鉴、全民健身赛事、自驾游等活动，让人与人链接的更紧密。

体育教育作为时代的大课题，与人民身体健康有着紧密联系。爱尚健身与国内知名复健机构英智康中心、积水潭医院康复部深度合作，吸收国内外先进经验，共同研发复健康复课程。主打实用性与专业性，课程设置合理易懂，确保经过系统学习后，能在私教工作中为需要复健的会员提供专业有效的帮助。

青少年是祖国的未来，由于不健康的饮食方式，目前肥胖儿童越来越多，爱尚健身针对这一问题，专门推出线上青少年减肥训练项目，线下建有青少年体适能馆及青少年减肥训练基地，此项目融合了表演与形体训练，以及青少年其他兴趣的培养。目前在体育教育领域，逐步开发出游泳、乒乓球、武术、跆拳道、冰雪青少年体适能、少儿舞蹈等多项课程。

在爱尚健身的倡导与团队的努力下，爱尚健身口碑相传，发展迅速，很快发展了怡海店、民岳家园店、外交公寓店、

2021 年 5 月 25 日，杨尚雷董事长（右）受邀参加北京市工商联组织的全国年轻一代民营经济人士理想信念教育——延安红色之旅活动

国兴家园店、东湖湾店、辰茂店、官园店、康桥店、凯富店、万年店等 20 多家金牌连锁直营店。

在一种全民健身大格局的战略精神指导下，目前，北京爱尚健身已打造成集"健身俱乐部经营、健身培训、互联网体育、体育教育、赛事承办为一体的综合性多元化健身集团，是北京拥有社区健身俱乐部最多的品牌，也是拥有泳池最多的健身品牌。

2017 年，爱尚健身联合北京 11 家健身品牌，在首都体育学院举办了第一届全民健身大赛，参赛人员 1500 余人，规模空前，在全民积极参与下，形成一种"学一项体育运动，健康快乐"的健身热潮，为健康中国助力加油。

随着高净值人群对商务出行保全的需要，杨尚雷越来越意识到复合型商务助理人才培养的重要性，成立了九洲卫（北京）健康科技有限责任公司。致力于培养集搏击、健身私教、司机，生活秘书为一体的复合型商务助理型人才。为广大的高净值的客户提供人才的输送，帮助大家解决：健身，有专业的私人教练；司机，有技术娴熟的专业驾驶；保镖，有身手敏捷的搏击高手，保护您的人身安全；生活秘书，有订餐、订票、订酒店、吃穿住用行的周全服务。

作为一位武术界资深人士，杨尚雷对演艺事业情有独钟，他带着弘扬中国武学精神，把中国动作功夫片做大做强的信念，支持好友李炳渊拍摄电影《玩命》，不认命就玩命，来展现中国武人的意志与豪情。作为一位创业者，杨尚雷是一个富有居安思危精神之人，他深析洞察健身行业的发展趋向，立足国家健康大战略，把自己的事业与民族体魄的健康事业融合为一。从一家仅有 80 平方米的教练房开始，披荆斩棘，砥砺前行，虽然有过投资失败的头破血流，但在多年的逆水行舟中，杨尚雷认真总结经验，以实践作为检验投资理想的唯一标准，在实践中逐渐摸索出一套完善的管理方法，迅速使爱尚健身品牌知名度深入人心，并迅速发展多家连锁，以其专业的素养，周到的服务，在业界有着良好的口碑。新冠病毒疫情期间，虽然爱尚健身业务受到影响，但仍然积极捐赠，并对不能在健身房健身的会员采取顺时延伸的做法，不让会员经济利益遭受任何损失，可谓大难多磨砺，风雨一肩挑。

学习可以改变思维，思维可以改变行动，行动可以改变习惯，习惯可以改变命运。可以说，杨尚雷的创业历程，就是不断探索学习的过程，他以禅思展现人生睿智，以尚武精神展现人生风骨，带领爱尚健身团队一路风雨兼程，在民族自信、健康中国的新时代，走出一路时尚健身的靓丽风景线。

孙秀明 / 文

乡村振兴待我辈

杨国栋

1986年生于北京，2009年毕业于中南财经政法大学，并获得财政学经济学以及法学双学士学位。后在某央企就业，并被派驻利比亚工作，后归国创业。历任平谷区第五届政协委员、北京互联农业发展有限责任公司法人等职务。

> 农业是人类生存发展和繁衍的最基础的产业。农业行业是永远不会落伍的行业，更是需要加大投入、提升服务、加大科技技术投入的关系到国计民生的大产业。农业要发展，乡村要振兴，广大农村大有所为！
>
> 杨国栋

2020年，为支持疫情防控工作，杨国栋（右）给大华山镇政府捐款

京城白领当"农民"

杨国栋从小就是一名学霸。他喜欢思考，头脑聪明，做任何事情又都有一份"执着"的劲头，遇到不会的题目，他不做出来不罢休，因此在学习上一直成绩优秀。参加高考之后，他毫无悬念地考入了中南财经政法大学，这是一所 211 大学，位于武汉。

在大学里，杨国栋依然保持喜欢思考、独立上进的学习状态。不仅修完了财政经济学的全部课程，更兼修法学专业，毕业后获得了财政经济学和法学的双学士学位。

凭借着优异的学习成绩，他顺利应聘到北京一家央企工作，回到了北京。面对全新的职业生涯，杨国栋积极努力地学习，认真工作，踏实肯干，认真负责。因此，很快就从公司脱颖而出。在一年之后，他被派驻到利比亚工作。当他刚刚适应一个人在国外工作的节奏的时候，利比亚突发战乱，为了确保驻外人员的安全，公司决定让驻外人员立即回国。于是，仅仅在国外待了四个月的杨国栋，就随着中国的撤侨轮船回到了祖国。

2012 年，公司要派他去四川绵阳工作，杨国栋的父亲觉得他 27 岁了，也该成家立业了，加上公司的主营业务是施工，与外界接触太少，希望他能留在北京。

一直以来，杨国栋对父亲的话言听计从。杨国栋的父亲杨永起老先生是一名拥有 31 年党龄的老党员，更是一位农业技术资深专家。20 世纪 80 年代初，杨永起一直担任大华山镇农业技术推广站站长的职务。在任内，他起早贪黑，为农业技术推广和农资经销积极奔走。后来，农业技术推广站转为股份制企业，杨老先生就成为这家企业的首位"掌门人"。当然，尽管体制上发生了质的改变，而单位的名称和业务并没有太大的变化。杨老先生从业近 40 年，用自己的双脚丈量了大华山镇的每一个山头，对镇上的每一块土地都了如指掌。

如今，面对职业规划的巨大变化，杨国栋内心中有过一丝丝波澜——回来之后干什么？其次，之前在北京的工

2021 年，杨国栋参展"中国（北京）国际休闲产业博览会"

作光鲜体面，现在回到家乡，又该何去何从？毕竟在那个时代，一个正经八百的 211 毕业的高才生，辞掉体制内的工作回到农村当回"泥腿子"，不仅令其他人不理解，更会让很多人"瞧不起"。

而杨永起却并不担心，他支持儿子回到家乡从事农业工作，用自己的所学所长为家乡农业发展尽一份力。面对外人的质疑，杨家父子不为所动。2013 年春，杨国栋正式从央企辞职，回到了家乡，接过父亲的接力棒，重新开始在农业方面精研深耕。

农业技术带头人

2021 年平谷大桃销售启动会，杨国栋作为新农人代表发言

在农业技术推广站，尽管对于农业技术还完全不懂，但是杨国栋却彻底改变了推广站的硬件环境和软件环境。因为推广站缺少计算机人才，无法进行财会电算化业务，网络利用也很差，基本上没有接上网络高速公路。可以说，推广站的所有业务，没有任何一项高科技和网络含量。

杨国栋利用自身的专业特长，很快接通了网络天地线，更构建了推广站的财会电算化系统，工作效率和管理效力大幅提升。

经过了一年多的摸爬滚打，也经历了很多的艰难险阻，他在推广站逐渐熟悉了业务。但是这些还远远不够，他利用这段时间，每天要么钻进高山深林里做调研，要么去农业科研院所请教专家，认真学习，努力提升自己的业务水平。

到了 2015 年，他顺利通过了父亲杨永起的考察。原来，父亲一直对他不太放心，毕竟把接力棒传给一个什么都不懂的年轻人，确实有些令人担心。好在他用出色的表现赢得了父亲的信任。这一年，北京互联农业发展有限责任公司正式注册成立，杨国栋任法人。

杨国栋经过调研发现，大华山镇乃至周边广大农村地区，存在着发展的诸多现实问题：细碎化经营、集约化程度低，农民老龄化和农业机械化作业水平低，科技和互联网参与程度低等。面对这些制约农业产业发展的问题，杨国栋先后与农业部农技推广中心和中国农业大学等 13 家高等院校、科研院所建立了合作关系，引进 26 名专家型技术人员和 18 项优新技术项目，全面推进科研创新研究与科技成果转化。

通过专家组和优新技术项目的带动，农业技术推广平台搭建成功，极大地促进了农村农业的转型升级。公司全力打造互联公司的"蜜多邦"品牌也正式面世。

不仅如此，杨国栋与中国农业大学科技小院工作站等农业专业技术团队合作，建立科技成果转化平台、农业机械装备性能测试与中试熟化基地；创建以专家技术人员、农村技术干部和技术员为载体，农民主动参与的科技服务体系……全镇 16 个大桃专业村 3000 农户户均年增收 1300 元。从 2016 年起，公司开始承担北京市植保站果蔬绿色防控项目，土壤消毒等机械化作业服务面积达 1 万亩次，引领大华山地区 120 户农民进行无公害农产品生产。

2018 年，平谷地区部分桃园发现"桃树细菌性黑斑"，杨国栋立即请专家进行实地调查，采用培育、接种等方法对病样进行反复研究和试验，针对病因、病源和侵染时间，筛选出不同药剂在全区桃园推广进行有效防治，使病害得到了有效控制，确保了果树丰产、品质提升，为当地农业挽回了巨大的损失。

目前，北京市平谷区正在打造农业中关村——"农业科技创新区建设"，这正是北京市给平谷区的定位，这里将集中北京市最好的农业资源，杨国栋较早地布局，通过试验摸索，已经积累了相当的技术经验，未来公司将为平谷区农业科技创新发挥更大的作用。

杨国栋经过几年的理论学习和实地调研，终于在农业科技以及农业服务行业中，成为行家里手，成为当地农业产业发展的领军人物。他的创业历程渐入佳境。

满腔情怀为家国

在杨永起和杨国栋父子看来，农业是一个国家社会发展的基础产业，盈利与否并不是从业者最应该优先考虑的问题，而发展农业、振兴农村才是农业行业从业者的初心，特别是技术人员们的职责和担当。没有这份担当，就做不好这个行业，也无法实现"把农业农村事业做大做强"的目标。

杨国栋多年的创业经历也让他感慨颇深，从一个完全不懂农业的门外汉，成长为一个农业方面的"行家里手"，他经历的一切，就是一笔最大的财富。

他坦承做农业这么多年，并没有赚多少钱。因为赚钱并非他的本意。他更看重的是这些年来，经过父亲和他两代人以及无数专家、农民们的努力，发展农业产业链全程社会化服务的经验已经足备，更构建了农业产业链社会化服务的运营框架，为更好地服务农业现代化发展和乡村振兴，提供了宝贵的实际经验。

不仅如此，杨国栋充分利用互联网技术，为农业技术推广服务。他利用互联网技术开设了"互联农业空中大课堂"，以村为单位建立网播学习交流群，农民在家里或田间，随时可以用手机观看农技网络直播培训，还可以在线参与研讨、交流。

2021 年全国科普日，杨国栋作为基层科技工作者代表发言

当选为平谷区政协委员之后，杨国栋感觉肩上有了更多的责任。从没忘记政协委员这一身份，从没有忘记区政协对他的关心教导和服务家乡建设的鼓励。他废寝忘食地调研，搜集整理农业农村发展的意见和建议。5 年来，他经过艰苦的调研而亲自撰写并提交的提案达 20 多件。

从 2018 年开始，他提交的关于农业产业发展、农业废弃物（树枝）处理加工利用、农业社会化服务等提案，连续三年获得区政协优秀提案奖。

在 2021 年 1 月份召开的区政协第五次会议上，杨国栋提出的"全区大桃产业发展如何加快社会化服务"的建议获得平谷区领导的高度重视，由互联公司承担"平谷区桃全产业链社会化服务试点服务工作"。

不仅如此，他更热心农业农村的公益事业。大华山镇小峪子村的一户贫困户，女主人是聋哑人士，男主人已经年过 70，几乎丧失劳动能力。家里唯一的收入是 4 亩半的桃园。得知这一状况，杨国栋以政协委员的身份把这户人家作为重点帮扶户，从秋后剪枝到第二年果实成熟采摘免费提供全程服务。那一年这一户人家的果园获得大丰收，收入大幅增加。得知儿子的义举，老父亲杨永起作为五届区政协委员，直夸他做得对，"这样的困难户，就应该好好帮扶！"

在疫情期间，杨国栋和父亲以农业技术推广站的名义，将 10 万元的支票送到了镇政府，用于助力全镇的疫情防控。

这就是杨国栋，一个"80 后"大学生的农业情怀，一个以"农业发展和乡村振兴"为初心和己任的创业者。

【采访手记】

杨国栋是一个非常有情怀的人，他的情怀使得他在做很多决策的时候，从不把利益放在优先考虑的位置。他钟爱自己所从事的事业，并坚信通过现代化的科学技术和信息化手段，一定能够实现农业的现代化甚至超现代化，一定能够实现"乡村振兴"的目标。在情怀的驱使之下，他毅然决然地走在农业振兴的道路上，从未停歇！

姚凤明／文

倾注少儿编程
梦想成就未来
——思悟天科技董事长杨欣泽的少儿编程之梦

杨欣泽

毕业于北京大学，现任第十二届全国工商业联合会代表，密云区第二届人大代表，密云区工商业联合会副主席。北京宏扬迅腾科技发展有限公司董事长，北京思悟天科技股份有限公司董事会董事长，全国万名优秀创新创业导师，中国企业家创新智库特聘专家。

编程作为一种战略，必须从孩子抓起；未来人工智能、大数据、区块链的核心，必须掌握在青少年的手中；中国才能崛起，与世界对话。

杨欣泽

如果有人问，什么是编程，相信大部分人很难用准确的语言去表述。如果把编程归纳为一种逻辑思维，那么它注定是人工智能时代的宏观框架；如果把编程归结为一种语言，那么它将用来与未来对话。但问题的关键是，你适不适合学习编程？思悟天科技有限公司董事长杨欣泽正是带着这样的问题，在少儿编程领域不断求索，并在孩子们心灵深处埋下一颗编程的理想，以期开拓更多人工智能新空间。

打造适合中国儿童的编程教材

对于有着五千年传统文化的中国人来说，计算机绝对是一个新生事物，从 1946 年世界上第一台计算机诞生到 1956 年中国第一台小型电脑 103 机设计完成，用了十年时间；再到当今人工智能时代的到来，用了 65 年时间。在这样突飞猛进的发展历程中，离不开电脑编程这个高深烧脑的行业。有人说，东方人擅长感性直觉思维，西方人擅长理性逻辑思维；东方人的思维以道德为标准，西方人的思维则以科学为标准，从而形成东西方电子科技发展的距离。此话也并不尽然，试看如火如荼的互联网人工智能时代的到来，东方觉醒，文化自信，已成为热搜关键词，互联网的生态已经取代传统行业，这其中离不开新一代大量电脑程序员幕后默默无闻的辛勤工作。

杨欣泽正是在时代的洪流中，开始学习计算机应用专业，但他发现中国的计算机教育大多停留在理论学习上，杨欣泽坦言，当时懵懵懂懂地上了四年计算机本科，但是对于编程，还只是停留在理论阶段，可以说，在那个"学会数理化，走遍天下都不怕"的时代，大家都带着对电脑的崇敬之心，被动卷入到学习计算机的新的潮流中，编程、数据库开发管理、计算机原理等课程对于学习者来说，如天书般难懂，至于有什么用，那是学完之后的事。接下来，杨欣泽考入北京大学，学习宏观经济学，毕业之后的杨欣泽依然带着一种疑惑："我得做多大领导才能用得上宏观经济学呀？"而多年之后，他才在时代发展的大环境中，体悟到宏观经济学与个人生活息息相关。

2016 年，杨欣泽带着团队到英国考察，发现英国的孩子在六岁就开始学习编程，一直学习九年，九年之后，感兴趣者可往更高层次进修，不感兴趣的，就另修别的课程。可以说，通过这样一轮的筛选，留下的全是对编程感兴趣的学生，从而有利于计算机行业的发展。这次考察让杨欣

2017 年 9 月，北京市委常委、统战部部长齐静（左四）来宏扬迅腾视察工作，与杨欣泽董事长（左三）合影

泽回想自己学习计算机的历程，似有所悟，中国的孩子学习编程为何不能提早涉入呢？回到国内，他便开始召集人员，开发青少年编程教材和模块。杨欣泽表示，当时要从做项目的角度去做这件事，直接与国外的教育机构合作，拿一个代理就可以；但考虑到东西方文化差异，如果直接拿来，就会导致另一种文化入侵；于是就自己投资开发适合中国儿童用的编程教材，在编制过程中，融入中国传统文化元素，更有利于传承中国传统文化，鼓舞文化自信，实现中国创造。

实现可视化编程，兴趣提升探索动力

2019 年密云区大城子镇墙子路村捐赠设备仪式

可以说，杨欣泽的想法与当时的国家战略不谋而合。在2015 年，教育部制定的小学科学大纲中，提出推进以学生为主体、重视真实问题、各学科融合的小学科学课。在教育信息化的未来五年规划中，明确指出探索 STEAM 教育、创客教育模式。而在 2017 年，国务院印发《新一代人工智能发展规划》，明确提出，实施全民智能教育项目，在中小学设置人工智能相关课程、逐步推广编程教育，鼓励社会力量参与寓教于乐的编程教学软件、游戏的开发和推广。支持开展人工智能竞赛，鼓励进行形式多样的人工智能科普创作。可以说，正是在这样的计算机教育大战略下，全国各地也开始把科技、编程作为一种考生特长，实行加分制；据资料显示，2017 年至 2019 年，全国已有北京、上海、广州、合肥、南京、济南、天津等 20 多座城市开始为编程兴趣考生加分，并且，新加入的城市还在不断涌现；而同时，随着全国各地以创客为主题赛事增加，我国青少年创新科技水平已开始进入国际前列。

杨欣泽表示，虽然编程课程在国内已经开始成为一种潮流，但有些机构把编程做成一款游戏，其实并不利于孩子们理解编程的真切内涵；在起源于美国的 STEAM 教育中，其实是把科学（Science）、技术（Technology）、工程（Engineering）、艺术（Art）、数学（Mathematics）等多维思考空间下的融合创新课程；针对中国的中小学生来说，在 STEAM 教育课程中，融合文理艺术知识，契合了学生富有好奇心和创造力的天性，才能更好培养学生的想象力、创造力，以及解决问题的能力。可以说，在思悟天的教育板块中，依托互联网平台及移动端应用，将教学体系、教学硬件、教学活动等进行科学整合；并斥资数千万，会同专家团队，历时逾年精心打造出一套拥有自主知识产权的实体和编程教育系统。

这套体系以可视图形化的界面，使孩子们就像拼搭乐高积木一样，将程序图标一个个有机地组合起来，逐步建立程序结构，实现自己的设计思想，从而完成创意过程。对于这种方式，小朋友都乐意接受和参与其中，为激发初学者对编程的兴趣起到了很好的推动作用，达到了寓教于乐的目的。在软件操作界面，分为模块化编程与代码编程可以随意调换的操作架构，更有利于孩子对代码的学习和理解。在公司推出的各种智能编程主板产品，分为 SIWT 1.0 和 2.0 两款系列产品，主拓展版支持多种传感器、电机、舵机等信号接入，并走向 AI 人工智能技术运用，满满科技感，让孩子们真正体验到编程的各种应用与效果。

可以说，思悟天研发这套少儿编程产品，分四个阶段，逐步提升少儿对计算机语言的掌握与应用。第一，9~12 岁学年段，初级图形化编程＋兴趣引入＋动手制作＋思维创新，培养兴趣，引入初步逻辑认知。第二，10~14 岁学年段，中级图形化编程＋知识学习＋课程延展＋创作实践，让孩子逐步掌握编程语言的应用。第三，11~18 岁学年段，高级语言编程＋知识运用＋作品创作，使孩子开始灵活运用语言，放飞创作的翅膀。第四，专业竞赛阶段，高级语言编程＋信息技术＋科技创新，真正实现语言应用的专业化，应运编程造福社会。可以说，这四个阶段下来，在孩子的心灵深处培植了一种电脑逻辑思维，更有利于选优电脑编程人员，促进计算机事业的发展。

未来有多远

可以说，计算机带给人类一个新的未来；未来是否已来，还是在我们探索的路途中，我们回首计算机发展之路，总是如梦如幻。在杨欣泽的探索空间里，是把未来随风潜入夜，润物细无声地播种在儿童的心灵中。在中国的近代史上，坚船利炮打破中国大门的余音仍未消散，师夷长技以制夷的谆谆教诲仍在耳边回响。科技兴国，科技强国仍在两个 100 年视域下，成为"十四五"规划的核心篇章。

时代发展，党建为基；编程作为一种文化，作为一种语言，作为一种技能，甚至作为一种战略，都有其独具属性的时代意义。中华文化上下五千年，红色文化作为一种基因，正朝气蓬勃，勇往直前。不管是过去还是未来，国家稳定，经济才能快速腾飞，人民才可安居乐业，充满自信。新冠疫情的快速遏制，让世界看到中国制度的优越，让世界看到中国人民的智慧。编程，作为构建未来人工智能时代的基本基因链，已经通过电子产品融入我们的幸福生活；大数据、区块链已经把无数个体作为一个信息单位，归纳为有机单元；我们的一举一动，一个思维都可能作为一个信息被分析和传输。在第二个 100 年的新的开端，把编程从少儿抓起，掌握把控未来的人工智能核心语言，才能与世界交流对话；这正是杨欣泽的本格初心。未来可期，不负韶华，试看将来寰宇，编程少年指点江山更风流。

孙秀明 / 文

2021 年 4 月 12 日，全国工商联办公厅副主任吴卫（左）一行莅临北京宏扬迅腾科技发展有限公司参观调研

明眸耀童心
——记北京市门头沟区眼科学技术研究院院长杨瑞雄

杨瑞雄

1982 年 6 月出生，中共党员，门头沟区洪水峪人，大学本科学历，现任北京市工商联青年企业家专门委员会委员、第十届门头沟区政协委员、门头沟区青年联合会委员、北京明恩眼科学技术研究院院长、北京市门头沟区爱眼协会会长，同时担任门头沟区工商业联合会常委、商会副主席、门头沟区儿童青少年近视防控技术研究中心主任、门头沟区工商联青年创业发展协会常务副会长。

从儿童青少年近视防控领域来讲，一定要查远视储备，这个是很重要的一个指标。

杨瑞雄

（一）

"闺女，爸爸个头不高，够不到天上的月亮和星星。但是，只要你有需求，哪怕是再难，爸爸一定会尽我所能，让你得偿所愿。"

这是天下所有"女儿奴"的心声。

生于门头沟灵山山脚下的杨瑞雄在成为人父之前，对此并没有什么感觉。那时的他忙着经营门头沟的煤炭生意，无暇顾及自己内心的那点儿女情长。2010 年，国家关闭了矿山，杨瑞雄失去了赖以生存的收入来源。同时，为了让女儿接受更好的教育，在女儿进入学龄阶段，他携一家四口走出大山，来到了门头沟区那仅有的 1.5% 的平原。女儿顺利进入幼儿园，同她的小伙伴们快乐成长，待业青年杨瑞雄也在苦苦寻找自己未来的发展方向。

"大女儿四岁半的时候，幼儿园给我们打电话，说是女儿的视力有问题，要去医院好好检查一下。"通用的视力表，大女儿只能看到最上边的那个"E"字，联想起孩子在家看电视时不由自主地就会凑到电视机前的举动，在小区同小朋友玩耍时跑着跑着就会摔倒的场景，杨瑞雄的心瞬间揪了起来。儿童医院的检查结果让他那颗揪着的心又平添了无助、懊悔和心疼。虽已过去了十多年，但现在想起来依然让人心酸落泪。"大度数远视性弱视！900 度！"近处看不清，远处也看不清。在大女儿降临的这四年半时间内，这个世界在她的眼中是模糊的、混沌的。

"孩子出生自带 300 度远视，这叫远视储备。这 300 度相当于你在银行给他存了 3 万块钱，这 3 万块钱是让她在 12 岁之前花光的。我闺女的眼轴属于天生发育迟缓，如果按照她的生长发育来讲，我给她存了这 9 万块钱，她这辈子都用不完。"北京儿童医院、同仁医院、北医三院、中国中医科学院，北京四大眼科比较权威的医院检查结果都一样。其中一名权威专家医生说，这个孩子不能上学了！看着大女儿带着如瓶子底那么厚的眼镜，"当时真是体会

2019 年 11 月在内蒙古武川县进行扶贫捐赠

到了什么是'叫天天不应，叫地地不灵'。"杨瑞雄暗下决心无论如何，就是卖房子卖地也要给孩子治这个眼睛。

孩子尚小，动手术不行，吃药也不行，唯一的办法就是康复训练。按照固定的频率，跑医院成为杨瑞雄生活中的必答题。"孩子的康复训练其实就是和时间赛跑，因为一旦过了 12 岁，就没有效果了。"一回生二回熟，喜欢交朋友的他和一名眼科医生成为朋友。"那个专家每周六要去怀柔出诊，我就给他当司机、拎包，他在前边出诊，我就在后边给他端茶倒水。当时我就想了，虽然我不是从事这个行业的，但是一天当中我只要记住他一句话，今天我就没白来。"一年半的时间，杨瑞雄风雨无阻，并在其中逐渐找到了自己的职业发展方向。"记得我上学那会，全班也就一两个戴眼镜的，可是你看现在的孩子，小学三年级就有一多半戴上眼镜了。"已经成为半个专业人士的杨瑞雄觉得自己应该做点什么。

（二）

理想很丰满，现实太骨感。"如果可以重来一次，说什么我也不会再干这一行了。"这是杨瑞雄受邀讲课时经常说的一句话。没有资金，没有人脉，没有商业经验。为了能够结识到合适的人，为了能够获得有益的经验，在企业初创期，他几乎每天都周旋在不同的餐桌旁，正是这种社会性与专业性相结合的学习，让他获益匪浅。

1967 年美国社会心理学家米尔格伦提出了一个"六度分离"理论，意即你和任何一个陌生人之间所间隔的人不会超过五个。也就是说，最多通过五个人你就能够认识任何一个陌生人。杨瑞雄的经历再一次验证了这个理论的适用性，他通过体育老师认识了卫生老师，慢慢认识了校长。但是，对于学校这方净土来说，任何商业化的操作必然引起包括学生和家长在内几乎所有人的怀疑的目光。

欲先取之，必先予之。2013 年，在朋友的带领下，杨瑞雄加入了门头沟便民服务协会。这个由门头沟区总工会主导的社会组织旨在服务于社区居民，力所能及地解决人们生活的诸多方面问题。杨瑞雄带领团队为老人免费验光、清洗眼镜。"那两年是我最艰难的时候，宁可这个店关张，也不能坐在店里等死，主动出击说不定还有活路。"

公益在社区一步步展开，影响慢慢扩大，市场培育有序进行，但还不足以支撑公司的发展。在和一个朋友的聊天中，提到了做公益也要有组织，这让杨瑞雄豁然开朗，他找到工商联，用真诚打动了所有领导，同意作为主管单位，发起成立了门头沟区爱眼协会，用社团组织与政府和学校对接。可是，这件新换上的马甲依然没有得到官方的认可。通往前方的路，似乎山穷水尽，属于杨瑞雄的"新村"在何方呢？

1996 年，国家卫生部、教育部等 12 个部委联合发文，将每年 6 月 6 日确定为"全国爱眼日"，列为国家节日之一。时隔 20 年的 2016 年，在区工商联领导的筹划和支持下，杨瑞雄在当地一所学校成功举办了"全国爱眼日"活动，并得到了政府领导和相关部门的大力支持。"当时，还是有一些人不认可我们，说什么'让他们弄去吧，搞不出什么花样来的'。"对于长期处于舒适区的人来说，工作、生活中任何一点微小的震荡，都是对其敏感而又脆弱的神经发起的一次冲击，机体本能的反应是抗拒的，这无可厚非，亦不用多加理会。只要紧盯正确的方向，紧抓社会痛点，只管继续沿着路走下去就好。

2018 年 8 月底，教育部、卫健委等八个部委联合下发了《综合防控儿童青少年近视实施方案》的通知。"儿童青少年近视率不断攀升，近视低龄化、重度化日益严重，已成为一个关系国家和民族未来的大问题。"机会是给有准备的人准备的，经过四年多的艰苦奋斗，公益前行，杨瑞雄所做的儿童青少年近视防控工作，逐步得到了市、区相关部门的认可与肯定，他独特地将公益与商业相互促进，共同发展的经营模式，终于迎来了春天。

"我从来没想着自己能够有幸被天上掉下来的馅饼砸中。在我们的影响力不断扩大的同时，国内很多公司开始找我们合作，免费提供视力筛查系统供我们使用。这些产品看上去可能是'馅饼'，但也有可能是'铁饼'。"杨瑞雄明白，免费的背后是成千上万个孩子的视力数据掌握在别人的手里。"数据的安全性如何保证？"杨瑞雄自问。一旦发生数据泄露，如何面对政府的信任，如何直面孩子们那双清澈的眼睛？"这些数据不能丢，否则我就要承担责任。既然这样的产品别人能够做出来，那么我也可以试试。"

这一试，就是两年。

2018 年 11 月，为了配合技术攻关，北京明恩眼科学技术研究院正式成立。在砸进去几十万之后，拥有自主知识产权和发明专利的"智能视力筛查系统"研发成功。2019 年，门头沟区的所有学生都用上了这套饱含心血和期待的产品。

一手掌握拳头产品，一手紧握全区的数据，杨瑞雄终于可以在这个细分领域拥有话语权了。在别人眼中，这是资本家梦寐以求的市场态势——垄断。想挣多少钱，完全取决于他的胃口有多大。杨瑞雄不是资本家，他坚持挣干净的钱，"因为，我大闺女在后边看着我呢。"锥心之痛尚在，"同理心"让他能够深刻地体会到为人父母的那种焦灼和忧虑。

（三）

魏文王曾求教于名医扁鹊："你们家兄弟三人，都精于医术，谁是医术最好的呢？"扁鹊："大哥最好，二哥差些，我是三人中最差的一个。"

魏王不解地说："请你介绍得详细些。"

扁鹊解释说："大哥治病，是在病情发作之前，那时候病人自己还不觉得有病，但大哥就下药铲除了病根，使他的医术难以被人认可，所以没有名气，只是在我们家中被推崇备至。"

"我二哥治病，是在病初起之时，症状尚不十分明显，病人也没有觉得痛苦，二哥就能药到病除，使乡里人都认为二哥只是治小病很灵。"

"我治病，都是在病情十分严重之时，病人痛苦万分，病人家属心急如焚。此时，他们看到我在经脉上穿刺，用针放血，或在患处敷以毒药以毒攻毒，或动大手术直指病灶，使重病人病情得到缓解或很快治愈，所以我名闻天下。"

时代不同，境遇不同。带着情怀做事的杨瑞雄已经拥有了眼科诊疗、政府购买服务、产品研发、连锁机构和商学院五个商业系统。借助和公立医疗机构合作的模式成立的眼科门诊基于大数据精准诊治患者；在政府的指导下，向全区青少年宣讲眼睛预防及保护常识，定期对学龄儿童进行视力筛

2021 年 6 月 25 日参加云南省儿童青少年近视防控专家讨论会

查；研发儿童坐姿矫正器和升级视力筛查系统更好地服务所需人群，出版《门头沟区儿童青少年视力健康教育读本》指导家长和孩子做好视力防护；在门头沟区对口扶贫单位河北张家口市涿鹿县开设了第一家分支机构，拓展服务区域；依托眼科学技术研究院对这个细分行业进行标准化管理和模式推广，让更多的有识之士加入进来，惠及全国的儿童青少年。

2016 年底，杨瑞雄被推选为门头沟区政协委员。在今年向政协提交的提案中，他率先提出了"儿童青少年的近视防控要从准妈妈开始"的这个建议。"我们准备了 40 分钟的课程，重点讲述儿童的远视储备，让家长获取这方面的专业知识，引起他们足够的重视。"

"幼吾幼以及人之幼"，推己及人方能情满天下。

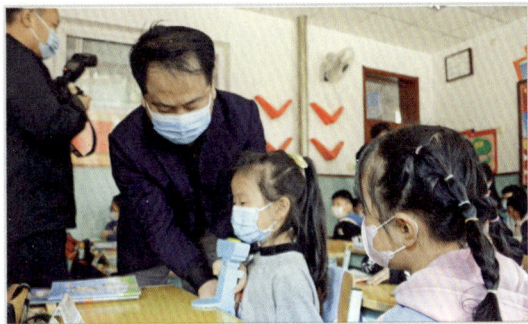
2020 年 10 月 28 日，育园小学近视防控宣传月

【采访手记】

"远视储备"这几个字对于笔者来说是一个完全陌生的概念。听完杨瑞雄的讲述之后，笔者后悔没能早几年认识这个从灵山脚下走出来的汉子。他的讲述过程对笔者来说既是知识普及的过程，又是一部白手起家的创业史。父女亲情动我容，创业艰难震我心，大爱情怀让人敬。

朱昌文 / 文

金融创业的无畏行者

杨鑫

汉族，1984 年生。美国宾夕法尼亚大学工程学硕士。历任摩根士丹利固定收益部高级经理、副总裁，现任西藏博恩资产管理有限公司总裁、投委会主席等职。

杨鑫是中国人民政治协商会议北京市第十三届委员会委员，北京欧美同学会常务理事。曾任中国人民政治协商会议山西省第十一届委员会委员；山西省青年联合会第十届委员会委员、常委。

> 清华大学校训中"厚德载物"和宾夕法尼亚大学校训"法无德不立"都强调"立德"。这让我在法律和道德层面上对就业、创业以及做人都有了全新的领悟。无论做什么事情，都应该以道德作为操守，不忘初心，一旦违背，必将不能致远。
>
> —— 杨 鑫

2018 年 6 月在宾大沃顿中心参加宾大校友论坛

机缘巧合入金融

2019 年 6 月在北京参加财经年会

杨鑫出生在山西，2002 年考入清华大学精密仪器系机械工程及其自动化专业。2006 年留学美国，在宾夕法尼亚大学拿到工程学硕士学位。出于对未知领域的好奇以及受到宾大校风的影响，在留学期间，他机缘巧合之下对金融行业产生了浓厚的兴趣。不仅如此，他利用自己的工程学专业优势，开发了一套金融模型，虽然这个模型最终没有通过市场的检验，但是这也为杨鑫能够成功入行金融业，进入摩根士丹利工作奠定了基础。

在摩根士丹利的 8 年时间里，杨鑫担任固定收益部高级经理、副总裁职位，主要负责金融市场中的交易工作。作为美国最知名的金融企业之一，能在这里工作，不仅需要对金融交易的规律和规则有深刻的了解和认知，更重要的是要极具创新思维，并对市场发展有着极强的把控和预判能力。在达到这些要求的基础上，工科背景让他对产业转型升级和新技术发展趋势往往更能融合掌握，以出色的业务能力获得了公司的认可。

然而，命运似乎总喜欢捉弄人。刚刚跨行入职的杨鑫，在进入摩根士丹利之初，国际金融市场就遭受了 2008 年那场席卷全球的金融危机。雷曼兄弟——美国第四大投资银行由于投资失利宣布破产倒闭，兔死狐悲，整个金融行业的从业者都忧心忡忡，为前途担忧。杨鑫也开始了他的思考，公司是否会步雷曼兄弟的后尘？自己的未来该何去何从？如果留在纽约，面临的很可能是被裁员。

杨鑫最终把握机遇赴任香港，在香港一待就是七年。在这七年里，杨鑫不断积累和提高自身专业素养和业务能力，对金融行业有了更深刻的了解和认识。

2014 年到 2015 年的香港，金融市场风云变幻，加上一些社会和政治方面的原因，使得香港的金融业务竞争日益激烈，大摩内部也逐渐陷入内争为主的境地。而香港的社会情绪以及种族方面的困扰让杨鑫萌生退意。到 2015 年，看到内地快速发展带来的种种机会，杨鑫下定决心重新出发，最终离开了香港，回到北京，走上创业之路。

2019 年 10 月 1 日，杨鑫受邀参加中华人民共和国成立 70 周年庆典活动

艰辛创业报国恩

有着顶尖金融公司的从业经验，更有着敏锐的市场判断，如果留在海外，一定能获得更好的发展机遇。而成大事者，必然不可能久居人下，杨鑫对于祖国始终是有着深厚情感的。中国经济的快速发展，更令他看到了一展身手的机会。他更希望自己所学知识可以为祖国所用。他时刻关注着祖国和家乡的发展变化，主导直投了老家山西的一家传统的老陈醋企业，以自己的实际行动来回报家乡，回馈祖国。

2015年，杨鑫牵头在北京成立了西藏博恩资产管理有限公司，由他出任总裁和投委会主席，主要从事股票投资和交易。凭借之前一直在金融交易行业积累的丰厚经验，杨鑫有信心带领公司蒸蒸日上，一方面是基于对团队的信心，另一方面是对自己的自信和认知。

然而，公司刚刚成立不久就经历了股票市场的巨大震荡，这次股灾对于整个行业而言都是一次比较大的打击，行业内部也经历了一次大洗牌。他创立的公司也遭受了巨大的磨难，这对于创业初期的杨鑫而言，如当头棒喝，市场的千变万化，使他的创业之路从一开始就显得格外艰难。祸福相依，处之泰然，杨鑫和合伙人面对危机依然保持了镇定，并没有因此而乱了方寸，携手并肩坦然面对这场巨大危机的洗礼。在杨鑫看来，任何危机都是危险和机遇并存，在市场好的时候赚钱并不见得是真本事，而在危机笼罩之下依然能够把业务做到很好，才是真正的行家里手。

在杨鑫的带领下，团队艰难地寻找着机会。然而金融市场变幻莫测的行情使刚刚从"2015年股灾"的泥淖中走出来杨鑫和其团队又不得不面对2016年的"熔断"挑战。尽管他和团队依靠着坚忍不拔的毅力以及专业的金融理论知识支撑，但是创业的艰难依然令他们感到举步维艰。企业在风雨摇摆中艰难前进，在风云变幻的市场中寻找着可能的机会。他的心态更加平和，在应对突发情况的时候所采取的策略也更加合理客观。2017年和2018年，国内市场形势依然变化莫测。一方面投资行业面临着巨大的竞争，另一方面各种政策调整纷至沓来，令人应接不暇，杨鑫的团队在经历了一次又一次的自我肯定和自我否定的修正中不断成长。不过这个阶段对于整个团队建设来说，也确实大有裨益。在千变万化的市场中不断调整心态、调整自我，不断学习，然后用结果来检验成败得失。尽管过程非常艰难，几乎每天都有重要的关卡需要通过。但是正是在这样的艰难环境中，杨鑫和团队不断磨合，共同提升，不仅锻炼了队伍，更磨炼了意志。经过历练，整个团队已经能以非常良好的心态对待业务，真正做到了专业尽职。因为在市场中，只有以良好的心态、客观务实的态度来应对风险，才是最好的任职状态，也才能使企业在正确的时间点做出正确的抉择。

在北京电视台录制"提案办理面对面"节目

保持进取不妄图

对于公司业务的提升，杨鑫和团队没有采取比较激进的销售渠道推广，而是实实在在地用自己的行动和成绩来打动客户，致力于"口碑宣传"这种看似笨拙的方式和方法。要知道在2017年前后，很多投资公司通过大数据筛选客户、然后精准推广，从而获取投资者信息和资金，但是这样做不仅具有法律风险，更有很大的弊端。对于很多不熟悉金融行业市场规律的客户来说，患得患失是他们最大的特点。虽然这些客户看似资金雄厚而人数颇多，但是其风险承受能力参差不齐，一旦获得代理权，在之后的合作过程中必然要耗费大量的人力和物力应对他们的情绪波动。尽管这种操作能在短期内迅速提升资金量和业务量，但对于投资机构而言，不仅不能专注于行业领域，还会带来无穷无尽的不可控风险。最终可能造成从意向上的"双赢"变为"双亏"局面。

基于这样的认知，杨鑫宁愿熬过行业寒冬，也不愿通过任何激进方式来推广私募基金业务。唯有与客户同频共振，才能达到彼此信任，而彼此信任是实现公司与客户"双赢"的先决条件。

守得初心见月明。正是基于对行业的敬畏，保持着自己的正义之心和道德底线，坚守自己和企业的口碑和信誉以及荣誉，投资公司的业务开始渐渐有了起色。但对于企业未来做大做强，杨鑫却有着不一样的见解，"小富即安"是他现阶段的创业心态。在他看来，金融行业和投资行业赚钱是非常容易的，赚大钱也并不太难。在这个行业摸爬滚打多年之后，他发现了这个行业的一些显而易见的弊端。而正是这些弊端，限制了这个行业朝着良性的方向发展。他亲眼见过很多年薪超千万的行业高管被裁员，一夜之间妻离子散，从富豪瞬间跌入低谷；很多金融机构，从日进斗金到最终的"关门大吉"……杨鑫时时刻刻对行业都保持着谨慎、稳健的从业方针，甚至有些"不思进取"。在他看来，人不能把赚钱作为唯一目标，更不能把事业壮大作为人生的唯一要义。即使在赚钱之后，也要对自己有深刻的警醒：这笔钱是靠运气赚取的？还是靠自身的能力和专业技能赚取的？有多少比例是运气好的成分？而多少比例是技能的成分？只有这样时常自省才能让企业在日益激烈的市场竞争中保持不败之地。

因此，对于未来的发展，他并不急于开疆扩土，扩大规模，而是步步为营，稳扎稳打。他坦言，不想被事业或者赚钱绑架，更不能让自己陷入这种癫狂的成瘾状态。而是希望用自己的经验和才能，实实在在为个人、为社会、为国家尽心尽力做一点有益的事。

【采访手记】

杨鑫毕业于清华大学，又有着海外求学和就业的经验，而这些金光闪闪的经历，却并没有让他沉浸其中，更没有让他迷失人生的航向。即使回到国内创业，他依然谦虚谨慎，不骄不躁，保持良好的工作学习习惯，热爱读书，更热爱生活。他话里行间透露出的读书信息，足以看出他思维的活跃以及求知欲的强烈。

而他的内心依然恪守道德的底线，正是这份坚守，让他不曾被市场上的各种迷惑和陷阱裹挟，让他能够在创业和人生的道路上走得愈发坚实和稳健。

姚凤明／文

服务环保　造福人类

邴春光

1983年生，吉林长春人，中共党员，毕业于长春理工大学计算机专业，首都经济贸易大学MBA（工商管理硕士），中国社会科学院财经战略研究院在职博士，欧洲管理科技大学DBA（工商管理博士在读），MBA硕士生社会职业导师。

邴春光是中科国兴科技有限公司创始人、CEO，工商联委员，北京秸秆技术研究院秘书长，秸秆产业联盟副理事长，北京青年企业家协会MMBA专委会副理事长，中关村电子商会副会长，首都经济贸易大学MBA校友会会誉会长，曾任职神舟、联想、腾讯、汉能等公司核心管理。

历任第八届北京MBA联盟主席、第七届中国MBA联盟秘书长、北京吉商协会党委书记、发改委中国人力资源开发研究会企业人才分会常务理事等职。

> 有序的竞争是行业良性发展的重要阶段。如果一个产业是由一家企业独立支撑起来的，那么，这个产业的未来发展必然不能长久。唯有引入竞争机制，才是企业发展和产业创新的不竭动力。
>
> 邴春光

2020 年 11 月 19 日公司成员合影

投身环保谋布局

有一种新的环保产品，能在短时间内将室内、车里、家具等"污染重灾区"的甲醛含量降低到对人体健康无害的含量，并且释放出负氧离子，您会如何选择？这种新型环保产品的原材料就是沸石，而研发这一系列产品的创业者，就是中科国兴科技有限公司创始人兼 CEO 邴春光。

沸石是一种神奇的材料，最早发现于 1756 年。谁能想到，二百多年后，吉林长春一个叫作邴春光的年轻人，跟沸石产生了不解之缘。邴春光出生于 1983 年，是典型的"80后"，做事沉稳而具有创新意识，既有 IT 行业的专业背景，又有工商管理的加持，邴春光在 IT 行业里左右逢源。无论是在神舟电脑、联想集团，还是在腾讯、汉能，他如鱼得水，技术和管理兼顾。在这些企业工作的经历，让他积累了丰富的企业管理经验，也让他认识了很多圈内的朋友。在和朋友们的交流中，不断有人讨论关于环保产业的发展前景。说者有意，听者亦有心，邴春光开始留心新型环保行业的相关发展前景。

一直深耕于 IT 产业的邴春光，要转战环保这个相对陌生的产业，相当于另起炉灶，难度颇大。但是他有着自己的思考和判断，在他看来，三百六十行殊途同归，无论做哪一行，其管理本质是一样的。他对自己的管理能力有相当的信心，也对于以沸石研发为核心的新型环保产业的前景有着非常乐观的估计。

2020 年 7 月，邴春光正式进军环保产业，并以沸石新材料产品的开发作为企业的主要业务。公司成立之初，邴春光就给公司制定了一个远大的目标：用科技促进环保，服务全球，造福全人类！尽管这个目标远大，但是邴春光带领团队确实在一步一步践行着自己的环保理念和创业初心。

之所以选择沸石作为产品的主要原材料，邴春光也经过了长期的考察。沸石早在 1756 年就由瑞典矿物学家克朗斯提发现，这种天然硅铝酸盐矿石在灼烧时会产生沸腾现象，因此被命名为"沸石"。此后，人们对沸石的研究不断深入。而近年来，随着环境压力的增大，各国相继加大对沸石的研究和开发力度。日本和俄国在沸石相关产品研发方面走在了世界的前列，包括日用品、食品和药品等研发都相对成熟，且产品已经活跃在消费市场。而中国目前对沸石的开发还处于萌芽阶段。

但是中国的优势在于，广大华北地区沸石储备特别丰富，原材料来源广泛，成本低，而且产品研发几乎处于空白，前景光明。邴春光带领团队，开始致力于沸石相关环保产品的研发和推广，利用沸石的超高吸附性，研发出的环保产品能够有效去除甲醛、清除异味、消除污染物等，对于改善空气环境和人居环境有很好的效果。而且应用广泛，大到水利工程，小到厨房、冰箱异味，沸石系列产品都能提供很好的解决方案，同时结合淘宝、抖音、拼多多等电商平台运营销售，加上每月 30 多场直播带货，拓展了全国 38 家渠道，也顺利通过半年时间完成很多企业至少需要三年要走的路，将知识产权、商业模式、战略规划、供应链整合不断完善并升级。至此，在 2021 年初，中科国兴关于沸石环保材料的产品设计、研发、市场开发、销售渠道构建等全产业布局全部完成。

造福人类是初心

在创业之初，郗春光将创业的初心放在了"造福人类"这样的大目标上，企业在发展过程中，没有陷入"盈利陷阱"，而是将主要经历用于自主研发和推广新的产品，中科国兴也一直秉承创业初衷，切实为环保事业、改善人居环境而努力。在郗春光看来，一定要国产自主研发，这不仅是市场核心竞争力的要求，更是多年来中国产业发展多次受到国外"卡脖子"的经验和教训换来的血淋淋的现实。唯有提升自主研发的程度，才能避免被别人"卡脖子"，才能在世界市场的竞争中处于不败之地。

中科国兴独家聘请国家科技进步一等奖获得者、中国国际水处理研究会会长、北京科技大学徐鹿学教授为总顾问。并联合 30 家全国环保企业发起成立了由国家一级协会中国技术创业协会主管的"新型环保材料技术创新联盟"，并同工商联、共青团、中关村电子商会、北京吉商协会、中国 MBA 联盟、北京市青年企业家协会等机关、团体、企事业单位建立深度合作关系。在郗春光的带领下，企业从"70 后"到"98 后"，集结了一批老中青的行业人才，打造了一支拥有高学历、高素质的管理顾问团队和核心骨干，以愚公移山的毅力，锲而不舍的精神，十年磨一剑，时时试霜刃，一步一个脚印，在业界产生了一定的影响力和知名度。

尽管企业发展已经渐入佳境，但是郗春光和研发团队居安思危，危机意识特别强，因为国内沸石研发仅仅处于初级阶段，距离下一步的三级产业升级还有相当大的距离，更不用说参与国际竞争了。目前，沸石产品的研发，很多国家已经走在了研发和市场推广的前列，时不我待，郗春光和研发团队感到肩头的担子沉甸甸的。

除了除去空气中的异味和吸附甲醛，沸石相关产品还能进一步释放出负氧离子，净化空气。这是硅铝酸盐的优势，因此，不仅在环保产业，在太空产业，材料技术应用，食品产业，甚至医药产业等，都能看到沸石的身影。而且，很多新产品已经在国外大行其道，在越来越多的行业里。国际上，一些以沸石为原料的抗癌药、护肝药等产品已经大行其道，在德国、日本、俄罗斯的市场上随处可见。利用沸石超强的吸附能力，甚至可以清理血管中的杂质。

借着互联网产业发展的东风，也借着他长期在互联网行业的深耕经历，郗春光把新产品的销售网络，从线下发展到了线上，取得了很好的效果。然而，产业的核心依然在创新和研发。针对新产品和新行业的未来，郗春光时而感到焦虑，他不怕竞争，只怕没人关注，没有同行竞争。对于一个新兴产业而言，竞争才是行业发展的正确路径，也是必经之路，依靠一家企业是无法推动整个行业良性发展的。他利用自己的人脉，广泛发动身边的人去关注"沸石产品"，关注环保

2021 年 4 月 20 日，与国谊赛战略合作发布会

行业，目的就是为了把这个产业在国内做起来，做大做强，甚至参与国际竞争。

而对于行业内的竞争，他也特别期待。尽管沸石研发出的产品在吸附甲醛和去除异味方面表现优越，比活性炭等传统去甲醛产品效果要强百倍，优势明显，但是他并不主张"一家独大"，甚至关注活性炭系列产品的新研发和新产品。他认为，环保行业，特别是环保材料行业，应该多一些创新，多一些研发，多一些技术和研发竞争。这样的竞争结果，最终获益的是广大人民群众，获益的是整个环保产业，更是我们赖以生存的环境。

除了沸石研发，邴春光及其团队更把目光投向其他环保产品研发的方向。在秸秆产业技术方面，投入了相当大的科研精力，如北京秸秆产业技术研究院，在秸秆控股集团有限公司成立之后成为秸秆产业化的综合性实业集团的技术单位，研究院的研发以秸秆控股集团的核心业务和国家秸秆产业发展联盟的战略布局为中心，涵盖整个秸秆行业的研发技术领域。并与资源、资本、设备、市场进行全面融合，与地方政府及重点企业深度合作，以资本投入、技术输出、市场营销为主导兴建实体企业，实现地方政府、投资者、经营者的多方共赢。

这种全产业思维的大格局，是难能可贵的，邴春光做到了。这基于他丰富的企业管理经验，基于他对人生和世界的思考，更基于他一名共产党员的使命和担当。

2021 年 7 月 18 日，邴春光参加青企协长跑九周年活动

【采访手记】

邴春光是一名共产党员，也是北京吉商协会党委书记，身兼各种社会职务。在创业过程中，他始终保持一名共产党员的本色。即使在创业过程中，他也不忘初心，牢记使命，以家国情怀，积极承担企业的社会责任，立足国内，放眼世界，着眼未来，以一己之力，撑起了中国"沸石产品研发"的一片天。他时时刻刻把一枚党徽戴在身上，时时刻刻提醒自己，作为一名共产党员的使命和担当。

姚凤明 / 文

时尚引领 睿智创业

——交领国际 CEO 肖猛印象

肖猛

交领国际 CEO、水木交领文化艺术中心董事长、AMAZING, XIAO'SMIND 等时装品牌创始人。北京市青年企业家专委会委员，北京市朝阳区工商联执委，北京市朝阳区工商联 2021 年"青年创新榜样"；北京天云听语康复中心行政院长，荣获 2016 影响中国公益慈善 100 人，作为首位"80 后"慈善时尚企业家荣登 2017 年《商界时尚》杂志封面人物，积极参与朝阳区疾控中心 2020 新冠疫情疾控志愿者。

> 做企业一定需要情结，现在已经过了原始资本积累的阶段，企业想要走得更高更远，必须有创业情怀与战略格局。
>
> 肖猛

《无量寿经》卷上云："勇猛精进，志愿无倦。"肖猛之名，冠以猛字，必有时尚新锐之气，开创引领之志。作为一位新潮派服装设计师，一位富有责任担当的企业家，肖猛总是在深度的思考中，用哲学家的睿智眼光辩证看问题，故而，他的观点冷静、犀利、激进、雄辩，并带有一些热情奔放的文化情愫；就像他的设计作品，总能吸引众人的眼球，在时尚的聚光灯下展出人生华彩。

名门之秀，儒雅风度

肖猛出生于有着雄厚资本的企业之家，亦是书香门第，父辈经营着一家有着上千工人的印刷厂，可以说，在20世纪80年代改革开放初期，纸媒成为人们阅读的第一介质，各种书籍的出版，把文化知识带到千家万户；肖猛自幼秉承家学，知书达礼，正所谓，文质彬彬，然后君子也。

少时，肖猛喜欢听长辈们讨论事情，他们的侃侃而谈，远见卓识，都让少年肖猛崇拜不已；在耳濡目染中，一种企业家的梦想也在他的心头潜滋暗长。在这样的家庭环境下，肖猛形成一种思考习惯，让他拥有一种企业家的睿智与思辨能力；同时，一种名门之秀，儒雅风度让肖猛总是成为众人关注的焦点。

肖猛以职业设计师的身份出现在大众媒体的聚光灯下，但举止言谈中，却难掩其心藏风云的企业家风范；肖猛认为，所谓创业梦想，必须要依据实际，脚踏实地地走好每一步；否则，不切实际的空想，只是画饼充饥的意淫；所以在肖猛的商业空间里，更感受到时尚新潮的召唤与文化脚踏实地的推动；带着人们对时代的记忆，感受人间烟火与生活的滋味。

2019年，庆祝中华人民共和国成立70周年阅兵仪式，肖猛作为观礼嘉宾

AMAZING XM，惊艳全球

AMAZING，翻译成中文就是："太神了，令人大为惊奇"之意；而作为一个服装时尚潮流引领者，则延伸到人对美的感叹，有惊艳、艳压群芳的含义，这又是一个永恒不衰的时尚元素。

2014 年，交领国际收购加拿大潮牌 AMAZING 并进入中国市场，三年来，肖猛一直在思考一个国际知名品牌如何扎根中国本土，并能疯狂生长的问题；什么是时尚元素？难道说只有《花花公子》《时尚》杂志的封面？只有法国巴黎聚光灯下的走秀吗？答案显然不是唯一的，肖猛要寻求到一个最适合中国人理解的答案。

穿衣，作为人类生存的一个必要因素，已远远超出遮丑取暖的范畴，但在服装设计中，又要考虑这个基本元素；在新中国成立初期，三年自然灾害与多年的战争使中国处于一穷二白时期，由于没有衣服穿，就有人把使用过的化肥、尿素蛇皮袋子裁剪做成裤子穿在身上，在中国老百姓心里形成一个时代记忆。在这一历史印象启发下，肖猛大胆把"编织袋"元素融入新潮时尚的设计理念，把本土与时尚水火难容的矛盾体，赋予新的艺术生命。

2017 年 4 月，AMAZING XM 空间在王府井银泰 IN88 三层正式开业，当这些如马赛克般红白蓝相间的编织袋制作的服装展现在众人面前时，有人惊呼"amazing"，也太夸张了，他到底想做什么？美学理论说，大俗才能大雅，能把俗与雅在一种设计中同时呈现，才能让人记忆犹新。肖猛这一举动，立刻引起时尚新闻媒体的关注，肖猛在接受采访时说："用不同寻常的材质去碰撞大众的感官，这本身就是创造的意义，是一件有意思的事情。比较好玩吧，同时也是想传达不拘一格的理念，任何灵感、创意或是设计，我觉得都应该要呈现出最初的情感。"

美学大师蒋勋说："美，是人类一路走来艰难的记忆。"编织袋服装设计，也正适合这一美学规律；这在中国土地上随处可见，红白蓝组合的色彩元素，最容易深入人心。但最重要的是，在肖猛设计理念下，达到了让人吃惊的"amazing"传播理念；世界潮流与中国本土元素碰撞出别样的精彩。

这一惊艳之举使 AMAZING XM 空间成功落地北京王府井，并迅速开拓成都、威海、沈阳、天津等全国各地市场；在肖猛看来，品牌创始人的态度决定一个品牌的未来，以包容、开放的心态选择入驻的产品，才能让品牌有强劲的生命之力；目前，AMAZING XM 空间的入驻品牌中，有花卉空间设计、高端童装、高级男装、知名品牌，也有刚起步的设计师品牌。相信这个集结时尚圈年轻能量，海纳趣味性的设计品牌，在不久的将来花开各地，给人们带去不同以往的服装购买体验。

2019 年，天云言语康复训练中心行政院长肖猛带领爱心人士看望孩子，关注孩子成长

天云言语，公益之心

北京市天云聋儿语言训练中心成立于 1991 年，是一家致力于特殊需要儿童康复事业，指导和协调特殊需要儿童家庭及青少年后续教育的综合性康复机构。十几年来，在中残联、北京市残联和海淀区残联以及中国聋儿康复中心和北京市聋儿康复中心的大力支持下，北京市海淀区聋儿康复中心用爱心，耐心，真心成功康复了数百名聋儿。2016 年，肖猛出任天云言语听力恢复中心行政院长，筹办听障儿童爱心义卖活动；他多次发起的"暖冬行动"慈善之举，携手乐天集团，为天云听力康复训练中心募捐上百万物资善款，以实际行动让残障儿童感受到爱的力量。肖猛每次见到残障儿童，总是第一时间抱起，哪怕这些孩子把鼻涕眼泪都抹在自己身上；这正是发自内心的爱，一种瞬间升华的大爱之心。肖猛带着一种情感投入到慈善事业中，从不是捐款后置之不理，而是有始有终，身体力行地参与其中。他多次组织参与各种形式的公益活动，并在云南省剑川县、河南省修武县、贵州省者浪乡、山西省芦芽山、承德市唐家湾，出资捐献修筑希望小学、图书馆，让偏远地区的书声琅琅，充满希望。肖猛认为，每一份资助对孩子的成长都是一种滋养，这种滋养不仅仅是物质上的，更多是心灵的温暖与爱的鼓励；对于那些需要帮助的群体而言，也许一点点帮助，一点点关心，就能够为他们的生活带来不一样的幸福；捐助不在多少，而在于爱心的无限传递。

2016 年 12 月 27 日，中国年度公益盛事中国公益年会在北京国家会议中心圆满落幕。肖猛荣膺 2016 年度中国公益人物，与阿里巴巴主席马云、腾讯公司 CEO 马化腾、蒙牛集团创始人牛根生、福耀玻璃董事长曹德旺、小米创始人雷军等商业大佬，成龙、姚明、韩红、郎朗、任鲁豫、胡海泉、白百何等业界巨星，同列成为影响中国公益事业100 人之一。作为首位"80 后"慈善时尚企业家荣登 2017 年《商界时尚》杂志封面人物，可谓独占鳌头，实至名归。在这些闪耀着公益光辉的行业风云人物里，肖猛作为一名"80 后"设计师再次成为媒体关注焦点，人们发现，在他桀骜之姿、卓尔不群、前卫激进、时尚达人的背后，是一位关注弱势群体，付诸人间大爱的公益之心、至善之举。肖猛表示，公益精神是公益事业的灵魂，不以金额、数量为限，不分行业、等级，公益若成为一种时尚，人人去追求，中国公益事业将会缔造更多奇迹与精彩。

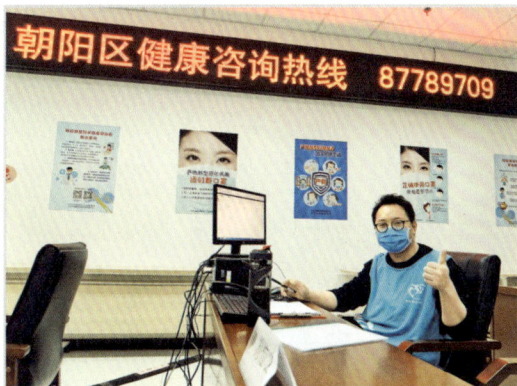

2020 年新冠疫情北京疾控中心，肖猛在疫情中做志愿者

作为一位设计师，肖猛视觉敏锐、前卫时尚，总能在人群中一眼认出自己的设计；作为爱心人士，疾控志愿者，他奋不顾身，逆行而上，在 2020 新冠疫情一线抛洒汗水；作为一位企业家，肖猛睿智冷静、雄才大略，目前涉足的行业涵盖品牌投资、基金、影视、文化等多元化发展空间；作为一位"顽主"，肖猛总能以"开放不拘"的姿态，秀出精彩，让人大喊一声"AMAZING XM"，成为聚光灯下的时尚达人；作为一位创二代，肖猛感受到的更多的是一种责任与承担，瞬息万变的商业环境，与时俱进的时代步伐，让他在商业模式的变革中，屹立潮头，叱咤风云。

他神秘、桀骜不驯；睿智蕴蓄哲思，笃厚博雅达观。肖猛侃侃而谈，总能感觉到他妙语连珠，语言透析入理；宁静之时，一杯清茶，总能让他陷入沉思，禅意幽幽，神思致远……

孙秀明 / 文

知识产权保护 的践行者

——北京市融泰律师事务所吴子芳主任的执业思考

吴子芳

香港理工大学博士，北京市第十一届律师代表大会代表。现任北京律协信息网络与电信邮政法律专业委员会主任，北京律协律师事务所管理指导委员会副主任，北京知识产权法研究会常务理事、执行秘书长，北京市海淀区律师行业党委委员，北京市融泰律师事务所主任。

在坚持知识产权业务的道路上，学习是提升业务水平的最佳方式，每天用两个小时钻研业务，时刻掌握行业动态、司法前沿；睿哲文思，厚积薄发，才是法庭雄辩、出奇制胜的法宝。

吴子芳

随着互联网行业发展的日新月异，网络视频、游戏、音乐在网络的普及下快速发展，成为大众娱乐的文化消费典型模式，同时也促使网络成为侵犯知识产权的重灾区。创作者、知识产权权利人往往困扰于网络知识产权侵权案件存证难、举证难、周期长、判赔低等多重难缠问题，面对网络技术发展催生的新类型侵权模式，知识产权合法权益的保护也面临重重挑战。

北京市融泰律师事务所的主任吴子芳博士，正是带着一种使命与担当，本着对法律的尊崇，迎难而上，十余年来始终专注于网络知识产权侵权纠纷领域，投身知识产权法律研究，组建专业律师团队，践行知识产权保护法治理念，让侵权者无所遁形，让被侵害者合法权益得到最大程度的维护。

披荆斩棘，捍卫知识产权

1967 年，世界知识产权组织（WIPO）成立，"知识产权"这一专业术语开始流行，到 1990 年左右，对这个词汇的使用变得越来越频繁。截至目前，我国颁布了包括《中华人民共和国商标法》《中华人民共和国专利法》《中华人民共和国著作权法》以及相应司法解释在内的诸多知识产权的相关法律法规，知识产权法律体系不断得到完善，知识产权保护有法可依，在现行的竞争机制下，遵循"谁先创造出知识成果，谁就能优先取得知识产权独占权"。但如何界定"独创性"，从而利用法律保障创作者的合法权益，成为了关键。

2007 年，吴子芳律师在接触到著作权、商标的相关法律事务之初，便认识到"创新"是互联网行业发展的内核，也看到了一些互联网企业在创新的道路上所遭遇的知识产权保护困境，于是他决心深耕知识产权保护这一领域。当时，随着网络技术的成熟，网络视频以其方便快捷的传播优势，成为发展的主流，爱奇艺、PPS、搜狐视频、优酷、土豆、腾讯视频、乐视、PPTV、迅雷看看、56 网、芒果 TV、风行、暴风影音、华数 TV 等，如此之多的网络视频平台应运而生，纷纷展开激烈竞争。吴子芳律师正是在这样的背景下，一直与芒果 TV、六间房、新浪、爱奇艺等数十家互联网企业保持着长期稳定的合作关系，以专业的法律服务为互联网行业的"内容创新"保驾护航。

吴子芳律师表示，数十年来已经出现的互联网视频或游戏侵权，在侵权模式上大致经历了三个阶段：第一个阶段是直接盗播权利人作品的模式，将盗版的内容上传至自己网站的服务器中向用户提供；第二个阶段便开始体现出了隐蔽性，以深度链接的模式为标志；第三个阶段则是视频聚合设链的模式，侵权形式变得越来越隐蔽，侵权责任也越来越难以界定。但吴子芳律师和他的团队，迎难而上，在仔细研究现行法律规定的同时，更是将理论与实践相结合，致力于在专业领域的理论研究和观点创新，在中共中央党校《学习时报》《中国知识产权杂志》《北京律师》等权威刊物和媒体中发表了《"回看"行为的法律认定》《浅析竞价排名中的商标侵权

2020 年 12 月 28 日，吴子芳律师经北京市海淀区人民政府批准，被认定为 2020 年"海英人才"——科技服务领军人才，成为首位获此荣誉的海淀律师

法律问题》《谈谈网络游戏直播中的各种纠结》《短视频平台不应成为热播剧的"避风港"》《网络游戏规则的可版权性探讨》《影视作品创作模式带来的著作权归属认定难题》《从反不正当竞争法角度谈盗取体育赛事直播信号的行为规制》《游戏"换皮抄袭"与侵害作品改编权——兼评＜花千骨＞游戏侵权案》《网络游戏画面的反不正当竞争法保护》《视频之著作权 勿以"长短"论保护》《浅谈网络实时转播行为的法律保护》《由"黑洞"照片引发的著作权思考》《从四部法律范畴思考"通知—删除"规则》《视频 App"链接服务"之争的证据问题》《超出使用许可合同约定使用商标构成侵权—兼评"微博课堂"商标侵权案》《从竞争法视角看网络平台的数据权益归属》《"算法推送"短视频："技术外衣"难进"避风港"》等 20 余篇专业文章。这些专业文章皆是吴子芳律师在知识产权案件处理过程中实践经验的总结，对网络知识产权的法律适用、证据保存、事态界定等，都有着现实意义和指导作用。

一路艰辛创辉煌

2021年5月30日，在"北京知识产权法研究会第二届第三次会员大会暨2021年会"上，吴子芳律师作为研究会常务理事、执行秘书长汇报研究会队伍建设情况

2017年，北京市融泰律师事务所在吴子芳律师和他的团队加入后，进入了飞速发展的2.0时代，成为以知识产权为核心业务的专业型律师事务所，主要以国内外知名影视公司、互联网企业、版权运营公司等为服务对象，专注于著作权、商标的多方位权利保护以及互联网企业间不正当竞争纠纷的解决，通过创新服务模式帮助客户有效地处理知识产权事务、提升知识产权战略意识和企业竞争力。

在吴子芳主任的领导下，融泰律所改变了律师事务所合伙挂靠、各自为战的传统模式，而变为统一协作的有机团队，各业务部门负责人均为执业5年以上的专职律师，专业业务熟练、有为多家企事业单位和大型互联网企业提供法律服务的经验。成员毕业于中国政法大学等知名院校，博士、硕士学历人员比例在1/3以上。由团队接受客户委托之后，团队中的各位律师按其专业能力和特长分工负责客户委托的各项业务，团队对客户统一负责。

几年来，融泰律师不断精进专业、与时俱进，对互联网行业保持敏锐洞察，对互联网新型侵权案件深入研究，为多家公司捍卫知识产权，争取合法权益，也形成了诸多具有典型意义和社会影响力的典型案例。例如：吴子芳律师参与代理的北京微梦创科网络技术有限公司与上海复娱文化传播股份有限公司不正当竞争纠纷案（饭友APP案），入选2019年度北京市法院知识产权司法保护十大案例，并且荣获首届

金线奖之"金线创新法律科技司法案例奖"。本案是擅自抓取、使用他人数据而引发的典型网络不正当竞争案例，历时3年，经过二审，微博的运营者微梦公司全额获赔。

吴子芳律师参与代理的新浪网技术（中国）有限公司与杭州天浪教育科技有限公司、宁波甬浪网络科技有限公司"微博课堂"侵害"微博"商标权纠纷案，入选北京市海淀区人民法院发布的"互联网＋教育"知识产权典型案例。

吴子芳律师参与代理的微游互动、普游天下与被上诉人畅游时代有关网络游戏《大武侠物语》不正当竞争纠纷案，入选北京高院选取的2016年度十大创新性案例。

吴子芳律师参与代理的华视网聚诉天脉聚源侵害作品信息网络传播权纠纷案入选北京知产法院发布2016年典型案例，属于疑难复杂新类型案例，该案中，北京知识产权法院在判决中首次对微信公众号的网络传播性质进行了认定，通过微信公众号传播相关内容的行为属于我国《著作权法》规定的信息网络传播行为。

此外，还有吴子芳律师参与代理的爱奇艺起诉某短视频平台有关热播影视剧《延禧攻略》信息网络传播权纠纷一案，案件集合了短视频、算法推荐、知名作品等众多社会热点，并在2019年"4·26知识产权日"CCTV12社会与法《庭审现场》同步电视直播。

吴子芳律师代理的北京微梦创科网络技术有限公司与北京字节跳动科技有限公司关于robots协议的不正当竞争纠纷案，经过北京市高级人民法院二审程序，最终支持了北京微梦创科网络技术有限公司的主张。本案是国内首次对于非搜索引擎应用场景下robots协议对于网络机器人限制行为正当性进行评价，首次区分了搜索引擎应用场景和非搜索引擎应用场景的评价规则，对于维护互联网行业的竞争秩序、厘清网络信息和数据流通规则具有重要价值。

一件件复杂错综的知识侵权案件，既是对融泰人业务素质的考验，又是融泰人维护正义，打击侵权的辉煌诗篇，多少次调查取证，废寝忘食；多少次法庭激辩，义正词严；公平正义实难负，人间正道是沧桑。

桂冠荣膺，实至名归

十年磨一剑，正义之剑迎百重千难。吴子芳律师在多年的知识产权法律捍卫中，厚积薄发，初心不改；不断精进个人业务，优化律所管理体系，培养了一支训练有素的专业团队，同时吴子芳律师还积极参与社会活动，关心行业发展、热心青年律师的培养，受到社会各界的赞誉。

融泰律所在 2019 年、2020 年连续两年荣获海淀区优秀律师事务所表彰；2018 至 2020 年连续三年入选年度中国知识产权诉讼代理机构著作权榜 TOP10；2019 年、2020 年连续两年入选中国知识产权杂志评选的"年度中国新锐知识产权服务团队"；在上海知识产权研究所公布的 2018 年度、2019 年度"知识产权专业文章发表状况排行榜"中，连续两年进入社会组织专业期刊发表文章数量榜单，位列第 11 名。

同时，吴子芳律师荣获 2018 年度、2019 年度、2020 年度海淀区优秀律师事务所主任荣誉和 2018 年度海淀区优秀律师荣誉；2019 年、2020 年连续两年入选中国优秀知识产权律师榜 TOP50 榜单；荣获 2019 强国知识产权论坛"年度十佳版权律师"荣誉，荣获《北京律师》2016 年度优秀撰稿人荣誉，吴子芳律师的专业文章《从竞争法视角看网络平台的数据权益归属》在 2019 年度"京云贵川"律师实务研讨会论文评选中荣获二等奖；吴子芳律师入选了《北京市律师协会涉外律师人才库名单》，获聘成为最高人民检察院民事行政案件咨询专家、江苏省信息网络安全协会法律专家。

吴子芳律师经北京市海淀区人民政府批准，被认定为 2020 年"海英人才"——科技服务领军人才，成为首位获此荣誉的海淀律师。吴子芳律师还获评第一届"海淀区领军律师"，入选了北京大学光华管理学院—海淀区人民政府"薪火共燃"计划。

2021 年 7 月 10 日，吴子芳律师（左二）参加中共北京市海淀区律师行业委员会第三次代表大会活动当选北京市海淀区律师行业党委委员

融泰律所的精英团队，始终坚持党的领导，坚持以人民利益为重的党性原则。融泰律所党支部获评"2018~2019 年度北京市律师行业先进律师事务所党组织"，2019 年喜获全市律师行业"庆祝新中国成立 70 周年工作先进集体"称号；北京市融泰律师事务所联合党支部获评"2019~2020 年度海淀区律师行业先进党组织"，荣获"海淀区律师行业'两优一先'先进基层党支部"荣誉，荣获中共北京市海淀区委组织部、中共北京市海淀区委"两新"工委颁发的"2021 年度党建强、发展强'两新'组织党组织"荣誉，北京市融泰律师事务所联合党支部的"榜样筑梦"党建品牌，被评为"2020~2021 年度全市律师行业党建创新项目"。

融泰联合党支部书记吴子芳律师荣获"2018~2019 年度海淀区律师行业优秀共产党员""2019~2020 年度北京市律师行业优秀共产党员""2019~2020 年度海淀区律师行业优秀党务工作者""2020~2021 年度北京市律师行业优秀共产党员""2020~2021 年度海淀区优秀共产党员"等荣誉称号，当选北京市第十一次律师代表大会代表、中共北京市海淀区律师行业委员会第三次代表大会代表。2021 年 7 月，在喜迎中国共产党建党 100 周年和深入学习贯彻习近平总书记"七一"重要讲话精神之际，北京市融泰律师事务所联合党支部书记吴子芳同志当选北京市海淀区律师行业党委委员。

融泰律所的团队中，翘楚云集，获得了多项荣誉。其中，郑欣律师被评为 2019 年度海淀区优秀律师，荣获"2020~2021 年度北京市律师行业党建之友"荣誉称号；梁亚冉律师被评为 2020 年度海淀区优秀律师；蒲丽律师获得"2019~2020 年度海淀区律师行业优秀共产党员"荣誉，当选为中共北京市海淀区律师行业委员会第三次代表大会代表；吴凡律师荣获"2020~2021 年度海淀区优秀共产党员"称号，高敏律师荣获"2020~2021 年度海淀区优秀党务工作者"称号；郑小琴律师荣获"2020~2021 年度海淀区优秀共产党员"称号，郑小琴律师的专业文章《浅析修法后的广播组织权可能引发的法律适用问题》在第三届新时代版权强国青年征文活动获得三等奖。

目前，随着 5G+8K 高速传输通道普及，大数据、人工智能、3D 游戏、长短视频等与我们的生活将更加息息相关，而相应的知识产权疑难问题也会接踵而来。我们相信，吴子芳律师与他的融泰团队将会以更加专业的姿态，挥动法律之剑，打击网络侵权，最大限度维护当事人的合法权益，同时为建设清朗、有秩序的网络空间贡献智慧和力量。

孙秀明／文

山巅不止有风景

——记北京中和珍贝科技有限公司总经理邱中安

邱中安

1992 年 10 月 3 日出生，中国政法大学硕士研究生。中和珍贝科技有限公司总经理。北京市青联委员、北京市工商联青年专委会委员；浙江企业商会理事，北京湖州企业商会常务理事、青创会会长、浙江湖州市经济发展顾问，珍贝公益基金发起人兼秘书长。

> 商业环境和生活条件的变化直接影响到每个人的工作状态，同样是 12 万元，每个月多发 1 万和年底一次性发 12 万，产生的效果是截然不同的。
>
> 邱中安

2019年12月6日参加在钓鱼台国宾馆举行的跨代圆桌对话会

（一）

大学毕业之后，"90后"青年邱中安以创二代的身份进入父亲辛苦三十多年打下的家族企业，司职销售岗位，从基层做起。经历不同，人们看待事物的角度自然有所差异。从事一线销售的三年时间内，邱中安扑下身子沉浸其中，自然而然地发现公司诸多方面的"问题"。之所以给问题加上引号，那是因为在父亲的眼中，这些"问题"是一种惯性和传承，但在邱中安眼中，这些"问题"却是企业更上一层楼的制约和瓶颈。"我在很多岗位到工作过，最让我头疼的就是公司的整体架构不清晰，比如说行政人员又去管人事。"职责边界模糊导致的责权不清、没有章法的情况，时常牵扯负责人大量的时间和精力。

带着这些疑问，邱中安选择到商学院"回炉再造"，用知识武装头脑，同时针对家族企业的问题进行有针对性的研究和思考。"我的毕业论文写的是关于人员绩效方面的，这也是我们公司亟待改革的一部分内容。"和员工谈钱是对他们最大的尊重，然后才是理想和事业。研究生毕业之后，邱中安回到中和珍贝担任总经理职务，羽翼渐丰的他开始着手按照自己的视角对公司进行改造。

对于销售部门而言，底薪加提成的模式是当前诸多公司采用的方法，目的是激励员工为公司目标和个人价值而努力奋斗。但在具体操作层面，固定底薪制和浮动底薪制带给员工的思想冲击和积极性调动作用是不同的。"比如说，年销售额300万的员工和100万的员工如果是同一底薪，这对业绩高的员工来说就是一种不公平。"把公司所有的销售岗位员工按照年度销售额进行分级，按照不同的级别设置不同的底薪标准和提成比例，每年进行一次综合评估，并以此为依据确定下一年的薪资

2019年12月6日，邱中安（左）与父亲邱淦清（右）在钓鱼台国宾馆参加跨代圆桌对话会

标准。这个改革最大的亮点就是，多劳多得，谁也不能躺在过去的功劳簿上吃老本。

人，还是那些人。但随着社会的高速发展，商业环境发生了巨大的变化，人们的所思所想在保持与这个时代同频共振的同时，企业管理者若不能时刻保持紧跟时代的敏锐性，必然成为时代的牺牲品。"就像我父亲年轻时的选择那样，他是因为要生存，所以才不得不走上这条艰难的创业之路。"

（二）

祖籍浙江湖州的邱中安是从大伯的口中了解到一些关于父亲的故事。湖州，因地处太湖之滨而得名，作为全国著名的蚕乡，这里是世界丝绸文明的发祥地之一，从古至今，湖州人以蚕为生，繁衍不息。20世纪60年代，家徒四壁的邱家在村里算是彻头彻尾的贫困户，自家盖房子都要借着邻居家的一面墙。

改革开放之后，已经在四邻八乡靠着木工手艺挣钱养家的父亲开始把本地产的丝绸枕巾、枕套贩卖到北京，后来又开始做童装和女士连衣裙。"刚开始，买了一个连衣裙回来拆解，然后有样学样地用湖州丝绸做连衣裙。"第

一个大单，5000件连衣裙让这个贫穷的家庭一年之内成功翻身，坐标湖州织里镇的工厂拔地而起。此后，父亲便开启了一路高歌猛进的狂飙，从丝绸到羊毛再到羊绒，在"007"式的工作节奏中，逐步完成了从原始积累的过程。"听大伯说，最开始的时候，他们的梦想就是吃饱饭，然后给家里盖上新房，再娶个媳妇，从没想过能干成今天这个样子。"

根据人本主义心理学家马斯洛的理论，生理需求是人们保持奋斗的原动力。"吃饱肚子"成为那个年代人们的普遍追求，为了活下去而不懈努力也是中华民族虽命运多舛但依然挺立的底色。

从生存这个角度出发，邱中安对家族企业发起的这些改革也是为了生存，只不过是为了中和珍贝众多员工的生存而已。就像所有的家族企业所面临的共性问题一样，中和珍贝也面临着"接班"的问题。父辈历尽千辛万苦亲手打下的"江山"，如何能够保持基业长青是所有初创者都需要考虑的问题。邱中安的改革首先要过的一关便是父亲这座"大山"。没有谁对谁错，两代人的分歧便是这个时代留给人们的命题：与时俱进。对于老一辈人而言，如何在保证稳定的前提下激发后辈的潜能，使其带领企业走向新的征程，这里面有个最大的技巧便是放手的尺度；对于后辈来说，如何在继承的基础上带领企业紧跟时代发展的脚步，并进行实事求是的创新，这里面最有效的方法便是沟通的成效。

"和父亲聊了我的想法，他就让我先在一部分店面进行试验，有了效果之后再全面铺开。"真理在开始出现的时候大都是以小丑的面目示人，经过实践的多次检验之后才能成长为真理。邱中安在此之前所做的访谈和调查没有白白浪费时间，这为他所倡导的革新提供了坚实的"土壤"。经过几个月的试行，新的薪酬政策所产生的激励效果超出了预期。这"新官上任三把火"中的第一把火算是成功了。

（三）

如果说这次薪酬制度改革算是牛刀小试的话，那么接下来的销售系统升级对于邱中安来说算得上是一次真正的考验。作为中国互联网的"同龄人"，邱中安在销售一线的实践中发现当时的销售系统设计理念落后，操作烦琐，这对于编程专业的他来说是无法忍受的。

在工程设计领域有个容错机制，意即在一定范围内，某个系统允许或包容犯错的情况。对于创二代来讲，上一代人的容错机制是助其成长的最佳帮手。"为了升级这个销售系统，我先后找了两批人，都没有搞成，最后还是父亲给我介绍了一家公司方才搞定。"

老年人学习新生事物都会有一定的难度。对于习惯于旧系统的老员工而言，"少掌柜"弄得这么个"新玩意"一时之间让人无所适从。新系统导致的工作效率低下，纷纷成为员工们的矛头所向，并向"老东家"打小报告要求换回旧系统。"父亲也可能想换，但他不知道能做成什么样。看到员工对新系统的抵触情绪，父亲也很为难。"邱中安一边和父亲沟通，一边安抚员工的情绪，并对新系统进行微调，使之缩小与旧系统之间的差距，同时通过培训让员工适应新系统。

遥想当年，作为村里第一批富起来的父亲在面对如雨后春笋般冒出来的竞争者，如何选择企业未来的发展方向，这中间又经历了怎样的思考和抉择呢？丝绸，在湖州俯拾皆是，

2021年6月25日，邱中安代表珍贝党支部参加天坛街道建党100周年优秀党支部表彰大会并发言

买上一台缝纫机就可以生产属于自己品牌的连衣裙和童装；羊毛制品，货源地就在那里，攒点钱拿到原材料也能继续生产。但羊绒制品就没有这么简单了，动辄上百万的本金能够过滤到绝大部分的竞争对手。既然低端市场已经饱和，那么转而走中高端路线或许是一个更为稳妥的方向。"包括现在的电商，我们买一件几十、上百块钱的衣服可能会选择网购，但很少有人会在网上购买几千上万块钱的衣服，这种中高端的消费人们还是愿意到实体店里去。"

无论是更新销售系统还是选择新的发展方向，两代人为此努力的方向和目标都是一致的，那就是让中和珍贝的明天更美好。

（四）

"我的地盘我做主"，这句口号是以"90后"为代表的新生代对自我空间的要求和希望，任性和自信交织，排斥和接纳合体。做人可以勇敢地亮出自己，但做企业不能任性而为，因为市场才不管你是年老还是年轻。"我们的办公室原来是那种老式的办公楼，中间是一条黑乎乎的走廊，一个一个房间列在过道的两边。"销售部和设计部一个在东，一个在西，销售部门从客户那里得到的反馈必须走出自己的门、进入他家的门之后才能完成信息的分享过程。"之前，我们的企业根本招不来、留不住年轻人，这还不是钱的问题。"

作为一个年轻人，邱中安知道时下年轻人的心思，没有一个良好的办公环境，如何能拴住一颗颗年轻的心？邱中安再次站了出来，破旧立新的过程其实就是一个探索自我的过程。把水泥墙拆掉换成开放式的空间，光透了进来，照进了每一个员工的心里。同事之间的交流沟通顺畅了，连公司的业绩都冲上了历史新高。"在这个过程中，遇到了一些阻力，要是没有父亲的信任和支持，我遇到的阻力会更多、更大。"

打仗亲兄弟，上阵父子兵。

父亲几十年如一日，保持着第一个到公司、最后一个离开公司的习惯，一年无休。如今的邱中安在父亲的要求和影响下，也会比他自己制定的8:30上班时间提前30分钟到公司。"做企业是个苦差事，必须花时间渗透到企业经营的每个环节，了解企业真实的运营状况比学习书本上的大道理更重要。"

2021年7月25日，北京市工商联青年专委会组织参观中国共产党历史展览馆

【采访手记】

坐在笔者面前的邱中安虽然是"90后"但看上去十分老练，大约五平方米的办公室没有任何多余的装饰，一切都以实用为原则，如同他身上穿的那件说不上名字的T恤。从2018年担任公司总经理到今天，邱中安一直在按照自己的想法规划着公司的明天。对他而言，站在父亲搭建的这个舞台上，出道便是C位，如何能够在这个位置上演绎属于自己的精彩剧目，得到员工和市场的认可，尚需时日方能得见。

朱昌文／文

致中和 尽祥瑞

——中瑞诚会计事务所总经理何源泉的创业理念

何源泉

中国民主建国会会员，中瑞诚会计事务所总经理。

> 创业是一个不断做减法的过程，减掉自己不做的，聚焦自己要做的，融合、创新、发展，中瑞诚，伴您一路同行。
>
> 何源泉

　　会计是一门古老的职业，其名词最早出于《史记·夏本纪》："禹会诸侯江南，计功而崩，因葬焉，命曰会稽。会稽者，会计也。"大禹晚年在绍兴的苗山上大会诸侯，稽核他们的功德，这个行动称会稽（会计）；唐代刘禹锡的《九华山歌》中用："轩皇封禅登云亭，大禹会计临东溟"来表达大禹理百川江河，开创中华文明的宏大气魄。据记载，周代有专设的会计官职，掌管赋税收入、钱银支出等财务工作，进行月计、岁会。亦即，每月零星盘算为"计"，一年总盘算为"会"，两者合在一起即成"会计"。时至今日，会计一词已成为一种专业术语，但其内涵却被时代赋予更多的意义；中瑞诚会计事务所总经理何源泉正是带着一种文化理念，一种担当与使命，整合会计领域优质资源，紧跟时代步伐，在核算统筹行业，与世界接轨，走出一条融合创新的专业化道路。

逆势上扬，续写创新传奇

　　何源泉毕业于首都经贸大学会计系，与做了一辈子会计的父亲同一个专业，这也跟父亲的"压迫""影响"有很大关系，也给以后的子承父业埋下了铺垫。其实，何源泉从骨子里有着特有的文人风范，他最心仪的专业是北京大学历史系。虽然学了会计专业，但何源泉并没有按照父亲的安排做一名会计师，而是又跨行做了一名律师；一年后，又进入当时国内最早一批风险投资不良资产处置和金融资产管理的机构，成为一名让人羡慕的白领。

　　也许正是人生的叛逆与错位，却丰富了何源泉的人生宽度与厚度；短短四年的工作生涯，却让他经历了会计专业、法律、金融投资等相关产业的融会贯通，也让他可以站在更高的角度，来审视三种领域的聚焦点。

　　作为中瑞诚会计事务所创始人，父亲何培刚经营中瑞诚会计事务所多年，在业内已颇具影响力。2003年，正是中瑞诚发展的黄金期，当时为了扩大规模，在北京金融街黄金位置租下半层写字楼；招兵买马，准备大发展。而随着非典疫情爆发，北京封城，很多公司业务陷入停滞状态；而中瑞诚却支付着高昂的房租在等待遥遥无期的非典疫情结束；而年迈的父亲虽然心急如焚，却依然在特殊时期按照约定坚持完成客户委托的审计工作。看到父亲年迈的身影，这种风雨无阻的敬业精神深深打动的了何源泉，他毅然辞职，加入了父亲的公司，用这几年积累的创新理念，为公司注入新的力量。

　　俗话说："打虎亲兄弟，上阵父子兵。"何源泉在多年的工作中，形成一种减法思维"想清楚不做什么，比想清楚做什么更重要"，就像大禹治水，堵的方法不行，疏导的方法却能瞬间成功。可以说，会计行业针对的是360行，行行有其门道，如果一个会计事务所像万金油式每行都会

2021年6月16日，中共北京注册会计师协会委员会隆重举行庆祝中国共产党成立100周年表彰大会

一点，势必缺少某一领域的专业度，那么这家事务所就缺少焦点，既然行业领域在细分，会计事务就要结合实际，推出相应的专业化细分。之前，为了事务所发展，几乎没有选择性，钢铁也做，电子信息也接，金融也做，这样在哪一个领域都没办法精耕细作，形不成会计知识与经验的有效积累，收入也过于扁平。经过深入思考，何源泉首先提出不做的领域，就像一位雕塑艺术，把不熟悉的领域统统砍掉，然后在自己熟悉的领域精雕细琢，中瑞诚会计事务所的轮廓也逐渐清晰，在被专业性领域客户青睐的同时，业务逆势上扬，逐步由一家中小型事务所成长为一家富有国际品牌知名度的高品专业型会计事务所。

立足本土，走出国际风范

在何源泉的减法思维实施下，客户资源也更加明晰，中瑞诚开始聚焦政府系统、国际业务、中小微企业三大业务模块。

首先是政府客户，因为父亲何培刚早年曾在政府系统工作过，比较了解他们的需求，而且政府部门、中央单位也集中在北京，所以中瑞诚的自身定位，首要把政府部门服务好。并且，从会计二字的文化意义来说，其本身就具有协助政府梳理财政的功能，甚至是本职工作。政府财务既是会计师行业一个重要的业务领域，又是中瑞诚得天独厚的业务优势，理所当然成为第一客户资源。实践看来，因为长期优质服务于政府部门，从而得到他们的信赖和认可，也让中瑞诚在承接省一级政府部门业务时更加得心应手。

改革开放40年，中国加入世贸组织20年，一步一个脚印的发展历程都在与世界接轨中显示东方大国的蓬勃发展气象。如果中国的会计师不懂国际会计准则和国际税法，那么你也就没有话语权，更无法为中国企业维护合法权益。中瑞诚是很早一批注重国际化的会计师事务所，1993年，父亲何培刚第一批拿到注册会计师证书，并与台湾普华会计师事务所达成合作意向，互动频繁，这也成为中瑞诚迈向国际化的第一步。而10年后的2003年，已是中国正式加入了世界贸易组织第二个年头，何源泉第一时间让发展目光更加聚焦到国际化上，他认为，国际化应该包含两个方面：第一，要为

在华的外资企业服务。服务者一定要具备必要的服务能力，比如了解国际会计准则、了解国际税法、从业人员具备英语服务能力。第二，随着中国企业走出去，政府项目、企业、包括个人在国外发展，配套性的服务能力也应与时俱进，适应发展需要。在此期间，中瑞诚利用自己的专业知识，为国内一家央企在阿联酋成功索赔，也验证了中瑞诚的国际化服务能力。

2005年，中瑞诚加入了国际会计联盟AGN，成为AGN中国大陆唯一会计师事务所；2008年，集团开始尝试"走出去"，同年加入全球十大国际会计联盟GGI；2012年，中瑞诚在香港成立了自己的分支机构；2016年，全球排名第六的会计联盟GGI采用中国成员所北京中瑞诚会计师事务所注册商标，中瑞为其中文品牌，正式启用中瑞国际集团为GGI中文名称，并向全球华语范围进行推广。

中瑞诚一直以来特别关心中小微企业的发展，早在2000年，董事长何培刚就提出一个口号，聚焦中小微企业，甚至在工商登记前就开始为他们做免费咨询和培训，一直关注他们的发展壮大融资，最终进入资本市场。当然，也有可能出于种种原因发展不好，倒闭破产，中瑞诚也会协助企业破产清算，在这方面中瑞诚又有一大优势，即同时具备司法会计鉴定资格及企业破产管理人资格，作为董事长的何培刚更是北京市先进的司法会计鉴定人。

2021年6月23日，中瑞诚会计师党支部邀请退休老党员来事务所座谈

热心公益，不忘初心跟党走

公益事业是中瑞诚的良好传统，早期父母曾在贵州资助一所小学——卷门小学，至今这些学生还会来信表示感谢。为了能帮助更多的人，在母亲的建议下，2017 年 9 月，北京中瑞诚公益基金会正式成立。同年，中瑞诚还与海南大学签订了"中瑞国际助学金"项目，以帮助家庭经济困难的学生顺利完成学业，尤其是海南大学经济与管理学院财务管理、会计学、会计学（注册会计师方向）专业的家庭经济困难、品学兼优的全日制本科学生。而在建立起的学生实习基地，中瑞诚也会全力提供支持和指导，扶持学生积累更多的行业实践经验。

俗话说："有钱出钱，有力出力。"何源泉认为，公益不仅仅只是捐钱，如果能在自己熟悉的领域，力所能及地贡献时间和能力会更有意义；中瑞诚用自己的专业知识为一些公益项目提供免费审计服务以及公益资金的监管，就这样，中瑞诚走上了公益审计之路。

自 2011 年起，何源泉就关注矽肺病农民工为主的大爱清尘活动，但随着了解的深入，发现这项公益活动很需要审计力量，经过沟通，就达成由中瑞诚为大爱清尘公益项目提供无偿专业审计服务的合作意向。随着中瑞诚的积极介入，大爱清尘的财务管理有了非常大的改善，目前中瑞诚已为大爱清尘活动出具十多份收入稽核报告，报告质量得到了活动项目组的高度肯定，精确到元角分的审计报告，以及不同于其他基金会年报审计的季度审计方式，也得到了社会公众的赞赏。

多年来，作为民主党派的何源泉，积极做好共产党的得力助手，不忘初心，牢记使命，一心跟党走。2019 年 10 月 1 日上午，中华人民共和国成立 70 周年庆祝大会在北京天安门广场隆重举行。在"中华儿女"方阵 9 排 11 列中，中瑞国际企业管理集团何源泉总经理参与并见证了这一激动时刻，作为中瑞人的全体代表，与方阵中其他各界人士代表一起，右手挥舞着五星红旗，左手挥舞着花球，共同走过天安门广场，接受新时代的检阅。

随着时代的发展，中国已成为世界第二大经济体，一带一路，人类命运共同体，这一切都是在国富民强、文化

2021 年 7 月 1 日，何源泉作为新阶层代表人士参加庆祝中国共产党成立 100 周年大会

自信的底蕴中，蓬勃而出的时代气象。而随着中国资本的输出，参与全球并购和投资，中国会计师与会计事务所地位也水涨船高；何源泉心中一直盘桓着一个信念，参与会计师准则的制定，取得国际话语权，才是大国上士应追求的目标。路漫漫其修远兮，吾将上下而求索；随着国际环境风云突变，商业贸易环境也变得更加复杂，作为会计事务国际品牌，何源泉与他的团队将面临更大的挑战与机遇；我们相信，中瑞诚将随着国家积极推进的"一带一路"倡议，紧跟时代步伐，做好布局，深耕细作，打造一片明晰精准的财税空间。

孙秀明／文

"菜篮子"里的梦

——记北京康依家商业连锁有限公司董事长邹刚

邹刚

河南信阳人，1985年2月26日出生。北京康依家商业连锁有限公司、博萨天成（北京）节能环保科技有限公司总经理。中国合作贸易企业协会理事，门头沟区工商联执委、门头沟区志愿者协会理事、中国商业联合会理事。曾获北京市扶贫协作爱心奉献奖，抗击新冠状病毒疫情－爱心捐赠单位，中国民主建国会北京市委员会抗击新冠肺炎疫情先进个人等荣誉。

> 我是一个对新鲜事物比较感兴趣的人，有足够的好奇心。
>
> 邹　刚

1998 年下半年，河南信阳留守青年邹刚从寄宿中学退学来到北京门头沟和父母团聚。"当时学习还凑合，就是比较调皮，因为打架总被学校叫家长，后来父母就说你在家不好好上学，那就过来打工吧。那时我大概十四岁的年纪，想了想那就出来呗。"父母在门头沟的主要生意就是用板车把岳各庄、四季青的蔬菜运到门头沟或者石景山批发出去，赚点辛苦钱养家糊口。

每天三点多起床去菜地上货，然后用板车或者小三轮送到各摊位上去，自己还要经营自家的菜店，基本晚上十点收工。"那时候正是长身体贪睡的时候，什么叫作站着都能睡着，我是深有体会。"春夏秋三个季节还好，一到冬天，尼龙手套冻得邦邦硬，脱下来就带着一层皮。"所以，我后来做生意的时候再苦都能挺过来，就是因为感觉没有比这更苦的事情了。"

身体上的劳累并没有阻止年少的邹刚用自己的双眼观察市场。"就拿新发地市场的黄瓜来说，饱和量是 10 车，如果哪天早上就来三车黄瓜，这就说明当天的黄瓜供货量少，就能卖个好价钱；如果哪天来了 15 车，这价格绝对是高不了。"供求关系决定价格。对于十四岁的邹刚来说，他并没有从书本上学到马克思关于商品的供求关系理论，而是靠自己的观察和总结发现了其中可以挣钱的"门道"。如果每天都能够拿到市场上的稀缺产品转手卖掉，岂不是能够在单位时间内获取最大的利润回报？"我跟父母说了这个事情，但是并没有得到重视，在他们眼里，我还是个孩子嘛。"

青春期的孩子最鲜明的特点就是叛逆，这个时期也是个人主观意志形成但尚未成型的阶段。正处于青春期的邹刚本以为自己的新发现能够得到父母的支持和鼓励，但没成想从业十多年的父母那里吃了一记"闭门羹"。"要么我就出去上班，要么我就自己单干。"虽然羽翼未丰，但飞翔的本领必须要从个体的实践中练就。

15 岁，在同龄人享受着学校的阳光生活、父母的疼爱有加之时，邹刚揣着从父母那儿借来的几万元钱，在双峪市场另立门户，从事调料品的批发和零售。"我是那个市场里年龄最小的老板"，说这话的时候，很难窥探邹刚的心里是倍感自豪还是略微有些心疼自己，或是兼而有之。"花了

2018 年 8 月 16 日参加涿鹿县和门头沟区错季蔬菜基地对接活动，并在当日与涿鹿县大堡镇签订购销合同

260 块钱雇一个人看店之后，我就走出去到比较远的地方去逛街。我记得第一次去物美超市时的感觉，给我镇住了。"

在 20 世纪 90 年代国人的印象中，计划经济时代的供销社模式，是一个大柜台把客户和商品严格区分开来，顾客买什么东西，店员按样拿来，那时各行各业的零售都是如法炮制。可眼前的超级市场让邹刚大开眼界，犹如刘姥姥进了大观园一般。这里的东西怎么没有人看着呢？这样人们不就可以随便想拿哪个就拿哪个了吗？"我回去之后就赶紧联系这种货架，然后把我的产品全部上架，完整地展示在顾客面前。我是双峪市场第一个'吃螃蟹'的，一下子就火了。"

这个小小的改变，不仅仅是商品摆放的形式发生了变化，更重要的是极大地提高了人们的购物体验。相比于供销社那类的"求人式"购物，超市里随便挑选的商品更能给人们带来"当家做主"的感觉。更重要的是，所有的商品信息直观地展示在面前，同类商品之间的比较和选择完全赖于自己的喜好和需求。"趁热打铁，我就连续开了四家连锁超市，通过品牌代理拿到了几个知名品牌的区域代理权，开始为区域内的其他商家供货，挣到钱之后还购置了一些商铺进行出租。"这一年，邹刚 16 岁。

"手头富裕之后，我觉觉要要多接触一些行业，因为在调料品市场里我已经是做到最好的了，这个'天花板'突破不了。另外，我是一个对新鲜事物比较感兴趣的人，有足够的好奇心，不排斥新鲜事物，一直到现在都这样。"无论踏入哪个行业，最初的学费都是免不了要交的。从广州批发牛仔裤到北京卖，只看到了印花很好看，但没考虑南北方人们的体型差异，赔了；加盟四季沐歌太阳能热水器，前后投资70多万，又赔了。"那次失败把前十年赚到的钱几乎都赔光了，我觉得哭都哭不出来了。"

相信自己的眼光，固然没错，及时止损，也算是悬崖勒马。赔出去的钱换回来的教训让邹刚明白了一个道理：眼界和认知水平是决定一个人取得多大成就的关键因素。"走出双峪市场之后，我认识了很多非常优秀的人，他们的眼界宽，认知能力强，头脑更灵活，把握机会的能力高。"钱没了，还可以挣回来，只要精神头还在。知耻而后勇是为真汉子。

2012年，一直在寻找机会的邹刚第一次接触到了"菜篮子工程"。这个从国家层面提出的战略规划专注于解决老百姓的餐桌上的那点事，从数量到质量，从设施化、多产化到规模化再到集约化，中国的"菜篮子工程"历经四个发展阶段，完美地解决了中国人的营养均衡问题。"我就找到领导说，给我提供一个固定的地方，有水有电就行，然后剩下的事情我来做。"

2020年5月9日，邹刚（左）荣获北京市消费者协会诚信服务先进单位

北京康依家商业连锁有限公司成为北京市"菜篮子工程"便民菜站的试水企业。这种新型的政府+企业合作模式成为样板在多处推广。政府提供房屋水电等基础设施，企业负责产品的供应和日常运营，让社区居民不出社区就可以买到时令新鲜的生鲜蔬果，极大地节省了人们跑菜市场的时间。2013年8月到10月，两个月的时间内邹刚铺了8家店。"那时候街边还有流动商贩，城管经常会对这些流动商贩进行驱赶。我就想，北京要想树立一个国际化大都市的良好形象，必须要维持一个良好的公共秩序。沿街叫卖肯定会影响到北京的城市形象，所以像我做的这种便民菜站肯定是大趋势。"不得不说，邹刚敏锐的洞察力再一次让他站在时代的潮头之上。

这种在小范围内形成市场垄断的便民模式如何能够保证其价格经得住市场的检验？面对很多人的疑问，围绕着菜篮子转了一二十年的邹刚自有一套办法。北方老百姓在冬天来临之前有储存白菜萝卜的习惯，以前住平房的时候可以采取挖地窖的办法进行保温保湿，但现在的楼房根本不具备这样的条件，放在屋里会因为室内温度高而烂掉，放在屋外会因为温度太低而冻坏。"这是一个两难的问题。我们就向大伙保证，按照大量出产的价格一直供应到春节，始终保持平价。其实，我就是把各家各户分别储存的菜放到我的蔬菜基地进行集中储存，只不过是分批拿出来就是了。"

便民菜站是什么？就是在政府和百姓之间起到一个调和的作用。太贵，"便民"二字无从谈起。只要能够保证企业运营最起码的成本，让老百姓真正得到实惠和方便，得到政府和百姓的双重认可，这个事情就是有价值的。"我的便民菜站直接解决社区的劳动力就业问题，我还组织街道干部、居民代表到我的蔬菜基地去实地考察，让大家看看我们提供的蔬菜是安全的，是可以放心食用的。"一石激起千层浪。门头沟的这一新型模式受到周边区县的争相效仿，房山、昌平、丰台都组织相关部门前来观摩学习，媒体进行跟踪报道，邹刚又火了。

再次火起来的邹刚没有"发飘"，而是深耕这条赛道，尝试拓宽政企合作的新领域。"截止到目前，我的便民菜站有35家店，大的两千多平，小的百八十平。"其下又衍生了餐饮公司，如火锅店和快餐店。"2016年，我注册了一个民非组织叫作康依家养老驿站，现在有 9 家养老驿站还在围绕着社区服务，让不愿意离开原有居住环境的老人们，能够享受到我们专业的养老服务。"合作模式同便民菜站如出一辙，"政府提供地方，我来做配套的服务和运营"。

逐渐打开知名度的邹刚迎来开挂的人生：新品上市推广，他建渠道做代理；旧品尾货处理，他利用自己的资源和渠道变废为宝；社区各家都有保洁需求，他就开保洁公司为乡邻们提供安全规范的上门服务；部分政府部门机关食堂停摆，他便承接了机关食堂的餐饮配送。在地方政府的邀请和支持下，康依家先后同黑龙江宝清县、甘肃省张掖市、内蒙古察右后旗和武川县进行农业品牌培育及产业帮扶。康依家始终注重社会责任的履行，将贫困地区特色农产品销售与便民服务有效结合，探索出了一条实现自身价值与利益相关方共同发展的有效途径。有效地改善了贫困地区的生产生活条件和生态环境，促进农副产品持续发展和贫困人口逐步脱贫，"我们在扶贫上还有一个小小的创新，京西高山稻是一个新的品种，我们与村里进行合作。村里拿出 50 亩荒山地我来投资改造，产出的稻子归我，每年我会给村里分红 10 万元。"康依家公司在邹刚带领下，农商惠民运营模式的探索和对精准扶贫项目为他带来了一系列的荣耀，"最佳诚信企业""北京市扶贫协作奖 - 爱心奉献奖""2020 年抗击新冠状病毒疫情 - 爱心捐赠单位""2020 年蔬菜等农产品应急保障'点对点'社区蔬菜直通车配送单位"。

"要勇于担当社会责任，做一个负责任的人。"这是邹刚经常说的一句话。这句话听起来容易，但真正脚踏实地干出来并非易事。成绩的取得从来都是从一件件扎扎实实的小事做起来的，他是这样说也是实实在在这样做的。

2020 年突如其来的一场疫情，让全世界寝食难安。在疫情期间，邹刚每天开车前往延庆、顺义、平谷等蔬菜基地，通过不断努力，与大兴长子营、延庆、顺义、平谷等地建立常态化保供机制。康依家在原有 30 余家门城地区便民菜

2020 年 7 月 14 日参加门头沟区与涿鹿县消费扶贫产销对接会

站基础上，开通蔬菜直通车 6 辆，平价提供蔬菜、粮油、肉蛋奶等生活必需品供应，有效解决社区居民买菜难、买菜贵等问题，让百姓吃上物美价廉、新鲜优惠的蔬菜，为疫情期间群众的"菜篮子"提供了切实可靠的保障。

"愿你出走半生，归来仍是少年。"如今 36 岁的邹刚从菜市场里一个小商贩成长为兼具社会责任感和使命感的企业家，这中间的心路历程非亲身经历难以体察一二，但初心不改的他依旧围绕着老百姓的餐桌在奔波。之前是为了让人们的餐桌不断翻出新的菜品，如今是为了让老百姓的"菜园子"直接通往城里人的"菜盘子"。他的下一个梦将去往何处，这本身就值得所有人的期待。

【采访手记】

邹刚的朴实让人很容易忽略掉他金子般的品格。所有吃过的苦、受过的累、经历过的失败都化为垫脚石，成就了今天的邹刚。河南人骨子里的那种率真和倔强，让笔者对眼前的这个真性情的汉子肃然起敬——不仅是因为他做了些好事，而是他心中始终燃烧着的那团火。

朱昌文 / 文

成长的牵引力
——记北京水滴互联科技有限公司董事长沈鹏

沈鹏

1987年6月23日生于山东平邑，本科毕业于中央财经大学，硕士毕业于清华大学，水滴公司创始人兼CEO，全国工商联青年企业家委员会委员，中国政法大学商学院客座教授，清华大学经管学院MBA导师。先后荣获民建北京市委"抗击新冠肺炎疫情先进个人"、《福布斯》亚洲30位30岁以下商业精英、《财富》中国40位40岁以下商界精英、中国保险业40年特别致敬40人、清华大学经管学院"杰出贡献奖"等荣誉。2021年7月1日，沈鹏受邀参加了在北京天安门广场举行的庆祝中国共产党成立100周年大会。

人的生命是不确定的，一定要在有限的时间活得更有意义。

沈　鹏

一路风景一路歌，一身风沙一腔血。
为民立命摆渡人，纵有万壑不休歇。

1999 年，山东临沂的五年级小学生沈鹏和同学们比赛爬电线杆，争强好胜之心助沈鹏一路领先，眼看就要"登顶"，电线漏电导致他的上半身被烧伤。昏迷一天之后，醒来的沈鹏看到烧烫伤病房的病友有的因重度烧伤需要截肢，有的面目全非惨不忍睹。"这次的经历让我开始了一些稚嫩的思考，这直接影响了我的人生选择和职业走向。"出身于红色家庭的他自幼受到家庭的影响，便是要做对这个社会有意义的事情。

颇具创业天赋的沈鹏在 2006 年入读中央财经大学金融专业之后，便尝试开办兼职俱乐部、留学中介，"这些项目让我挺有成就感的，但终究是小打小闹"。从 2007 年开始，沈鹏就有意识地在网上观看与创业相关的视频并思考这些创业者为什么能够成功。"这对我的驱动非常大，我觉得这个时代变了，以前都是国企为主导，现在民企也可以创造很好的社会价值。并且，科技创业刚刚兴起，互联网科技普惠大众的时代才刚刚开始。"

2009 年底，正在读大四的沈鹏从媒体上看到饭否创始人王兴在筹备下一个创业方向，这引起了他的注意。"上学时我就知道王兴，感觉他很厉害，我就想着应该加入他的创业团队中。"正在选择实习公司的沈鹏并没有依托自己的专业优势选择一家传统的金融企业，而是"一定要选择更能够迎合这个时代年轻人、更能发挥价值的行业，至少我得在一个互联网行业里工作"。

2010 年 1 月，沈鹏如愿以偿成为美团的 10 号员工、第一个实习生。"王兴的团队是一个很厉害的团队，他们的前瞻性和执行力非常强，把握机会的能力让这个团队一直在进步。我觉得跟着他们一起创业，我能学到很多东西。"麻雀虽小五脏俱全。对于一个创业团队来说，每一个成员都需要三头六臂，一个人干三个人的活是再正常不过的现象。"我可以接触到不同类型、不同岗位的工作，每天都会面临众多挑战，这反而引发了更多的思考，那段经历让我成长得非常快。"

2020 年 5 月，水滴公司启用新总部

沈鹏的勤奋和努力，王兴都看在眼里。2010 年 8 月，大学毕业仅 2 个月的沈鹏被任命为天津分公司总经理，负责美团天津分公司的组建和日常运营。当时的市场格局是群雄逐鹿，跑马圈地，包括糯米网、大众点评在内的多家同类企业都在抢占市场。作为进驻天津的第八家团购网站，美团已经错过了先发优势，但长江后浪推前浪，谁说后起之秀不能打下属于自己的一片江山？沈鹏没有辜负王兴的期望。仅用半年时间，就把天津美团做到津门头把交椅的位置。

市场经济的法则就是弱肉强食的丛林法则，一切拿业绩说话。因为业绩做得还不错，沈鹏被晋升为北方大区经理，负责管理北方的各个分公司。随着美团的快速壮大，各类专业的管理人才不断被引入，之前靠着天赋和勤奋拿下天津市场的沈鹏管理着美团全国三分之一的线下团队，"心态有点飘"也是在情理之中，毕竟是同龄人中的佼佼者，毕竟是美团的明星员工。

"我没有经历过正规管理的训练，单凭天赋和勤奋不会走得太远，年轻的时候还可以沉下心来学习基础管理，练练基本功，等年龄大了就越发沉不下来了，那样就真的掉队了。"领导的这一席话醍醐灌顶，让初出茅庐的沈鹏如梦初醒。继续回到天津老老实实地打基础，真真切切地练本领。"他让我回去，我也觉得有道理，因为我加入美团，最渴望的是成长，而不是面子。"

每个人都会一点一滴地成长，也许过程不一样，所经历的事情不一样，可是结果会一样，成长就意味着要失去一些东西，也会得到一些东西，无论是好的还是坏的，是愿意的还是不愿意的。

基础不牢，地动山摇。从零做起最重要便是要有归零的心态。白天工作，晚上和员工一起吃吃喝喝搞"团建"。褪去领导的威严，卸下明星光环的沈鹏在短时间内再次把团队成员聚拢到身边，"本来已经掉到津门第二的业绩在半年左右的时间重新回到第一的位子"。

2013年年初，已经做到餐饮团购全国第一的美团准备开枝散叶，在公司内部鼓励创业，探索电子商务领域更多的可能性和增值空间。沈鹏被调回北京美团总部，跟着王慧文孵化了美团外卖等业务。"我是美团外卖的第一任项目总经理，美团外卖只用了不到两年就发展成了行业第一。"现在看来，出手既是王炸，可其中过程绝非字面上的这么简单。作为一个全新的领域，光是实现客户、商家和骑手之间的互联互通、实时互动就需要耗费大量的脑细胞。依靠美团在餐饮团购领域积累的影响力，美团外卖通过高频次的更新迭代，在移动互联网用户快速增长的加持下，迅速成长为业内翘楚，沈鹏再一次成为明星人物。

"当时有个美团外卖的同事，他家人得了重病，把全家人的钱都花光了。我突然间就觉得，其实互联网也可以改变保险、医疗这些领域。"年少时的那段经历再一次涌上心头，沈鹏觉得自己创业的时机到了。2016年4月15日，沈鹏离开美团开启了自己的创业之路。老同事听说沈鹏要创业，转账支持一下；美团培养出来的干将要创业，必须支持一下；美团的第一大股东听说沈鹏要创业，聊聊之后也加入了投资行列；IDG资本、高榕资本、真格基金都过

来捧场，很快天使轮5000万创业资金到账。一个好汉三个帮。沈鹏要创业的消息在业内引起了不小的骚动，不管是出于个人魅力还是之前的业绩水平，一众有志于此的小伙伴很快便聚拢到他的身边组成了最初的核心团队。

"一滴水微不足道，汇聚在一起却可以改变世界。"这便是水滴公司的起源，"用互联网科技助推广大人民群众有保可医，保障亿万家庭"，这便是水滴公司的使命。医疗是一个起点门槛很高的，必须要取得相关部门的许可之后才能进入。"我们就收购了一家规模比较小的保险经纪公司，这样我们的互联网保险业务就逐步开展起来了。"保险业虽然经过几十年的发展，对于城市中产阶级以上的家庭来说这是必选项，但对于更多的普通百姓而言，"没生病的时候不买保险，生病之后没钱治病或者因病致贫是普遍现象，这部分人群更需要我们的帮助。"水滴爱心筹诞生了，2017年1月，水滴爱心筹完成了升级迭代，更名为水滴筹。

"在美团搞外卖的时候，上面有王慧文顶着，我就是考虑怎么打。可是自己创业之后，我就是公司的'天花板'，没有人可以依靠，每天都要面对不确定性带来的焦虑，而且这种不确定性随着员工数量的增长逐渐增加。"对于进入水滴的每个员工，沈鹏只有两点要求：一是要为当前的工作目标负责；二是要为自己的成长负责。在当前科技创

2020年10月，沈鹏在公司内部沟通

业的时代里，如果不能够持续地围绕着你的专业领域进行主动学习，持续创新，早晚有一天会被超越，而这种超越一旦发生，便有可能是毁灭性的。所以，沈鹏会自己主动复盘，通过深度思考和持续学习获得提升和成长的增量，用"颠覆式创新"来逼迫自己和公司共同成长。

联合健康集团（UnitedHealth Group）是一家多元化的健康和福利公司，成立于 1974 年，总部位于美国明尼苏达州。它一端做以健康险为主的医疗支付体系，另一端做医疗网络，通过协同，打造了一个以用户为中心的高性价比的医疗服务体系。"我们的目标就是做一个中国版的联合健康集团，他们没有过度追求利润率，而是采取了一种高性价比、普惠大众的医疗服务形态。"除了水滴筹之外，水滴保专注于互联网保险业务；水滴好药付连接商业医保、医药企业、DTP 药房和患者，通过商业保险、公益用药、药品保险、创新支付等方式，提升药房合作方的竞争力和客户黏性，来帮助患者减少药品方面的自费支出。翼帆招募作为今年新上线的临床患者招募平台，一方面为各大知名药企的医药研发提供专业的受试者招募及管理服务；另一方面能够为水滴百万级重症患者提供创新前沿的治疗机会……在深耕互联网保险行业之后，沈鹏开始布局互联网医疗健康产业，在马不停蹄地奔跑中，沈鹏用持续性的创新来引领自己的成长。

成长，有起点没有终点。无论从成长中得到什么，每个人的成长历程都是在探求人生的意义和生命的价值。年少时的那段病房岁月让沈鹏开始思考人生的目的和活着的意义，对于这两个问号，他将用一生的时间为之求索。

2021 年 5 月，沈鹏在上市仪式上演讲

【采访手记】

瘦瘦的沈鹏操着那沙哑的嗓音坐到笔者的面前时，让人不免产生一种错位感：这是一个刚毕业的大学生吧？随着讲述的开始及深入，给笔者的第二感觉是错愕：他更像是行业研究的学者。听完他的故事之后，笔者感觉他正如一句广告语所说：做男人有很多面。多面的沈鹏还在自己铺就的路上狂奔。

朱昌文／文

用法律的圆规画精彩的人生

陆阳

1975 年生，北京人。毕业于北京大学法律系。毕业后在北京市海淀区法院刑事庭、执行庭工作。2012 年辞职下海，从事律师工作。

法律，在我看来是"法院"和"律师"，也就是目前所说的"法律共同体"。法官和律师在法庭上的对立，并不是我想看到的场景。在我看来，律师和法官都是在通过同一套法律、同一个标准对案件进行分析，只是彼此在对案件的理解方面存在差异，在适用法律上也有所偏颇，我相信律师会和法官、也愿意和法官交流案件。如果能够站在对方的立场考虑一下问题，对于案件和当事人都会更公平。

—— 陆 阳

律师合影

法者，天下之仪也。所以决疑而明是非也，百姓所县命也。

刑事审判，事业起点

从北京大学法律专业毕业之后，陆阳就开启了自己的法律人生。名校高才生这样的标签，让他很容易就进入海淀区法院刑事庭，成为一名法律工作者。因为专业对口，陆阳对于在刑事庭工作感到很适合。然而，纸上得来终觉浅，绝知此事要躬行。当时大学的课程设置是各种法律都学，没有单列一门去深入研究，加上大学的课程大多数是纸上谈兵，现实中的案例几乎都是新鲜的。这就让他有了新的学习的机会，他为人谦虚有礼，认真好学，经常向法院的前辈们请教，所以在进入刑事庭之后进步特别大。很快就成为海淀区法院的业务骨干。

陆阳在刑事庭工作了15年，度过了人生最关键的15年。他从一个刚走出校门的"象牙塔里的学子"成长为一个真正意义上的法律工作者。这段时期对他的人生包括事业影响是最深的，他刑事案件思维模式的建立就是在这个时期。其次，就是每天面对的都是新状况，因此，要从事法律工作就要活到老学到老。加上他本身对刑事案件非常感兴趣，随后从刑控的疏解再到内勤负责人，之后又转回审判，在刑事审判庭做法官，相当于把刑事审判庭的所有工作都完整地做了一遍。这个过程让他更加深入地接触和了解到很多刑事案件的审判和量刑，更加深入地把握法官和律师在使用适用法律时候的心理，为他之后的工作也打下了坚实的基础。

2009年，陆阳从刑事庭转到了执行庭，在执行庭做组长。与审判庭不同，执行庭大多涉及的是民事案件。工作性质也完全不同，在审判庭的时候，每天的主要工作是在办公室，甚至离不开办公桌。而执行庭则是每天要往外面跑。之前在刑事庭的时候，要找到涉案人员很简单，要么在看守所，要么取保候审，一个电话就找到了，而执行庭很多是民事案件，刑民之间的差距巨大。于是，陆阳在执行庭开始了新的学习，从初期不适应，到很快进入执行法官角色，逐步成长为合格的执行组长带队工作。

在执行庭工作了几年之后，陆阳对执行庭的工作已经驾轻就熟，也失去了挑战性。加上他不甘于年龄慢慢变大后退居二线，还想在诉讼业务上更进一步，成就他想要的事业。考虑到自己钟爱的法律专业，还想继续通过法律专业为社会和大众做点贡献，于是就从法院辞职，希望在社会上重新找到属于自己的定位。

法官律师，角色互换

　　角色的转变对于陆阳而言并不是最重要的。毕竟从事的都是法律工作。他从单位辞职之后，很快就跟一个合伙人在一家律师事务所找到了新的工作。这是一家成立于2005年的律师事务所，是北京市原东城区法院的一个法官成立的，在京城法律界摸爬滚打十余年，积累了相当广的人脉和客户关系。因为年纪大了，创始人逐渐退出了律所的管理工作。随着陆阳的加入，律所开始涉足一些新的业务。

　　之前律师事务所的刑事案件辩护占去了很大一部分业务，但是刑事案件的业务比较常见，对犯罪嫌疑人的辩护这部分已经非常多，竞争也比较激烈，反而是对受（被）害人保护这一领域，缺乏专业的法务工作者。于是，陆阳跟合伙人开始转向这一方向，用他自己的话说，属于"惩恶扬善"。对于陆阳而言，从法院到律师事务所，这样的转变还不算太大，跟他的专业相关度比较高，个人也完全可以适应。

　　很快，一个翁姓当事人来到了律师事务所。他因为被金融诈骗损失7500万元。因为涉及刑事附带民事交叉问题，又涉及执行问题，对于陆阳而言，这一切都轻车熟路，在案件中他的专业素养充分体现出来并且发挥了重要的作用，最终帮当事人追讨回7000余万元，基本上挽回了他所有的损失。陆阳一战成名。

　　随后，河南农信社的一宗案件，成为陆阳律师事务所的又一座堪称里程碑的代理案件。该农信社因为管理上的漏洞，一些员工违规操作，没有把一部分储户的资金放进农信社账户，而是放进其他金融机构的账户，并且用其在农信社工作的便利，开具了虚假的大额存单。实质就是非法集资。东窗事发之后，很多人被抓，农信社的公信力遭受前所未有的损失，经济损失巨大。

　　接到这个代理案件之后，陆阳和同事们开始了细致入微的调查和取证，前后整整用了两年时间，查阅了大量的账本，走访了大量的当事人和受害人，抽丝剥茧，最终将案件还原，将刑事责任的主体进行剥离，使农信社减少损失近7亿元。

　　通过多年的法律从业经验，陆阳和同事们把案件拿下来了。最终案件得到了合理的判决。而在此之前，陆阳和同事们也顶着巨大的压力，因为案件涉及人员比较多，人员成分也比较复杂，当地政府也有非常大的维稳压力，稍微不慎就可能造成群体性事件。好在案件最终得到了公平公正的判决，获得了代理方的认可。

　　角色上的转变，陆阳并没有经历所谓的"阵痛期"和"转变期"，因为工作性质基本相同，只是思维方式和工作方式的变化，这种变化陆阳很快就适应了，并且很快就进入角色。加上之前从事法官工作，他非常清楚法官在判决时候的心理状态，因此在庭审中能够最大限度地为代理人争取合法权益。于是，陆阳也很快成为京城的知名律师。

　　对于当下一些基层法院的判例，陆阳是保留意见的。在他看来，基层法院的法务工作者在案件审理中，很大程度上缺乏"初心意识"和"底线意识"。法官在审判中尽量中立，这是基本原则，当然，法律不外乎人情，这固然没错，但是必须在法律允许的框架之内，如果没有底线意识，没有初心意识，这种人情世故的因素就可能无限制地被放大。对于公平公正原则而言，是巨大的消费和亵渎。

社区交流

恪守底线，服务群众

在陆阳看来无论做什么工作，都需要有初心意识和底线意识。特别是在政法行业，从事法律工作，没有初心意识和底线意识，是对法律的威严和权威的亵渎。

对于当下流行的"死磕"型律师，陆阳并不认可他们的部分行事方式。在法庭上侃侃而谈，唇枪舌剑，逞口舌之快，在审判过程中对执法机关的执法程序上的细枝末节的漏洞揪住不放……在不懂行的人特别是当事人看来，这样的律师非常威风，这一通花里胡哨的操作几乎可以和影视剧中的辩论媲美，确实很让代理人心满意足。然而，执法机关在程序上的疏漏对于审判结果的影响微乎其微，非法证据排除也应以合法的形式提出。不合理的主张和诉求不可能得到法官的支持，对于当事人权益的保障也没有帮助。因此，用时下流行的一句话来形容"一顿操作猛如虎，实际结果二百五"。

陆阳在代理案件中注重实效，能够影响审判和为当事人争取合法权益的证据才是他关注的重点和焦点，事实上，法官在审理案件的时候，也最注重这类证据。什么是专业的法律工作者，那些花里胡哨的辩论律师并不胜任"专业"二字。因此，每每遇到当事人提出希望他们能够以"死磕律师"的行事方式来代理案件的时候，陆阳都会表现出不容置疑的拒绝，并希望当事人去找其他律师代理，自己的律师事务所只是最大限度地为当事人获取公平公正的判决，最大化地争取合法权益。法官和律师都应该把注意力集中在案件办理上，而不应该是对方，双方的目标应该是一致的，不应该是对立的。"死磕"在于精益求精办案，不在于炫耀技艺取巧。这即是陆阳理解的律师的初心和底线。

在律师事务所工作多年之后，陆阳也成功成为该律所的主任和党支部书记。在他和同事们的共同努力下，律师事务所的业务不断提升，在某类案件代理方面也取得了很大的优势。当然，对于法律这门大学问而言，任何时候都需要不断学习。唯有不断学习，才能够更好地用好法律，为维护广大人民群众的合法权益，为国家的长治久安做出贡献。

讨论案件

【采访手记】

陆阳做过法官，后来又做律师。在做法官的时候，遇到律师相约，他往往迟到，因为很多时候并不愿意接触律师；而当他做律师的时候，他对自己当时的行为也进行了反思，挺后悔当时的行为，但是在那个角色上，很多时候身不由己。角色不同，角度不同，看问题的方法也就有了不同。人生又何尝不是如此？做任何事情，其实都应该换位思考，或者说换个角度去思考，这样的话，人生可能会更精彩，也有可能会少走很多弯路。

姚凤明 / 文

大海有崖 人生无界

记北大医疗信息技术有限公司 CEO 陈中阳

陈中阳

2001 年毕业于北京大学，获物理学与经济学双学士学位，2006 年获美国约翰霍普金斯大学计算机与电子工程博士学位。历任方正 IT 事业群投资管理部总监、方正国际战略投资部总经理、方正信产集团副总裁兼战略投资部总经理。2015 年起任职北大医信总裁。

陈中阳博士在 IT 领域、战略研究领域、投融资及并购领域有丰富的跨界运营经验，担任中国商业经济学会创新创业专业委员会会长，北京市工商联青年企业家专委会副主任，及北京医院协会信息管理专业委员会委员，荣获中共中央党校中国领导研究会颁发求是先锋奖。

做事业，就是要眼中有光，
心中有火，脚下有泥。

—— 陈中阳

2018 年北大医信核心干部在井冈山红色教育培训会

北大物理系毕业之后，美国约翰霍普金斯大学以全额奖学金向陈中阳发出了邀请。"那个时代，毕业生的优选是出国深造。"虽然连陈中阳自己也不知道为什么出国，但被出国潮裹挟的他还是踏上了开往巴尔的摩的飞机。"在巴尔的摩机场一下飞机，我的内心就告诉我，回国！我不知道为什么，就是有这种感觉。后来我在美国待了 8 年，期间一直纠结一个问题，我什么时候回国？但现实情况是我不能就这样回去！"

带着这种纠结，陈中阳在五年之内完成了计算机和电子工程专业的硕博课程。自认为不适合搞科研的他，在两次的学业选择中都没有机会去自己所钟爱的商学院。除了在北大辅修了一个经济学的学位外，博士毕业前，他的知识体系和他所钟爱的投资还没有什么交集。

博士毕业后，陈中阳顺利进入纽约一家专注于 IT 领域的咨询公司，之所以选择咨询行业，抛开收入和职业发展机会，重点是咨询行业和投资公司联系紧密，且这家咨询公司的业务遍及亚洲。一个顶尖咨询公司的工作经历所带来的光环以及你所能学到的技能也绝不亚于名校的商学院。另一个重要的原因是他不愿意做一名 IT 工程师。不管是对投资兴趣的坚持还是因为所学专业的神秘面纱已经揭开，博士毕业后的陈中阳就带着这种"纠结"心态进入了一个和投资稍微沾边的领域。

刚进公司不久，公司的客户开年会，邀请相关机构代表参加。原本陈中阳以为这是一次公费旅行，没承想临时被"抓壮丁"要代表公司上台演讲。"当时我就懵了，刚刚开始工作，完全没有任何经验，而且我只有一周的准备时间。我还记得那是我迄今为止最长的一个飞行，16 个小时"。

作为全球人口最大的国家，中国近年来的发展受到举世瞩目，其无法估量的消费潜力，让任何一个行业都不能忽视这个拥有 13 亿人口的市场。在全球第二大芯片封装企业的年会上发表演讲，不拿出点"真材实料"的东西，还真对不住自己这么多年的坚持和努力。了解国内市场的最新行情和数据，给国内的同学、朋友打电话，加上读书期间回国探亲的见闻，陈中阳抱着忐忑不安的心情走上了演讲台。

"这辈子我都忘不了当时上台时那种感受，台下坐了诸多行业的资深专家、公司管理层和同行的前辈，压力山大啊。"都说是骡子是马拉出来遛遛，但有谁知道这些骡、马刚上赛道时的心情？陈中阳冷静了下来，一件产品制造出来是为了卖出去，既然要卖出去就必须先找到市场，讲中国的市场从逻辑上应该能够迅速抓到与会人员的兴奋点。

台上的演讲者用翔实的数据、流利的阐述、严谨的逻辑和对未来的预测征服了他们。听众全程聚精会神，这样的专注也通过视觉系统毫无遗漏地反馈给了演讲者，并激发他把所有的知识储备释放出来。对于本次演讲取得的成功，陈中阳深有感触，表示"这不是我有多么厉害，而是因为中国给了我力量。"

在咨询公司工作了 3 年，期间多次出差中国的陈中阳目睹了祖国的变化，中国国际地位的提升，综合国力不断增强，新兴市场的快速发展。陈中阳一直萦绕在心头的回国想法越来越强烈。与中国愈加开放的形势相比，美国职场对于中国人的"玻璃天花板"是客观存在的，这对于踌躇满志的陈中阳而言，难展一腔抱负；留学深造并切身体验美国职场之后，陈中阳更加坚定回国发展的决心。

2009 年，北大方正集团的高管去美国考察，其中一站是与身在咨询公司工作的陈中阳对接，了解美国市场。他乡遇故知自然有说不完的心里话，通过与陈中阳短短几天的交谈，其专业的知识、睿智的谈吐、敏锐的市场洞察力，令当时考察团高管印象深刻。并主动邀请陈中阳加入方正信息产业集团，任战略投资部总监一职。此时的方正信息产业集团下属将近 20 家公司，主营业务遍布 IT 行业软件及行业解决方案、移动互联网、PCB 及 IT 分销和增值业务等诸多领域。陈中阳的主要工作涉及下属企业的战略规划、投融资及并购整合。辗转多年的他，又可以拿着方正的工牌去北大食堂吃饭了。

熟悉的语言，亲切的环境，中意的岗位，没有任何遗憾的陈中阳开始了"野蛮生长"，短短五年从总监做到副总裁的跨越。任职期间也曾有多家知名企业向他抛出了橄榄枝。诱惑时刻存在。而抵制诱惑的定力，源自内心的真实需要。"当时一个我很尊敬的前辈跟我讲，如果在一个平台上出于成长和上升的时候，不要轻易离开。"

从 IPO 到跨国并购，从员工持股到战略投资，方正对陈中阳知人善用，陈中阳的眼界在拓展、技能在提升、价值在成长，他的勤恳敬业得到了回报。

2015 年年初，职场仍处在上升期的陈中阳提出了离职申请。所有人都没有想到他在步步高升的时候竟然会主动提出离职，领导的极力挽留，是对他能力的认可，是对人才的相惜，是感情上的不舍。但对自身职业发展有清晰思考的陈中阳已认定了自己离开的想法。

然而，北大方正与这位校友似乎仍未缘尽的时候。信产集团下属的北大医疗信息技术有限公司（北大医信）总裁也提出了申请离职。陈中阳作为集团分管领导，自己的离职申请在没有得到批准之前打算站好最后一班岗，需要迅速找到适合北大医信发展的带头人。

当陈中阳面对一个年逾 40 岁选择离职创业的中年男人，年近 35 的他也有了对自己的沉重反思。"如果我不能做投资了，我还能干什么？"学物理不想搞科研，学计算机不想写代码，之前所做的咨询和当下做的投资还是"空对空"。"我没做过研发，没签过一张单子，更不会真正地做出一个产品来。"北大医信的业务范围、行业前景、战略布局等都呈现在他的脑海中。思维缜密的陈中阳突然意识到，也许这是自己脚踏实地做一番事业的机会。

2019 年中国医院协会信息管理专业委员会（CHIMA）在厦门召开，陈中阳总裁致辞

"过去，我对自己的角色定位是一个很好的谋士、军师，不适合做一把手。因为在我看来，一把手必须具备胸怀天下、杀伐决断的能力，我缺乏这样的潜质。"但在下定决心接任北大医信总裁的那一刻，他选择接受挑战。瞄准一个行业，深入扎根，让自己的脚插进泥土里，未来的路才能走得更稳。

于是 2015 年 5 月，方正集团正式任命，北大医信开启了陈中阳时代。

他以创业者的精神带领着北大医信乘风破浪，任职以来，员工人数翻了两番，公司规模做到了行业前五名，服务了全国 300 多家三级医院、2000 余家医疗机构……崇拜邓小平、褚时健的陈中阳在挫折中前进，顽强地带领整个团队攻坚克难。从医院信息化，到区域智慧医疗，再到互联网医院，北大医信始终走在行业的前沿，坚守着北大人的阵地。"在北大方正工作的这 11 年时间，我后面 6 年比前面 5 年成长得快，后面这 6 年中，后 3 年又比前 3 年成长得更快。"被"催熟"的成长更是历练，因为市场和商机不等人。

没有任何一家公司是按照商业计划书做成的，人生也是一样。在每个人奋力前行的道路上，总会出现这样或那样的岔路口，可能会偏离原本设定的方向，但只要坚持就一定能走出一条康庄大道。"我规划了投资，又放弃了投资；大部分人从销售、工程师做起，最后坐上一把手的位置，而我是坐上了一把手之后才开始学习销售、项目交付。"陈中阳一次次地突破自己设定的边界，拥抱巨变时代和更广阔的天地。就像当年北大校足球队那个"追风小子"一样，为了把脚下的球踢进对方的球门，他不惜体力，不惧飞铲，

紧紧盯住对方球门，闪转腾挪，临门一脚之后，尽情享受那瞬间寂静后响彻北大天空的欢呼。在大家庆祝雀跃时，他却已经站在了中圈，为下一个更加精彩的进球做好了准备。

2021 年北大医信参加在武汉召开的中国卫生信息技术交流大会（CHITEC）

【采访手记】

年逾不惑的陈中阳保持着与这个年龄不太相称的体型，高高瘦瘦的身材是长期坚持运动的结果。爽朗的性格符合东北人的人设，对话过程中真诚的笑容给人以好感，真情流露的讲述自带严密的逻辑体系，不时开展的自我反思一度让笔者以为采访过程是在召开以"批评与自我批评"为主题的党小组会。自我设限，这本身就是对生命的不尊重。陈中阳讲出来了，笔者也体会到了。

朱昌文／文

我心飞翔
志愿者之光

——北京市海淀区睿翔社会工作事务所
陈肇翔所长的志愿者情怀

陈肇翔

农工党海淀区委二支部副主委，北京市海淀区睿翔社会工作事务所法人兼所长。

> 大爱之旅，公益之心，星火照亮志愿者前行；在社会主义核心价值观引导下，让更多的人参与志愿者服务，弘扬正能量，社会更安定，民主更富强，睿祥之思，和谐之光。

陈肇翔

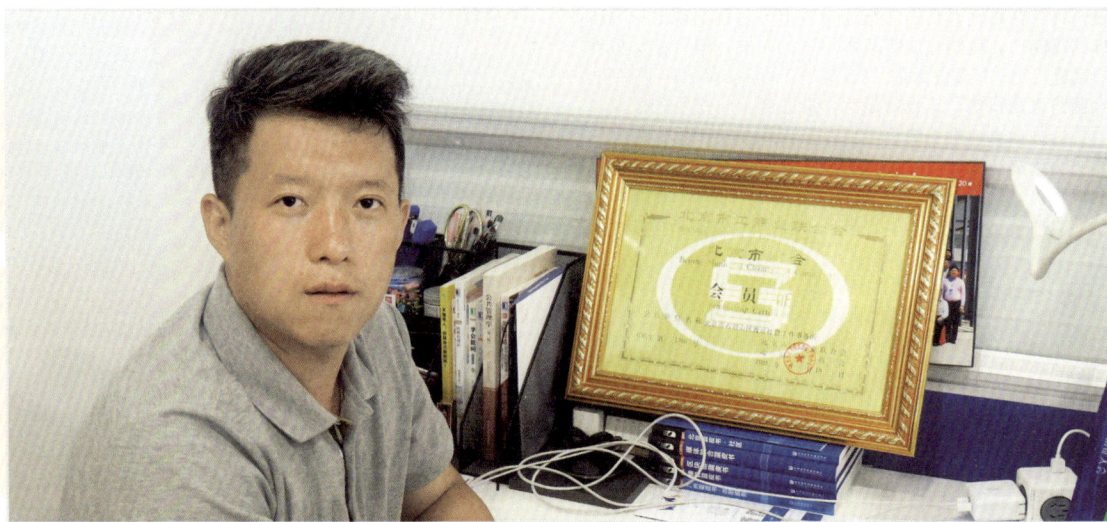

随着时代的发展，志愿者一词已经成为大众视野中颇具爱心与温度的名词；不管是在国家大型活动如奥运、国庆、抗疫、救灾活动；还是在垃圾分类、红绿灯口、小区门口、公交地铁口等，都能看到他们的身影；他们的出现，让我们感受到一种安全与呵护。志愿者，定义为："在自身条件许可的情况下，参加相关团体，在不谋求任何物质、金钱及相关利益回报的前提下，在非本职职责范围内，合理运用社会现有的资源，服务于社会公益事业，为帮助有一定需要的人士，开展力所能及的、切合实际的，具一定专业性、技能性、长期性服务活动的人。"北京市海淀区睿翔社会工作事务所陈肇翔所长，正是带着这种大爱之心，专注于社会工作，热心志愿者召集与组织，并在危急关头显身手的社会活动者，他宁愿舍弃奋斗多年的商业成就，专注社会公益，带着一种初心与使命，把爱的力量传递下去，人间正美好，社会更繁荣。

紧急招募，群起响应见真情

可以说，一个国家志愿者的多少与服务水平的高低，在一定程度上决定这个国家的文明程度与人民幸福指数。如果说，一位商业界人士能抵挡住金钱的诱惑而转身投向不求回报的公益事业，这既是一种勇气，更是一种人生修养；在做社会工作之前，陈肇翔曾是一位成功的企业家，在互联网行业做得风生水起。但他的内心却以公益事业为至高追求；他认为，在一些重大事件发生时，社会的积极分子要尽己所能，为社会奉献自己的绵薄之力；这个社会才有温暖，未来更有希望。陈肇翔以"从和谐社区出发，全心全意为社区居民打造心灵栖息的港湾"作为核心理念，将提升居民文化体验感和获得感作为发展目标，突出"文化＋服务"属性，在提供高质量公共文化服务的同时，推进社区文化治理体系。他立足社区，在疫情或重大活动期间，紧急招募志愿者，在广大志愿者的积极响应中，以解应急之需，维护社会秩序正常运转。

2020 年 3 月，新冠肺炎疫情肆虐全球，武汉告急，北京告急！抗疫防控一线急需志愿者，在陈肇翔的带领下，北京市海淀区睿翔社会工作事务所积极响应海淀区委、区政府的号召，第一时间组织志愿者参与到疫情防控中。在了解到海淀区曙光街道社区志愿者全员停休的情况下，睿翔第一时间创建了志愿服务队，加入社区防疫防控工作中，并亲自参与社区值守，极大减轻了社工的工作量。

同时，陈肇翔将关注点更多地放在直接战斗在社区防疫工作一线的社区工作者身上，充分发挥志愿者团队的作用，为他们提供多方位的服务。面对疫情复杂的情况，一些社区工作者出现了不同程度的心理压力，很需要专业的心理支持服务。陈肇翔在最短的时间内联系了 100 名二级

2017 年 7 月 6 日在海淀区田村街道带领领导参观

以上的心理咨询师，成立了"心理专家志愿者团队"，为社区工作者提供线上心理咨询、疏导及援助服务。

为解决社区工作者和医护人员的后顾之忧，陈肇翔第一时间联合 100 多名各大院校的学生志愿者，为其家里的小学生进行 1~6 年级课程的"一对一"线上辅导。此外，陈肇翔带领睿翔社工和志愿服务队深入社区，了解在疫情期间背后的故事，并利用头条、公众号等自媒体平台发布，向居民传递正能量。居民通过这些宣传平台了解到志愿者的付出，更加理解和尊重志愿者的工作，更好更自觉地配合志愿者一起战胜疫情。正是在陈肇翔的紧急招募下，在社区值守人员急缺危急关头，社会志愿力量与街道形成一整套联控、合作、帮扶的机制，迅速有效地解决街道防疫物资匮乏和值守人员不足的难题，与社区共筑"防疫长城"。

四大平台，激励爱心传递，繁荣社区经济

从某种意义上说，社区志愿者是社会单元中最有温度的细胞，他们带着一种爱心，去影响更多的人富有爱心与正能量；从心理学上说，这些正能量的人不计报酬，无偿付出，但不能代表他们不需求，如果能在某种形式上给以激励，将会让爱心饱含更多的热量，志愿者团体基础更稳固；而社区的基本单元——人，具有其本质的社会属性，他们的需求直接影响到社区商业的繁荣与兴衰。睿翔志愿者以"文化＋智慧"治理为路径，通过打造"1个中心＋1个系统"，推动基层公共文化服务高质量供给以及"文化＋"社区管理的智慧化与精细化，形成社区文化治理体系和治理能力现代化的成熟模式。

在北京石景山区金顶街，睿翔联合打造四个平台，来解决社区管理的棘手难题：公共服务空间预约平台、金顶街志愿者服务兑换平台、金顶街人人拍、金顶街企业商会壹加壹4个小程序，以矩阵方式协同运行，打造"文化＋"智慧社区不同类型服务的真实场景。

金顶街公共服务空间预约平台：设置场馆预约、随拍、大数据监测、AI机器人等功能，居民可通过平台进行场馆和活动预约、活动实时上传、问题答疑等，中心可通过大数据分析不同人群的文化需求，提供精准服务供给。

金顶街志愿者服务兑换平台：整合辖区商企资源为社区和居民所用，形成"志愿者-志愿服务行为-志愿服务积分-公益商家"的微公益链。中心将日常志愿活动汇总到平台，志愿者根据情况参与志愿服务，完成后记录相应服务时长，根据积分在积分商城兑换小礼物。志愿者服务积分制，让志愿者在参与公益事业的同时，也得到象征性的回报；从某种形式是一种犒劳，更是一种鼓励与赞许。

金顶街人人拍：居民可将社区治理不规范、环境卫生脏乱差等现象，通过"人人拍"小程序拍图上传，社区居委会负责人、小区物业管理、综合执法队、辖区片警等会在第一时间通过小程序提醒功能接收和看到图片信息，并进行处理。

金顶街企业商会壹加壹：设置预约活动场地、发布招聘信息、上下游服务沟通、法律咨询等功能。平台可为企业提供党建培训、资金筹备、人员招募、法律培训等活动，企业亦可通过平台进行企业间以及企业与中心、街道、居民间的合作及互动。

可以说，在金顶街社会工作四大管理平台模式下，解决了管理无盲区的大问题，增强了志愿者服务的核心凝聚力，更促进了一些商业界人士共同参与，让大众消费与公益挂钩，既是一种模式创新，更是一种时尚引领。陈肇翔通过正向引导，热情鼓励，凝聚群众、调动群众，激发群众内生动力。广泛发动党员、居民参加志愿服务，根据服务内容和服务时长，获得相应分值，志愿服务工作机制不断完善，积分兑换的落实，让越来越多的居民加入到社区志愿服务队伍中。这些志愿者服务队伍，向辖区商户讲解垃圾分类的意义及方法，叮嘱沿街商户按照要求正确进行垃圾分类，发放宣传页，并要求商户保障门前三包，为社区创造良好的市容环境。针对抗疫的严峻性，志愿者们向居民们宣传接种新冠疫苗的意义，并对背街小巷公共区

2019年3月30日在阜四小院带领北京市人大常委领导参观慰问

2019 年 12 月 12 日在金顶街街道市民活动中心带领市委领导班子组织参观活动

域的安全进行排查，清理公共区堆物。同时呼吁大家做垃圾分类的带头人，做新冠疫苗接种的领头人，带动身边的亲人、朋友、邻居自觉做文明新风的倡导者，倡导广大居民破除旧俗陋习，促进乡风文明，推动移风易俗工作，引领文明新风尚。

陈肇翔本人更是以身作则，积极参与各种爱心活动，在疫情期间，北京市血液供应较为紧张的局面，按照团市委和区委的有关部署，石景山区委联合区卫健委、区直机关工会工委开展"热血战疫，为爱逆行"无偿献血活动；陈肇翔积极参与，以实际行动践行自己的初心和使命，把自己的热血输送到感染新冠疫情的危重病人，给他们带来生的希望，为打赢疫情防控阻击战奉献青春力量。

只要人人都献出一点爱，世界将变成美好的人间。社会公益事业是漫长的历史文明征程，他需要一颗火炬与明星的指引，更需要心与心、手与手的真情传递；陈肇翔以大爱之心，超脱物的羁绊，以大化之境，弄潮引领于志愿者公益事业，践行志愿者精神，让志愿者精神永放光芒！

孙秀明／文

初心不改 辉煌人生

——北京芊芊投资有限公司董事长武晓明的创业历程

武晓明

中共党员，北京芊芊投资有限公司创始人、董事长，北京朝阳区青年企业家商会发起人，北京朝阳区青年企业家创新榜样，北京市青年企业家专委会委员，北京朝阳区青年企业家专委会副主任，北京朝阳区青联委员。

> 做一家有温度的公司，以人为本，诚信专注，热心公益，奉献爱心；一个初心，一个团队，一个梦想，一起拼搏，一起赢得人生精彩。
>
> 武晓明

鲁迅在《纪念刘和珍君》中说："真的猛士，敢于直面惨淡的人生，敢于正视淋漓的鲜血。"在人生历程中，不如意者十有八九，突如其来的变故更显得人生无常，但怎样在这样的契机下，发挥自己的潜能，逼出自己的爆发力，逆水行舟，奋勇搏击，从而铸就人生的辉煌？这是一位创业者的历程，充分彰显了他不忘初心，乘风破浪勇敢追梦的坚韧品质。让我们一起走进这位以梦为马，勇攀高峰的芊芊投资公司董事长武晓明的故事。

家庭变故激发拼搏人生

人生几番波折，最初的想法只是想按部就班做一个朝九晚五，工作稳定，西装革履的普通白领。可一次家庭的意外变故，却让他走上了和最初设想完全不同的创业追梦路。2006 年，毕业于南昌大学市场营销学专业的武晓明，放弃了学校保送留教和当地企业高管的机会，毅然踏上追梦北京的征程。最初来到北京的武晓明，在中关村入职了一家 IT 公司担任经理人。刚开始的时候，租住在只有一桌一床的狭小地下室，环境闷热潮湿，被褥几乎能拧出水来，早上不到六点就起床挤公交车。日子虽然辛苦了点，但对于初到北京追逐梦想的他来说，所有的困难都算不了什么，工作仅仅几个月，武晓明就凭借出色的能力和勇猛的冲劲儿，成为公司业绩最出色的经理人之一。

但就在事业刚刚有起色的时候，家中却突然传来噩耗，父亲因交通意外去世，家里在花费了一大笔医药费之后，还欠下了巨额外债。在医院照顾父亲的时候，他感到自己是那么渺小和无助，他在那时暗暗下定决心，一定要通过自己的努力撑起家里的重担，要尽快赚钱帮家里把债还清。

当时北上广深房地产正处于急速上升阶段，武晓明经过深思熟虑，决定转行房地产，只有这样，才能在短时间内挣到一笔资金，偿还负债，帮家庭度过危机，让年迈的母亲安享晚年。由于对市内不太熟悉，又是外地人，想在北京房地产公司应聘一个职位，面临着很大困难，最终，他被一家新成立不久的房地产销售公司录取，公司不要求

全员拓展

工作经验，但要用严格的培训和管理重塑新人。每天六点起床开早会，晚上工作到十一二点甚至更晚是常有的事。当别人下班了，他还在夜深人静的时候整理资料，每天比别人多干 5 个小时。公司要求很严，但武晓明从来没有抱怨，只有加倍努力。

天道酬勤，两年的时间，武晓明终于用自己的勤奋拼搏化解了人生的第一道困境，不但偿还了所有债务，还在两年的奋勇拼搏中积累了丰富的房地产营销经验，为他以后的创业打下了坚实基础。

做一家有温度的房产公司

2009 年，中国房地产行业如火如荼，据国家统计局统计，当年全国商品房销售面积 93713 万平方米，比 2008 年增长 42.1%。正是在这样的时代机遇下，武晓明踏上了房地产营销代理的创业征程。五年拼搏，公司业务逐步从燕郊一个区域扩展做到环北京十三个区域全覆盖。2014 年，伴随公司的发展和壮大，针对房地产企业融资难的问题，武晓明对公司业务进行战略性拓宽，为企业解决销售难题的同时，也为有资金需求的企业提供投融资服务。同时，公司还为一些有项目或资金需求的中小企业提供孵化服务，立足专业，做好各项服务对接。从两个痛点着手，金融与地产双轨并行，搭建起沟通企业、资源、客户的广阔平台。

在公司管理上，武晓明一直奉行做一家有温度的地产公司。提出：一伙人，一件事，一条心，一辈子，一起拼，一起赢的核心理念。一伙人即指相融相通，协作共进的团队合作精神；一件事指的是企业的专注度，即品牌四精——链条做精，专业做精，孵化做精，服务做精；一条心指的企业的核心凝聚力，千人一心，专注于平台服务，为企业和伙伴提供高品质服务；一辈子，一起拼，一起赢更是一个领导者的情怀，公司对员工有温情，员工对公司有归属，员工把工作当成终生的事业来做，为梦想奋斗，为人生拼搏，赢得客户，赢得工作，赢得人生精彩！

正是在这样的理念下，公司留得住人，能做成大事。目前公司十多年的老员工非常多，在公司的福利制度中，员工买第一套房，第一辆车，公司都会给予一定的资金帮助；生活中，员工若遇到困难，公司领导会第一时间给予帮助；对于遇到重大疾病或经济变故的员工，公司会发出倡议捐助，帮助员工共渡难关。在一系列富有温度的制度下，公司如家，上下一心。

新春年会

热心公益，传递大爱

作为北京市朝阳区精准扶贫的贡献单位，武晓明带着一种大爱之心，一直行走在公益之路上。积极跟随政府、工商联等组织深入基层，带领团队到内蒙古康宝，新疆和田等贫困地区，捐钱捐物，购买和田大枣、地方农产品等，拉动地方经济，为贫困农民带来直接的经济效益，公司连续三年荣获扶贫社会贡献奖。

除了对贫困地区的关注，武晓明也一直关心残障儿童的健康成长。天津牧羊地儿童村位于廊坊和天津交界处，是一处孤弃儿童的家园，因为这里曾经是当地人的放羊地，创办人贝天牧给它取名"牧羊地儿童村"。如今这里住着80多位年龄从一个月大到十几岁的孤弃儿童，这些孩子们的生活冷暖，时刻牵挂在武晓明的心上。

公司对他们的衣食住行进行长期捐助，武晓明更亲自带领公司员工来到这里，看望这些残障儿童，让孩子们感受到来自大家的关爱。

十年磨一剑，试看江湖逍遥间。创业十二年来，武晓明不断总结创业中的经验得失，从自身发现问题，结合市场变化和公司发展状况，一步一个脚印，戮力前行。在拼搏的路上，不忘初心，秉持诚实守信的原则勇往直前，不断完善企业内核，丰富企业文化，让企业保持强劲的生命力；他以市场需求为实际出发点，以创新应万变，根据一线市场客户需求，不断提升公司的专业度和服务水准，为企业和伙伴创造价值，实现共赢。

武晓明认为，企业经营必须有国家大局意识，只有坚持房住不炒的原则，才能让房地产行业健康发展。经过政府对房地产行业的调控，升温的楼市告别了暴涨的时代，正朝着健康有序的方向稳健发展。相关金融政策的出台，

足球赛

在一定程度上降低了企业和客户的风险，稳定发展是行业发展不变的目标。在这样的行业背景下，企业需要因势利导，精准把控市场变化和需求，才能在大变革中赢得先机。芊芊有信心在未来创造更大的价值回馈企业和伙伴，也坚信房地产行业在国家正确的方针指引下会发展得更好！

雄关漫道真如铁，创业初心犹未歇。从一位北漂打工者成长为一家投资公司的董事长需要经历怎样的人生磨难，需要走过多少艰苦辛酸，我们无法用数字换算；但岁月攀爬在眉宇间的痕迹却会让我们忽然感觉到十二年如此短暂；没有风雨雷电，人生怎会臻于化境，没有阳光彩虹，人生怎会充满精彩。爱家人、爱公司、爱国家，武晓明不忘初心，掌舵公司方向，在核心凝聚力下，芊芊这艘大船将会驶向更为辉煌的明天！

孙秀明 / 文

一只蜗牛的使命

——记北京益生研科技（集团）有限公司董事长苗鹏

苗鹏

汇医通创始人，北京通州区工商联执委，中国老年保健协会道家养生专业委员会副会长，北京益生研科技（集团）有限公司董事长，国药济世（海南）科技发展有限公司董事长。品牌中国·2018新时代企业家精神公益慈善人物获得者。

> 只有为社会解决了问题，你才是一个受人尊敬的企业、一个有价值的企业，你才能做成百年老店。
>
> ——苗　鹏

阿门阿前一棵葡萄树 / 阿嫩阿嫩绿地刚发芽 / 蜗牛背着那重重的壳呀 / 一步一步地往上爬 / 阿树阿上两只黄鹂鸟 / 阿嘻阿嘻哈哈在笑它 / 葡萄成熟还早得很哪 / 现在上来干什么 / 阿黄阿黄鹂儿不要笑 / 等我爬上它就成熟了。

（一）

2000 年年初的开学季，初二学生苗鹏怀揣着父亲东拼西凑来的 470 元学费，从山东济宁西行至河南新乡医学院的一处建筑工地，开启了打工还债模式。原本高朋满座的五口之家在欠下一万多元的外债之后变得门可罗雀。"大哥在外当兵，作为三兄弟中的老二，撑起这个家我责无旁贷。"20 世纪 90 年代，谁家要是被称为"万元户"，那在十里八乡绝对是声名显赫，若有适龄的男娃女娃，上门提亲的媒人都能把门槛踏平。可是，苗家负债过万，连亲朋好友都避之唯恐不及，看笑话的乡邻和落井下石之辈让年仅十四五岁的苗鹏心底咽不下这口气，"挣钱还债，不能再让人家戳父亲的脊梁骨"！

搬运工苗鹏每天在工地的任务就是将一袋 100 多斤的沙子或者水泥，压在 110 多斤的身体上，爬到 9 楼卸下之后，再重复这一个过程。馒头就着咸菜的生活对于这个正在长身体的青年人来说，有点过于清淡，两个多月的搬运工生活濒临身体和意志的极限，"整个肩膀、后背的血丝都流出来了，实在是扛不住了"。

后经老乡介绍，他又到山东德州的一处砖窑厂做工，用独轮车推砖坯。理论上来说，这比背水泥沙子要轻松，毕竟是开始使用工具了嘛。"老乡还说每个月能挣 1000 多块钱，比工地轻松挣钱还多，我就去了。"

"独轮车不用学，只要屁股调的活。"老辈人留下的这句顺口溜说尽了其中技巧。作为一门实践性极强的技术，推独轮车绝不是仅有力气就能驾驭的。"一车大约要装 1000 多斤砖坯，遇到小石头就会倒向一边。我干了 7 天，没挣到钱，还因为摔坏了砖坯需要赔给老板钱。结果那个老板人不错，给了我 200 块钱作为路费，让我回家了。"

人生，又一次站在了十字路口。回家，心中仅存的自尊不允许自己走回头路。"刚好，表哥在北京上学，我就

汇医通上市发布会现场

到北京投奔他了。"2002 年 9 月 1 日，苗鹏正式开启了他的"北漂"生涯。

"到北京的第一份工作是类似于现在的快递小哥，当时我就负责在五环内送货，一单 5 块钱。我觉得还不错，首先是这活我能干得了，体力上吃得消；其次是我够勤奋，别人晚上下班了，我还可以接单去送货，为的就是多挣点钱。"靠着这份努力，两年时间内，苗鹏把父亲欠下的已经滚到 3 万多的借款全部还清了。压在全家人心头多年的这座"大山"被移走的那刻，在时隔多年之后回想起来依然让人觉得心头敞亮了许多。彼时的苗鹏并没有提起一元钱买 5 个馒头撑过一天，仅靠 60 元钱坚持一个半月的心酸；没有提起在三元桥下露宿街头的那二十天是如何挺过来的；没有提起方便面调料包冲开水泡馒头的滋味。

（二）

青年作家卢思浩在《你要去相信，没有到不了的明天》中有这样一段话：诚然，也许奋斗了一辈子的"屌丝"也只是个"屌丝"，也许咸鱼翻身了不过是一条翻了面的咸鱼，但至少他们有做梦的自尊，而不是丢下一句努力无用，心安理得地生活下去。

四年时间，苗鹏完成了自己离开家之后的第一个梦想，是北京让他成功地实现了"翻身农奴把歌唱"的愿望。有人说，努力很可能不会让一个人咸鱼翻身，但不努力就什么都没有了。"实话实说，当初我的梦想就是还完家里欠的债，然后花3万块钱盖个房，再花2万娶个媳妇。也就是说我再挣5万块钱就可以回老家了。"在平凡的世界里，每个人都在努力活成自己心目当中的那个英雄的样子。无论是打自己的小算盘还是扒拉整个家庭的大算盘，走一步看两步或者三步，才能永远保持自己的前进方向。

就像一位著名企业家所说的那样，没有一个企业是按照创业计划书做起来的。人生，也是一样。青年苗鹏的人生之路和最初的设想大相径庭，起因便是在2005年认识了一位北京姑娘。"人家是北京女孩，不可能跟我回山东老家。她对我也没有太高的要求，纯粹是觉得我这个人很踏实。"女孩为自己选择夫婿赌的是一个美好的未来，赌资是自己的青春；男孩接受一个女孩的托付是要一肩挑起两个人的未来，用不懈的努力告诉那个在自己一穷二白时选择他的女孩：你的眼光很好！

2003年的非典是国人难以忘怀的记忆。身处北京的苗鹏在目睹非典给国人带来的痛楚之后，对自己未来的使命有了全新的认识。"那时我就坚定了信心，要做大健康产业，这个市场的前景会很大。"随着人们健康意识的提升，未来花在维护健康而非治病上的钱将会大大增加。

为了给自己心爱的女孩一个家，依靠打工赚到的钱根本赶不上北京房价的增速。创业，势在必行。明明知道创业很艰难，为什么还要去尝试？那是因为前有梦想、后有动力，因为不甘心，因为苗鹏想要自己的生活更加多姿多彩，因为他想要给自己一个交代。"创业比打工难，没有进账还要给员工发工资，我女朋友靠着每个月四千多块钱的工资养活了我两年。"

市场是公平的，也是残酷的。年轻的创业者苗鹏在苦撑了两年之后，首次创业以失败告终。"我认为，我还年轻，还有机会，不为别的，就是为了让我女朋友过上好日子，不能让她的父母对我失去信心。"这种撞了南墙也不回头的气质被属牛的苗鹏拿捏得死死的，毫无商量的余地可言。都说失败是成功之母。第一次创业虽然没有摆脱经济上的束缚，但在这个过程中所积累的人脉和资源，对市场的认识和把握，对行业的洞察和了解都是下一次腾飞的助推器。

时间来到了2007年，立志深耕大健康产业的苗鹏同另外两个合伙人一道开始了第二次创业。"比第一次还难，正赶上2008年的金融危机，老百姓的口袋收紧了，大公司都在裁员寻求自保，我们刚开始起步，结局可想而知，又失败了。"聊以自慰的便是在2009年苗鹏和女友东拼西凑、刷信用卡凑足了通州一套房子的首付，这套房子的价格在第二年便已经翻了3倍。"在公司没钱付货款、没钱发工资的时候，我把这套房子卖了，还清了两次创业失败背负的外债，包括拖欠的员工工资和供应商的钱，手里还剩下28万，这就是我第三次创业的老本。"

第四代汇医通成功发布

（三）

"上善若水。水善利万物而不争，处众人之所恶，故几于道。居，善地；心，善渊；与，善仁；言，善信；政，善治；事，善能；动，善时。夫唯不争，故无尤。"水利万物而不与万物争，永远处在地平的最低处，默默无闻地滋养着生命体。道家"上善若水"赋予水以人世间最美好的德行情操。用今天人们耳熟能详的语言解释就是，利他是一个企业、一个人能够在这世上立足的不二法门。

苗鹏领悟到此中真理源自道家师傅王成亚的教诲。"之前的两次创业让我看到了我身上最缺少的东西是眼界和格局，认识师傅之后，他带我走进了中国传统文化的汪洋大海。"作为一个企业家，在社会中要想生存下来，必须要适应这个社会，而不能以自我的选择为中心，就像水一样，在任何环境中都可以生存，可以以液态、气态和固态等形式存在，只有具备极强的适应性才能和这个社会同频共振。

2011年4月，北京益生研成立，苗鹏的第三次创业正式启航。"如何才能让企业走得更长远？如何把企业做成一个百年老店？我们做企业要解决哪些社会问题？如何让老百姓因你的服务而获得健康和快乐？这些问题都是我在第三次创业时所思考的问题。"2013年，苗鹏借着赴美考察的机会，参加了中美科技论坛。"我发现美国的健康管理至少领先中国20年。靠'互联网+'概念的健康管理的智能穿戴设备，竟然能让美国的医疗开支下降了30%。"这么好的一个"互联网+"健康管理的理念，为什么中国没有？

一个概念的转变就可以节约海量的资金，无论是政府还是社会都是利好消息。这不正是顿悟之后一直所追求的"利他"吗？苗鹏终于在大健康的赛道上找准了自己的方向。2014年9月，"汇医通"研发部成立；2017年，第一代汇医通正式上市，这一款包含血压计、血糖仪和心脏监护仪三个设备的产品能够在大数据的支持下，实时监控用户的健康体征，配套的APP借助东方医学营养干预的理念，针对不同健康状况的人们提供一日三餐不同的食谱。"其实就是相当于每个人随身带着一个健康小专家，24小时全方位地提供服务。"

央视《对话》栏目主持人陈伟鸿专访苗鹏（右一）

爱因斯坦说，给我一个支点，我可以撬动地球。一个想法可以改变世界的时代已经呈现在人们面前。科技的日新月异带给人们更好的感官体验的同时，更便捷、更人性化的产品将直接影响到人们对于幸福的感受。"我们的智慧养老预警系统也是我们的发明专利，填补了综合健康管理的空白。智能穿戴设备会在1秒钟内向其儿女实时推送父母的身体数据，若是发生风险预警，我们的线上医生也会适时介入，提供指导和帮助。"

千年儒释道，百年益生研。这是苗鹏的追求，也是他心中的"水德"。富而不贵，无异于钱串子。唯有站在国家和人民的立场上想事做事，才配得上百年老店的称号，才能做成一个受人尊敬的企业。

【采访手记】

看到苗鹏的第一眼，笔者一闪而过的形象是"稻草人"，高高瘦瘦的。细聊之后才发现，他不是"稻草人"，至少他不会随风飞舞，毫无自我。二十多年的挣扎，苗鹏就像一个背着壳的蜗牛，慢慢地、慢慢地前行。轻装上阵虽可以飞得更高，但只有负重前行才能走得更稳。

朱昌文／文

党建引领企业发展

范伟博

北京人，1981 年出生。2002 年进入父亲创立的琪舰消防工程有限责任公司，从基层做起，学习和管理消防相关业务。经过近 20 年的历练，成长为当地消防工程行业的领军级人物之一。

> 民营企业也要讲政治，讲党性，要建立并巩固党团组织，充分发挥党组织在民营企业中的重要作用。一个企业要想正能量发展，一定要进一步发挥党建引领的巨大作用。即使在民营企业，党员的模范带头作用也会发挥出巨大的引领效应，对于企业未来发展，甚至于对行业的引领，都有着非常重要的促进作用。
>
> 范伟博

以质量谋发展

2002 年，范伟博的父亲在北京市顺义区成立了琪舰消防工程有限责任公司，这是琪舰消防扬帆起航的开端。包括当时年 21 岁的范伟博在内的所有人，大概都无法想到：这样一个小小的、只有三级资质的消防工程公司，未来会成为消防工程行业的佼佼者，能够在消防行业里大展风采。彼时的范伟博，他只尊崇父亲的想法，进入公司学习和工作，一步一个脚印，陪伴公司一起成长。

范伟博的父亲一直在消防工程行业从业，原本在体制内工作，有着丰富的消防工程行业的人脉和从业经验，建立自己的公司和团队，是他经过深思熟虑做出的重要的决策。

公司初创，一切都要从头开始，摸着石头过河。范伟博跟着父亲和 20 多名员工一起，在消防工程行业摸爬滚打，在当地承接工程，一步一步艰难地跋涉，总算让公司在当地积累了一定的名气。

因为技术过硬，工程质量有保障，公司的业务发展一直比较稳定。刚开始的时候，公司的业务主要依靠口碑传播，这样积累的客户基本上都是"死忠粉"，而客观上就需要琪舰消防公司在质量上更加精益求精，不能有任何的纰漏。正是在这样的发展模式之下，琪舰消防形成了"以质量谋发展"的企业理念。

按照消防工程行业的企业资质分级：一级企业可承担各类消防设施工程的施工；二级企业可承担建筑高度 100 米及以下、建筑面积 5 万平方米及以下的房屋建筑、易燃、可燃液体和可燃气体生产、储存装置等消防设施工程的施工；三级企业可承担建筑高度 24 米及以下、建筑面积 2.5 万平方米及以下的房屋建筑消防设施工程的施工。

三级资质已经无法满足和适应琪舰消防企业发展的步伐。于是，在 2006 年，企业获得了二级资质。能够承接高度 100 米及以下、建筑面积 5 万平方米及以下的消防设施工程的施工。企业可以从事的业务获得了极大的提升和拓展，企业发展也步入了快车道。

因为在行业里树立了良好的口碑，同时也在当地具有较强的竞争力，企业员工也不断增加，截至 2006 年，琪舰

2021 年 4 月 20 日，琪舰党总支书记范伟博（右一）与来琪舰消防公司调研非公企业党建的领导合影

消防员工比初创时期翻了一番，达到 40 多人，消防行业的很多行家里手、业界能人都加入了琪舰消防的麾下。

经过 3 年的发展，琪舰消防本着"质量第一"的理念，在顺义区的消防行业里声名鹊起，成长非常快。2009 年，琪舰消防进一步升级，获得了消防工程一级企业资质，突破了地域和技术上的限制，开始参与全国、全行业的竞争。企业资质升级后的第一笔业务是某国储库的消防工程，琪舰消防抓住了这个机会，不仅工程施工保质保量，连客户未曾想到的方面也考虑进去，这使得琪舰消防获得了第一桶金，不仅检验了公司的施工能力，更锻炼了队伍。

从住宅、商场消防，开始到化工、大型储备等消防工程，琪舰消防实现了业务的蜕变，也实现了企业从弱到强，从小到大的蜕变。2011 年，琪舰消防成为中石化的 A 级会员单位，更一直参与国家储备库的消防工程业务。

党建引领企业

此时的范伟博发现，琪舰消防能够在短短 7 年时间，实现专业领域级别的"三级跳"，一方面是工程质量始终作为企业的生命线，获得了广大客户的认可和良好的口碑，第二是组建了一支"技术过硬"的人才队伍，其中不乏共产党员。而共产党员在工作中能起到"模范带头"作用，为企业的发展保驾护航。随着企业队伍的不断扩大，范伟博有了一个新的考量。

在范伟博和父亲的主导下，2011 年，旗舰消防就成立了自己的党支部。范伟博的父亲本身是一个老党员，在 2002 年创立企业的时候，就有一批原来体制内的老党员、老员工跟着父亲一起创业打拼，他们有技术，也有党员的素养和情怀。40 多名员工中有很多都是党员，成立党支部是顺理成章的事。

随着党支部的成立，党团工部、团支部和工会也相继成立，一个民营企业同时挂了四块牌子。党组织成立之后，各项规章制度也建立起来了。支部一直严格按照党组织条例定期进行学习和工作，按时召开民主生活会，开展批评和自我批评。不断提升党组织的堡垒作用，极大地提升广大党员和职工的凝聚力和向心力。在日常经营中，党团组织充分发挥党团员的模范带头作用，在安全生产施工、严把质量关等方面，发挥着非常重要的模范带头作用。企业管理和企业文化的整体面貌焕然一新，企业的各项业务在党建工作的引领之下，不断提升和成长。

琪舰消防党支部的成立和运作，得到了上级党组织的大力支持。包括党组织的学习指导、活动经费等方面，对党支部的建设支持力度巨大。

2018 年，琪舰消防党支部升格为党总支，下辖 5 个党支部，范伟博同志成为联合党支部书记。在顺义区区委的领导下，琪舰消防党支部将周边没有组织生活的党员全部纳入琪舰公司党支部过组织生活，党员人数更是达到 78 名。

作为联合党支部书记，范伟博感到肩头的担子更重了。他把党建工作作为日常工作的重中之重，在党员学习、工作和组织管理中，花费了大量的精力。当然，联合党支部也为企业发展注入了很多新鲜血液，为琪舰消防的正能量发展提供了很多可供借鉴的意见和建议。

一个党员一个标杆，一个党组织一个战斗堡垒。琪舰消防先后获得北京市工商局党建工作示范单位、北京市工商联非公有制经济组织党建示范单位、北京市非公企业劳动就业保障先进单位、首都花园式企业、北京大学元培学院党员实践教育共建基地、顺义区"两新"组织党建工作示范基地、顺义区六星级党支部等荣誉称号。

2021 年 6 月 20 日，琪舰公司党总支书记范伟博（左七）带领支部成员到北大元培学院参加党建共建活动

新形势谋发展

琪舰消防从业 20 年，对于行业 20 年的发展变化有着非常深刻的理解和感悟。而范伟博也正是在这 20 年的从业中成长起来的新一代"消防人"。

时代在发展，各行各业都面临转型和改革，面临着创新。这不仅仅是国家层面的客观要求，企业自身的发展要求，更是行业正常发展的客观规律。消防行业的改革和变化也不能例外。

范伟博认为，企业家一方面要参与经营，更要审时度势，适应国家经济社会的发展，为国家发展贡献自己的力量。面对改革，消防企业未来的发展，必须紧跟国家形势，提升创新思维，不能固守传统行业，故步自封。

作为 80 后企业家，范伟博的思想有着骨子里的传统，更有着新思潮的创新。作为中国消防协会的常务理事单位，范伟博经常会跟随协会出行，在美国、日本等发达国家参观学习，交流消防理念，获益颇多。这些理念也成为他在企业内部致力于改革和创新的基础。

他创新引入互联网人工智能思维，并于 2018 年成立了旗舰智能科技公司，主要围绕智能消防系列产品。从传统消防产业到职能消防产业，不仅仅是技术上的提升和蜕变，更是思维的创新和发展。目前，智能消防领域在团队建设、产品研发、市场推广等方面已经初见曙光。

按照范伟博的构想，智能消防这一领域目前仍是一片蓝海，未来产业发展大有可为。将来甚至会成为消防工程领域乃至消防领域的主流！面对风云变幻的市场变化，一定要守住自己的初心，在此基础上创新思维，创新管理，创新经营，才能确保企业行稳致远。

目前，琪舰消防秉承"诚信做人创品牌，严谨做事铸精品"的企业精神，以"诚信第一、客户至上"的态度和严谨规范的管理，朝着"消防一体化，消防物业化"的战略目标稳步迈进。

2021 年 8 月 12 日，琪舰消防公司党总支书记范伟博（右二）向中国消防协会领导汇报支部党建工作

【采访手记】

近二十年的行业从业经验，睿智而深邃的行业思考，让范伟博对消防工程这类传统行业有了最为深刻的认知。传统行业是经济社会发展的基础，被取代和淘汰在短时间内无法实现。而传统行业面临的困境也具有一定的普遍性，不得不重视。唯有传统行业＋理念创新，是他给传统产业在激烈的市场经济和互联网经济大潮中开出的药方。其核心理念在于"不忘初心，开拓创新"，唯有紧随时代的脉搏跳动，坚守传统行业的"优良传统"，摒弃不合时宜的保守思维，以全新的创新理念去改造传统产业，传统产业也一定能够再度辉煌。

姚风明／文

"海归"再"出海"

——记昆仑万维科技股份有限公司董事长金天

金天

1980 年 4 月出生，上爱荷华大学市场管理专业，本科学历。曾任和易陶瓷（上海）有限公司董事总经理、监事，农行北京分行大客户经理，南京银行北京分行客户拓展部副总、北辰支行副行长。现任昆仑万维科技股份有限公司董事长。

碰到对的人，事情就能做好，
因为事情都是人干的。

金　天

回望过去二十年，互联网作为一种新技术与自由平等精神的象征横空出世，以超乎寻常的速度改变着各行各业，带领中国进入数字社会时代。互联网是一个时代的机遇，照亮一代人的光荣与梦想。一批土生土长的中国互联网科技公司逐渐在全球打响知名度，"中国创造"正在走向世界。

第一站 加拿大的月亮没有中国的圆

从 2001 年收拾好行囊，阔别北京的四九城踏上温哥华的飞机，金天就正式进入了"练号"模式。充满悬念和未知的人生于他而言，就像即将落脚的那片土地，透过那层神秘的面纱，可以预见的旅程必将伴随着成长的烦恼，同时也可能伴随鲜花和掌声。

在那个北京申奥成功的年份，出国留学热潮裹挟着众多中国学子，他们以精英学子的身份，走出国门，以锐不可当之势，渴望汲取全球最前沿的养分，肆意生长。金天正是其中的学子之一。

无论是国家、民族还是个体，那都是个值得铭记的年份。同样是在 2001 年，中国加入 WTO 成功。一时间，曙光升腾、江河汇聚、山丘崛起为峰，天地一时无比开阔。

这是个大时代，年轻而朝气蓬勃的金天，不甘心只沉浸于求学当中。崇尚"知行合一"的他，天生就有商业眼光，到海外求学不久就选择创业。"在积累了一些销售经验，摸清了其中的门道之后，我和朋友合伙在温哥华果断开了一个车行，那是我的第一个成功创业项目。"

得益于太平洋的暖湿气流滋润，全球最宜居城市温哥华是休闲旅游、养生养老者的天堂。公园里长椅上晨读的老人，街边成双成对悠闲散步的情侣，甚至是雕像下踱着方步的鸽子无一不在昭示着这里的安逸。"毕业后我在加拿大银行工作，在温哥华我可以拿着高薪享受生活，但这并不是我出国求学的本意。如果继续待在这里，我差不多一眼就能看到人生的尽头，不甘心。也正是从那时起，用自己在海外的所见所学，回国做出一番事业的想法，在心中不断浮现。"

时间来到了 2008 年，让全世界所有华夏儿女心潮澎湃、被誉为"史上最具影响力的奥运会"在北京点燃圣火。金天和朋友相约回国观看，同时他也借着这个机会细细地打量他的故乡北京。"感觉 7 年时间中国的变化很大，当时更加坚定了我回国的想法。"相比于温哥华的悠闲，生机勃勃的故土对他产生了巨大的吸引力。

在金天看来，之所以感受到故土的召唤，最重要的原因还是心中的理想。"理想对一个人来说是非常重要的，即使这个理想在当时只是一粒种子，但它的内部仍蕴藏巨大的生命力。我想回国创造更大的社会价值。"金天说。正是这粒"种子"带领金天，在没有缜密考察的情况下，毅然决然放弃高薪工作回到中国。

国外的风景再美也抵挡不住一颗满怀理想的心。"这里是自己的家乡，这里是一个充满生命力的新世界。"金天说，它足以能够承载一个正在寻找机会的年轻人的所有梦想。

第二站 产业抉择，初次"触网"埋伏笔

做出决定之后，金天首先回到了上海，选择了房地产行业。但是，这个行业经过长时间的发展和市场的淘汰已经渐趋成熟，留给入门者的空间并不是很多。最为关键的问题是，"这不是我的方向"。

人在上海的金天经常利用周末的时间回到北京和朋友小聚。这里是他出生、成长的地方，这里有他的家庭，金天决定回到北京，开启新的事业。

得益于他在加拿大银行的经历，回北京后，他第一份工作选择进入中国农业银行北京分行。"后来，南京银行要在北京开设分行，我加入以后成功地组建了支行并担任支行行长，竭尽全力开拓北京市场，积累了一大批行业重点客户，昆仑也是我的客户之一，自此开始了我和昆仑万维的缘分。"

"在工作中接触到昆仑万维，给了我很大的触动，当时昆仑万维虽然只是一家创立不久的公司，但我和两位年龄相仿的创始人有很多交集，他们的认知和魄力让我大开眼界。2012年，和周总认识两年之后，周总向我发出邀请，让我加盟昆仑，他说我的经验和格局能够帮助昆仑。"收到国内知名网络游戏公司伸出的橄榄枝，这对已经担任支行行长的金天来说是诚惶诚恐。

当时的昆仑万维声名鹊起，《三国风云》《千军破》等系列网页游戏风靡东南亚，属于全球游戏研发运营的第一梯队。

2012年，昆仑万维开发的游戏《战魂》曾经登顶韩国手游畅销排行榜。此后，昆仑万维旗下多款游戏畅销欧美、日韩以及东南亚，不断在海外市场攻城略地。

对金天来说，这次"触网"虽然打开了一个新世界，但要不要做出跨界的选择，仿佛如一道高墙横亘在他的面前。"我对游戏基本上算是一窍不通，这两个字对我来说

还停留在俄罗斯方块和魂斗罗的那个年代。"加入昆仑，一怕挑不起这副担子，辜负了周总的期待；二怕自己如日中天的金融业生涯走弯路，影响其后的发展。

"后来，这个事就暂且搁置了。"这一搁置，就是三年。不过，有时人生就是这样，草蛇灰线、伏行千里，也正是工作中与昆仑万维的接触，让金天和互联网的缘分从此结下。

第三站 最好的总会在最不经意的时候出现

2015 年 1 月，昆仑万维重启 IPO 之后在深交所上市，公司业务遍布全球，需要具有更广阔视野的人才。对高端人才的渴求让创始人周亚辉再次向金天发出了邀请。

彼时，作为支行行长的金天要迈出跨界的一步，确实需要足够的魄力。一面是稳定而繁荣的金融业，一面是充满生机和活力的互联网。

正如那句话所说，敞开胸怀的时候你就拥有了世界，握紧拳头的时候什么都得不到。真正让金天拥抱互联网的正是昆仑万维的创始人周亚辉。

"在我心中，周总是一位有眼光、有格局的企业家，当时他跟我说的一句话深深打动了我：（公司上市）只是刚开始，是一个起点，你过来我们一起干！"碰到对的人，事情就能做成，因为事情都是人干的。

顺着来时的脚印往前看，就会清晰地发现，在人生旅程的每一站，在面临抉择的每一个十字路口，每个人都会一次次地校正前进的方向，其终点无关乎金钱和权力，而是成就更加完美的自我。

职业的转换不仅仅是换一张桌子办公，"累并快乐着"的金天给自己定了一个比较有弹性的工作时间：有工作无所谓几点，没有工作尽量安排休息，"但这种情况基本上没有"。据不完全统计，2017 年，兼任董事会秘书的他平均每天都要发布一个公告。互联网工作在经历初始阶段的"野蛮生长"之后，建章立制必须走向前台，这是公司发展历程中不可或缺的环节。爱拼才会赢。拼，不一定能赢，但一定会有赢的机会；不拼，连机会都没有，何来赢与不赢一说？

加入昆仑万维这个更高的平台之后，依靠对于互联网的快速学习，以及接触众多企业后对于外延战略的理解，在移动互联网迅速发展的时期，金天协助公司开展了一系列的投资和并购业务，助推公司迅速做大规模。

上市之后的昆仑万维，在坚持精品游戏的路径之下，基于自身丰富的游戏开发经验和大型游戏研运经验，昆仑万维从游戏业务代理到自研再到平台化运营，完成第一次的战略升级。

2016 年昆仑万维收购闲徕互娱和 Opera，公司的全球化互联网平台布局又完成重要一环，实现再次进阶。2018 年 7 月，Opera 在美国纳斯达克挂牌上市，昆仑万维自带强大的海外基因让 Opera 插上腾飞的翅膀，带给全球网民更棒的服务、更美好的体验。

2018 年，昆仑万维以"全球化、多样性、新物种"为核心，正式启用全球统一品牌 GameArk。2020 年，昆仑万维增持 Opera，获得绝对控制权，掌控了这个全球流量入口。2021 年，昆仑万维又将火爆全球的音频社交平台 StarMaker 纳入麾下，进一步强化其互联网平台的属性。

金天加入昆仑万维之后，开启全球互联网新征程，助力公司一步一个脚印，从一家互联网游戏公司发展成为一家全球互联网平台企业。业务范围逐步拓展到休闲娱乐社交、信息应用、人工智能、医疗 AI 等领域。随着 Opera 和 Starmaker 的整合成功，意味着昆仑万维也正式登上世界级赛场，参与全球互联网巨头们的角力。

新媒体时代的领跑者们利用人工智能、大数据等数字技术，构建"一带一路"智能媒体平台，推动沿线各国"共享经济"，成为中国对外传播的重要渠道。昆仑万维集团的各个业务板块也一直响应国家号召，依靠产品矩阵以及背后的人工智能和大数据支持，为"一带一路"提供优质的互联网服务，输出中国文化，为推进网络强国建设做出贡献。

"以目标为导向，敢于创新，敢想敢干，心中怀有世界，这是所有昆仑万维人的行事准则。"处于风华正茂时期的昆仑万维充满了激情和活力，正在走向国际化。未来的无限风景正在绽放最美的面孔，等待着这位中国互联网企业领军人。

朱昌文／文

但愿世间人无病

金娜

"80后"，北京人，中国共产党党员。毕业于中华女子学院人力资源管理系本科，获得管理学学士学位，同时考取北京中医药大学中医系本科。现任北京金华骨专科医院副院长，北京市金华医疗器械研究所副所长。曾任政协北京市西城区第十三届委员会委员，现任北京市第十五届人民代表大会代表、北京市西城区第十六届人民代表大会代表、西城区工商联执委、西城区青联委员。

天下唯至柔者至刚。世间唯爱永恒，奉献可以洗涤人的心灵，胜过珠峰上的积雪，长白山的天池。雄奇壮丽的景色不会消除内心深处的孤独和无助，但爱可以。

金　娜

多彩的童年

如果说金娜 8 岁以前的童年是梦幻而多彩的春日，8 岁之后则是洁白而纯净的冬雪。

金娜的父母是北京市西城区区属医院的大夫，她 8 岁以前的生活幸福而安定。1988 年，父母所在的医院开始升级改造，需要一年时间，在此期间，所有的员工需要在家待业，等改造升级之后再回医院上班。金娜的父母闲不住，更多的是放不下自己的病人。于是，金娜十几平方米的小家成为一个临时的医院科室，软软的充满童话色彩的小床换成了高高硬硬铺着白色床单的治疗床，黄色卡通小书桌换成了板凳和候诊椅，玩具小熊和会说话的洋娃娃换成了满身穴位标注的塑料针灸人……

每当金娜从又高又窄的治疗床上摔到地上，抬眼看到满墙人体解剖挂图的时候，她又惊又怕，哇哇大哭。这时候，母亲总是安慰她："这里就是咱们的家，咱们的家人可多了。所有的病患都是咱们的家人。"从此，"医院即是家"的种子播撒在金娜的内心深处。

金娜的父亲是一名军医，转业到地方医院之后主攻骨科。因为特别敬业，又善于钻研，在慢性骨病的治疗方面取得了比较大的突破。成为远近闻名的"骨病圣手"。随着全国各地的病患纷至沓来，小小十几平方米的小屋完全不能满足患者增多的状况，而他从部队引入的中频理疗设备也逐渐不能满足治疗需求。于是，他一方面寻找新的地方，一方面联络医疗设备研发的机构，从 1993 年开始，就自主研发新的医疗设备，一直到现在，金华骨专科医院一直使用北京市金华医疗器械研究所自主研发和拥有自主知识产权的"来华系列中频脉冲整体治疗仪"。

为了更好地为患者服务，金娜的父亲经过长时间的思考和筹备，最终成立了金华骨专科医院。医院成立之后，以高超的医术、高尚的医德以及平价的收费获得了业内人士和广大患者的认可。在从未主动进行推广宣传的前提下，仅仅依靠患者们的口碑宣传，患者常年以来都络绎不绝。而医疗收费方面，金华骨科更是以公立医院的收费作为标准，2005 年成为北京市首批纳入医保的民营医院。用金娜父母的话来讲："咱们是大夫，无论在哪里，治病救人是

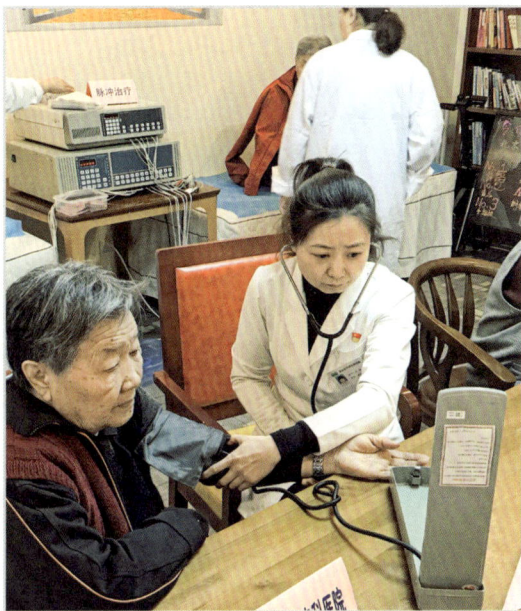

2019 年 4 月，金娜副院长在养老照料中心义诊

第一个要考虑的。赚钱是最不应该考虑的问题。"医者仁心，大概就是金大夫这样的。而他的一样一行，一举一动，都对女儿金娜的就业甚至于人生产生着巨大的影响。

在这样的运营思维下，金华骨科与资本绝缘，与利益毫无捆绑，医院的规模扩大缓慢，硬件建设提升和更新换代可以算作滞后，比起其他的民营医院赚得盆满钵溢，金华骨科属于民营医院中的"异类"，却在无形中成就了患者们的口碑，成为京城民营医院一道独特亮丽的风景。医院创立三十多年来，很多患者全家人甚至几代人只认可金华骨科，即便所患不是骨病，也要来金华找大夫给看看，方才放心。

志在医学承父业

金华骨科的发展，始终以"治病救人"为己任，秉承"为病患服务"的宗旨。金娜的父亲是一个有着50年党龄的老党员，金娜也是党员，2007年，金华骨科成立了党支部，这是整个地区第一个非公党支部。在医院的日常工作中，处处能感受到党支部的影响力，而正因为依靠党支部的极强的领导能力和组织能力，医院的发展才得以稳步有序。

金华骨科的发展一直都是金娜父母在携手推动，父母多年来为了医院的发展，时常加班加点，为了科研，为了恢复病人的健康，甚至工作到通宵达旦；为了能给更多的患者解除病痛，他们经常整日靠汽水充饥，累了就在治疗床上休息一会儿。她父亲是一个以事业为中心的人，而母亲身体又不好，常年的超负荷工作，更加损害着他们的身体健康。

2011年，久病的母亲去世。金娜和父亲顿时陷入了巨大的悲痛，而母亲一直以来是父亲最有力的事业支持者，金华骨科的"金华"二字，就来自于父亲的姓"金"和母亲名字中的"华"。母亲的离去让父亲一夜之间苍老了更多。金娜从此时开始，成为父亲事业上的得力帮手。早在读大学的时候，就似乎注定了她日后的职业规划。

金娜从小住家就在医院，耳濡目染，对医学也有着自然的亲近和敏感。金娜学医几乎成为她绕不过去的宿命。她在中华女子学院读了人力资源管理专业，而第二个专业即是北京中医药大学的中医学。求学经历中，职业规划的目标特别明显——治病救人、管理医院和研究所。金娜是"80后"，有学识，有思想，思维活跃，对于很多新鲜事物接受程度高。在她的助力下，金华骨科的发展开始步入了新的阶段。

在她看来，很多慢性病预防胜于治疗，于是，在医院党支部成立之后，她主导在金华骨科成立了第一支医疗志愿者团队，每个星期她都带着医院的医生、护士进社区、上街道，开办健康知识讲座，做一些健康知识和疾病预防的普及和推广工作，受到了广大人民群众的欢迎和认可。她甚至让父亲去开展义诊活动，进一步拉近医院与广大群众的距离，进而践行党支部的群众路线。通过一系列的活动，社区与医院实现了互动，实现了共享，实现了无缝链接。更让扭转了很多人对于民营医院一贯的偏见。

金娜的规划，打开了金华骨科的另一扇大门，让医院走出来，走到社会上，从治病救人，步入了积极参与社会公共卫生事业的新阶段。特别是在疫情期间，金华骨科停摆半年，做到了不裁员、不降薪，更是积极参与社区的疫情防控，为抗击疫情做出了积极的贡献。

2019年12月，金娜作为人大代表在黄瓜园社区听取和收集居民群众意见建议

让金华成为一种精神

在金华骨科，盈利和赚钱从来不是第一要义，孙思邈《大医精诚》的精神始终是金华医护人员恪守的职业素养。金娜的父亲今年已经年过七旬，仍然坚持每周来医院坐诊。对于其他医院盛行的"专家号"这一类设置，金大夫深恶痛绝，他甚至不要患者挂号："有挂号的钱买点鸡蛋补补钙，买点牛奶作早餐，不好吗？花这个冤枉钱。"只要他在坐诊，患者可以直接去找他看病，而且他态度和蔼，毫无高高在上的"专家风范"，更像是一个和蔼可亲又德高望重的邻家老人。这是一个老一辈医护人员对于职业的虔诚的尊重，也是对《大医精诚》精神的一种坚守。

在创始人的带领下，金华骨科上上下下所有工作人员都恪守医护人员的职业规范，而在金娜看来，金华"公立"和"私立"的界限非常不明显，未来会进一步模糊。她甚至断言："在这样的时代，整个医疗行业都会逐渐消弭'公''私'之别。"因为在她看来，医护行业是最讲职业情怀和职业素养的行业，是最需要付出爱心和最需要"利他心"的行业。

金华骨科每天早上六点开门迎接患者，每天下午七点结束。很多新来的年轻人员刚开始很不适应这样的工作节奏，工作起来满是情绪。然而，等他们真正融入这样的集体，在党支部的引领下，在浓浓的关爱和被关爱的氛围下，他们很快就享受在这里工作的感觉，他们要求进步，很多年轻人就是在金华骨科入的党。

金华骨科的医患关系特别和谐，成为医患关系良好的典范。所有医务人员与患者相处得如同邻居和家人一般。整个医院满是浓浓的人情味。当地卫健委的一位领导曾经不无感慨地称："金华的医患关系处理得太好了！这么多年零投诉，简直堪称奇迹！"零投诉——这在很多公立医院都无法实现的目标，却在金华骨科实现了。这是三十多年来，以金华骨科一批献身医疗事业的医务工作者，对于行业最大的贡献，也是他们坚守医务工作者的情怀，广大患者给予他们最大的荣誉。正因为他们热爱这份事业，因为他们能够做到"推己及人"，能够切身感受到病患的痛苦，能够全心全意为病患服务，一心只追逐自己的理想。恪守医护工作的情怀和职业素养，是金华骨科的最大精神财富。

2019 年，医院党支部喜迎新中国成立 70 周年庆典

【采访手记】

金娜是一个医疗卫生这个特殊行业的管理者，她不仅专注于自己的专业，更专注于医院的文化氛围和管理精神。在团队管理中，她展现出的是一种"无为而治"的温和，而在涉及行业规则和职业素养方面，她却毫不妥协。她如同一剂小柴胡汤，温中散寒，扶正祛邪。她继承了父母的奉献精神，并把这种人文精神融入医院工作和管理的方方面面，她更把自己的聪明才智毫无保留地献给医疗事业，不计回报，不求名利。她是"救死扶伤"的虔诚信徒，有着"悬壶济世"的传统医务工作者的强烈情怀。她推己及人，把金华骨科作为实现自己理想和抱负、作为倾注自己学识和情怀的阵地。

姚凤明／文

服务备至 安达周详

——保福集团总裁助理周详的创业心得

周详

1991 年 5 月生，中共党员，中国人民大学财政金融学院金融学硕士，斯坦福大学材料工程研究生；保福（北京）科技园投资开发集团有限公司党总支部宣传委员，海淀区工商联青年企业家委员会委员，海淀区工商联保福科技园商会副秘书长，中关村街道优秀共产党员。

> 低调与务实是一个创业团队不断前进的动力之源；流水奔腾，遇低满盈而后劲；实事求是，实践是检验真理的唯一标准；有容乃大，凝聚众人之力，周可方圆，福瑞吉祥。
>
> 周 详

2018 年 11 月在北京海淀，周详受邀主持对话美国原副国务卿罗伯特霍马茨先生

2021 年 4 月，海淀区委统战部同心荟系列统战理论学习活动暨五四青年节庆祝活动在北京举行，周详作为保福科技园商会副秘书长参会并发言

　　保福集团始创于 1993 年，业务重点围绕科技园开发建设、股权投资和科技园运营管理展开，自成立以来，在北京、天津、合肥、蚌埠、马鞍山、三门峡、南宁等城市已建成、运营 20 余座不同类型的科技园区，同时根植于自身建设运营的科技园区，多角度培育扶植科技创新企业，投资形成规模化的科技孵化体系。主要代表园区有北京中关村翠湖科技园·云中心、中关村翠湖教育产业园、原创天地、世纪经贸大厦、世纪科贸大厦、燕西文化大厦、西长安中心、中关村公馆、天津北塘古镇、合肥凤凰国际、蚌埠凤凰国际、蚌埠凤凰书院、马鞍山裕祥科技产业园等，目前管理总面积 300 余万平方米，服务企业客户 5000 余家，每年创造生产总值达数千亿元。保福集团这个庞大的商业体系，给刚毕业的周详一个很大的发展空间，他总是带着虚心学习的心态，为科技园区的企业家们做好每一项服务；带着创业之心，努力做好每一项服务；以文化凝聚人心，积极学习党的方针政策，推动企业在新时代的创业洪流中，奏出奋发激扬时代交响乐章。

了解需求，贴心服务

周详是一位标准的理工男，2009年即留学美国，就读密西根大学安娜堡分校材料工程本科；2013年归国后，又攻读中国人民大学财政金融学院金融学硕士；2014年又到美国斯坦福大学深造，获得材料工程研究生学位；归国后，被分配到中国五矿集团有色金属股份有限公司工作。

2017年，他辞去公职，担任保福科技园集团总裁助理，协助企业管理300亿产值的中关村翠湖科技园云中心，负责众多高新技术企业和独角兽企业提供全方位的企业服务，定期组织企业参加党建、商会、企业参观走访、产业链对接等活动。

万事开头难，对于刚参加工作周详来说，总想干一些服务于企业家的事情，来体现自己的价值。在一些基本物业服务基础之上，周详偏重于运营服务的扩展与丰富，作为自己创业的着力点。早期，精心策划一些小活动，甚至编一些小剧本，让一些企业家角色扮演，但事与愿违，一些园区的企业家参与的积极性并不高；后来，周详分析后才明白，社会这个大课堂不像大学校园，大家更偏重于一些与企业发展相关，简单实用的策划与活动；他积极向清华科技园、小米科技园等模式积极学习，以提高业主的最大满意度为根本宗旨；在问卷调查中，周详发现，园区内创业公司大部分是理工类学科的高才生，他们专注工作，但对生活或一些社会适应却有着天生的短板，比如工商税务、优惠政策等，他们不是很关心，于是周详就帮助他们解决这些公司经营中的常见问题。在此基础上，他又根据公司创业的技术需要，开展前沿科技领域相关的讲座与研讨论坛，策划保福大讲堂，数字经济大讲堂等活动，为创业企业解决技术难题。比如，邀请北京理工大学、北京航空航天大学、西安电子科技大学等高校的多名在校生展开了锂电池充氮保护、锂电池安全保护等课题，获得两个实用新型专利授权；同时还担任凤凰城电子材料研究院和博尔顿智能装备研究院负责人，建立了共享开放实验室和大学生创业创新理论样机制作平台，并广泛开展新材料研发、材料精深加工、智能装备、芯片等方向的技术研究，和三一重工、艾奥史密斯、海博思创、芯愿景、雅乐美森、拓荒者等多家高科技企业展开了联合研发或学习交流，直接管理技术专业团队14人，并获得中关村高新技术企业称号。

在周详的服务理念中，始终秉持与企业保持"亲而不密，疏而不远"的关系，在他的服务档案中，把每一位企业家性情、爱好、生活习惯了如指掌；在园区发送公益信息时，有选择性地发送；有的每天问候式发送，有的每个星期通知式发送，有的每个月重点发送，这样既体现园区的人文关怀，又能把园区政策与重要信息及时普及，使园区的企业家感受到保福科技园的温度。

可以说，保福集团从2007年，立足写字楼、产业园、商业等物业的招商运营与管理，一路成长，逐步迭代升级为"中关村智慧产业园区运营服务商"。这中间运营与服务成为核心思想，其主要得益于强大的规模与实力；准确细分的产品与服务；全领域，多业态的资源与整合；以大运营思维集中管控与个性发展并存的创新发展模式；完美协调人、园、城三维空间下智慧化管理。短短几年间，周详在虚心学习中，逐步感知保福集团的心律脉搏，甘愿做一名园丁，服务好园区创业的每一位企业家。

2021年7月，保福科技园党总支组织观看中国共产党建党一百周年庆祝活动，学习聆听习近平总书记重要讲话精神，党总支宣传委员周详参加学习

聚合园区力量，立足党建求发展

在北京市工商联这个大家庭中，周详是大家关心爱护的小兄弟；他憨厚的微笑，虚心的态度让大家愿意与他交流、出谋划策。在一次与企业家赵总的交流中，跑步、户外运动成了大家交流的焦点话题，于是周详就从跑步做文章，号召大家定期的在京密引水渠跑 10 公里马拉松，园区内很多企业家积极参与，人数最多的能达到 200 人；在这种野外长跑中，不但锻炼了企业家的意志，更能在长期的交往中，使企业家之间进一步沟通，增进兄弟般感情的融入。

在此基础上，周详把园区思想凝聚力作为服务的根本点，他以党的红色文化为基础，策划更多的活动，来提升园区一心跟党走，不忘初心、牢记使命的使命担当感。

可以说，在保福集团的发展历程中，始终非常重视党群组织建设工作，一直走在非公经济党建前列。2012 年开始，公司成立党总支，六个党支部及青、工、妇组织，紧接着以集团在全国各地建设的科技园区为中心，成立了一系列辐射周边中小企业的党组织，并持续开展学习讲座和丰富的党群活动。建成了若干特色化非公经济党建平台，有位于中关村核心区世纪科贸大厦内的党建 e 站、海淀甘家口地区世纪经贸大厦内的甘红谊站、蚌埠市中心凤凰国际科技园的楼宇党建联盟等。作为一名年青的党员，周详更是积极推进党建工作的细节的落实，他采用新的视觉，打造 3D 直播平台，把 VR 场景与红色文化完美融合，让党员、优秀分子在学习党史，参加党的活动过程中，有更加真实的体验。在建党 100 周年之际，他组织全体党员，积极分子，集团员工、企业代表 40 多人，在党支部书记马菁同志的带领下，前往香山革命纪念馆、双清别墅开展党史学习教育活动，深切缅怀老一辈无产阶级革命家的丰功伟绩。在庄严的革命纪念馆内，28 根威严的廊柱，象征中国共产党从建党到新中国的成立 28 年的艰苦卓绝的奋斗历程，19.49 米的国旗杆，昭示共和国

2021 年 7 月，在北京会议中心举行北京市工商联青年企业家专委会新委员党史学习暨新委员授牌仪式，周详作为新任委员（左五）参加学习

的诞生日期。在建党 100 周年之际，大家深刻学习体验到新中国的奠基时期，中国共产党"进京赶考""进驻香山，继续解放全中国"不忘初心、牢记使命，永远奋斗的雄心壮志；一次红色旅程，内心受到一次深刻洗礼；更坚定了不忘初心，一心跟党走的红色信念。

几年来，周详立足保福集团，放眼大局，从小事细节做起，谦虚谨慎，戒骄戒躁；既有敢于创新、忠于实践的勇气与信心，又有审时度势，切合实际的精心思考；其以虚怀若谷之心，低调行事于众多成功企业家之间，以大运营思维，为新时代的中国高新科技领域，孕育孵化更多的明星企业，诚信立业会有时，创新致远当启航。

孙秀明／文

我理解他们的孤冷

周旋

1986年出生，北京人。加拿大约克大学学士学位，主修行政管理专业。任北京市海淀海峰环保有限公司经理、北京市海淀区海峰残疾人职业康复劳动中心站长、北京市昌平区十三陵镇长陵敬老院院长、北京市海淀区青年企业家联合会会员。

"

我了解老人们的无奈，也非常理解他们的痛苦，他们孤冷甚至麻木，他们痛苦而又敏感，他们希望获得关注，他们渴望交流，却又囿于体能的衰弱。在人生的最后关口，养老院需要做的不仅仅是生活上的照料，更重要的是心灵和精神上的陪伴。

—— 周 旋

多伦多留学生涯

　　周旋离开北京留学的时候正是 2006 年的 9 月 22 日，那天的京城有些许秋的萧瑟，美得不可方物。可是她无心流连北京初秋的美景，在父母的陪同下赶赴机场。一路上，周旋哭得一塌糊涂——万里悲秋常作客，要远赴加拿大读书，离别的伤悲是可以理解的。然而到了多伦多，那里的一切更让她产生了巨大的落差。

　　从小在北京长大，见识了北京这座大城市日新月异的发展历程，而在周旋眼里，多伦多这个发达国家的城市，与想象中实在是有太多的差距——光秃秃一片，租好的房子跟难民营似的，没有高楼林立的城市森林，更没有四通八达的交通枢纽。

　　一开始，周旋觉得自己肯定不能适应这里的环境。她似乎忽略了自己骨子里的执拗和坚强。经过几个月时间的过渡，她就把自己的学习、工作和生活安排得井井有条。为了锻炼自己的语言能力，尽快融入多伦多这座城市，她一边在语言学校学习，一边在麦当劳打工，甚至去做"能源"推销员，到电影院卖小吃，她也曾经历汽车雨刷器停摆的尴尬，一个小时的高速公路，只能把脑袋伸出车窗外看着前方，有惊无险地回到了家里。尽管生活艰难，她也获得了语言能力和社会经验的巨大提升。

　　从语言学校到学院读书，然后进入大学，两年时间，周旋过得充实而有序。2008 年，亲人们离开她去外地发展，周旋又一次陷入孤身一人的境地。为了让她生活得更好，父母给她在多伦多贷款买了一栋房子。周旋觉得父母太不容易了，如果房贷还要父母给的话，就说不过去了，就跟父母打了保票：房贷她可以通过自己的方法搞定。让父母不用管了。

　　她把房子出租出去，用收取的房租来偿还贷款，但是她当初想得实在太简单了，尽管她的租客全是女的，但是这些女孩子也并不那么容易管理。在加拿大，家门前的路是归房主管理的，要自己动手清理和修整。

　　她感到非常累，只想着尽快完成学业，离开这个"鬼地方"，回到自己熟悉且特别亲切的北京。而她却没想到，

2020 年春节期间，因疫情原因养老机构实施封闭式管理，通过视频向老人家属拜年

正是这段跟"租客们"拌嘴磨牙打交道的经历，为她在北京创业也提供了不少帮助。

　　因此，她把寒假和暑假都利用起来（当地高校可以假期选课，最多选六科）。在国外读大学"宽进严出"，想要顺利毕业是非常难的，很多当地学生想顺利毕业获得学位都得脱层皮，可是周旋却只用两年八个月的时间，就完成了通常需要 4 年才能修完的课程，并且以优异的成绩毕业。这一刻，她感到特别轻松，一种满满的成就感和逃离多伦多的幸福感爆棚。

　　她毫不犹豫地卖掉了这栋房产，马不停蹄地回到了北京。

接手父亲养老事业

周旋的父亲之前是海淀海峰环保有限公司的创始人，在商场上辗转腾挪数十年。2002年的时候，海峰开始进军公益性事业。当时与昌平区的乡镇养老机构合作，开始了"官督商办"的养老院产业发展路子，与此同时，海峰旗下还开办了一家针对障碍人士的职业康复劳动中心，完全属于公益性非营利机构。

在2002年前后，这家乡镇级别的公办养老院原本已经因为经营不善而面临倒闭，因为周老先生有着清晰的经营思路，因此在接手承包之后，这家养老机构很快就扭亏为盈，而且管理水平大大提升，实现了各方共赢。

然而，随着周老先生去了加拿大，加上他年纪也大了，精力体力上也顾不上了。周旋回国之后，接手了父亲一手创立的而处于半停滞状态的"养老事业"。

周旋2011年毕业回国，2011年9月开始正式入驻位于北京市昌平区的养老机构。在周旋看来，养老事业是一个社会的良心，是非常需要耐心和爱心的，更要有特别大的抗压能力。因为养老事业同时也是高风险行业。上了年纪的人，特别是有基础病的老人，在集体生活中很容易发生各种意外。老人磕了碰了，受伤了，平时根本见不着人影的老人家属一旦得知，马上就找上门了。在这些人眼里，老人进了养老院，就进了保险箱了，身体永远健康且长生不老了，不能有一点意外和变化。老人一旦有什么问题，家属们得理不饶人：三年前或五年前我家老人还不这样呢？现在怎么变成这样了？压力肯定是有的，但是整个养老行业在中国依然有着广阔的前景。这让她有了坚持下去的决心和勇气。

十三陵镇长陵敬老院的原址是一家纺织企业的厂区，经过改造成为镇办养老院。周旋父亲接手之后，对厂区进行了一次大规模的改造和施工，养老院才颇具规模，管理上也上了一个新台阶。经过十多年的发展，到了周旋接手的时候，养老院已经破旧不堪。为了实现科学管理，提升老人们的居住和生活环境，周旋对院区进行了划片区改造，按照功能分为五个区域，然后开始逐区域装修，实施消防改造等。

经过改造施工，院区的面貌焕然一新，人居环境得到大幅提升。在经营管理方面，开始对管理人员进行调整，同时做广告进行推广。经过一段时间的努力，养老院人气高涨，最多的时候有110多位老人在这里颐养天年，而养老院的只有120张床位。

然而，2019年因为疫情的原因，很多老人的基础疾病因为担心感染问题而没有得到及时治疗，最终抱憾往生了。这让周旋陷入了一种焦虑，特别是她看到老人们生活无法自理，在生病时的那种痛苦，心里就特别难受。时间久了，这一切都适应了。更让她对于老人和养老问题产生了极大的兴趣和关注。她了解这里的老人们的无奈，也非常理解他们的痛苦，他们孤冷甚至麻木，他们痛苦而又敏感，他们希望获得关注，他们渴望交流，却又囿于体能的衰弱。在人生的最后关口，养老院需要做的不仅仅是生活上的照料，更重要的是心灵和精神上的陪伴。

比起在养老院的种种经历，当初在加拿大求学时候的辛酸经历根本就算不了什么。她时常在想，当初为什么要选择这个行业？也许当时确实怀有一种飞蛾投火般燃烧自己的心态吧。

参加昌平区十三陵镇长陵敬老院老人过集体生日会

要做就做到最好

隔行如隔山，之前周旋对养老行业根本不了解，直到从业十多年之后，她对这个行业有了非常多的思考。在中国进入老龄化社会的大背景下，养老事业必然是一项社会化的大工程，是需要全社会关注和投入精力的社会性半公益性事业。随着科技的不断进步，养老院的管理也越来越严格，这对于老人而言是好事，但是对于从业者而言，需要有更多的耐心，更多的专业知识和更多的精力去照顾老人。而养老行业缺少专业机构和专业从业人员也是行业发展的长期短板。

从之前的纯人工管理，到如今的监控不留死角和手机 APP 实时监控和管理留痕制度，养老院监督的精细化，让所有从业者如履薄冰，一方面是管理成本的高企，专业人员的缺失，另一方面是各种监管和政策的落实，这是很多民营养老机构面临巨大的盈利压力，一旦养老机构无法实现"收支平衡"，必然对整个大的行业生态造成巨大的不利局面，投资者的投资积极性大大受损，行业无法实现良性发展。

很多来自政策层面、监管层面和市场环境的变化，并不以个人意志为转移，周旋也面临着巨大的经营压力。尽管如此，周旋还是在自己最大能力范围内，给予养老事业最大的努力，坚持做到最好。她坐月子的时候，是人生中最敏感特殊的时期，最需要静养，而她却不得不在这个时间拿着手机和电脑，遥控指挥管理养老院。有一个老人深夜吐血，周旋不能亲自到现场，只能通过手机联系老人家属，老人不幸亡故，她又不顾身体虚弱，打电话联系殡仪馆等机构，让老人在人生的终点没留遗憾。此举让照顾她的月嫂都感到不可思议：从来没见过坐月子还这么忙、这么拼的人。

这就是周旋，要么不做，要么就把事情做到极致，做到最好！对于养老行业，她从事了十年，十年间，一个年轻的姑娘从懵懂到成熟，从不谙世事的留学毕业生到杀伐决断、雷厉风行的管理者。这十年，是如此精彩而又令人唏嘘，周旋十年间经历了什么？只能管窥一斑，如人饮水，冷暖自知，这十年中有多少风雨坎坷？又有多少酸甜苦辣，只有她自己最清楚。

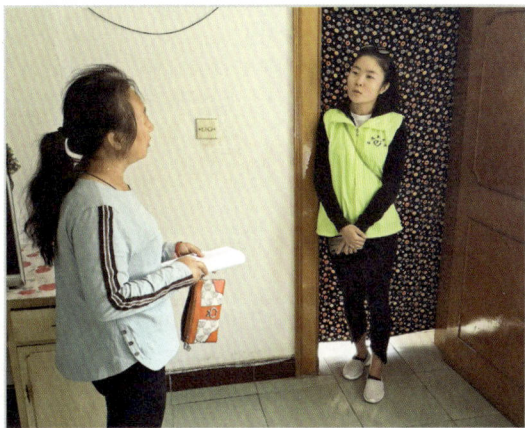

慰问困境家庭

面对养老事业未来的不确定性，周旋也陷入了人生又一个十字路口，是坚守还是转战其他行业？这是个问题，但是我们依然相信，只要周旋还在从事养老行业，她就一定能把养老院做到自己能力的极限，做到最好！

【采访手记】

周旋的语速特别快，思维非常清晰，从此可以想象出她在工作时候的状态。说是"创二代"，她的事业实质上却属于重新创业，毕竟所有的一切都相当于"重打锣鼓重开张"。让一个处在生死边缘的养老院起死回生，重新焕发出生机，让很多老人在人生最后的驿站得以获得身体上的照顾、心灵上的慰藉，这不仅仅是管理的智慧，更是一种基于人类最淳朴的爱心付出。周旋，一个养老产业中的巾帼英雄。

姚风明 / 文

优秀，在血脉中传承

——记北京元六鸿远科技股份有限公司 副董事长郑小丹

郑小丹

汉族，1979 年 5 月出生，民盟盟员，硕士研究生，北京元六鸿远电子科技股份有限公司副董事长。中国青年企业家协会理事、北京市工商联执委、丰台区政协委员、丰台区工商联副主席、丰台区青联副主席、民盟丰台区科技园支部副主委。荣获北京市劳动模范，北京市优秀中国特色社会主义事业建设者，首都劳动奖章，民盟北京市市委社会服务工作先进个人，丰台区政协"优秀委员""优秀信息委员"，民盟丰台区工委优秀盟员、社情民意信息工作先进个人等多项荣誉。

> 我进入这个企业的初心就是想让他变得更好，同时在这个平台上看看我能够实现多大的自我价值，我能够把企业带到一个什么样的高度。
>
> 郑小丹

2018 年承办公益演出

2020 年 11 月 24 日 4 时 30 分，长征五号遥五运载火箭在文昌航天发射场升空，它护送着嫦娥五号进入太空。这个创造了五项"中国首次"的发射任务是我国航天事业发展中里程碑式的新跨越，距离实现航天强国的目标又近了一步。

看着电视直播的那几分钟，郑小丹激动不已，因为，又有元六鸿远的多层瓷介电容器（MLCC）产品伴随着"长五"腾空而起。

这是自公司成立以来所取得众多荣耀中的沧海一粟，这也是所有鸿远人几十年来孜孜不倦的追求。作为其中的一分子，元六鸿远的副董事长郑小丹对公司有了更深一层的认识。"在我父亲的打造下，元六鸿远有着非常优秀的企业文化，一直都以国家的需要作为企业的光荣使命，永远以实业报国为企业的最高宗旨，而且员工都很有归属感。他给企业培养了很多的特别优良、特别正直的品质。"

"我父亲是老三届的下乡知青，在北大荒待了 8 年之后回到北京，进入当时的北京市无线电元件六厂当工人，这也是我们公司名称里'元六'两个字的由来。"从小到

大一直顺风顺水的郑小丹谈起自己的经历，话题首先从父亲郑红开始。

"当年跟随我父亲创业的十几个股东都是元件六厂的老职工，虽然公司是纯民营性质，但他们还是想能够继续把'元六'这面大旗扛下去，有情怀在里面。"

创业不易。

即便已经认识了市场经济的残酷，但要在当时的环境下一肩担起大伙儿的信任和饭碗，这份压力还是很沉重的，特别是在所有人都没有明确方向的时候。"父亲是个有着深厚家国情怀的人，而且有着强烈的事业心，我感觉他永远会把公司放在首位，家庭和女儿都被置于一个不太重要的地位上，所以我从小跟他的关系就不像其他父女般那样亲。"虽已年过不惑，但对于童年时父爱的缺位，郑小丹似乎至今仍难以释怀。从小乖巧可爱、学习成绩优异，却都无法赢得父亲一个宠溺的眼神和一句赞美的话语，因为公司的大小事务无时无刻不在侵蚀着父亲的时间，他必须时刻保持冷静的头脑以应对接踵而至的生存危机——他的肩上背负的是老同事们热切的目光和大家并不宽裕的口粮。

北京四中的高中、人民大学的本科，一路名校毕业之后，郑小丹选择了一家公司从事销售工作。在父女关系并不太融洽的当时，保持适当的距离或许对双方来说是个最佳的选择。像所有初入职场的年轻人一样，郑小丹用自己的智慧和汗水每天努力工作着，也让她在9年的时间里从一个普通员工成为公司股东。

2010年，已经完成了结婚生娃等人生大事的郑小丹开始考虑自己的职业规划，毕竟年至花甲的父亲也需要作为独女的她搭把手了。"当时有几个因素让我最终决定进入元六鸿远，第一，我已经在原来的公司工作了9年，想换个环境；第二，一些与父亲同时代创业的民营企业大都启动了逐步交班的动作；第三，也是最主要的，我也想看看自己到底有多大能力，能干成多大的事儿。"没有推心置腹的利弊分析，父女俩就这个问题的沟通仅仅是父亲要求她"进入公司后必须从基层开始做起"而已。

从内勤岗的琐碎工作起步，郑小丹便开始了与公司发展朝夕相伴的日子。从基层到中层再到高层，她的成长步伐扎实而稳健。性格同样刚强不服输的她，在父亲的眼皮子底下"享受"着被压榨的感觉；顶着二代的光环却没有享受到任何实惠的她，与父亲之间的疏离似乎依然如故。但，这并不重要。随着她对元六鸿远认识得越深，她心中的责任感与使命感也越来越强。

"公司创始股东14个人，我父亲当年就把公司股份平均分配成了14份。他这个习惯是在北大荒养成的，宿舍里有8个人，一个馒头就得平均分8块。"有福同享有难同当的精神化作了"发展企业，有益员工，服务社会，报效祖国"的企业文化。"他永远把自己和家人的利益放在最后。"在经历过时代巨大变迁的父亲心中，先人后己依然是最高行为准则。"所以，他们这些老股东真的非常团结，无论公司是逆境还是顺境，从没有一个人离开过、放弃过。"

耳濡目染之后，郑小丹逐渐理解了父亲的良苦用心。从小缺失的父爱虽然无法弥补，但有些东西已经润物无声地填满了她内心的缺口，她也开始和父亲一样把更多的大

爱献给了企业，献给了国家。正如本文开头所描述的场景一样，在父女两人的共同领导下，在全体鸿远人的齐心协力下，公司圆满完成了"神舟""天宫""嫦娥"系列以及大推力火箭、大飞机等诸多国家重点工程型号的配套任务，多次获得相关用户单位的立功嘉奖和表彰。公司在一天天的发展壮大，她自己也一直在成长，经常带领销售团队奔波在第一线，坚持为客户提供高可靠的产品与专业周到的服务；带领研发团队驻扎在设计、试验现场，及时提供最优的产品和技术解决方案。她的努力与实力也得到了公司内部以及所有客户的一致认可。

"老一辈创业不容易，他们那些艰苦奋斗的精神已经融入优秀的企业文化里，这是我们这一代必须去传承和发扬的。但是，在新时代新要求下，我们还要保持创新的思维，这对一个传统制造型企业来讲尤其重要。也就是说，我们要在精神层面做好传承，在产品和管理层面做好创新。如何增强企业的核心竞争力、把企业做强做优，是我们未来需要重点思考的问题。"思想是行动的先导。从2016年开

2020年郑小丹带队到"万企帮万村"行动中的结对村进行慰问

始，郑小丹带领团队做了大量的前期准备工作，使得元六鸿远于 2019 年 5 月完成了登陆上交所 A 股主板的历史性跨越，成长为业界翘楚，走到了全社会的聚光灯下。"之前我们只要做好产品做好公司就可以了，但现在的网络时代是酒香也怕巷子深，你不主动宣传的话，没有人会知道你、了解你、关注你。尤其在我们公司上市之后，你肯定要给社会和公众传递一个正面的企业形象。"郑小丹开始从战略层面出发为公司筹划未来。

作为改革开放的同龄人，郑小丹见证了中国市场经济发展及人民群众物质文化生活的日新月异；在过去的十年中，她见证了中国军工产业特别是航天事业飞速发展的整个过程。"随着公司的快速发展，我个人的思想也在不断提升。国庆阅兵的时候，很多武器装备包括地上走的天上飞的，都装配有我公司生产的元器件，员工们的荣誉感和自豪感爆棚，那一刻让我特别感动。与这些使命和责任相比，我个人成长中的一些小委屈就根本不算什么了。"从最初的排斥、不理解到全盘接受再到融入其中，郑小丹突然读懂了父亲的家国情怀，父亲的梦、鸿远人的梦已经揉进了她的骨血里。也就是从那一刻开始，她完成了与自己的和解，这是一种涅槃式的自我救赎。

"我国现在的基础工业与科技水平同 90 年代相比，虽然取得了长足的进步，但与欧美、日本等国家相比，还是差距很大。需要几代人卧薪尝胆、精耕细作。为了打破国际垄断，从源头实现电子元器件的国产化，我公司多年前就投资组建实验室，高薪聘请行业顶尖人才进行瓷料等原材料的研发工作。这是一件投入大、周期长、见效慢的事情，很少有民营企业愿意去做这些基础研究。但我想，如果我们每个人、每个企业都能在自己的岗位上尽己所能为国家多出一点微薄之力，我们的中国梦才能早日实现啊。"

优秀，是一种态度和选择。而郑小丹的优秀，更是一种源自血脉的传承。

2020 年郑小丹作为北京市劳动模范参加表彰大会

【采访手记】

坐在笔者面前的郑小丹干练沉稳，率真谦和，话匣子一经打开便娓娓道来，丝毫没有初见的疏离感。据丰台区政协官网的一篇文章报道，在 2020 年抗击新冠肺炎疫情期间，元六鸿远捐款 100 万元，郑小丹和家人捐款 50 万元，她还积极倡导公司员工捐款 23 万余元；在扶贫方面，元六鸿远深度参与"万企帮万村"精准扶贫行动，并为贫困县捐款修路；连续多年参与"温暖衣冬"、爱心助学、爱心认购、承办公益演出等多项活动，持续回馈社会，努力践行"服务社会"的企业宗旨。

朱昌文／文

企业家应勇担责任回馈社会

郑嘉波

中共党员，1981年生于河北承德。2004年毕业于马来西亚IH国际语言学院。2004年至今任北京圣林润景科贸有限公司总经理。2016年任平谷区工商联副主席，平谷区文化产业商会会长。2017年任平谷区政协委员。2018年任北京市红十字会理事。2019年任北京市光彩协会常务理事。现任北京圣林润景科贸有限公司总经理。2015年任平谷区工商联副主席；2016年任平谷区文化创意产业商会会长。

> 一个企业家创立企业，无论是什么行业，他一定不能过于追求利润，一定要有社会情怀，有利他情怀，要回馈社会，一定要体现社会责任，永远心存善念，才能把事业做大做强。
>
> 郑嘉波

四十年艰辛历程

郑嘉波出生于 1981 年，正是在这一年，他的父亲在原北京市圣林工艺品厂的基础上，创立了北京圣林润景科贸有限公司。这是一家成立了 40 年的企业，从一个生产婚礼拉花的小作坊式的企业，一步一步做大做强，一直将产品做到海外，占据大量市场，产品出口 83 个国家，就连英国威廉王子的婚礼现场，也有他们企业产品的一席之地。

而这四十年的创业历程，圣林润景见证了中国改革开放的时代历程，沧桑巨变。可以说，圣林润景的创业史，是中国民营企业在改革开放的大背景下发展、壮大的缩影。

郑嘉波毕业的 2003 年，父亲并没有急于将他带到企业历练，而是让他去马来西亚进修了一年英语。因为企业主营业务在外贸，英语是非常重要的。从这样的安排来看，父亲对于郑嘉波寄予了厚望，也希望他未来能够顺利接手业务。

2004 年，从马来西亚回国之后，郑嘉波正是进入了圣林润景，主要负责出口业务。圣林润景一直都是生产型企业，自产自销，企业产品也是以大型活动或者婚礼现场的工艺品生产为主，多年来，一直在这个行业深耕，因此，获得了非常多稳定的客户。在业务方面，只需要完成与客户的对接，基本上有了固定的流程，并不需要重新开拓市场，因此，在国际经济贸易环境稳定的条件下，市场和业务方面压力并不大。最大的压力来自各种未知因素。

2008 年，这是郑嘉波进入圣林润景之后遭遇的第一次大的危机。突然爆发的亚洲金融危机，令所有进出口企业都受到了巨大的波及，圣林润景也不例外——企业的出口贸易大幅缩水，很多老客户也不得不取消订单。这一次，让郑嘉波认识到全球化背景下各类未知因素对企业发展的重要影响。

为了应对此次金融危机，企业不得不裁员，将原有1100 多名员工裁掉一半，只留下 500 多人；另一方面，解决客户流失或者取消订单的问题。面对海外客户很多都倒闭的现状，郑嘉波把客户名单整理出来，然后一一对接，对他们表示可以先支付一半甚至两成的货款，等产品出售

2018 年与通州区红十字会参加两节送温暖

之后，再给付其余的款项。希望他们能够继续完成交易。此举相当于用巨量资金支持海外客户发展业务，也同时是在帮助他们渡过难关。这样做的好处在于，不仅能够把海外市场尽最大力量盘活，还能去国内的库存。当然，也存在巨大的资金风险。在评估海外客户的过程中，郑嘉波提出了"金牌客户、银牌客户"的信用评级制度。正是这样对内对外的操作，让圣林润景度过了金融海啸影响下最艰难的日子，企业又进入一个平稳发展的阶段，而与此同时，很多同行业企业最终没能撑过海啸退潮而倒闭。

2012 年，面对又一次的金融海啸，郑嘉波没有再用上次颇为冒险的策略，因为企业的管理与几年前相比，已经发生了很大的变化，之前的策略已经没有了再实施的条件。为此，圣林润景审时度势，把业务转向了国内，积极努力开拓国内市场。依靠国内国际两条腿走路，为企业分散风险，也终于有惊无险地度过了危机。

再创业多措并举

随同平谷区红十字会参加两节送温暖

连续经历了两次较大的金融危机，尽管惊心动魄，却也在郑嘉波的一番操作之下，有惊无险地度过了，这让他有了驾驭企业管理的信心，同时也有了更大的危机感，他心中始终紧绷应对危机这根弦，不敢有丝毫松懈。他坚信不能把鸡蛋放在一个篮子里，之前依靠出口贸易，企业获得了长足的发展，而出口贸易受到两次金融海啸的影响，也凸显出国际市场的巨大风险，把业务转向国内之后，却只是暂时分散风险的权宜之计，并没有从根本上解决问题，因此，他开始把目光投向了其他行业。

经过考察，从2014年开始，郑嘉波把一半精力用来投入一个新的行业——公益传媒。工艺和公益，尽管同音不同字，其背后的产销逻辑却是天壤之别，经营理念也有着巨大的不同。

选择公益传媒行业，并非郑嘉波头脑一热偶然做出的决策，而是经过了他和团队的深思熟虑而最终确定的转型方案。一直以来，圣林润景在郑嘉波和父亲的主导下，一直致力于公益事业，热衷于帮助弱势群体，将企业利润的一部分回馈社会。郑嘉波和父亲每年都要参与甚至亲自参加很多次类似的公益活动，捐款捐物，从来不遗余力。因此，郑嘉波对于社会公益是比较了解的，而公益传媒这个新兴行业，也非常具有挑战性。

2014年，圣林润景和北京市各区的红十字会合作，建立"应急救援亭"，亭内含有创可贴、酒精棉、碘伏棉签、纱布，甚至担架和轮椅等三十多种一百余件救援物资，可谓是应有尽有，在突发灾害、人身伤害或重大病情突发时，可利用应急救援亭内的应急物资进行及时、可靠、高效的自救互救，协助开展院前急救，为人身安全提供保障，为挽救生命赢得时间。

每台应急救援亭印有24小时服务电话，并成立专业维护团队，每日进行巡查维护，负责亭体保洁、电路检修，并对亭内物品及时补充，过期物品及时更换，轮椅担架大型物资随时维修，确保每台救援亭正常运转。

按照郑嘉波的理解，公益传媒行业属于"让利于民"的行业，利润并不是企业发展的第一位，而保证公益事业向着可持续的方向发展，则是企业的初心和创举，正因为如此，应急救援亭能够给人民群众带来实实在在的帮助。

郑嘉波坦言，公益传媒的重点就是公益，就是要促进公益事业的有序和良性发展。圣林润景科贸有限公司是从事社会公益活动、具有专业资质的广告传媒企业，愿意参与全市的公益宣传工作，为北京"四个中心"建设发挥积极作用。

疫情期间带领公司员工为韩庄村值守门岗及捐赠

利人者人恒利之

为了让应急救援亭发挥更大的作用，圣林润景针对安装应急救援亭的社区进行"培训服务"——聘请专业急救资格讲师免费为广大人民群众开展应急救援培训。这些培训涵盖日常生活中如何应对突发事件以及展开自救的基础知识，还包括自救技能操作演示等，其中包括：心肺复苏、创伤救护、伤口包扎、现场急救及注意事项、应急避险和逃生等。最大限度地确保人民群众在遇到突发危险时能够争取更多的时间，紧急避险。

目前，在北京市的各个社区、公园、学校等人员密集场所，都能看到圣林润景的应急救援亭。全市布局安装超过千台，实实在在地为广大市民的生命财产安全保驾护航。

北京市昌平区某小区一名老人突发脑中风，晕倒在小区门口，小区门岗立即从应急救援亭去除应急物资实施紧急施救，使用亭内轮椅将老人送院治疗，使老人得到及时的救护；朝阳区定福庄居民楼起火，物业人员打开应急救援亭，取出警戒带隔离事故现场，使用扩音器维护现场秩序，利用防毒面具、灭火毯、消防斧等物资展开救援，使火情第一时间得到控制，保护了群众的生命安全，减轻了居民的财产损失……

应急救援亭越来越发挥出重要作用，获得的关注度也同步提升，北京电视台、北京日报、新华网、新民网、搜狐、石景山报、乐视网、经济日报等多达 34 家新闻媒体对公司应急救援亭项目进行了相关报道，产业运营渐入佳境。

随着一场突然爆发的新冠疫情，郑嘉波又开始忙碌起来。一方面圣林润景的工艺产品面临着国际和国内转型的压力，另一方面应急救援亭也面临着应对公共卫生事件的巨大考验。

截至目前，圣林公司开展的社区应急救援培训参训人数也已超 5 万人次。据统计，应急救援亭平均每日服务群众上百次，自项目设立之日起至今，群众共使用创可贴 20 余万片、一次性口罩 26 万余片、碘伏棉签 3000 余包、警戒带 1000余盘、手套 1100 余副。

经过十多年的历练，郑嘉波从企业的发展中获得了事业上的成长，在积极参与公益事业的过程中，得到了人生的升华。面对任何事情，他显得更加从容，也更加稳健。在企业发展面临巨大转折或者变故的时刻，他能够用自己的智慧和能力，举重若轻地化解危机，让企业发展重回正轨。在面对社会责任的时候，他当然不让，毅然决然地投身社会公益事业。

我们有理由相信，郑嘉波作为一个成熟的企业家，作为一个心怀家国天下，有着"利他"思维、醉心公益的爱心企业家，圣林润景在他的带领下，一定能够乘风破浪，行稳致远。

【采访手记】

郑嘉波向来专注于社会公益事业，不仅自己以身作则，积极投身公益，更用自己的实际行动影响身边的人。2014 年，为响应习近平总书记提出的"人道、惠民"真爱群众的号召，郑嘉波与北京市红十字会和各区红十字会联合发起"救在身边"公益项目。截至目前，已经捐赠应急救援亭及急救用品 410 套，价值 760 万元，并全权负责安装施工、后期维护及救援用品的补充，至今仍在继续捐赠。热心公益的义举，不仅获得了各级政府以及各地红十字会颁发的认可和支持，更赢得了广大民众的赞誉和好评，真正起到了一个共产党员的先锋模范作用。

姚凤明／文

璞玉藏器琢始成

——记北京集美控股集团总经理赵宁

赵宁

1987 年 12 月生于北京。北大光华管理学院工商管理硕士研究生，集美控股集团副总裁，北京市青联委员、北京市青年企业家商会副会长，海淀区政协委员。

> 人，只有脚踏实地做事，才能真正走出自己能走的路。
>
> 赵 宁

2012 年，赵宁（中）参加集美法国列级名庄交流会

2015 年，赵宁参加第二届中国家族财富传承峰会并接受采访

2011 年，大学毕业的赵宁进入家族企业试水商海。以家居起家的集美集团在父辈几十年的苦心经营下，发展如日中天，业务领域涉及家居、地产、投资、进出口等多个行业板块。家居建材作为房地产行业的下游产业，深受国家对房地产行业调控政策的影响。中国的房地产市场随着城市化进程的加速持续繁荣了几十年，庞大的人口基数带来的刚性需求让很多城市的房价被炒上了天。可是，"房子是用来住的，不是用来炒的"，"我父亲是一个比较睿智的企业家，他判断国家对房地产行业一定会有制约，进而直接影响到上下游的相关产业。"对一个企业家来说，对行业发展趋势的预判越早，便越能够提前进行合理布局，规避风险，才能带领企业驶入久盛不衰的航道。

"因为我的姐姐和妹妹都是在欧洲留学，所以我父亲就想把家居建材出口到欧洲，也算是把国内的供需关系延伸到国外。"刚开始还不错，可是好景不长，欧盟发起了反倾销调查，集美的家居建材出口受到很大的影响。"当时我就想，既然出口不让做了，那干脆利用成熟的渠道做法国葡萄酒的进口，刚好我对国际贸易也比较感兴趣。"

作为一个初出茅庐的青年，赵宁像所有的同龄人一样，对未来充满希望、信心满满。经过多年的耳濡目染和学校教育，自认为是时候展现自己真实实力的他向父亲毛遂自荐担任了葡萄酒进口业务的负责人。"其实父亲心里很清楚，不让我自己去踩坑、不摔跤、不磕头破血流，我是长不大的。"站在巨人的肩膀上，能看得多远这事先放到一边不谈，至少这是一个可以按照自己的想法和意志实现理想抱负的平台，也是检验二十多年的持续学习生活所形成的方法论的绝佳场所，更是锻炼从理论到实践转化能力的舞台。

"那时的'三公'消费能力还比较强，所以我主要是做高端产品的团购，需求量比较大，利润丰厚。"初入商场的赵宁一炮而红。随之而来的便是一众阿谀奉承之徒的赞美和褒扬。彼时的他就像是一个刚上战场的将军，率队攻下一个山头之后便认为自己的能力无所匹敌。"记得当时父亲就跟我说，不要把所有的精力都放到团购上。"在商场摸爬滚打几十年的父亲用自己的经验发出的善意提醒，并没能让尝到甜头的赵宁警醒，"南墙"不在，为何要回头？

红酒的销售旺季是从下半年的中秋节前后一直持续到春节。根据上一年的销售额预估本年度的销量，提前布局才能稳操胜券。赵宁带着团队忙得不亦乐乎，前期的市场推广、订货备货、沟通联络等各个环节都在有条不紊地进行。2012年12月，随着中央"八项规定"的出台，"三公"消费戛然而止。"我记得那年惨到连月饼都卖不出去，更别说红酒了。"福祸相依的道理都懂，但能克制住内心的私念、审时度势而及时转向者方能立于不败之地。很显然，年轻的赵宁尚不具备这样的能力。

出道就是巅峰。可没想到的是，赵宁还没有好好品尝一下聚光灯下的滋味便跌下深不见底的黑暗之中。无颜见江东父老是人之常情，可是春节的团圆饭还是要硬着头皮回到属于自己的位子上。"我爸主动跟我聊，意思就是我这个跟头摔得还不够狠，其实他早就想好我该怎么干了，但是我就是死活不去找他聊，所以他就在那儿看着我一步一步走到谷底。"知子莫若父。作为成长过程中必须付出的代价，父亲明知赵宁是在一步步迈向深渊，但仍然不能伸出手拉一把，因为只有现实的那记响亮的耳光才能唤醒赵宁内心的理智。

电商，是父亲给出的解题思路，也是那个年头零售业的新趋势。"互联网改变了人们的生活方式，是做老百姓生意的。"年轻人总想一本万利，以小博大，想挣快钱，但在靠着点滴积累成就一番事业的父亲眼中，这恰恰是自掘坟墓。"本大利小利不小，本小利大利不大。"父亲用几十年叱咤商海的经验凝练成的这句话让赵宁醍醐灌顶，抚平了内心的浮躁。细水长流是生意，一夜暴富是投机。"电商是未来的一个风口期，现在布局便能取得先发优势。"

长尾理论是网络经济模式的理论基础。过去人们只能关注重要的人或重要的事，如果用正态分布曲线来描绘这些人或事，人们只能关注曲线的"头部"，而将处于曲线"尾部"、需要更多的精力和成本才能关注到的大多数人或事忽略。在网络时代，由于关注的成本大大降低，人们有可能以很低的成本关注正态分布曲线的"尾部"，关注"尾部"产生的总体效益甚至会超过"头部"。"我们和京东进行深度合作，靠着薄利多销，一年也能做到一个亿的流水，虽然利润没有做团购时那么大，但成本也大大压缩了，而且这是一个可持续的事情，"

面善心热的赵宁在初入社会接触的形形色色的人中，被"坑"了数次。"不管是项目投资还是带息借钱，我前前后后被骗了一两千万。后来我和父亲聊过这事，他的意思是我再怎么折腾，这只是其中的一个版块，即便全部造光了也能承受，但如果有一天把整个集团都给我了，那就是灭顶之灾。"彼时的赵宁深深地体会到了什么叫作"社会很单纯，复杂的是人"。

"我爸有个朋友是内蒙古阿拉善旗最大的民营煤炭企业家。2017年底，他找到我爸说国内的煤炭行业正在回暖，要带着我去锻炼一下。我爸就找我谈这个事，我说您让我干什么都行。当时的心境就是怎么着我得好好干一把，把被骗的这些钱挣回来。"远离大城市的喧嚣，在茫茫戈壁滩上，无论能否静下心来，对赵宁来说都是一个历练和考验。

心气高，不代表事情就能办成。从小生活在繁华的都市，没见过大漠孤烟的赵宁根本想象不出来戈壁滩的荒凉。"到那儿之后就傻眼了，确实太苦了。我上班的那个地方平时也就一两千人，全是做贸易的，距离我们最近的镇子也在90公里以上。"由俭入奢易，由奢入俭难。在一个陌生的地域从头开始一个陌生的行业，赵宁的心悬在半空中，既失落又苍凉。"最开始的头一年，只要有机会我就回北京，哪怕是瞒着父母住酒店也往回跑，那是真的孤独寂寞冷，没有工作的时候除了喝酒就是睡觉，太无聊了，真熬不住！"

2017年，赵宁（右一）参加第十二届中国北京国际文化创意产业博览会

虽然有过进出口生意的经验，但不同的行业有不同的规则。"煤炭从蒙古运到中国海关之后要卸车检验，然后找国内的运输车队把这些煤再装车运到客户那里。现在的问题就出来了，我去找当地最大物流公司的老总，人家说啥也不干。"在北京商圈，赵宁顶着老爸的名头到哪里都会被高看三分，可是在大漠戈壁，一个北京来的富家公子哥给人的感觉就是不靠谱，"市场行价是60块钱一吨，我给他报价65，他说你给80也不干，谁知道你是能干一年还是两个月啊，为了你这两万吨我把原来的客户得罪了，你可以拍拍屁股回北京，我咋办？"人无诚信不立，做实体行业更甚。

软磨硬泡一个星期之后，事情毫无进展。煤款已经付了，再落实不了运输的问题，又要把自己置于骑虎难下的窘境了。本想着能够在这个利润丰厚的行业好好干一把，弥补之前的损失，没承想又遇到了这么个"拦路虎"。憋屈，在同父亲通话接通的那一瞬间转化成泪水，赵宁觉得自己太没用了，什么事情都做不好。可父亲不这么想，在通过朋友了解清楚原委之后，"咱自己买车！"父亲斩钉截铁地说。30多辆重卡组成的车队让赵宁终于走通了属于自己的那条路。

也就是从那个时节起，赵宁成熟了。"我不是一个特牛的选手，像我这样的要是在电视剧里都活不过前5分钟，就领盒饭了。"2020年春节，新冠疫情突然来袭。闲在家里的赵宁开始有时间为自己复盘。从初入江湖的很傻很天真到如今的踏实稳重，"说一千道一万还是以前不够踏实，总想飘来飘去。真正走出北京之后才发现，只有脚踏实地做事，才能真正走出自己的路。"

2020年，集美集团年会上赵宁做总结报告

【采访手记】

勇于解剖自己是一个人成熟的标志。坐在笔者面前的赵宁朴实无华，三年多的边陲历练洗去了他身上的浮躁和虚幻，贯穿采访全程的自我剖析让笔者在一个小时的时间内感受到了他人生起落沉浮的脉动。罗曼·罗兰说，世上只有一种英雄主义，就是在认清生活真相之后依然热爱生活。在笔者看来，今天的赵宁依然热情似火，依旧斗志昂扬。

朱昌文／文

工匠精神的当代诠释

赵春生

2002 年参加工作，任普尔斯马特会员商店（美国大型会员商店）市场招商部经理；2004 年，在中关村西区改造——海淀区迎奥运商业街，负责商业街 10 万平方米大型商业项目经营管理；2008 年，负责中石化润滑油公司某特种品牌的推广开发；2010 年创办北京海晟联合消防技术服务有限公司。

> 中国传统的手工工艺，最具有工匠精神。这种工匠精神融入了传统手工艺的始终，传统手工工艺传承下去并不难，难的是要把那种融入我们民族精神、民族血液里工匠精神传承下去。唯有这工匠精神，才是我们中国制造业的永久的图腾。
>
> 赵春生

2021 年 4 月黄山宏村采风

初出茅庐展现创新意识

赵春生 2002 年开始参加工作，对于从小就兴趣广泛的他来说，最喜欢具有挑战性且充满新鲜感的事业。在大学里，他学的是市场营销专业，毕业伊始，为了锻炼自己的能力，他进入了普尔斯马特会员商店（美国大型会员商店）市场招商部，负责招商和销售工作。

1997 年，中国第一家普尔斯马特会员商店在北京开业。普尔斯马特通过有效采购、低成本物流、现代化运作、控制支出比例，为会员提供尽可能最低价的国内外名牌产品。这是一家在世界五百强排名前三十的零售企业。

在这样的企业中工作，不仅需要高效的工作效率，还需要有创新意识。赵春生从小就善于观察和思考，这让他在这样的企业中如鱼得水，于是，他在工作中很快发现了经营中对于资源利用的严重不足，因此，在经常长期的摸索和尝试之后，他向公司提出了创新经营模式，首先提升店内品牌商品的形象展示，大幅度地提升了营业额；同时积极与汽车、房地产、家具、餐饮甚至娱乐品牌合作，实现了跨界经营，此举成为零售业与行业外商家合作的先驱。其创新经营模式目前仍然被很多零售业机构奉为圭臬，广泛应用在日常经营中。

2004 年，在普尔斯马特工作两年之后，赵春生开始萌生退意，因为该企业的经营开始逐渐僵化，甚至于与它之前标榜的所谓经营理念相背离。而此时的赵春生正好获得了一个更好的机会，于是他果断辞职，参与了海淀区一个与奥运会相关的项目。

2004 年，北京的奥运氛围越来越浓厚，借着奥运的东风，海淀区建了一个迎奥运商业街，位于中关村西区，这里原本是明清时代的商业街，如今成了创业大街。

在此过程中，赵春生全程参与了文化中心综合商业地产项目的开发、建设、营销，甚至包括该项目中海淀图书城的整体升级改造，更参与了北京市第一个文化创意产业园区——中关村文化创意产业先导基地的策划、实施以及项目前期的投资经营工作。项目落成后，赵春生开始整体商业项目的经营管理工作，在实现战略规划工作中他承担起项目执行工作，在把第三极商业项目成功建设成 2008 北

2021 年 5 月在北京某重点施工现场实地检查工作

京迎奥运特色商业项目，为奥运时代的北京发展做出了突出贡献。

在项目建成之后不久，赵春生开始在中关村从事经营和管理工作，在此期间，他积累了非常丰富的文化产业方面的工作经验，也对文化产业发展产生了自己的思考和思路。

奥运会之后的 2008 年后半年，赵春生离开了中关村，进入知名央企——中石化下属润滑油公司，负责航天用油的品牌推广开发国产润滑油形象店经营和管理。该品牌的润滑油是我国自有的润滑油技术，一直用于航天技术，而该品牌形象店是国家为推广国有品牌专门建设的。为此，赵春生以在这里工作而感到无比自豪，在这段时间里，他深切感受到科技兴国的重要性。

企业转型再创业

赵春生的家庭早在 20 多年前就在北京创建了工厂，主要生产一些铁皮柜子，产品质量虽然有保障，但是附加值低，随着北京城市的发展，而这种没有太多技术含量的行业面临退出北京市区的境地。为了配合北京的城市规划和发展，企业原本对政策非常敏感，因此，将厂房和设备整体搬迁到了河北地区，而河北地区在这类铁制品的生产方面具有更多的人力优势，因此，企业面临着巨大的转型压力。

为了让企业能够继续发展下去，企业几百名职工能够生存，赵春生的家族企业不得不重新规划企业发展路线。经过市场调研，企业整合深圳高科技产品原件到北京组装生产，突出整合北京与深圳两个城市圈的优速，在北京生产 ATM 机、多媒体发布机、LED 拼接屏等现在科技产品。

2021 年 6 月海淀区民营企业家庆祝中国共产党成立 100 周年演出

传统工艺加高科技附加，迅速在市场上站稳了脚跟，同时在市场上具有较高的核心技术竞争力。于是，这一步转型发展闯出了一条新路子，而且为了保证之前的生产线和工人的技术能持续派上用场，还必须在原有产业的基础上增加附加值，在原有业务之上做附加值提升。

在产品质量方面，企业要求非常高。赵春生的姑父原本是学习传统手工木雕的，这是需要非常精心和细致的工作，最需要具有工匠精神，而这个工匠精神正好被用在了家族企业的产品研发和生产环节。产品设计和生产出来之后，因为高质量有保障，很快就在市场上占有一席之地。

企业转型成功之后，赵春生在经营企业之余，就陪着姑父做木雕相关的手工艺，因为姑父通晓音律，因此就把目标转向了古琴制作。在琴的测试方面，姑父是非常专业的，当然，做成一把琴非常耗时，也耗费精力，可姑父乐在其中。在此过程中，姑父把制作古琴的手艺传给了赵春生，而最重要的是，制作工艺中的工匠精神，深深地影响了赵春生的管理经营理念。

受此影响，赵春生 2010 年创立的北京海晟联合消防技术服务有限公司，依托家族企业的技术支持，以"工匠精神"立业创业，赵春生提出在为企业提供消防服务的过程中，把"服务"做到极致。有了产品质量的保障，更有了产品销售之后以及极致的产品服务，给了客户极大地安全感和认同感。

海晟联合消防的业务服务范围包括安防、消防方面为客户提供前期的项目规划、设计、建设中的安装、调试交付后维护、保养等，在行业经营中秉承长期服务理念，不仅质量上有保障，而在售后方面更是做到了极致，因此，很快受到了市场好评，更获得业务单位的一致认可。目前，海晟联合消防的技术服务主要面向国家重要单位、央企、大型国企、首都的科技园区等。在服务客户的过程中，赵春生总是不遗余力地主推国产设备，因为在他看来，国产设备质量上并不比进口产品差，而且售后服务在他们的努力下能够做到更好。赵春生内心深处对国产品牌和国产技术有着几乎虔诚的认可和关注，他希望国产品牌扬眉吐气，彻底打破洋品牌的垄断，因此，在他和团队的努力下，在消防行业中为树立国产品牌与后期产品维护起到了关键作用。

技术才是创业的关键

2021 年 7 月参加北京市工商联青年企业家专委会参观中国共产党历史展览馆

在赵春生看来，他一路走来总是顺风顺水，并非命运使然，而完全是因为他掌握了事业成功的密码——技术，具有工匠精神的技术。

早在很小的时候，赵春生的父辈们就跟他灌输"技术立国""科技兴国"的一些理念，他幼小的内心中就萌发了"要用技术改变中国制造"的面貌的种子。赵春生不仅是一个市场营销高手，更是一个管理高手，还是一个技术控。在生产过程中，他能够通过自己敏锐的观察，很快发现产品生产过程中的问题，并且很快提出解决方案。

在企业经营和管理的过程中，赵春生之前的从业经验给了他很多的帮助。比如消防技术服务，在他看来，与普尔斯马特会员商店的经营理念竟然不谋而合。明明是两个不同行业的两个不同的企业，怎么可能在经营理念上有交集呢？赵春生认为，会员商店的经营理念是在整个市场中选出最符合会员需求的"物美价廉"的产品，而海晟消防技术同样是根据客户的消防需求，通过自己的技术团队和研发团队，在通过施工团队给客户提供最符合标准、最低成本、最好效果的技术和服务，这样一来，企业能够保证收益，而客户则能满足预期，也符合双方的服务要求。

而要实现客户满意，企业保证收益的前提就是：必须是行业里最懂技术的，且很多产品的生产必须是高质量的，只有这样才能把业务做到极致，才能不断获得和积累更好的口碑，企业的发展才有后劲，才能行稳致远。而技术是这一切的核心。

【采访手记】

赵春生应该属于智商和情商"双高"的典型代表，与他谈话的过程中，他能很快明白采访者提问的意图，而几乎在不假思索的情况下告知采访者想要的答案。而他在经营企业的过程中，必然是勤于思考、勤于学习的，他能很快发现事情的本质，从而找出问题的关键点，很快就能解决问题。而在瞬息万变的市场环境中，他能始终如一地坚持服务质量、狠抓产品质量，正是他发现了经营市场的最终要义——以技术立业，以质量为本！因为技术和技术创新才是一个企业参与市场竞争的内核，对于一个国家而言，科技兴国更是一个国家最核心的竞争力。而通过自己的努力为国家的产品和技术做出贡献，更是赵春生的初心和担当。

姚凤明／文

虚实空间　妙造化境

——北京虚实空间科技公司创始人 赵洋的文化赋能观

赵洋

北京市海淀区工商联青年企业家，中国青年创业导师，影视制作人。

在计算机数字艺术领域拥有超过 18 年经验，2016 年创建北京虚实空间科技有限公司，一直专注于虚拟现实、三维数据可视化和计算机视觉技术的研发。以构建平行于现实世界的虚拟世界为目标，目前运用基于视觉的三维模型重建技术，带领团队在虚拟现实领域深度开发文化遗产类产品，并于 2017 年 6 月 VR 兵马俑作品赴芬兰参加"触摸中国"外事活动；2017 年 10 月 VR 金山岭长城作品在加拿大渥太华向国际友人展示和传播中国文化；2020 年 10 月将 VR 党建革命史云课堂红色教育内容引入香山革命纪念馆。

文化自信与繁荣是靠一种工匠精神做出来的，科技＋文化，将赋予中国传统文化新的生命与活力，让观者通过 3D 穿越古今，沉浸妙境，在虚实空间中体验中国文化的博大精深。

——　赵　洋

中华文明上下五千年，经历了夏商周先秦两汉，唐宋元明清三千多年的长足发展，人文底蕴深厚，形成博大精深东方美学篇章；在此基础上，中国共产党百年奋斗历程，从嘉兴南湖的一只红船开始，带着初心与使命，领导中国人民推翻"三座大山"，打倒日本帝国主义、国民党反动派，建立新中国，形成艰苦卓绝的红色文化；虚实空间总经理赵洋，正是立足两大文化之源，精深研究 3D 技术的发展与应用，在虚与实的空间转换中，穿越古今，身临妙境，给观者带来沉浸式视觉体验。

科技赋能文化，沉浸虚实空间

2001 年，对于计算机及应用专业毕业的赵洋来说，计算机数字图形艺术一直是他非常感兴趣的领域；他边工作边学习，逐步在数字艺术方面深入提高；有幸到沈阳设计院工作，在建筑设计、造型建模、多媒体制作等领域积累了丰厚的实战经验。2003 年，赵洋带着一个梦想，在非典期间逆行踏上开往北京的列车，应聘到亚洲最大的数字媒体机构水晶石公司工作，后又到无限影像公司工作，从国内到国外，对整个数字艺术领域有了更加深刻的体会与感悟。

2016 年，赵洋开始组建北京虚实空间科技有限公司，以从事 VR 数字内容制作和 5G 融媒体直播技术服务为基础，依靠长期积累的技术实力，为客户提供从策划、创意、制作、技术研发等服务，根据客户的需求，制定灵活的视觉展示和传播解决方案。从此，赵洋和他的团队立足中华民族传统文化、红色文化的丰厚土壤，进行数字化艺术完美呈现，创作出一系列能彰显中华文明的灿烂与辉煌，提升中华民族文化自信的优秀作品。

秦始皇兵马俑是中国考古史上重大发现，更是代表中国历史上秦帝国统一天下，雄兵耀武的辉煌盛世；被誉为"世界第八大奇迹""人类古代精神文明的瑰宝"。赵洋怀着对古文物的崇敬之心，带领自己的团队对兵马俑进行全视角的影像采集与定位，制作出 VR 兵马俑视觉盛宴；2017 年 10 月，VR 兵马俑受邀参加外事活动，随国务院办公厅赴芬兰参加"触摸中国"活动，让让国外友人，华人华侨近距离触摸中国秦朝时期军事文化艺术的灿烂辉煌。

长城就像中华民族的脊梁，雄关锁钥，绵延万里，像一条巨龙盘踞在群山万岭之间，享誉海内外。虚实空间推出的 VR 长城作品，以全景式构图，展现中国古代第一军事工程万里长城雄伟磅礴的气势，并受邀加拿大建国 150 周年大型庆祝活动，参加"友城祝福，北京与渥太华"文化

2020 年 8 月，北京虚实空间科技有限公司——奇袭白虎团虚拟直播活动

展演，浓郁的"中国雄风"带给当地居民一大惊喜，让世界人民看到世界东方的壮美篇章。

虚实空间不但把真实的历史遗存数字化，更进一步把被破坏的文物复原，虚拟现实化；万园之园圆明园是中国近代史上被八国联军烧毁的皇家园林；在清室一百五十余年的创建和经营中，曾以其宏大的地域规模、杰出的营造技艺、精美的建筑景群、丰富的文化收藏和博大精深的民族文化内涵而享誉于世，被法国作家维克多·雨果称誉为"理想与艺术的典范"。这样一座造园艺术的典范，在八国联军的抢掠后，付之一炬，成为一片废墟。2019 年三山五岳文化展中，在虚实空间的精心策划制作下，在虚拟世界复原历史原貌数字圆明园，海晏堂，大水法等名胜实境，亮相三山五园文化展，引起文化界的轰动。

企业转型再创业

中国近现代史，是中国一代又一代的志士仁人和人民群众救亡图存和实现中华民族逐步崛起的艰辛历程。在中国人民处于水深火热之时，十月革命的一声炮响，为中国送来了马克思主义；在中国共产党的领导下，经过新民主主义革命，创建了新中国。在一代代共产党人的献身奋斗中，中华文化融入独具特色的中国红色文化基因。在新时代，自信、正能量、富有核心凝聚力的文化意识形态，为文化强国之梦储备了丰厚力量。赵洋和他的设计团队带着对党的热爱，对共和国的礼赞，经过精深开发，终于模拟再现红军过草地的艰苦场景，2018 年 11 月，此 VR 作品在博物馆技术博览会上，亮相福州海峡两岸会展中心，给人以身临其境的视觉体验。

为迎接 2021 年中国共产党建党 100 周年，赵洋和他的团队精心策划制作虚实红色之旅革命史系列 VR 作品，作品参考大量的历史文字资料、老照片及影像资料，旁白摘自于《中国共产党历史》，并由党史研究室严审；作品涵盖中共一大会址与南湖红船、八一南昌起义、井冈山会师、古田会议、四渡赤水、娄山关、翻雪山、过草地、遵义会议、平型关大

捷、延安大生产运动、南泥湾开荒、西柏坡、辽沈战役配水池攻坚战、淮海战役小推车支前、渡江战役以及开国大典等内容模块，具备形式新颖、沉浸感强、操作便捷、多人同时同步体验的特点，并且布置灵活、占地面积小、内容扩展能力强；身临其境的代入感和体验感让观者对中国共产党历史的辉煌有更加深刻的记忆。作品在北京香山革命纪念馆对外展示，让体验者拥有一种特有的沉浸式感受；意义重大的古田会议上，我们可以坐在会场内聆听毛主席的教诲，深刻体会党和军队艰苦卓绝的奋斗历程；又能作为历史的见证者加入到过草地的红军队伍中，身临其境地体验到当时红军战士们所遇到的各种艰难险阻，从身心融入中，体现出革命前辈们乐观和大无畏的革命英雄主义精神。在建党 100 周年之际，展馆很快成为党员先进分子的打卡地，获得高度认可，虚实红色之旅作品也在专家评审团及"金 V 奖"组委会严格评审后，荣膺虚拟与增强现实金 V 奖。

2020 年 11 月，赵洋参加上海进博会

拓展文商旅融和发展新空间

2021 年 4 月，赵洋参加在中关村融合创新基地开展的"青春同心·永跟党走"VR 党建云课堂活动

在立足文化的基础上，赵洋和他的团队更注重文化与商业、旅游的延伸与融合；从宏观的大文化场景到微观而具体的文物、艺术作品，都可以进行数字化克隆，并通过在线云展示，VR 虚拟现实，AR 增强现实，大空间沉浸式展示和 3D 打印等技术为静态的文物与作品注入生命。比如，在 2019 年，虚实空间将乐窑文物展的展品进行数字化，并在模珐师文物数字资产仓库服务平台上实现"实体精品文物"-"三维数字化数据文化"-"衍生品开发"的良性商业生态；在新冠疫情时期，推出云端在线画廊，书画展等。

在直播为王的时代，虚实空间用领先的技术实力，推出 5G 融媒体 MR 虚拟直播 / 演播系统，MR 虚拟直播模式是通过虚拟现实和数字三维技术，将原本使用在影视特技和广播电视领域的"绿箱"系统进行针对传播活动的定制化升级，使其能够广泛地运用在文化创意、公关活动、会展、直播电商、短视频制作等领域。可以说，虚拟场景直播为直播者提供具有超强视觉冲击力的场景给观者带来新奇的视觉体验。在此基础上，又衍生 VR 云课堂、在线云展馆、VR 交互体验、数字动画等不同场景的视觉增进模式，在不同领域拓展出新的利益增长点。

授之以鱼不如授之以渔，为了让计算机数字艺术的开发更具普及，2018 年，虚实空间与人民邮电出版社联合发行中国首套系列虚拟现实实战图书《虚拟现实开发》，同年第二版在台湾地区发行，本书已纳入 200 多所高校作为教材，成为计算机数字艺术实战与应用的必读教材。

中华文化积淀着中华民族最深沉的精神追求，是中华民族生生不息、发展壮大的丰厚滋养。2016 年 7 月 1 日，在庆祝中国共产党成立 95 周年大会上，习近平总书记指出："要坚定道路自信、理论自信、制度自信、文化自信。""文化自信，是更基础、更广泛、更深厚的自信。"在《第十四个五年规划和二〇三五年远景目标的建议》中指出，到 2035 年，中国将建成文化强国。

可以说，在两个一百年视域下看中国文化，正是稳步崛起，厚积薄发的快速发展时期；虚实空间也必将立足中华文明的历史星空下，以匠心践行"文化科技融合"，通过快速发展的计算机数字视听技术让消失在历史云烟中文化场景再次呈现在大众视野中，亦真亦幻，熠熠生辉；也必将会有更多的文化爱好者沉浸在虚实空间的文化妙境中，畅游东方美学的灿烂星河，体验中华文化的博大精深。

孙秀明 / 文

兴趣是最好的创业导师

南贤雨

汉族，1989 年生于安徽明光，毕业于山东师范大学，中国传媒大学工商管理专业本科在读，现任华娱星城文化传媒创始人、ABANK 娱乐创始人兼 CEO 、山东英才学院音乐舞蹈学院客座教授、北京市海淀区青联委员。

> 佛家说"借假修真"苦难是假的，修真则是通过苦难而获得领悟。因此，苦难和不顺才是人生常态。如果人生一帆风顺，则就显得无聊。创业也是这样，如同航海，风平浪静的海面，自然无法培养出色的水手，只有在狂风暴雨中，才能真正锻炼出一个优秀的海员，才能在更大的风浪中经受住考验，最终达到理想的彼岸。
>
> 南贤雨

2019 年 1 月 8 日，南贤雨（左）为明光市第二中学品学兼优贫困生捐献助学金

寻梦之路

南贤雨从来不掩饰他对表演艺术的热爱,在很小的时候,他就表现出了对唱歌跳舞等演艺活动的热爱。原本文化课很好的南贤雨,在高中之后放松了学习,以至于高考发挥失利,最终没能考上心仪的大学,只考入山东一个三本院校的英文翻译专业。进入大学之后,南贤雨幡然醒悟,高中时候大好的学习机会被浪费掉了。于是,依靠他所擅长的英语,他重新奋发,开始努力学习,专业课取得了很好的成绩。凭借着优秀的专业课水平,在大学师兄的引荐下,他成为知名培训机构——新东方的一名英语老师。

大二第二学期,为了演艺兴趣,南贤雨远赴韩国,参加演艺集训。在韩国的这段时间里,他接受了系统的演艺训练,专门学习了音乐和舞蹈基础知识,原本要以艺人身份出道,但因为一些变故,他不得不回到了北京。此时的他,刚刚24岁,他没有像其他毕业生那样去急于寻找一份工作,对于在培训机构教授英语也早已失去了兴趣,他只想着通过创业实现兴趣专长和人生事业的有机统一。他开始了自己在北京的创业之路。

一没资金,二无工作经验,这个24岁的年轻人却想要创业,难度可想而知。而南贤雨不怕,他内心中燃烧着一团火,一团从小就在内心燃烧的艺术之火。刚刚创业,南贤雨只有区区一万多元的创业资金,这点钱在北京生活都成问题。世上无难事,只怕有心人。南贤雨是一个非常善于思考的人,他在新东方这样的培训机构待过,对于培训行业具有一定的了解,且具有相当的经验,加上他在韩国的演艺培训经历,两项结合,一个大胆的想法就在脑海中成型——何不成立一个演艺培训机构?一方面赚钱,另一方面也能很好地利用自己的专长。于是,一个街舞培训机构就在北京成立了。可是,只有一万元钱的启动资金,培训机构连一个固定的教学点都没有,该怎么开始呢?

他想到了健身房,当时的健身房有按照时段外租场地的业务,租两个小时的场地价格是320元。他带着刚招收的几个学生,就在健身房的一个角落里教学。等学生达到十几个的时候,他才勉强租了一整间条件比较好的教室,费用是8000元。他自己铺地板、刷墙、刮腻子,装灯走线,还要当老师、当管理人员、后勤服务人员……简直是全能。最终靠着一点一滴的坚持,才终于将街舞培训做了起来。

2019年3月26日,山东英才学院设立"星城奖学金"

当时的北京,街舞培训在市场上还属于新鲜事物,毕竟出现的较早,有一定的市场优势,随着培训规模的不断扩大,南贤雨终于告别了昔日打游击的状态,有了固定的教学点,也有了固定的生源,业务也慢慢做起来了。

有了稳定的收入和现金流,让南贤雨信心满满,他觉得自己离梦想更近了一步,之后回想起创业之初的艰辛,也并没有那么苦涩了,甚至成了支撑他坚持下去的精神动力。当然,培训机构不过是他实现目标的第一步,并非他的终极目标,他的终极目标是成立自己的娱乐公司,而且是要打造全国比较高端的文娱公司。在这样的背景下,南贤雨开启了创业2.0模式。他成立了华娱星城文化传媒,开始投资一些文旅相关的项目,比如艺人经纪和影视投资、大型的实景演出、文旅地产,以这三个板块业务为主打。这样一来,既能稳扎稳打,也能把他自己的兴趣爱好以及擅长的领域迅速打造成自己的强项和优势,从而实现创业和理想双丰收的理想状态。

潮流引领事业

随着华娱星城文化传媒业务越来越广，业务范围进一步拓宽，从一个人身兼数职，到拥有 160 多名员工，南贤雨的梦想之路越发顺畅。华娱星辰文化不仅在北京的朝阳区和海淀区设立了分支机构，更在全国十多个省市建立了分支机构，仅在北京就有十多家。为了让业务实现齐头并进的局面，南贤雨把文娱业务主要放在了在朝阳区的高碑店，街舞培训教育主要放在海淀区。彼此分开，互相取长补短，赚钱和实现理想两不误。

早在开办街舞培训的时候，南贤雨就发现了文化潮流的巨大引领效应。街舞培训创立之初，他也曾犹豫：这样一个小众的培训，能获得家长们的认可吗？他们愿意花钱让自己的孩子来学习这样的舞蹈吗？毕竟相比较于拉丁舞、民族舞这一类潮流舞蹈，很难登上大雅之堂，在培训市场似乎没有太多的优势。尽管很艰难，他还是选择迎难而上。得益于当时的"英美风潮""韩流"等流行文化的影响，街舞获得了很多人的关注和认可，并且有了相对稳定的培训群体。

因为得益于潮流的助力，南贤雨对于潮流文化特别关注，也特别敏感。在一次潘基文参与的晚宴上，主办方安排了歌

舞表演，看着舞台上的小朋友们，轻松活泼的街舞和歌唱表演，让南贤雨感到特别震撼，那种直击心灵的节奏，那种肆意放松的舞姿，都给他带来了视觉上的享受，他很快就陷入了深深的思考：为什么这样的歌舞能让人感到身心愉悦，而且能震撼人们的心灵？正是这种艺术形式，迎合了当代人的内心深处的节奏。

这让他更加坚定了潮流的力量，潮流对人们认知的影响。因此，他对于街舞培训一直坚持，就是为了能够抓住潮流的动向，从而为自己的"大娱乐"事业领航。他不断学习最新的潮流音乐和舞蹈，然后将这些音乐和舞蹈引入自己的培训机构，甚至演艺事业，获得了非常好的效果。"80 后"崛起之后，文化交流和文化自信呈现出新的局面，潮流文化越发成为年轻人的个性标签。南贤雨的街舞培训，不仅有着最前沿的潮流属性，更有着解除束缚的文化内涵，因此越发受到市场青睐。

一方面是抓住潮流文化的趋势，另一方面南贤雨开始打造自己的娱乐帝国——开始签约和培训包装艺人。作为娱乐公司的主营业务，南贤雨频繁投资影视行业，包括培训艺人进入综艺节目以及选秀节目，提升艺人的知名度和美誉度，打造属于自己的"艺人城堡"。专业的培训、公关和包装，把一个个素人打造成具有一定名气的艺人，这种艺人生产线的模式，让华娱星城文化传媒在文娱圈小有名气。当然，前期的培训和包装是需要投资的，而且能不能打造成功也很难说，与签约艺人之间的合作，更要经得起市场和时间的考验，毕竟艺人具有人的社会属性和情感属性，可控性较低，而且非标化很高。因此，打造艺人的项目依然存在较大的风险。而这些风险在南贤雨看来，都只是他追逐梦想路上的小波折。

尽管如此，南贤雨的事业还是不断向前发展，他本人离着梦想的实现也越来越近，这让他对于实现理想越发自信。

2021 年 5 月 24 日，南贤雨在北京稻香湖酒店参加北京文化产业高级人才研修班并发表个人分享演讲

时常心存感恩

2021 年 7 月 27 日华娱星城成立八周年，南贤雨（左四）与嘉宾们合影

南贤雨是一个非常懂得感恩的人。作为一个从安徽滁州的农村奋斗出来的"80后"，他的成就早已经成为家乡人羡慕的谈资。他的父母也为他的事业成就而感到骄傲。在他的努力下，父母离开了农村，搬到了条件更好的滁州市区生活。这是他对于父母亲情的孝心回报。

对于家乡，南贤雨始终怀着深深的赤子情怀，几乎每一年，他都要回安徽老家几次，组织参加各类慈善公益活动。成立奖学金、资助贫困生等等。对于他大学的母校——山东英才学院，他也经常组织一些捐款活动。以实际行动表达自己对家乡、对母校的感恩之情。

因为业务繁忙，南贤雨依然无法像其他农村孩子那样守在父母身边，他只能尽量抽时间回去看望父母；也自然无法像其他同学那样留在家乡，或者长期陪在父母身边。这成为他内心最大的遗憾。因此，南贤雨在未来的事业规划中，把南京和上海作为未来事业发展的重点。这两座城市距离父母和家乡较近，方便他照顾和陪伴父母；另一方面，

作为一个滁州人，南贤雨文化心理和生活习惯上更加贴近和适应南京和上海。

吃苦在北京，创业在北京，事业取得一定成绩也依然在北京，却有了感恩家乡、回馈父母的强烈感想。即使是苦难和困境，他也依然是抱着一种感恩的心态。也正是这样的心态，让南贤雨得以心无旁骛地创业，才能让他一门心思地在实现自己理想的道路上不断体现自己的坚强意志，才能在创业中不断积累良好的人脉，最终取得事业上的成就。

【采访手记】

南贤雨是"80后"创业的一个另类，他有着"80后"的睿智和坚忍不拔的毅力，也有着"90后"的洒脱和思维活跃。而他自己认为，创业的最佳状态，就是把自己的兴趣和特长变成自己的事业去做。欢喜做才能乐意爱。只有发自内心深处的热爱，才能把一件事情做到极致，才能做到最好。

姚凤明／文

不简单的柳文超

——记北京停简单信息技术有限公司董事长柳文超

柳文超

1983 年 10 月出生于北京市海淀区，在北京大学光华管理学院本科毕业后，赴英国圣安德鲁斯大学获得金融管理硕士学位。现任北京停简单信息技术有限公司 CEO& 董事长，中国侨联青年委员会委员，中国侨商会副会长，北京华商会常务理事。

> 在所有的社会领域中，没有 Low 的行业，只有 Low 的团队。
>
> 柳文超

2016 年 11 月 2 日在上海的发布会

北京的清晨，当第一缕阳光照耀这个古老而又崭新的都城时，柳文超坐进车里，习惯性地打开"停简单 APP"，标注好公司位置之后，顺着导航的指引来到公司附近停车场的入口，入场摄像头自动拍摄并识别车辆之后，抬杆准入，导航继续引导他进入空闲车位，停好车然后进入电梯直达北京停简单信息技术有限公司所在楼层，开始一天的工作。这是柳文超每天的规定动作，也是使用停简单 APP 车主每天的例行操作。

北大光华管理学院毕业之后，柳文超赴英国圣安德鲁斯大学学习金融管理。那段留学经历对柳文超而言，最重要的收获是"开阔了视野"。"置身于不同的经济文化环境下，会对商业模式和商业机会有不同角度的观察和思考，也让我在回国后，对国内移动互联网的快速发展以及支付习惯的巨变所蕴藏的机会更加敏感。"从小就跟着爸爸妈妈参加董事会、看财报的他，在父母的熏陶之下，比其他家庭出身的孩子更能够理解金钱对人们的价值和意义。

1986 年年底，父亲柳昌江为了解决人们停自行车的问题，抓住国企改制的机会，创立了北京海安停车管理有限公司，主要从事自行车车辆寄存及机动车公共停车场服务。那个时代，所谓的停车服务就是工人捧包收费，拿牌取车。"停车这事给人感觉就是保安往那儿一站，为了争夺地盘，左青龙右白虎的恨不得天天跟人打架，海安停车最多的时候管理 800 多人，经常跟人扯皮。"

学成回国之后，柳文超先是在投行试水了一下自己的金融专业，2012 年，接下父亲的担子出任海安停车的总经理，"干到 2014 年，当时北京市场我们做到了前几名的样子，然后我就开始二次创业，成立了北京停简单信息技术有限公司。"当时国内互联网已经进入了物联网的初期，万物互联的概念初步成型。"我曾耗时近两个小时用来寻找车位也没找到，很耽误事，后来就有一个朴素而简单的想法——研发一款能实质性地解决这个问题的软件。"创业的初心是为了解决社会的痛点，刚好赶上"互联网 +"的政策出台，柳文超的智慧停车服务开始成为行业的"吸睛点"而受到资本的青睐。经过两轮融资之后，包括蚂蚁金服、复星集团在内的多个资本大佬开始为停简单站台。

"买得起车，停不起车，有的地方是你有钱，也没有车位，这样的窘况和苦恼是有车族最头疼的问题。而且，当时市面上有的同类产品都不能彻底解决停车难问题。"2015 年 5 月，北京停简单信息技术有限公司正式发布停车 APP"停简单"。同时推出的还有智能车牌识别计费系统、后台管理软件、收费员版 APP 和 LED 电子车位显示系统。通过这 5 个产品的组合，停简单希望实现停车交易的闭环，解决目前停车出入口等待时间长、实时车位信息不对等和停车收费不透明等痛点。简单而言，停简单是通过互联网搭建一个智慧停车平台，与线下停车资源在资产管理、运营能力上实现无缝融合，来推进传统停车业态的升级。

相比于父辈们运营的传统停车企业，互联网停车可以实现无人化值守、预约停车、无感支付等打上科技发展鲜明烙印的特征，最为关键的是帮助场节能增效、降低成本，其分时共享的基因必然使得停车资源得到充分的利用。政府部门方便监管，停车场所降本增效，客户停车方便、一目了然、节约时间，无论从哪个角度看，"停简单"似乎都不是那么简单。

2000年至2020年，中国汽车保有量从1609万辆增长到3.72亿辆，20年里增长了23倍。这在柳文超的眼中是万亿级的市场，"因为中国停车市场发展比较晚，基础比较薄弱，反而包袱少，更有可能实现弯道超车。"游历过美国、欧洲、日本，考察过包括中国台湾在内的多个国家和地区的停车行业之后，柳文超作出了上述判断。"当时我们提出的从停车场的规划入手，进行一系列专业化的设计，诸如如何进行有效的高价值的运营，如何在区域内合理的调控，如何做城市级的数据普查等，归根结底就是提升停车位置的使用效率，解决老百姓停车位的供给问题。"

北京停简单信息技术有限公司董事长兼 CEO 柳文超先生

站在时代的风口上，柳文超敏锐地发现了停车行业潜藏的巨大商机。中国的城镇化进程区区二十多年的时间，在巨大的人口基数的压力下，城市的基础设施供给将面临巨大的挑战，建设的速度在短时间内不可能赶上城市人口增加的幅度，这就导致一个最现实的问题：狼多肉少！意即政府为市民所提供的基础设施必然无法达到人们生活所需，停车场或许是矛盾比较突出的地方。要想解决这个问题，最好的办法便是通过技术创新和模式创新，让稀缺的停车资源得到更有效、更合理的配置。

用科技手段代替人工，停简单把所有停车数据汇集到互联网和云端，让用户获得切实而极致的停车体验，包括寻找空余车位、预约停车、车位导航、动态反向寻找车辆，以及快速进出场订单推送等。用户可以实时关注目的地停车场定价，快速匹配停车需求，享受更好停车服务。同时把停车场的时间、空间分享给周边人群使用，提升周转率和空间使用率。停车场无人化、远程化集中值守，可以减少收费员，加上IP视频对讲、出入口扫码和识别、远程自动抬杆支付与放行等一系列智能化操作，能够极大地提高停车场的运转能力。

"我是站在父辈的肩膀上进入了这个行业，国家科技特别是互联网技术的快速发展，让我知道哪些技术的引入可以提升整个行业的运营水平。"在柳文超的概念里，拎着挎包收费的工人如果放到工厂或者去送外卖，肯定比站在电线杆子旁边收停车费对国家更有价值。"以前一个人可能就管十几、二十几个车位，我现在一个人能管到三五百个车位，这就是通过自动化来解决这个问题，因为我管理车位是为了提升它的使用管理效率。"目前，停简单在全国布局了8000多个智慧停车场，覆盖80多个大中城市，客户涵盖航空枢纽、三甲医院、高端写字楼、大型商场在内的诸多非住宅类人员密集型场所，停简单APP注册用户达到五六千万。

2017 年 10 月 25 日停简单内部组织在北京学习十九大

科技的发展能够为停车带来什么样的红利？面对笔者的问题，柳文超以天津滨海国际机场为例，用数据给出了答案。"天津滨海国际机场停车场车辆日均吞吐量约提高20%，平均运营成本约降低 30%，我们协助机场高危车辆预警分析月均 3 起，平均监控处理速度提高约 80%。"

"自主代客泊车、新能源汽车服务、新能源充电服务、后汽车服务市场与互联网停车大数据打通，能够重新建立互联网智慧停车生态。"柳文超对目前正在紧锣密鼓拓展的这些新领域充满了期待。为了配合国家"一带一路"倡议，柳文超率领下的停简单正在披荆斩棘开拓海外市场。"我们带着自己的独家技术，走出国门，目前来讲，同东南亚、东欧和美国的一些战略合作也在逐步落地。"停简单的未来呈现出一派繁荣的景象。

"对于一个人来说，学校对于他的影响能够占到 30%到 40%，其余的部分都来自家庭，无论是正面的还是负面的。"作为一个创二代，柳文超愿意把自己今日的成功归于家庭特别是父母亲的耳濡目染。"虽然我们所处的时代不同，但是老一辈创业时期的艰辛和勤勉，他们的认真和开拓精神都是最核心的，不会随着时间而改变，这也是他们给予我的最宝贵的财富。"柳文超如是说。

【采访手记】

人高马大的柳文超笑起来就像邻家大哥，给人一种谦逊、踏实的感觉。话匣子打开之后，思路清晰、滔滔不绝地讲述他和停车之间的故事。就像公司的名称一样，柳文超希望每个人在面对资源紧张、陌生地域、时间紧迫等困难时，能够把这一劳心费神的事情简化为一键操作，这个初衷绝对不简单。

朱昌文／文

守正出奇 博雅通达

——安博通董事长钟竹的网络安全防控思考

钟竹

毕业于长江商学院，硕士学位， 北京安博通科技股份有限公司董事长。

> 网络安全是一场没有硝烟的
> 战争，是保证网民信息往来，
> 数据安全的第一道屏障；在
> 攻击与防守中，魔高一尺，
> 道高一丈，兵来将挡，水来
> 土掩；安博通，华山论剑，
> 创新未来，永远在路上。
>
> ——— 钟 竹 ———

2019 年 9 月 5 日，安博通首次公开发行股票上市庆典，钟竹董事长致辞

　　如果把网络比喻成城市中错综复杂的条条道路，那么网络安全就是在这些道路的交汇点设置的红绿灯等交通管控措施；网民只有通过严格的身份认证，才能顺利通过。这是北京安博通科技股份有限公司董事长钟竹关于网络安全的一个生动比喻。当然，网络安全牵涉到国家信息安全战略、信息安全级别、底层模块与代码的设计等更为复杂专业的问题。钟竹带领他的团队在这样一个抽象无形而至关谨严的领域，一直默默无闻奋斗了十多年，打了无数场信息防御保卫战。雄关御敌，不容侵犯；重关锁钥，道阻且长。他们肩负着保卫国家网络安全的使命，勇敢前行。

十年磨一剑

俗话说："兴趣是最好的老师。"钟竹从六岁起就是一位电脑爱好者，此后，不管是大学读书还是工作，都与电脑有缘。可以说钟竹的学习成长历程，见证了电脑的升级换代，也见证了互联网的日新月异、突飞猛进的发展历程。

现在人们在享受互联网带来的便利时，也越来越意识到有网络的地方必须要有网络安全。而在 2011 年的时候，国内互联网还处在快速发展不设防的时代，大多的企业还没有发现安全带来的价值，同时能把安全产品做好的企业，更是凤毛麟角。

钟竹凭借多年 IT 行业的经验，创办了安博通，带领团队着力研究下一代网络安全技术，要让安全看得见摸得着。从一开始，他就把公司定位为国内领先的可视化网络安全专用核心系统产品与安全服务提供商，坚持核心技术自研之路。同年，安博通研发的网络安全系统平台 ABT SPOS V1.0 发布，通过国家发改委下一代互联网信息安全专项产品测试，支撑起国内第一批下一代防火墙产品规模商用。

安博通这些年研发的基于网络安全态势感知技术的安全策略自适应分析与大数据可视化平台、基于大数据分析的电子政务外网威胁态势可视化平台、攻击面可视化管理平台、云资源池业务流可视与微隔离系统连续四年入选工信部网络安全技术应用试点示范项目。安博通也被评为国家级专精特新小巨人企业。

2019 年 9 月，安博通成为中国第一家登陆科创板的网络安全企业。

十年来，安博通一直坚持走自主创新的道路。聚焦核心技术，专注能力输出，所研发的 ABT SPOS 可视化网络安全系统平台，已成为众多一线厂商与大型解决方案集成商广泛搭载的网络安全系统套件，是国内众多部委与央企安全态势感知平台的核心组件与数据引擎。与此同时，安博通的发展也受到业界专家的高度认可。中国工程院倪光南院士评价说："安博通 SPOS 操作系统，这是网络安全核心技术自主可控、国产化替代的一个很好的示范。"原中国人民解放军总参谋部电子对抗部（第四部）副部长郝叶力少将说："网络安全防护体系需要具备柔性与弹性，安博通独特的 SPOS 架构与模式是国内不可多得的柔性代表。"

2019 年 9 月 6 日，安博通成为中国第一家登陆科创板的网络安全企业

心中之剑，成就未来

在公司管理上，钟竹秉承儒家思想，欲达先达人，坚持成就他人、成就团队为先。他认为领导者必须时刻葆有顽强拼搏的斗志，和海纳百川的胸怀。

在创业初期，安博通也遇到过各种问题，但每一次他都坚信这份事业一定会有所成。即使那时候每个月要借钱才能按时发工资，面临没人没钱没客户的"三没"处境，他也坚持认为还有一"没"——没关系！创业这条路本来就是九死一生，需要有强大的意志力和包容、稳定的心态。很多人只看到一夜暴富的神话，而没看到成功背后的艰辛。

他始终心怀相信，相信团队、相信产品技术、相信公司一定会迎来更多客户。

安博通很早就开始实施员工股权激励计划。在科创板上市当天，员工股东们也来到了现场参加上市仪式。其中还特地邀请了至今仍在公司的"001号"员工上台"鸣锣"，共同见证这一重要时刻。

在钟竹的思考中，网络安全是一场没有硝烟的战争，在攻与守的过程中，永远没有止境。网络安全是一个过程，安全只是阶段性的，而威胁是持续性的。管理者需要从追求结果安全向坚持过程安全转变，而转变并不意味否定，安全是"果"，过程是"因"，因果兼施才符合信息时代的控制论与系统论。而与之相对应的 ABT SPOS 网络安全系统平台，则是具体实施防御、可视化网络安全技术的能力集，涵盖了网络安全控制、防御、检测、监测、审计、溯源等各阶段的关键技术引擎与特征库，提供了安全数据分析与学习的核心算法。平台具备灵活的嵌入性与开放性，可以与各类网络硬件融合，并支持被第三方软件系统调用。

黑客一词，泛指擅长 IT 技术的电脑高手，而普通人的理解则是在信息安全领域，研究智取计算机安全系统的人员，利用公共通讯网路，如互联网和电话系统，在未经许可的情况下，载入对方系统，窃取信息，释放病毒的破坏分子。所以，网络安全的防守正是针对黑客的各种攻击，而制定出完胜制敌的方案。

钟竹在网络对抗防御体系中，把攻方四种战术仔细分析，兵来将挡，水来土掩，研究出一系列的防守方案。第一是空间战，攻方发现任何网络暴露面便可发起攻击；守方以全局性方案，确保全网全品种全数据的动态监测。第二是手段战，攻方采用潜伏软件或隐蔽手段秘密潜入；守方以可视化方案，分析结果用可视化手段实时呈现，打回原形。第三是时间战，攻方利用漏洞发现和升级处置之间有时间差攻入，守方以智能性方案，用自动化手段迅速响应和下发策略，保证防守严密。第四是协同战，攻方使用多种工具和多个漏洞组合攻击，守方以融合性方案，对多源数据高效精准比对和关联分析，让敌方迅速现形。在网络信息安全领域的攻守中，更多的是心理与技术的无形较量，这正如武林中高手过招，化有形之剑为无形之剑，在心灵感应中，即完成了胜败输赢的对决。

作为国内可视化网络安全厂商的代表，安博通注定要以创新突破的姿态充满活力地奋战在第一线。

在与钟竹交流中，总让人联想到《笑傲江湖》中的少林高僧虚竹，其为人低调，身怀绝技，在关键时期却能匡扶正义，威震江湖。在网络安全世界的大江湖中，黑客帝国形成强大威胁，总是在道高一尺，魔高一丈中，进行无形无痕的华山论剑；心有多大，江湖就有多远……

孙秀明 / 文

投身军工砥砺行

——记北京富唐航信投资管理有限公司董事长娄元刚

娄元刚

厦门大学金融工程本科、上海财经大学金融学硕士。北京富唐航信投资管理有限公司董事长、合伙人、战略委员会委员。全国工商联科技装备商会青年委员会委员、北京市工商联青年企业家专委会委员；春晖博爱儿童救助公益基金会爱心企业家。

> 投军工首先想到的不是赚多少钱，而是要想到这事干成了对国家和军队有没有贡献，这在很大程度上需要一种情怀来加持。
>
> 娄元刚

2017年，娄元刚参加全国民营军品企业工作委员会主办的军民融合高端论坛暨全国民营军品企业高新科技成果博览会

投资是一场孤独的旅行，无论路上有多少迷人的风景，永远不能忘记的是对信念的坚守、对目标的执着。

2006 年，厦门大学大三学生娄元刚到招商银行进行实习，毕业后到南方基金落脚，最后在广发证券的岗位稳定下来，开启了他的金融从业者之路。在普通人的眼中，投资行业就是和数以亿计的钞票打交道，动动鼠标就可以实现"数钱数到手抽筋"的人生理想。不可否认，彼时的娄元刚的确拥有赚快钱的优势。"其实，当时我选择的领域非常狭窄，我的主要服务对象是制造业，就是帮助这类企业进行融资上市。"

作为世界上人口红利巨大的主体，中国在 2001 年加入 WTO 之后，国内制造业凭借低廉的劳动力成本开始蓬勃发展。珠三角、长三角和华北重工业区成为吸引海量资金和人才的高地，如雨后春笋般建起的厂房鳞次栉比，一时间风头无两。

作为一个刚刚走出象牙塔的选手，娄元刚甚至还没来得及细细品咂作为"摆渡人"的滋味，便赶上了 2008 年的亚洲金融危机。"受伤最深的、受打击最大的是附加值不高的终端制造业。"一夜之间，东风涤荡。一众中小企业因为产品积压，外贸订单急剧下滑导致资金链断裂，不得不关门歇业，被埋在历史的尘埃中暗自凋零。对于那些在这场危机中幸存下来的企业来说，转型升级以一种压迫式的方式逼着企业主们作出抉择。

而对于娄元刚来说，制造业企业的转型升级也在挑战着他的认知边界，"那时候我也在思考，如何能够接受这些挑战，如何抓住这次转型升级的机会，如何帮助企业应对风险，如何通过资本的推动让产品更具竞争力。这是我们主要的出发点，离开这个出发点，金融就没有存在的价值和意义了。"说到底，这些思考一言以蔽之就是如何通过金融手段为陷入困境的企业输血，让它活下来。

"当时，公司内部工作调整，我从深圳来到北京工作，参与中国兵器工业总公司和广发证券联合组建的中兵广发基金。"随着军民融合战略的提出，众多依靠国家财政支持的军工企业在国家政策的支持下，开始试水运用民间资本助力军工企业发展。军人家庭出身的娄元刚对"军"字有着天然的亲近感，高中毕业前因为体检不合格没能跨进军队的大门，是他一辈子无法弥补的遗憾。"如果能借助自己的力量为钟爱的军队出点力，也可以聊以自慰了。"

推开了中国军事工业的这扇大门，琳琅满目的行业让他眼花缭乱。"我是军人家庭出身，所以对军队的感情是源自血液中的。在寻找孵化军工企业的过程中，我有幸加入了北京航空航天大学产学研大军。"

2018 年 12 月，娄元刚参加第十二届珠海航展

理想的存在方式大致分为两种：一种是清晰明确的，个人只管沿着这个目标走下去便好；另一种是混沌模糊的，人们只能摸着石头过河，边走边找。很显然，娄元刚的理想形态属于后一种。

2014 年，已经目标明确的娄元刚从广发证券辞职，加入北航产学研体系，运用自己的专长为北航的研究者做产业转化。此后的两年时间里，三十多个项目羽化成蝶，其中两家企业顺利上市。相比于国家拨款的漫长周期，民间资本的灵活性能将科研成果更快、更准地推向特定用户。

2016 年 1 月 11 日，北京富唐航信投资管理有限公司挂牌成立，娄元刚脱离北航的产学研体制开启了"跑单帮"模式。"我们公司有两项任务，一个是继续把北航的优质技术与外部产业资本相结合，把老师们的一些技术快速转化为生产力，提升产业聚集的效应。另一个就是利用资本市场的力量，把那些已经形成产业规模的企业进一步升级，让其实现更多的产值。"目标越来越清晰，剩下的就是埋头苦干了。

这条路，注定不会太平坦。

经过几十年的不懈努力，今日中国的军事工业发展水平已经取得了长足的进步。但在很多方面依然面临"卡脖子"的窘境。遍布神州各地，以数字命名的研究所在成千上万个细分领域辛勤耕耘数年，最后关头可能仅仅是因为没有机会展示或者其他原因，很多技术胎死腹中。对于娄元刚来说，打通这中间的"一公里"，就是他的责任和使命。

国产飞机发动机叶片长期以来受制于人，关键问题是材料不过关。一家民营企业愿意投资研发，相关科研院所有人才储备，资源对接的工作由娄元刚负责。"2018 年，我们帮助这个企业成功引入投资者，2019 年正式往上交所报材料，2020 年顺利上市。"

舰船的随动系统能够让舰艇在波涛汹涌的海面上精准命中目标，如果转化到数控机床领域，则能够在很大程度上解决 μm 级零部件的加工精度问题。军工企业有技术，民营企业有需求，瞌睡遇到枕头的双方一拍即合，军民融合的篇章上又书写了新的一页。"毕竟当年军队投入了大量的科研经费，把这些现成的技术用到社会工业领域，能够极大地提高工业制造领域的水平，这对双方来说是共赢。"

导弹要打得准，必须依赖惯导装置，这其中的核心部分就是陀螺和导引系统。企业家愿意用自己的力量提升中国在惯导领域的水平，民间有资本，学校有技术。"从企业引入技术到论证，再到良品率提升，用了整整 4 年半的时间。目前这家公司的产品已经列装，富唐航信协助企业引入了几家投资机构，计划今年申请上市。"

投资有风险，掏钱须谨慎。军工行业的特殊性让绝大多数投资者望而却步，军工产品的高标准也让诸多民营企业的技术水平难以接近。"很多人不愿投军工项目，主要原因第一看不懂，第二成本高，第三周期长，第四盈利慢，这也是军品融资比民品更难的原因。"对于军品企业来说，品质需要技术保证，企业需要流动资金才能生存，技术和资金任何

2020 年 4 月，娄元刚参加广西自由贸易试验区南宁片区"云推介"会议签约仪式

2020 年 6 月，娄元刚在北京参加第 14 届中国投资年会——年度峰会

一方出了问题都有可能让企业难以为继，以娄元刚为代表的富唐航信人就抓住这两个"痛点"，有针对性地做工作。"这几年，我们一方面选择好的技术给企业孵化，另一方面为企业进行点对点的精准营销、精准推荐，争取更多资金。"

在军工行业，快速实现盈利是不现实的，长期与工业企业家打交道的娄元刚深刻地认识到，崇尚实业报国的工业企业家们更加执着，更加坚韧，"绝大部分做军工的企业家都有一个爱国的情怀在里面，对他们来说，自己的产品能够得到军队的认可，这就好比一个学生考上了清华北大一样让人敬佩。"

经过五年多的不懈努力，娄元刚带领下的富唐航信累计投资了 20 多个军工项目，从地面到空中，从履带到涂层，从材料到设备，一群平均年龄 30+ 的年轻人凭着自己的一腔情怀，在艰难的跋涉。"其实我们现在很难，公司很多员工都是拿着投资行业最低的工资来做这件我们认为对的事情。做军工，我个人觉得是有一个情怀在里面，我在厦门大学的开学第一课学习的就是嘉庚精神，爱党爱国。"已经融入厦大学子基因中的爱国情愫，成为娄元刚日后践行嘉庚精神的最佳注脚。

没有比人更高的山，没有比脚更长的路。利用个人的专业特长为国防军工做点贡献，这看起来有些高大上的口号已经化作娄元刚脚下的路，一段一段地伸向远方。对于现在的他来说，艰难和困顿依然会相伴左右，但问路已经不必，他只需沿着心中所向，砥砺前行，必能了却所愿。

【采访手记】

一身质朴的娄元刚坐在笔者面前就像一个刚出校门没多久的学生，稍有不同的便是眼中的光。在他的眼中，笔者看到了火，并感受到了其中的烫。他没有谈及个人投资生涯的高光时刻，因为在他眼中，那些是"技"而不是"道"。在他娓娓道来的讲述中，笔者感受得到，他正在沿着自己心中的"康庄大道"奋力向前奔。

朱昌文 / 文

智慧城市 璀璨未来

——通方联合环境科技（北京）有限公司 秦子怡创新之路

秦子怡

1979 年生，北京通方联合环境科技有限公司、绿憬国际环境科技（北京）有限公司董事长，北京市石景山区街巷管家志愿服务中心负责人，青年企业家商会秘书长，石景山工商联执委，石景山青联委员。

> 创业路上充满荆棘，闯过风雨就会迎来彩虹。
>
> 秦子怡

IT 科技赋能智慧城市，从广告领域到城市景观照明，到全面开展智慧城市相关产业，用璀璨灯光，扮靓城市夜景，尽展城市气象物华；在"新基建"与移动物联"5G"时代下，立足智慧环卫管理与接诉即办数据分析，为城市管理者提供决策依据；做小巷大管家，成为政府好帮手，提升人民幸福指数，始终致力于智慧城市建设与管理。北京通方联合环境科技（北京）有限公司董事长秦子怡带领他的精英团队，紧跟时代脉搏，披荆斩棘，攻克难题；一步一个台阶，稳步发展，用勤奋的工作态度，专注的工作精神，扎实的技术能力和优秀的服务意识，赋能产业高地。

琪树明霞，辉耀品质生活

秦子怡毕业于江南大学经济管理系，毕业之后顺利进入国企做一名白领丽人，但生性要强的她并不甘心过这种稳定的生活，于是萌生了创业的想法。1996 年，秦子怡涉足最熟悉的广告传媒行业，从那时起开始了属于自己的创业人生，为整个创业历程奠定了坚实的基础。

城市夜景的繁华璀璨，是城市文化内涵与建设发展的综合体现；2002 年，政府大楼、地标建筑、公共设施、旅游景区等亮化工程成为城市形象进一步提升，城市夜景人文化打造的时代工程。秦子怡凭借对行业发展和政府决策的敏锐洞察力，笃定其将是极具潜力的朝阳产业，于是开始做产业升级，利用互联网、物联网、智能传感等新兴信息技术为城市光环境、学校光环境提供集设计、建设实施、运营管理为一体的综合解决方案，并不断研发具有自主权的维护管理系统、监控系统、报警系统、人员管理系统、智能管理系统等，取得多项国家知识产权局颁发的软件著作权。

几年来，秦子怡带领她的团队倾心城市夜景灯光照明，用独特的创意营造出一个梦幻神奇的光影空间。先后在北京、武汉、青岛、三亚、重庆等多个国内重要城市实施了280 多个夜景照明规划设计、运维管理项目；茫茫夜空中，七彩礼火照亮城市的街区楼宇、桥梁、绿化等相关设施，把鳞次栉比的高楼幻化为瑰丽多姿的空中楼阁，把桥梁装饰为长虹卧波，尽显时代气象；我们从北京保险产业园璀璨光影中感受到辉煌的荣耀；从北京游乐园的夜景中感受到梦幻与神奇；在北京京西商务中心夜景中感受到新时代的辉光；从慕田峪长城夜景中感受到到中华文明的历史辉煌。可以说，在秦子怡与她的团队精心策划实施下，通过光影的烘托与再塑造，把建筑的灵魂、城市的气魄、新时代的文化气象展现得淋漓尽致，受到了客户的一致好评。在秦子怡看来，光是一种能量，他不但能赋予黼黻烟霞之态，更能在人类智慧的应用中，彰显一个时代的辉煌。

2017 年 12 月 28 日，秦子怡（右四）参加北京市石景山区青年联合会第五届委员会第一次全会

据全国学生体质健康调研最新数据表明，我国小学生近视眼发病率为 22.78%，中学生为 55.22%，高中生为 70.34%。针对这一严峻问题，习近平总书记作出重要指示，全社会都要行动起来，共同呵护好孩子的眼睛，让他们拥有一个光明的未来。秦子怡带领她的团队关注学生的用眼健康，运用绿色、环保、低碳、节能的高标准灯光产品＋互联网、物联网、大数据等新兴技术对中小学教室的整体光环境进行规划设计、建设实施和管理运维，并将学生近视率及相关数据录入"学校近视防控管理平台"，实时掌握学校近视防控指标，降低中小学生的近视率；这一平台受到清华大学附属小学，南宁青秀区第一初级中学，南昌江安学校等师生的高度好评。

破解难题，推进城市精细化管理

如果把5G比喻成通往未来的信息高速公路，那么，如何用好这条高速路，真正地为城市管理者提供更优化的管理方案则是当务之急。秦子怡和她的团队深入社区调研实际情况，抓住城市管理的难点、重点，不但开发出相应的管理软件，更重要的是探索了一条行之有效的管理模式，发动上千名志愿者参与城市管理，真正体现全民参与，打造智慧城市的发展理念。在公司开发的环卫数字指挥中心平台上，能充分统一集成、存储、管理环卫数据。只要通过一张数据看板就能够掌握全部"人、车、物"的真实情况，透过数据更精准地定位管理问题、现状短板，为科学决策提供重要支撑，让数据发挥应有的价值。此外，在垃圾处置管理中，医疗废弃物如果处置不当将会对社会环境、人类身体健康和生命安全构成巨大威胁；而医疗废弃物的非法倒卖、处置案件也是屡禁不绝，为彻底解决这一难题，根据《医疗机构废弃物综合治理工作方案》的要求，推出互联网＋医疗废弃物追溯监管解决方案，实现各医疗机构内形成分类投放、分类收集、分类贮存、分类交接、分类转运、分类处置的定点定向、全流程、可追溯、闭环式的废弃物管理系统，保障医疗垃圾安全处置。

2017年6月，北京市石景山区绿憬街巷管家志愿服务中心成立，这是响应习总书记提出的"管理城市要像绣花一样精细"，配合北京市委市政府推进"街巷制"及"小巷管家"城市精细化管理工作一种全民参与的新模式；在"政府单位＋城市物业＋社会公众"的管理新模式下，绿憬街巷管家就近招募社会志愿者，并进行专业培训，通过各街道街巷服务站组织街巷管家志愿者上街进行巡视检查发现问题上报至街巷管家信息平台，由各专业处理单位或城市物业作业单位进行解决处理，并对志愿者的志愿服务进行计时积分和反哺激励。秦子怡表示，这一举措，瞬间破解城市管理中很多难题，首先让志愿者树立到一种参与城市管理的责任感；其次，把管理的抓手真正放在城市的神经末梢街区小巷；因为志愿者都是居住在本小区的爱心人士，他们以身作则，监督引导，有问题及时上报管理中心；比如垃圾分类投放，乱停乱放，门前三包的等问题彻底得到解决，这种机制破解了多年来违规者与巡查大队捉迷藏的弊端，为优化城市管理功能，推进城市综合整治，创一流和谐宜居的城市环境发挥重要作用。

2018年12月31日，秦子怡（前排左二）参加北京市石景山区鲁谷街道小巷管家工作总结表彰大会

智慧城市，憧憬绿色空间

2021 年 8 月，秦子怡接受《筑梦京华》大型图书的访谈

智慧城市（Smart City），是指利用各种信息技术或创新概念，将城市的系统和服务打通、集成，以提升资源运用的效率，优化城市管理和服务，以缓解"大城市病"，提高城镇化质量，实现精细化和动态管理，并提升城市管理成效和改善市民生活质量的一种城市赋能战略。

而在智慧城市的定义中，感知、互联、智能三个关键词，架构了一个能思考的城市必须具备的基本条件；一是以物联网、云计算、移动互联网为代表的新一代信息技术，二是知识社会环境下逐步孕育的开放城市创新生态。在这两种驱动力的推动下，怎样充分运用信息和通信技术手段感测、分析、整合城市运行核心系统的各项关键信息，从而对于包括民生、环保、公共安全、城市服务、工商业活动在内的各种需求做出智能的响应，是智慧城市首先解决的技术难题。秦子怡和

她的团队通过长期探索，推出"软件平台 + 硬件产品 + 线下服务"的一体化解决方案，运用 AI、5G、云计算、区块链、人工智能、大数据等新一代信息技术为城市的智慧化管理赋能，目前，已经在环卫管理、园区管理、社区管理、照明管理、垃圾分类全流程管理、智慧公厕管理六大板块中，融入大数据的感知与思考。

如果把一个城市比喻成一个人体，那么它的一切行为都要靠神经元细胞感知，靠大脑做出指令，进行新陈代谢，感知应对，形成一个有机的生命体。所谓城市大脑，就是城市建设伴随着互联网架构的类脑化工程，逐步形成自己中枢神经（云计算）、城市感觉神经（物联网）、城市运动神经（工业 4.0 工业互联网）、城市神经末梢发育（边缘计算）、城市智慧的产生与应用（大数据与人工智能）、城市神经纤维（5G、光纤、卫星等通信技术），在上述城市类脑神经的支撑下，形成城市建设的两大核心：第一是城市神经元网格（城市大社交网络）实现城市中人与人、人与物，物与物的信息交互。第二是城市大脑的云反射弧，实现城市服务的快速智能反应。云机器智能和城市群体智慧是城市智慧涌现的核心动力，这样基于互联网大脑模型的类脑模型的类脑城市架构称之为"城市大脑"；城市大脑更是集各种智能体系于一有机整体，全域感知，及时应对，推动智慧城市向更高的境界迈进。

路漫漫其修远兮，吾将上下而求索；秦子怡的创业历程，与新时代步伐同行，专注本行业 20 年，深耕细作，创新未来。智慧城市是一个时代大课题，它将随着人民对幸福美好生活的向往，需要更为精准的服务，我们相信，秦子怡与她的团队，必定前仆后继，走出一路靓丽风景。

孙秀明 / 文

逆风飞扬 百炼成钢

——记北京圣商教育科技股份有限公司董事长袁力

袁力

袁力，字柏贤，1982年生于四川德阳，持续创业者，长江商学院EMBA工商管理硕士。袁力成功创办多家公司，现任北京奇点新科技集团有限公司董事长，北京圣商教育科技股份有限公司（简称"圣商教育"，股票代码：430277）董事长兼CEO，奇点国际（HK01280）董事会主席。

社会职务：担任政协北京市朝阳区第十三届委员会委员、中国国际商会常务理事、民建中央外联委特邀专家、北京圣商慈善基金会创始人兼荣誉管理事长等。

> "让创业更容易成功"是自己的人生使命。
>
> 袁 力

2018年12月14日，在"爱尔之夜"现场向爱尔公益基金会捐助200万元

2019 年 12 月 29 日，袁力（左四）荣膺 2019 中国经济十大创新人物殊荣

"世事的起伏本就是波浪式的，人们要是能够趁着高潮一往直前，一定可以功成名就，要是不能把握时机，就要终身蹭蹬，一事无成。"——莎士比亚

在搜索引擎中输入"石滚坝村"，得到的信息寥寥无几，在地图上能看到的只有简单的一行"四川省德阳中江县"。近年来，在这个不知名的石滚坝村中留守的数百个老人却都是精气神满满，尤其是临近过年的时候，一个个越发喜气洋洋。因为他们活了几十年，难得有人为他们专门办活动，把他们聚在一起过春节，还给他们发红包。这些暖心的举动，都来自一个从本村里走出去的企业家——袁力。这是一个在外漂泊的游子，打拼出一番事业后，回乡做慈善反哺家乡母亲的故事。

初见袁力，他的形象多少有些出乎笔者的意料。在这个身高一米八三的企业创始人脸上，少了一些人们通常认知中老板脸上所有的沧桑，甚至反而透露着一丝成年人身上少见的天真。这与他成就一番事业之后依然不忘初心的行为正好完美呼应。

高中辍学，草根出身的袁力，只身一人到深圳闯天下，从社会底层开始打拼，卖过房，做过洗发工、发型设计师，辗转互联网、房地产等多个行业。在一无所有的时候，始终抱有一颗上进的心，心怀远方。"记得在工地那会儿，我经常到新华书店看书，因为那里的书是免费的，一看就是一整天。"时间管理、人物传记、商业密码乃至前沿科技等，对世界的好奇与对知识的渴望一下得到满足，阅读为他打开一扇崭新世界的大门。

顺境时行善，逆境时砺德。逆境中的袁力忍受得了物质上的匮乏，却无法忍受精神世界的贫瘠。因贫辍学成为他心中的一根刺，必须用加倍的努力方能剔除而后快。"我

看书的这个习惯持续了 20 年，直到现在不管多忙，我还是有每天坚持阅读的习惯。"艰难困苦，玉汝于成，即便在做洗头工的日子里，袁力也不忘学习，每天早上六点起床看书，晚上收工之后阅读到凌晨两点。2002 年的深圳某处一个 300 元钱月租的地下室，见证这个年轻人如饥似渴地在书中寻找"颜如玉"和"黄金屋"的那段时光。

一分耕耘一分收获。一边工作一边学习的袁力相继取得了大专、本科和工商管理硕士学历。他并不满足于此，还积极参加了多个权威院校的培训项目，也获得机会前往国际知名院校如哈佛大学、斯坦福大学、剑桥大学甚至西点军校进行过或长或短的学习。提起自己的这些学习经历，袁力的脸上泛起一丝羞怯。热爱学习的他，始终对自己保有清醒的认知，所以才能在具备一定的经济基础之后，趁着年轻，毫不吝惜地投资自己的大脑，几乎可以说是一本万利的投资。

2021 年 2 月 19 日，在北京市朗丽兹太申祥和酒店，公司 2021 年度闭门会现场

（一）

"在我出生的时候，我家还是挺富裕的，因为我的父亲是一个包工头。但在我上小学的时候，父亲的生意开始走下坡路，起因是他承包了家乡河边的几百亩地，因为那河上据说会修一座大桥，想着可能会有商机。"父亲的这次豪赌并没有换来想象之中的巨额财富，反而让原本殷实的小家顷刻间陷入泥淖。"别人家都有电灯电视电话，我家那时候只能点煤油灯，早上起床两个鼻孔都是黑的。"别的小伙伴在电视机前和自己喜爱的卡通人物相亲相爱的时候，幼年袁力只能坐在河床上，听水流潺潺，看星光闪闪。

自卑，由此开始打上了深深的烙印，直到他成年甚至是功成名就之后，依然会在夜深人静之时，悄悄地随着翻涌的思绪不请自到。"我父亲从我初中起，就向银行贷了一万元款，这笔钱直到我步入社会也一直没还清。"由俭入奢易，由奢入俭难。这种落差对于成人来说都是一座翻不过去的高山，何况是一个孩子。敏感而脆弱的心灵根本经不起这种打击。少年袁力骨子里的那股倔强让他在自己的精神世界里不断寻找自我拯救的突破口。"自卑心理导致我就很想表现自己，所以那时候特别叛逆，喜欢打架，初中留级两次之后高中被迫辍学。"

父母并没有对袁力进行过多的干预。为了养家糊口，也为了乡亲们方便，父亲干脆做起了摆渡人。人们需要走上小半天的陆路，从水路走只要一小时。佛家有言，渡人便是渡己。辍学回家的袁力随着父亲的脚步做起了艄公。"后来，我总结我的人生，为什么我能够从我们那个圈子里走出来，我觉得其中有个原因就是跟我爸爸做了这个善事有关系。"一次收一毛钱，没钱的乡亲就免费。父亲虽然没有为他提供上好的物质条件，但身体力行的善行却为袁力此后的公益心埋下了一颗种子。

（二）

2006年，互联网已成气候，站在潮头的玩家已经在探索"互联网+"的新业态，袁力加盟了一个团购网，通过协助商家促销获得返利的商业模式探索互联网的潜力。这在今天看来司空见惯的套路，在15年前算是一个巨大的突破。袁力足够努力，在这个全新的行业中挖到了人生的第一桶金。"我一年就卖了几千万的营业额，很辛苦，当然回报也是比较丰厚的。"但好景不长，这个项目后来没有持续跑下去，袁力第一份有所起色的事业戛然而止。

关于为什么他没有继续在互联网行业耕耘下去，袁力作出了这样的回答。"互联网行业是'一将功成万骨枯'，我们现在知道阿里和腾讯成功了，但是很多不知名的公司都死掉了。"在没学历，没技术，钱也不多的情况下，把自己辛辛苦苦赚来的钱扔到互联网的汪洋大海，很难产生什么水花。

安居乐业是中国人骨子里的传统，首要的就是要自己有个"窝"，否则何谈"安居"？通过自己的置业经历，袁力敏锐地发现，房地产这个行业充满了神奇的商业逻辑：开发商赚钱，中介公司赚钱，炒房子也赚钱。在袁力看来，这是一条成功率极高的"赛道"。"所以，我就开始做房产中介，卖二手房。"毕竟在互联网的大海里游过，袁力知道"互联网+房产"模式会产生怎样的聚变。"当时一家香港的公司给我投了200万，占股两成，我当时的模式就是线上销售，线下服务，发展连锁。"这个理念放到今天已经屡见不鲜，是国内诸多房产中介的成熟模式，但在当时来说，袁力可谓是走在行业前端的"弄潮儿"了。

房产受到国家调控政策的影响很大，存在诸多不可控因素，这让曾经在贫困线上挣扎的袁力内心充满了不确定性带来的不安全感。"我希望我的未来是更具确定性、变数更小、可掌控的，在这些规律中去演进和架构我的思路。"他果断出售了相关资产，再一次踏上寻找新赛道的征程。

2021年3月10日，袁力于苏州圣商教育高级研讨会"资本利润之商业觉醒"现场授课

（三）

作为一个终身学习者、持续创业者，袁力自然而然地将目光转向了自身关注的领域——针对中小微企业提供教育资源和服务。"无论是学院派的商学院、市场化的商学院还是海外的商学院，我都亲身感受过，我了解他们各自的优势和不足；我又是个连续创业者，对创业者的心态有比较深入的洞察。所以，我知道什么样的课程才能真正地帮助创业者，什么样的课程才有竞争力。"这就是袁力再次创业的初心。

"我自己是通过自学、培训改变了命运，我是受益者。但是，在我参加多个商学院的学习过程中，我发现了一个问题，很多学习平台并不能学到多少有价值的知识，仅仅是一个社交场所或是资源置换的平台。"很多站在讲台上的教授很有理论功底和体系，但并没有经营和实践过企业，时代在发展，技术在进步，商业在变革，企业领导人必然要因变而变、持续学习，否则便有可能成为负面教材。"所以，我们的导师都是实战派，具有丰富的实践经验，同时我们还会带着学员去许多头部企业进行考察，邀请他们的老总与大家面对面交流，这对学员来说会有很大提升。"

秉承以"教育为入口的教育服务公司"圣商教育在 2014 年正式成立，袁力将客户定位在中小微企业家这个群体上。"中国的民营企业数量占据总数的 90%，提供了 80% 的就业机会，拥有 70% 的发明专利，贡献了 60% 以上的 GDP，创造了 50% 以上的税收。其实他们中的很多人晚上睡不着觉，事情做得很苦。"

无论是资金、人才问题，还是自身能力问题，抑或是资源匮乏问题，都可能成为压垮骆驼的最后一根稻草。"如果我能做一件事情，让他们活得稍微轻松一点，我觉得还是有意义的。"言必信，行必果，如今，袁力作为导师站在台上讲课的时候，看着台下的企业家学员，如同看着曾经的自己，心中有说不出的亲切和厚望。这使得他恨不得手把手深入指导，毫无保留地将自己的商学知识、管理经验等倾囊相授。用他自己的话来说：他用行动践行着自己的初心——"让创业更容易成功"。

袁力深谙市场的痛点，痛点的背后意味着机会。圣商教育成立后，经过一系列的踏实运作成功借壳登陆新三板，成为商学赛道细分行业的领跑者之一。在六年多的时间中，圣商教育服务了超过 10 万家中小微企业主。"有一个传统企业，是做炒锅的，通过在圣商的学习，转变了思路，拓宽了视野，公司成功登陆新三板融到了几千万的资金，他的产品在天猫细分品类中排名第一。"如此的例子俯拾皆是，袁力初步实现了自己的目标。

在"十四五规划"中，国家明确提出，支持创新型中小微企业成长为创新重要发源地，加强共性技术平台建设，推动产业链上中下游、大中小企业融通创新，"我觉得我做的这件事还是很有意义的"。

（四）

在事业稍有起色之后，袁力出钱为家乡修路、建老年活动中心，捐资助学，每年春节回家宴请全村 60 岁以上的老人，给他们发过年的红包。因为他始终心系生养他的一方水土，也不会忘记自己曾经因贫辍学的经历，他希望这片土地上不再重复这样的故事，试图以一己之力改善家乡的现状。

"人生的意义是什么？历史从没有记住富有的人，只记住对社会有贡献的人。人生的核心不是成功，而是爱，利他是我们最棒的底色。"对于普通人而言，成功和富有是人生的第一站，第二站方是利他。而第二站恰恰决定了一个人人生的高度和厚度，就像名闻遐迩的德蕾莎修女，她并不富有，但这不影响她成为一个受人尊敬的伟人。

袁力是幸运的，赶上了这个"一切皆有可能"的时代；他是坚定的，认准了"知识改变命运"这一真理，让自己得以凤凰涅槃般蜕变；他是善良的，没有忘记生养他的那片土地……如同一只雏鹰，不顾一切地扎向悬崖之后，趁着强劲的风，借势飞翔，一飞冲天。

【采访手记】

在笔者看来，袁力更像是一个学者，身上有书卷气，脸上有羞涩感。一个多小时的交流，让笔者感觉如沐春风，他的自强不息，让人过耳难忘；他的勤于探索，让人惊诧不已；他的深度思考，让人印象深刻。他是笔者的采访工作中，给我印象最为深刻的三位企业家中的一位。愿他能够早日得偿所愿，若如是，于己于人皆是幸事啊。

朱昌文／文

精准赋能
打通大学生就业供需
最后一公里
——菜鸟无忧董事长袁军采访侧记

袁军

1986 年生于四川广安。硕士学历，毕业于中国人民大学。菜鸟无忧就业咨询机构创始人、董事长，知名就业咨询和职场发展专家。袁军曾供职于国家电网公司人力资源部，曾任华夏基石管理咨询集团事业部总经理，是中国人力资源开发研究会理事、中国人民大学校友会人力资源分会常务副秘书长、中国人力资源开发研究会企业人才分会副秘书长、华北电力大学校友会人力资源分会常务副秘书长。他是全国女性创业就业导师、全国女大学生创业就业导师，更身兼全国 30 余所高校就业创业的指导老师。

> 专业的知识并不重要，这些并不是最难的，最难的是掌握方法论，看到事物的本质，只有掌握了本质，才能了解事物发展的规律，一切困难和问题也都能利用规律迅速化解。
>
> 袁 军

2020 年，袁军参加"校友经济 · 终身成长学习"计划启动仪式并作为嘉宾发表主题演讲

背景：大学生就业问题，全社会高度关注

就业是民生之本、发展之源，是人民群众改善生活的基本前提和途径，也是最直接、最现实的民生问题之一。大学生就业问题，近年来更是成为了全社会关注的热点、焦点问题。大学毕业生顺利就业，从个人方面来讲，关系到自身的发展和人生价值的实现；从社会方面来讲，关系到国家的经济发展和社会的稳定，从高等教育本身来讲，关系到教育目标的最终实现。

党和政府始终高度重视大学生就业问题，把解决高校毕业生就业问题作为工作重点。习近平总书记在党的十九大报告中提出：提高就业质量和人民收入水平。就业是最大的民生。要坚持就业优先战略和积极就业政策，实现更高质量和更充分就业。尤其强调要提供全方位公共就业服务，促进高校毕业生等青年群体多渠道就业创业。

2021 年 5 月 17 日，中共中央政治局委员、国务院副总理孙春兰在中国农业大学考察 2021 届高校毕业生就业促进周时强调，要深入贯彻习近平总书记关于高校毕业生就业工作的重要指示，落实党中央、国务院决策部署，拓展就业渠道和岗位，推动校园招聘提质升级，有针对性地开展就业指导和服务，加强就业政策宣传和观念引导，促进毕业生更加充分更高质量就业。要求各地各有关部门把做好高校毕业生就业工作摆在突出位置，在落实好已有政策的基础上，千方百计增加岗位需求，举办区域性、行业性、联盟性招聘活动，促进用人单位与毕业生精准匹配对接，帮助毕业生尽早落实就业岗位。

2020 年，袁军参加山东省首届 HR 赋能高峰论坛并作为嘉宾发表主题演讲

2021 年 5 月 11 日，中国第七次全国人口普查数据出炉。最新数据显示，中国拥有大学（指大专及以上）文化程度的人口为 2.18 亿人，占总人口的比重已提高至 15.5%。据统计，全国 2021 届高校毕业生总规模高达 909 万，比去年增加 35 万。大学生就业压力不断增大。解决大学生就业难题，需要多方共同发力。这其中，菜鸟无忧作为国内首家一站式精准实习就业服务机构，在促进大学生就业方面起到了不可或缺的重要作用。让我们一起走进菜鸟无忧创始人袁军的故事。

守初心担使命，一步步让梦想照见现实

菜鸟无忧的创始人袁军，出生于世纪伟人邓小平的故乡——四川广安。他从小的梦想，就是考上大学，通过知识改变命运，通过知识实现自我抱负和社会价值。有志者事竟成，苦心人天不负。经过努力学习，袁军于 2005 年成功考上华北电力大学，圆了自己的大学梦。然而，上了大学之后，他才知道，随着大学生就业形势日趋紧张，大学生已不再是天之骄子，而成为弱势群体的代名词。因为不少大学生毕业即失业或者面临收入低的困境，社会上掀起了"读书无用论"。这让袁军的心里很不是滋味，并想着能为此做点什么。因此，他更加刻苦学习，也十分注重自身综合能力素质的提升，在校期间积极参与各项兼职活动，努力锻炼自己适应社会的能力，从事过大学生治安服务、文字编辑、网络管理员、海鲜饲养员、篮球助理教练等职业，并成立家教中介机构，帮助同学们寻找校外兼职机会。越努力，越幸运，2009 年大四的他，成了老师和同学们心中最幸运的人。一方面，因为他从十分严酷的竞争中脱颖而出，拿到了大家非常向往的南方电网的 Offer；另一方面，他以第一名的成绩考上了中国人民大学的研究生。不管是就业和读研，都是很好的机会。在面临两难选择时，他回想起了刚入学时面对"读书无用论"的所见所想，也了解到中国人民大学是国内最早设立人力资源管理专业的高校，是人力资源管理教育的引领者和人力资源管理专业人才培养的重镇。于是，袁军毅然决然地放弃工作机会，选择到人民大学读研

深造，帮助更多大学生更好就业，向"读书无用论"宣战。这成了他致力于大学生就业服务事业、创办菜鸟无忧的初心。

在中国人民大学劳动人事学院攻读研究生期间，师从中国社会保障学界领衔专家和代表性人物郑功成教授、中国人力资源管理业界领衔专家和代表性人物彭剑锋教授，让袁军的理论知识更加扎实，视野更加开阔，思想更加成熟。他觉得服务大学生就业，仅有理论知识是远远不够的，还得有丰富的工作经验才行，于是决定研究生毕业后首先选择到大企业学习锻炼。各方面表现十分优秀的他，如以偿地获得了进入国家电网公司人力资源部工作的机会。工作期间，他组织开展了 100 余场校园宣讲会和笔试面试测评，面试超过 1000 余名求职者，积累了丰富的工作经验。善于思考和总结的他，还从工作中总结出了大学生就业与职业发展的一套规律。

不忘初心，牢记使命。袁军不顾家人的强烈反对，毅然决定从国家电网公司辞职创业。2015 年，在中国人民大学彭剑锋教授的大力支持下，创办了北京菜鸟无忧教育科技有限公司（简称菜鸟无忧），以"菜鸟求职、无忧无虑"为公司命名思路，以帮助当代大学生"拓宽就业渠道、提高就业能力、提升就业质量"为服务宗旨，真正开启了自己的创业之路，也开启了用专业知识和实战经验精准赋能大学生求职就业的圆梦之旅。

用心用力用情，让大学生就业没那么难

1. 特别用心，积极探索服务模式

2015年之前，国内毕业生求职就业服务领域尚处于初步发展阶段，毕业生就业渠道较少，企业与毕业生之间就业信息不对称，毕业生缺乏在求职技能技巧方面的专业指导，很多毕业生找工作面临诸多困难，如：知名企业就业要求高、非知名企业选择难、难以找到真正合适自己的工作，等等。这让袁军看在眼里、急在心里。然而，当时由于国内大学生求职教育很不成熟，在很多方面甚至还是一片空白，没有成熟的经验和模式可寻，因此只能依靠自己不断摸索和尝试。但从零起步进行探索，谈何容易，更何况当时各种资源条件有限。在经历一次次失败后，有的人失去了信心，有的人丧失了斗志，有的人甚至选择了放弃。在这种情况下，公司的大事离不开他，同时，具体的基础事务没有人干时，还得他亲自干。为了满足实际需要，袁军还要学习海报设计制作、程序代码编写等，不惜通宵达旦、只为使命必达。他这种拼命的劲头、不达目的不罢休的精神，也深深鼓舞了团队。自助者，天助之。经过两年的艰苦奋斗，袁军带领团队成功探索出了服务大学生就业的有效模式：

面向求职者，打造大学生求职的职前训练营。基于"人岗匹配、培训提升、精准推荐"服务三支柱模型，以"科学职业定位、人岗精准匹配、提升简历网申通过率、提升笔试考核通过率、提升面试考核通过率、提升综合职业素质能力"为服务导向，面向国内2000余所高校、900余万大学生和海外留学生提供"高性价比、一站式、精准化"的实习就业咨询服务。

面向企业，打造企业人才的生态供应链。帮助企业免除海量筛选工作，选拔和培育"创新型、应用型、技能型"高潜人才，获得与企业需求精准匹配的优质人才，通过精心打造的人才生态供应链服务闭环，成为企业"人才蓄水池"，最大程度上节省企业招聘成本，帮助企业高效完成选人育人环节，真正做到企业人才的免费供应、极速供应、优质供应、新鲜供应、持续供应和流动供应，充分保障企业人才供给和人才储备。

2. 特别用力，实现专业精准赋能

科班出身、具有丰富经验的袁军深知，只有专业的精准赋能，才能更有效地服务大学生高质量就业。于是，他带领团队不遗余力地进行专业服务能力建设。2019年6月，成立"菜鸟无忧求职研究院"，聘请来自中国航天科技、国家电网、中国石油、中国建筑、中国五矿、中国移动、中国联通、中广核、中国通用技术、中国华电、中国路桥、中国中化、中国人寿、中国银行、

华为、阿里巴巴、腾讯、京东、花旗银行、中信证券等世界500强知名企业数百名从事人力资源管理工作的资深专业人士，担任菜鸟无忧就业咨询师。一方面解决求职者和企业招聘需求不匹配的问题，另一方面进一步完善实习就业课程体系和服务品质。这无论对于拓宽求职者就业渠道，还是提升求职者就业品质，都具有巨大的推动和促进作用。

2020年5月，成立了"菜鸟无忧求职俱乐部"，由数百名世界500强知名企业资深职场导师和各大高校精英学生领袖组成高端求职社团，通过求职技能大赛、沙龙分享会、企业游学等各类活动，全面提升俱乐部成员的职场竞争力，帮助俱乐部成员匹配推荐世界500强知名企业实习就业机会，实现更好的职业发展。

在袁军的主导下，菜鸟无忧组建核心团队全力开展培训教研工作，建立了求职通用7大模块以及不同行业求职能力模型课程体系。通过多次优化调整服务流程，逐步形成了现行的16个重点服务环节、80余项专业化服务。同时，总结提炼出了一套实习就业服务方法论，包括"实习就业三支柱""实习就业服务黄金六步法""直通央企国企十大锦囊"等，在行业内成功树立了服务标准和服务体系，成为行业的品牌标杆和学习模仿对象。为了更好满足业务发展需要，菜鸟无忧还构建了一整套智能求职数据管理系统，包括学员服务推荐系统、新学员交接采集系统、市场匹配系统、企业信息收集系统、服务匹配系统等，有效实现了数据信息化，让服务更智能、更高效。

2020年，中国人民大学校友会人力资源分会成立，袁军（中）任职该会常务副秘书长

专业精进、稳扎稳打，菜鸟无忧公司取得了快速发展。截至2020年年末，公司累计接收30000余名学员，企业offer获取率高达90%；在全国建立500余家代理商、分支机构，遍布27个省市；2020年秋招，累计帮助近千名学员拿到央企国企心仪offer，成功辅导1000余名学员进入知名企业，帮助应届大学生有效缓解了就业压力，更帮助企业高效高质实现了人才匹配。

同时，菜鸟无忧平台及创始团队也获得了广泛认可，在业内荣获了多项荣誉。2017年，获华北电力大学2017年创新创业大赛一等奖；2018年，获选为"中国教育行业最具影响力十大领先企业"；2019年，成为中关村高新技术企业；2019年，被中国妇女儿童事业发展中心妇女人才交流中心选为"全国大学生创业就业实训基地"；在2020年度中国人力资源服务业十大创新案例和企业优秀案例评选活动中，被评为"中国人力资源服务机构创新优秀案例"。

3. 特别用情，践行公益感恩回馈

砥砺奋进，感恩前行。在艰苦创业的路上，袁军始终不忘回馈母校和社会。当今世界正处于百年未有之大变局，站在大变局时代，中国人力资源管理如何行动，关乎国家、企业、个人命运，关乎未来。作为中国人力资源高等教育排头兵，拥有国内最大人力资源校友群体的中国人民大学，试图在建校70周年之际为全社会回答这一时代之问。2020年11月，中国人民大学举办2020中国人力资源管理高峰论坛并成立人力资源校友会。菜鸟无忧利用自身资源积极承办，以此回馈母校。同时，还积极支持母校扶贫工作，广泛联络和发动中国人民大学校友、校友企业

和相关组织，大力推广"中国特产·兰坪馆"产品的优良品质和精细化烹饪方法，实现销售收入2.3万余元，并全部捐赠给云南省兰坪县。2020年上半年疫情期间，菜鸟无忧发起"HR教你求职——公益就业指导讲座"，为广大毕业生讲解应届生职业选择、心理建设、技能提升等讲座，累计举办100余场线上活动，覆盖500余所高校，影响10万余大学生，为其指引职业发展、揭秘求职就业领域、分享工作经历经验并答疑解惑，帮助其提升求职就业能力。另外，袁军还担任中国人力资源开发研究会理事兼企业人才分会副秘书长、中国人民大学校友会人力资源分会常务副秘书长、华北电力大学校友会人力资源行业分会常务副秘书长、全国女性创业就业导师、全国女大学生创业就业导师以及30余所高校就业创业指导老师，积极帮助更多人成长成才。

2021年，袁军参加北大资源文化EIEA国际教育校区开放日活动并作为嘉宾发表主题演讲

新时代新理念，点亮大学生的求职路径和职业梦想

人生因梦想而开花，梦想因奋斗而结果。助力大学生高品质就业、圆梦职场，是菜鸟无忧创始人袁军的梦想。从硕士毕业至今十年，袁军从就业到创业，坚守初心，拼搏奋斗，服务大学生就业供需最后一公里，让更多梦想照见了现实。

发展是第一要务，人才是第一资源。作为先进知识和科学技术的高素质人才，大学生历来就是一个国家进步的主要力量，代表着一个国家的可持续发展实力和国际竞争力，因此也就代表着一个国家的未来。未来20年，我国还会增加1.6亿大学生，

从而使得大学生数量达到4亿人。中国会出现一个以大学生为主体的知识社会，它会决定中国的经济形态和社会格局。

我们相信，菜鸟无忧作为实力雄厚、追求卓越的大学生实习就业指导性平台，在袁军的带领下必将引领新时代职场就业新理念，为大学毕业生职场赋能，把这些刚出校园的菜鸟们培养成为职场精英弄潮儿，在各自领域建功立业，创造社会财富，实现人生价值，共筑中华辉煌之梦。

姚凤明／文

绿色当铺打开绿色生活

栗阳

北京大兴人，1989 年生。2010 年，毕业于首都师范大学人力资源管理专业，之后致力于垃圾分类工作，并以家族企业为基础，开始了自己的环保之路。

> 垃圾分类解决的不仅是环境问题，也是社会文明水平的重要体现，绿色当铺也不仅是个卖废品工具，更是个践行绿色生活的平台和舞台。
>
> 栗 阳

垃圾分类始创业

2010 年年底，栗阳刚刚大学毕业。彼时，寒风凛冽，他骑着一辆电动车，在四个特定的小区的垃圾桶周围转悠，指导居民们进行垃圾分类。大家以为这是一个大学生志愿者，也都乐意积极配合。而事实上，此时的栗阳，是一个下定决心在环保产业闯出一番事业的创业者。之所以在这四个小区来回辗转，是因为栗阳家里的企业刚好承接了大兴区的垃圾分类试点的项目，而试点的范围就在这四个小区。

在栗阳看来，垃圾分类这样的工作其实是很简单的，有一点常识的居民一定能够理解，并且这是政府主导的试点工作，而北京市民的热情和配合度都会很高。然而现实却并非想象中那么美好。经过一段时间在小区的摸底和指导，栗阳发现了垃圾分类工作在各个环节中存在的漏洞。

首先在宣传上做得不是很到位，导致大家对垃圾分类的理解出现偏差。栗阳之前以为，只要把工人聘请过来，帮居民把厨余垃圾分拣出来，就实现了垃圾分类。事实上，现在的垃圾分类理念不仅早已经在分类上更加细致化，更在分类模式上有了突破性的认知：垃圾在居民家中就开始分类——即源头分类，这才是垃圾分类的正确打开方式。

随着栗阳参与到垃圾分类工作的时间越来越长，他对于垃圾分类的认知也更加全面和深入。而整个垃圾分类工作也从最初的雇工人在垃圾桶前二次分拣厨余垃圾这样简单原始的方式，发展得越发成熟。栗阳利用一些社会组织和志愿者团队，担任垃圾分类的宣讲员和指导员，结合目前比较先进的垃圾分类工艺，上门为居民服务，手把手地指导。垃圾分类指导员们活跃在小区里，更对接街道民政部门和老年协会，统计小区内行动不便的老人和残疾人，提供上门取垃圾服务，取名为"捎带收"服务，"捎带收"服务是先期以指导员上门服务逐步改为邻里捎带手扔垃圾的互助良好氛围。与此同时，栗阳还通过广泛的宣传活动，鼓励广大居民加入垃圾分类志愿者或者宣讲团的公益组织中，实现垃圾分类的互帮互助，进一步推行垃圾分类的理念和执行力度。

通过几年的运营，栗阳及其团队在垃圾分类和资源的回收再利用方面，无论是理念还是运营模式，都愈加成熟和全面，并且将整个模式系统化和不断优化，实现了垃圾分类和资源的回收再利用的闭环模式。

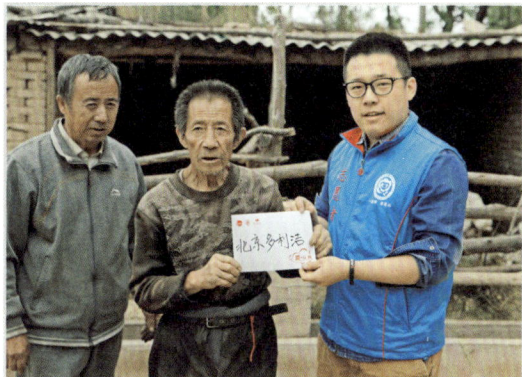

栗阳（右一）在"爱绽放"公益活动中为平遥县的贫困户捐赠款项

最关键的是，经过 5 年左右的努力宣传和推广，垃圾分类的环保理念已经深入人心，从最初的 4 个小区，逐渐扩大六七个镇街，300 余个小区，垃圾分类的模式更科学、更严谨、更符合实际。取得了社会效益、经济效益和生态效益的"全面丰收"，正应了他的公司名称——北京多利洁环保科技有限公司。

这个过程让栗阳深刻地认识到，垃圾分类这样的小事——甚至是举手之劳——背后竟然蕴藏着巨大的社会效益和经济效益，因为最大化地实现了资源的优化配置，极大地降低了社会资源的浪费，降低了城市发展成本，更提升了城市居民的公共素养。这令他更加有信心去致力于做好、做大、做强环保事业。而他也深刻地认识到，要做好垃圾分类这一类的环保工作，包括他所创业的环保行业，必须满足一定的条件，首先必须获得官方的支持；其次要获得广大人民群众的普遍认可和积极参与；再次，需要创业者有一整套完备的环保理念和科学有效的运营模式；最后，需要一个较大的平台，能够汇集各方资源数据的网络平台。

因此，栗阳深知，虽然创业已经有了十多年，但是对于未来的发展，还有很长的路要走。

创新模式搭平台

栗阳出生于 20 世纪 80 年代末 90 年代初，他既有着"80后"的沉稳，又有着"90后"的活跃思维和创新思维。事实上，从事垃圾分类和资源回收利用这个行业，栗阳家族诠释了传承的意义。栗阳的大伯栗景池是最早在大兴从事再生资源体系建设工作的，作为大兴区再生资源主体企业占领了大兴物资回收市场主要份额，如今栗阳七岁的女儿栗馨然也成为班级中的"垃圾分类小小宣传员"，他们祖孙三代的共同之处就是通过自己的引领和团队的共同宣传指导，为整个大兴区源头减少垃圾的产生和处理做出了力所能及的贡献。

受到家族的影响，栗阳最终选择了这个环保行业。然而，面对瞬息万变的互联网经济，传统的环保行业经营理念也面临着巨大的冲击。他对于互联网比较了解，因此，在创业之后就一直有一个想法，或者说是创业过程中的一个客观需求——要用互联网模式为传统环保行业发展创建一个大的平台，或者提供一个新的思路。

2018 年的时候，栗阳接到了一个任务——回收和清理老旧小区内的废旧物品——以废旧自行车为主——杜绝小区的各类安全隐患。北京这座城市，既有着现代化的高楼大厦，

栗阳在"爱绽放"公益活动中为平遥县的贫困户捐赠物资

非常时尚和先进的商业区，也有着很传统的居民楼，甚至有非常老旧的四合院。整体而言，城市发展的各个阶段在北京都能找到现实的遗存。

随着汽车保有量的不断提升，北京的很多老旧小区也是汽车满满，之前承载着大多数人出行的自行车，如今却放在小区的楼梯拐角、自行车棚等各个角落鲜有人问津，这些自行车数量庞大，回收的话利用价值并不大，利润更谈不上，但是这也是环保工作的一部分，作为一个致力于践行自己环保理念的创业者，栗阳义无反顾地接下了这项任务。可是，如此庞大数量的物品，怎么才能实现最优化的回收和分类呢？如果靠传统的"扫楼"模式，时间、精力和人力根本不足以保质保量按时完成任务。

栗阳此时想到了互联网，他主导团队开发了"绿色当铺"小程序，通过移动互联网来搜集整理数据，在大数据的指导下，派专人上门去查验和回收。古代的当铺是实物典当还钱，而绿色当铺则是把市民们一些没有太大利用价值的物品收集整理起来，然后以订单的形式"典当"给绿色当铺，会有专人根据订单上门回收，回收之后换取一定的环保积分，积分可以在社区超市等便民服务机构地方换取商品。

绿色当铺解决了北京等大城市目前存在的一些废品回收的痛点问题：首先，很多回收废品的人早已经不上门回收了，必须是当事人去送过去才收购，绿色当铺上门收货给当事人节省了大量的时间和人力；其次，用环保积分来替代现金，又提升了小区的经济内循环，形成社区及其周边的资源利用闭环。

最关键的是，如果有一些当事人需要把这些废旧产品卖钱，也完全不受绿色当铺的影响。绿色当铺最主要的是面向年轻人，要把年轻人吸纳到环保工作中来，让他们积极参与垃圾分类和资源回收再利用中来。从绿色当铺提供的数据来看，确实有很多年轻人参与到环保事业中来了。而最关键的是，很多废旧自行车的堆积问题也确实得到了解决，大部分老旧小区的安全隐患也被及时排除。

环保未来实可期

对于目前的垃圾分类等环保意识的普及，栗阳是非常有发言权的。在他和团队的努力之下，大部分居民的环保意识和公共意识得到了大幅地提升，参与生态环境保护的积极性也大幅提高。这是一个喜人的变化，栗阳和团队也乐见如此，毕竟产生了如此巨大的变化，实现了多赢的良好局面，自己的努力没有白费，他对于行业未来的发展信心更足。

当然，这些变化是在潜移默化中产生的，并非一蹴而就的，也同样是在栗阳和团队，包括志愿者团队在内的所有人共同努力下取得的。因为在创业的过程中，栗阳和团队也经历过很多的挫折，但是他依然对环保行业充满了信心。因为垃圾分类一个小小的举动，不仅能利己，更能利他。

在早期从事垃圾分类指导工作的时候，栗阳就遭遇过这样的委屈。很多老北京的"老爷脾气""顽主心态"，让很多垃圾分类指导员很受伤。有社区居民扔垃圾没有分类，指导员上去指导，教给他怎么进行垃圾分类，如何正确投掷不同类型的垃圾，细致入微，但这位"大爷"明显一脸不耐烦。第二天，该居民扔垃圾依然不分类，指导员就上前劝说，而这位居民突然就"炸了烟儿"了，转而教训起分类指导员了："你不是专门分类的吗？这不是有你在这儿吗？这事儿本来就是你干的，我分了你在这儿干吗呀？"诸如此类的事情不止一次发生，令很多分类指导员尴尬甚至委屈。

而近年来，随着垃圾分类理念的不断深入，这类"大爷式"的人物越来越少。有很多社区居民在"绿色当铺"里的环保积分根本没有使用过。栗阳就很奇怪，专门到社区门口蹲守，想要找到其中的缘由。那天下着雨，栗阳在小区垃圾分类点站了半个多小时，有三四十个居民扔垃圾，大家都自觉地把垃圾分类投放。他见状就问其中的一位阿姨，有没有去兑换环保积分？并且善意地提醒阿姨，兑换之后可以领商品。阿姨说，垃圾分类是大家分内的事儿，大家都已经坚持下来了，而环保积分的事情大家都无所谓了。

这让栗阳非常感动，因为环保积分兑换商品这样的"小方法"最初的目的就是为了推广环保理念，如今垃圾分类的

栗阳在社区活动中通过垃圾分类互动展板为居民讲解垃圾如何正确分类

环保理念深入人心，而作为引入的"环保积分"有时却已被大家忘记了。这样的模式，比起在小区内挂起"垃圾不分类，罚款二百元"的效果不知道好多少倍。

栗阳还在致力于垃圾分类这样的理念推广，同样也在思考环保行业未来发展的模式创新和理念创新问题。而他一手搭建的网络大平台，如今正逐渐影响着更多的人加入环保的行列中。他很欣喜地看到这种变化。

【采访手记】

栗阳是一个意气风发的创业者，骨子里却也有着成就大事的沉稳的秉性。对于环保，他有自己的执念，他深信垃圾分类是减少环境污染、维护生态平衡的重要一环，更是减少社会资源的浪费、降低城市发展成本的必然之路。因此，与其说他是一位创业者，不如说他是一个致力于环保事业的志愿者，一个为了大多数人的利益而不断努力的苦行者。

姚凤明 / 文

靠党建引领实现转型升级

栗斌

北京人，中共党员，生于 1981 年 11 月。现任北京禹王 1981 新经济产业园总经理、北京禹王装备制造股份有限公司总经理。栗斌是中国青年企业家协会会员、北京市青年企业家协会会员，还担任北京市工商联执委、北京市工商联青年企业家专委会副秘书长、北京市大兴区工商联执委、大兴区党代表、大兴商会青年企业家分会秘书长、北京市大兴区青年联合会委员等职务。

> 我们通过党建引领，使企业走正道、扬正气，出正品也出精品，守正创新，不断适应市场，拓展和延伸产业链，拓宽产业渠道，始终走在提升发展的道路上。
>
> —— 栗 斌

2019 年理想信念培训班结业感言

转型升级：企业与时代同命运共发展的必由之路

瞬息万变的市场经济让传统经营思维节节败退，总依赖偶然的机遇、意外的大单，亦非企业发展的根本出路和长久之计，"大好形势"和"光明前景"也往往孕育着危机。只有及时调整发展思路，不断实行转型升级，才能不断适应市场风云，在瞬息万变的市场环境中有所作为！

提到栗斌企业的转型升级，不能不提到两个有意义的年份，1981 和 2021，这正是两个历史性决议产生的时间点。

1981 年 6 月，党的十一届六中全会通过《关于建国以来党的若干历史问题的决议》，运用马克思主义的辩证唯物论和历史唯物论，对建国 32 年来党的重大历史事件做出了正确的总结，实事求是地评价了伟大领袖毛主席在中国革命中的历史地位，充分论述了毛泽东思想作为我们党的指导思想的伟大意义。体现了非凡的政治气魄、理论勇气和改革气质，拨正了国家发展的方向。正是在决议的引领下，1981 年 9 月 30 日，北京禹王装备制造股份有限公司注册成立了。同年 11 月栗斌也出生了。栗斌的父亲是一名老党员，对党有着很深的感情。尽管禹王公司是一家民营企业，但是老栗始终认为：民营企业依然肩负爱党爱国的责任，依然可以有自己的党组织，可以通过党组织管理企业，更好地利用集体的智慧。

于是，禹王公司在 1981 年成立时就同时成立了北京禹王装备制造有限公司党支部，老栗充分发挥党员干部的先锋模范作用，在企业管理中给予党员干部更多的权限。不仅如此，禹王公司党组织成立之后，按时召开党组织会议，发展新党员，定期组织全体党员进行理论学习，开展批评和自我批评，提高觉悟，提升认知，不断加强党组织的凝聚力和战斗力。在党组织的加持下，企业发展取得了不俗的成绩，在市场竞争中也处于优势地位。

随着传统产业逐渐退出历史舞台，年纪渐大的老栗也着手退休，栗斌接下了企业的重担。老栗同志在业务方面就渐渐不再干预，将企业未来发展的舵交给了儿子。

栗斌无疑是一个优秀的接班人。他在大学就已经入党。在接手企业的时候，尽管父子二人在企业的经营理念方面有较大的分歧，但是在非公企业党建方面的看法却是出奇地一致——必须保持企业党组织的正常运行，加强党组织对企业的管理。

栗斌有想法、有思路，同时也很有闯劲，对于企业未来的发展，他有着自己的认知。然而现实往往并不如理想那般丰满，尽管他的大方向是对的，但是在具体实施的时候，仍然感到困难重重。

在企业面临转型的艰难日子里，栗斌充分利用党组织的集体智慧，为企业寻找思路，通过积极谋划，他的"二次创业"不断产生新的思路。

在栗斌看来，只有不断创新，不断适应新的市场机制，企业才能在日新月异的市场大潮中处于不败之地。因此，他不断在实现企业"大跨越、大转型"上努力，多次转型创业的尝试都是无果而终，但他依然没有放弃。

2019 年 5 月，栗斌（左）参加大兴区工商联理想信念教育培训班并向革命老区中学捐赠电脑

就在他踌躇莫展时，2021 年 11 月 11 日中国共产党第十九届中央委员会第六次全体会议通过《关于党的百年奋斗重大成就和历史经验的决议》。40 年来，党和国家事业大大向前发展了，党的理论和实践也大大向前发展了。禹王公司也在成长壮大，必须有自己的新发展。他利用党员学党史、学七一讲话、学决议的机会，一次次讨论企业的转型升级，并说出了酝酿已久的公司转型升级的新想法和忧虑，并要求大家讨论。

一石激起千层浪。会上，大家对栗斌的想法非常认可，反响积极，每个人都从不同的角度对企业未来的发展和下一步转型提出了思路和见解。其中一个党员提出，公司原来的工业生产设备，原有的技术力量优势还要合理利用，不能彻底闲置；他提出"在党的引领下实现传统产业的升级"的思路，让栗斌以及所有人眼前一亮。

通过公司支部会、理事会、股东代表大会反复讨论酝酿，一个新的发展方向已经明晰：他们要在机器人、机器臂、无人驾驶方向上发展，还要依托智能制造去辐射产业园项目，给产业园插上智能跨越的翅膀！

问渠那得清如许，为有源头活水来。

正是坚持党建引领，使企业在转型中升级，在升级中嬗变，适应了形势，适应了市场，不断发展，渐入佳境。正如栗斌所说："转型升级是国家战略，更是企业的生命。因为市场瞬息万变，企业发展必须能适应客观形势的变化，不断转型升级，才有生命力和原动力！"

打开了思想的闸门，栗斌对企业的发展有了新的规划，也有了新的实施战略。2021 年，禹王公司正式转型升级为北京禹王 1981 新经济产业园！

这一切难道仅仅是一种巧合吗！不是！禹王公司用 40 年的实践证明，只有听党话跟党走，跟着国家发展的脚步走，跟随时代的步伐，才能不断把企业引领好，发展好！

党建引领：企业转型升级的坚强力量和根本保证

经过多年来实践的摔打，栗斌在公司外担任了众多的社会职务，现在又被推选为北京青年企业家专委会副秘书长，且再次当选为大兴区新一届党代会的代表。

作为一位企业家，更是一位共产党员和区党代表，他深知道共产党员的政治蕴含和分量，他更知道党组织的无形作用和力量，明确非公企业开展党建工作的核心意义。多年来，栗斌的公司始终坚持发挥党支部在企业运行管理和转型升级中的核心和保证作用以及工会组织对非公企业的凝聚服务功能，坚持"党建引领、群团融合、助力发展"的方针，逐步形成了"目标一致、组织一体、党群融合、工作协同"的一整套做法，积累了企业依靠党组织和工会组织取得发展的特色做法。

他坚持发挥党组织和工会组织教育培养员工的作用，不断激发员工家国情怀和理想信念，以时代精神凝聚员工、提升素质、铸魂育人，党支部切实按照基层党组织"三会一课"

2020年10月，栗斌（左）在延安参加全国工商联年轻一代民营经济人士理想信念教育培训班

的要求开展党组织建设工作和党员教育工作。每年七一前夕，他们都要组织一次党课教育，请企业党员领导干部、老同志或上级党务工作者讲党课。还多次组织党员和公司管理层走访红色教育基地，进行党史和奉献精神以及企业社会责任感等教育，收到良好效果。公司党支部还经常开展主题党日活动，讨论如何助力脱贫攻坚和乡村振兴、如何实践更多的社会担当，提高和增强做大做强企业、反哺社会的积极性、自觉性，把"党建引领"落到实处。

党建引领给企业带来根本起色和变化，出现了很多积极转变：

一是公司领导层观念由单纯业务观念向践行工业强区战略转变，大家积极自觉地从首都建设和工业强区、建设首都南大门的角度做好各自本职工作，企业充满积极向上的正能量。二是全体股东企业理念从单纯追求经济效益和企业利润向确立企业和企业家社会责任和担当转变，除了做好企业和自身岗位工作外，积极为地方重点工作做贡献，为贫困弱势群体送温暖，在疫情防控等全局性关键工作中，也能自觉按照上级和有关部门要求，从我做起，积极担当，自觉做群堵群防群治、守住首都南大门的积极力量。三是公司员工认识由单纯完成工作任务向为强国立功、为社会奉献转变，公司要求员工履行的社会义务，都能得到响应。栗斌以自己的实际行动，体现了一位党员企业家的素质和风采，2019年5月，在参加全区工商联（商会）理想信念教育培训班期间，他和其他企业家一起走进老区涉县第一中学。他代表全体企业家向该校赠送电脑10台，并以工商联执委、商会理事的身份在会上讲话，"捐资助学功在当代，利在千秋，商会关心支持教育事业责无旁贷。"激励学校不负众望，牢记使命，为国家培养更多的栋梁之材！抗疫期间，他先后多次向抗疫前线和有关单位捐资捐物二十多万元。

作为区工商联委员和北京市工商联青年企业家专委会委员，他能认真履行职能，积极参政议政，为促进地方经济发展做出贡献，进一步实现合作共赢，合力开创首都民营经济大发展的美好明天。疫情期间，他充分发挥自己的桥梁纽带作用，积极引导青年企业家和广大员工在做好疫情防控工作的同时，就复工复产和经济恢复积极建言献策，获得上级的肯定。

溢出效应：影响、带动更多企业走上党建引领、转型升级之路

近年来，栗斌作为中国青年企业家协会会员，先后陆续担任北京市工商联执委、北京青年企业家协会会员、北京市大兴区工商联执委、大兴商会青年企业家分会秘书长、大兴区党代表、北京市大兴区青年联合会委员等职务；同时又以北京青年企业家专委会大兴区秘书长的身份，被推选为专委会副秘书长。

这一切荣誉既是对他业绩和影响力的肯定，也意味着各级政府和党组织对他的信赖和期望。他感到责任更重、更大。他深深感到，自己作为一代民营企业家，生逢伟大时代，创的是大业、守的是大义、为的是大我，要有时代担当，要为非公企业树好标杆，带动大家"一条心、一道扛、一起赢"，以无愧于新时代社会主义建设者的称号。他牢记领导的嘱托：坚定理想信念，不忘创业初心，聚焦高质量发展，争做爱国敬业、守法经营、创业创新、回报社会的典范和亲清新型政商关系的表率，努力将自身发展融入到祖国改革发展的伟大事业之中。 继续发挥青年企业家专委会示范辐射作用，以服务青年企业家、服务北京高质量发展为己任，并把握方向、抓住机遇、坚持学习、提高素养，实现个人与企业健康发展。

近期，地方党委从把党建优势转化为企业发展优势的共识出发，决定在他的产业园打造非公企业党建活动基地，形成一个周边所有非公企业党支部的活动中心。这就意味着，他的园区将成为区域非公企业党建活动的核心，自己坚持党建引领，促进企业发展的做法得到肯定，他的做法有了显著的溢出效应。他觉得，自己的做法在区域内开花结果，将有更多的企业在党建引领下，走上健康发展的道路。他毫不犹豫地接受了这一光荣庄重的政治任务，专门召开支部会和理事会进行研究，拿出了 500 平方米的场所作为非公企业党建和学习培训基地，为所有企业党建工作和学习培训活动提供有力保证和必要服务。

在庆祝中国共产党成立一百周年和欢呼新的历史决议诞生的时候，在首都北京东南隅的青山绿水中，一道非公企业党建工作的风景线正渐次展现在人们的眼前！

太行山干部学院学习培训

【采访手记】

栗斌是一个非常冷静、务实的人，同时他又是一个非常执着的人，对于设定的目标一定要实现。他特别在意别人的感受，也特别重视别人的意见和建议。他的企业在党建引领的旗帜下，在转型中升级，在升级中转型，不断蜕变，不断发展。这正是他进一步把企业做大做强、不断取得事业成功的根本保证。展望未来，他将继续沿着党建引领的路子，不断使企业有新的发展，走入新的境界！

姚风明 / 文

守望者

——记北京科源轻型飞机实业有限公司
总经理原伟超

原伟超

北京海淀人，毕业于英国曼彻斯特大学。现任北京科源轻型飞机实业有限公司总经理，北京科源机场管理有限公司董事长。北京市海淀区工商联副会长、政协委员，北京市青年企业家创新发展协会副会长，北京市工商联执委、青年企业家专委会副主任。曾获海淀区第五届优秀青年企业家，海淀区第九届十大杰出青年。

> 如果一个企业没有看到未来，那它就很难站住现在。
>
> 原伟超

2019 年 8 月，庆祝新中国成立 70 周年阅兵海淀机场演练保障

中国有句俗话，叫作"男怕选错行，女怕嫁错郎"，说的就是行业选择对于一个男人来说，直接决定了其生命的宽度和深度，这其中可供参考的标准是社会地位、责任和义务。但对于原伟超来说，他的人生选择似乎是在出生的那一刻便注定要接下父亲肩上的担子，站在父辈的肩膀上负重前行。这副担子到底有多重？原伟超挑起来之后才知道。

2009年从英国留学回国之后，看见日渐衰老的父亲依然保持着创业时期繁重的工作节奏，原伟超心疼不已。在他的记忆中，科源酒家时期的父亲，凌晨三四点钟起床去菜市场进货，回到餐馆忙活一天，晚上十一二点才回家。造飞机时期的父亲，每天依然保持着十三四个小时的工作时间，自己能做的事情绝不麻烦别人，身体力行，亲力亲为。自认为不具备父亲那般强大的意志力和体力的原伟超觉得干不了这个事。所以，他没有选择在飞机制造方向上长见识，而是把数学金融作为自己出国留学时的专业。

但，人生不可能是一张蓝图绘到底。因为总有这样或者那样的岔路口会把人们拉到一个全新的方向上去。独生子女原伟超就这样走上了跟着父亲造飞机这条路。"作为创二代，我们的压力还是很大的。干得好，人家会说这是老一辈打下的底子，算是锦上添花；干得不好，人们会说我们是败家子，扶不起的阿斗。"人们的看法并不会左右什么，无论结果如何，只要沿着父辈的路走下去，尽心尽力便已足够。但是，海淀区西北部北安河乡海淀机场的那160亩地和上空的60平方公里空域，每一寸都凝结着父亲的心血和汗水，不可以辜负。在过去28年的时间中，父亲的每一天都在它们的默默陪伴下度过。

本来日进斗金的科源酒家老板原永民只因为听到老顾客说了一句"有人出售飞机制造技术"，便在20世纪90年代豪掷340万买了一大堆设计草图回来。然后，便义无反顾地踏上了全国首家民营飞机制造公司的小船，最让人不解的是，老原的这次石破天惊的举动仅仅是源自喜欢，关于这一点，家中那些《航空杂志》可以作证。

2019年10月对口帮扶十堰丹江口项目考察

自2008年国家开放3000米以下低空空域之后，国内通航产业的发展依然没有多大的起色。飞机虽然造出来了，但是市场没有热起来，依然是卖不出去。停在机库里的飞机就是一块"铁疙瘩"，并不能产生任何价值。相比于发达国家繁荣的通用航空市场，国内还有很长的路要走。现实的困境人尽皆知，如何在乌云压顶的云层中寻找通航的春天，接过父亲肩上担子的原伟超在寻找新的出路。

如果你不知道该往哪里走，不妨回头看看你来时的路。正如中国共产党建党百年的成功精髓：不忘初心，方得始终。

前路不通，那不如看看脚下，盘点手里的资源，研究当下的市场。原伟超逐渐清晰起来，乘着科技创新的大势，寻找通用航空的发展机遇——打造一个公共飞行示范平台。"相当于现在的无人驾驶测试区，本质上是服务于各大院所、高校的科研研发和高科技企业的科技创新，做通航产业的专业化服务。"和父亲当年因为兴趣而决定造飞机的决定不同，近年来辗转各大航展的原伟超，在经过缜密的调研之后，定下了这样的发展策略。"北京是文化中心，拥有数量较多的科研机构和大学，也是科技创新的龙头城市，海淀是科技创新的核心区，对于诸多有需求的创新主体而言，通常要到边远地区进行飞行测试。我们的机场有完整的配套设施和全要素的应用场景，不用出京就可以完成全部的测试，这是一个双赢的结果。"对新品研发机构而言，海淀机场所处的地利优势显而易见，能够最大限度地节省

2020 年 7 月携无人驾驶载人航空器参加中关村论坛展览

时间、成本和效率；对海淀机场来说，每个测试飞行的架次就是一笔收入来源。这种细致入微的细分领域若没有持久的深耕，绝难发现。"目前在全国有 13 个无人飞行示范区，除了我们之外，其他 12 个都是各地政府打造的。"对市场的认识将直接决定一个企业掌舵人能否真正地保护好、经营好这个企业。

"除了地面上这些现有的设施之外，我们现在着手在海淀机场的 60 平方公里空域范围内打造一个'信息罩'，运用 5G、AI 和大数据技术，360 度无死角地监控飞行器在空中的飞行状态，保证飞行安全。"任何一个创新和突破都源自现实中的启示。很多时候，天才和疯子仅仅是一墙之隔。听到如此描述，笔者不禁想到 1993 年的那个春天，老原在向身边的朋友讲述要造飞机的计划时，朋友们的反应差不多相同：疯了！老原没理会这些。没有专家，他通过引荐，三顾茅庐，诚挚邀请，组建了飞机制造团队；没有场地，他找政府，以磨漏鞋底的韧劲最终买下了 160 亩荒地；没有手续，他一次次上门讨教，一级级地进行汇报……"父亲经常说，实业报国，做稳做长，看准的事再难也要坚持下去。"

中国现今的科技发展水平与三十年前不可同日而语。国产无人机、载人无人机技术领先世界，但政府对于这些"低空、慢速、小目标"的监管始终没有什么好的办法。"信息罩"的产生必将助力政府、民航和军队对这些"低慢小"目标的监控，能够在最大范围内保证商业和军事飞行的安全。

除了硬件的建设之外，原伟超对海淀机场未来的规划中还包括软件平台的打造，最终目的是建成一套适应市场需求的新一代空管信息系统。这是一个全新的场景，即便是在美国也没有相应的技术。借助后发优势实现弯道超车，必须具备宽广的视野、开拓精神和一颗勇敢的心。"想法很美，实现起来很难。因为我们是民营企业，生存是第一要务啊。这些事情本来应该是由国家或者地方政府推动，有足够的资金支持，有相应的配套政策，但是现在基本都没有，我们必须自己搞。"经过几年的努力，打造一个安全可控的通航公共服务平台这一理念逐渐被主管部门接受。

2021 年 7 月天安门建党 100 周年观礼活动

2021 年，伴随疫情的常态化，企业再次转型升级，在坚守主业的基础上，正在立项建设中关村科学城低空飞行示范区。该示范区主要利用海淀区现有的资源要素，为无人低空科研和产业聚集做支撑，打造安全可控的网联无人机飞行综合基地，以试飞验证为牵引，聚集北京无人低空产业创新主体，形成创新链与产业链深度融合。

对于实业家而言，随着时代的发展对企业进行转型升级，这是大势所趋，也是时代的倒逼，否则就是等死。传统制造业插上科技创新的翅膀，成为更加高大上的存在，"如果一个企业没有看到未来，那它就很难站住现在。""用科技创新为传统产业赋能"这无异于如虎添翼。原伟超站在现在守望着他设想中的未来，像一个坚强的战士，炯炯的目光穿越迷雾，落在远方。在各类利好政策持续出台和科技创新的大背景下，通航"井喷式"的发展必将到来，至于是五年还是十年，原伟超的预测和实际情况会有出入，但冬天都到了，春天还会远吗？

【采访手记】

爱笑的原伟超给人以亲切感。相较于父辈的执着，留学的经历让他拥有更宽广的视野，更敏锐的眼光，能够从当下科技发展的星辰大海中捕捉到助力传统产业发展所需的基因。虽然文中所描绘的场景尚未成型，但正如同老原当年抱着一堆飞机设计草图一样，他所设想的未来也需要坚韧不拔的毅力才能做成。父子两代人拥有各自的梦想，等到通航市场"井喷"的那一天，便是两代人梦想成真的时刻。我们期待着，也祝福着他们！

朱昌文／文

绿水青山守护者
——唐杰科技总经理高兴瑞的创业人生

高兴瑞

北京市唐杰城市节能环保科技发展有限公司总经理，中共党员。北京市市容环境卫生协会副理事长，北京市西城区工商联执委，北京市天桥商会副会长，北京市西城区青联委员，北京市扶贫协作先进个人，西城区百名英才，西城区青年之星。

> 立足绿水青山就是金山银山的文化哲学观，勤于创新，敢于担当，环保厕所要做出大文章。
>
> ——高兴瑞

2021年3月15日，高兴瑞在北京市会议中心参加北京市扶贫协作总结表彰大会并荣获爱心奉献奖

2021 年 4 月 7 日，高兴瑞（右二）在北京全国农业展览馆参加北京市市容环境卫生协会 2020 年年会暨环卫与垃圾分类高端论坛

　　他的事业，一直为厕所革命积极努力，从一砖一瓦，一个便器，一个项目入手，带领他的团队辛勤工作在北京的大街小巷；科技智慧、环保节能、人性化的厕所点亮了人民群众的幸福生活。他带领团队治理城市牛皮癣，经过多次实验，研发一系列设备工具，用高科技手段，为根治城市牛皮癣奉献重要力量，这就是高兴瑞，淳朴憨厚表情蕴藏着人生睿智；听他谈厕所的故事，总是能让我们想起劳模的形象；"小厕所，大民生"，绿水青山就是金山银山，城市环境的保护，人居环境的改善，唐杰科技，功不可没。

厕所革命，公益为重

　　公厕革命期间，高兴瑞带领唐杰科技在北京区域新建、改建环保公厕上千座，每年为北京节水数十万吨。当我们把眼光放回到 2006 年，北京的城中村、郊区还遍布旱厕的时候，何时用上没有臭味的环保厕所，可谓是一代人的梦想。唐杰科技公司正是在这样的命题下应运而生；当时的政府采用以商养厕的办法，鼓励民营资本投资环保厕所；唐杰公司依托两个发明专利，为北京市核心区新建了第一座"泡沫免水冲公厕"，节水率达到了 99%，受到了时任北京市市长王岐山同志的肯定。但厕所好建，选址困难；当时建一座厕所几乎要 200 多万，回报率比较差，很难形成以商养厕的良性循环。在此基础上，政府采用灵活多变的方式，因地制宜设置一些移动式环保厕所；特别针对一些人流量大的地区，如前门地区，旅游区周边等，既可以解决游客应急如厕问题，又可以销售电池，胶卷等旅游用品，解决保洁员的生活收入，一举两得。但随着北京市出台公共厕所不得进行经营性活动的规范出台，这些厕所的运营受到致命冲击，后来在政府购买服务的模式下，开始走上厕所回归公益的路程，也正是这种模式的确立，使唐杰公司成为研发、生产、制造到运营的一条龙服务的全能环卫公司。

2021 年 5 月 25 日，高兴瑞在中国职工之家参加共青团北京市西城区第三次代表大会（树选为"西城青年之星"）

整洁市容，清除城市牛皮癣

2008 年，随着奥运会紧锣密鼓的筹备，北京的市容市貌也成了一个接受世界检阅的大领域；当时最让人头疼的就是大街小巷张贴的小广告，成为一线环卫工人最为棘手的问题，电线杆、变电箱、街头巷尾、公厕门口都是重灾区，最重要的是，你白天清理了，一晚上又贴满了，前脚清理了，后脚又贴上了，且越贴越结实。

高兴瑞说："劳动人民总是有办法的，当时我们研制出一种高压高温水枪，能瞬间清掉贴在地上的小广告，这款产品曾在北京各个区县环保比赛中表现突出，成为一款清理小广告的利器。"另外，一些墙面的小广告或变电箱上的小广告，我们研制出一种防沾漆，只要刷上这层漆，他就贴不上，几乎从根本上解决这一问题。当时北京城管委专门组织 18 个区县相关部门，交流学习这种作业治理体系，并受到河北多个地方政府的邀请，在春节期间进行小广告的专项治理，都取得非常好的效果。

应急公厕，撸起袖子加油干

厕所的基本功能是解决人的方便问题，一些大型活动人口瞬间聚集上万人，厕所问题也瞬间成为最大难题。高兴瑞和他的团队正是在这样的需求中，带着为百姓服务的精神，不怕苦不怕累，做好每一座厕所。

2021 年 7 月 1 日，高兴瑞参加在天安门广场举行的庆祝中国共产党成立 100 周年大会

2008 年奥运会期间，唐杰公司接到任务，要在奥运场馆附近修建环保厕所，此时离奥运会已经很近了，一些路段已经开始管控；首先是材料问题，当时的砖一下子从 2 毛一块上升到两块钱一块，关键是买不到，运不过来，最后通过政府协调，一路绿灯，才从河北运来一批砖。为了赶进度，采用三班倒的方式，工人在场地基本不出来，吃饭就送面包火腿方便面，经过大家的辛苦努力，终于在规定的时间内，完成了三座厕所的建设，工人们也为奥运会添砖加瓦而自豪。

北京徒步大会是一项北京市政府批准的国际化山地品牌活动，是继北京国际马拉松赛、中国网球公开赛、斯诺克公开赛之后推出的又一国际精品体育品牌，每届都有上万人参加，为了解决徒步大会的如厕问题，高兴瑞进行了从起点到终点的实际考察，当时整个路程基本都是山路，没有水，没有电，且冬天天气寒冷，考虑到这些基本问题，无水节能环保厕所最为合适，并且加上智慧保温系统，当这些都设置好了，大赛临开幕前几天，组委会又找到唐杰公司说，按照人均分配律，目前的厕所还远远不够。当时，组委会又提出要求要用水冲式厕所，满足人水冲为净的心理需求，并且又没有水源，这样的问题让高兴瑞确实有点犯难，为了达到国际赛事的标准，高兴瑞就特意制造了一款移动式环保厕所，圆满解决赛事期间出席人员的如厕问题。

厕所管理用上了大数据信息化平台

高兴瑞说，别看小小的厕所，在关键时刻却是关系人民幸福生活的大问题，随着时代的发展，唐杰科技投资建设的厕所越来越多。管理也成了大问题，唐杰科技开始启动大数据信息化管理方案，考核管理人员的管理质量，设施维护、厕内臭味异味，PM2.5等及时数据传输。为了异味臭味问题，特意加装负压装置，举个通俗的例子："就是放了一个屁都会被及时处理。"另外如厕环境的温度控制也是一大问题，公司特意设计控温装置，保证冬天如厕不会冻屁股，夏天如厕不会出一身汗，无微不至，如此这般，都在考验唐杰人的服务精神。

随着老百姓对幸福美好生活的向往，如厕作为一个硬话题无法回避，也是政府关注民生、环保的主要视窗。高兴瑞主持开发了民企中首个《信息化综合管理平台》，并取得了自主版权，将公司环卫、物业、园林业务纳入信息化管理，信息化和大数据的应用，提升了管理水平，为政府及时提供公共设施的运行数据。

与此同时，唐杰公司产品被纳入《北京市环卫产品目录》。受邀参编《公共厕所建设规范》北京地方标准，参编《公共厕所消毒类产品技术要求》和《公共厕所管养作业规范》两个国家级行业标准。应邀参加国家旅游局与盖茨基金会举办的中国厕所技术创新大赛，循环水公厕获得了优秀案例（全球52家，十家获奖）。公司先后获得北京市"专精特新"中小企业、北京市绿色企业等荣誉称号。前不久，高兴瑞积极投入到京津冀融合发展的国家战略中，带领团队参与雄安建设，对白洋淀水系统考察，编制白洋淀周边公厕技术建设和运维方案，制造全国首座循环水移动公厕，在雄安新区展现着来自北京高新企业的力量。

抗疫扶贫，大爱担当多温情

身为共产党员的高兴瑞，不管在任何场合，总是敢于担当，特别是疫情期间，环卫作为第一道防线，更是不可小觑；高兴瑞在春节前成立了防控疫情领导小组，一直在一线指挥做好应急保障，比如，40小时内为急救中心消毒站建设环保灭菌型卫生间；为广外医院隔离区提供环保公厕；对停工两年多的大栅栏公厕进行应急性修复等应急保障工作。并积极参与捐赠活动，捐赠现金和物资总价值30多万元；为街道社区捐赠了紧缺的口罩消毒液等防护物资和后勤保障物资；对多个医院和120中心捐赠了100盒张一元茶叶；向青少年基金会捐款，跟青联的伙伴们开展捐赠医用护目镜活动等。

作为一名新时代青年企业家，高兴瑞积极投身脱贫攻坚事业，响应"万企帮万村"号召，与阜平县史家寨村签订《结对帮扶协议》，助力帮扶村如期脱贫摘帽。先后投入近数十万元资金用于各地脱贫攻坚和光彩公益事业。让百余户贫困家庭受益，改善当地千余人的生活条件。

高兴瑞担任帮扶小组组长，多方面开展帮扶。一是就业扶贫，直接为当地毕业生提供就业岗位，开创成功案例。二是商贸扶贫，购买当地土特产为职工发放福利，解决土特产滞销问题。三是扶贫创新，重点进行环境卫生专业帮扶，从"公厕革命"着手，捐建符合当地需求的环保公厕。捐赠分类垃圾桶，助力美丽乡村建设。高兴瑞还协助区政府为喀喇沁旗"量身定制"环保公厕，为贫困户捐赠棉被，参与区青联倡议的"红墙助学"捐款活动与"我在张北有亩地——扶贫有藜"藜麦认养活动。

可以说，唐杰公司在多年的环保一线奋斗历程中，立足绿水青山就是金山银山的文化哲学观，勤于创新，敢于担当，小厕所做出大文章；我们相信，高兴瑞一定会带领他的团队，立足城市建设和运营的事业，为人民幸福美好生活，守护一片青山，呵护一片绿水，任重而道远……

孙秀明／文

不畏风雨更前行

——北京升光华鑫科技有限公司
唐世鑫总经理的创业历程

唐世鑫

北京升光华鑫科技有限公司唐世鑫总经理，梯峰教育科技（上海）有限公司董事。

> 创业是一种思想不断积累的过程，更是付诸实践，切身励行的过程；一个优秀的团队，同甘苦，共患难，风雨兼程，一路同行，不忘初心，方得始终。
>
> —— 唐世鑫

2018 年在北京召开首届全国青年企业家峰会

以创业来体现人生价值，在逆水行舟，艰苦磨难中一步步攀登；商海浮沉，潇洒又从容，人生境界，无限风光在险峰；在北京升光华鑫科技有限公司总经理唐世鑫的创业历程中，总是带着点叛逆与实现人生价值的欲望，从最基本的工作做起，在商贸、餐饮、文化教育等不同的领域中摸爬滚打，尝试着不同的酸甜苦辣。

同学眼中的"糖"先生

唐世鑫出生在一个知识分子家庭，父亲母亲都是清华大学的教师，他自幼就在清华园中长大，感受到清华人文底蕴的熏陶。但是，唐世鑫并不想生活在父辈的光环下，去过一个既定程式化的人生之路，而总是带着点创新的思维，在自己的人生中制造一些小波折，闪现一些人生风采。

在中央财经上大学期间，唐世鑫便开始有了创业的想法，他的创业并不像很多大学生因为缺少生活费，而是为了体验一下创业的过程；当然，这种创业模式也相对简单，他从市场上购买各种水果，加工成小块，添加不同沙拉酱、酸奶、蜂蜜等，制作成不同口味的鲜果切；水果沙拉；装到包装盒里，在学校寝室间销售；为同学们增加一点营养。

可以说，这种创业方法看似简单，但却极大地考验一位大学生的自尊心与上门推销的勇气，唐世鑫每天上完课就开始工作，这一天做出来的"糖果先生"必须卖完，不然有些水果第二天就会变质坏掉，唐世鑫更加勤快，每天背着自己的产品四处宣传，奔波于各个高校中，累得满头大汗，筋疲力尽。功夫不负有心人，唐世鑫的"事业"很快受到同学们的认可，甚至有同学开始私人定制，定期购买他的"糖果先生"，由于唐世鑫说话和颜悦色，与同学打成一片，同学们也戏称唐世鑫为"水果大王"，每天都有同学期待"糖果先生"的出现，为他们送来清凉与甜蜜。

正因为唐世鑫对校园经济比较了解，大学毕业之后，唐世鑫并没有急着去找一份稳定的工作，而是在学校附近开了一家餐饮店。依旧保持原来的管理原则，以身作则，很多事亲力亲为，包括采买各种原料、食材；并对厨师要求严格，卫生把关，故而他家的产品总能受到师生们和顾客的喜爱。

两代人的创业情怀

如果说，唐世鑫的校园创业只是为了牛刀小试，那么这一切都是为了让升光华鑫的接力棒接的更稳。在 20 世纪 90 年代初，在改革开放的大潮下，唐世鑫的父亲放弃了清华大学教师的优越待遇，下海开始了自己的创业人生，主营南孚电池等一系列产品的区域销售，曾有一段时间，国内的各种电器都需要电池，如收音机、录音机、照相机、BP 机、话筒等，电池成为一种最快的消耗品与能量之源；而在众多的电池品牌中，南孚电池以聚能环的科技为先导，专注于小电池领域；成为中国电池领域中拥有雄厚科技力量的企业；产品行销世界五大洲六十多个国家和地区，向消费者展现中国产品的优质和民族企业的魅力。

可以说，在父亲的创业过程中，一支小小的电池，承载了一位清华教师的创业梦想，创业初期，方方面面都存在着困难，唐世鑫的父亲推着自行车为机关、学校、超市送货，

2020 年在北京举办梯峰教育线下沙龙活动

其中艰辛，外人难知。但随着时代的发展，各种电子生活用品对电池的用量开始减少，公司也面临着一个巨大的困境，正是在此基础上，唐世鑫开始从父亲手中接过接力棒，重新规划公司发展方向，寻找新的业务着力点。首先在电池品牌上，在南孚的基础上，拓展一些质量好的、科技含量高的电池、3C 产品；另外，在商超销售的基础上，充分利用拓展的业务渠道，增加一些快销产品，比如一些百货商品，包装食品等，公司逐渐形成一个产品多元化的商贸型公司。可以说，升光华鑫凝聚了唐家两代人的心血与创业情怀，在商海沉浮中走出一段风采。

2020 年在北京举办北京消费品博览会

立足教育，游学剑桥文化更自信

对于唐世鑫来说，教育是一种情怀，父亲本身就是清华教师，自己又在清华园中长大，气氛的熏陶，人文的滋养，都让他更倾注教育事业。于是，唐世鑫便与朋友合作成立梯峰教育科技（上海）有限公司，专注于以线下剑桥大学游学为基础，中英教育与文化科技传播。

游学精神溯源于孔子，孔子带领弟子周游列国，一路受到各种磨难，孔子言传身教，形成一种治学精神，正所谓，读万卷书，行万里路，方可悟人生真谛。明朝大画家董其昌在《画旨》中有这样一段话："读万卷书，行万里路，胸中脱去尘浊，自然丘壑内营。成立郛郭，随手写去，皆为山水传神。"

正是带着这样一种文化精神，梯峰教育择优国内品学优良的学生，立足传统文化，带着满满的文化自信，到英国剑桥、牛津等世界名校进行游学访问，让孩子们感受到中外文化的差异，在学好中华文化的同时，更加吸收其他文化的滋养，来丰富自己的人生阅历与知识结构。这种教育方法立刻引起学生与家长的青睐，也为中华文化的传播与弘扬，拓展了一条人文渠道。

雪亮工程，公益之心

据教育部等六部门部署开展第八次全国学生体质与健康调研数据表明，我国小学生近视眼发病率为 22.78%，中学生为 55.22%，高中生为 70.34%。为此，国家推出《综合防控儿童青少年近视实施方案》，这是贯彻落实习近平总书记关于学生近视问题的重要指示批示精神，切实加强新时代儿童青少年近视防控工作而制定的法规。2018 年 8 月 30 日，教育部、国家卫生健康委员会等 8 部门联合印发《综合防控儿童青少年近视实施方案》，提出了到 2030 年中国 6 岁儿童近视率控制在 3% 左右的目标。

唐世鑫正是带着这样一种责任，承接了全市 30 多所大、中、小学的教室照明改造工程，在科学环保的基础上，运用绿色、低碳、节能的高标准全护眼照明设备，为孩子们打造一片雪亮柔美的视觉空间，让孩子们的眼睛更健康，心灵更舒畅。

可以说，在多年的创业历程中，唐世鑫带领他的团队以诚信赢得客户的信任，以优质的产品拓展更加广阔的市场空间，以公益之心提升企业文化的高度。在每年的开学季，为清华大学新入学的学子们送上包括生活用品、电池插排、充电设备的开学礼包；在新冠疫情期间，唐世鑫更是带领员工积极捐赠，并在疫情期间做到不停工、不减薪，时刻坚守岗位，为北京市民做好生活必需品的保障供应服务

从某种意义上说，创业不在大小，注重的是一种拓展模式；公益不在多少，注重的是爱心传递；真正有凝聚力的企业，必定是一家有人情味、有生活温度的公司，唐世鑫正是在这种情怀中，上下求索于自己的商业空间；逆水行舟紧划桨，不畏风雨更前行。

孙秀明 / 文

风雨相伴见彩虹

——朗达信诺总经理陶磊的创业人生

陶磊

中共党员，北京朗达信诺服饰有限公司总经理，北京中天远建筑工程有限公司董事长。

> 创业过程中，每天都是创业的起点；愈是艰辛，离成功越近；有舍者，必有得；诚信为本，一诺千金，朗达信诺，以时尚经典引领定制服饰审美新高度。
>
> 陶 磊

2017 年 1 月，陶磊（右一）参加游心公社跨年峰会

抗压能力是一位企业家的基本素质，在企业成长历程中，总会出现一些瓶颈期，山重水复疑无路，柳暗花明又一村；朗达信诺服饰有限公司总经理陶磊正是在险象环生的创业路上一路走来；一把金剪刀，精制身上衣，以质量为基础，以设计理念引领服装定制新潮流。

北漂到家族企业再创业

2008 年，陶磊毕业于江西东华理工市场营销专业，学习成绩优异，一连当了四年班长，同时担任学校的团支部书记，第一批入党。如果按照学校分配，陶磊将以特有的条件成为一位白领贵族。但改变他人生命运的正是那份刻骨铭心的高中校园之恋，由于女友在沈阳读大学，又被分配北京工作，陶磊也想尽一切办法要来北京。毕业之际，陶磊已经与一家公司签订了就业意向协议书，但为了与女友在一个城市工作，果断放弃，毅然踏上了开往北京的列车。但对于南方大学的一位刚毕业的菜鸟来说，在北京找一份高薪轻松的工作并没那么容易。当时好不容易找了一份蒙牛产品销售工作，被安排到仓库做库管，每天点货，送货，几乎相当于一位高级搬运工。三个月之后，陶磊在这种微薄的工资与超强的劳动面前，越来越找不到工作的感觉；于是转行到一家酒水销售公司，洽谈酒水进超市，并负责促销工作，凭着市场营销专业的特长，很快做到公司销售业绩第二名。

当时，开服装公司的父亲来北京拓展事业，由于对北京市场不熟悉，第一年就赔了 100 多万，而此时的陶磊漂在北京，一个月 3000 多元钱的收入，仅够温饱。这种差距让陶磊产生要帮父亲打江山的想法，俗话说，打虎亲兄弟，上阵父子兵。毕竟在北京销售行业拼搏了两年，积累了一定的经验，陶磊加入了父亲的公司，与别的员工待遇一样，还要比别人勤奋一些，但陶磊内心却有一种主人翁的责任感。果然不负众望，很快陶磊就与京东、易车、中航证券、美菜、东方雨虹、国家电网、国家安全生产监督管理总局、神华集团等多家大型单位签订合同，连续三年累计过超过 5000 万的营业额迅速使公司扭亏为盈，在父亲褒奖的眼神和赞许的话语中，时刻透露出对儿子长大的一种自豪与欣慰。

海阔天高任鸟飞

2015 年，在各种压力之下，陶磊终于决定单独创业，脱离了父亲的公司。陶磊开始租了一处办公场所，雇用了一个后勤兼助手，以为数不多的启动资金，开始走出朗达信诺公司的第一步。"朗达信诺"之意分别代表了高洁、办事通达、以信为本，一诺千金之意。正是在这样的经营理念下，他首先建设了一家自己的服务网站；从一位员工起步，历经 6 年时间逐步发展为一家集研发、设计、生产、销售于一体，专注打造职业服饰的专业公司；公司旗下拥有朗达 /langda 高级男装品牌；经过多年运营，积累了丰富的客户资源，与多家学校、医院、银行、酒店、画廊、4S 店、大型连锁超市、工厂等社会各界企事业单位均有合作，客户面遍布全国，甚至远销海外。

陶磊表示，自己创业的感觉就是完全可以放开手脚，有一种海阔凭鱼跃，天高任鸟飞的感觉。公司第一年就有 230 多万的营业额，团队扩展到七八个人；第二年随着团队素质的提升，达到 400 多万的营业额；第三年就达到 900 多万的营业额。在公司发展过程中，虽然也发生一些令人心酸痛苦的事情，但陶磊处理的得心应手，并没有影响公司的发展；并且在招聘伊始，陶磊就与员工约法三章，避免此类事件的发生。当然这些思考，也都得益于在父亲公司的实践经验。2017 年，陶磊利用自己的资源又成立一家以销售、安装中央空调等制冷设备为主的建筑工程公司，又使公司多元化发展。

2018 年，在陶磊看来，是公司发展的一个瓶颈期，也是公司凤凰涅槃的一年。越是在困难时期，陶磊越是感觉人才的重要性，他拿出 20% 的期权，分配给公司的四位核心骨干，并给他们每年分红的股东待遇。这让公司平稳度过了三个月的业务真空地带，从而迎来金九银十的收获时节。一连几个月，大小订单蜂拥而来，每月竟然签了 200 多万，一连几个月都是这种现象，公司也很快步入发展的快节奏，陶磊也松了一口气。陶磊后来感觉到，这些单子都是公司的核心骨干群的共同努力，才让公司起死回生，蓬勃发展；这既是舍得哲学，更是"公司是公司人的公司"的完美解释。

2017 年 6 月，陶磊（左二）参加步森职业装年会

2021 年 5 月 1 日朗达凌源旗舰店开业

　　李白在《白纻辞三首》中曰："吴刀剪彩缝舞衣，明妆丽服夺春晖。扬眉转袖若雪飞，倾城独立世所稀。"可以说，几年来，朗达信诺公司在秉承质量第一，创新发展的理念下，打造定制服装的新高度。在公司核心设计思想指导，改变原来工作服"土""朴""笨""丑"的审美，而变得时尚、耐用、经典、家庭日常工作皆可穿的审美高度，穿出自信，穿出公司新形象，受到了客户的广泛好评；在业内口碑相传，赢得了各界高度认可，在多家重点大学、上市公司、政府机构及事业单位中担当重要的设计及承制工作；旗下品牌长年以来相继获得"中国驰名商标""北京市著名商标""中国服装品牌年度大奖"等。

　　十年磨一剑，江湖未远。陶磊以一位思考者的姿态，洞察创业路上的风云变幻；以一位实践者的步伐，走出了起起落落的精彩人生；从一位职场菜鸟到沉稳历练的多家企业掌舵人，他很快触摸到企业管理的精髓要义。他以人为本，诚信天下，在亲情、友情、爱情的三重维度下，体验人生之妙境。我们相信，朗达信诺一定能在陶磊总经理的领导下，走向一个更加辉煌灿烂的明天……

孙秀明／文

最美的风景在路上

——记北京康迅传媒创始人兼总经理黄大勇

黄大勇

1971 年早春出生在河北一个贫困的农村老师家庭，闭塞与困苦，年少时一穷二白的生活，让他对穷有着刻骨的体会，也使他对外面的世界有着更大的渴望。1990 年保送进入石家庄师专中文系，创办春蕾文学社。本科在北京广播学院学习广告学专业，当过老师，做过策划，编过杂志，1997 年开始专门从事医药品牌传播，2005 年创办星团传媒，2007 年创办康迅传媒，先后创办了全科学苑、神经时讯、围术期医学论坛、营养之窗。主要社会兼职：北京科技大学 MBA 行业导师，北京慢性病防治与健康教育研究会副秘书长，中关村健康服务产业促进会专家委员会委员，中关村精准医学基金会临床科研与培训专项基金秘书长。先后获得了2019 科特勒·新营销"年度营销领袖"大奖，被评为"中国健康产业十大领军人物""中国管理创新人物""中国经济十大创新人物" "2019 中国特色管理科学体系工程建设卓越人物""中国优秀诚信企业家"。

> 只有认为自己能改变世界的人，才能改变世界。所以说，我们是有理想的。
>
> 黄大勇

2019 年 8 月 24 日，黄大勇先生作为中国健康产业联盟副主席在"2019 中国健康产业大会"上发表题为"从夹缝生存到开创蓝海"的精彩演讲

（一）

1994 年，改革开放大潮席卷神州大地，全国上下到处弥漫着"下海经商"的氛围。不甘在体制内做一名人民教师的黄大勇背着当校长的父亲，离开了学校到河北省记者协会下属的广告公司做起了一名编辑记者。"子承父业当老师也很好，不过那种生活不是我想要的，可能是我骨子里就愿意'折腾'。"这一步算不上真正意义上的"下海"，但是，对于一个刚从体制内走出来的年轻人来说，这至少是到了海滨，能够看到"海"的样子，只待一个合适的机会便可以获取"冲浪"的机会。

"那个时候，我要自己去采编，还要拉广告搞创收，什么活都干。"摆脱了体制内那些条条框框的束缚，可以自由呼吸的黄大勇开始了他的"折腾"人生。由于河北记协下属的广告公司依然属于带有体制内性质的单位，从某种程度来说，无法完全按照市场经济的规律办事，不能充分调动黄大勇身上的每一个细胞，他选择了到以岭药业这个私营企业从事品牌宣传和企划工作。

生命于我们，像春天的风，润暖；像夏日的阳，火热；像秋日的果，丰硕；像冬日的遐思，无时无刻不在累积深刻……

2003 年，经朋友介绍，黄大勇正式入职中国医药集团下属的国药广告有限公司，继续从事品牌策划工作。从河北到北京，地理距离并没有多远，但对于彼时的黄大勇来说，这是一个全新的起点。"之所以选择北京，就是想着到首都看看更广阔的世界。"在这个更大的舞台上，黄大勇在工作之余开始规划自己未来的职业形态。

经过十年的积累和沉淀，他开始第一次"下海"试水。"那时候已经积累了一些人脉和资源，准备在医药的学术

2019 年 10 月 12 日，"现代营销学之父"菲利普·科特勒先生亲自授予黄大勇先生"2019 年度营销领袖"大奖，以表彰其在价值营销方面作出的贡献

推广这个'夹缝'中深耕一下。"朋友出资，黄大勇以职业经理人的身份操盘，这样的组织架构导致他并没有决策权，外行领导内行，加上市场因素的诱导，第一次"创业"的生命周期仅仅坚持了十个月便草草收场。"现在想来，我能够理解那些股东的立场，他们投资就是为了赚钱，而且我的自信也让股东们认为赚钱很快也很容易，可是下了水才知道有多难，这个行业不可能立马变现，这不符合行业发展的规律，再加上我那时在心理上也没有足够的准备，所以说失败是注定的。"

（二）

生活，是煮一壶月光，醉了欢喜，也醉了忧伤；人生，是磨难在枝头上被晾晒成了坚强。

虽然心有不甘，但生活还要继续。经过第一次的挫折，黄大勇快速从中吸取了教训：不能要那么多指挥官。骨子里的倔强让他深信，自己选择的这个行业没有问题，按照自己的想法继续走下去，一定能够干出点名堂来。"我用自己积累的知识给客户创造价值，在市场需求旺盛的前提下，成功的可能性还是很大的。"2007 年的愚人节，黄大勇揣着 8000 多块钱，开始了第二次创业。在外人看来，这就是个愚人节的玩笑。可是，黄大勇是认真的，交了三个月房租，从家里搬出了两台电脑，新公司康迅传媒就这样在北三环木偶剧院后面的一间办公室里成立了。

这次是自己当家做主，黄大勇经过 13 年的"练习"之后，终于抛开一切束缚，开启了自己的"冲浪"生涯。借助于十多年中积累的经验与人脉，在新公司注册的过程中，第一单生意就找上门了。"有一个客户要招标，我就写个方案、做个报价投了过去，也没抱太大希望，结果居然中标了，发标方认为我的方案是最好的。"有了这个单子，黄大勇开始真正体会到了创业的滋味。

"老黄你做什么的呀，你是不是卖药的？"有人问。

"我从来没卖过药，我是做广告的。"黄大勇答到。

"哦，原来你是拉广告的啊。"

"严格来讲，我也不是做广告的，我做的是传播。"黄大勇如此定位自己的业务范畴。

在中国传媒大学广告专业进行学历升级之后，黄大勇对媒介的认识更深了一层，在医药传播领域有了自己独到的认知和领悟。在中国广袤无垠的大地上，分布着数以万计的基层医疗机构，从业人员以百万计。大中城市的高端医疗资源相对应的是疑难病症的诊治，但人民群众最需要的却是普通常见病的预防和治疗，这部分市场倘若全部汇集在大中城市，既浪费了高度医疗资源又加重了患者的经济负担。本来可以在乡镇医务站解决的小问题，却往往因为基层医务人员知识的匮乏而导致人们不得不涌向大中城市。这是市场的痛点，也是患者的切肤之痛。"基层医疗市场潜力巨大，但比较分散，我们的业务就是从基层医生的培训开始艰难起步的。这项业务单产率比较低，利润微薄，因此我们干得很辛苦，勉强度日。"

十多年之后的 2019 年，"中国健康产业大会"在北京召开，黄大勇应邀出席并发表了"从夹缝生存到开创蓝海"的主题演讲。他把康迅传媒总结为是一个集教育培训、信息传播与医药营销于一体的"跨界经营，创新发展"的企业。"我们服务的对象是医药企业，他做的处方药必须经过医生的手开出，才能到患者手中。也就是说，患者的购买行为是医生决定的。过去一些不太好的地方是药价虚高，医生吃回扣，而我们做的事情就是把这些药进行阳光的、合法的推广，将学术营销和信息交换串起来进行双向传播，这样既能够将药企的产品信息推送到医生那里，也能够帮助医生在众多药品中选择更加适合患者病情的药品，可以说是多方受益。"既然没能赶上中国医药市场高歌猛进的好时光，那就静下心来踏踏实实地做点夯实基础的事情。康迅传媒自诞生之日便连续承接了原卫生部全国高血压诊疗基层实用规范的培训，并在北京市率先开展了《脑血管病社区防治指南》的推广，以及北京市社区卫生管理干部岗位培训等项目。2008 年年底，成立一年半的康迅传媒便实现了 2000 多万元的营业收入，黄大勇终于在离开体制 14 年之后，成功实现了"中流击水"的梦想。

（三）

互联网的出现改变了人们的生活方式，特别是移动互联网的出现直接让诸多传统行业消失在历史的长河里，这其中就包括纸媒。曾经风靡全国大小城市的报亭现在已经难得一见，曾经声名显赫的诸多纸媒在转型移动客户端之后也逐渐停止了纸媒的业务。"2009 年，我决定和中华医学会合作，承接它旗下的《中华医学信息导报》的运营。"都说天才在左，疯子在右。难不成黄大勇这是被短暂的胜利冲昏了头脑，竟然要逆流而上？"中华医学会成立于 1915 年，是国内最高水平的医学学术平台，汇集了医学领域全国顶尖的专家，这是一块最棒的资源。作为中华医学会的机关刊物，如果能够把其中的学术资源盘活用好，我们能够做的事情会更多。"

剑走偏锋或许也能出奇制胜。

在接下来的两年砸进去 300 万没有任何收益之后，黄大勇慌了。"很多成功人士谈创业的时候都会头头是道地摆出几条经验之谈，但其实每个人都会在这个过程中成百上千次地冒出这样的念头：不想干了！"不管是对困难估计不足还是对自己的能力估计过高，2011 年年底发完员工工资之后，康迅传媒的账上仅剩下 4 万元钱。"那两年，员工像走马灯似的频繁更送，两年时间我面试进来有 60 多人，最后留下来的不到 10 个，这就是实实在在的成本浪费。"抵押房产换取流动资金，黄大勇那个时候能想到、能办到的只有这条路了。

2020 年 2 月 20 日起，陆续发起"守望相助，共克时艰"和"献血战疫，为爱行动"活动，持续为基层一线抗疫人员提供物资帮助并义务献血

天无绝人之路。新年一过，一个客户打过来的 170 万预付款解了黄大勇的燃眉之急。"自从那次之后，我就特别注重企业现金流的管理，哪怕不给股东分红，我也必须保证企业有充足的现金流。"很多人不理解，明明账上有钱为什么不分红，黄大勇的回答是："留着过冬啊。"因为，谁都不知道企业的寒冬什么时候会来。看来，年少时的饥饿，2011 年的那个冬季，让他刻骨铭心，永难忘记。而黄大勇开出的药方是，有备无患方能高枕无忧。

（四）

在康迅传媒的发展过程中，黄大勇一直没有停止对业务模式的探索，结合长期从事医药媒介传播的经验，他给康迅传媒制定了独特的"3+3"整合营销模式，即政策导向、学术搭台、专家讲授的宏观架构加上学术推广、健康教育、媒体传播的微观业务。自此，康迅传媒在医药营销的细分领域趟出了一条专属于自己的"赛道"，挖出了一片蓝海。

立志成为医药行业的信息传播专家，整合营销专家，学术推广专家的康迅传媒以传播学术内容助力药品营销，采用"学术搭台，专家唱戏"的营销策略，以政策为导向，以学术为核心，利用"创新＋跨界"的模式，将学术营销、公益营销、品牌营销融会贯通，在科学良知和法律底线的框架内，传播医学健康信息，引领医药营销规范发展！

老子有云：治大国，若烹小鲜。作为一个企业的当家人，如何对待自己的员工必然决定了企业的明天。企业家的胸怀是被委屈撑大的。在和员工共处的日子里，黄大勇最深的感触便是自己学会了感恩和倾听，为此他还专门请人写了"有容乃大，勇者无惧"的匾额悬于办公室，时刻提醒自己"兼听者明，偏听者暗"。经营要以客户为中心，管理要以员工为中心。"评价公司好坏的是客户，评估管理水平的是员工。所以我们在管理中顺应人性，以人为本，坚守尊重、信任、合作、共享的原则，学会换位思考，让员工在企业中找到归属感。"

已过知天命之年的黄大勇用复盘的形式进行自我反思和革新。对于企业一把手而言，其任何一个决策都会直接影响到旗下一百多号人的饭碗。唯有不断从过往的经历中汲取养分，才能"端着今天的碗，想着明天的饭"；唯有持续从变化中发现规律，才能在这个多变的时代中保有立锥之地；唯有保持冲锋的姿态，才能走出人生最美的风景。

用马拉松精神坚持为健康事业奔跑赋能逾二十年，2019 年 10 月 27 日以两小时的成绩跑完"石马"全程

【采访手记】

黄大勇是个儒商，崇尚修心，将中国读书人"士"的精神奉为圭臬，这不免让人刮目相看。作为一个有情怀的企业家，他将"传播健康，创造价值"作为使命，在纷乱复杂的商界，脚踏实地在医学信息传播与学术推广领域深耕，未来也将持续不断传播健康信息，为社会创造价值。

朱昌文／文

统计成就人生

黄帅

出生于1983年，山东菏泽人，2006年毕业于北方工业大学统计学专业，2011年完成中国人民大学世界经济专业研究生课程。2012年创办北京全时代信息咨询有限公司，担任总经理，多年来始终秉承着"站位时代、服务社会"的初心，力图以自己专业知识服务于社会。

> 做生意可以失败，但做人一定要成功。生意失败可以东山再起，做人失败，人生难再翻身。
>
> —— 黄 帅

绝知此事要躬行

网络上流传着这样一个关于统计学家的段子：有个从未管过孩子的统计学家，在一个星期六下午勉强答应妻子照看一下四个年幼好动的孩子。当妻子回家时，他交给妻子一张纸条："擦眼泪 11 次；系鞋带 15 次；给每个孩子吹玩具气球各 5 次；每个气球的平均寿命 10 秒钟；警告孩子不要横穿马路 26 次；孩子坚持要穿马路 26 次；我还要再过这样的星期六 0 次。"

尽管这是一个段子，却让我们对统计学这门科学有了一个初步的认知——认真、严谨。那么，统计学是一门怎样的学科？统计是"冰冷"的数字堆砌吗？数据统计究竟带给了我们什么？黄帅这个"80 后"与周围人认识的统计学却有着不一样的态度，对于这门学科有着信仰一般的虔诚。走出象牙塔，他凭借对统计的热爱、认知和理解，在经济和社会发展的大潮中运用所学，不断践行着统计人的初心。

说起统计学，黄帅滔滔不绝："如果非要用一个科学的定义来描述统计，那么她就是通过搜索、整理、分析、描述数据等手段，推断所测对象的本质，预测对象未来，是一门综合性科学。现在的应用范围几乎覆盖了社会科学和自然科学的各个领域，当前社会大到宏观经济发展，小到个人购物消费，我们处处离不开统计学。举几个例子：统计调研、人口普查、大数据、人工智能、机器学习……这些听起来熟悉又陌生的名词和我们每个人都息息相关。"

基于兴趣和职业规划，黄帅在校园里对统计专业知识的学习可以说到了如饥似渴的地步，积累了深厚的专业素养。毕业之后，为了能在行业顶尖的市场调查公司工作，他选择留在了北京。在公司的几年，他将把书本上学到的知识融会贯通，结合实际形成了自己的行业经验，职位也从普通员工逐渐成为管理者。与此同时他也慢慢地体会到"纸上得来终觉浅，觉知此事要躬行"这个众人皆知的道理。学历的高低并不是事业成功与否最主要的因素，只有实践才是检验真理的唯一标准，必须从实践中出发，不断积累行业经验和从业经验，才能避免犯错，才能学以致用，最终才能回馈社会。

外人看来，顶尖行业公司里一定都是"学霸"，殊不知"学霸"的养成靠的是自身十年磨一剑的努力和不断的摔打总

2017 年时代公司团建留影

结。在行业翘楚机构的工作经验最终形成了黄帅独特的专业行事风格：既有学院派的严谨，又有行业前瞻性的眼光，同时富有睿智的哲思和雷厉风行的作风。机会总是留给有准备的人，种种机缘加之独特的行事风格，最终促成了他和合伙人的创业。他深知，即使是供职于行业顶尖公司，受到各类因素掣肘，要完全实现依靠自己的情怀，实现对统计的初心也是有一定难度的，唯独自主创业才可以达成心愿。

长久以来，无论是作为打工人还是作为企业老总，他与大学校园里的老师和同学始终保持着联系。长期轻松而又友好的人际沟通，为其创业之后，带来了更多有力而又可靠的人脉资源，诸多有着共同初心和使命感的老师和同学现在已经成为公司的智囊团和业务导师，大家本着同一个愿望而共同努力：将统计学这门学问在实践中扎实地推向市场，为市场服务、为区域经济服务。往大了说，他们期待有一天可以运用统计学的知识，为国家和民族复兴而服务、为党和国家的决策提供参考！这是他们这代统计人的担当和使命，更是黄帅心中想要实现的学术梦想和创业初心。

艰辛创业酬远志

自从决定创业，这个"有情怀"的"老总"开始积极奔走。为了打造一支专业的团队，吸收了大量的理工科专业技术人才。公司需要一支独具"创新意识"成员品性良好的团队，踏实可靠的人品、扎实的专业知识、超强的行动力、独具天赋的创造力，成为了他选拔人才的几大条件。他一直秉承"做事先做人、做人先树德"的理念，严于律己，同时他更深知创业者的强大不是公司的强大，只有团队的强大，才是企业的强大，同心协力，团队的成功才能指日可待！

就这样，2012 年 07 月 27 日，北京全时代信息咨询有限公司在北京市朝阳区正式成立，主营经济统计、社会统计、市场调查、第三方评估业务。

自主创业这条路的艰辛无人能懂，创业初期周遭人的反对和不理解并没有撼动他的决心。作为公务员的老父亲希望儿子能够获得一份的稳定工作，但面对儿子的执着，他用一句俗语善意地提醒："生意好做，伙计难搁"。意思是，做什么生意没关系，赚不到钱不是最大的困难，最大的挑战在于如何维系人际关系。事实上，创业的路冷暖自知。师长们的谆谆教导使其醍醐灌顶，好友的支持和帮助让其受益匪浅，家人的信任和付出又成为他前进的动力。

即使是在事业取得了如今成绩之后，他依然感到自己的压力在逐年提升。作为一个创业者对于那句俗语他也有了自己的理解：创业者的心理必须稳若磐石，经得起磨砺和蹂躏、扛得起跌打，更要受得住误解。这正是所谓的"逆商"，逆商不够，会在创业过程中因为各种各样的困境陷入焦虑。因此他早就做好了"碰壁"准备。也深谙一个道理：企业管理中，管理者和员工，由于权利、责任和义务不同，思考问题的角度难免不同。同样是加班赶工，老板认为要满足客户要求，好的用户体验可以带来更多的业务项目，而员工则认为八小时以外的加班工作全靠自愿，家庭生活更为重要……彼此都站在自己的角度上考虑问题，必然最终导致无解，矛盾丛生，公司的发展也受到影响。因此，管理者的换位思考就显得尤为重要。

庆祝中国共产党成立100周年录制活动

秉承做人做事原则

创业初期，即使经历了各种艰难困顿，黄帅坚守先做人再做事的底线从未动摇。开拓市场难、跑项目难、做项目难……即使这样，老客户找上门来也从没想过要撬老东家的墙角。他始终坚信，做生意可以失败，但做人要成功。生意失败可以东山再起，做人失败，人生难再翻身！出生于孔孟之乡，耳濡目染于仁义礼智信的他，做人的信条深植于骨髓乃至灵魂。无论生活抑或工作，做事先做人的底线使他在身处逆境时从未偏航，纵使有过迷惘但终究都能沿着这条笔直的大道守得云开见月明，怀着一颗光明磊落的心，临危不乱处理创业途中各类复杂的情况。

本着做事先做人的原则，面对客户始终坚持：客户第一、质量在前、细节为重，盈利则放在最后。众所周知，魔鬼藏在细节之中，即使在招聘新员工的时候，简历的样式、设计理念，甚至错别字都成了他衡量员工水平的标准。公司从创立之初就把质量作为企业的第一生命力，在渡过了初创的艰难后北京全时代信息咨询有限公司终于在业内站稳了脚跟，并逐渐进入稳定发展阶段。

自公司诞生初期，盈利始终不是公司首要目的。对于一个统计人而言，如何发挥统计学的科学作用，探究数据背后的真实意义，为企业发展提供有力数据支撑，为政府决策提供可靠数据支持，充分体现统计学的学科价值才是重中之重，这也是他念念不忘的学术理想。秉承着这样的理念，全时代总能把调查工作做到极致、把大量精力倾注细节的把控中，务必做到真实、客观、有效。

在黄帅来看，统计并非一堆冰冷的数字堆砌。相反，统计学在他眼中是最为有温度有感情的，常年的统计工作使他养成了一个习惯：每当遇到困境，回顾以往的市场调查报告和数据是他的必修课。在过往的报告中静下心来，寻找灵感、寻找信心能使他忘却眼前的烦扰，怀着"站位时代，服务社会"的统计初心，带领团队一路昂头挺进迎接一个个未知而又充满激情的挑战。

【采访手记】

"师即有所长者，象牙塔内传道授业者唯吾师，社会熔炉中提携点拨者亦为吾师。浩渺红尘，凡使吾成长顿悟者，不论亲疏，皆为师！"在创业的每一个阶段，甚至在人生的每一个关键步骤，黄帅都很庆幸遇到了人生或者事业的导师。在求学阶段，统计学老师在课堂上的慷慨陈词，让他了解到自己所学之魅力；在创业初期，中国人民大学和北方工业大学的老师们为其指点迷津，开拓了思路；在他陷入事业和人生低谷时，同是老师们的不离不弃，倍加关心，帮助他走出低谷，重拾信心。求知的道路依然漫长，怀揣感恩之心，他将与这门改变他人生的统计学继续同行。

姚凤明／文

我有一个梦想

黄乐

1981 年生于上海。共产党员、民革党员，毕业于长江商学院 EMBA34 期，本科就读于上海大学物理系，并在英国爱丁堡大学获得硕士学位。

现任北京东方蓝地服装股份有限公司总裁，担任第十三届朝阳区政协委员、朝阳区工商联会青年企业家专委会委员、北京市欧美留学第一届理事会理事、朝阳区五届青联委员。

> 古之立大事者，不唯有超世之才，亦必有坚韧不拔之志。人的一生只有一次青春，奋斗是青春最亮丽的底色，担当是青春的责任，建功立业是青春的最好的诠释。青春不奋斗，更待何时，青春不担当，只能空悲切，青春不作为，枉费青春韶华。
>
> 黄 乐

2019 年 6 月，黄乐在北京丽都酒店召开集团战略研讨会

2020 年 1 月，黄乐参加北京市朝阳区第十六届人民代表大会第六次会议

跨行创业真魄力

他接受的是顶尖的国内教育，在英国爱丁堡大学研习微电子系统集成。他带着满腔的热情回到北京，准备投身国家和民族的半导体行业，最终却回归了家族的服装企业。不仅仅是跨越了行业，已经实现了产业的跨越。面对新的陌生的领域，面对全新的挑战，他选择了直接面对，即使对自己之前花费大量时间和精力获得的专业知识感到可惜，也毅然决然地选择了接受和坦然面对。他就是黄乐，北京东方蓝地服装股份有限公司总裁。

黄乐刚回北京的那年，在一家高科技企业从事半导体的设计工作。对他而言，那段时间工作虽然很辛苦，但是特别充实，也非常有成就感。同事们之间彼此志趣相投，凭着一腔热血和专业上的知识，在国内半导体产业中激情拼搏。希望通过自己的努力，能够尽可能地缩短中国芯片制造和欧美发达国家之间的差距。

即使在入职家族企业 13 年后，黄乐还时不时地跟之前做半导体的同事联系，了解国内半导体产业发展的现状。面对以美国为首、针对中国芯片的"卡脖子"行为，他感到气愤，也感到不甘。当然，他不可能再回到之前的半导体行业继续为民族芯片奋斗，但这并不影响他希望通过自己的努力打造国际知名的民族名牌的坚持和努力。对此，他对中国制造有着非常强的信心，他相信我们一定能突破各种技术壁垒，彻底告别被他人"卡脖子"的历史。

2008 年，黄乐的父亲创立蓝地女装品牌已经整整 28 年了。这是一家为 30 岁到 50 岁职业女性提供中高端职业装的企业，涵盖了服装的设计、研发、生产再到销售的全产业链。蓝地女装品牌服饰能够在北京坚持 28 年，且保持着不俗的盈利和口碑，是黄乐父亲长期以来的坚持和努力、对品牌知名度和美誉度的深耕和精心维护的结果。按照黄乐父亲的想法，一个品牌建立起来着实不易，而自己已经年近退休，到了培养"接班人"的时候了。

黄乐就这样阴差阳错地回到了蓝地。在父亲的授意下，他从最基层做起，企业的每一个环节都参与进去。从半导体产业到服装行业，跨度如此之大，让黄乐刚开始入职的时候感到极不适应。好在他有着极强的学习能力和适应能力，很快就胜任新的工作环境和工作内容，无论是前台销售，还是财务管理，也无论是接触客户还是产品的设计和研发，黄乐以自己强大的学习能力，通过了一次又一次挑战。30 年来，蓝地从一个小小的作坊企业，成长为目前在全球具有 200 多家专营店，一路走来，筚路蓝缕，其中的艰辛只有他能了解和感受，正是这样的历练，让他真正了解到父亲创业的不易。这一刻，他感到了身上背负的沉甸甸的担子。

触类旁通真才学

这是一段非常重要的经历，更是黄乐成长的黄金期。有了长时间的打磨和历练，黄乐对于服装行业有了深入了解。在他看来，无论是什么行业，对于企业的管理和经营而言，基本上殊途同归，并没有太大的差别。基于这样的认知，黄乐开始放手去做了。

黄乐在他父亲身上看到了老一辈企业家的坚守和实际经验中获得的管理经验。为了把"蓝地"品牌做大做强，公司在主品牌"蓝地"之外，又先后创立了"蓝地1990"服饰和"蓝地庄园"休闲文化庄园两大品牌。黄乐父亲在行业深耕数十年，非常清楚高端人才和先锋创意在行业中的重要作用，可是国内行业大多处于低端制造和销售领域，设计和创意领域人才乏力。因此，他一直希望开办一所学校，希望培养中国自己的服装行业的高端人才，而不用再高薪聘用国际上高端的设计师。在黄乐父亲的努力下，蓝地最终和青年政治学院合作成功，在该校的东校区培养服装类专才。长达多年的经营积累，蓝地品牌价值不断溢出，更在服装和休闲庄园的基础上，涉足了学前教育，北京市朝阳区蓝杉树双语幼儿园就是学前教育领域的一颗明珠。

黄乐用自己多年的历练，用自己特别善于学习的能力，在蓝地集团做得越来越好——2013年起，蓝地品牌开始进军海外，在中国的澳门地区、新加坡等地设立品牌旗舰店及生活馆。2015年，在北京市政府的支持下，蓝地集团在世界时尚之都米兰设立了研发中心。尽管如此，黄乐的父亲对他管理企业的评价是"做得不够好"。言下之意，他完全可以做得更好，在企业管理方面还需要继续学习，通过实际操作来锤炼。

父亲对黄乐的期望远不止于把企业做大做强这样的目标。他希望黄乐不仅能继承企业和品牌，更能把品牌做大做强，做到民族一流品牌，甚至国际一流品牌。黄乐知道父亲的想法，要坚持和传承企业的精神，实现这一远大目标，不仅需要高端的管理能力，更要具备天时、地利和人和。

黄乐认为，目前国内国潮品牌正在崛起，得益于整个国家经济和综合实力的不断提升，中国的经济体量在世界经济中所占的比重越来越大，话语权和影响力也越来越大，正是中国企业和品牌趁势崛起的大好机会。借着这股东风，黄乐给公司制定了长期目标的同时，又制定了一个短期目标。长期目标是让蓝地女装和品牌能够做到家喻户晓，成为全国知名品牌，甚至成为全球具有一定影响力的中国品牌；短期目标则是达到公司的规模能够翻一番，同时能够成功上市。

在黄乐看来，短期目标经过自己以及团队的努力，在国内社会经济不断提升的大背景下，在一定的时间内是完全可以实现的；而长期目标，就需要通过长期的人才培养和持续的投入，更需要有坚强的毅力和不屈不挠的奋斗精神，需要整整一代人去努力奋斗才能实现。这更让他有了奋斗的压力和动力。

2020年8月在蓝地公司本部开展集团内部培训会

危难时候见真情

2019 年年末，新冠疫情肆虐，蓝地集团的业务也受到了很大的影响。因为防疫需要，蓝地很多商城门店和销售渠道关闭，企业开工严重不足，蓝地休闲山庄不能正常营业，幼儿园也暂时关闭，三大主营业务在 10 个月的时间里几乎陷入停滞。而蓝地集团多年来审慎的投资策略此时发挥了巨大的作用，企业积累的资金令蓝地在没有裁员和降薪的情况下，熬过了疫情造成的寒冬。

2020 年 2 月正是疫情最严重的时候，全国各地口罩告急，特别是医疗机构的医用口罩缺口很大。作为北京市工商联的会长单位，蓝地接到了一个非常重要的政治任务——生产紧缺的口罩。一没生产线，二没有熟练工人，三疫情期间各种资源都非常紧张。这些都是最现实的困难，而是不是赚钱，黄乐和父亲并没有考虑在内。他们最先考虑的是：在这样艰难的时刻，如何圆满地完成任务，承担企业应有的社会责任，从而为国家抗疫做出贡献。黄乐经历了从来没有的忙碌，也经受了从来没有的压力。选择厂房、安装和调试设备、购买原材料、培训工人……每一个环节，他都认认真真地完成，不敢有丝毫的松懈。

为了满足生产过程中的无菌车间的要求，黄乐组织人员将一个生产车间的设备拆除，立即建成一个无菌车间。2 月 2 日接到生产任务，在朝阳区委区政府的大力支持下，所有工作人员 24 小时加班加点，加紧设备调试。在朝阳区政府的支持下，设备很快完成了调试。仅仅 7 天时间，一台几乎不能用的机器顺利生产出高质量的口罩，产量也从最初的每天 5 万只，慢慢提升至每天 10 万只。在这期间，每一个员工，都兢兢业业地忙碌在各自的岗位上，大家不计得失，不惧危险，保证了整个生产线的满负荷运行。蓝地生产的大批量口罩在抗疫过程中发挥了巨大作用，为当地乃至全国的抗疫做出了应有的贡献。

而这一切都是在黄乐的亲力亲为之下实现的。此时的他终于找到了当初在半导体领域工作的那种成就感。他也终于领悟到儒家思想中"穷则独善其身，达则兼济天下"的真谛。

2021 年 5 月在上海召开 21 年新品发布会

【采访手记】

黄乐在生活和工作中都是一个非常细致甚至可以称得上"精致"的人。无论做什么事情，他总是要做到最好，尽善尽美。而他的聪明和睿智，善于学习、善于思考，注重实践的特性，加上坚韧不拔的毅力，令他在企业管理中左右逢源，如鱼得水。他始终认为实践才是检验真理的唯一标准，"纸上得来终觉浅，绝知此事要躬行"。经历过长时间的学习，掌握了丰富的理论知识，必须在实践中得到检验，这些理论才能为己所用。在一次次的历练中，在变幻莫测的市场拼搏中，黄乐经过了十多年的历练和经验积累，相信他一定能在未来的创业路上实现自己的人生价值和奋斗目标。

姚凤明 / 文

京华父老望"中加"

梁博聪

1982年生，北京市人，致公党党员，英国阿伯丁大学硕士。目前任北京中加实业集团有限公司总经理、北京市密云区人大代表、北京市密云区青年联合会副主席、北京市密云区青年企业家联合会会长。

梁博聪是全国工商联青年企业家专委会委员、北京市工商联会员、北京市光彩事业促进会副会长、北京市工商联青年企业家专委会副主任、北京青年企业家商会创始副会长、北京市青年企业家创新发展协会副会长、北京市新阶层联谊会理事。

> 做企业不仅要利己，更要利他。企业发展离不开社会的发展，同样，企业也要积极参与社会的发展，以反哺社会，实现良性循环。中加实业能够取得今天的成绩，正是以"多就业、多纳税、做品牌"为目标，积极承担企业的社会责任，为经济社会的发展贡献力量。
>
> —— 梁博聪

2018年10月在甘肃省兰州市参加全国工商联国家扶贫办举办的全国"万企帮万村"产业扶贫现场推进会

求学求知同历练

2020 年 9 月 10 日在青海省玉树市参加北京市密云区委统战部组织密云区青年企业家联合会捐资助学活动

梁博聪人如其名，博学而聪慧。他毕业于英国阿伯丁大学，并获得了硕士学位。而专业的选择，来自他的父亲——北京中加实业集团的创始人梁晓华。

在梁博聪看来，父亲一直都是忙碌的。早年在北京一家国企任职，忙于计划经济体制内的工作；之后任职于密云县经委，依然主管企业，工作更加忙碌；20 世纪 90 年代初，又奔赴经委驻广州办事处，为全县的招商引资奔走……童年时代的梁博聪，想见一次父亲，并没有那么容易。当然，他也无法理解忙碌的父亲。

正是因为在广州的几年，梁晓华无论是商业思维还是投资眼光，都得到了巨大的提升，特别是他的商业思维，在彼时思维模式相对落后保守的北方，更是维度超前。在广州办事处期间，他不仅为密云县经委创造了近两千万的

2020 年 9 月 27 日在福建省龙岩市上杭县参加全国工商联理想信念教育活动

利润，更为密云的投资开发做出了相当大的贡献。而正是在那个时候，梁晓华接触到了内地尚未开始的"房地产开发行业"。

1996 年，梁晓华经过深思熟虑，放弃了优越的处级待遇，选择了下海，而当时他瞄准的项目正是在北方方兴未艾的房地产行业。1997 年，他创立了北京中加实业集团，立足华北、放眼全国。

因为之前积累的人脉，中加集团的房地产业务发展的比较顺利。加上秉承"以一流的工程质量打造一流的企业信誉"的经营理念，梁晓华本人又以"功在自我，利从义来"作为企业发展的核心价值，很快就在华北房地产领域打响了名号，企业的影响力日益提升。

2020 年 1 月 16 日，市工商联党组书记到企业调研

2001 年，在父亲梁晓华的建议下，梁博聪成功考入了北京建筑工程学院（今北京建筑大学）学习。对于一个不到 20 岁的年轻人而言，梁博聪对上大学、学什么专业还比较懵懂，但是也能隐隐感到，父亲希望他能接手自己的企业。

大学期间，除了完成应有的学业内容，他更向往社会经验的历练，以学生身份加入北京浩隆房地产开发有限公司，成为一名销售助理，两年时间，他对房产销售有了基本的了解和理性的认知。

而梁晓华认为，房地产行业是一个综合性行业，产业跨度大。想要深入的了解，不仅需要长时间的实践和摸索，更需要高端和专业的知识积累。而梁博聪知识储备并不足以支撑企业的未来，行业历练更谈不上深入。于是，在父亲的动议之下，梁博聪出国去了英国，先后进入爱丁堡龙比亚大学和阿伯丁大学，取得了企业管理和工商管理硕士学位。

不负众望强专业

2008年，梁博聪硕士毕业回京，选择了专业对口的英国知名的地产服务公司——第一太平戴维斯，成为一名为客户提供专业服务的高级评估师。在这家公司的两年多时间里，积极参与了恒大地产、龙湖地产、金隅集团、鑫苑集团等地产龙头企业的上市工作，并为CUBE、PA、首峰基金、华平基金等专业地产基金公司以及东亚银行、汇丰银行、中信嘉华银行、德意志银行、恒生银行等外资银行提供服务，对地产和金融的结合有了深刻的认识。

因为在第一太平戴维斯更多的是专注于地产服务，主要是提供地块前期可研、地块评价及半成品、成品的评估，与行业一线、特别是建设一线相对脱节，他希望更多地接触房地产的生产企业，从选地、规划、建设等积累房地产行业最全面的工作经验。

2010年，梁博聪获得了在杭州绿城集团工作的机会。当时绿城集团在北京市密云区有房产开发项目，机缘巧合之下，他成为该集团副董事长区域执行总经理助理以及运营管理部运营经理。

在这两年期间，梁博聪真正参与了企业开发项目的全过程，他尽心尽力，所有工作亲力亲为，认真细致地负责运营管理。房地产开发的每一个程序，他都深入参与。正是基于这样的历练，梁博聪对整个房地产开发领域的各个环节都有了更加深入的了解，也获得了更加理性的认知。

然而绿城集团要跟某央企合作，成为该企业的下级子公司。梁博聪认为，体制内的工作对他没有太大的吸引力，而且，在该公司已经获得了比较大的提升和历练。于是，他开始萌生退意。

2012年秋，梁博聪求学工作11年，才终于凭借着专业的知识和长时间的历练回归了父亲的公司，成为中加实业一名普通的项目经理。对于他而言，进入父亲的公司，意味着一切从头开始。而且必须努力进步，这既是命运使然，更是他的初心。

他第一个接受的业务是保定市涞水县的地产开发项目。在这个项目中，梁博聪独当一面，这也是他第一次独自负责一个项目开发和建设。正是这个业务，让父亲梁晓华看到了儿子的稳重和处事不惊的应变能力，父亲对他的专业和能力有了底气和信心。

此时的房地产行业烽烟并起，在政策的加持下，行业开始了长达数年的调整。其中有利好，有损失，有机遇，更有挑战。这些风云变幻，令梁博聪压力颇大，却也真正感受到了创业和守业的不易。他的职务从副总经理升至常务副总经理，再到总经理，如今已经正式确定为"接班人"。

尽管两代人在经营理念上有着很大的不同，在企业管理方面甚至有着较大的分歧，但是梁博聪与父亲基本做到了"求同存异"应对来自企业内部和外部的压力。两代人，尽管经历不同，知识层次不同，认知也不同，但是彼此之间达成了默契，父子二人没有做出接班的具体时间表，他们更希望能够用一种"软着陆"的方式，很自然地实现"无缝对接"，这样做对企业的稳定运营大有裨益。

在家族企业的管理中渐入佳境，梁博聪开始面对来自行业内部的压力。10余年间，规模大的房地产企业和众多中小企业分化进一步加剧，而市场也进一步细分。面对行业的巨大变化，梁博聪和中加集团该如何运营呢？

删繁就简做减法

经历了2016年和2017年的上涨行情，房地产行业更加陷入两极分化的境地，大型企业赚得盆满钵满，而中小企业却只能是"望利兴叹"。在梁博聪看来，国内的房地产行业经历"面粉贵过面包"的过程是很正常的。因为行业正处在一个"无序到有序"的转变过程，而随着这个时代成为过去式，这样的反常现象必然无以为继。

企业面临着市场前所未有的挑战。未来该怎么走，梁博聪认为，在这样的市场背景下，中小企业根本无法像大型房企那样掌握着巨量的资金以及资源，也无法与这些大企业抗衡。唯一能做的就是整合资源，在细分市场深耕，从而获得行业的溢出利润。

他开始了大刀阔斧地"减法管理"，在不裁员、不减员的前提下，逐渐把业务和经营中心朝着核心的项目进行"高精尖"的运营，也就是所谓的"做减法"，不图多，不贪大，稳扎稳打，集中精力朝着一个方向用力。

之前的养老、酒店、集体用地等细分领域的业务，能停掉的停掉，能转让的转让，能合作的合作开发。有的项目持续时间太久，可能至少要十年时间，他把项目的资产及时清零。如果长时间把资金和精力消耗在这些项目上，未来一定会有很多历史遗留问题，这些问题也必然成为企业发展的负担。

他把企业的主要业务敛缩到四个方面的：第一个是矿山改造项目以及其衍生的建材项目；第二个是城市更新项目，包括棚户区改造、区域硬件提升等项目；第三个业务是物业管理项目，这个项目是中加实业创立以来的项目，有着20多年的行业经验，具有很强的竞争力；最后一个则是经营性物业项目。

经过"做减法"，中加实业实现了"轻装上阵"，熬过了行业发展的严冬，也开始逐渐步入新的征途。梁博聪此时却在考虑一个新的发展模式——如何利用平台优势，构建一个平台操控系统，实现人才和资源在线上线下的"优化配置"和"精细化分配"，以应对目前网络信息技术对于传统行业的影响。目前，他已经有了一定的思路和理论支撑，下一步就是要靠实践来验证了。

交友谋求共发展

2015年，习近平总书记在中央统战工作会议中提出要促进两个"健康"，并着重指出要"引导非公有制经济人士特别是年轻一代致富思源、富而思进，做到爱国、敬业、创新、守法、诚信、贡献。"正是在这种力量的感召下，梁博聪参与发起创立北京青年企业家商会及北京青年企业家创新发展协会，把身边有着同样想法、怀着同样抱负的有为青年企业家聚在一起，积极参与国家建设，承担企业责任，发展自我、回馈社会。

于是，梁博聪身边聚集了一帮和他一样、希望把企业做大做强的创一代、创二代企业家。相似的经历、丰富的活力让他们有着共同的目标和相似的诉求。他们中有的从父辈手中接过旗帜、有的自己敢打敢拼在新时代中谋求成长，他们被称为青年企业家……

2018年，北京青年企业家商会又发起成立了全国工商联青年企业家专委会，真正把全国优秀的创一代、创二代企业家聚拢到了一起，共谋发展思路，更促成了2018年10月27日第一届全国青年企业家峰会在北京的召开。

2021年5月，继天津、福州峰会之后的第四届全国青峰会在南京召开，峰会得到了全国工商联领导、江苏省领导的高度重视，领导们不仅拨冗参加，并且发表主旨讲话。

青年企业家是国家的财富，是民族复兴的中流砥柱，更是引领经济潮流的时代弄潮儿。

【采访手记】

梁博聪是一个思维非常活跃的企业管理者，也是一个非常稳健和审慎的创业者。他思维清晰，不急不躁。在接手家族企业的过程中，他能够认真听取父辈的意见和建议，父亲梁晓华对他的管理水准没有太高的要求，只提出"做一个好人""全力拥护中国共产党"两个要求。并一再告诫他"只有这两条做到了，才算及格"。对此，他深以为然，"没有共产党就没有新中国，也没有如今这么好的发展环境""人要知足，更要感恩"。这就是梁博聪！一个年轻的创业者，一个懂得感恩的企业家。

姚凤明／文

不忘初心 产业报国

——记华兴控股集团联合创始人、CEO 葛小松

葛小松

实业家、投资家、慈善家。担任北京大学光华管理学院校友导师、中国政法大学董事会董事、宜春富硒农业发展与品牌创建指导顾问。著有《资本大格局》《现代金融投资者保护》两部著作。制定并实施了革命老区幼儿园帮扶计划，在北京大学以个人名义设立奖学金，在中国政法大学设立"华兴教学杰出贡献奖"。分别荣获人民网颁发的"第十一届人民企业社会责任奖年度人物"奖、北京大学颁发的"北京大学教育贡献奖"、中国政法大学"优秀校友"称号。

> 企业应有开放与共享的精神，就像齿轮一样，带动别人，也被别人带动，这样这个社会才能高效运转起来。
>
> 葛小松

（一）

2017 年 3 月 14 日，北大光华与华兴控股战略合作签约仪式在北京大学举行

2010 年金融危机过后，在国家积极财政政策的激励下，中国经济继续保持了 10% 以上的增长率。为应对 2008 年金融危机而出台的用于刺激内需的"一揽子计划"，让以基础设施建设为龙头的各行各业呈现出喷薄欲出之势。一众有识之士审时度势，纷纷涌上潮头，在体验"中流击水，浪遏飞舟"之快感的同时，也为自己的人生翻开新的篇章。

也正是在这一年，葛小松以联合创始人的身份创立了华兴控股集团并担任 CEO，一干就是十一年。

华兴控股最开始的定位就是做产业投资，并以"华兴商道，财富共享"作为创业的口号。

"当时一群志同道合的朋友聚在一起，就想一起做些事情。主要投资了矿产和房地产两个板块，都是国民生计，有刚需托底。开局很顺利，赚到了第一桶金。那时我觉得除了利润之外，包括这种成功的感觉，积极向上的心态，都要和大家分享，于是就决定了以'共享'作为口号，一直到今天。"

随着公司的不断成长，葛小松的"共享"理念也在发生变化，从一开始的与员工和股东分享，扩展到了与全社会分享。尤其对于教育事业葛小松可谓"情有独钟"。他亲自制定了革命老区幼儿园帮扶计划，在西柏坡、沂蒙山、延安等革命老区建立华兴幼儿园，并与北京大学和中国政法大学建立了长期的公益合作关系，设立奖助学金计划和杰出教师贡献奖项。多年来，做公益变成了葛小松的一种爱好，也成为他的一种放松。"做这些的时候并没有想那么多，就是觉得做公益能让自己快

乐。而且这样的分配方式得到了股东和员工的认可，大家都觉得公司这样做是走的正路，也就更有干劲，不仅增加了凝聚力，也让所有人为自己是一名华兴人而感到自豪。"

公司成立之初确定的战略投资方向很好地贯彻了"鸡蛋不能放到一个篮子里"的策略，葛小松在忙着和全国各地的矿主打交道的同时，也在奔波于各地的房地产商中间。"我们和地产商合作，以出资的方式参与投资，涉及成本控制的各个环节进行跟踪，但不参与运营，我们的原则是自己少赚，让开发商多赚。"国家为了防止境外"热钱"和"炒房"扰乱国内房产市场，接连出台了一系列调控措施，但是城镇化进程导致的住房刚需让大中城市的房地产市场一直处于高位运行的态势，"我们也有自己的地产公司，但是我们没有在房地产行业下功夫，因为我觉得房地产这样的过热不是一个好现象。当所有钱都往一个地方集中，其他产业的发展就会受影响甚至停滞，越是这种时候就越要谨慎。所以我们没有把钱一股脑地投到地产行业，而是还以实业投资为主，这样的投资我心里踏实。"

正是得益于这种"有限发力"的思维，在今年各大地产龙头企业不断"暴雷"的情况下，葛小松还能够安稳地坐在自己的办公室里焚香品茗，不至于瞪着充满血丝的眼睛盯着股市暗自嗟叹。

投资有风险，下场需谨慎。严格按照自己的既定方略进行理性投资，而不是被市场的"乱象"迷住了双眼，这才是一个成熟投资人最该掌握的技巧，更是一个企业"掌门人"性格中必备的定力。

（二）

2018 年，祖籍贵州的葛小松响应国家脱贫攻坚的号召，把目光转向了家乡的茶山。"近几年贵州政府把茶叶作为了脱贫致富的重要抓手，出台了一系列政策措施，包括完善产业链条、增加茶叶的种植面积等等。从我个人的角度，我希望能回馈家乡；从公司的角度，茶产业 2020 年的市场规模超过了 2600 亿元，而国内目前的茶企大多小而分散，亟须一个强势品牌能够引领市场；从社会的角度，茶叶能够实实在在地帮助农民提高收入，是乡村振兴和脱贫致富的重要，也符合华兴控股与社会共享财富的企业理念。基于这三点考虑，我们开启了茶产业全产业链的布局。"

中国是茶的故乡，也是世界茶文化的发源地。作为一种文化载体，茶叶不但具有消费属性，更重要的是还有社交属性。如同西方人喝咖啡一样，国人以茶待客的习俗同中华文明的历史一样悠久。虽然，在 960 万平方公里的土地上，不同的地方盛产不同品类的茶叶，但是总体而言，当"见面喝茶"成为世俗口语的时候，茶文化便如同穿衣吃饭一般沁入国人的潜意识中。

2020 年 7 月 30 日，葛小松在杭州考察中国农科院茶叶研究所

"茶行业的市场潜力巨大，它的存量市场差不多有 4000 亿，增量也在快速发展。"在中国品类繁多的茶叶品牌中，很难有一款所有人都叫得上来名字的"知名品牌"。不管是古代的诸侯割据文化，还是"一方水土养一方人"的土著文化，都是人们在沿着祖辈留下的印迹徐徐前行，这其中就包含口味的认同。福建人偏好铁观音和岩茶，云南人喜欢普洱，江浙一带爱喝西湖龙井，如此等等便是长期的饮食文化带给人们像捍卫信仰一样坚守自己的口味。如何打造一款得到全体国人认同的茶饮？"就像多年前的牛奶市场一样，大家对牛奶并不买账，但经过一二十年的发展，牛奶已经成为人们的生活必需品，所以茶饮的市场也需要培养。"葛小松选取"金尘"这个佛教的度量单位为其茶饮品牌命名，"意思就是我们要做这个行业里的领导品牌，如佛教教化众生一样，我们的愿景就是惠及众生，做一款中国人都喝得起的茶饮，成为茶饮行业的蒙牛和伊利。"

除了茶产业之外，华兴控股在农业的其他领域也有很多布局。比如孵化中科大的技术，把微量元素添加到山西的小米中，增强国人的体质；把东北黑土地上大量的秸秆通过技术手段转化成为纸浆，为工业用纸、快递包装盒提供替代产品，节省大量的木材。秉承"财富共享"理念的葛小松在企业的财富分配上并没有贪得无厌，而是把企业的利润跟合作伙伴共享，和企业员工共享，同整个社会共享。

2017 年 6 月 9 日沂山华兴幼儿园揭牌仪式

（三）

除了矿业、房地产和农业之外，华兴还布局了生物医疗、工业制造和文化旅游三个产业。在生物医疗产业，华兴着眼于康养产业和慢性病的修复，致力老龄化产业；在工业制造领域，联合多家机构进行基础科技研发，参与"中国创造"科技革命；在文旅产业，挖掘和保护全国多地旅游资源，激活县域经济。据统计，葛小松执掌的华兴控股直接投资或参股的企业接近 200 家，全国员工超过 2 万人，累计所投企业员工超过 30 万人。"其实，我们现在也面临一个转型的问题，因为涉猎太广，需要聚焦才能更好地发力。"

葛小松一边紧锣密鼓地进行产业布局，一边进行沉淀和反思。"2020 年的疫情对所有企业都造成了巨大影响。我们做的都是实体产业，属于人口密集型产业，每个月光是发工资对我来说都是个要命的事情。"按照国家疫情防控的要求，2020 年年初，所有企业停工、工厂停产，没有订单就意味着没有收入，可是员工工资却拖不得。从华兴创立以来就坚守的"财富共享"理念，在新冠疫情这个不可抗力面前，能否挺得住？葛小松的答案是：顶住。"疫情期间，企业该履行的社会责任我一点没少，我也没有裁掉任何一个员工。"

在伟大的中国人民面前，任何天灾、人祸都是"纸老虎"。经过四个多月艰苦卓绝的努力，中国取得了抗击新冠疫情的初步胜利，工厂逐步复工，学校逐步复学，社会由"在家闭关"逐步迈向"谨慎开放"。"疫情过后，我就召开了董事会，让大家对公司过去的十年进行复盘，看看我们集团这些年到底哪里是对的，什么是错的。"如果没有疫情的影响，华兴的十周年庆典应该是一场声势浩大的"歌颂趴"。因为疫情，葛小松把这个计划中的"大趴"换成了一次开展"批评与自我批评"的董事会。"疫情对于我们企业来说，就是一个强大的转换器，让我们在快速发展的节奏中慢下来，留出自我反思、自我革新的时间和空间。"

之后，葛小松把华兴的价值观升级为"诚信华兴，荣誉未来"。在他的价值体系中，诚信就是以德服人，不斤斤计较，因为一个真正勇敢的人，会用生命去冒险，但不会用良心冒险；荣誉便是值得人们用生命捍卫的，华兴的荣誉需要所有的华兴人团结起来共同战斗。

疫情之后，葛小松也更加坚定了共享的理念。"中国是这个世界上最先、也是最好地解决疫情的国家，靠的是什么？

是万众一心的团结，是每一个人无私的奉献。对我来说，疫情是一堂课，让我明白了企业再大，在这个社会中也是渺小的，只有这个社会变好了，企业才能有适宜生长的土壤。华兴的血液里就有共享的基因，而我接下来要做的就是把这个基因延续下去并发扬光大。创造财富与价值，和全社会分享，和华兴的 30 万名员工分享，和我们的股东分享。"

葛小松的共享理念，与习近平总书记在中央财经委员会第十次会议上提出的"在高质量发展中促进共同富裕"不谋而合。为了实现自己一直以来的理想，葛小松将公益、慈善上升到了企业战略的高度，并交与职能部门专门负责。他要求分享到社会的钱每一分都要花得有价值，能真正帮助到需要的人。

"共同富裕、第三次分配，不是把钱捐了或分了就算成功了，而是要有一套专业的、有针对性的行动和措施。一直以来，华兴控股都在结合自身优势与经验，探索一套长效机制，在推动高质量发展的同时，实现更加普惠的发展。所以近几年我也逐步加大农业方面的投资，因为中国的贫困主要集中在农村，授人以鱼不如授人以渔，我希望通过在农业科技和全农产业链的投入，从根本上提高农民收入，助力脱贫攻坚和乡村振兴。"

对葛小松来说，所有的荣誉都负载在这个企业上，他和华兴就相当于一体两面。葛小松倾注全部心血见证了华兴的成长和成熟；华兴在日积月累的壮大过程中感受到了葛小松的每一次脉动和心跳。"不忘初心，产业报国"，从创业至今，葛小松没有忘记他的初心，坚持着财富共享和以实业反哺社会的理念，也正是这份执着，让他引领着华兴控股走过了十年历程。十年之后世界会发生怎样的变化没人知道，但华兴控股一定会与我们的国家和社会共同进退，成为时代机器上的一枚齿轮。这，是葛小松的理想，也是这个时代的期望。

【采访手记】

　　苦难使人成长。葛小松在陪伴华兴成长的十多年间，深切地体味过其中的苦辣酸甜。回顾过往，他更多的是在总结和反思自己精神层面的得失和进益；面对未来，则把眼光投入到惠及大众的事业上。他不需要任何人唱的赞歌，只要华兴健康发展下去，一切便是最好的安排。

朱昌文 / 文

让建筑奏响
历史人文的乐章

程博

陕西省宝鸡市凤翔区人。2002 年至 2006 年就读于北京经济技术研修学院，主修建筑工程专业。现担任中青旅置业（集团）有限公司副总经理、青旅文化产业发展有限公司总经理。

> 砺操行以修德业，当自重；
> 甘淡泊以守清贫，当自省；
> 谋善举以泽众生，当自励。
>
> —— 程　博

程博是陕西宝鸡人，这个诚实肯干、工作努力的西北小伙，大学毕业之后，在家乡的一个小小的税务部门工作，基层工作的琐碎和艰辛，锻炼了他吃苦耐劳、踏实认真的工作作风。然而，看似一潭死水的机关工作，让他也有着一颗不甘平庸的心。2002年，眼见基层税务部门的工作已经不能再有提升的空间，程博不想在小城市消磨时光，于是，他在亲戚的建议下来到了北京。

北京这座国际化的大都市，对初来乍到的程博而言有着巨大的吸引力，当然也有着巨大的压力。刚来北京的时候，他有着自己的理解和认知，他甚至认为，十天半个月可能就离开北京回家乡了。尽管对自己并没有自信，但他对自己的定位很准确：没有名校背景、没有资本背景，更没有人脉背景，要想留在北京打拼，实现自己的人生目标和价值，唯独靠自己的一步一个脚印来实现。这个过程无疑要比其他人付出更多的代价，走更多的路，克服其他人无法克服的困难。尽管困难重重，但是他骨子里有着一股不服输的劲头，有一股"撞了南墙也不回头"的执拗。

2006年，从北京经济技术研修学院建筑工程专业毕业之后，程博即进入了北京中青旅置业有限公司。最初的时候，他只是一个小小的一线职员，从事着市场调研、整理资料这类基础工作。尽管琐碎繁杂，但他非常珍惜这份来之不易的工作。因此，每一个环节和流程，他都一丝不苟，认认真真地去完成。他深知，唯有不断努力，不断学习，兢兢业业，才能实现留在北京的梦想。

正因为起点低，程博对一切提升能力的机会都不放过。遇到问题，他凭借自己的认真和努力，以及锲而不舍的学习而一一攻克。山高自有客行路，水深自有渡船人。十多年来，他一直扎根在中青旅工作，除去病休，他没有休过一天的年假，别人在休息的时候，他在加班；别人在娱乐的时候，他在学习，在中青旅，他付出了比常人几倍的努力。

机会总是留给有准备的人。那天晚上，程博像往常一样在工位上加班，恰好遇到总经理回来拿资料。总经理发现公司只有他一个人在认真加班，就跟他多聊了几句，对这个朴实的陕西小伙产生了深刻的印象。在之后的工作中，总经理对他诸多培养，教给了他很多工作上的技巧和专业上的知识，并着意培养他全方位的能力。于是，程博从总经理秘书，做到项目经理助理，再到供应链采购经理、项目经理，每一份工作都尽最大努力做到最好，因此在业务上，他提升特别快。

这个时候的程博，已经能够独当一面了。于是，公司派他到牡丹江协助开发一个开盘的项目。在牡丹江的一年多时

2018年程博赴德国学习城市更新项目

间里，程博已经完全了解了整个项目的立项、规划、建设等各方面的程序，唯独喝酒这一点，因为身体原因，他感到力不从心。从牡丹江回到北京之后，程博说什么也不去东北了。于是，程博又在公司的投融资部门待了近两年的时间。

他从没想过跳槽，更没想过做其他行业，在公司的每一个部门、每一个岗位，他都得到了全方位的历练。这个过程，对他的专业素养和能力提升是巨大的。然而，因为学的是建筑专业，程博最终的目标还是一线的项目部门。在公司高层在权衡讨论之后，认为程博在各个部门都有过历练，非常具备全局思维，又喜欢做项目，因此，就同意他去项目部门。

程博如愿以偿地成为项目负责人，在项目中独当一面。而且，因为他对各个流程都非常熟悉，因此做起项目来简直轻车熟路，在项目部门的程博如鱼得水，左右逢源，他的事业也进入了快速上升期，越发顺风顺水。

在项目部门，程博仍然不断加强学习。他积极研究政策，学习国外先进的工业厂房改造理念，甚至自费考察和学习德国柏林、鲁尔、埃森、杜塞，荷兰蒂尔堡、海牙、鹿特丹、阿姆斯特丹等地区的城市更新改造经验。

在德国，工业厂房改造的先进理念令他印象深刻，严谨的德国人对建筑原有历史风格和文化的尊重和保留，对

历史和现实的完美结合，以及与市场经营的完美切合，都给了他很大的启发，特别是德国人那种一丝不苟、认真严谨的工作作风，更让他在以后的工作中更加认真严谨。在程博看来，国内的工业厂房改造理念，比德国至少落后了三四十年。这些从国外学习到的宝贵经验和先进理念，程博很快学以致用，转换到改造项目中去。回国之后，针对国外改造项目的学习，让程博更想做出带有中国特色的产业园区，与中国文化相结合的世界性产业园区，从而打造中国品牌，二七厂1897科创城就是很好的例子。

在改造施工中，他坚持"尊重建筑原有历史风貌和文化底蕴"的原则，实现老旧建筑的再利用，并在改造施工中实现建筑历史和现实的高度统一原则，让老旧建筑重新焕发出时代的光辉。这些改造项目无疑打破了老旧工厂改造的固有模式，获得了各方的一致赞誉。更让程博收获了无数的荣誉，他对自己的事业也更加有了信心，对于自己的建筑专业理念，有了更加深刻的理解和认知。

2017年，程博带领的团队拿下了二七厂的厂房改造项目——二七厂1897科创城。事实上，程博很早就对二七厂有着改造的想法。那是在2009年，程博当时还是中青旅的一名普通的市场调研员，他和团队在二七厂北侧一家纺织厂调研时，无意中发现了隶属于铁道部的二七厂，厂区的北大门宽阔宏伟，其历史的沧桑感与时代的特征相互冲击。他当时就想到，如果有机会在这里实现自己的工业厂房改造理念，一定能一展抱负！然而，当时的程博要独立完成一个如此巨大规模的改造工程，似乎有点太遥远了。现如今，他终于实现了这个梦想，时间已经过去了足足8年。8年时间，足以改变一个人，也足以让一个人的梦想变成现实，程博做到了！正是源于他的执着和坚守。

在对二七厂厂房的改造过程中，程博遵循的唯一原则就是：尊重建筑原有的历史文化底蕴。这不仅是他遵循的原则，更是他的专业素养的客观要求。他要求整个园区的建筑设计，尤其是涉及老旧厂房，必须保持原貌，修旧如旧，即使是内部修缮，尽量不要重新设计，不要过多地干预建筑原有的风格。

清朝末年的龙车房，比利时风格的艺员养成所，法式浪漫典雅的三角屋型专家楼与洋房，日式简约实用的厂房，还有红砖红瓦的苏联式建筑……在二七厂，汇集了不同历史时期不同风格的建筑，每一个建筑都有自己的特色，也都有自己的故事。

程博把自己的建筑理念全部融入二七厂的改造中，达到了历史和现实的绝佳集合。更难能可贵的是，在改造施工过程中，他不断改进工作方法及施工方案，尝试各种新

2019年程博参加北京卫视《创意中国》节目

型施工工艺及新型建筑材料，在缩短工期的基础上最大程度地降低了施工成本。在园区招商工作中，程博提出了"传统招商——产业招商——资本招商"的三级招商管理体系，提出"以政策招商与服务招商为先导，以金融机构注资服务为依托"的新型招商模式。在程博及其团队的努力下，二七厂1897科创城项目不仅很好地彰显了和延续了建筑本身的历史文化的厚重感，更与产业相融合，与市场相结合，实现了资源再利用的价值最大化。

在程博看来，每个建筑都有自己的灵性，有着自己特殊的文化符号，每一幢建筑背后，都烙下了深刻的时代印记。只有尊重建筑，才能保留和延续建筑背后的历史文化，才能用心去对待每个建筑。所以，程博团队在二七厂改造的过程中，在保证功能性的同时，通过修缮保留每个建筑原有的面容。这样一来，不仅为二七厂适配合适的产业，更省去了大规模的拆除和改造对原有建筑对建筑风格以及和谐之美的破坏。因此，二七厂1897科创城项目，最大程度地保留了原有风貌，却在改造中实现了独特性，更避免了厂房改造同质化现象。

如今，程博不仅是一个出色的项目运营者，更是一个出色的管理者。他秉承"授人以鱼不如授人以渔"的管理原则，对员工启发式的管理，为行业培养了一大批高素质的管理人才和建筑专业人才。在所有项目的策划及运营中，程博始终坚持以国家政策为导向，向党靠拢。程博在自己的事业之路上，经历了太多的酸甜苦辣，却永不言败，用自己的执着和坚守，书写着自己精彩的人生。

2020 年程博参加北京文创大赛

【采访手记】

真诚、稳重，甚至有些内敛的程博，在说起自己的专业的时候，滔滔不绝，眼睛里充满了兴奋，神采奕奕。孔子说，知之者不如好之者，好之者不如乐之者。程博对于建筑的热爱，源于他对文化的坚守，对事业的执着。正是因为这份挚爱，这份执着和这份坚守，才能让他在这份事业中出类拔萃，取得如今辉煌的成就。一个人，一辈子做好一件事就着实不易，程博做到了。但是他还不满意，他还在继续学习，不断努力，执着坚守。

姚凤明／文

光荣与梦想

——记猎豹移动董事长兼 CEO、猎户星空董事长傅盛

傅盛

猎豹移动董事长兼 CEO，猎户星空董事长，中国青年企业家协会副会长，达沃斯世界经济论坛全球青年领袖，连续四年荣登《财富》中国 40 岁以下商界精英榜。

超级产品经理：跨越 PC、智能手机、机器人三个时代。

3721 上网助手：互联网第一代产品经理，打造上网助手，积累数千万用户。

360 安全卫士：策划并推动 360 安全卫士插件查杀、木马查杀、漏洞修复、装机必备、360 安全浏览器等多项重要功能，打造中国用户量巨大、覆盖率超过 70% 的安全软件。

金山毒霸：带领金山毒霸全新升级，提出免费杀毒模式，集杀毒、系统管理为一体，1 亿 + 用户的安全首选，查杀能力行业领先。

猎豹清理大师：打造的安卓手机清理软件猎豹清理大师（CleanMaster），首创"云端 + 人工"深度清理体系，全球累计下载量 30 亿次。

机器人豹小秘：以"AI+ 硬件 + 软件 + 服务 = 机器人"公式定义 AI 时代工具之王，打造以机器人豹小秘为旗舰产品的"智能服务机器人家族"。

> 创业，真正的难题就是太过自由，虽说是"海阔凭鱼跃，天高任鸟飞"，但没有方向感。要把一个开放式的命题变为一个封闭式的问题，赛道的选择是至关重要的。
>
> 　　　　　　　　　　　　　　　　　　　　　傅　盛

夕阳斜照，万物生辉。大地即将迎来暗黑时刻。正如那个坐在长城沉默千年石阶上的傅盛的心境。悲愤世界的不公，感慨多舛的命运，担忧未知的明天，长久以来压在心底的委屈借着残阳的余晖，喷薄而出，化作一颗颗"不轻弹"的泪珠洒落在脚下的青条石台上。那刻的傅盛是否能够预见到这次触底反弹的人生高度，不得而知。但"苦心人，天不负，卧薪尝胆，三千越甲可吞吴"的蛰伏是诸多功成名就人士的必经之路。对于那时的傅盛来说，心底里的苦无人可诉，唯有横亘在群山之巅跨越千年的长城才能托付。

1978 年，双鱼座的傅盛在江西景德镇一个普通的职工家庭出生，上高中之前，他就是大家口中的"别人家的孩子"。日常的学习看看书就可以搞定，自认为"不太爱学习"的他填报高考志愿时，只写上了一个自己中意的大学，后在家人的强烈要求下，以地域感情为标准把中国煤炭经济学院（今山东工商学院）填在了第二志愿栏内。最终，这所坐落在烟台的院校成了他的母校。在连年获得奖学金，并创办了一个日后发展为省级优秀社团的电脑技术协会之后，他谢绝了学校的挽留，于 1999 年加入国企厦华电子，成为一名市场部员工。

20 世纪末的国内企业，无论是国企还是民企，都不像 20 年之后的今天这般活力四射。虽然有厦门特区户口绑定，端着"铁饭碗"拥有长期饭票，但体制内的一板一眼根本无法束缚一颗激情澎湃的心脏。2000 年 12 月底，他受同学之邀到在深圳走了一趟，同样是经济特区，厦门的慢节奏和深圳的速度感让他下定决心把自己投进市场经济的大潮，因为，"感觉不可以在厦门过得那么安逸，否则就废了"。

2001 年，凭着一本《联想为什么》，他踏上了北京的土地。此后，这片古老而又充满活力的土地见证了他的起起落落和爱恨情仇。

本意是为了解决学历的问题，当发现生存问题已经上升为第一要务之后，他开始迈入职场，进入国信贝斯负责开发企业全文检索技术。"当时，我正在北大的 MBA 辅导班学习，接触了不少的管理学理论和案例。我的老板每个月都会把员工工资公示出来贴在墙上，我就觉得这个管理方式有点问题。"虽然内心不认可，但是已经担任部门头目的傅盛并没有理会 3721 发来的 offer，毕竟这个可以随时听下属汇报工作的岗位符合他最初的理想。

2019 年 12 月 20 日，傅盛当选第十二届中国青年企业家协会副会长

促使他下定决心投入 3721 怀抱的是爷爷过世他回家奔丧期间所发生的事。2002 年年初，他回家奔丧，通过电话遥控指挥下属开展工作。两周之后，他发现工作进展并没有如他所期望的那样，这让他想起了厦门的那段岁月，不久前勇于甩掉一切窠臼打破"铁饭碗"的豪气再次用上心头。"3721，我来了！"

那时，经历互联网泡沫之后的中国互联网市场，一大批互联网企业开始崭露头角。这是傅盛第一次真正意义上的供职于互联网企业，"互联网公司对产品的极致要求，对我很有触动"。与传统企业相对缓慢的节奏相比，互联网公司的活力和效率让他感慨万千，"简单的项目说明之后就是口头沟通，这样的效率更高"。作为中国互联网第一代产品经理，在他加入 3721 的两年后，3721 上网助手积累了数千万用户。"那个时候还是很锻炼人的，虽然也有痛苦、迷茫，但是我储备了很多技能。"也许这些技能傍身的他，在日后经纬创投张颖的眼中是"看一眼就知道留不住"的人。

众所周知，3721 的命运多舛，最后淹没在互联网的汪洋大海。无论是雅虎还是阿里，每一次的"东家"变更对傅盛来说都是一次选择和彷徨，这里是他的第一站，也是他梦开始的地方。卖掉 3721 之后，老板周鸿祎另立门户创立了奇虎，但作为 3721 功臣之一的傅盛却被留在了 3721，眼看着这个"孩子"埋没在汪洋之中。

周鸿祎是聪明的，他没有忘记傅盛。

　　在阿里呆的不怎么舒服的傅盛正在和百度接触，已经做好准备履职百度的他接到了周鸿祎的电话。事隔多年，若非当事人亲述，外人很难得知在那一个多小时的时间里，两个人究竟谈了些什么。一个是互联网的龙头企业，一个是老东家的初创公司，对任何一个人而言，这个选择的标准都会在情与理之间摇摆。"我也在分析，百度虽然大，但在奇虎还是能够学到更多东西。"

　　360安全卫士就像是周鸿祎的养子，本来没指望它能登堂入室，在傅盛的调教之下，没承想居然喧宾夺主，成为奇虎最给力的一张名片。周鸿祎始料未及也好，傅盛成竹在胸也罢，360安全卫士永久免费策略一经推出便拳打江湖，脚踢武林。一阵厮杀之后，老牌杀毒软件一个个败下阵来。

　　事隔十多年，回头看看那段岁月，很难定义是360安全卫士成就了傅盛，还是傅盛捧红了360安全卫士。这就像是一个硬币的两面，各自独立而又紧紧依偎，不可分离。"木秀于林风必摧之"，也是在此时，业界关于二人的传言甚嚣尘上，终于在2008年8月16日傅盛的博客中落得实锤："该告别的终于告别了，新生活开始了！以前很精彩，未来会更精彩！"。

　　此后，傅盛的人生可以用一句"峰回路转"来形容。

　　周鸿祎亲自操刀的360安全卫士与金山、瑞星和腾讯打得不可开交。彼时，雷军想到了傅盛。而当时的傅盛正在东四环的居民楼里忙着开发可牛影像，也等待着从360离职后18个月的竞业禁止协议期早日结束。

　　"雷军问我，360发展到今天，你的功劳大还是周鸿祎的功劳大？我回答说，还是周鸿祎。"已经遇到挫折的金山网络在360的重压之下，几乎濒临绝境。对于雷军来说，他急需能人掌舵，让金山"起死回生"；对于傅盛而言，他需要更高的平台，证明自己。很多时候，看似风马牛不相及的两个人走到一起的背后充满了必然规律，无论是各取所需还是合作共赢，这一定是两个人都在合适的时间、合适的节点做出了一个合理的决定。

2020年，傅盛在北京猎豹移动公司接受媒体采访

接下来，可以载入中国互联网史册的 3Q 大战爆发了。所谓时势造英雄，此时的傅盛也不是当年那个初入京城的彷徨青年，十年职场磨炼的自信和底气让他善于审时度势，并乘势而起。

2010 年 11 月，金山网络改名为猎豹移动，并于 2014 年 5 月在纽约证交所挂牌上市，市值最高时接近 50 亿美元。傅盛凭借自己的执念实现了他心中的梦想。下一步，又该怎么走呢？

"赛道，是至关重要的。"

2015 年，人工智能领域成为互联网的新宠，傅盛敏锐地捕捉到了这条新的赛道。"如果找到一个赛道能管好今后的几十年，就有机会做一个行业的引领者。"2016 年，傅盛带领猎豹移动向人工智能领域转型，并投资成立了猎户星空，猎豹移动从一个移动互联网公司向"以 AI 驱动的产业互联网公司"进行战略升级，这是傅盛"All in AI"的全新引擎。过去的 5 年，傅盛倾注了大量的资金、资源和精力，"压力很大，每天都很焦虑，时间永远不够用"。坐在笔者面前的傅盛略显憔悴，那张讨喜的圆脸已经初现岁月刀刻斧凿的痕迹，但目光依然坚定，笑声依旧朗朗。

傅盛曾经怕水。在 2018 年 3 月份的猎豹移动发布会上，他克服恐惧，跳入水中，以此言志：猎豹携手猎户星空选择 AI 这条发展道路虽然艰难，但吾辈决心已定，必然超越自我的边界，横扫一切"牛鬼蛇神"，达到梦想的彼岸。

2020 年 10 月，傅盛在北京猎户星空公司接受媒体采访

【辞赋】

春夏秋冬是我们永远不停的脚步
风雨雷电是我们创造未来的誓言
日月星辰是我们自强不息的笑容
苍穹大地是我们厚德载物的胸膛
走过多少坎坷沧桑
我们依然真诚执着
有过多少光荣和梦想
我们永远奔腾激荡

朱昌文 / 文

车辙树影　铿锵而行

——记北京东晨伟业汽车销售有限公司
总经理谢久思

谢久思

北京密云人，本科学历，中共党员。北京东晨伟业汽车销售有限公司、北京东阔达商贸有限公司、广汽传祺品牌总经理。北京市密云区青年企业家联合协会副会长。曾获东南汽车优秀总经理、东南汽车销售贡献奖、东南汽车十佳总经理、广汽三菱优秀总经理等荣誉。

> 星级酒店的一碗面 50 元，路边摊只要 10 元，为啥？享受的服务不一样。我们从销售端转向服务端，注重的就是客户的服务体验。
>
> 谢久思

2017 年，谢久思荣获东南年会综合大奖第一名（东南主机厂领导抬轿子，是最高荣誉）

2017 年，谢久思荣获东南年会综合大奖第一名

12 年前的那个夏天，谢久思走出大学校门，在身边的同学都忙着投简历、参加面试的时候，他背着简单的行李回到了自家的汽车超市开始了实习。父辈创下的产业让他凭着"近水楼台"的优势，省去了同学们所经历的焦虑和彷徨。用父亲的话说就是，与其去给别人打工，不如到自家的企业练手，反正最后都要全盘交到谢久思的手上。

按照正常的逻辑来讲，一个团队的主帅变动，必然要进行人事调整，发展自己的左膀右臂，很多影视作品都是这么演的。现实的情况是，还没等谢久思动手，当时聘请的十几个员工都以各种理由离开了。"可能是他们觉得我年轻，什么都不懂，三四十岁的人听一个二十出头的小伙子指挥，心理有点不舒服。"本来是抱着学习的目的，没承想这一上来就被架到火上了，谢久思遇到的这个"下马威"让他着实"被青春撞了一下腰"。

员工荒的问题尚未完全解决，又遇到北京汽车市场一个可以载入史册的变革：摇号！汽车销售市场短时间内出现了断崖式的下跌，很多同行纷纷转向别的领域，寻找能够下雨的那片云彩。谢久思也在寻找。位于密云的自家5000 平方米的四层楼，此时如同海中央的一艘船，在茫茫海雾中不知道该驶向何方。有人建议做餐饮，靠近国道地理位置优越，楼前还有很大一块停车场，难得的硬件齐备。"可是我思量来考量去，饭店做不出什么特色来，关键是我对汽车感兴趣。"

不逼迫自己成长，永远都不知道自己有多强。

汽车销售市场，在初始的"混战"之后，找准一个地块，深挖下去必能见到甘泉。同父辈们做的汽车超市不同，谢久思要转型做汽车品牌的 4S 店。汽车超市的模式是左手买来，右手卖出去，赚个中间差价，但 4S 店却不能如此简单粗暴。虽然，那个时候 4S 店还不像现如今这般俯拾皆是，入行的门槛也不算太高，但毕竟这是大公司的"脸面"。"各个汽车厂家都对 4S 店有一整套成熟的运营、管理模式，甚至是店面的装修都要完全符合他们的要求。"

没有团队，他一个人对接厂家、办手续、卖车，早上五点开工，凌晨一两点收工是常有的事。半年下来，他就卖出了 270 台东南三菱。随着团队搭建逐步完善，第二年经东晨伟业卖出去的 700 多台车已经遍布了北京的四九城。"当时，我的管理团队就建议我考虑代理其他品牌，当那时我正和第一家公司打得火热，第二家平谷的 4S 店也在紧张筹备中，就没有采纳，这就埋下了后患。"

此后，怀柔 4S 店、平谷区 4S 店相继开业，北京的东北角这片地盘，加上北京持续旺盛的购车需求，让谢久思东晨伟业进入东南三菱汽车销售的全国前 20 俱乐部，2017年巅峰时期一年的销售量达到 3300 台。"我在 2016 年和2017 年连续两年拿到了东南三菱的全国销售冠军。年底参加东南三菱公司的经销商大会，我是被他们公司的高管用八抬大轿抬着上台接受嘉奖的。"

所谓物极必反，否极泰来，飞龙在天之后必然亢龙有悔。

2018 年，随着国家反腐力度的不断增强，时任东南三菱的董事长被"双规"，连锁反应就是管理层大换血，汽车公司进入动荡期，其上下游产业受到强烈震动，内部管理混乱导致车型更新换代延期，经销商反馈的问题得不到解决，直接导致市场对东南三菱的认可度下降。一时间，东南三菱的销售市场一片风声鹤唳，四面楚歌。是给大船陪葬还是调转船头寻找新的港湾？这是摆在谢久思面前的一个迫在眉睫的问题。

时不我待，生死攸关！

既然客户选择用双脚选择市场，那么经销商就不能在一棵树上"荡秋千"。转向，是必然选择。依靠成熟的管理体系和经销网络，特别是之前那傲人的业绩，这样的经销商在全国众多品牌的车厂中都具有广泛的知名度。对于彼时的谢久思来说，就是选择同谁合作的问题。本着对"三菱"这两个字的信赖，他成为广汽三菱的经销商。

随着中国本土品牌的不断成长，更加理解国人喜好的自主品牌开始发力，不断开疆拓土，逐步扩大市场份额。"刚开始的时候，一款新车出来往往需要加价提车，可是很多车型会在短短几个月之内就被市场抛弃，现在各大汽车品牌的更新换代能力太强大了。"自主汽车品牌在经过多年的技术积累和研发投入之后，必然会引起市场关注，并最终形成井喷效应。"国产车更懂中国人"，谢久思对此深有感触。

"所以，我们也在寻找更好的出路，进行转型，否则就是等死。"随着移动互联网的飞速发展，以汽车之家、易车 APP 为代表的互联网经销商成为实体 4S 店的"噩梦"，无论是成本控制还是选车的方便快捷，抑或是服务质量，前者都对后者形成了碾压之势。在互联网时代，打垮一个企业的往往不是你的竞争对手，而是半路杀出来"程咬金"。顺势而为方能乘势而上。谢久思深知，赶不上移动互联网的这波大潮，那就必然成为其牺牲品，只有勇敢的拥抱这股潮流，中流击水，才能在浪遏飞舟之际保持自己的方向，继续在大潮中勇往直前。

"以前我在密云的店只能把车卖到密云当地，现在我的客户已经不再局限于密云，可能河北的也会来买，这都是得益于互联网的发展。"是好事吗？貌似是好事！但是，对于广汽三菱的河北经销商来说这就不算是好事了。"这样的结果就是同一品牌、不同地区经销商之间的恶性竞争。以前是加价提车，现在赔钱卖车。"谢久思平静地说。汽车销售市场近 10 年发生的这种惊天逆转，犹如坐过山车一般，惊险、刺激而又无可奈何。这就是市场经济，这就是百花齐放。因为，最终受益的是广大客户。

在中国汽车市场最波诡云谲的十年，谢久思完成了自己的蜕变。他用敏锐的触角去感知市场的问题和客户的真实需求，在一次次浪潮中完成自我的革新和完善。"现在的客户需要更加贴心的服务、更加舒适的消费体验、更具人情味的消费过程。所以，我们 4S 店也必须要转变经营理念，由依靠卖车赚钱向为客户提供优质的售后服务赚钱。"

2019 年 11 月 9 日广汽三菱，"双十一"团购会

步入东晨伟业的 4S 店，爱车在车间进行维修、检测时，客户可以在专属休闲区打打台球，喝杯咖啡或者在按摩椅上舒缓一下紧张的躯干。定期邀请专业人员为客户做爱车保养、使用、停放、应急处置等知识培训，增加客户对品牌的黏性。"我卖的三菱车偏向于硬派越野，所以我们就以汽车俱乐部的形式，带着客户出去自驾游。"去内蒙古大草原看风吹草低见牛羊，去阿拉善英雄会体验速度与激情的碰撞……让客户在买完车之后的感觉是有一群保姆、助手在后面随时等着提供服务，最关键的是通过活动扩大了每个人的朋友圈，"这能够保持客户对公司的黏性和对品牌的忠诚度"。

之前是卖车为主，兼顾着服务；而现在是以服务为主，兼顾卖车。顺序调换的背后是思路随着时代的改变而变化的顺势而为。"以前赚钱是需要沟通，那是货真价实的靠能力，现在赚钱是需要真心诚意的付出，才能收获客户的认可和满意。"从销售端的恶性竞争向服务端的优质高效转变，互联网的触角力所不及，而这或许就是谢久思眼中的"生机"，毕竟专业的维修保养、故障排除、配件更换等业务需要工人在车间内才能完成。

时代在变，市场在变，唯有拥抱变化，因变而变，方能在这个瞬息万变的社会中保留一席立锥之地。著名作家毕淑敏说，"变化使我们成熟，但它首先使我们痛苦。人生中最重要的变化，一定伴随着大的焦灼和忧虑。"每一次转型无异于脱胎换骨，但犹如凤凰涅槃，巨大的痛苦之后，必然迎来新生。谢久思的人生之路如都市的滚滚车流，虽然偶有停靠，却是一直坚定不移地向前走，步履坚定，其形铿锵。

2019 年 11 月 9 日广汽三菱，"双十一"团购会

【采访手记】

中国的汽车产业体量巨大，销售作为其中关键一环，长期以来集各种声音于一身，无论是正面的还是负面的，都与这个行业的从业者有直接关系。谢久思作为其中一员，经历过挫折和磨难，体验过高光时刻，领略过高处之寒。这些曲折随着时间的流逝，终将沉淀为岁月的故事，激励后来人，指正彷徨者。

朱昌文 / 文

使命担当红演圈

——红演圈科技董事长鲍啸峰的创业理念

鲍啸峰

汉族，红演圈（北京）网络科技有限公司创始人、董事长兼党支部书记，中华全国青年联合会委员、全国工商联青年企业家委员会委员、北京市朝阳区政协委员、北京市光彩事业促进会副会长、北京市光彩公益基金会爱帮联盟轮值会长、北京市工商联青年企业家专委会副主任兼秘书长、北京市青年联合会委员、北京浙江商会副会长、北京宁波企业商会常务副会长、文化部中国演出行业协会副会长、文化部中国文化娱乐行业协会理事、中国民营文化产业商会常务理事、中国服务贸易协会数字娱乐委员会副主任。荣获第二届中国青年创新创业大赛银奖，36氪年梦想合伙人．梦想之星奖，首届中韩青年创新创业大赛优秀奖，首都文化产业十大杰出人物，北京市朝阳区工商联"五．四"青年创新榜样奖。

> 红是一种信念，红是一种本色，红心向党同心圆，"三梦"共筑红演圈。
> 续写辉煌，不忘初心，人文华章铸就民族自信。
>
> 鲍啸峰

2020 年 8 月 17 日，鲍啸峰董事长（左二）荣膺当选全国青联委员，并参加全国青联十三届全委会

2019 年 10 月 1 日，鲍啸峰董事长受邀参加中华人民共和国成立 70 周年庆典现场观礼

2021 年 7 月 1 日，鲍啸峰董事长受邀参加庆祝中国共产党成立 100 周年大会现场观礼

　　在中国近现代人文发展历程中，红色基调代表一种热情、一种使命，一份初心，一份梦想；红色的太阳冉冉升起，红色的国旗高高飘扬，红色的长城江山永固，红色的党旗镰刀与锤头组合成工农联合的新时代伟大征程。红演圈正是在这样的红色主旋律下，以红为本色，姓党姓社，坚持红色主基调主旋律，永远听党话跟党走；以演为本业，专心匠心办文艺，做强做优产业，助力文化强国建设；以圈为本体，在主旋律为同心圆的辐射下，形成资本、智本、劳本"三本"合一的同心圆文化，打造文创科技全链条产业圈，发挥互融共生功能。以习近平新时代中国特色社会主义思想为指导，开创 5G 数字直播基地，打造红色基因网红；运营大型活动，成立红演圈演艺、红微科技、红演圈影业、红演圈文旅等，繁荣文创产业新篇章。红演圈科技集团创始人、董事长鲍啸峰立足中华优秀传统文化，融合"大文化"理念，探索传统文化、红色文化与人民对幸福美好生活向往完美结合的新思路，肩负起新时代青年企业家的使命担当。

融入红色基因，多元并存发展

2008 年，鲍啸峰毕业于对外经济贸易大学国际经济与贸易专业。在大学期间，鲍啸峰开始首次创业，与团中央合作，筹办青少年成长励志营，面向全国青少年组织励志教育、游学性质的夏令营。夏令营以清华大学、北京大学、国家博物馆为教育基地，让孩子开阔了眼界，丰富了知识，树立了志向。可以说，鲍啸峰的第一份事业就蕴含红色文化基因，饱含正能量。正是在这样的初心驱动下，开始走入演艺文化繁荣发展的征程。

2014 年，鲍啸峰在知识产权维护的基础上转型文创科技产业，公司根植红色基因，以满足人民对美好生活的向往与追求，创立红演圈（北京）网络科技有限公司。公司立足网红和演艺人才大数据，注重科技驱动，专注文创内容、人才、空间、资本的成熟运营，服务文化消费，赋能品牌故事。在弘扬时代文化的基础上，以民营企业的担当与使命为思考出发点，立志成为新时代文创大数据运营商。在公司的股权结构、管理制度、收入分配、企业文化四个方面，践行公司独有的资本、智本、劳本的三位一体模式，倡导"人人都是投资者，个个都是企业家"的发展理念，凝聚全体投资者、管理者、劳动者同心共筑个人梦、企业梦、中国梦"三梦共圆"的磅礴力量。

正是在这样的理论架构指导下，红演圈科技迅速成长，逐渐发展为多元共存的集团化企业。应 5G 时代的到来，旗下的东门文化公司集合网红、直播技术、供应链、拍摄场地及相关配套的产业元素，打造品牌数字化精准营销基地，形成北京、上海、广州、南宁、成都、十堰、蓬莱等全国覆盖网络，与胡可、肖骁、姚晨、瞿颖、古力娜扎、柳岩、李想等知名艺人合作，与李佳琦、薇娅、安安、烈儿宝贝、祖艾妈、雪欧尼等头部主播合作，形成强大的直播阵营，服务近 2000+ 国内外知名品牌。

在强大的明星阵容与专业的策划团队双实力基础上，集团旗下的湖南红演圈公司通过服务政府以及众多一线品牌，使公司拥有了庞大的人才规模效应和国际领域的专业资源优势，并成功策划执行超过 200 场各类大型活动及赛事。如，2009~2014 奥迪杯高尔夫挑战赛，NIKE2010 凯特·杜兰特中国行，2010~2014 年三一服务万里行，2020 年爱上北京的一百个理由等。完成超过 20 个城市、景区大型文旅节会策划及全程执行。如，2017 年长沙橘洲国际音乐节，2018 年三亚电子音乐节，2021 年天猫海岛跨年电音节等，期间圆满完成超过 100 位明星大咖对接。

红演圈旗下演艺业务风生水起。马栏山明和 - 红演圈一号演播厅与太阳城·优格演播厅为大型活动提供最为优化的解决方案。一号演播厅位于湖南长沙马栏山，总投资 5000 万，占地面积 2200 平方米，主厅面积 1000 平方米，"V"谷 C 位，是中部地区技术装备最先进，综合功能最强的中大型专业演播厅，曾承接 2017 大型系列三进理论节目《社会主义有点潮》、2017 浙江卫视跨年演唱会、2017 湖南戏曲春晚、中国教育电视台春节晚会、2020 动漫协会高峰论坛等多档综艺节目和活动盛典。

创新是引领发展的第一动力。旗下的红微科技立足 3D 技术的开发与应用，拥有自主研发的 3D 扫描仪和 3D 照相馆，提供 3D 扫描、建模、设计、打印等全套解决方案。技术可以实现人物面部表情的塑造，演员道具、服装的虚拟化，大型场景的航拍等，在影视文化领域实现了完美应用，曾参与《道士下山》《绝地逃亡》《夏洛特的烦恼》《西游伏妖篇》《捉妖记2》等 40 多部热映电影的 3D 特效制作。

红演圈 3D 技术同时还应用于文物修复与保护上，如根据文物遗存还原西周时期燕国人宴会盛景、大型遗址3D 数字化存档及复原等。在 3D 技术的景观设计中，参与 2014~2021 年连续 8 年北京天安门广场特大花篮的 3D 定位安装，2014 年 APEC 峰会 21 国领导人签字仪式"未来之舟"的设计制作等。

红演圈影业依托强大的艺人阵容，不断推出电影精品，《死神的假期》《你是我的魂斗罗》《开往远方的地铁》等多部剧作上线即获好评。旗下红演文创作为专业文旅品牌，立足流量思维，从内容、品牌、节庆、文创、影像、亮化等方面，为城市和景区提供全方位的策划规划、投资建设、改造升级和运营服务，实现文旅产业的融合升级。成功参与打造的《北京电影小镇》《西安大唐不夜城》《海南三亚奥飞环梦之旅》等，都已成为游客网红打卡地。

立足党建，红色直播红更红

直播作为当代人文交流的有效途径，已成为新时代的文化标志与传奇，一个个商业奇迹也诞生于网红主播的倾情演播中。在网民粉丝参与繁荣盛景下，有一种和谐、富含正能量的铿锵对话，把党的声音、党的形象完美融入，这正是红演圈科技集团独具创新的探索。大学时代就已入党的鲍啸峰与他的团队创新党建工作机制，酒仙桥街道党委与红演圈科技党支部精心策划，倾力打造《红色直播间》，以网络直播、短视频拍摄打造"政府网红"，将党建阵地建立在互联网上，挖掘党建"新力量"，实现轻动手指即可学习党的知识、接受党的教育的功能；拉近与年轻人的距离，将党建内容，简单化、接地气，让年轻人看得懂、学得易、追得潮，实现"红色能量"易取易收的目标。除了常规直播外，更在党的生日，国家大型活动期间，用红色流量给观众带来真实感受。如在中国共产党成立97周年、改革开放40周年之际，举办《变迁甲子 筑梦酒仙桥》红色直播活动；在今年建党百年的大日子里，开展《深学党史践初心 办好实事筑未来》红色直播活动。《红色直播间》在给网民传递正能量的同时，受到社会各界的赞誉与好评。2018年6月，获北京市社会领域优秀党建活动品牌，课题"红色直播创新党建"获北京市新经济组织党建研究会研究成果评比二等奖，红演圈党支部两次获"先进基层党组织"称号，党支部书记鲍啸峰多次被评为"优秀共产党员"。

乐于奉献，勇于担当，当好社会公益者是红演圈人不变的传承，爱心助学，帮贫扶困，努力用文创理念、科技优势和明星效应赋能贫困地区，助力脱贫攻坚，是红演圈人的日常。

2016年11月，依托北京市工商联光彩事业基金会，联合26位企业家筹建"爱帮"企业公益项目，并成立爱帮基金，雏鹰腾飞奖学金等。2017~2019年连续三年，爱帮针对革命老区唐县、光山，甘肃庆阳三个资助贫困生项目，对126名生活困难，品学兼优的学生予以资助；2019年7月，支持光彩事业十堰行"千企帮千村"精准扶贫；2020年参与"爱帮"新疆和田墨玉"巴什加依村挂牌督战结对帮扶"项目，帮扶低保户、建档立卡贫困户，开展性畜养殖；为保定市齐家佐乡捐献电脑；2021年资助承德丰宁、湖北丹江口贫困学子140名，向保定顿庄幼儿园捐资改善办园配套设施。在爱心力量驱动下，红演圈公益走遍了南疆北国，深入基层，扶贫济困，传递爱心，董事长鲍啸峰也受聘担任江苏宿迁宿豫区仰化镇解闸村荣誉村长。2019年，红演圈科技集团荣获北京市扶贫协作奖"社会责任奖"；公益直播系列活动入围2019年全国光彩事业重点项目；2020年，作为北京市发展改革委员会唯一推荐企业参加全国消费扶贫论坛。

可以说，在两个100年的视域下看新时代的文化繁荣，中华民族已经走出历史的阴霾，走出中华民族文化自信的强劲步伐。荣耀与梦想，漫漫坎坷路，红演圈科技集团在董事长鲍啸峰的带领下，以红色文化为根本，一颗红心，高举红旗，让如火如荼的文创大数据产业为新时代文化强国服务；在立足传统文化、红色文化的深厚积淀中，红演圈人必将演奏出最富时代强音的宏大文化交响，铸就出灿烂辉煌的时代华章。

孙秀明／文

我有凌云志
致力环保行

燕凌云

1991年生，山西临汾人，2014年毕业于英国班戈大学，现任天亿金投资集团有限公司部门总经理，天亿金环保设备（北京）有限公司董事长。

> 顺其自然不是一种静态，它是一种动态：顺而有势，势而有能，能而有为，为而有成，成其自然。不论是国家的宏观政策、市场的规则，还是大环境的趋势，抑或是事情本身的规律，只有顺着去做，才能有结果。
>
> —— 燕凌云

从英伦留学到北漂

　　燕凌云是山西临汾人，出生于1991年，是典型的"90后"，但是他成长在中国北方的农村，有着传统山西人的朴实和真诚。

　　他自幼学习成绩优异，之后进入英国班戈大学学习投资与管理。在英国的四年多时间里，一边学习西方的思维理念，一边更加着迷中国的传统文化，师夷长技的同时不能忘了老祖宗的智慧。2014年，燕凌云毕业之后回到国内，先是在家乡临汾待了一段时间，随后就打算去北京闯荡。但是，人生地不熟的，家里人难免有些担心，只不过父亲支持他去闯一闯，燕凌云也觉得英国都闯荡过了，北京也应该没问题。于是，他给自己定了两年的时间，如果到时候没有闯出成绩，就回到家乡。当然，这也只是给父母一个定心丸，希望父母不必担心。

　　到了北京之后，他一没人脉二没资源，只能漫无目标地寻找工作机会。后来经过留在北京的同学的介绍，进入南京银行北京北辰支行当了一名实习生。实习期过了之后就转为合同工，合同工满时限转成正式工，这对于燕凌云而言是一个机会。于是，他在入职南京银行之后，就下定决心要好好熟悉业务，做出成绩来。

　　在银行实习的一年时间里，燕凌云努力学习各项技能，了解银行业务的流程等，很快就成为银行里的业务能手，并获得了同事和领导的一致认可。实习期满之后，一位副行长要调离支行去分行，临行前希望燕凌云能够一起去，可是燕凌云此时已经有了创业的规划，因此婉拒了这位副行长的好意，离开了银行。

　　随后，燕凌云和朋友去了天津，朋友在那里成立了一家贸易公司，主要经营进口酒水，包括澳大利亚、法国等地的红酒，以及各种洋酒。

　　之所以选择进口红酒贸易，是因为当时国内的红酒热潮，其次是进口红酒利润高。他们较为审慎的是，将产品定位为中端市场。然而，与预想不同的是，门店开起来了，却鲜有业务上门。燕凌云不得不亲自通过各种营销手段来推广宣传，上街发传单，买酒送礼物，给各种活动赛事做

2018年3月25日凌晨2点于办公室审标书

赞助等，以求提升店铺知名度招揽顾客，然而收效甚微。因为效益不好，只好裁员降低成本，最后的结果是，他一人身兼数职，既当老板又当员工，无论是市场、库管、物流、仓储还是财务，甚至是搬运这样的苦重活都要他亲力亲为。最累的时候，他一个人一个晚上都在搬酒，运输师傅实在是看不下去了，上手帮忙。第二天整个人几乎瘫在了床上，连筷子都拿不起，只能用勺子吃饭。

　　然而，生意并没有因此而出现好转。尽管如此，燕凌云回忆起那段日子，却觉得无比充实。他始终认为，正是因为那段最苦最累的日子，让他领略了创业的艰辛与不易，也历练了他不轻易服输的坚持。他坦言，那段日子是他最渴望成功的时候，也是最希望获得认可的时候。尽管没能成功，但是他从未后悔，正是因为这段日子的锤炼，才能让他在之后的创业之路行稳致远。

轻装上阵再出发

从天津重新回到北京之后，燕凌云沉寂了一段时间。这个时间属于调整期，用他的话讲，属于"迷茫期"。第一次创业失败，还是给他带来了一些负面情绪。在那段日子里，他每天无所事事，坐在家里的沙发上看电视，一待一整天，不想出去，不想见人，不想说话；偶尔跟朋友出去吃饭喝酒，也是心事重重，这种低迷的状态持续了很长时间。

之后他在朋友的介绍下，又入股了一个民航小飞机俱乐部的投资项目，后来因为经营理念问题，燕凌云退了股，这次投资创业属于玩票性质，也没有太认真。包括前期市场调研这一类事务都没有做。所以最终的结果是没亏钱，让他也没有很在意。反而这段经历却让他从第一次创业失败的阴霾中彻底走了出来。

进入环保行业，在燕凌云却是一个偶然的机会决定的。他看到一部关于海洋垃圾处理装置——海上垃圾桶的纪录片，两个冲浪爱好者在海滩冲浪的时候发现，海洋的垃圾太多了，特别是悬浮在海水里的塑料垃圾，让这片海域几乎成了一大碗浓稠的塑料汤。他们觉得不能这样下去，否则人类赖以生存的环境都将受到影响，因此他们发挥自己的聪明才智，发明了这个海洋垃圾桶，专门收集散落漂浮在海里的"浮游垃圾"。海洋垃圾桶的工作原理非常简单，利用水泵的将悬浮的海洋垃圾吸入过滤，第一次投入就在短短24小时内清理了新西兰海港的所有垃圾，并迅速在网络爆红，为了提高续航能力，它还使用了太阳能发电，只要有阳光就可以持续工作。目前世界各地都纷纷安放这款垃圾桶，两个年轻人为海洋环保做出了巨大的贡献。

看到此情此景，他突然灵光一闪，觉得环保行业是一个不错的投资目标，因为有公益性质，需要又有情怀的人去做，而对于环保的情怀，燕凌云自认比任何人都强烈。早在英国读大学时，燕凌云就接触了环境保护等公益活动，当他看到各种环境恶化事件，看到不计其数的动植物灭绝，看到原本绝美的自然风光因为环境污染而变得丑陋不堪，甚至原本山清水秀的生活环境变成了不适合人类和动植物生存的人间地狱……他就暗自下决心，一定要做环境和生态的守护者。从看到海洋垃圾桶的那一刻起，他更下定决心，要从身边的小

事着手，从自己开始，用自己的努力和奋斗去保护和改善人类赖以生存的自然环境。

正是在这时期，他才明白，一个人要创业，赚钱一定不是第一个目的，更不是最主要的目的，创业一定是为了解决一个或多个社会难题而出发，做着有意义的事情的同时还能挣着钱，才是最理想的。创业一定要有情怀，没有情怀，即使创业成功也可能行而不远。

2021 年 4 月 27 日，燕凌云参加庆祝建党 100 周年暨五四青年节学习交流会议的活动

立志环保护民生

说干就干！燕凌云认为：空气、食物和水是人类赖以生存的最重要的要素。生存权是最大的民生！而改善空气质量、监控食物健康、提升饮用水质量，就是人们目前最大的需求，更是中国转型发展的当务之急。随着人们对饮用水的质量安全要求越发严格，特别是针对广大中小学生的集体饮水安全问题。专门针对空气、食物和饮水的环保产品应运而生。从净水设备开始，燕凌云成立的天亿金环保设备（北京）有限公司开始了专注于环保产业的发展之路。

天亿金环保设备（北京）有限公司以饮用水净化为突破口，从饮水安全到城镇水资源综合整治进行大产业布局，打造出了属于自己的一套环保模式。从产品设计到系统布局，力求在水净化、水处理、水治理方面做出成绩。通过产品设计和市场营销，天亿金饮用水净化系统打开了市场，开始进入稳步运营阶段。

与此同时，食品农残净化和空气净化领域的产品推广也被提上了议事日程，并且在不断跟进。按照燕凌云的创业构想，本着以人为本的思维，公司通过一系列的产品研发和推广应用，为广大人民群众提供安全、洁净和放心的保护，从而最终实现保护环境和生态和谐的大目标。

跟着国家的发展方向，天亿金环保设备（北京）有限公司未来会继续走环保节能的路线，并从节能减排、电力节能、海洋修复等方面着手，把环保事业进行下去，也为国家 2030 年碳达峰，2060 碳中和的大战略做一点贡献。

在这样的思维之下，燕凌云开始了又一次的创业苦旅。在此之前，他始终认为市场是创业最关键的一环，只有做好市场才能保证创业成功。而经过在环保行业的摸爬滚打，他开始发现之前的观点错了，出奇制胜的营销策略固然能够短时间内聚拢人气，可是对于创业的长期目标而言，时间对于各种营销奇谋而言是最无情的。创业最关键的在于产品的售中和售后，牵扯到产品和企业美誉度的方方面面，必须从细节出发，一点都不能马虎。

因此，在这个过程中，燕凌云带领团队如履薄冰，一步一个脚印，稳扎稳打，用心去完成每一次的销售和售后，

在红旗渠参加海淀工商联青联理想信念培训班

在激烈的市场竞争中逐渐站稳了脚跟，获得了客户的赞誉，团队也在这个过程中不断成长进步。

在企业管理方面，燕凌云崇尚灵活的管理模式，对于业务和售后人员，不需要他们长期在企业待着，不用上下班打卡，只有一点要求：任何时候打电话必须保持在线，而且必须保证两个小时之内到达业务现场并且尽快解决问题。正是这种管理模式，给了团队巨大的活力，同时也保证了天亿金环保设备（北京）有限公司的运行愈发稳健和从容。

【采访手记】

燕凌云是一个非常俭省的人，也是一个特别爽快大方的人。这并不矛盾。在生活方面，他没有太多奢侈的欲望，更没有太多消费的冲动，即使在英国上学时，都坚持自己做饭。因为家里做生意，物质条件比较好，但是他却丝毫没有"富二代"的纨绔行为，反而处处透出一种成熟稳重的修身齐家的形象；然而在产品研发和创业投资方面，燕凌云敢想敢干，敢于投资，甚至有着一掷千金的豪气。因为他深知，创业不仅仅是赚钱，最重要的是，他所从事的行业是一件有利于社会、有利于人民的伟大的事业，是公益性的事业，也是他的理想和信念，更是他"悲天悯人"的环保情怀，因此，这种"利他"的投资，他舍得也愿意投资。这就是燕凌云，一个农村创业者的初心和情怀。

姚凤明／文

迎接晨曦 天安门起早看升旗的地方

——北京皓阳连锁酒店董事长霍鹏的创业历程

霍鹏

北京皓阳连锁酒店董事长，北京市工商联青年企业家专门委员会委员。

心生则路生，创业是一个春蛹化蝶的故事；做好自己，善待别人，恪守初心，方得始终；服务每一位客人，宾至如归，我们在皓阳宾馆等您！

——霍　鹏

皓阳，本义是指太阳出来时天地光明的样子；在天安门广场向西 200 米，皓阳宾馆每天迎接升旗时东方第一缕阳光，已经伴随着来自全国各地的游客走过了 20 个年头；宾馆地处前门周边，装修典雅，干净卫生，古风犹存，富有浓郁的文化气息，让人有宾至如归之感；这座宾馆正是青年企业家霍鹏创业历程的见证、初心与情怀。

以身作则，同甘共苦创业者

皓阳宾馆从一家不起眼的小店，经历十年的发展历程，逐渐形成皓阳心晴酒店、皓阳晚安酒店、皓阳文化酒店等系列连锁型酒店；这其中融入了霍鹏太多的心血。大学毕业后，霍鹏出国深造，归国后便在天安门广场旁边倾心打造皓阳宾馆，此地寸土寸金，前来北京旅游的外地游客，总是带着崇敬的心情，参观故宫博物院、登天安门城楼、瞻仰毛主席纪念堂、看雄壮威武的国旗护卫队升起迎风飘扬的五星红旗；怎样在这里打造一家富有人文精神的宜居酒店，让各地游客宾至如归，成了霍鹏创业的第一个梦想。当时，资金紧张，面积又小，各种限制成为难以逾越的坎，霍鹏便融合各方资源，终于把酒店扩展到三层建筑，50 间客房，完全中式装修风格，其中艰辛，不言自知。为了节约费用，霍鹏全程参与，保证装修材料的环保与安全性，甚至与工人一同干活，给装修师傅打下手，扛着几十斤重砖块、水泥等建筑材料爬楼梯，每天累得满头大汗，筋疲力尽。但在霍鹏的劳动参与中，装修师傅很是感动，活儿干得又快又好；装修期间遇到问题及时解决，质量大大提高，在节约成本的基础上，工期提前完成。这既是一种创业者的人生智慧，更是一种修养，霍鹏认为，在创业过程中，节约成本就是盈利，并且，在创业过程中，老板与员工扮演的角色不同，但都是在为公司发展奉献自己的力量，只有以身作则，才能凝聚众人之力。

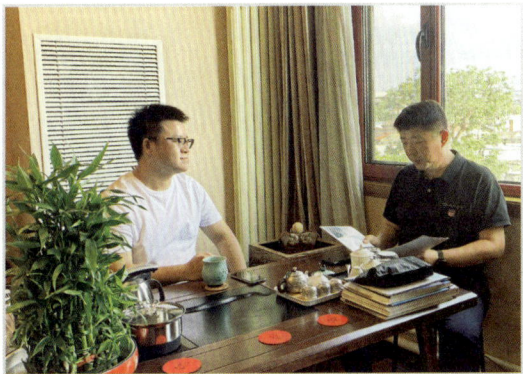

2020 年 5 月 8 日，霍总（左）与店总分析其他同行品牌的优劣点

这种精神一直延续到他对酒店的管理中，他不但制定了严格的规章制度，而且自己也没有任何特权，特别是员工个人上下楼不得乘坐电梯这一项，他不管是在何种紧急情况下，都是爬楼梯到三楼办公室，他总是乐观地说："就当是锻炼身体，减肥了！"

几年下来，皓阳系酒店迅速发展。为了能体现老北京民居的文化风情，体验皇城根的韵味，霍鹏又在大栅栏西街打造皓阳文化酒店，整个酒店装修风格完全采用皇家王府元素，金字招牌，古风青砖照壁，红色廊柱，雕梁画栋，颇具收藏价值的老北京风情画等，为游客营造皇城根浓郁的民俗风情与富贵吉祥的皇家气象。在酒店的改造装修中，霍鹏更是关注每一个文化细节传承性，牌匾字体沿用故宫匾额的贴金工艺，字体金碧辉煌，透着古风雅韵；在房屋改造中，尽量保留原本特色，特别是三楼的一间客房中，保留明清时期的梁柱，让游客在切身体验到明清的文化气息。酒店紧邻大栅栏商业街，交通便利，闹中取静；出门漫步，随处可见的百年以上历史的传统老字号，使游客仿佛置身于一幅活的历史画卷中，酒店周围浓郁的历史文化氛围与酒店内部的装修相互辉应，让游客享受到舒适优质的住宿体验，更体验地道老北京文化风情的熏陶。

在多年的酒店管理中，霍鹏积累了丰厚的宾馆酒店经营管理经验，并寻求到不断拓展的巨大空间，他同时担任北京金诺利嘉酒店管理有限责任公司、北京裕捷房地产经纪有限公司、北京天元宝禄酒店管理有限公司等法定代表人，并参与投资、担任北京华信恒泰建设工程有限公司、北京金诺利嘉酒店管理有限责任公司、北京裕捷房地产经纪有限公司等股东；担任北京华信恒泰建设工程有限公司、北京金诺利嘉酒店管理有限责任公司、北京裕捷房地产经纪有限公司的高管等；身兼数职，涉足酒店经营管理、工程建设、房地产经纪等多个领域，形成多元化发展的战略格局。

2021 年 7 月 22 日在北京会议中心，霍鹏（右一）当选北京市工商联青年企业家专门委员会委员

逆行战疫，爱心捐赠，风雨一肩挑

2020 年，新冠疫情全球爆发，一连半年时间的疫情封锁，宾馆酒店行业损失惨重。作为在旅游核心区的皓阳宾馆，更是面临巨大的生存困境。为了响应国家号召，做好疫情防护，酒店从春节前夕就关门歇业，时间长了，员工情绪也有些焦虑，为了安抚员工情绪，皓阳连锁酒店一直坚持不降薪、不裁员，工资照发，积极组织员工做线上培训、心理疏导，加强体育锻炼等。霍鹏从多年的管理中深刻体验到，社会的稳定，离不开一线工作人员的辛苦付出，就算宾馆要承受严重的停业损失，也要向这个社会回馈皓阳人的绵薄之力。

作为红墙下的青年企业家，霍鹏积极响应西城区委统战部、西城区工商联的号召，助力基层疫情防控工作，齐心协力打赢疫情防控阻击战。霍鹏多方周折采买了 1000 只口罩，以及额温枪、酒精等一批最紧缺的物资，于 2020 年 2 月 26 日，跟随领导深入社区一线，慰问社区工作者并看望下沉社区参与疫情防控工作的工商联干部，详细了解参与疫情防控工作情况。霍鹏表示，非常时期采买到的物资非常有限，作为西城工商联会员企业，能够尽自己的绵薄之力是我们企业家的责任，特别感谢工商联帮助我们对接广外街道三义东里、红居南街、依莲轩和马连道中里四个社区，把这些口罩、额温枪、消毒酒精和消毒液等物资送到奋战在抗"疫"最前线的基层社区工作者手中，力求把最紧缺物资要为最美"守门人"。此后，霍鹏代表皓阳连锁酒店管理公司又为多家坚持在抗"疫"一线的辖区派出所、企事业单位、社区捐赠立式消毒柜、医用口罩、N95 口罩、额温枪、84 消毒液、免洗洗手液等多种一线急需物资；霍鹏表示，战"疫"不结束，我们的责任就不能停，我们还要尽自己所能为社会贡献出我们力所能及的力量。并且，霍鹏也号召更多的企业家加入这个爱心行动中来，让爱心传递，社会各方力量能够继续鼎力相助，共克时艰，砥砺前行。可以说，十多年来，霍鹏正是带着一种公益之心，带领皓阳人走出了一条爱心之路，每年高考期间，他特别推出"免费午休，赢在高考"公益活动，为天安门地区周边考点的考生提供免费高考午休房，赢得师生与家长的高

2021 年 7 月 23 日，霍总（中）与高管沟通门店的接待工作

度赞赏；每年重大节日之前，他总是配合国家安全部门的要求，宁愿自己损失，也不接收任何游客入住，以保证国家重要活动的安全顺利举行。

寒夜客来茶当酒，竹炉汤沸火初红。霍鹏在多年的酒店宾馆服务行业的创业历程中，以人为本，诚信赢天下，在贴心服务的基础上，融入更多的爱心与人文关怀。从而使皓阳事业蒸蒸日上，深入人心。我们相信，在霍鹏的领导下，皓阳连锁酒店将会越来越壮大，居住更温馨，服务更周到。

孙秀明 / 文

因为"爱",所以爱……

——记北京宏润汇鑫酒业集团董事长侯燕、总经理檀波

檀波

中国葡萄酒协作委员会副秘书长、北京宏润汇鑫贸易有限责任公司总经理、北京宏润惠友贸易责任有限公司董事、慕德汇鑫国际贸易有限公司董事、北京 9-HY 葡萄酒教育培训学院副校长、"侯掌柜聊酒"公众咨询平台责任主编、英国葡萄酒与烈酒基金会品酒师。

侯燕

中国女企业家协会理事、世界中餐与葡萄酒协会专家组成员、北京宏润汇鑫酒业执行董事、北京宏润惠友贸易责任有限公司 CEO、北京 9-HY 葡萄酒教育培训学院校长、英国葡萄酒与烈酒基金会高级品酒师、葡萄牙葡萄酒协会认证品酒师、2018 年中国"双创"先锋人物。

> 中国人走出国门做生意,这不仅仅是商业活动,我们还代表着国家形象。
>
> 檀波

> 社会赋予女性更高的地位、更大的责任,家庭给予女性更多的包容、更有力的支持,我辈生逢其时,必格物致知,身体力行,厚德载物,方不负韶华。
>
> 侯燕

人生如酒，淡烈相映，醒醉趋同，路不同，味则不同。有的人生如白酒般刚烈；有的人生如啤酒般豪爽；有的人生，如米酒般舒畅，而对于檀波、侯燕夫妇而言，他们的人生则如红酒一般，回甘醇厚，历久弥香。

（一）

1995 年的某一天，高二学生檀波到校门口的报亭买一张最新的《体坛周报》以便了解过去一周体坛的最新情况。无独有偶，高一某班班长侯燕在国安粉同学的邀约之下也到这个报亭去买《体坛周报》。但是，报纸只剩下最后一张，双方在经过友好协商之后，檀波付钱，三个人一起看。"伪球迷"侯燕就这样认识了校学生会干部檀波，两个年轻人的一世情缘便从这份报纸开始了。

"那时候我在学生会负责纪检工作，其中一项工作就是要每周检查各班的出勤情况，她是班长，每周五都要找我来汇报出勤情况。"檀波对那段"近水楼台先得月"的经历颇感自豪，毫不掩饰自己的那点"小心思"。或许，刚开始接触的两个人并不像影视剧中描述的那样一见钟情，但拥有共同话题的两个同龄人因工作之便频繁接触，擦出点火花也是在情理之中的事情。那时的恋情像是一枚青涩的果子，懵懂而甜蜜。

"我从来没有见到一个男生的眼睛长得那么大，刚开始我怀疑他是不是去做过开眼角的手术，哈哈。"侯燕对檀波的第一印象就是从这扇"小窗户"开始，然后便是顺理成章地走到了一起。

"当时我给父母保证，这段关系不会影响到我的学习。"檀波说话算数，第二年他考上了大学。侯燕晚一年，也进入了象牙塔。这世间最"登对"的男女便是：你很好，我也不差。从家庭权力平衡的角度来看，檀波和侯燕很难说谁比谁更胜一筹，可能用中

2018 年檀波作为中方进口商代表应邀访问西班牙

国传统文化中"成全"一词来描述他们两个会更加贴切。

2000 年大学毕业之后，檀波应聘到一家世界 500 强企业，短短半年时间晋升为市场部经理，成为全国最年轻的中层管理者。同年参与上万平方米大卖场的开业筹备工作，在紧张忙碌中不断历练。2001 年毕业的侯燕也顺利入职另一家世界 500 强企业从事销售工作。两个人的事业都是风生水起，联袂出演的角逐大片即便在今天听来也是大快人心。

（二）

酒，是中国传统文化中非常重要的角色。无论是"斗酒诗百篇"的李白，还是"劝君更尽一杯酒"的王维，古代文人墨客、帝王将相、贩夫走卒都离不开这"杯中之物"，独特的酒文化自成体系，虽难登官方文案，但亦是民间口耳相传，兴盛不退。对于初入职场的侯燕来说，这样的酒局自然是工作的附属品。"喝啤酒容易长肚子，白酒度数太高难以下咽，所以我就开始关注葡萄酒。"侯燕从个人工作实际出发开始关注葡萄酒，这很平常，但是能把这种普通的关注发展成为自己的"挚爱"，这中间就不能不让人产生些许的好奇啦。

作为一个职场新人，坐在一帮"总"们中间，最自然的反应便如林黛玉初入宁国府：话，不多说一句；路，不多走一步。处处小心，时时在意，生怕自己露出"皮袍下的小来"。很多的时候，侯燕在开口之前都会左思右想，这样说是否合适，那样说是否妥当……整个饭局如坐针毡，美味佳肴如同嚼蜡。这种让自己别扭的状态在剥夺"真我"的同时，也会让其他人感到不舒服。"但我在葡萄酒的陪伴之下，渐渐地放松了下来。有一次领导问我关于一件事的看法，我没有过多的顾虑和思考便脱口而出自己的真实想法，这反而得到了领导的认可，这样的沟通方式才是让我自己感觉最舒服的。"葡萄酒带给侯燕的这种愉悦感让她在职场上找到了自信，从这种领悟出发，上升到人与事、人与人之间的关系，便是"简单"二字最为精准地概括了她理想中的世界。

为了在这嘈杂的社会中留住自己最后的一点"真"，侯燕的酒局都以自带的红酒做伴。好东西大家共享。随着对葡萄酒喜爱程度日渐加深，她也开始尝试着去了解每一瓶酒背后的故事。葡

萄的品种和特性，酿酒的过程和工艺，葡萄种植园所处地区的日照和土壤，品鉴的方法和技巧……她从一个葡萄酒的爱好者变成了一个超级发烧友，最具标志性的事件便是考取了英国葡萄酒和烈酒基金会高级品酒师资格证书。当然，这是后话了。

猎头敏锐地嗅到了侯燕的价值，邀请她前往一家知名葡萄酒公司任职。"当时是 2009 年，我刚刚生完孩子。一般来讲，很多人都不愿在这个时间点上接受这种挑战，可是我完全是出于对葡萄酒的喜爱，而且我的性格也是愿意接受挑战的。"她的确是一位愿意接受挑战的奇女子：从她涉足及热爱的众多极限运动就可以看出这点：赛车、攀岩、滑雪、潜水等，侯燕样样精通。当前世界排名前五十的顶级潜水胜地，侯燕就光顾了其中的三十多个。拥有众多冒险经历的侯燕从骨子里就不是一个循规蹈矩的女子。

她的另一半檀波也是如此。

侯燕在职场拼杀逐渐闯出一条自己的阳光大道之时，檀波并没有坐在市场部经理的位子上混日子。如果按照父辈的期望，本想让檀波找一个体制内的工作安稳度日，但这对他来说并不是人生所向，"我还是觉得需要做一点有挑战性的工作"。创业前的本职工作，涉足众多大型活动策划和大型卖场开业筹备，这些并不如想象中的那般轻松。千头万绪的工作需要按部就班地在短时期内精准完成，好在他够年轻，最不缺的就是精力。"最后，领导们对我们的工作都很满意，这就够了。"

男人，真正的成熟是在有了自己的孩子之后。在孩子出生之后，侯燕重新杀回职场同自己钟爱的葡萄酒相亲相爱。为了保持家庭的相对稳定，檀波谢绝了诸多同行抛来的橄榄枝继续深耕在原单位，而侯燕则在新的岗位上艰难耕耘。"我不是科班出身，有太多的东西需要学习，所以我就拼命加班，但即便这样，第一年的销售业绩也是很惨，差点就被公司扫地出门了。"说这段话的时候，侯燕是笑着的。当人们在笑着讲述自己过往的惨状时，听者很难判断出来她们是在笑还是在哭。

皇天不负有心人。第二年侯燕就完成了脱胎换骨般的蜕变，业绩一飞冲天，也正是在繁重的工作中，侯燕跨入了了国际级高级品酒师的行列。两个年轻的职场夫妻，一个在北京西部的石景山区，另一个在东三环，两家公司相距几十公里，一个下班早点就开车去接另一个，然后一同回家。北京的晚高峰，几十公里的路程太过漫长。现在很难想象两个筋疲力尽的年轻人在车里会就什么样的话题展开交流，或许是关于孩子，或许是关于彼此的工作，又或是关于未来的设想，或者干脆是什么话都不说，就在发动机的陪伴下静看深夜的路灯照出景观树那斑驳的暗影。

（三）

一串串葡萄，从枝头跃下，从青涩到圆润，经过漫长的等待，由一粒粒果实，变成一滴滴紫红色的液体，每时每刻都在不断成长，慢慢沉淀，直至巅峰，在醇香散尽后，再归于平淡。这是一个从成熟到归于本宗的演变过程，这就是一瓶红酒的生命历程。

2011年的侯燕已经褪去了青涩，沉浸在自己的葡萄酒王国中肆意挥洒自己的激情。"离开这个公司对我而言是人生自然而然的发展阶段。当一个公司的文化不再让它的员工奉为圭臬时，要么选择转身离开，要么选择改变自己的价值观。而我，选择的是前者。"侯燕开始创立自己的公司：北京宏润汇鑫酒业，同时开始开拓新的市场，接洽新客户，"我对于之前在公司所服务的老客户是能回避的就回避，现在99%的客户都是我们辛苦开发的。"侯燕说道。

看着自己的爱人这么辛苦，已过而立之年的檀波有点动摇了。对于当时的职业发展前景而言，继续做下去的理由很充分，选择跳槽的理由也不是没有，但是2014年时的侯燕更需要自己。虽然她已经练就了闪转腾挪的十八般武艺，但夫妻同心，其利断金，檀波下定决心要同侯燕站在同一条赛道上，不管未来的天气如何，携子之手，风雨同舟。

"在我了解葡萄酒的很多知识之后，我发现有一个问题，就是中国客户的葡萄酒知识相对匮乏，缺少辨别能力，特别是对葡萄酒的文化及知识解读能力非常欠缺。所以，我就在2016年成立了自己的培训学校，传播葡萄酒的文化，普及葡萄酒的知识。"相比于檀波的理性，更加感性的侯燕对于葡萄酒的情怀体现在肉眼可见的滴滴紫红之中。对于檀波来说，这世间唯有家庭和红酒不可辜负；而对于侯燕而言，不能辜负的还有心中的情怀和良知。"那时候，很多业内人士都反对她做这个事。这就好比是把一个暴利行业的底牌翻了，之前靠忽悠挣钱的销售路子随着客户对葡萄酒知识认知水平的提升，就被堵死了。"谈起葡萄酒教育培训的初始，檀波如此评述侯燕的初心——让人们通过自己的辨别能力，喝到物有所值的好酒。"其实，客户端对参与葡萄酒教育的热情和需求是很大的。本质上来说，它有一个国际化的社交属性，

就像我们去参加一个商务活动，端着一杯红酒如何秀出自己的格调，这背后绝对是需要知识来支撑的。"现在已经被诸多酒友尊称为"侯老师"的侯燕，再次嬗变成心中最美的样子。

"我喜欢去思考酒的生命，它是一种被赋予了生命的东西，我喜欢思考在葡萄成熟的一年里会发生什么，雨水是如何倾注的，太阳是怎样照耀的……"如同《杯酒人生》中的女主所言，一瓶葡萄酒的灵性源自从第一缕春风拂过大地的那一刻。既然是主营进口葡萄酒，那必须让自己成为妥妥的内行，最快的学习途径就是在行万里路的途中读万卷书。两个半路出家的年轻人靠着心中的那份热爱，用脚步丈量欧洲最古老的酒庄与南美最明艳的阳光之间的距离。

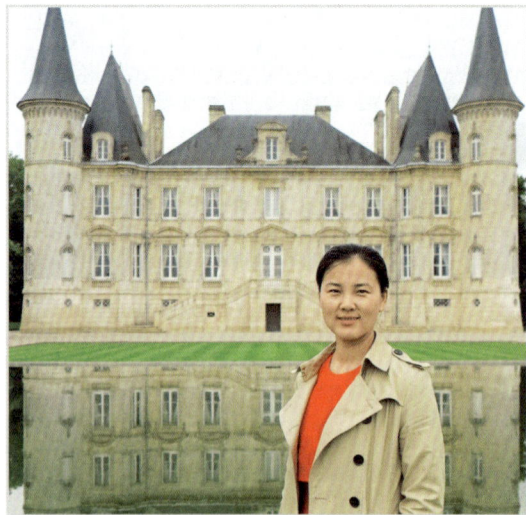

侯燕到访波尔多二级名庄碧尚男爵城堡

（四）

"我们经常接受欧美一些国家产区委员会或酒庄的邀请，去参加官方组织的一些考察、推介活动。刚开始还是很兴奋的，到后来我就不再是简单地采买了，可能更多的是对于我的企业形象和我们国家形象的维护和推广。在海外讲好企业故事的同时讲好我们中国的故事。"檀波的行李中，多了中国的丝绸、刺绣等等能够代表中国传统文化的小礼物。"并不是为了讨好谁，更不是为了赚取更多的利润，而是用这些中国的传统文化符号为媒介，让外国人更多地了解一个真实的中国。"

2018年，檀波同其他30多个国家的代表一同受邀参观西班牙瓦伦西亚高铁站，导游自豪地说，西班牙的高铁在世界各国的排名是第三，"那第一和第二是谁？"有人问道。"第二好像是美国，第一是中国。"有人回道。"我听得很清楚，当时就有人说不可能，中国那么落后的国家，中国不可能有高铁。"话到此处，檀波有些激动，他把手机里在国内通行的高铁票展示给大家，然后利用距离和时间两个变量计算出高铁时速来告诉各国同行：中国的高铁技术水平世界领先！

偏见始于无知，谣言止于智者。如果想知道新酿的葡萄酒是什么滋味，亲口尝一尝就晓得了。想了解一个真实的中国，亲自到中国走一遭便一目了然。"最近几年，我们邀请和接待了很多欧美同行到国内进行商务考察，也带着他们去过很多城市，让他们亲眼看看今天的中国。虽然我个人花了一点时间和精力，但是这些人来中国之后一定会对中国有一个全新的认知，并将这些第一手材料传递给身边的每一个人。我个人花点时间和小钱，让外国人在国外替我们讲述中国故事，怎么算都值！"

作为中国葡萄酒协作委员会的副秘书长，檀波经常参加国内的葡萄酒推广活动，如去新疆、甘肃、宁夏、黑龙江等葡萄酒产地，檀波侯燕夫妇更是当地政府主管部门的常客。"新疆一年生产的葡萄酒大约2亿支，但法国波尔多最大的一个酒厂一年产量就是1.5亿支；中国的一个大型酒庄需要800人，年产1000万支红酒，但法国生产1.5亿支的酒庄只需要28个人。这就是差距，这也是我们下一步努力的方向。"檀波的这些数据都源自他脚踏实地的调查研究，都是从业以来的日积月累。为政府制定产业政策提供咨询，为国内酒庄健康有序发展提供合理化建议。侯燕更是快人快语，一针见血。各地领导、同行也都评价她是专业客观，对酒不对人，用事实说话，用市场验证，用自己的专业知识助人。

已届不惑之年的檀波和侯燕共同携手走过了二十多个年头。如同当初的那一张报纸一样，他们两个人的生命年轮在互相交织

侯燕应邀在法国酒庄采买考察

中写满了人生的篇章，既有激情澎湃亦有波澜不惊，既有光彩夺目的高光时刻也有黯淡无光的麦城之路。现如今的檀波依然奔波在展会、考察的路上，侯燕依旧会在紧张的培训和商务活动结束之后，忙里偷闲地出现在世界著名的潜水和滑雪胜地。把爱好当事业，用爱好养生活。崇尚自由和财务双自由的檀波、侯燕因爱人之爱而成人之美，仁心至善，其美大矣。

【采访手记】

用当下流行的一句话来描述檀波就是：本可以靠颜值吃饭却偏偏选择了奋斗生活。而谈起葡萄酒的侯燕则浑身上下都在发光，夺人眼球。都说一山不容二虎。如何平衡夫妻二人在工作和生活中的权利分量和领域呢？都属于强人性格的檀、侯夫妇经过长期的磨合，已经形成了一套自己的解决机制。在此保护下，夫妻关系平稳运行，商业活动有序开展，个人爱好愉悦身心……未来尚未来，但可以预见的明天必然花团锦簇，春满乾坤。

朱昌文／文

| 编后语

《筑梦京华》一书，承蒙社会各界的关怀和厚爱，在编委会全体同仁的努力下，经过半年多的采访、编撰、考证、校补，于 2021 年初冬期间付梓成册，我们感到万分欣慰。

2021 年，中国共产党迎来百年华诞，也是实施"十四五"规划、开启全面建设社会主义现代化国家新征程的第一年。为彰显青年企业家在社会各领域、各层面所取得的令人瞩目的业绩，由北京市工商联青年企业家专门委员会策划和组织的《筑梦京华》图书编撰已完结工作。该书中记录了青年企业家用个人的点滴努力和切身经历在新时代的各个阶段书写出彩人生的创业史！他们用智慧汗水和不懈努力，为实现"两个一百年"奋斗目标和中华民族伟大复兴的中国梦贡献着自己的力量。

《筑梦京华》图书所收录访问的在京 100 位青年企业家代表，她们是来自不同家庭背景，身处不同的社会环境，但均在所处地域以及所处行业领域取得卓越成就的杰出代表。

《筑梦京华》图书的全部文章均是编委会亲自一一访问，现场采访，经过编委会整理撰稿后成型的。在内容上以其创业历程、勤劳智慧、卓越成就、典型经验的客观呈现和深度叙述，也注重对他们创新思维和奉献精神以及社会贡献的讴歌。其中，既有功成名就、享誉世界的商界巨贾，也有正在发展壮大，走向更大更强的民营企业典范；既有矢志不移、默默奉献，在所处领域做出杰出贡献的青年企业家，也有在新经济领域独树一帜，改写产业格局，问鼎世界第一的创新标杆；浩浩荡荡百人，汇聚起来，几乎是民营经济在科技、经济、文化界发展的一个缩影。

《筑梦京华》图书采访和编撰工作，自始至终得到了北京工商联领导和社会各界的广泛关注和大力支持。尤其是北京市工商联所属的各行业专委会都对于本书的编撰工作给予积极配合，大力推荐优秀的青年企业家代表，为本书的编撰出版献言献策。然由于诸多原因，我们无法与更多优秀的青年企业家代表取得联系，对此我们深表歉意。

在此谨向以上曾关心、支持并为此书的编撰工作给予过关怀和帮助的所有社会各界人士致以诚挚的谢意。

《筑梦京华》图书的实地采访，资料的搜集、整理、编辑工作，是一项浩大的编撰工程，由于编撰时间短、任务重，其中错误之处在所难免，望社会各界人士批评指正。

《筑梦京华》编辑委员会
2021 年 11 月 16 日